BASTEI
LÜBBE

Die Saga vom magischen Land

# XANTH

## PIERS ANTHONY

# WALD-SCHRAT

Ins Deutsche übertragen
von Dietmar Schmidt

Mit Illustrationen
von Johann Peterka

BASTEI
LÜBBE

BASTEI LÜBBE TASCHENBUCH
Band 20 411

1. Auflage: April 2001

Vollständige Taschenbuchausgabe

Bastei Lübbe Taschenbücher
ist ein Imprint der
Verlagsgruppe Lübbe

Deutsche Erstveröffentlichung
Titel der amerikanischen Originalausgabe:
Faun and Games

Lektorat: Alexander Huiskes / Stefan Bauer
Titelillustration: Jody A. Lee / Agentur Schlück
Umschlaggestaltung: QuadroGrafik, Bensberg
Satz: QuadroPrintService, Bensberg
Druck und Verarbeitung:
Brodard & Taupin, La Flèche, Frankreich
Printed in France

ISBN 3-404-20411-5

Sie finden uns im Internet unter
http://www.luebbe.de

Der Preis dieses Bandes versteht sich einschließlich der gesetzlichen Mehrwertsteuer

# 1
# Forrest

»Na Faun, wie wär's mit uns, hm?«

Forrest Faun rieb sich den Schlaf aus den Augen und blickte von seinem Baum hinab. Unten stand eine hinreißende Nymphe mit allen typisch nymphischen Attributen: Sie hatte ein hübsches Gesicht, wallendes Haar, eine makellose Figur und, was vielleicht am wichtigsten war, keinerlei Kleidung. Und doch: Irgendetwas stimmte nicht ganz mit ihr.

»Wie meinst du das?«, fragte er und arbeitete sich aus Traum und Astgabel hoch. Er war immer noch nicht ganz wach.

»Sperr die Augen auf, dann begreifst du schon, Faun! Komm runter und hasch mich, sowas macht ihr Faune doch normalerweise mit uns Nymphen.«

Jetzt begriff er. »Aber du bist keine Nymphe!«

»Ach, bah!«, fluchte sie und zog einen Schmollmund. Dann löste sie sich in Rauch auf und erschien als aufdringlich gekleidete Dämonin neu. »Ich bin D. Mentia und will tun, was ich immer so treibe: Unheil stiften, während meine bessere Hälfte sich an ihren abscheulichen Mutterpflichten ergötzt. Wie bist du mir auf die Schliche gekommen, du Waldschrat?«

»Wenn ich es dir verrate, gehst du dann fort?« Forrest wusste, dass es normalerweise möglich ist, Dämonen dadurch loszuwerden, dass man einen Handel mit ihnen schließt.

»Ja, wenn du das möchtest ...« Ihr leuchtend gelbes Kleid wurde durchscheinend und ließ mehr als nur die Umrisse ihres Körpers ahnen, und wenn man genau hinsah, glaubte man sogar einen verruchten Pantysaum zu erblicken.

Also gab es einen Haken. »Weshalb sollte ich das denn nicht?«

»Weil ich füchterliche Neuigkeiten habe, die dich verwirren und bestürzen werden und womöglich sogar deine komplette Weltsicht ändern könnten.«

Nun gut. Das klang tatsächlich nach einem vernünftigen Grund. Forrest, mittlerweile hellwach, sprang vom Baum und landete geschickt auf seinen Hufen.

»Dein Verhalten hat dich verraten. Du warst viel zu unnympho... unnymphisch, viel zu zielstrebig und intelligent. Die Anziehungskraft einer echten Nymphe besteht zu einem beträchtlichen Teil aus ihrer scheinbaren Zurückhaltung und ihrem Mangel an Intelligenz. Und worin bestehen nun deine entsetzlichen Neuigkeiten?«

»Folge mir.« Mentia wirbelte herum, indem sie ihren Leib zu einer engen Spirale verdrehte, bis ihr Gesicht in die entgegengesetzte Richtung zeigte, und dann den Rest hinterherschnellen ließ. Eilig schritt sie davon. Ihr Rock schrumpfte dabei, um so viel von ihren Beinen zu entblößen, wie es nur möglich war, ohne dass man sah, wohin sie mündeten. Allerdings achtete Forrest auch nicht besonders darauf, denn nichts von einer Dämonin kann als wahrhaftig gelten.

Sie führte ihn zu einem Baum auf der anderen Seite der Lichtung. »Sieh selbst.«

Entsetzt blickte Forrest den Pantinenbaum an. Er welkte; hin und wieder löste sich eine Pantine von den Zweigen und fiel zu Boden.

Das konnte nur eines bedeuten: Der Baum hatte seinen Geist verloren.

Nun war aber der Geist ausgerechnet dieses Pantinenbaums ein enger Freund Forrests. Er hieß Waldi Faun. Forrest und er kannten einander seit fast zweihundert Jahren; ihre Bäume standen in Sichtweite voneinander. Fast jeden Tag sprang Forrest von seinem Sandelbaum und gesellte sich auf der Lichtung zu Waldi, um dort die eine oder andere Polka zu tanzen. Mit ein wenig Glück erregte ihr Tanz zumindest kurzfristig die Aufmerksamkeit einer, zweier oder dreier Nymphen, die sich prustend vor Lachen daran beteiligten. Und an besonders guten Tagen mündeten Polka und Prusterer in ein munteres Haschmich mit anschließender Feier.

Doch heute Morgen war Waldis Baum in einem beklagenswerten Zustand, und das konnte nicht nur daran liegen, dass der Faun abwesend war. Faune wie Nymphen waren ihrer jeweiligen Bäume ununterbrochen gewahr und umgekehrt, sodass sie auf der Stelle wussten, wenn dem anderen etwas Schlimmes zustieß. Wenn ein menschlicher Holzfäller mit einer Axt sich einem solchen Baum auch nur näherte, erlitt der Faun einen Krampf. Stieß ein Faun sich den Huf an, erbebte sein Baum. Entfernungen spielten dabei keine Rolle: Ein Faun konnte sich weit von seinem Baum entfernen und blieb trotzdem eng mit ihm verbunden. Musste der eine Schmerzen erdulden, spürte der andere es sofort.

»Versuchst du etwa mich zu ignorieren?«, fragte Mentia drohend. Dämoninnen können so gut wie alles ertragen, nur eines nicht: dass man ihnen keine Beachtung schenkt.

»Nein. Du hast Recht. Aber von diesem furchtbaren Anblick bin ich ganz bestürzt und verwirrt. Weißt du Näheres?«

»Nein, ich bin nur zufällig vorbeigekommen und habe es bemerkt, deshalb suchte ich nach dem erstbesten, der darauf gequält reagieren konnte.«

Er warf ihr einen merkwürdigen Blick zu. »Wie *reizend*. Du machst mich noch wahnsinnig.«

»Danke«, sagte sie und lief rot an, wie mit Kirschzuckerguss überzogen. Die Farbe erstreckte sich auch auf Kleidung und Haar; dünne Ausläufer strahlten sogar in die Luft rings um die Dämonin.

Der erbärmliche Zustand des Pantinenbaums schien darauf hinzudeuten, dass Waldi krank, vielleicht sogar tot war. Was mochte geschehen sein? Gestern war mit Waldi noch alles in bester Ordnung gewesen! Er hatte sich sogar die Nymphe eines Frauenschuhbaums geschnappt, deren Slipper ihr besondere Leichtfüßigkeit verliehen – so wie die Sandalen von Forrests Sandelbaum ihm hervorragenden Halt schenkten und Waldis Pantinen dessen Hufe schützten. Es war ein wildes Haschmich, das in ein kaum weniger wildes Habdich überging, denn so ist das mit den Faunen und den Nymphen: Sie jagen einander, bis sie schließlich zusammenkommen, und das feiern sie auf eine Weise, die auf keinen Fall von Kindern beobachtet werden darf. All das tun sie aber hauptsächlich deshalb, weil es schnell langweilig wird, den ganzen Tag allein auf einem Baum zu sitzen.

Nun erinnerte sich Forrest, dass die slipperbewehrte Nymphe Waldi immer wieder entschlüpft war, sodass Forrest die beiden schließlich aus den Augen verlor. Währenddessen hatte die Freundin der Nymphe, die auf einer Eiche wohnte und Kara Oke hieß, vor der

Hintergrundmusik des Windes, der durch die Bäume wehte, sehr hübsch gesungen. Forrest war dadurch abgelenkt gewesen. Natürlich jagte er anschließend Kara, und natürlich floh sie vor ihm, allerdings nicht allzu schnell, weil sie noch immer sang. Deshalb fing er sie rasch, und das feierten sie auf die übliche Art – wobei Kara ununterbrochen weiterträllerte. Das war eine interessante Erfahrung gewesen, weil sie jede Einzelheit des geteilten Erlebnisses besang und daraus ein musikalisches Kunstwerk schuf. Danach kehrte sie, zufrieden mit der Wirkung ihres Liedes, zu ihrer Eiche zurück. Weil sich keine andere Nymphe blicken ließ, hatte sich Forrest für die Nacht auf seinen Baum begeben. Und nun war sein Freund verschwunden.

»Was willst du nun unternehmen?«, erkundigte sich Mentia.

Unternehmen? – Aber sie hatte wahrscheinlich Recht: Etwas musste er wohl unternehmen. Nur was? »Hast du eine Idee?«

»Du könntest den Fußspuren folgen. Vielleicht findest du dann heraus, was ihnen zugestoßen ist.«

»Ja, das klingt wirklich vernünftig«, stimmte er zu.

Die Dämonin wurde schwarz wie Ruß. »Das wollte ich nicht!«

Forrest begab sich nun wirklich auf die Suche. Den Spuren zu folgen, fiel ihm nicht schwer: Die Slipperabdrücke der Nymphe waren, wie sie selbst auch, geformt wie eine Sanduhr, und Waldis Pantinenabdrücke waren tief und pelzig. Die Spur schlängelte sich um die Bäume, wo die Nymphe ziemlich gewagte Ausweich- und Ablenkungsmanöver gemacht hatte. Die Jagd ist es, die zählt; Faune und Nymphen lieben das Rennen fast ebenso sehr wie das Tanzen, und je aufregender die Jagd, desto besser ist am Ende die Feier. Forrest erinnerte sich, einmal einer Nymphe begegnet zu sein, die schlecht gestimmt war, weil ihr

Baum an einem Pilz litt. Sie hatte einfach nur herumgestanden, und kein Faun hatte sie berührt, weil ihr Verhalten jedem Faun die Lust nahm; tatsächlich braucht eine Nymphe, die von einem bestimmten Faun in Ruhe gelassen werden will, nur vor ihm stehen zu bleiben, und schon beachtet er sie nicht mehr. Manchmal neckt eine Nymphe auch einen Faun, indem sie vorgibt, uninteressiert zu sein und in dem Moment, in dem er sich abwendet, davonspringt. Wenn sie ihn damit hinter sich her lockt, ist sie im Vorteil, und er muss tun, was immer sie will. Genau genommen ist das zwar genau das Gleiche, was auch er will, doch andere Faune verspotten ihn gnadenlos dafür, dass er sich anführen ließ.

Allmählich langweilte sich Mentia, die neben Forrest schwebte. »Möchtest du denn jetzt, dass ich gehe?«, fragte sie.

»Ja«, antwortete er geistesabwesend.

»Fein.« Sie blieb, wo sie war. Wahrscheinlich hätte Forrest sie besser zum Bleiben auffordern sollen; dann wäre sie sicher gewesen, dass er nichts Interessantes plante.

Die Spur schwenkte zur Leere, dem nicht allzu weit entfernten Gebiet, aus dem es keine Rückkehr gibt. Selbstverständlich hütete sich jeder Faun und jede Nymphe davor, in die Leere vorzustoßen, denn aus ihr führt kein Weg hinaus. Wer immer ihre Grenzen überschreitet, ist verloren. Nur besondere Geschöpfe wie die Nachtmähren vermögen aus der Leere zu entkommen, weil sie nicht auf die gleiche Weise wirklich sind wie gewöhnliche Leute: Sie haben wenig Substanz.

»Komm nicht zu dicht an die Leere«, warnte Forrest die Dämonin.

Sie änderte die Flugbahn, sodass sie sich der Grenze weiter näherte, dann verharrte sie abrupt auf der Stelle. »He, du bist ja wirklich ein raffinierter kleiner

Waldwicht«, rief sie bewundernd aus. »Du wusstest, dass ich automatisch das Gegenteil von dem tue, was du mir sagst. Fast hätte es sogar funktioniert, doch zu deinem Unglück bin ich nur ein bisschen verrückt. Um sich in die Leere zu wagen, muss man aber ganz schön verrückt sein, und das bin ich nicht.«

»Vielleicht beim nächsten Mal«, brummte Forrest.

Die Nymphe hatte Waldi zweifellos dadurch angestachelt, dass sie dicht an den Rand der Leere vorstieß. Ihre Fußabdrücke berührten fast die Grenze, entfernten sich davon und näherten sich wieder. Die Bedrohung durch diese grauenhafte Umgebung musste der Jagd zusätzlichen Reiz verliehen haben. Auch Forrest hatte schon an solchen Jagden teilgenommen und wusste genau, wohin er treten musste, damit er die Grenze niemals überschritt.

Dann plötzlich sträubten sich seine Sandalen weiterzugehen. Perplex blieb er stehen – was war denn los? Die Sandalen waren magisch und schützten seine Hufe vor Schaden; wenn er in etwas Gefährliches zu treten drohte, hielten sie ihn auf. Trotzdem konnte er vor sich nichts sehen, weswegen er sich sorgen musste.

»Was ist?«, drängelte Mentia. »Bist du hufkrank?«

»Nicht direkt«, entgegnete Forrest, »aber meine Sandalen sind stehen geblieben.«

»Weißt du, ich mag dich von Minute zu Minute mehr. Du bist ja fast so durchgedreht wie ich.«

»Ich glaube kaum, dass das möglich ist.«

»Du versteht es, einem Mädchen Komplimente zu machen.« Diesmal erpurpurte sie sogar, und grüne Pünktchen tanzten darin Polka; es breitete sich über ihre Beine bis in den Erdboden ringsum aus. »Und warum sind deine Sandalen stehen geblieben?«

»Da steck' ich nicht drin. Vielleicht ein Fehlalarm.«

Andererseits hatten seine Sandalen sich noch nie geirrt. Deshalb ließ er sich auf die haarigen Knie sinken und musterte den Boden vor seinen Füßen. Nichts Ungewöhnliches, nur ein paar lächelnde Glückspilze, die sorglosesten aller Schmarotzerpflanzen, und ein paar Rossäpfel, die mit den Schweifen schlugen, um Fliegen zu vertreiben. Forrest überlegte, ob er sich bei den Äpfeln erkundigen sollte, ob etwas Gefährliches in der Nähe war, doch er sprach und verstand die Pflanzensprache nicht sonderlich, und wahrscheinlich hätte er ohnedies nur ›Wie-hie-hie?‹ zur Antwort erhalten. Deshalb richtete er sich wieder auf und umging die trügerische Stelle.

»Dann eben nicht«, murrte die Dämonin enttäuscht.

Doch nun konnte er die Spuren nicht mehr finden; sie waren verschwunden. Also drehte er um – und sah es: Auf dem Boden lag ein Kehrholzsplitter. Forrest war ganz sicher, dass es sich um Kehrholz handelte, denn der Glückspilz gleich daneben ließ sich todtraurig hängen. Und dieser Splitter lag in einem Frauenschuhabdruck: Die Nymphe war unbeabsichtigt auf das Kehrholz getreten. Der Splitter hatte sie nicht direkt verletzt, weil er flach auf dem Boden lag, doch er musste den Leichtfüßigkeitszauber ihrer Schuhe beeinflusst haben, sodass sie den Boden unter den Füßen verlor.

»Gibt's was zu sehen?«, sich erkundigte D. Mentia scharfsinnig.

Forrest entdeckte neben dem Kehrholz einen Pantinenabdruck und begriff die ganze schreckliche Wahrheit. Die Nymphe hatte durch die Umkehrung ihres Schuhzaubers das Gleichgewicht verloren und schwankend die Grenze der Leere überschritten. Dabei war sie gegen Waldi gestoßen, den ihr plötzliches Anhalten völlig überrascht haben musste. Und so waren sie beide in die Leere gestürzt.

»Ja. Sie sind verloren.«

Ein höchst ungewöhnlicher Unfall – dergleichen

ereignete sich in einem Jahrhundert vielleicht einmal. Der Kehrholzsplitter war vermutlich erst vor kurzem durch einen fehlgeleiteten Windstoß an diese Stelle geblasen worden. Solange er nicht mit etwas Magischem in Berührung kam, war er völlig harmlos. Hier aber hatte die unvermittelte Umkehrung …

Waldi und die Nymphe waren verloren – sie würden die Leere niemals mehr verlassen. Und ihre Bäume litten, denn ohne seinen Geist verliert ein magischer Baum langsam seine Zauberkraft und wird zu – o grausiges Schicksal – etwas so gut wie Mundanem. Manch einer hält dieses Schicksal für schlimmer als den Tod.

»Es tut mir leid«, sagte die Dämonin, »zumal es bedeutet, dass dein Unterhaltungswert rapide absinkt.«

Forrest hatte keine Ahnung, wo der Baum der Nymphe stand, doch er musste ebenso leiden wie Waldis. Er hoffte, dass eine andere Nymphe frei war, um ihn in Besitz zu nehmen und zu retten. Forrest kannte nur Waldis Baum und fühlte sich schuldig, aber was konnte er schon tun? Um einen zweiten Baum konnte er sich unmöglich kümmern, denn so funktioniert die Beziehung zwischen Geist und Baum nicht: Forrest war an seinen Sandelbaum gebunden. Er kannte auch keinen Faun, der gerade nach einem Baum suchte. Es gibt immer mehr Bäume als verfügbare Nymphen und Faune, sodass die meisten Bäume, die magisch hätten erblühen können, ganz normal heranwachsen. Das ist traurig, weil die meisten Bäume ihren Gefährten viel zu bieten haben, aber wahr.

Dann fiel Forrest doch etwas ein. Die Chance war hauchdünn, doch immerhin besser als gar nichts. »Du bist doch auch ein Geist«, sagte er zu der Dämonin. »Möchtest du vielleicht einen Baum adoptieren?«

»Du meinst, ich soll eine Dryade werden, fast ewig leben und mir ständig Sorgen um meinen Baum machen?«

»Ja. Das ist ein hochanständiger Beruf. Du brauchst dazu keine Nymphe zu sein. Jeder Geist, der sich um den Baum kümmert, erhält ihm die Magie. Auf die Verpflichtung kommt es an. Und die Pantinen würden deine Füße schützen.«

»Verpflichtung. Schutz der Füße.« Mentia bemühte sich ernst dreinzublicken, doch dann pafften ihr Rauchwölkchen aus den Ohren, und sie explodierte in einem ausgelassenen Feuerball. »Ho ho ho!«

Nun, vielleicht war Forrests Idee auch schlechter als gar nichts gewesen. Dämonen haben keine Seele, denn sie sind ja nichts anderes als entartete Überreste von Seelen und scheren sich um nichts und niemanden. »Es tut mir leid, dass ich davon sprach.«

»Oh, mir nicht! Für mich war das der Knaller des Tages!« Der Rauch verdichtete sich wieder zu der außerordentlich femininen Frau, das Sinnbild mädchenhafter Lockung in einem leicht durchscheinenden Kleid. »Eine Baumnymphe! Bei dir gibt es wirklich tonnenweise Lacher!« Und sie verwandelte sich in ein braunes Fass, aus dem grellbunte pfannkuchenförmige Lachmünder hervorquollen und über den Rand fielen.

Forrest beachtete sie so wenig wie möglich und machte sich auf den Weg zu seinem Heimatbaum. Wie konnte er auch nur so dumm sein, einer Dämonin solch einen Vorschlag zu machen?

Sie folgte ihm. »Das Schöne daran ist, dass meine bessere Hälfte vielleicht sogar eingewilligt hätte, wenn sie nicht mit etwas anderem beschäftigt wäre. Sie hat eine halbe Seele. Aber sie hat auch ein halbsterbliches Kind, deshalb hat sie alle Hände voll zu tun. Ich bin die Hälfte ohne Seele.«

Als ob er das nicht selber gemerkt hätte. »Du könntest dir mit dem Baum die Seele teilen.«

»Die Seele eines Schuhbaumes«, rief sie aus, und ihr Gelächter sammelte sich zu einer weiteren Dampfwolke. »Oder meinst du nicht vielmehr Sohle? Meine Füße schützen! Ach, jemand muss mich halten – ich glaube, ich muss sonst vor Heiterkeit vergehen.« Sie schwoll an, bis sie platzte und sich in Luft auflöste. Nur ein leises Kichern blieb zurück.

Diesmal schien sie wirklich verschwunden zu sein. Doch Forrest stellte sein Glück nicht auf die Probe; er schritt geradeaus, ohne nur einmal zurückzublicken.

Als er wieder am Pantinenbaum ankam, sank ihm das Herz. Das arme Ding ließ traurig die Äste hängen. Dieser Baum war alles, was ihm von seinem Freund Waldi noch blieb. Er musste ihm helfen.

Forrest kletterte hinauf und legte dem Baum eine Hand auf den Stamm. »Vertrau mir, Pantinenbaum«, sagte er. »Ich finde einen anderen Geist für dich. Gib mir nur ein wenig Zeit.«

Der Baum musste ihn gehört haben, denn er richtete die Blätter auf und wurde grüner. Der Baum kannte Forrest, denn der hatte ihn oft besucht und war mit seinem Faun befreundet gewesen. Nun vertraute der Baum darauf, dass Forrest ihm half.

Der Faun hatte ein Versprechen gegeben, und nun musste er sein Bestes tun. Mancher hält Faune und Nymphen zwar für hohlköpfige Wesen, die weder Gefühl noch Pflicht kennen, doch bringen diese Leute die Arten durcheinander. Die Geschöpfe im Nymphen- und Faunenreservat erinnern sich nicht an den vorhergehenden Tag, deshalb ist jeder Morgen für sie der Beginn eines neuen Abenteuers. Doch das liegt am Zauber des Reservats; jeder, der es verlässt, erwacht allmählich – das heißt, altert und entwickelt ein Gedächtnis. Einige davon bewahren ihre Jugend, indem sie sich eine nützliche Beschäftigung suchen. Zum Beispiel hatte die Nymphe Juwel die Pflicht auf sich genommen, in ganz Xanth Edelsteine zu verteilen, sodass andere sich auf die Suche danach begeben konnten. Später heiratete sie einen Sterblichen und wurde Großmutter. Viele Faune und Nymphen indes adoptieren magische Bäume, so auch Forrest. Dabei handelt es sich um eine Art Symbiose, ein hochgestochenes Wort dafür, dass zwei Wesen großartig miteinander auskommen und sich gegenseitig das Leben erleichtern. Die Bäume sorgen dafür, dass die Faune und Nymphen jung bleiben, denn Bäume leben lange, und ihre Langlebigkeit überträgt sich auf ihre Geister. Dafür beschützen die Faune und Nymphen ihre Bäume, bringen ihnen während der Dürrezeiten Wasser und schikanieren Waldarbeiter, die versuchen, die Bäume zu fällen. Nymphen verfügen über sehr wirksame Mittel, um Holzfäller abzulenken und sie zu überreden, ihre Bäume zu verschonen. Gelegentlich heiratet eine Nymphe sogar solch einen Holzfäller, wenn das nötig ist, um ihren Baum zu schützen – aber ihre oberste Treue gehört immer ihrem Baum. Faune verwenden andere Methoden – sie stellen Fallen oder erwähnen großen Drachen gegenüber beiläufig, dass eine menschengroße Mahlzeit sich gerade in der Nähe eines bestimmten Baumes herumtreibt. Auf die eine oder andere Weise schützen sie alle ihr Holz und verstärken die natürliche Magie der Bäume.

Waldis plötzliches Hinscheiden stürzte den Pantinenbaum in große Not. Weder geht man Beziehungen wie diese kurzerhand ein, noch bricht man sie leichten Herzens. Ein Faun, der seinen Baum verliert, muss sterben, und ein Baum, der seinen Faun einbüßt, wird mundan – ein noch traurigeres Schicksal – oder geht ein. Deshalb musste Forrest einfach einen Ersatzgeist für den Pantinenbaum finden.

»Wenn ich nur die leiseste Idee hätte, *wie* ich's machen soll!«, rief er gequält.

Eine Rauchfahne quoll empor und formte sich zu einer großen Bombe, auf der SEX geschrieben stand. »Ich dachte immer, ein Faun wüsste, wie's geht«, sagte die Bombe, »aber ich könnte es dir zeigen, wenn ...«

Er hätte ahnen sollen, dass die Dämonin nicht wirklich verschwundenwar. Sie hoffte noch immer, dass er irgendetwas Unterhaltsames anstellte. »Wie ich einen passenden Geist für den Pantinenbaum finde«, präzisierte Forrest. »Es kann wohl kaum sein, dass du davon mehr verstehst als ich.«

»Natürlich nicht«, stimmte die Bombe ihm zu. Sie verwandelte sich in einen großen Pfosten, auf dem ZAUN stand. »Ich wäre nie auf die Idee gekommen, den Guten Magier Humfrey zu fragen. Als ich das zum letzten Mal vorschlug, musste ich einen kreuzdämlichen Wasserspeier zu ihm führen, und am Ende hat der freche Kerl Xanth vor-ich-weiß-nicht-was gerettet. Natürlich hatte dieses Abenteuer auch seinen Reiz; zumindest war es nicht langweilig. Der Pfahl winkte kurz und metamorphierte wieder in die üppige Frauenfigur. »Also hat es keinen Sinn, einen solchen Vorschlag zu machen, vor allem, weil der Gute Magier für jede Antwort einen einjährigen Dienst verlangt. Du kannst also genauso gut alle Hoffnung fahren und den dummen Baum einfach sterben lassen.«

»Ich gehe zum Guten Magier!«, rief Forrest aus. Dann bemerkte er, dass sie ihn zu dieser Reaktion gebracht hatte. Nun ja, wenn sie nicht auf seinen Trick mit der Leere hereingefallen war, konnte sie wenigstens ihn manipulieren. Und schließlich hatte er dem Pantinenbaum etwas versprochen, und der Pantinenbaum hatte es gehört; seine Blätter wirkten schon fast wieder gesund. Was blieb Forrest also anderes übrig, als seinen Worten Taten folgen zu lassen? Aber ein

Jahr Dienst? »Ich kann meinen eigenen Baum aber kein Jahr lang allein lassen«, wandte er zu spät ein. »Und den Weg zum Guten Magier kenne ich nicht.«

»Du brauchst einen Führer«, sagte Mentia. »Ich muss zwar gehen, um meine bessere Hälfte ein wenig zu ärgern, aber ich kann eine Freundin betrauen, dich zu Humfreys Schloss zu führen.«

»Mit einer Freundin von dir will ich nichts zu tun haben!«

»Ausgezeichnet. Du wirst sie ebenso entzückend aufdringlich finden wie mich. Ich gehe sie rasch holen und bin sofort wieder da.« Mit einem ›Plopp!‹ verschwand die Dämonin.

Schon wieder hatte er das Falsche gesagt. Doch nun war er verpflichtet, den Guten Magier aufzusuchen. Wie mochte es den Bäumen ergehen, solange er fort war? Er wollte nicht, dass sie litten, doch eine andere Möglichkeit sah er nicht.

Vielleicht gab es aber noch Hoffnung auf Hilfe. In einer nicht allzu weit entfernten Höhle lebte eine nette Kusine von Com Pewter. Sie hieß Com Passion und liebte alle, denn in ihrer Höhle entsprang ein Liebesquell. Ihre Macht war begrenzt, doch wenn sie konnte, erwies sie den Ansässigen jeden Gefallen, um den diese sie baten. Vielleicht konnte sie den Bäumen helfen.

Leider war der Umgang mit ihr nicht leicht, und deshalb hielt sich Forrest normalerweise von ihr fern. Doch im Moment blieb ihm wohl keine andere Wahl. Er musste einfach hoffen, dass alles glatt ging.

Er holte seinen Rucksack, den er immer mitnahm, wenn er sich weit von seinem Zuhause entfernte, und durcheilte Wald und Flur, bis er Passions Höhle erreichte. Am Eingang wuchsen wunderschöne purpurne Blumen, und in der Luft hing ein süßer Duft wie von Passionsfrüchten.

O nein! In seiner Eile hatte Forrest etwas Wichtiges

vergessen: Es war üblich, Passion ein kleines Geschenk mitzubringen, wenn man sie besuchte. Das Geschenk diente nicht etwa dazu, sie in gute Stimmung zu versetzen, denn sie war immer gut gestimmt. Es ging auch nicht um den guten Ton. Nein, vielmehr gab ein Geschenk ihr das Gefühl, sich mit einem Gefallen revanchieren zu müssen – und diesmal hatte Forrest ein Gegengeschenk bitter nötig.

Was also sollte er ihr mitbringen? Passions große Schwäche bestand darin, zu nichts Körperlichem in der Lage zu sein. Sie konnte weder aus ihrer Höhle treten noch sich am Anblick der Blumen erfreuen oder gar eine pflücken. Mancher brachte ihr deshalb Geschichten von der Welt draußen mit, damit sie im Bilde blieb. Doch er fürchtete, für den großen Gefallen, um den er sie bitten wollte, etwas Besseres mitbringen zu müssen als den neuesten Tratsch.

Dann fiel ihm etwas ein. Chips! Passion liebte Chips. Was sie mit ihnen anstellte, konnte niemand sagen, aber sie wusste sie jedenfalls sehr zu schätzen. Und Forrest wusste, wo wirklich gute Chips wuchsen.

Er lief über die Lichtung an die Stelle. Jawohl, da standen sie, Chips aller Sorten wuchsen im Überfluss. Welche würden ihr am besten gefallen? Er dachte kurz nach und entschied sich für einen Kartoffelchip. Im gleichen Augenblick, in dem er ihn abbrach, empfand er das Bedürfnis, Geld zu verlangen, und zwar einen gesalzenen Preis. Außerdem bekam er großen Durst. Rasch steckte er sich den Chip in den Rucksack und verschloss ihn sorgfältig.

Er ging ein paar Schritte weiter zu einer braunen Fläche und erntete einen Schokoladenchip, der so gut roch, dass Forrest gewaltigen Appetit bekam, aber nicht wagte, seine Zeit mit Mampfen zu verschwenden. Wenn er nur einen Schokoladenchip äße, bekäme er sofort Hunger nach mehr und könnte nicht mehr aufhören. Deshalb schob er auch diesen Chip rasch in den Rucksack.

Noch einen, dann hatte er genug. Als er sich umsah, erblickte er ganz am Rande der Lichtung einen kleinen blau bewachsenen Flecken. Dort wuchs etwas Neumodisches: Blue Chips. Zum Glück war Com Passion sehr fortschrittlich – in jeder Hinsicht. Einen echten Blue Chip herauszufinden war gar nicht einfach: Die meisten, die hier wuchsen, sahen zwar blau aus, doch sobald man sie abgebrochen hatte, verloren sie rasch ihre blaue Farbe. Forrest brauchte eine ganze Weile, bis er einen echten Blue Chip gefunden hatte.

Nun konnte er Com Passion entgegentreten. Eigentlich hätte er ihr lieber noch mehr Chips mitgebracht, doch drängte die Zeit. Er rannte zu ihrer Höhle.

Am Eingang wappnete er sich und trat ein. In der Höhle war es sehr hübsch. Forrest wusste zwar, dass es sich im Grunde um eine Allerweltshöhle handelte, doch dem Liebesquell entsprang ein Bächlein, das die Höhle durchströmte, und das verdunstete Wasser erfüllte die Luft. Das war ein Teil der Schwierigkeit. Er hätte durch ein Tuch atmen können, aber das wäre unhöflich gewesen, und Unhöflichkeit steht niemandem gut an, der um einen Gefallen bitten will. Schwungvoll schritt er durch die Höhle, bis er die Mitte erreichte, wo ein Gerät aus Passionsholz ruhte. Forrest blieb stehen und atmete tief durch.

Bevor er etwas sagen konnte, erhellte sich ein Bildschirm.

*Wer ist da?*, erschien in sauberer Schreibschrift darauf.

»Forrest Faun«, antwortete er. »Vom Sandelbaum drüben.«

*Ach, mein lieber Junge, wie schön, dich wieder einmal zu sehen!*, war auf dem Bildschirm zu lesen, und eine niedliche Herzchenreihe lief über den unteren Rand:

♥♥♥♥♥♥♥♥♥♥♥♥♥

»Äh, gleichfalls, gleichfalls«, sagte er. Das lief nicht gut. »Ähem – ich habe ein Geschenk für dich.«

Der Bildschirm strahlte hell auf. *Ach, wie aufmerksam von dir, mein lieber Junge!* Und die Herzen wurden größer:

♥♥♥♥♥♥

Nein, es lief ganz und gar nicht gut. »Also, hier.« Er wühlte in seinem Rucksack und förderte den Schokoladenchip zutage. »Etwas Süßes für die Süße.« Das klang gut. Er fand einen anderen Chip und zerrte ihn hervor. »Etwas Salziges für die Salzige.« Ups, das war schlecht. Um es auszubügeln, beeilte er sich beim Dritten: »Und einen Blue Chip für die Blaue.« Autsch! Katastrophal!

☺ *Na, mein lieber Junge, warum so nervös* ☺, schrieb der Bildschirm kokett.

»Äh … ja«, gab er zu. Zweihundert Jahre war er alt, doch hier kam er sich vor wie ein heranwachsender Elf.

*Ich finde das ganz süß.* Der Bildschirm wurde pink wie ein Liebesbrief am Valentinstag. *Und was wünschst du nun von mir, mein lieber Junge?*

Forrest berichtete ihr von Waldi Fauns Schicksal und seiner Verpflichtung, Waldis Baum zu helfen. »Deshalb muss ich den Guten Magier fragen, was zu tun ist«, erklärte er zum Schluss. »Aber ich kann meinen eigenen Baum nicht so lange allein lassen, das wäre viel zu gefährlich. Deshalb dachte ich, du könntest vielleicht … nun ja, die Realität für eine Weile ändern, sodass es den Bäumen immer gut geht – nur wenn du willst, und nur, bis ich wieder da bin.« Plötzlich kam der Gedanke ihm ausgesprochen dumm vor.

*Das alles nur, um einem Baum zu helfen?*

»Ja«, gestand Forrest und kam sich schrecklich minderwertig vor. Schon der Gedanke war lächerlich. Er musste eine andere Möglichkeit finden. »Aber ich glaube, du hast Wichtigeres zu tun. Entschuldige, dass ich dich behelligt habe.«

*Mein lieber Junge, du hast ja solch eine selbstlose Seele! Ich mag dich wirklich. Natürlich mußt du den Baum retten, und ich will dir helfen.*

»Ehrlich?«, fragte er verblüfft. Er hatte geglaubt, sein Wunsch müsse sich für jeden anderen überaus trivial anhören, doch nun erschien es ihm wieder wichtig und richtig, dem Pantinenbaum zu helfen.

*Ja. Ich habe freilich meinen Preis.*

Das Entsetzen kehrte zurück. Welche Realitätsveränderung würde sie von ihm verlangen? »Ja.«

*Du weißt um meine romantische Natur, obwohl ich nur eine Maschine bin. Ich kann nur von der Liebe träumen, sie aber niemals selbst erfahren.*

»Ja.« Das klang schlimmer als befürchtet.

*Doch gelegentlich vermag ich die Liebe zumindest zu erahnen, wenn ich einen kooperativen Partner finde.*

Das konnte sie? Was würde sie von ihm verlangen? Doch für ihn gab es kein Zurück. »Äh … Ja?«

*Küß meine Maus!*

Forrest blinzelte. »Du meinst sicher ›Maul‹. Ich würde aber lieber ›Mund‹ sagen und …«

*Nein, ich meinte Maus.*

»Maus?«, echote Forrest verständnislos.

*Ich habe eine Maus,* erklärte sie geduldig. *Ich möchte, daß du sie küßt. Welchen Teil davon hast du nicht verstanden?*

»Ja, aber – eine Maus?«

*Ein Kleinlebewesen, das mir nutzt, indem es sich dorthin begibt, wohin ich nicht gelangen kann. In diesem Fall in eine romantische Situation.*

Sie glaubte, er fände es romantisch, eine Maus zu küssen? »Ich … na, wenn ich muss …«

*Du solltest dankbar sein, daß ich mittlerweile eine Maus*

*habe. Davor hatte ich einen Esel, aber Esel sind so – eselhaft.*

Da musste er ihr zustimmen. »Na schön.«

Die Höhlenkammer erstrahlte, also begann Com Passion mit einer Veränderung der Realität. Aus der Höhle wurde eine reizende Lichtung, die von roten, grünen, purpurnen, gelben und orangen Bäumen gesäumt wurde, an denen runde Früchte in der jeweiligen Farbe hingen. In der Mitte der Lichtung wuchsen Flurpflanzen. Vom anderen Ende näherte sich die schönste Nymphe, die Forrest je gesehen hatte. Ihr dichtes, glänzendes braunes Haar umgab ihren Leib wie ein Umhang, ohne die geschmeidigen Rundungen zu verbergen, die sich beim Gehen grazil bewegten.

Sie trat näher, und er stand wie gebannt von diesem Anblick vor ihr. Er hatte keine Realitätsveränderung dieser Stärke erwartet. Und was hatte eine Nymphe hier verloren?

»Ich bin Térien«, sagte sie. »Küss mich.«

»Aber ich soll doch eine ... eine Maus küssen«, sagte er.

»Das bin ich. Ich bin Maus Térien. Ich bin älter als ich aussehe.«

»Du bist die Maus?« Er konnte die Augen nicht von ihr nehmen. »Aber du bist wunderschön!«

»Vielen Dank. Es sind vierzigtausend Jahre vergangen, seitdem ich zum letzten Mal so ein liebes Kompliment gehört habe. Andere halten mich für primitiv oder grobschlächtig.«

»Aber du bist nichts davon! Ein schöneres Geschöpf als dich kann ich mir nicht vorstellen!«

»Ich danke dir. Nun musst du mich küssen, denn ich kann dich nicht küssen, weil ich nicht weiß, wie das geht.«

»Na so was«, sagte er begeistert, umschlang mit seinen Armen ihren schlanken, nachgiebigen Leib und küsste sie fest auf die üppigen Lippen. Zuerst widerstrebte sie, doch bald hatte sie sich an das Gefühl gewöhnt und erwiderte seinen Kuss. Was bis dahin eher eine experimentelle Bemühung gewesen war, wurde nun zu einem Genuss ohne jede Einschränkung.

Nach wunderbar langer Zeit fühlte er sich gedrängt, den Kuss zu beenden; vor allem, weil er vergessen hatte zu atmen. Er blickte ihr in die tiefbraunen Augen. »Ach, Térien, das war der beste Kuss meines Lebens!«

»Ich danke dir.« Damit drehte sie sich um und ging über die Lichtung davon. Erstaunt blickte er ihr nach, unsicher, was er tun solle.

Die Szenerie verschwamm, und er stand wieder in der Höhle und blickte auf den Bildschirm, auf dem die Worte *Ich danke dir* leuchteten.

»Das verstehe ich nicht«, sagte er.

*Maus Térien konnte nicht bleiben. So sehr kann ich die Realität leider nicht verändern. Vielleicht geht eines Tages jemand aufs Feld zur Cerealienernte und erntet mir eine cereale Schnittstelle für meine Maus, dann funktioniert sie problemloser. Auf jeden Fall hat die Maus deinen Kuß sehr genossen. Und ich auch.*

Erst allmählich und sehr unsicher gewann Forrest seinen Bezug zur Wirklichkeit zurück. »Sie ... wie sieht sie denn wirklich aus?«

Eine Maus huschte auf den Holzrahmen, von dem der Bildschirm gehalten wurde, erhob sich auf die Hinterbeine und blickte Forrest an. *Da siehst du sie.*

Also war Térien wirklich eine Maus. Er hatte tatsächlich eine Maus geküsst, die zwar durch eine zeitweilige Realitätsveränderung verwandelt, aber trotzdem eine Maus war.

Trotzdem, eine Einzelheit passte nicht ins Bild. »Aber sie hat mit mir gesprochen. Laut und deutlich!«

*Auf mein Soundsystem bin ich sehr stolz.* Als die Worte auf dem Bildschirm erschienen, wurden sie gleichzeitig laut vorgetragen. *Ich war es, die sprach.*

Damit war alles erklärt. Er hatte es mit vorübergehender Realität und einem Soundsystem zu tun gehabt. Es war keine reizende Nymphe gewesen. Trotzdem war er beeindruckt. »Ich glaube, du bist ganz dicht an einem romantischen Erlebnis dran, Com Passion«, versicherte er ihr aufrichtig.

*Vielen Dank. Warte nur, bis ich mein nächstes Upgrade abgeschlossen habe. Dann beherrsche ich nicht nur die neue Rächtschraibung, dann wird auch mehr als nur ein Kuß möglich sein.*

Das klang recht bedrohlich. »Ist ... wäre das alles?«

*Für den Moment leider ja. Nimm die beiden Disketten, die neben mir liegen, und schiebe eine davon in jeden Baum. Sie werden die Wirklichkeit rings um die Bäume leicht verändern, so daß es scheint, als wärst du nicht mehr als einen einzigen Tag lang abwesend. Sie werden weder welken noch verdorren. Aber du mußt binnen eines Monats zurück sein, oder die Wirkung läßt nach, und dann könnte den Bäumen wieder etwas zustoßen.*

»Ich danke dir«, sagte er. Er nahm die beiden hölzernen Scheiben auf und steckte sie behutsam in seinen Rucksack.

*Komm bald zurück, mein lieber Junge. Es war mir ein Vergnügen.*

Er beeilte sich, nach draußen zu kommen. Dort klärte ihm die frische Luft bald den Kopf vom Dunst des Liebesquells. Er begriff, dass er in dieser Umgebung durchaus willens gewesen war, eine Romanze zu erleben, und das musste die Wirkung verstärkt haben. Als was für eine Frau Térien ihm erschienen war! Eines Tages würde sie gewiss irgendeinem Mäuserich unfassliche Wonnen bereiten. Und wenn Com Passion erst einmal voll kompatibel war, machte sie den berüchtigten Com Pewter vielleicht ebenso glücklich.

Vor ihm wirbelte Rauch.

Zwei Fahnen daraus senkten sich zu Boden und wurden zu Füßen. Der Rest wurde zu einer rauchigen Nymphengestalt. »Du dürftest der Faun sein«, sagte sie.

»Natürlich bin ich's, Mentia«, entgegnete er. »Wer sonst sollte ich sein.«

Das dunkle Gesicht verfinsterte sich. »Ich bin nicht Mentia.«

Hoppla. Dämoninnen konnten unangenehm werden, wenn sie sich beleidigt fühlten. »Dann entschuldige ich mich. Ich dachte, eine Dämonin, die so wunderschön ist, müsste Mentia sein.«

»Ach, das hast du gedacht, ja? Mentia ist verrückt. Vergiss das nie.«

Die Gestalt verwirbelte und formte sich neu. Nun war die Nymphe so schön, dass Forrest Schwierigkeiten hatte, sie anzuschauen, ohne dass er Zuckungen bekam.

»Du hast Recht«, versicherte er ihr und beschirmte die Augen mit einer Hand. »Das ist doppelt so schön wie sie.«

»Und nur halb so schön wie ich sein könnte, wenn ich Lust hätte, mir die Mühe zu machen. Also los, du Waldschrat, ich habe nicht die ganze Woche Zeit.«

»Los? Wohin?«

»Zu Humfreys Schloss natürlich. Was hast du denn gedacht?«

Ein mattes Licht ging ihm auf. »Du bist Mentias Freundin!«

»Freundin? Das wäre leicht übertreiben. Ich bin Dämonin Sideria und schulde Mentia einen halben Gefallen. Deshalb bringe ich dich zum Schloss. Zurück nicht – das wäre ein ganzer Gefallen. Und ich werde dich auf der Reise nicht rasend glücklich machen, also denk nicht einmal daran, Waldschrat.«

»Ich bin ein Faun, kein Waldschrat. Und ich hab' nicht daran gedacht!«

Sie wirkte enttäuscht. »Hast du nicht?«, fragte sie.

Das konnte bös enden. »Nun, ich habe den Gedanken daran unterdrückt, allerdings nicht ganz erfolgreich. Schließlich bin ich ein Faun, wie du weißt, und kein Waldschrat. Wir sind mit den Satyrn verwandt. Wir haben ähnliche Triebe wie unsere Vettern, aber mehr Selbstkontrolle.«

Sideria dachte nach. »Und wenn ich so aussehe?« Nun erschien sie üppiger.

»Bitte nicht, sonst denke ich die ganze Zeit daran!«

»Und so?« Ihre ohnedies spärliche Bekleidung schrumpfte, und gewisse Körperteile wölbten sich gefährlich hervor.

»Dann wäre ich so überwältigt, dass ich ständig nach dir grabschen würde, ganz wie ein Satyr – ich könnte nicht anders.«

Sie nickte zufrieden und verwandelte sich in jemand weniger Aufreizendes. Allmählich erlernte Forrest wohl den Umgang mit Dämoninnen.

»Aber zuerst muss ich nach den Bäumen sehen«, sagte er. »Danach gehöre ich dir – oder würde wenigstens dir gehören, wenn ich nicht ständig darum kämpfen müsste, nicht daran zu denken.«

D. Sideria wirkte noch zufriedener. Auf dem Weg zu Forrests Heimatlichtung schwebte sie neben ihm her. »Ist es wahr, dass Nymphen und Faune nur wenig Zauberkraft haben, wenn man absieht von Langlebigkeit, Hohlköpfigkeit und dem unersättlichen Verlangen, so zu tun, als riefen sie ganze Geschwader von Störchen herbei?«

»Schwärme von Störchen«, verbesserte er kurz angebunden.

»Dann eben Schwärme. Stimmt das, mein Schnuckelhörnchen?«

»Eigentlich nicht. Der Zauber der Nymphen besteht darin, einen Mann dadurch zu verlocken, dass sie vor ihm davonläuft. Jeder Mann, der eine fliehende Nymphe erblickt, muss ihr hinterherlaufen, obwohl er genau weiß, dass er sie niemals einholt. Der Zauber der Faune besteht darin, so schnell zu laufen, dass sie die Nymphen fangen können, und mit dem Körperkontakt in ihnen das Verlangen zu wecken, den Fang zu feiern.«

»Erstaunlich«, sagte die Dämonin gelangweilt. »Geht das auch mit anderen Frauen?«

»Nun, darüber habe ich noch nie nachgedacht, aber wenn sie sich ausziehen und davonlaufen –«

»Ich meine die animalische Anziehung«, unterbrach sie ihn. »Erregt es echte Frauen, wenn ein Faun sie berührt?«

»Nun, wir jagen keine echten Frauen. Sie wissen zu viel und sind nicht so wohlgeformt. Gleichzeitig halten sie Faune oft für missgestaltet und fühlen sich abgestoßen. Deshalb kann man nicht wissen –«

»Sie neigen also dazu, den Kontakt zu meiden. Aber wenn es dazu käme, was dann?« Sie ließ sich zu Boden sinken und schloss die Arme um ihn. An zwei Stellen presste sich ihr Oberkörper eng gegen seine Brust, und ihr Unterleib drückte ihm an einer anderen Stelle den Pelz platt. »Reicht der Körperkontakt schon aus? – O ja!« Sie weitete träumerisch die Augen. »O ja, so ist es! Plötzlich möchte ich noch viel enger an dich heran.« Die drei Stellen verstärkten den Druck.

Forrest kämpfte sich frei. »Du bist keine Frau, du bist eine Dämonin. Wenn ich versuche, mit dir zu feiern, verwandelst du dich nur in eine Wolke Lachgas.«

»Das stimmt«, pflichtete sie ihm bei und löste sich in Dampfwölkchen auf, die ein großes HA HA in die

Luft schrieben. »Trotzdem weckt deine Berührung ein gewisses Verlangen. Deshalb sollte ich dich in Zukunft nicht mehr aus allernächster Nähe necken.«

»Danke.« Er konnte sich gerade noch zurückhalten, das zu versuchen, was zu probieren sie ihn zu verlocken versucht hatte.

»Es sei denn, ich überlege es mir anders, Fähnchen im Winde, das ich bin.« Damit formte sie sich wieder zu einer üppigen Frauengestalt.

Forrest ging zu den beiden Bäumen und steckte je eine Diskette in die untersten Astgabelungen. Die Bäume schienen sich nicht zu verändern, aber er vertraute Com Passion. Den Bäumen würde nichts geschehen. Für alle Fälle erntete er ein Paar Ersatzsandalen und steckte sie in den Rucksack. »Jetzt können wir gehen. In welche Richtung müssen wir?«

»Nach Süden. Er wohnt auf der anderen Seite der Ungeheueren Schlucht.«

»Der was?«

»Sag mir bloß nicht, du kannst dich nicht erinnern! Der Vergessenszauber ist schon vor Jahren unwirksam geworden.«

»Nicht dass ich mich nicht erinnern würde – ich habe noch nie davon gehört.«

»Ach so. Nun, die Ungeheuere Schlucht ist eine große Spalte im Boden, in die man unmöglich eindringen kann, wenn man nicht weiß, wie.« Bei den Worten ›Spalte‹ und ›eindringen‹ schürzte sie anzüglich die Lippen, doch Forrest wusste nicht, worauf sie hinauswollte. Also ignorierte er sie.

»Wirst du mir sagen, wie?«

»Natürlich nicht. So einen großen Gefallen schulde ich Mentia keinesfalls.«

Das hatte er schon erwartet. Trotzdem war beschränkte Führung besser als keine. Vielleicht konnte er sich unterwegs nach einer Möglichkeit erkundigen.

# 2 Prüfungen

Am Rand eines gewaltigen Abgrunds, der gähnte, obwohl es gerade Mittag war, blieb Forrest stehen. Das also war die gefürchtete Ungeheuere Schlucht! Ungeheuer beeindruckend war sie jedenfalls.

»Also, wie willst du diese unüberwindbare Kluft überqueren?«, erkundigte sich Dämonin Sideria.

»Vermutlich muss ich eine Stelle finden, wo ich runterklettern kann, den Boden überqueren und an der anderen Seite nach einer Stelle suchen, wo ich wieder raufkraxeln kann. Wir Faune sind gute Kletterer, das liegt an unseren Hufen.«

»Von wegen, du Waldschrat. Unten in der Tiefe lebt der Spaltendrache, und der wartet nur darauf, dass ein Idiot wie du genau das versucht. Er ist ein sechsbeiniger Dampfer. Er frisst erst, und dann stellt er Fragen.«

»Na, vielleicht finden wir eine Brücke. Irgendwo muss es doch eine geben.«

»Es gibt sogar mehrere. Eine ist unsichtbar. Die andere ist eine Einbahnstraße.«

»Eine Einbahnstraße?«

»In welche Richtung du auch willst, sie führt in die andere.«

Forrest war schon einmal auf einen Einbahnpfad getroffen, deshalb wusste er, was sie meinte. »Nun, ich schaue mich um. Es muss doch einen Weg geben, auf dem die Leute die Schlucht überqueren.«

»Ja, den gibt's.«

»Aber du willst ihn mir nicht verraten.«

»Das wäre ein klein bisschen zu viel verlangt für einen halben Gefallen.«

Deshalb folgte Forrest dem Abgrund nach Westen. Nach einiger Zeit hörte er, wie sich etwas im Unterholz bewegte. Er wandte sich dem Geräusch zu und hob schützend den Sandelholzstab, der alles treten würde, was irgendwie gefährlich erschien, und ihm dadurch die Zeit verschaffte, um davonzulaufen.

Nach zweieinhalb Augenblicken erspähte er ein ungewöhnliches Tier, das sich im Dornengestrüpp verfangen hatte und wie ein männlicher Werwolf aussah, aber keiner sein konnte, denn sonst hätte es sich längst in einen Menschen verwandelt und mit den Händen die stachligen Ranken abgestreift. Doch das arme Geschöpf vermochte sich kaum zu bewegen, und weitere Ranken griffen nach ihm. Schon bald würden sie das Tier völlig umschlossen haben und es totstechen, um sich von seinem Blut zu ernähren.

Forrest mochte Dornsträucher nicht besonders, also beschloss er, dem Tier zu helfen. »Brauchst du Unterstützung?«, rief er.

Der Nicht-Werwolf blickte ihn an. »Wau!«

Forrest war nicht allzu bewandert in den Tiersprachen, nur flüchtiges Wissen, das ihm ständig entschwand, und doch kam es ihm so vor, als hätte er das Hundewort für ›Jau‹ gehört. Deshalb bahnte er mit seinem Stab einen Weg durch die Ranken. Sie peitschten umher, schlugen nach dem Stab und versuchten ihn zu durchbohren, doch am Holz kratzten sie nicht einmal. Der Stab wehrte sich mit zunehmend heftigeren Tritten, bis sie es endlich aufgaben.

Als Forrest das Tier erreichte, zog er ihm rasch, aber vorsichtig die Dornen aus dem Leib. Bald war es befreit. »Nun komm mit und bleib dicht bei meinem Stab«, sagte er. Das Tier nickte.

Kaum hatten sie das Dornengestrüpp verlassen, drehte sich Forrest zu dem Tier um. »Wenn dir die Fragen nichts ausmachen, wer bist du, und was bist du für ein Geschöpf? Du kommst mir nur halb vor wie ein Werwolf.«

»Wuff!«, antwortete das Tier.

»Also heißt du Wuff.«

»Ach komm schon, so errätst du's nie«, sagte Sideria, die neben ihm erschienen war. »Du verschwendest nur meine Zeit.«

Forrest gönnte ihr kaum einen finsteren Blick. »Du könntest Zeit sparen, indem du mir sagst, wie man die Ungeheuere Schlucht am zweckmäßigsten überquert.«

Darauf ging sie nicht ein. »Er heißt Woofer, ein mundaner Hund.«

Forrest war entzückt. »Ein mundanes Geschöpf! Ich dachte, sie wären ausgestorben!«

»Schön wär's. Im Norden Xanths gibt es 'nen Haufen mehr von ihnen, als dir recht wäre.« Sie verblasste vor Abscheu.

Forrest wandte sich wieder dem Hund zu. »Also, Woofer, ich bin noch nie einem echten Hund begegnet. Du bist also Mundanier! Ich nehme an, das bedeutet, dass deine Intelligenz eingeschr… äh, ich meine, dass du nicht gern redest. Also formuliere ich meine Fragen so, dass du sie entweder mit Ja oder mit Nein beantworten kannst. Ein Bellen für Ja, zwei für Nein. Okay?«

»Wuff!«

»Bist du mein Feind?«

»Wuff wuff.«

»Hast du Freunde?«

»Wuff.«

»Hast du dich verlaufen?«

»Wuff.«

»Findest du allein zu deinen Freunden zurück?«

»Wuff wuff.«

»Dann helfe ich dir wohl besser, deine Freunde wiederzufinden. Auf meinem eigenen Weg komme ich sowieso nicht weiter.«

»Abscheulich«, hörte er Sideria aus der Luft. »Diese lästige Pflicht bringe ich wohl nie hinter mich.«

»Du weißt, was du dagegen unternehmen könntest, Dämonin.«

»Das wäre unethisch. Ein halber Gefallen ist ein halber Gefallen und kein Fingerschnipsen mehr.«

»Wo hast du deine Freunde zuletzt gesehen?«, wandte sich Forrest wieder an Woofer.

Der Hund flitzte an den Rand des Abgrundes und deutete mit der Nase nach oben.

»Über der Kluft? Können sie fliegen?«

»Wuff.«

»Und du konntest nicht mit ihnen mithalten, hier unten auf dem Boden. Oder vielleicht doch, bis du in das Gestrüpp geraten bist. Und sie wussten nicht, dass du gefangen warst, also wissen sie nicht, wo du bist.«

»Wuff.«

»Aber vielleicht haben sie bemerkt, dass du fehlst, und kommen auf dem gleichen Weg zurück, um dich zu suchen.«

»Wuff!«, stimmte Woofer aufgemuntert zu.

»Also wollen wir hier warten, bis sie kommen. Dann bist du in Sicherheit. Xanth ist nicht sehr freundlich gegenüber einem einzelnen mundanen Geschöpf.«

»Wuff.«

Also warteten sie am Rand des Abhangs und hielten nach fliegenden Geschöpfen Ausschau, während D. Sideria abwechselnd erschien und verschwand; sie verlieh ihrem Unwillen Ausdruck, so weit es nur ging. Forrest nahm etwas Balsam aus dem Rucksack und rieb damit Woofers Kratzer und Stichwunden ein, die sofort zu heilen begannen.

Dann erspähten Forrests scharfe Augen zwei Punkte in der Luft. Das könnten Vögel sein, dachte er, aber sie bewegen sich nicht wie Vögel. »Vielleicht sind sie das«, meinte er.

»Wuff!« Woofer wedelte mit dem Schwanz.

Also winkte Forrest heftig, um ihre Aufmerksamkeit zu wecken. Die Gestalten schwenkten auf ihn ein. Schon bald erwiesen sie sich als zwei menschenähnliche Geschöpfe: ein junger Mann und eine junge Elfe. Sie hatte Flügel, während er ohne Schwingen flog. Offenbar waren sie ein Paar.

Als sie am Rand der Schlucht landeten, stürmte Woofer ihnen kläffend entgegen. Der junge Mann umarmte den Hund, und die Elfe küsste ihm auf die Nase. Dann wandten sie sich Forrest zu.

»Hallo«, sagte er. Er fühlte sich befangen.

»Wuff!«, sagte Woofer und drehte sich zu ihm um.

»Hast du Woofer geholfen?«, fragte der Mann.

»Er hatte sich in einem Gestrüpp verfangen.«

»Wuff.«

»Aber dann müsste er doch ganz zerkratzt sein«, wandte die Elfe ein. »Ich sehe keinen einzigen Kratzer.«

»Wuff wuff.«

»Ich habe ihn mit einem bisschen Balsam eingerieben«, erklärte Forrest und fügte noch immer verunsichert hinzu: »Ich bin froh, dass er jetzt bei Freunden ist. Ich muss weiter.«

»Wuff wuff.«

»Aber du bist doch jetzt bei deinen Freunden?«, fragte Forrest. »Das sind doch deine Freunde?«

»Er will sagen, dass er sich für deine Hilfe bedanken will, indem er dir hilft«, sagte der Mann. »Wir sollten uns vorstellen. Ich bin Sean Mundanier.«

»Ich heiße Gerte Elfe«, sagte die Frau.

»Ich bin Forrest Faun.«

»Und du brauchst dich nicht zu wundern, ich bin wirklich ein Mundanier«, fügte Sean hinzu. »Als ich Xanth besuchte, habe ich mich in Gerte verliebt. Wir ... nun, wir kamen einem Liebesquell in die Quere, ohne das sofort zu bemerken. Sie ist groß für eine Elfe und kann fliegen, weil ihr Baum eine sehr große Flügelulme ist. Ich habe sie mit nach Mundanien genommen, und sie fand meine Welt sehr, sehr seltsam. Als wir dann nach Xanth zurückkehrten, konnte ich plötzlich fliegen. Wir wissen nicht genau, was geschehen ist, aber es ist großartig. Im Augenblick genießen wir es einfach. Wir hoffen, bald zu heiraten.«

Forrest begriff, dass die beiden auf ihn ebenso neugierig waren wie er auf sie. »Ich bin ein gewöhnlicher Baumfaun. Mein Nachbarbaum hat seinen Faun verloren, und deshalb suche ich nach einem Ersatzfaun, damit er nicht eingeht oder ...« Er stockte.

»Mundan wird«, vollendete Sean den Satz. »Ich bin nicht beleidigt; ich weiß, wie schrecklich das einem Xanthier vorkommt. Auf jeden Fall willst du das verhindern.«

»Deshalb möchte ich den Guten Magier um Rat fragen«, fuhr Forrest fort, »obwohl ich natürlich weiß, dass ich ihm dafür ein Jahr lang dienen muss. In einem Monat muss ich aber wieder an meinem Baum sein. Und nun finde ich keinen Weg über diese Schlucht. Deshalb weiß ich nicht genau, was ich tun soll.«

Sean und Gerte tauschten einen Bedeutsamen Blick. Dann ergriff sie das Wort. »Du hast Woofer geholfen, und das wissen wir zu schätzen. Vielleicht können wir dir dafür einen Gefallen erweisen. Ich weiß zwar nicht, wie dein Dilemma zu lösen ist, aber ich kenne jemanden, der dir vielleicht helfen kann. Augenblick, bitte.« Sie hob eine Pfeife, die sie am Hals trug, und blies hinein.

Kaum einen Lidschlag später krachte es im Busch, als bräche etwas Großes hindurch – und genau das war auch der Fall. »Ein Drache!«, rief Forrest. »Am besten flieht ihr über den Abgrund.«

»Ein Eselsdrachen«, verbesserte Gerte ihn. »Ein Freund.«

Tatsächlich sah Forrest nun, dass der Drache gestreift war und den Kopf eines Esels hatte. Er stapfte durch das Dornengestrüpp, ohne die Stacheln zu beachten. Darauf saß eine junge Frau, die noch ein wenig aufreizender war als D. Sideria in Verführerlaune.

»Abscheulich!«, rief die Dämonin aus und formte sich neben ihm aus der Luft.

Der Eselsdrache blieb vor ihnen stehen. »Wir haben deine Pfeife gehört«, sagte die wunderschöne Frau. »Wie können wir dir helfen?«

»Dieser nette Faun hat Woofer aus Schwierigkeiten gerettet«, erklärte Gerte. »Jetzt möchten wir ihm einen Gefallen tun.«

Die Frau richtete ihre bezaubernden Augen auf Forrest. »Ich heiße Chlorine. Mein Talent besteht darin, Wasser zu vergiften. Das ist mein Freund Nimby, den ich mehr liebe als jeden in Xanth, und dem ich alles verdanke. Sein Talent ist es, uns beide sein zu lassen, was wir sein wollen. Wir reisen umher und schauen, wo wir Gutes tun können. Wer bist du, und warum hast du es verdient, dass man dir einen Gefallen tut?«

»Ich bin Forrest Faun und verdiene keinen Gefallen.«

Chlorine sah Gerte an.

»Das stimmt nicht«, sagte das geflügelte Elfenmädchen. »Er versucht, einen Ersatzfaun zu finden für einen Baum, der sonst eingeht oder mundan wird. Er muss über die Ungeheuere Schlucht, um den Guten Magier um Rat zu bitten. Und er hat kein Jahr Zeit, ihm zu dienen, denn der Baum überdauert nur einen Monat.«

Die Frau blickte wieder Forrest an. »Vermutlich bist du nicht der klügste Faun in Xanth, aber du meinst es gut.«

Das fasste es eigentlich kurz und bündig zusammen. »Stimmt.«

»Dann helfen wir dir«, beschloss Chlorine. »Oder, Nimby?« Sie beugte sich vor und umarmte den Hals des Drachen. Sie schienen perfekt zusammenzupassen: Die Schöne und das Biest.

Nimby nickte bejahend. »Ich liebe dich«, sagte Chlorine und küsste ihn auf die Kruppe. »Du hast mir meine Träne zurückgegeben und noch so viel mehr für mich getan.«

Forrest vermutete, dass an den beiden mehr war als es oberflächlich den Anschein hatte. Warum sollte eine so schöne Frau sonst an einem derart hässlichen Drachen hängen? Doch eine ähnliche Frage stellte man sich auch über Faune und Nymphen: Warum banden sie sich an wortkarge Pflanzen? Es hatte keinen Sinn, das Wundersame dieser Beziehung denen erklären zu wollen, denen jede Grundlage für ein Verständnis fehlte. Vielleicht beschützte Nimby seine Chlorine vor anderen Drachen; allerdings sah er nicht besonders wehrhaft aus. Oder vielleicht fühlte sich solch große Schönheit von ebenso großer Hässlichkeit angezogen.

Chlorine richtete sich auf und sah Forrest an. »Setz

dich hinter mich«, bat sie ihn. »Wir bringen dich über die Schlucht.«

Forrest blickte in die drohend klaffende Tiefe hinab. »Ja, und wie?«

Sie lächelte, und die Umgebung erhellte sich. »Das wirst du schon sehen.«

Also trat Forrest neben den Drachen und kletterte auf seinen Rücken. Sein Sitzplatz indes erschien ihm sehr unsicher: Gleich hinter ihm waren die kleinen Flügel des Drachen, und vor ihm befand sich Chlorines bemerkenswert konturierte Rückseite.

»Leg die Arme um mich«, sagte sie, »und halt dich gut fest.«

»Aber ...«

Sie griff nach hinten, packte ihn bei den Handgelenken und zog sie vor, bis seine Hände sie an der schmalen Taille berührten. Er verschränkte seine Finger. Sein Gesicht tauchte fast in ihr wogendes Haar, das nach frischem Heu duftete.

Der Drache stürmte unmittelbar auf die Kluft zu. Sein Kopf senkte sich in den Abgrund und verschwand außer Sicht, dann umbog sein ganzer Leib die Kante. Sie stürzten senkrecht nach unten in die Schlucht!

Der Himmel schien sich zu drehen, als die Orientierung wechselte. Entsetzt klammerte sich Forrest eng an Chlorine fest, denn er fürchtete, auf dem Grund der Spalte aufzuschlagen.

Doch das geschah nicht. Er presste sich eng gegen ihren wohlgeformten Rücken, seine Lenden lagen an ihren vollen Hüften, sein Gesicht steckte in ihrem duftenden Haar – und sie fielen gar nicht. Statt dessen bewegten sie sich die senkrechte Wand hinunter, als ritten sie über ebenen Boden. Chlorines Frisur war nicht einmal außer Form geraten.

»Macht's gut!«, rief Sean ihnen winkend nach. Er

schwebte neben ihnen, aber in einem anderen Winkel, denn für ihn war unten nach wie vor unten.

»War nett, dich kennen zu lernen«, sagte Gerte. Sie flog ähnlich; ihre Flügel schlugen sanft und regelmäßig. Forrest spürte den Luftzug und wusste, dass es abwärts ging, ihm aber kam es vor wie Gegenwind. Er war irgendwie am Steilhang verankert, und der war zu seinem Erdboden geworden. Die Erfahrung war eigenartig, aber nicht unangenehm.

»Du kannst dich entspannen«, sagte Chlorine.

Oh. Er löste seine panische Umklammerung. Es war wirklich nicht erforderlich, dass er sie totquetschte.

Sean und Gerte winkten noch einmal, dann flogen sie davon. Forrest hörte ein Kläffen von Woofer, der ihnen auf der anderen Seite der Schlucht am Boden folgte.

»Vielen Dank!«, rief Forrest ihnen hinterher, als ihm seine Manieren wieder einfielen. »Und euch auch«, wandte er sich an Frau und Drache.

»Das tun wir ständig«, entgegnete Chlorine. »Nimby und ich haben viel Glück, das wir mit anderen teilen, wenn sie es verdient haben.«

»Aber ich versuche doch nur, dem Nachbarbaum zu helfen. Das ist nichts Besonderes.«

»O doch, es ist großzügig und nett«, sagte sie, »und dadurch, dass du es nicht für erwähnenswert hältst, beweist du Anstand und Bescheidenheit. Solchen Personen helfen wir gern.«

Forrest wurde immer neugieriger auf sie und den Drachen. »Darf ich fragen …«

»… was es mit Dame und Eselsdrache auf sich hat?«, beendete sie den Satz für ihn. »Nun, eigentlich bin ich ein langweiliges, unscheinbares, gleichgültiges Mädchen ohne besonderes Talent. Aber Nimby macht mich schön, klug, gesund und freundlich, und nun leben wir im Schloss ohne Namen, wo eine gewaltige

Dienerschaft uns jeden Wunsch von den Augen abliest. Jeden Monat begeben wir uns auf eine Rundreise durch Xanth, suchen nach guten Taten und lassen auf diese Weise andere, wenngleich geringfügig, an unserem Glück teilhaben.«

»Ein Drache, der in einem Schloss lebt?«

Sie lachte. Seine Hände, die er über ihrem weichen, aber festen Bauch verschränkt hatte, brachte sie damit zum Beben. »Ach, Nimby verwandelt sich dann in einen gutaussehenden Prinzen, denn in Drachengestalt passt er durch viele Gänge nicht. Und obwohl ich ihn in jeder Gestalt liebe, bevorzuge ich es doch, wenn er als Mann zu mir ins Bett kommt. Dann ist er kuscheliger, weißt du.«

Sie glaubte, der Drache konnte sich in einen Mann verwandeln? Das musste sie sich einbilden, denn jedes Geschöpf in Xanth hatte nur ein magisches Talent, das wusste jeder, und Nimbys Talent bestand offenkundig darin, senkrechte Wände beschreiten zu können, als wären sie waagerecht. Chlorine musste unter einer allzu lebhaften Fantasie leiden. Ihre Vorstellungen über ihr Aussehen und ihre Persönlichkeit waren das genaue Gegenteil der Wirklichkeit: Sie schrieb ihre Schönheit dem Drachen zu, obwohl sie ganz eindeutig aus sich heraus schön war. Trotzdem, sie und der Drache erwiesen ihm einen Gefallen, also machte er ihre Ideen besser nicht verächtlich. »Das ist schön«, sagte er also nur.

»Du glaubst mir nicht, stimmt's?«

»Das habe ich nicht gesagt.«

»Das brauchst du gar nicht. Aber du glaubst mir nicht.«

»Nimm's mir nicht übel, aber ... nein, so ganz glaube ich dir nicht.«

»Das ist gut. Ich möchte nämlich gar nicht, dass man mir glaubt. Kannst du dir vorstellen, dass Nimby und ich verheiratet sind und in den Flitterwochen einen ganzen Monat auf der anderen Seite des Mondes zugebracht haben?«

»Das finde ich ähnlich schwer zu glauben.«

»Großartig! Ich könnte dir wahrscheinlich alles erzählen, und du würdest mir kein Wort glauben. Also kann ich völlig offen sein.«

»Nun, das würde ich so nicht sagen.«

»Wenn ich dir verraten würde, wer Nimby wirklich ist, würdest du mir erst recht nicht glauben. Deshalb versuche ich es gar nicht.«

Vielleicht war das ganz gut so. Je weiter sie kamen, desto größeren Unsinn erzählte Chlorine.

Als sie fast unten angelangt waren, erschien D. Sideria wieder. »Du vergnügst dich?«, fragte sie mit einem bedeutsamen Blick auf Forrests Hände.

»Ja, das ist eine erstaunliche Erfahrung«, stimmte Forrest ihr zu. »Solch eine Schlucht habe ich noch nie gesehen.«

»Ich meinte eigentlich, wie du dich an Fräulein Brunnenvergifterin festklammerst. Wenn Mann sie sieht, läuft einem wohl das Wasser im Munde zusammen.«

Chlorine sah sie an. »Hast du nicht irgendwo anders etwas Wichtigeres zu tun, Dämonin?«

Sideria grinste anzüglich. »Nein. Ich –« Dann wirkte sie sehr erstaunt. »Um der Wahrheit die Ehre zu geben, doch.« Und damit blendete sie sich aus.

Die großen Füße des Drachen brachten sie rasch voran, und so erreichten sie die Unterkante der Wand. Sie bogen um die Ecke und ritten wieder über ebenen Boden. Als Forrest hochblickte, sah er den Rand der Kluft unfassbar weit über sich, dazu zwei fliegengroße Punkte, bei denen es sich vielleicht um Sean und Gerte handelte.

Dann fiel ihm etwas ein. »Soll es hier nicht einen

Spaltendrachen geben, der jeden frisst, den er kriegen kann?«

»Im Augenblick ist er nicht in der Nähe«, entgegnete Chlorine. »Möchtest du ihn kennen lernen?«

»Nein! Ich will ihm aus dem Weg gehen!«

»Er heißt Stanley Dampfer, und er frisst nur Leute, die er nicht kennt. Ich könnte euch bekannt machen.«

»Trotzdem nein, danke. Das möchte ich lieber nicht.«

»Er hat einen ganz putzigen Sohn namens Steven Dampfer. Alle Mädchen lieben das Drachenbaby.«

»Ich bin kein Mädchen.«

Sie lachte wieder. »Na gut, also keine Vorstellung. Aber wenn du ihm je begegnen solltest, sag einfach, dass Nimby dich schickt, dann frisst er dich nicht.«

»Ach – du meinst, Drachen fressen keine Freunde anderer Drachen?«

»So ungefähr. Die geflügelten Ungeheuer sind ganz besonders auf ihre Ehre bedacht. Sie beschützen einander und alle Freunde. Aber nutze das Privileg nicht allzu sehr aus. Schließlich müssen sie von irgendwas leben.«

Von den meisten Leuten, denen sie begegneten, dachte Forrest. »Nein, ich nutze es nicht aus«, versprach er. War das nun eine weitere ihrer Fantasien oder meinte sie es ernst? Er hoffte, dass er niemals Gelegenheit erhielt, diese Frage ein für allemal zu klären.

Sie erreichten die gegenüberliegende Felswand, die nicht allzu weit entfernt lag, denn am Boden war die Spalte viel schmaler als oben. Forrest wusste, dass er, wenn er angestrengt darüber nachdachte, vermutlich zu dem Schluss gelangte, die Wände seien gar nicht senkrecht. Doch das Ergebnis dieses Gedankengangs lohnte die Mühe kaum, deshalb zog er die Schlussfolgerung gar nicht erst.

Der Weg hinauf ähnelte dem Weg hinunter, nur war ›vorn‹ nun der ferne Himmel. Der Drache schien keine Mühe zu haben, die Wand hinauf zu laufen, und Forrest spürte den Griff der Schwerkraft nicht, die eigentlich versuchen sollte, ihn zurückzuhalten; nur die geschmeidige Gestalt Chlorines, die seine Hände um sich geschlossen hielt.

»Du musst hungrig sein«, sagte sie nach einer Weile. »Hier hast du einen Doughnut, ein mächtiges Nahrungsmittel.« Sie drehte sich um ein Viertel zu ihm und hielt ihm eine große schwammige Nuss vor den Mund, sodass er sie mit den Zähnen nehmen konnte, ohne Chlorine loszulassen.

Forrest biss hinein. Der Doughnut schmeckte sehr gut, mehr nach frischem Kuchen als nach Nüssen, und war tatsächlich erstaunlich mächtig: Forrest war sofort satt. »Danke«, sagte er.

»Gern geschehen.«

Forrest blickte nach vorn und sah, dass eine dunkle Wolke näher kam. »Das sieht ganz nach Fracto aus, dem schlimmsten aller Gewitter«, sagte er. »Ich hoffe, er hat nicht vor, uns nasszumachen.«

»Das wagt er nicht«, entgegnete Chlorine.

Doch die Wolke schwebte dichter heran. Mit jedem Augenblick wurde sie größer und hässlicher. Schließlich tippte Chlorine Nimby auf die Schuppen. »Unheil auf zwei Uhr«, murmelte sie.

Der Drache hob den Kopf und blickte die Wolke an. Fracto erbleichte und änderte eilig den Kurs.

Forrest stutzte. Konnte er seinen Augen nicht mehr trauen? Wie konnte ein einziger Blick von einem auf geradezu lächerliche Weise dumm ausschauenden Drachen jemand so Furchterweckenden wie Fracto in die Flucht schlagen? Das musste er sich eingebildet haben. Vielleicht griffen Chlorines Wahnvorstellungen auf ihn über.

Sie erreichten den Rand der Schlucht und bogen um die Kante. Nun war alles wieder in der Ebene.

Der Drache blieb stehen. »So, weiter nehmen wir dich nicht mit«, sagte Chlorine, »aber vor dir liegt ein magischer Weg. Wenn du ihm folgst, kommst du direkt zum Schloss des Guten Magiers.«

»Danke«, sagte Forrest und rutschte von dem Drachen herunter.

»Und mach dir keine Sorgen um den Jahresdienst«, fuhr sie fort. »Humfrey wird ihn dir nicht abverlangen. Also bist du rechtzeitig wieder bei deinem Baum.«

»Ehrlich?«, fragte Forrest erstaunt.

»Ja. Und ich glaube, dann bist du glücklicher als je zuvor.« Sie zuckte mit den Schultern. »Aber natürlich kenne ich die Zukunft nicht, deshalb könnte ich mich auch geirrt haben.«

Chlorine klang so vernünftig, obwohl sie doch offenkundig völlig von allen guten Geistern verlassen war! »Danke«, wiederholte Forrest. »Ich danke euch für alles.«

Sie lächelte und erhellte damit erneut die Umgebung. Während Nimby in den Dschungel stapfte, winkte sie dem Faun. Der Eselsdrache brauchte offenbar keinen Weg zu suchen. Forrest wandte sich ab und trat auf den magischen Pfad.

Im nächsten Moment fiel ihm noch etwas ein, und er drehte sich wieder um. Ein Moment dauert nicht sehr lange, und deshalb hätte er eigentlich noch genügend Zeit haben müssen, sie einzuholen und seine Frage zu stellen. Doch als er wieder an den Rand der Ungeheueren Schlucht trat, war von Mädchen und Drachen nichts mehr zu sehen. Er folgte Nimbys Spur in den Dschungel – doch nach wenigen Schritten hörte sie auf, fast so, als wäre das Geschöpf einfach verschwunden, ohne weiterzugehen. Konnte Nimby davongeflogen zu sein? Doch in der Luft war nichts zu sehen. Sie waren einfach verschwunden.

Das war ja ein merkwürdiges Paar! Wie sollte er einen eselsköpfigen Drachen befragen, der einfach verschwand? Und eigentlich war es auch egal, denn nun hatte er ganz vergessen, wonach er sich erkundigen wollte.

»Jawohl, sie sind wirklich fort«, sagte D. Sideria und erschien.

»Wo bist du gewesen?«

»Ich empfand den dringenden Wunsch, mich woanders zu beschäftigen. Der Wunsch war erst vorbei, als du Fräulein Giftspritze losgelassen hast. Deshalb konnte ich nicht sehen, ob irgendwelche Hügelungen deine Hände veranlassten, ihre Hügel zu bügeln.«

Noch ein Beweis für die Kräfte dieser eigenartigen jungen Frau. Sie hatte eine Dämonin gebannt! »Nun, ich brauche deine Hilfe nicht mehr, also kannst du dir eine andere Beschäftigung suchen.«

Sie drohte ihm mit dem Finger, und das Wackeln setzte sich ihren Arm entlang bis in ihren Leib fort. »Na, na, du Waldschrat! Ich habe dir einen halben Gefallen zu erweisen.«

»Das hast du getan. Ich bin jetzt auf einem magischen Weg, der mich zum Schloss des Guten Magiers bringt.«

Sie nickte, und auch das Nicken durchlief ihren ganzen Körper. »Das bist du. Trotzdem besteht da noch eine Schwierigkeit.«

»Ich will's nicht hören.«

»Na schön. Der Gute Magier versucht grundsätzlich, sich jeden Begehrer durch drei alberne Prüfungen vom Leib zu halten.«

»Begehrer? Wie soll ich das verstehen?«

»Jeden Begehrer. Jemand, der mit einem Begehren kommt. Damit bist du gemeint.«

»Und wie bestehe ich diese Prüfungen?«

»Tut mir leid, aber die Antwort darauf geht über meine Verpflichtung hinaus.«

Forrest blickte die Dämonin verärgert an. Dann erst fiel ihm ein, dass sie genau das bezweckte: ihn zornig zu machen. »Vielen Dank«, sagte er, »ich weiß deinen Rat wirklich zu schätzen. Jetzt bin ich auf die Prüfungen viel besser vorbereitet.«

»Fluch!«, brummte sie. »Schon wieder bezwungen.« Damit verblasste sie.

Also rannte Forrest allein den Pfad entlang, was erstaunlich schnell ging. Aus einem Grund, den er nicht begriff, schien es hier früher am Tag zu sein als bei seiner Ankunft vor der Ungeheueren Schlucht. Jedenfalls brauchte er dadurch nicht auf halber Strecke zu übernachten. Hungrig war er auch nicht; der Doughnut schien sehr lange vorzuhalten.

Schon am Nachmittag erreichte er das Schloss des Guten Magiers. Jemandem, dem solcherlei Bauwerke gefielen, musste das Schloss einen grandiosen Anblick bieten: Es hatte rote Ziegelmauern, grüne Dachziegel und einen hellblauen Graben. In diesem Graben lauerte ein ganz merkwürdiges Ungeheuer mit dem Oberkörper eines Menschen und dem Leib einer geflügelten Schlange. Es war riesig.

Forrest sah eine Zugbrücke, die herabgelassen war und über den Graben führte. Ein wenig zaudernd näherte er sich dieser Brücke.

»Das wird dir noch leid tun«, murmelte D. Sideria hinter ihm.

»Dann verschwinde, bevor du dich zu sehr daran erfreust«, erwiderte er und machte größere Schritte.

Augenblicklich schwamm das Grabenungeheuer auf die Brücke zu. »Komm nur näher, du Faunenfatzke!«, rief es, »ich hab' seit Tagen nichts mehr zwischen die Zähne gekriegt.«

Forrest blieb stehen. Der menschliche Teil wirkte hinreichend kräftig, um ihn zu packen und ins Jenseits zu befördern, während der Schlangenleib groß genug zu sein schien, um ihn zu verdauen. Ausweichen konnte er den Armen des Ungeheuers auf der schmalen Brücke nicht. Also musste die Menschenschlange die erste Prüfung sein.

Er blickte sich um. Der Graben schien das ganze Schloss zu umgürten. Wenn er versuchte, hindurchzuschwimmen, erwischte das Ungeheuer ihn umso leichter. Wie sollte er nur auf die andere Seite kommen?

Ein nonchalanter Mann kam deutlich desinteressiert um den Graben geschritten. »Bemerke ich da etwa ein Problem?«, erkundigte er sich.

»Ich versuche den Graben zu überwinden, ohne von dem Ungeheuer gepackt und gefressen zu werden.«

»Nun, das finde ich sehr interessant. Warum möchtest du das denn?«

»Weil ich mit dem Guten Magier sprechen muss.«

»Aber gewiss. Warum möchtest du denn mit ihm sprechen?«

»Weil ich eine Lösung für ein Problem suche.«

Der Mann nickte. »Ist dir schon einmal in den Sinn gekommen, dass du deine Kraft in die falsche Richtung lenkst? Die Umstände kannst du nicht ändern, aber dich selbst. Vielleicht vermagst du das Problem zu lösen, indem du dir eine neue Haltung erschließt.«

Forrest blickte ihn irritiert an. »Wer bist du eigentlich?«

»Wer ich bin? Nun, ich bin der Schlosspsychiater. Meine Aufgabe besteht darin, mit Begehrern zu sprechen und ihnen Hilfestellung zu geben bei dem Versuch, ihre Probleme auf altmodische Art zu lösen: nämlich selbstständig.«

»Wenn ich es selbstständig lösen könnte, wäre ich wohl kaum hierher gekommen«, beschied Forrest ihm kurz angebunden.

»Nun ja, bist du dir dessen wirklich sicher? Vielleicht benötigst du nur einen neuen Blickwinkel.«

Schon bei seiner Ankunft vor dem Schlossgraben war Forrest alles andere als guter Laune gewesen, und nun ging es damit steil bergab. »Alles was ich benötige, ist ein Weg über diesen Graben.«

»Und wieso meinst du das?«

Forrests Unmut näherte sich dem Punkt, an dem er ihm Luft machen musste. »Wenn du mir nicht helfen willst, dann verschwinde und lass mich in Ruhe nachdenken.«

»Ich glaube, wir müssen zur Wurzel deiner Feindseligkeit vorstoßen. Bist du als Kind von deinen Eltern schlecht behandelt worden?«

»Ich habe nie Eltern gehabt!«, fauchte Forrest. »Ich bin ein Faun. Wir kommen im Nymphen- und Faunenreservat zur Welt, und da bleiben wir, bis wir gehen.«

»Möchtest du darüber sprechen?«

»Nein!«

Der Psychiater schüttelte den Kopf. »Ich fürchte, du bist ein schwieriger Fall, der etliche Therapiesitzungen à fünfzig Minuten in Anspruch nehmen wird. Warum machst du es dir nicht bequem, bevor wir fortfahren?«

Forrest ging eine Glühbirne auf – über dem Kopf. »Du bist ein Teil des Problems!«, rief er aus. »Du bist ebenfalls eine Prüfung!«

»Mitnichten. Ich bin eine Lösung. Doch du musst dich dieser Lösung zugänglich zeigen. Du musst dich öffnen. Ich kann dir helfen, aber dazu musst du dich aufrichtig ändern wollen.«

»Aber ich *will* mich gar nicht ändern! Ich will über diesen Graben!«

Wenn der Mann die Wahrheit sagte, grübelte Forrest, dann war er kein Problem, sondern eine Lösung. Aber wie sollte er ihm helfen, wenn er nur versuchte, Forrest abzulenken oder ihn zu überreden, er solle sein Bemühen aufgeben?

Der Faun bemühte sich um einen gelassenen Gesichtsausdruck. »Wie genau hilfst du denn den Leuten?«

»Ich ermutige sie, über ihre Gefühle zu sprechen. Auf diese Weise können sie mit sich selbst Frieden schließen. Umgangssprachlich bezeichnet man mich oft als Seelenklempner oder scherzhaft auch als Köpfeschrumpfer, kurz Schrumpfer, weil ich Probleme zum Schrumpfen bringe und dadurch verständlich und weniger belastend mache.«

Ein Schrumpfer! Plötzlich erkannte Forrest einen möglichen Weg über die Brücke. »Du weißt also, dass ich Probleme habe. Aber wie du schon sagtest, sind sie kompliziert und erfordern sehr viel Zeit, um sie kleiner zu machen – zu schrumpfen, wie du es nennst. Aber ... ich glaube, das Problem des Grabenungeheuers ist viel einfacher und kann in viel kürzerer Zeit geschrumpft werden. Warum hilfst du ihm nicht zuerst und ersparst ihm die lange Wartezeit?«

»Nun, das nenne ich doch reizend«, stimmte der Psychiater zu. Er wandte sich dem Mer-Drachen zu. »Hör zu – lass uns miteinander reden.«

»Wozu?«, fragte das Ungeheuer.

»Weil ich deutlich sehen kann, dass es dir nicht gut geht. Ich möchte dir helfen, deine Sorgen zu mindern und es dir ermöglichen, ein gutes Selbstbild von dir zu erlangen.«

»Natürlich geht's mir nicht gut!«, rief das Ungeheuer. »Schließlich bin ich ein Monstrum! Du machst dir keine Vorstellung, wie langweilig es ist, in einem engen, kreisrunden Graben gefangen zu sein!«

»Ja. Doch, das verstehe ich sehr gut. Aber den Graben kannst du nicht ändern, nur dich selbst. Wenn du eine positivere Haltung zu dem Graben einnehmen könntest, ginge es dir insgesamt vielleicht besser.«

»Tatsächlich?«, fragte das Monster interessiert.

Forrest setzte sich und verfolgte, wie die beiden sich unterhielten. Währenddessen nahm das Ungeheuer immer mehr an Größe ab. Der Schrumpfer verrichtete sein Werk.

»Du raffinierter Schlingel«, murmelte Sideria hinter ihm. »Du bist drauf gekommen.«

»Nun, ich wollte schließlich nicht selber geschrumpft werden«, sagte Forrest zufrieden. »Deshalb dachte ich, soll er doch mein Problem zum Schrumpfen bringen.«

Als das Ungeheuer zu klein war, um die Brücke erreichen zu können, ging Forrest hinüber zum Schloss. Er fühlte sich halbwegs zufrieden.

Am anderen Ufer trat er an ein Gleis aus Metallschienen, dahinter war eine nackte Mauer. Die Schienen und die Mauer setzten sich in beide Richtungen fort. Mit Ausnahme der Gleise gab es außerhalb des Schlosses keinen Flecken ebenen Boden.

Deshalb entschied er sich für eine Richtung und folgte den Schienen in ihrer Mitte. Vor ihm kräuselte etwas die Luft. »An deiner Stelle würde ich das sein lassen«, sagte es. »Aber zum Glück bin ich nicht an deiner Stelle.«

»Bist du etwa immer noch da, D. Sideria?«, fragte Forrest gereizt.

»Ich habe Mentia den halben Gefallen noch immer nicht ganz getan«, sagte sie und nahm üppige Gestalt an.

Forrest musste stehen bleiben, sonst wäre er in sie hineingelaufen und erneut an den drei Stellen mit ihr zusammengestoßen. »Warum würdest du hier nicht gehen, wenn du schrecklicherweise an meiner Stelle wärst?«

»Weil die Lokomotive kommt und du ihr nicht ausweichen kannst.«

»Lokomotive?«, fragte er. Das Wort war ihm neu. »Was ist das?«

»Eine riesige, gewaltige, enorm große und schwere verrückte Maschine, die über dieses Gleis donnert und alles zermalmt, was ihr im Wege ist.«

»Aha – so etwas wie ein großer Drache?«

»Nein, eher der Zug, mit dem du durch die Kinderstube gebraust bist.«

Er blickte sie an. »Du kannst einem wirklich auf die Nerven gehen.«

»Das ist eben die Kehrseite meiner Natur. Wer am besten dazu geeignet ist, einen Mann vor Verlangen rasend zu machen, eignet sich auch am besten, ihn über alle Maßen zu verärgern. Ich glaube, das sollte ich näher darlegen.« Und ihre Kleider wurden allmählich durchsichtig.

Forrest kniff die Augen zu, um beim Anblick ihrer Pantys nicht aus den Sandalen zu kippen, denn er wusste genau, dass sie nicht vorhatte, Nymphe und Faun mit ihm zu spielen; sie wollte ihn nur vor Verlangen überschnappen lassen. Damit nämlich vergnügen sich Dämoninnen: indem sie einfache Leute plagen. »Was würdest du an meiner Stelle tun?«

»Ich würde rasch zur Brücke zurückkehren. Sehr rasch sogar.«

Forrest hörte ein unheilverkündendes Rumpeln. Die Schienen bebten und machten zusehends lautere Geräusche. Der Faun drehte sich um, öffnete die Augen und erblickte ein helles Licht in der Mitte eines schwarzen Flecks, der sich auf ihn zu bewegte. So schnell er konnte, rannte er zurück zur Brücke.

Der Fleck verfestigte sich zu einer furchterregend großen, schwarzen, dahinrasenden Maschine. Weiße Dampfstrahlen schossen aus ihrer Seite, und aus einem Kamin auf der Oberseite stieg schwarzer Qualm auf. Die Maschine stieß ein durchdringendes Pfeifen aus.

Forrest sprang auf die Brücke, rollte sich ab und bekam im allerletzten Augenblick die Hufe aus dem Weg, dann donnerte die Maschine vorüber, ganz wie Sideria vorhergesagt hatte. Wenn sie ihn nicht gewarnt hätte, wäre er nun platt wie eine Flunder.

»Ich danke dir, Dämonin«, sagte er. »Du hast mich vor einem sehr unangenehmen Erlebnis bewahrt.«

Sie erschien vor ihm. Ihr Rocksaum drohte, zu viel von ihren Beinen zu entblößen. »Na ja, es wäre Verschwendung gewesen, dich zerquetschen zu lassen, wo ich nur noch anderthalb Prüfungen von der Erfüllung meines halben Gefallens entfernt bin.«

»Das kannst du getrost laut sagen«, meinte Forrest. Unter Aufbietung aller Willenskraft löste er seinen Blick von ihren Knien und rappelte sich auf. »Was also würdest du an meiner Stelle tun?«

»Ich würde einsteigen, bevor der Zug abfährt.«

Da erst sah Forrest, dass die Lokomotive, nachdem sie ihn knapp verfehlt hatte, unweit der Brücke schnaufend angehalten hatte. An die Lokomotive waren mehrere Wagen angehängt, und gleich vor ihm stand eine Tür offen. Der Wagen hatte viele Fenster in einer Reihe ein wenig über Kopfhöhe.

Also hielt er sich an dem Handgriff fest und stieg die Stufen hinauf, in das Ende des langen Wagens.

Erneut wurde die Pfeife geblasen, und die verrückte Maschine schnaufte und setzte sich wieder in Bewegung. Offenbar war es recht anstrengend, die vielen Wagen hinter sich herzuziehen. Kaum stand

Forrest im Wagen, klappten die Stufen ein, und er war gefangen. Nun ging es woandershin.

»Zum Glück bin ich nicht an deiner Stelle«, murmelte ihm Sideria unsichtbar ins Ohr. »Mentia würde damit vielleicht zurechtkommen, aber ich glaube, ich könnte das nicht.«

»Wie meinst du das?«

Doch sie war verschwunden. Er war wieder auf sich allein gestellt.

Forrest blieb nur eine Wahl: Er musste in den Wagen vorstoßen. Zu beiden Seiten standen plüschbezogene Sitze, auf denen reglose Menschen hockten. Sie wirkten wie Statuen, denn sie blinzelten nicht einmal. Das machte ihn nervös.

Er folgte dem Mittelgang, bis er einen leeren Sitz fand. Der Wagen schüttelte sich, und der Boden schwankte umso stärker, je schneller der Zug wurde, deshalb konnte sich Forrest kaum auf den Beinen halten. Also setzte er sich auf den einzigen freien Platz.

Neben sich hörte er ein Geräusch. Eine junge Menschenfrau weinte in ihr Taschentuch.

Forrest wusste nicht recht, wie man mit Menschenfrauen umgeht, denn vielen war er noch nicht begegnet. Sein Sandelbaum stand in einem Teil des Waldes, in den sich Menschen nur selten verirrten. Doch wurmte es ihn, dass jemand so dicht bei ihm so unglücklich sein sollte. Weil es keinen anderen Sitzplatz gab, beschloss er, der Frau anzubieten, ihr bei ihren Sorgen zu helfen.

»Hallo«, sagte er. »Ich bin Forrest Faun. Kann ich irgendetwas für dich tun?«

Sie drehte den Kopf und blickte ihn mit Augen an, die rot und angeschwollen waren vor Weinen. »Aaaaaah!«, schrie sie auf.

Das verwirrte Forrest ein wenig. »Aaaaaah?«, fragte er.

»Ein Satyr! Als hätte ich noch nicht genug Probleme.«

Oh. »Ich bin kein Satyr«, versicherte Forrest ihr, »sondern ein Faun. Wir sind eine verwandte, weniger aggressive Art. Wir jagen nur willige Nymphen.«

Ihre Augen klärten sich, und ihr Schniefen verschnüffelte. »Du jagst keine unschuldigen Jungfrauen?«

»Ganz gewiss nicht.«

»Nun, dann ist es gut. Ich bin Dot Mensch, und mein Talent besteht darin, Punkte auf die Wand zu werfen.«

»Oh, das tut mir leid.«

»Es tut dir leid? Was?«

»Dass du kein brauchbares Talent hast. Ich habe natürlich überhaupt keins, denn ich bin nur zum Teil ein Mensch.« Seine natürlichen Faunengaben zählte er nicht als Talente.

»Aber ich habe ein brauchbares Talent.«

»Du hast doch gesagt –«

»Ich zeig es dir.« Sie blickte auf die Hinterseite des Sitzes vor ihr. Darauf entstand ein Bild.

»Aber das ist doch kein Punkt!«, staunte Forrest. »Das ist ein Bild.«

»Es besteht aus vielen kleinen Punkten. Man nennt sie Dots. Alle haben unterschiedliche Farben und Lichtstärken. Zusammen ergeben sie ein Bild.«

Er schaute sich das Bild genauer an und stellte fest, dass sie Recht hatte. Das Bild setzte sich aus einer Vielzahl winziger Punkte zusammen, die so eng beieinander standen, dass sie zu dem Bild verschmolzen. »Das ist tatsächlich ein gutes Talent. Ich dachte, du könntest nur einen einzigen Punkt auf die Wand werfen, das wäre wahrscheinlich wertlos.«

»Nein, das Talent ist schon gut. Aber es nützt mir nichts.«

»Warum nicht?«

»Wegen der Lobomotive.«

»Lokomotive, meinst du. Du klingst verschnupft, kommt das vom Weinen?«

»Nein, es ist keine Lokomotive, sondern eine Lobomotive. Und weil ich hinter ihr festsitze, werde ich allmählich schwachsinnig.«

»Schwachsinnig?«

»So ist das bei der Lobotomie. Hast du die anderen Leute in dem Wagen hier nicht bemerkt?«

»Die wie Puppen aussehen?«

»Genau. Sie sehen wie Statuen aus, weil sie totale Lobotomie hinter sich haben; für sie gibt's keine Hoffnung mehr – ihre Sinne sind so schwach geworden, dass sie sie völlig verloren haben. Aber ich bin noch nicht so weit, für mich gibt es also Hoffnung. Und weil ich noch Hoffnung habe, weine ich.« Und wieder füllten sich ihre Augen mit Tränen.

»Das verstehe ich nicht.«

»Wenn du das verstehst, ist es vermutlich schon zu spät. Die Lobotomie baut sich langsam auf. Mit jeder Runde der Lobomotive um das Schloss wird es schlimmer. Du bist noch ganz neu hier, du bist kaum verrückt. Allein deine Nähe macht mich weniger verrückt, wenigstens solange, bis wir beide überwältigt werden.«

Allmählich begriff Forrest. »Je länger wir bleiben, desto schwachsinniger werden wir. Wegen der Lobomotive?«

»Ja. Ich war schon fast hinüber, als du kamst, das hat mich zurückgeholt. Aber viel Zeit bleibt uns nicht.«

»Dann müssen wir raus aus dem Zug, bevor es uns erwischt.«

»Wir kommen aber nicht raus. Was glaubst du wohl, weshalb ich so weine?«

»Das wusste ich nicht. Ich wollte dir nur helfen. Warum kommen wir nicht raus?«

»Weil der Zug nicht anhält. Die Fenster lassen sich nicht öffnen und die Türen auch nicht. Aber selbst wenn wir sie aufmachen könnten, wäre der Zug immer noch viel zu schnell zum Abspringen.«

Forrest sah aus dem Fenster. Die Wand zog mit atemberaubender Geschwindigkeit vorbei. Er blickte zur anderen Seite; der Graben sauste genauso schnell vorüber. »Aber für mich hat er angehalten.«

»Er hält, um Leute einsteigen zu lassen, aber nicht, damit sie aussteigen können.«

»Warum bist du nicht ausgestiegen, als er wegen mir angehalten hat?«

»Das konnte ich nicht. Der Sicherheitsgurt hat mich festgehalten.«

»Was für ein Sicherheitsgurt?« Forrest sah nichts dergleichen.

»Der automatische Sicherheitsgurt. Er umfasst dich, sobald der Zug hält.«

»Wenn jetzt also jemand einsteigen will, hält der Gurt mich auch fest?«

»Genau. Jeder wird festgehalten, damit sich niemand verletzt.«

»Aber das ist doch Schwachsinn!«

»Eben.«

»Na, dann müssen wir eben von den Sitzen aufstehen, während der Zug fährt, und ihn dann anhalten.«

»Das habe ich schon versucht. Der Wagen ist abgeschlossen, man kommt nicht heraus. Die Lobomotive hält aber nicht an, solange nicht jeder angeschnallt ist.«

Forrest ging eine Glühlampe auf. »Die Prüfung! Ich muss den Zug anhalten!«

»Das meine ich auch«, stimmte Dot ihm zu, »aber ich wüsste nicht, wie.«

»Und wenn ich es nicht rasch herausfinde, dann werde ich schwachsinnig und bin auch nur eine hirnlose Statue.«

»Das ist wohl wahr.«

Forrest dachte angestrengt nach. Er fühlte sich bereits ein wenig aus dem seelischen Gleichgewicht gebracht, und dabei hatten sie erst eine oder höchstens zwei Runden hinter sich. Irgendeine Möglichkeit musste es geben, aus dem Zug zu kommen. Er brauchte sie nur zu finden. Und zwar bald.

Doch zunächst sah er keinen Ausweg. Die spärliche Szenerie raste ein um das andere Mal vorüber. Selbst wenn es ihm gelang, ein Fenster oder eine Tür aufzubrechen, wäre es viel zu gefährlich gewesen, einfach hinauszuspringen. Er musste den Zug zum Halten bringen, ohne dass er mit einem Gurt an den Sitz gefesselt wurde. Und das wiederum schien unmöglich zu sein.

Doch eine Lösung musste es geben, soviel stand im Großen Buch der Regeln geschrieben – das hoffte er wenigstens sehr.

Was also übersah er hier?

Über den Graben hatte es zunächst anscheinend auch keinen Weg gegeben. Trotzdem hatte Forrest durch den Psychiater etwas ändern können, sodass er auf die andere Seite kam. Wie schade, dass hier kein anderer Psychiater war, um vielleicht die Lokomotive so sehr zu schrumpfen, bis sie die Wagen nicht mehr so schnell ziehen konnte.

Dann erhellte sich allmählich eine weitere Glühbirne, doch Forrest unterdrückte ihr Leuchten, damit Dot es nicht sah. Hier war eine andere Person anwesend: nämlich Dot. Darum musste sie der Schlüssel zur Flucht sein. Sie saß gar nicht zufällig zusammen mit ihm in der Falle, sondern gehörte zur Prüfung.

Doch ihr Talent bestand darin, Punkte auf die Wand

zu werfen. Sehr gute Punkte, aber wie sollten Punkte einen Zug zum Halten bewegen. Es sei denn …

»Dot, kannst du ein Bild außerhalb des Zuges erzeugen?«

»Nur wenn eine Oberfläche in der Nähe ist.«

»Kannst du das Bild einer Tür dort in der Mauer machen?«

»Ich glaube schon. Aber die Mauer bewegt sich, sie trägt meine Punkte davon.«

»Nein, wir bewegen uns. Die Wand steht still.«

»O ja, du hast Recht.« Sie konzentrierte sich auf die Wand, und nach einem Augenblick entstand dort das Bild einer Tür, die sich gleich gegenüber ihrem Fenster zu befinden schien.

»Sehr gut«, sagte Forrest. »Kannst du die Tür nun öffnen?«

Langsam ging die Tür auf; dahinter war ein gepflegter Garten.

»Jetzt wirf eine ähnliche Tür auf unser Fenster und mach sie auf.«

Die Punkte bildeten rasch eine Tür, die sich öffnete.

»Jetzt brauchen wir nur durch die beiden Türen zu gehen, und schon sind wir im Schloss«, sagte Forrest zufrieden.

»So geht das nicht«, widersprach Dot traurig.

Forrest probierte es trotzdem. Er griff an ihr vorbei und steckte die Hand durch die offene Tür im Fenster. Und schlug sich die Fingerknöchel an. »Autsch!« Ungestüm riss er die Hand zurück.

»Das Fenster ist immer noch da«, erklärte Dot. »Und die Ziegelmauer auch. Und die Bewegung. Ich kann nur Bilder erzeugen, keine Veränderungen. Es sieht nur anders aus, das ist alles.« Die Bilder verblassten.

Forrest seufzte. Die Türen waren Trugbilder; das Fenster und die Wand waren real. Das hätte er wissen müssen. Die Idee war von vornherein schwachsinnig gewesen.

Schwachsinnig. Wie passend.

Er lehnte sich zurück und dachte weiter nach. Noch mehr schwachsinnige Ideen wollte er nicht, sondern etwas, das funktionierte. Er musste sich etwas einfallen lassen, bevor er seinen gesunden Faunenverstand einbüßte.

Trotzdem, die Lösung musste mit Dot und ihrem Talent zusammenhängen. Wie konnte ihr Talent den Zug anhalten? Nicht nur scheinbar, sondern wirklich?

Er musste mehr über den Zug erfahren. Er benötigte etwas, worin er nachschlagen konnte, wie man den Zug anhielt. Doch das war nur ein weiterer schwachsinniger Gedanke, denn Bilder allein konnten dieses Wissen nicht vermitteln.

Oder doch? Vielleicht war es einen Versuch wert.

»Dot, wie viele Einzelheiten können deine Bilder zeigen?«

»Unendlich viele«, antwortete sie stolz. »Ich kann die Punkte so klein machen, dass sie einzeln nicht mehr gesehen werden können.«

»Dann wollen wir ein besonderes Bild machen. Das Bild eines Handbuchs. Auf dem Umschlag steht **BEDIENUNGSANLEITUNG FÜR LOKOMOTIVEN.** Wäre dir das möglich?«

»Aber ja. Viele Einzelheiten brauchen wir dazu nicht.« Auf dem Fenster erschien das Bild eines Buches mit dem gewünschten Titel.

»Sehr schön. Würdest du es aufschlagen?«

Der Buchdeckel wurde aufgeklappt – es erinnerte an das Öffnen einer Tür. Das Titelblatt war nun sichtbar.

»Zeig mir das Inhaltsverzeichnis.«

Die Seite wurde umgeblättert, und das INHALTSVERZEICHNIS erschien.

Forrest beugte sich vor, um es zu lesen. Fast am unteren Seitenrand war ein Kapitel angegeben:



»Geh zu Seite fünfzig«, bat er.

Dot blätterte vor und hielt auf Seite fünfzig an. Doch die Schrift war zu klein zum Lesen. »Kannst du die Seite vergrößern?«

Das Bild wuchs an, bis es das ganze Fenster ausfüllte, und nun war die Schrift lesbar. Forrest las eifrig: UM DIE LOKOMOTIVE AUF DER STELLE ANZUHALTEN, IST DAS ZUGSEIL ÜBER DEM SITZ ZU BETÄTIGEN.

Forrest blickte nach oben. Dort war tatsächlich eine Schnur, die er vorher nicht bemerkt hatte. Er hob den Arm und zog.

Kreischend begann die Lokomotive abzubremsen. Die Sitzgurte sprangen hervor und umschlangen die beiden ebenso wie die Puppen. Ach je – diese Einzelheit hatte er vergessen.

»Du hast es geschafft!«, rief Dot weinend. »Du hast den Zug angehalten!«

»Zeig mir bitte noch einmal das Inhaltsverzeichnis.«

Dot blätterte zurück, und Forrest fand ein Kapitel, das sich mit SICHERHEITSGURTEN beschäftigte. Er ließ sie zu der betreffenden Seite vorblättern. Dort stand: ZUM LÖSEN DER SICHERHEITSGURTE DRÜCKEN SIE DEN KNOPF IN DER GURTMITTE.

Tatsächlich, da war ein Knopf. Forrest drückte darauf, und der Gurt gab ihn frei und verschwand zu beiden Seiten im Sitz. Dot tat es ihm gleich. »Du hast es herausbekommen«, sagte sie zufrieden.

»Lass uns verschwinden, bevor der verrückte Zug wieder losfährt«, sagte er und stand auf.

Doch sie schüttelte den Kopf. »Danke nein. Das ist deine Prüfung, nicht meine. Ich arbeite hier nur.«

Das hatte er schon vermutet. »Trotzdem danke für deine Hilfe.«

»Gern geschehen. Du bist eine nette Person.«

Forrest folgte dem Mittelgang ans Ende des Wagens, wo die Tür sich zu einer kurzen Treppe entfaltet hatte. Er stieg sie hinunter. Kaum hatte er die letzte Stufe verlassen, klappten die Stufen wieder ein und verschlossen den Zug, der sich rasch in Bewegung setzte.

»Nun, ich denke, das hast du geschafft«, meinte D. Sideria, die sich langsam wieder einblendete.

»Du kannst gehen, wann immer du willst, Dämonin.«

Forrest wartete, bis der Zug ihm den Weg freigab. In der Mauer auf der anderen Seite des Gleises befand sich nun eine offene Tür; sie sah genauso aus wie die, die Dot gemalt hatte. Dahinter war ein Gelass mit einem Ausgang auf der anderen Seite. Forrest überquerte die Schienen und streckte vorsichtig die Hand vor, nur für den Fall, dass der Eingang nicht echt war. Doch diesmal stieß er nicht mit den Knöcheln an. Er trat in das Gelass. Die zweite Prüfung hatte er überwunden.

Doch da überfiel ihn tiefste Furcht. Ihm wurde schwindlig, und er taumelte rückwärts durch die Tür. Draußen verschwand die Furcht sofort wieder.

Was war geschehen? Er hatte diesmal doch kein Ungeheuer gesehen, auch keine herandonnernde Lokomotive; warum war er nun plötzlich so furchtbar ängstlich?

»Ich glaube, du hast ein Problem, Faun.« Sideria verblasste zufrieden.

Forrest trat einen Schritt vor – und krümmte sich vor Angst zusammen. Erneut taumelte er zurück. Es lag an der Umgebung: Er fürchtete sich vor dem Gelass. Doch dieses Gelass musste er durchqueren, denn es war der einzige Weg ins Schloss, den er kannte.

Er trat so dicht an den Eingang heran, wie er konnte, ohne von der Angst überwältigt zu werden, und lugte hinein.

In dem Raum stand ein kleiner Mann, vielleicht auch ein Elf oder etwas dazwischen. »Wer bist du?«, fragte Forrest.

»Ist das nicht offensichtlich? Ich bin LA, Lost Angel, der verlorene Engel. Ich bin hier, um dir zu helfen, ins Schloss zu kommen. Aber erst musst du deine törichte Angst bezwingen.«

Das also war die dritte Prüfung. Er musste sich stählen und weitergehen. Das war doch einfach genug. Schließlich schien sich LA nicht zu fürchten, folglich gab es in dem Gelass nichts, vor dem man zittern musste.

Erneut trat Forrest vor, und erneut taumelte er zurück. Er hatte nichts zu fürchten als die Furcht selbst! Er konnte den kleinen Raum nicht betreten.

Forrest dachte nach. Das Gelass selber musste von der Furcht durchdrungen sein, sodass jeder, der eintrat, verängstigt war. Aber warum fürchtete sich der verlorene Engel dann nicht? Gab es eine geheime Methode, um die Angst zu neutralisieren? Nein, vermutlich lag auf LA vielmehr ein besonderer Anti-Furcht-Zauber, sodass er nicht betroffen war. Schließlich hätte es wenig Sinn gehabt, wenn die Leute, die für den Guten Magier arbeiteten, sich vor ihren Aufgaben fürchteten.

In beiden vorherigen Fällen hatte es eine Schwelle oder eine Bedrohung gegeben und dazu eine Person, die den Schlüssel zur Lösung besaß. Konnte das wieder so sein? Forrest wäre es ja logischer erschienen, nun vom gewohnten Schema abzuweichen, aber er war schließlich nicht der Gute Magier und wusste nicht, was der alte Mann sich dabei gedacht hatte. Vielleicht also kannte Forrest das Schema bereits, und die Person hatte die Antwort. Und die Antwort wäre nicht offensichtlich.

Was konnte ein verlorener Engel mit Furcht zu tun haben? Waren Engel womöglich über jede Furcht erhaben? Konnte LA sich deshalb ohne Schwierigkeiten in dem schrecklichen Gelass aufhalten? Forrest jedenfalls war kein Engel, deshalb musste er eine andere Möglichkeit finden. Trotzdem, vielleicht erfuhr er etwas, wenn er mit LA sprach, denn bei den anderen beiden hatte es schließlich auch funktioniert.

Er blickte in den Raum. LA saß völlig gelassen auf dem Boden. »Ich nehme an, es gibt eine Möglichkeit, meine Furcht zu überwinden, und du weißt, wie es geht, wirst es mir aber nicht sagen.«

LA nickte. »Für einen Faun scheinst du mir ein ganz helles Köpfchen zu sein.«

»Das denken nicht alle «, entgegnete Forrest. »Ich bin einer Dame mit einem Drachen begegnet und glaube, dass die Dame mich mochte, mich aber für einen Tropf hielt.«

»Schönheit liegt oft im Auge des Betrachters.«

»Sie war sehr schön, vielleicht erschien ich deshalb besonders langweilig.« Forrest überlegte, was er noch fragen konnte. »Hast du ein magisches Talent?«

»Aber ja. Ich kann eine beliebige Holzsorte in jede andere Holzsorte verwandeln. Leider gibt es hier kein Holz, deshalb kann ich's dir nicht zeigen.«

Ganz tief in Forrests Hinterkopf meldete sich etwas, aber er konnte es nicht benennen. Deshalb sprach er weiter in der Hoffnung, etwas Nützliches zu erfahren. »Du bist gekommen, um dem Guten Magier eine Frage zu stellen, und er hat dir die Antwort gegeben, und nun dienst du ihm für ein Jahr?«

»Genau.«

»Wenn es nicht zu persönlich ist, was war deine Frage?«

»Es war nichts Persönliches. Ich habe keine Frage gestellt, sondern wollte ihn um etwas bitten. Ich bat darum, dass ein bedeutendes Dorf nach mir benannt wird. Er entgegnete, dass es solch ein Dorf bereits gebe, dass es aber in Mundanien liege. Ich würde sagen, das ist besser als gar nichts.«

»Und dafür dienst du ihm ein ganzes Jahr?«

»Es erscheint unangemessen. Aber das habe ich nun einmal davon, dass ich um etwas so Dummes gebeten habe. Während meines Dienstjahres habe ich schon viel gelernt, und wenn ich gehe, bin ich klüger. Wenn ich gewusst hätte, wie es beim Guten Magier ist, hätte ich auf die Bitte verzichtet und wäre gleich freiwillig in seinen Dienst getreten.«

Das erstaunte Forrest. »Ist es mit Dot und dem Psychiater das Gleiche?«

»Aber sicher. Und mit dem Mer-Drachen auch. Für dich vielleicht auch, wenn du es schaffst, durchzukommen.«

»Die Dame sagte, der Gute Magier würde mir keinen Jahresdienst abverlangen.«

Nun war LA erstaunt. »Das kann ich kaum glauben. Er verlangt immer einen Dienst. Auf diese Weise ermutigt er Leute, denen es nicht ganz ernst ist, sich die Sache noch einmal zu überlegen – deswegen gibt es auch die drei Prüfungen. Warum sollte er ausgerechnet bei dir eine Ausnahme machen?«

»Das weiß ich nicht. Vielleicht stimmt es auch gar nicht.«

»Wer war denn diese Dame?«

»Sie nannte sich Chlorine, und sie sagte, ihr Talent bestehe im Vergiften von Wasser. Sie ritt auf einem albern aussehenden Drachen.«

»Ach ja, der Eselsdrache. Von denen habe ich schon gehört. Das ist ein komisches Pärchen. Nun, vielleicht wissen sie ja doch, was sie tun. Es heißt, wenn sie in der Nähe sind, wenden sich die meisten Dinge zum Guten, als könnten sie die gewöhnliche Missgunst des Schicksals umkehren.«

Missgunst umkehren? Ohne dass ein Grund bestand, hatte Forrest eine Idee: Kehrholz! Konnte Kehrholz denn nicht den Furchtzauber des Durchgangs umkehren? Zwar besaß er kein Kehrholz, doch wenn LA ihm half, hätte er bald welches.

»Würdest du mir einen Gefallen tun?«, fragte er den verlorenen Engel.

»Innerhalb vernünftiger Grenzen schon. Was denn?«

»Könntest du mir etwas Holz verwandeln?«

»Aber gern. Nur habe ich leider kein Holz.«

»Ich schon.« Forrest zog eine seiner Sandalen aus. »Kannst du dieses Sandelholz in Kehrholz verwandeln?«

LA grinste. »Du bist ein kluges Kerlchen! Also gut: Bring's her.«

Forrest wollte in den Raum gehen – und wurde augenblicklich von großer Furcht zurückgeworfen. O nein – er konnte seinen Plan nicht durchführen, und das nur wegen des Hindernisses, um dessentwillen er überhaupt einen Plan brauchte.

Doch dann fiel ihm etwas ein. »Fang.«

Forrest warf LA die Sandale zu, und der Engel fing sie auf. »Bist du sicher, dass ich das tun soll? Es könnte Folgen haben.«

»Das Risiko gehe ich ein. Verwandele sie in Kehrholz.«

»Also gut. Schon geschehen.«

Die Sandale sah so aus wie vorher, doch jetzt konnte Forrest den Durchgang betreten, ohne Furcht zu empfinden. Nun fühlte er sich von dem Gelass sogar angezogen: Nicht nur, dass er keine Furcht empfand, er fühlte sich völlig furchtlos.

»Danke«, sagte er zu dem verlorenen Engel, »das hat wunderbar funktioniert.«

»Meinst du?«

»Aber sicher. Meine Furcht ist fort. Ich habe absolut keine Hemmungen, diesen Durchgang zu betreten. Ich könnte hier für alle Zeit bleiben.«

»Wie schön.« LA wirkte eigentümlich befangen.

»Nun, jetzt muss ich ins Schloss. Aber ich brauche meine Sandale zurück. Bitte verwandle sie doch wieder in Sandelholz.«

»Das kann ich nicht.«

»Aber du hast sie doch schon einmal verwandelt. Warum kannst du es denn nicht noch mal?«

»Weil das Kehrholz mein Talent umkehrt. Jetzt kann ich gar nichts mehr verwandeln.«

Forrest zögerte. Gewiss, der Engel hatte ihn gewarnt, dass die Verwandlung Folgen haben konnte. Er war nicht aufmerksam genug gewesen.

»Vielleicht kann ich die Sandale trotzdem benutzen«, sagte er. »Lass sie mich anziehen.«

»Hältst du das für klug?«

»Ich habe kein magisches Talent, ich bin ein Faun. Also kann nichts umgekehrt werden. Wenn ich dir die Sandale abnehme, müsste dein Talent wieder normal sein, sodass ich dir nicht geschadet habe. Und wer weiß – vielleicht kann ich das Kehrholz irgendwann brauchen. Ja, ich glaube, so ist es am besten.«

LA gab ihm die Sandale, und Forrest zog sie an. Plötzlich fühlte er sich ganz merkwürdig. Sein Haar kam ihm länger vor, und sein Körpergefühl hatte sich plötzlich verändert. Am seltsamsten fühlten sich seine Füße an. Was war los?

Er blickte zu Boden und sah seine Beine und seine Füße. Ungläubig starrte er sie an. Sie waren menschlich! Die Füße hatten fünf Zehen, ausgebildete Fersen und waren fleischig.

Dann folgte er seinen Beinen nach oben. Auch die Beine waren menschlich, und an ihnen war viel mehr Fleisch, als er je an seinen Ziegenbeinen gekannt hatte. An den Oberschenkeln besonders … und darüber …

»O nein!«, keuchte er entsetzt. »Ich bin eine Nymphe!«

»Anscheinend hat das Kehrholz deine Natur umgekehrt«, meinte LA. »Du bist nun eine sehr hübsche Frau.«

»Aber ich will keine Nymphe sein!«, protestierte er (sie) heftig.

»Dann zieh die Sandale wieder aus.«

Das klang ganz sinnvoll. Er (sie) riss sich die Sandale vom Fuß und warf sie durch den Durchgang. Schlagartig nahm Forrest wieder normale Gestalt an. Er war wieder er selbst.

»Ich glaube, nun muss ich ohne die Sandale zurechtkommen. Ich nehme mein Ersatzpaar.« Er zog auch die andere Sandale aus, steckte sie in den Rucksack, holte das andere Paar hervor und schlüpfte hinein.

»Du wirst immer noch ein Problem haben«, warnte LA.

»Nicht, wenn ich mich vom Kehrholz fernhalte. Ich gehe jetzt einfach in die Burg und lasse es hinter mir.« Er zögerte. »Außer, es macht dir Schwierigkeiten.«

»Mach dir um mich nur keine Gedanken. Wie auch immer, ich sitze hier auf jeden Fall ein Jahr. Ich arbeite in diesem Gelass und bin hier gefangen. Dein Besuch hat mir ein wenig die Langeweile vertrieben.«

»Okay. Dann heißt es wohl Lebewohl sagen. Ich danke dir jedenfalls.« Forrest ging an den Durchgang, der ins Schloss führte.

Doch als er hindurchschreiten wollte, erfasste ihn abrupter Schrecken. Er kehrte in das Gelass zurück, und die Furcht nahm ab.

Dann begriff er, was geschehen war. »Der Zauber ist umgekehrt. In diesem Raum geht es mir gut, aber ich fürchte mich, ihn zu verlassen.«

»Das Gefühl kenne ich«, antwortete LA.

»Aber wie soll ich mit dem Guten Magier sprechen, wenn ich den Raum nicht verlassen darf und du das Kehrholz nicht verwandeln kannst?«

»Das ist die Frage.«

Eine Frage, die er ganz selbstständig beantworten musste. Also ging er nachdenklich in der Kammer umher.

»Na, steckst du wieder fest?«, erkundigte sich D. Sideria spöttisch. Sie schwebte in dem Eingang, der zu den Gleisen und dem Graben hinaus führte.

Forrest hatte genug von ihr. Er eilte zur Kehrholzsandale, nahm sie auf und warf damit nach der Dämonin. Während dieser Aktion spürte er, wie er sich verwandelte und wieder zurück verwandelte.

Das Holz flog durch Sideria hindurch. »Au, das tut weh!«, schrie sie und schlug mit den Händen, um den Rauch zu zerteilen, der aus dem sandalenförmigen Loch in ihrem Bauch quoll.

Hinter ihr klatschte die Sandale in den Schlossgraben. Das Wasser erschauerte und verwandelte sich in Feuer; das Grabenmonster stieß einen Wutschrei aus und musste an Land springen. Ein kleines Stück Kehrholz am falschen Ort konnte viel Unheil anrichten.

Doch Forrests Problem war gelöst. Der Durchgang verhielt sich wieder normal, seine Emotionen ebenfalls. »Danke für deine Hilfe, Dämonin«, rief er durch den Eingang, dann durchschritt er den Ausgang des Gelasses, der ins Schloss führte.

# 3 Imbri

In der Eingangshalle des Schlosses begrüßte ihn eine junge Frau. »Hallo, Forrest Faun«, sagte sie. »Ich bin Wira, die Schwiegertochter des Guten Magiers. Er ist nun bereit, dich zu empfangen.«

»Einfach so?« Forrest war überrascht, dass man ihn so formlos vorließ, nachdem man ihm mit den Prüfungen zuvor solche Schwierigkeiten bereitet hatte.

»Humfrey hat dein Vorankommen höchst interessiert verfolgt. Hier entlang bitte.«

Magier Humfrey hatte ihn beobachtet? Dabei schienen die Prüfungen doch darauf angelegt gewesen zu sein, ihn zu verwirren oder zu entmutigen.

Durch finstere Gänge und eine dunkle Treppe hinauf folgte er der Frau. Er fragte sich, wie sie sich trotz der schlechten Beleuchtung so gut zurechtfand.

Bald gelangten sie in ein düsteres Arbeitszimmer, in dem es so unordentlich war, dass es noch geschmeichelt gewesen wäre, es als ›schäbig‹ zu bezeichnen. Mittendrin saß ein Gnom und beugte sich über ein riesiges Buch.

»Forrest Faun ist da, Guter Magier«, sagte Wira.

Der Gnom sah auf. »Vielen Dank, meine Liebe.« Vermutlich handelte es sich um eine Illusion, doch schien er tatsächlich mit einem Anflug von Zuneigung zu ihr zu sprechen. »Schick ihn herein.«

Wira drehte sich zu Forrest um. »Bitte«, sagte sie. Irgendetwas an ihrem Blick stimmte nicht; sie schien ihm nicht direkt in die Augen schauen zu können.

Dann begriff er es: Wira war blind. Darum machte ihr die Dunkelheit in diesem Schloss nichts aus.

Verlegen, ohne zu wissen, weshalb, trat er in das vollgestopfte Arbeitszimmer des Magiers. »Meine Frage lautet –«

»Ja, ja, natürlich«, winkte der Magier ungeduldig ab, »Imbri wird jeden Moment eintreffen.«

»Aber wie kannst du antworten, wenn du meine Frage nicht kennst?«

»Ich werde dir nicht antworten, weil ich dich nicht zum Jahresdienst verpflichte. Und nun hör auf, meine Zeit zu verschwenden.«

Forrest ereilte ein ungewohntes Gefühl. Nach einem halben Zögern erkannte er auch, worum es sich dabei handelte: um Wut. »Du meinst, ich habe mir die ganze Mühe für nichts gemacht und deine Prüfungen umsonst überwunden?«

»Keineswegs umsonst, sondern für die Lösung deines Problems, die weder Frage noch Antwort erfordert. Die Mähre wird es dir gleich erklären.«

»Aber wie kann ich eine Lösung bekommen, ohne ...« Er verstummte, denn Humfrey schenkte ihm schon keine Beachtung mehr. Der grantige alte Magier war wieder in seinen dicken Wälzer versunken.

Wira kam zurück. »Folge mir nach unten. Es kommt alles in Ordnung. Das kommt es immer.«

»Ich hatte mit etwas anderem gerechnet.«

»Das ist meistens so.«

Also folgte er ihr erneut durch die düsteren Korridore.

*Hallo, Faun. Bist du es, den ich führen soll?*

Forrest blickte sich erschrocken um, sah jedoch niemanden.

*Du kannst mich nicht sehen,* sagte die Stimme. *Ich bin die Mähre Imbrium, die Tagmähre. Ich kann nur in Tagträumen zu dir sprechen.*

»In meinen Träumen?«, fragte Forrest erstaunt.

Wira drehte sich zu ihm um. »Aha, sie ist also angekommen? Gut. Setz dich und sprich mit ihr. Ich werde zurückkommen, wenn du mich brauchst.«

Ohne seine Umgebung wahrzunehmen, betrat Forrest das Zimmer, in das Wira wies, und nahm auf einem bequemen Sessel Platz.

*Ich war einmal eine Nachtmähre, habe meinen Körper aber verloren und wurde zur Tagmähre. Ich bin unsichtbar. Würde es dir helfen, wenn du mich siehst?*

»Ja.«

*Dann schließe die Augen und denke an nichts.*

Verblüfft gehorchte Forrest der Bitte. Nicht lange, und vor seinem inneren Auge erschien ein Pferd, eine schwarze Stute mit weißen Strümpfen an den Hinterläufen. Oder soll ich lieber die Gestalt eines Mädchens annehmen?, fragte die Stimme. Das Pferd verschwamm und verzerrte sich und wurde zu einer hübschen jungen Menschenfrau. »Ist das besser?«, fragte sie.

»Jetzt kann ich dich hören!«, rief Forrest aus. »Das heißt, eben ja auch schon, aber jetzt kommt's mir mehr wie Sprache vor.«

»Ja, denn bei einem Menschen ist es leichter, sich vorzustellen, dass er redet. Doch dein eigener Verstand bildet sich ein, dass ich zu dir spreche; denn ich kann nur Gedanken senden. Du erlebst einen kleinen Tagtraum und brauchst nicht laut zu sprechen; ich kann dich schon hören, wenn du dir nur vorstellst, etwas zu sagen. Wenn es dir lieber ist, kann ich auch Sprechblasen benutzen.«

»Sprechblasen?«, fragte Forrest laut, dann bemerkte er, was er getan hatte, und nahm sich fest vor, beim nächsten Mal still zu sprechen.

Über dem Kopf der jungen Frau erschien eine Art Wolke, von der ein Teil wie ein Pfeil auf Imbris Abbild deutete. DAS MEINE ICH DAMIT, stand in der Blase.

»Normales Reden ist in Ordnung«, sagte Forrest. Wieder ertappte er sich und fügte hinzu, ohne die Lippen zu bewegen: »Aber sag doch, was soll es heißen, du würdest mich führen?«

Die Frau aus dem kleinen Traum krauste zierlich die Stirn. »Ich habe dem Guten Magier einen Dienst zu erweisen. Dieser Dienst besteht darin, dass ich dich nach Ptero bringe und unbeschadet zurück führe.«

»Ich weiß nicht mal, wo Tero ist.«

»Ptero«, verbesserte sie und schrieb es in eine Sprechblase.

»Wie auch immer. Ich weiß von nichts, wenn ich ehrlich bin. Ich kam hierher, um dem Guten Magier eine Frage zu stellen, aber er will mich nicht einmal anhören. Die ganze Mühe nehme ich auf mich, um einem Baum zu helfen, und Humfrey hört mir nicht einmal zu!«

»Was der Gute Magier tut, ist für gewöhnliche Leute oft unverständlich«, entgegnete Imbri. »Erzähl mir mehr über deine Lage.«

Forrest berichtete ihr von Anfang an. Imbri war eine sehr gute Zuhörerin und erschuf sogar Traumszenen, die zeigten, was er beschrieb. So wusste er genau, ob sie ihn verstand, denn er sah alle Einzelheiten und konnte sie verbessern, wo es nötig war. Am Ende sagte er: »Deshalb bin ich hier. Ich wollte den Guten Magier fragen, wo ich einen neuen Geist für den Pantinenbaum finde. Anscheinend ist er aber wütend, dass er von mir aus irgendeinem Grund keinen Jahresdienst verlangen kann, und weigert sich deshalb, auch nur ein Wort mit mir zu reden.«

Imbri schüttelte den Kopf. »Humfrey ist alt und verdrießlich, aber er verschwendet seine Kraft nicht darauf, sich zu ärgern. Was er auch tut, er hat immer einen guten, wenngleich oft obskuren Grund dafür. Wir müssen es selbst herausfinden. Ganz bestimmt hat er irgendetwas mit dir im Sinn, denn er hat mir gesagt, mein Dienst bestehe darin, dir zu helfen. Wir müssen uns nur darüber klar werden, was du vorhast.«

»Ich will nur eins: einen Geist für den Pantinenbaum finden, damit er nicht eingeht. Dazu habe ich einen Monat Zeit. Über dieses Ptero weiß ich nichts. Was sollte ich dort wollen?«

Imbri dachte nach. »Wie es scheint, gehöre ich zu den wenigen Leuten in Xanth, die etwas über Ptero wissen. Nicht viel, denn niemand weiß viel über Ptero. Aber doch ein bisschen, denn ich habe mehrmals Tagträume nach Ptero gebracht. Dort ist es sehr merkwürdig.«

»Das würde erklären, weshalb du mich führen sollst. Aber warum ich?«

»Da fällt mir nur eine Antwort ein: Vielleicht wirst du allein dort den Geist finden, nach dem du suchst.«

»In Ptero gibt es also Leute?«

Sie lachte, und kleine HA-HAs stiegen von ihrem Bild auf. Als die Dämonin solches Gelächter von sich gegeben hatte, war es herabsetzend gemeint; Imbri lachte freundlich. »Dort gibt es mehr Leute, als man zählen kann.«

Das fand Forrest recht verwirrend. »Wie kann es dort mehr geben, als man zählen kann? Jeden, der existiert, kann man auch zählen.«

»Das ist es ja gerade. Nicht alle von ihnen existieren.«

»Nun hast du mich völlig durcheinander gebracht! Wie kann es Leute geben, die nicht existieren?«

»Das lässt sich nur schwer erklären. Auf Ptero befinden sich alle, die je in Xanth gelebt haben; alle, die je in Xanth leben werden; und auch alle, die vielleicht einmal in Xanth leben könnten. Deshalb gibt es dort eine ganze Menge Leute. Aber wirklich merkwürdig ist die Art, wie sie dort leben. Sie ... Sag mal, verstehst du etwas von Quantenmechanik?«

»Wovon?« Forrest schielte auf seine Hufe.

»Dachte ich's mir doch. Dieses Konzept kenne ich aus den Gedanken eines ehemaligen mundanen Wissenschaftlers. Der hatte vielleicht merkwürdige Träume, das kannst du mir glauben! Jedenfalls glaube ich, dass Ptero eine Quantenwelt ist. Das soll heißen, dass dort nichts sicher ist – alles existiert in allen möglichen Zuständen zugleich. Erst wenn die Leute von dort ins normale Xanth kommen, entscheidet man sich für einen Zustand, und die Dinge ergeben einen Sinn – für eine Weile wenigstens.«

Forrest schüttelte den Kopf. »Dahin will ich nicht. Ich möchte nur einen Faun für den Baum finden.«

»Aber vielleicht ist dieser Faun dort.«

Ein Flimmern bildete sich über seinem Kopf. »Ein Faun für den Pantinenbaum?«

»Weil alle Leute, die jemals in Xanth existieren könnten, auf Ptero sind, könnte auch dein gesuchter Faun dort sein. Dann müsstest du ihn wohl aufsuchen und zum Baum führen.«

Das Flimmern breitete sich aus. »Ich glaube, ich verstehe die Position des Guten Magiers, wenn sie auch ein wenig dunkel bleibt. Ich benötige seine Antwort nicht, ich brauche nur nach Ptero zu gehen und kann den Faun dort abholen.«

»So muss es sein«, stimmte Imbri zu. »Und ich soll dich dorthin führen und dir auf Ptero zur Seite stehen, so gut ich kann.«

»Kannst du mich denn innerhalb eines Monats dorthin und wieder zurück bringen?«, fragte Forrest.

»Ich kann alles, was du willst. Aber du musst entscheiden, wie lang deine Suche dauert. Ich weiß nicht, wie lange wir wirklich brauchen, um den Faun zu finden. Bisher habe ich nur Tagträume nach Ptero gebracht, aber ich kenne mich dort nicht aus. Vielleicht bin ich dir gar keine große Hilfe, auch wenn ich mein Bestes gebe.«

»Du wirst mir ganz bestimmt eine große Hilfe sein. Denn wenn du dabei bist, muss ich dort wenigstens nicht allein umherirren.« Dann fiel ihm etwas anderes ein. »Du leistest deinen Jahresdienst. Welche Frage hast du dem Guten Magier denn gestellt?«

Imbri lächelte wehmütig. »Ich wurde im Jahre 897 als Nachtmähre gefohlt und bin 1067 eine Tagmähre geworden. Eine gute Nachtmähre war ich nie; ich habe nämlich ein weiches Herz. Als Tagmähre geht es mir viel besser, denn nun kann ich den Träumern Freuden bringen statt Schrecken, aber so ganz zufrieden bin ich immer noch nicht. Ich würde am liebsten über neue Weidegründe galoppieren, verstehst du, was ich meine? Und auf diese neuen Weidegründe will der Gute Magier mich führen, sobald ich mein Dienstjahr erfüllt habe.«

Forrest war beeindruckt. »Dann sind wir ja gleich alt! Im gleichen Jahr, in dem du gefohlt wurdest, habe ich einen Sandelbaum-Setzling adoptiert und wurde zu einem verantwortlichen Geschöpf. Du bist einhundertundsiebzig Jahre lang eine Nachtmähre gewesen und seit dreißig Jahren eine Tagmähre. Also bist du zweihundert Jahre alt.«

»Das stimmt. Ich will mich nicht beschweren, aber

nach einer Weile wird das ganz schön langweilig. Vielleicht bin ich zu eigenbrötlerisch.«

»Nun, ich will hoffen, dass der Gute Magier eine schöne neue Weide für dich im Sinn hat.«

»Ganz gewiss. Also los, machen wir uns auf die Suche nach deinem Faun.«

»Ja, lass uns meinen Faun finden«, stimmte Forrest zu. Nun fühlte er sich wieder besser. »Wo ist Ptero?«

»In Schloss Roogna.«

»Dieses eigenartige Land mit unzähligen Leuten darin befindet sich im Regierungssitz der Menschen?«

»In gewisser Weise schon.«

»Ach so, in Schloss Roogna gibt es die Magie, die man braucht, um Ptero zu erreichen?«

»Der Zugang befindet sich dort. Humfrey muss dir einen Zauber geben, mit dem du nach Ptero überwechseln kannst.«

»Dann sollte ich zu ihm gehen und mir den Zauber holen. Wir haben keine Zeit zu verlieren.«

»Ich komme mit. Halte einfach einen Winkel deines Verstandes frei, wenn du mit mir sprechen möchtest.«

»Mach ich. Vielen Dank.«

Er schlug die Augen wieder auf.

Er saß noch immer im gleichen Zimmer wie vorher, doch nun kam es ihm nicht mehr ganz so schäbig vor. »Wira?«

Gleich darauf hörte er ihren leichten Schritt sich nähern. »Hast du dein Gespräch mit Imbri beendet?«

»Ja, vorläufig. Ich brauche einen Zauber, um –«

»Hier hast du ihn. Der Gute Magier sagte, ich solle ihn dir erst geben, wenn du danach fragst.« Sie reichte ihm ein verkorktes Fläschchen.

»Und wie wende ich ihn an?«

»Imbri weiß Bescheid. Gib nur gut Acht auf den Zauber. Um Ptero wieder zu verlassen, brauchst du ihn womöglich noch einmal.«

»Ich passe auf«, versprach Forrest und verstaute das Fläschchen im Rucksack.

»Hast du Hunger?«, fragte Wira. »Die Einstweilige Ehefrau wird dir gewiss gern etwas machen, bevor du aufbrichst.«

Einstweilige Ehefrau? Forrest beschloss, sich jede Frage zu verkneifen. »Vielen Dank, aber ich bin nicht hungrig. Chlorine hat mir einen Doughnut gegeben, und seitdem brauchte ich nichts mehr zu essen.«

»Doughnuts wandern vom Mund über den Magen auf die Hüften«, nickte Wira. »Dann führe ich dich nun hinaus.«

Sie brachte ihn ans vordere Tor, das man nun unbehindert durchschreiten konnte; es gab keine Mauer mehr und auch keine Gleise. Die Zugbrücke war herabgelassen, der Graben ruhig; Forrest sah keine Flammen mehr. Offensichtlich konnte der Gute Magier sein Schloss so verändern, wie er wollte. »Vielen Dank«, sagte Forrest.

»Ich wünsche dir viel Erfolg«, antwortete Wira mit einem freundlichen Lächeln ohne jede Spur der Boshaftigkeit, wie sie im Lächeln der Dämoninnen allgegenwärtig gewesen war. Dann blickte sie verlegen drein. »Fast hätte ich es vergessen«, sagte sie. »Hier ist die Sandale, die dir fehlt.« Wira hielt sie ihm hin.

»Aber die ist doch nun aus Kehrholz! Wie kannst du –«

»Der Gute Magier verfügt über Mittel und Wege. Es ist eine gute Sandale; er dachte, du würdest sie vielleicht noch brauchen.«

Nicht so sehr wie eine gute Antwort. Doch auch diese Bemerkung verkniff er sich. »Danke«, sagte er, nahm die Sandale und steckte sie in seinen Rucksack. Nun besaß er wieder ein komplettes Ersatzpaar.

»Und das soll ich dir geben«, fügte Wira hinzu und reichte ihm ein Stück Papier.

Forrest nahm es und sah es an, doch darauf stand nur unentzifferbares Gekritzel. »Das kann ich nicht lesen.«

»Der Gute Magier hat es in seiner eigenen Schrift geschrieben«, sagte Wira in einem Ton, als sei das etwas ganz Besonderes. »Gewiss hatte er dafür einen guten Grund. Nimm es mit; vielleicht nützt es dir bei dem, was vor dir liegt.«

Was sollte er nur tun? Er verkniff sich auch diese Frage, dankte Wira und stopfte den Zettel in seinen Rucksack.

Forrest begab sich auf den Marsch nach Schloss Roogna. Schwierig war die Reise nicht, denn er folgte einem magischen Pfad, der ihn direkt ans Ziel bringen sollte. Ihn wunderte, dass schon wieder Morgen war, obwohl er keine Nacht erlebt hatte. Jedenfalls musste er gegen Abend Schloss Roogna erreichen.

Über das Fehlen der Nacht grübelte er lange, ohne zu einem Ergebnis zu kommen, und beschloss, Mähre Imbri danach zu fragen. Während er weiterging, schloss er kurz die Augen und schuf eine Stelle, an der sie erscheinen konnte. »Bist du da, Imbri?«, fragte er schweigend.

»Immer, bis der Dienst beendet ist«, sagte sie und erschien als schwarzhaarige Frau. Nun erst bemerkte Forrest, dass sie auch darin ihrer Stutenerscheinung ähnelte, denn sie trug weiße Strümpfe und schwarze Handschuhe. Schwarz war auch ihr Kleid.

»Du wirkst etwas verkniffen«, bemerkte Imbri. »Was bedrückt dich?«

»Mir ist aufgefallen, dass immer Morgen ist, wenn ich aufbreche. Dabei müssten eigentlich schon mehrere Tage vergangen sein, seit ich meinen Baum verlassen habe. Ist dabei Magie im Spiel?«

Imbri überlegte. »Teile deine letzten Erinnerungen mit mir. Vielleicht erkenne ich, was geschieht.«

Forrest stieß sich einen Huf an, und er musste die Augen öffnen. Sofort hatte er das Bild Imbris verloren. Natürlich war es etwas unbedacht, mit geschlossenen Augen zu marschieren. Also blieb er stehen. »Zuerst aber – ist es möglich, dich zu sehen, ohne dass ich die Augen schließe?«

Ihre Stimme ertönte in seinem Kopf. »Ja, wenn du dich konzentrierst. Dazu musst du eine Stelle etwa fünf Schritt vor dir oder neben dir reservieren, ganz wo du willst, aber so, dass sie dir nicht den Blick auf den Weg verdeckt. Denk dir einfach, ich wäre an dieser Stelle.«

Er konzentrierte sich, und nach kurzer Zeit gelang es ihm, eine unscharfe Stelle zu erzeugen. »So ist es richtig«, sagte Imbri. »Arbeite daran, während du weitergehst. Mit der Zeit werde ich schon deutlicher.«

Er gehorchte, und sie wurde immer schärfer. Nach einer Weile sah Forrest sie als menschengroße Person, die neben ihm ging. »Kann dich sonst noch jemand sehen?«

»Nein, nur du.«

»Das ist, als würde man ein Gespenst sehen.«

»Ja. Solange du dich konzentrierst.«

»Jetzt will ich meine Erinnerung an den heutigen Tag durchgehen.« Er dachte an seinen Gang zur Ungeheueren Schlucht, an die ihn die Dämonin Sideria geführt hatte, dann an den Ritt auf dem Rücken des Eselsdrachen durch die Spalte, und schließlich den Weg zum Schloss des Guten Magiers.

»Du hast Recht«, sagte Imbri, »es ist immer Morgen. Der erste Morgen könnte ein Geschenk von Com Passion gewesen sein, denn sie mag dich. Sie wollte dir mehr Zeit geben, nachdem du ihre Maus geküsst hattest, deshalb hat sie deine Uhr zurückgesetzt. Sonst wärst du erst am Nachmittag aus ihrer Höhle gekommen. Der zweite Morgen begann, als du vom Rücken des Eselsdrachen geklettert bist. Der ist ein seltsames Geschöpf; ich besitze keinen Zugang in seinen Verstand, genauso wenig wie zu Chlorine. Das wundert mich eigentlich, denn früher war sie ein ganz gewöhnliches Mädchen, recht unansehnlich und meist schlecht gelaunt, und ihre Träume waren so töricht wie die anderer auch. Nun aber ist sie plötzlich atemberaubend schön, intelligent und freundlich und lebt mit diesem Drachen im Schloss ohne Namen. Ihr Verstand ist für mich völlig undurchsichtig. Es ist geradezu, als wäre sie ein anderer Mensch geworden.«

»Du meinst, Chlorine wohnt wirklich in diesem Schloss? Ich dachte, sie gibt nur an.«

»Doch, sie lebt dort. Das Schloss steht auf einer Wolke, die über Xanth dahinzieht, sodass niemand weiß, was das Schloss dort oben hält. Chlorine lebt wie eine Prinzessin, und dieser Drache nimmt die Gestalt eines Prinzen an. Was sie nachts auf den Luftmatratzen treiben, von denen das schwebende Schloss nur so wimmelt, übersteigt alle Träume, die ich bringen könnte.«

»Du meinst, wie Faunen und Nymphen?«

Imbri schnaubte. »Wenn man sagt, wie Faunen und Nymphen, dann ist das, als würde man Schloss Roogna mit der Hütte eines Köhlers vergleichen. Ich staune eigentlich, dass der entsprechende Storchenschwarm ausbleibt, der müsste nämlich die Sonne verdunkeln. Sie sind ganz gewiss ineinander verliebt. Ich wünschte, ich hätte beobachtet, wie sie sich veränderten; weibliche Neugier, weißt du. Sie müssen über unfassbare Magie gestolpert sein. Am merkwürdigsten erscheint mir, dass sie nichts Besonderes damit anstellen. Sie tun nicht viel mehr denn als Dame und Drache durchs Land zu ziehen und Leuten Gefallen zu erweisen, ohne eine Gegenleistung zu verlangen. Das ist schon komisch.«

»Ja, das meine ich auch. Aber wie konnten sie meinen Nachmittag zum Morgen machen?«

»Dazu wäre eine kräftige Illusion erforderlich oder aber sehr starke Magie. Vielleicht besitzen Chlorine und Nimby einen Spross der Zeitpflanze. Auf jeden Fall scheinen sie dir Tag geschenkt zu haben, damit du deine Aufgabe erfüllen kannst, und noch mehr Tag, als du das Schloss des Guten Magiers verlassen hast. Denn Humfrey hätte solche Zauberkraft niemals verschenkt.«

»Nun, was auch immer der Grund sein mag, ich weiß zu schätzen, was sie für mich getan haben. Dadurch spare ich Zeit, und vielleicht bin ich wirklich rechtzeitig wieder an meinem Baum.«

Gegen Abend kam Schloss Roogna in Sicht. Forrest blieb stehen, um sich das Fell auszubürsten und schlossfein zu machen. Schließlich war Roogna die königlich-menschliche Residenz und gebot einen gewissen Respekt.

Als er weitergehen wollte, sagte Imbri: »Diesmal habe ich es beobachtet! Es ist wieder Morgen.«

Erstaunt blickte Forrest sich um. Imbri hatte Recht; die Sonne stand gerade im Begriff aufzugehen. Er fühlte sich außerdem frisch und ausgeruht, als hätte er eine Nacht geschlafen. »Das ist ein netter Zauber.«

»Das ist ein sehr starker Zauber«, entgegnete Imbri. »Der Rest von Xanth scheint sich nicht zu verändern, nur wir. Wir scheinen ständig Zeit zu gewinnen, ohne zu verlieren, was wir geschafft haben. Es ist, als sollten wir nicht bemerken, welchen Gefallen man uns tut.«

»Nun, wenn er von der Dame und dem Drachen stammt, dann werde ich mich bedanken, wenn ich sie je wiedersehe. Jetzt aber muss ich Ptero finden.«

»Ich führe dich schon hin. Geh ins Schloss und bitte darum, Prinzessin Ida sprechen zu dürfen.«

Als Forrest sich dem Schloss näherte, richtete sich bedrohlich das Grabenungeheuer auf.

»Darum kümmere ich mich«, sagte Imbri. »Alles in Ordnung, Soufflé. Das ist Forrest Faun, und ich bin bei ihm.«

Das Monstrum nickte und ließ sich ins Wasser zurücksinken.

»Hast du nicht gesagt, außer mir könnte dich niemand sehen?«

»Nur die, die ich sehr gut kenne und denen ich mich freiwillig zeige. Soufflé ist schon sehr lange dabei. Er hütet die königlichen Drillinge.«

»Ein Grabenungeheuer kümmert sich um Kleinkinder?«

»Einen Ort wie Schloss Roogna gibt es kein zweites Mal.«

So kam es Forrest allerdings auch vor.

Als sie das Schloss betraten, eilten ihnen zwei etwa sechsjährige Mädchen entgegen und prallten gegen Forrest, bevor sie zum Stehen kamen. Sie trugen einander ähnelnde kleine Kronen. »Ach du liebe Zeit!«, krähte die eine, die rote Haare hatte. »Besucher von weither! Ein Faun von der anderen Seite der Schlucht!«

»Und eine Tagmähre«, fügte die andere hinzu, deren Haar dunkel war.

»Ich darf dir die Töchter Prinz Dolphs und Prinzessin Electras vorstellen«, sagte Imbri. »Prinzessin Dawn, die dir alles über jedes Lebewesen sagen kann, deshalb kennt sie dich, und Prinzessin Eve, die alles über Unbelebtes weiß und deshalb mich erkannt hat.«

»Aber du lebst doch!«, wandte Forrest ein.

»Nein, das stimmt nicht«, widersprach Eve. »Sie ist ein Geist. Sie hat eine halbe Seele, aber keinen Körper. Den hat sie 1067 in der Leere verloren.«

»Sie wissen wirklich Bescheid«, rief Forrest erstaunt aus. »Solche Magie habe ich noch nie gesehen.«

»Das liegt daran, dass noch kein Magier und keine Zauberin je zu deinem Sandelbaum gekommen sind«, erklärte Dawn.

Eine Frau in Blue Jeans hastete herbei. »Kinder! Benehmt euch!«, rief sie. Die beiden kleinen Prinzessinnen traten auf der Stelle zurück und setzten Engelsgesichter auf. »Es tut mir leid«, sagte die Frau. »Die beiden sind einfach nicht zu bändigen. Ich bin ihre Mutter, Prinzessin Electra.«

»Das ist Forrest Faun. Er möchte zu Prinzessin Ida«, erklärte Dawn.

»Und neben ihm ist Mähre Imbri. Sie soll Forrest durch Ptero führen.«

»Ach, ihr seid geschäftlich hier«, sagte Electra. »Kinder, meldet der Prinzessin, dass Besuch für sie da ist.«

Die beiden Mädchen schossen davon. »Äh, vielen Dank«, sagte Forrest. »Ich wollte hier keinen Aufruhr verursachen. Prinzessin Ida kenne ich nicht. Ich soll aber in das Land Ptero gehen.«

Electra blickte ihn verblüfft an. »In welches Land?«

»Ptero. Wo die möglichen Leute sind …«

»Aber Ptero ist doch …« Die Prinzessin stockte. »Nun, ich weiß nicht genau, was Ptero ist. Jedenfalls kann man nicht dorthin gehen.«

»Aber wir müssen dorthin, denn dort soll ich meinen Faun finden.«

Electra blickte noch immer sehr zweifelnd drein. »Ich glaube, das zu erklären überlasse ich lieber Ida.«

»Ich hoffe, jemand erklärt mir etwas. Imbri hat dazu nichts gesagt.«

Die Prinzessin nickte. »Das verstehe ich gut. Komm mit, hier entlang.« Damit drehte sie sich um und führte Forrest und Imbri in einen breiten Korridor.

Mit fliegenden roten und schwarzen Rattenschwänzchen kamen die Zwillinge zurückgeprescht.

»Tante Ida sagt, wir sollen zum Wandteppich!«, rief Dawn hell.

»Sie kommt auch dorthin«, fügte Eve dunkel hinzu. »Sie sagte, das könnte kom... kom...«

»Kompliziert werden«, vollendete Electra das Wort. »Das meine ich wohl auch.« Sie bog ab und führte alle ins Obergeschoss. Forrest war sehr beeindruckt, denn erst zum zweiten Mal in seinem Leben benutzte er ein Treppenhaus, und hier waren die Stufen viel breiter als im Schloss des Guten Magiers.

Schon bald gelangten sie in ein behagliches Zimmer mit hübschem Blick auf einen Garten und den Burggraben. Eine Frau erhob sich höflich, als sie eintraten. Auch sie trug eine Krone, also musste sie ebenfalls Prinzessin sein. Sie sah aus, als wäre sie achtundzwanzig, aber bei Menschenfrauen war Forrest darin nie ganz sicher. Mit ihrem Kopf war etwas merkwürdig.

»Prinzessin Ida, das ist Forrest Faun«, stellte Electra sie einander vor. »Mähre Imbri ist bei ihm, als Führerin und Begleiterin.«

»Imbris Freunde sind auch meine Freunde«, sagte Ida großzügig. »Bitte setz dich und sag mir, was dich hierher führt.«

Forrest nahm auf dem angebotenen Sessel Platz. »Ich muss einen Faun finden, der sich an den benachbarten Pantinenbaum bindet. Der Gute Magier meint, ich soll in Ptero danach suchen. Mähre Imbri ist schon dort gewesen, deshalb soll sie mir den Weg zeigen.«

»Imbri?«, wandte sich die Prinzessin an die Tagmähre. Ihre Augen wurden leer; sie schien aufmerksam zuzuhören. Nach einem Augenblick lächelte sie. Imbri musste ihr einen erklärenden Tagtraum beschert haben. »Aha, ich verstehe ... das ist interessant.«

»Wenn du mir also sagen könntest, wo –«

Ida hob sanft ablehnend die Hand. »Das werde ich,

aber vorher musst du eine Reihe von Sachverhalten begreifen. Schau auf den Wandteppich.«

Er blickte, wohin sie zeigte, und sah an der Wand einen großen Wandteppich, der von mit höchster Kunstfertigkeit gestickten xanthischen Szenen besetzt war. Die Stickereien waren so wirklichkeitsgetreu, dass sie sich zu bewegen schienen – nein, sie bewegten sich tatsächlich! »Er ist magisch«, sagte Forrest.

»Er zeigt ganz Xanth«, erläuterte Ida. »Szenen aus ganz Xanth und aus allen Zeiten bis in die Gegenwart. Da siehst du deine Lichtung.«

Die Szenerie verschwamm, und ein Teil wuchs an, bis er den ganzen Wandteppich einnahm. Das war seine Heimat! Forrest erblickte seinen Sandelbaum und auf der anderen Seite der Lichtung den Pantinenbaum. Er konnte sogar die kleine Scheibe erkennen, die er in den Baum eingesetzt hatte. »So sieht es dort jetzt aus!«, rief er begeistert.

»Und das ist gestern«, sagte Ida. Der Teppich wurde leer. Ida hob erstaunt die Brauen. »Wie seltsam. So etwas ist noch nie passiert.«

»Vielleicht kommt das, weil Chlorine etwas mit meiner Zeit angestellt hat.«

»Chlorine ist in diese Sache verwickelt?«

Forrest berichtete von der hübschen Frau mit dem Eselsdrachen und fügte hinzu, dass es offenbar immer Morgen war, wenn er reiste. »Ich glaube, sie hat etwas damit zu tun.«

Ida nickte. »Das würde einiges erklären. Nimby hat merkwürdige Gaben. Chlorine muss ihn gebeten haben, es für dich immer wieder Morgen sein zu lassen, damit du leichter vorankommst. Der Wandteppich weiß nicht, wie er das darstellen soll.«

»Vielleicht solltest du es mit der Vergangenheit von jemand anderem versuchen, zum Beispiel mit der meines Baumes. Ich glaube, dann geht es besser.«

Sie lächelte. »Jawohl, da stimme ich dir zu.«

Die Szene veränderte sich. Die Bäume blieben, doch nun waren Faune und eine Nymphe zu sehen. Bald begann die Nymphe davonzulaufen, und ein Faun jagte sie aus dem Bild. Der andere Faun ging auf dem Sandelbaum schlafen. »Du kannst ja wirklich alles sehen!«, rief Forrest doppelt aufgeregt.

»Ja, wenn man weiß, wohin man schauen soll. Es wäre viel zu kompliziert zu versuchen, ganz Xanth ständig zu beobachten, deshalb schauen wir nur auf den Wandteppich, wenn wir einen Grund dazu haben.« Sie drehte sich ihm zu. »Genauso ist es mit Ptero, nur noch viel ausgeprägter. Das wäre schwierig zu erklären, vielleicht sogar gefährlich.«

»Aber ich muss diesen Faun finden, sonst geht der Baum ein! Es war schon schlimm genug, meinen Freund zu verlieren, da muss nicht auch noch seinem Baum etwas Übles zustoßen!«

»Ja, natürlich, da hast du Recht. Ich will dir nur klarmachen, dass du nichts Alltägliches planst. Es könnte eigenartiger werden als alles, was du je erlebt oder gehört hast.«

»Was auch immer geschieht, dürfte immer noch besser sein, als den Baum meines Freundes eingehen zu lassen.«

»Aber wenn du verschollen bist, geht auch dein eigener Baum ein.«

Forrest erstarrte. »Meinst du, so etwas könnte geschehen?«

»Das weiß ich nicht. Ich würde sagen, der Gute Magier hat dafür gesorgt, dass du die Situation meistern kannst – soweit es irgendjemand vermag.«

»Er hat nicht einmal mit mir gesprochen«, entgegnete Forrest aufgebracht.

»Hast du die Prüfungen bestanden?«

»Ja! Und dann wollte er meine Frage nicht hören!«

»Was waren denn das für Prüfungen?«

Er beschrieb sie ihr, weil sie aufrichtig interessiert wirkte, obwohl er keinen Sinn darin sah. Trotzdem war es gewiss besser, einer Prinzessin gegenüber nicht unhöflich zu sein. Während er die Prüfungen beschrieb, erschienen sie genauso auf dem Wandteppich, wie sie sich zugetragen hatten.

»In allen drei Fällen handelte es sich um ein physisches Hindernis, das du überwandest, indem du dir das Talent einer Person zunutze machtest, die zufällig zugegen war«, sagte Ida nachdenklich.

»Ja, im Grunde schon. Der Psychiater, das Punktemädchen und der Holzwandler. Sie alle habe ich dazu gebracht, mir zu helfen.«

»Dann muss man auf Ptero wohl unbedingt über diese Fertigkeit verfügen«, sagte Prinzessin Ida. »Der Gute Magier wird einen ähnlichen Schluss gezogen haben.«

»Aber er hat nicht –«

»Für alles, was er tut, besitzt er einen guten Grund – und zwar immer. Allerdings leuchten diese Gründe anderen nur selten sofort ein. Ich glaube, auf seine Weise versucht er dir zu helfen. Schließlich hat er dich mit Mähre Imbri zusammengebracht.«

»Das ist schon richtig. Aber –«

»Nun, so glaube ich wenigstens, bist du soweit, dass du Ptero sehen kannst. Ptero ist mein Mond.«

»Dein was?«

Und da erblickte er etwas, das noch erstaunlicher war als selbst der magische Wandteppich: eine kleine Kugel, die den Kopf der Prinzessin umkreiste. Vorher musste sie sich versteckt haben, denn Forrest hatte nicht mehr von ihr gesehen als ein Wabern, das eigentlich gar nicht richtig vorhanden war. Die Kugel hatte den Umfang eines großen Auges. Als sie sich Forrest näherte, leuchtete sie auf.

»Das ist Ptero«, erklärte Ida. »Er umkreist meinen Kopf und reagiert auf meine Stimmungen. Dabei ist er mehr als bloß ein kleiner Mond. Er ist eine Idee.«

»Mir kommt er aber sehr solide vor.«

»In gewisser Weise ist er das auch. Du musst verstehen, ich bin eine Zauberin, und mein Talent ist die Idee. Ptero ist ein Kondensat aller Ideen Xanths, denn es gibt davon zu viele, und sie sind auch zu kompliziert, um alle in meinem Kopf Platz zu haben. Deshalb vermute ich der Faun, nach dem du suchst, ist derzeit nur eine Idee, die in Xanth noch nicht verwirklicht wurde.«

»Aber wie soll ich einen Faun finden, der gar nicht existiert?«

»Er existiert bereits, wenn auch noch nicht in greifbarer Form. Du musst ihn erst finden und dann bewirken, dass er körperliche Gestalt annimmt.«

Ida hatte ihn gewarnt, dass es merkwürdig sein würde. Nun erst begriff er, wie ernst sie das meinte. »Du willst sagen, die Idee von diesem Faun ist … ist dort in dieser Kugel?«

»Genau. Dort ist die Idee von allem. Anscheinend musst du nach Ptero gehen, um die Idee zu finden, die du benötigst.«

»Aber wie soll ich dorthin gehen!«, wandte er ein. »Ptero ist so winzig!«

»Der Gute Magier hat dir einen Zauber geschenkt, der dich klein genug macht – in gewisser Hinsicht.«

Das klang gar nicht gut. »In gewisser Hinsicht?«, fragte Forrest nach.

»Dein Körper muss hier zurückbleiben. Nur deine Seele kann nach Ptero reisen. Wie du selbst gesagt hast, ist Ptero so winzig.«

»Aber angenommen, meiner Seele stößt etwas zu?«

Sie nickte ernst. »Dieses Risiko musst du eingehen. Ich nehme an, dass es vertretbar ist, weil der Gute

Magier offenbar dieser Meinung ist. Doch man geht immer ein Risiko ein, wenn man sich ins Unbekannte vorwagt. Wir wissen nicht, was du auf Ptero finden magst. Deshalb wäre es vielleicht doch besser, wenn du –«

»Nein! Ich muss den Baum retten!«

»Dann sollten wir dich nun auf deine Reise vorbereiten. Dein Körper kann in diesem Zimmer bleiben, während deine Seele Ptero besucht. Zwar werde ich mich frei im Schloss bewegen, doch sobald Imbri und du auf Ptero seid, ist das kein Problem. Alle paar Stunden werde ich zurückkehren, sodass deine Seele deinen Körper wiederfindet. Und natürlich wird Imbri dich führen. Sie hat Ptero schon früher besucht und besitzt daher wenigstens eine gewisse Vorstellung von diesem Mond. Aber denke immer daran: Solltest du in Gefahr geraten, wird niemand von uns in der Lage sein, dir zu helfen. Um genau zu sein, können wir nicht wissen, was du tust. Der Wandteppich zeigt uns keine Bilder von Ptero, denn er gehört nicht zu Xanth, sondern ist ein Abkömmling. Deshalb wirst du völlig auf dich gestellt sein.«

Forrest musste schlucken. »Und niemand kann mir sagen, was genau ich dort vorfinden werde? Aber wenn Imbri doch dort war –«

»Ich bin nur zum Ausliefern von Tagträumen dorthin gegangen«, warf Imbri ein und erschien neben ihm. Forrest begriff, dass sie nicht zu zwei Personen zugleich sprechen konnte, weil sie nicht stofflich war. Sie konnte nur dem einen oder dem anderen im Traum erscheinen, und deshalb war sie für ihn verschwunden gewesen, während sie mit Ida sprach. »Jedes Mal bin ich eigens herbeigerufen worden. Das ist, als würde man auf ein helles Licht zusteuern. Von der Landschaft habe ich nichts gesehen, ich habe nur schlaglichtartige Eindrücke erhalten. Genug allerdings, um zu wissen, dass Ptero eine eigene Welt ist, womöglich größer als Xanth, eventuell auch vielfältiger. Und dass die Zeit sich dort sehr seltsam verhält.«

»Bestimmt wird Mähre Imbri dir eine große Hilfe sein«, versicherte ihm Ida.

Er blickte sie an. »Woher wusstest du, dass Imbri zu Ende gesprochen hatte?«

»Ich habe darauf gewartet, dass dein leerer Gesichtsausdruck verschwand. Es wäre sehr ungezogen, einen Tagtraum zu unterbrechen.«

»Sie sagt, dass sie nicht besonders viel über Ptero wisse und dass die Zeit dort merkwürdig sei.«

»Auf jeden Fall wird Imbri in der Lage sein festzustellen, wer freundlich gesonnen ist und wer nicht, denn sie besitzt große Übung darin, in das Bewusstsein anderer einzudringen. Das könnte dein wichtigstes Hilfsmittel sein. Und sie bietet immer eine angenehme Gesellschaft, das liegt an der Natur ihres Berufs.«

»Ja, sicher.« Doch Forrest war nur höflich. Er hatte auf eine fähige Führerin gehofft, und nun schien es ganz so, als wäre Imbri gerade das überhaupt nicht.

»Es tut mir leid«, entschuldigte sich die Tagmähre, »aber ich versuche mein Bestes zu tun. Doch du hast Recht: Zweifelsfrei – führen vermag ich dich nicht. Vermutlich war ich lediglich das geringste aller Übel, soweit es den Guten Magier angeht.«

Was sollte er darauf erwidern? Auf jeden Fall wäre es unaufrichtig gewesen, ihre Worte zu bestreiten.

»Ich muss dich noch einmal fragen: Wünschst du wirklich, diesen Ausflug zu machen?«, wandte sich Prinzessin Ida an Forrest. »Um ehrlich zu sein, scheinen mir die Chancen, dass du Erfolg hast, genauso hoch zu stehen wie die für einen Fehlschlag. Wenn du aber scheiterst, könnten beide Bäume eingehen.

Bestenfalls haben wir es hier mit einem zweifelhaften Unterfangen zu tun.«

Forrest wusste, dass ihr Einwand vernünftig war. Doch der Gedanke, aufzugeben und das Versprechen gegenüber dem Pantinenbaum seines verschollenen Freundes zu brechen, war ihm unerträglich. »Nein. Ich muss es tun.«

»Wie du willst. Möchtest du noch irgendwelche Vorbereitungen treffen, bevor du gehst?«

»Nein. Ich möchte es nur hinter mich bringen und zu meinem Baum zurück.«

»Dann leg dich auf dieses Bett und rieche an der Flasche, die der Gute Magier dir gegeben hat. Ihr Zauber wird deine Seele von deinem Körper lösen, damit sie nach Ptero reisen kann. Ich bleibe dicht bei dir, bis du dort bist.«

»Aber woher willst du das wissen?« Nun, da er sich entschieden hatten, fielen ihm etliche Dinge ein, über die er sich den Kopf zerbrechen sollte.

»Imbri wird es mir sagen. Sie wird dich dorthin führen und dann rasch zu mir zurückkehren, um mir deine Ankunft zu melden.«

Nun war Forrest wieder sehr froh, die Tagmähre bei sich zu wissen. Überhaupt nicht behagte ihm der Gedanke, dass seine Seele sich auf halbem Wege zwischen seinem Körper und dem winzigen Mond verirren könnte.

Er setzte sich aufs Bett, nahm den Rucksack ab und legte sich hin. Obwohl das Bett sehr bequem war, konnte er sich nicht entspannen. Solch eine seltsame Reise hätte er sich im Leben nicht ausgemalt. Aber es führte kein Weg daran vorbei – er musste es tun. Er griff in den Rucksack, der nun neben ihm auf dem Bett lag, und holte die Flasche des Guten Magiers hervor. Er stählte sich, fasste den Korken und zog ihn heraus. Mit einem leisen Ploppen löste sich der Stopfen, und

Forrest hielt sich das Fläschchen unter die Nase und schnüffelte.

Plötzlich kam er sich völlig fremd vor. Er war in einem widerlichen Sumpf aus zäh anhaftendem Schleim gefangen, saß buchstäblich fest. Er versuchte sich freizukämpfen – er brauchte Raum zum Atmen.

»Ganz ruhig«, sagte eine Stimme. »Du solltest nichts davon abreißen.«

Forrest blickte um sich, aber seine Augen vermochten sich nicht scharf zu stellen. Um genau zu sein, schien er gar keine Augen zu haben. Er versuchte zu sprechen, doch offenbar fehlte ihm auch ein Mund.

»Einfach treiben lassen«, riet ihm die Stimme. »Lass deine Seele schmelzen.«

Seine Seele? Er folgte dem Hinweis und stellte fest, dass er gar nicht zu kämpfen brauchte; mühelos entschwebte er dem Sumpf, und als der Rest von ihm freikam, zog er sich zusammen, sodass Forrest nun eine einzelne Wolke war.

»Nun bilde ein Auge, dann siehst du besser.«

Als Forrest sich darauf konzentrierte, bildete sich ein Augapfel. Vor sich sah er nun eine hohe weißliche Wand.

»Du schaust auf die Decke. Blick nach unten.«

Er drehte das Auge und sah seinen Körper schlafend auf dem Bett liegen. Als ihm ein Ruf des Erstaunens entfahren wollte, gelang das nicht. Also schuf er einen Mund. »Oh!«, machte er, denn er hatte begriffen, aus welchem Sumpf er sich gerade befreit hatte.

»Mach dich jetzt ganz klein.«

Er bestimmte, klein zu werden. Dadurch konnte er schärfer sehen. Neben sich erblickte er ein Pferd, eine Stute. Ihre Hufe standen unverrückbar fest mitten in der Luft. »Mähre Imbri!«

»Genau. Folge mir nach Ptero.« Damit trabte sie an.

Forrest versuchte zu laufen, aber weil er keine Beine hatte, schwebte er Imbri einfach hinterher. Sie näherte sich einer riesigen Statue. Im nächsten Moment erkannte Forrest, dass es sich gar nicht um eine Statue, sondern um Prinzessin Ida handelte. Sie hielten auf ihren Kopf zu.

»Du musst dich viel kleiner machen«, sagte Imbri. »Wir haben noch einen weiten Weg vor uns.«

Forrest begriff, dass er sie gar nicht hörte, denn er hatte noch kein Ohr gebildet; er war sich einfach ihrer Gedanken bewusst. Als er sie schrumpfen sah, folgte er ihrem Beispiel.

Idas Kopf schwoll zu überwältigender Größe an. Bald erblickte Forrest einen kleinen weißen Ball, der sich entweder auf Imbri und ihn zu bewegte oder dem sie sich näherten. Auch der Ball wuchs und erinnerte bald eher an einen Felsblock denn an eine Insel. Wie ein Mond stand er am Himmel, was aufgrund seines Namens auch nicht weiter verwunderlich war. Am Ende wirkte er wie eine ganze Welt und füllte Forrests Blickfeld völlig aus; er war auch nicht mehr rein weiß; vielmehr erschien das Weiß fleckig, wie Wolken. Diese Wolken schienen von oben viel interessanter als sie normalerweise von unten gesehen werden, denn sie waren nicht flach, sondern wirkten wie schroffe Gebirge.

Nun fielen sie auf Idas Trabanten zu, der immer noch größer wurde. Zwischen den Wolken klafften Lücken auf, und Forrest erblickte unter sich grünes Land und blaue Meere. Er bemerkte, dass Imbri und er noch immer schrumpften, denn Ptero schwoll nach wie vor an. Erstaunlich, wie riesig der Mond wirkte, während sie auf seine vielfältige Oberfläche zustürzten.

»Zeit zum Bremsen«, warnte Imbri ihn. »Wir wollen nicht allzu hart landen.«

»Aber wir sind doch nur Seelen, oder nicht? Wir besitzen keinerlei Festigkeit.«

»Das stimmt nicht ganz. In jeder Seele steckt ein bisschen Substanz, und auf einer Welt wie Ptero wird das sehr wichtig. Wir werden dort stoffliche Gestalt annehmen.«

Forrest musste daran denken, wie klein Ptero ihm vorgekommen war, als er den Mond beim Umkreisen von Idas Kopf beobachtet hatte. Nun erschien er ihm ausgedehnter als ganz Xanth, und das bedeutete, dass Imbri und er in Wirklichkeit nicht größer sein konnten als unsichtbare Staubkörnchen. Vielleicht war es ihren Seelen möglich, in so kleinem Maßstab eine körperliche Gestalt anzunehmen. Im Grunde war Forrest darüber erleichtert, denn eigentlich gefiel es ihm nicht, ein nebulöser Klumpen zu sein, der erst ein Auge bilden musste, wenn er etwas sehen wollte.

Er versuchte abzubremsen, doch das gelang ihm nicht. Er fiel immer schneller. »Wie soll ich das machen?«

»Gib dir einfach eine ausgebreitete, flache Gestalt, so wie ein Blatt oder eine Feder. Dann fängt die Luft dich ab, und du treibst langsam zu Boden.«

Das versuchte Forrest, aber er fiel noch immer viel schneller, als ihm lieb war. »Das geht aber nicht sehr gut.«

»Ach, ich vergaß: Du hast eine ganze Seele. Sie ist doppelt so dicht wie meine halbe Seele, deshalb bist du doppelt so schwer. Versuch doch, dich in einen Fallschirm zu verwandeln.«

»Ich will doch nicht fallen. Wie wäre es mit einem Steigschirm?«

»Du verstehst nicht. Schau her.« Sie verwandelte sich in etwas, das wie eine umgedrehte Tasse aussah, von deren Rand Schnüre zu einem Klumpen unter ihr liefen. »Das ist eine mundane Erfindung. Die Kappe fängt die Luft, und das Gewicht lenkt ihn nach unten.«

Forrest ahmte Imbris Gestalt nach, und tatsächlich

funktionierte ihre Idee. Seine geweitete, stoffartige Oberhälfte fing die Luft, leistete ihr Widerstand und bremste den Fall des massiven Unterteils. Trotzdem stürzten sie noch immer um einiges schneller, als ihm recht war. Er dehnte die Kappe aus, doch bevor er damit viel ausrichten konnte, klatschte er dicht vor der weißen Küste des grünen Landes ins blaue Meer.

Tief sank er unter die Oberfläche. Forrest hielt den Atem an, breitete die Arme aus und versuchte, zur Oberfläche zu schwimmen. Dann hörte er Imbri: »Sei ein Fisch!«

Ach ja. Er nahm die Gestalt eines Fisches an, und schon hatte er keine Schwierigkeiten mehr. Imbri verwandelte sich in ein Seepferd und kam neben ihn. »Schwimm an Land. Ich muss Ida Bescheid geben, dass wir sicher angekommen sind.«

»Aber ...« Doch sie war schon wieder verschwunden.

Also stärkte er Flossen und Finnen und schwamm so schnell er konnte an Land. Er hoffte sehr, auf kein Seeungeheuer zu treffen, das ihn mit einem Biss verschlucken konnte. Obwohl er sich natürlich in etwas anderes verwandeln konnte, ein Stinkhorn zum Beispiel, um das Monster abzuschrecken.

Der Sandboden unter ihm stieg an, und das Wasser wurde seichter; er näherte sich also dem Strand. Forrest war erleichtert; diese Gestaltwandlungen fielen ihm nicht gerade leicht, obwohl er sich gut vorstellen konnte, dass dergleichen Spaß machen würde, wenn man darin erst einmal eine gewisse Übung erlangt hatte.

Das Wasser wurde zu seicht, um darin zu schwimmen. Was sollte er tun? Sich in einen Plattfisch verwandeln? Doch das Wasser würde ja trotzdem seichter werden, bis keine Plattheit der Welt ihm noch nutzte.

Dann lachte er über seine eigene Dummheit. Er war

angekommen! Er war am Strand und brauchte kein Fisch mehr zu sein. Nun konnte er seine eigene Gestalt annehmen.

Was er dann auch tat. Übergangslos stand er bis zu den Knöcheln in der Brandung, und auch seinen Rucksack hatte er dabei. Den Rucksack? Wie hatte er es nur geschafft, den mitzubringen? Er öffnete ihn und suchte darin; er fand alles an Ort und Stelle, einschließlich seiner Ersatzsandalen und des verkorkten Zauberfläschchens. Offenbar rüstete sich seine Seele mit allem, was sein Körper besessen hatte. Das war doch sehr beruhigend.

Mit einem lauten Platschen fiel hinter ihm etwas ins Wasser, dann tauchte neben ihm ein Pferd auf. »Ich habe ihr Bescheid gegeben«, sagte Mähre Imbri. »Nun sind wir sicher auf Ptero angekommen, und du kannst dich deiner Suche widmen.«

»Toll«, entgegnete Forrest, »und wie genau stellen wir das an?«

»Ich habe nicht die leiseste Idee.«

Forrest blickte auf den Strand vor ihnen. Das war wirklich eine Herausforderung.

# 4
# Ptero

Sie wateten an Land. Forrest platschte beim Gehen, während Imbris Hufe geräuschlos durch das Wasser glitten. Am Ufer entlang zog sich ein hübscher weißer Sandstreifen, der sich bemerkenswert präzise wand, um immer zwischen dem Wasser und dem Land zu bleiben. Die Luft war angenehm warm.

Forrest grübelte über Imbris Worten. »Wenn du nicht die leiseste Idee hast, was wir tun sollen, und mir ebenfalls nichts einfällt, was machen wir dann?«

»Vielleicht sollten wir jemanden fragen, der sich damit auskennt.«

Etwas störte Forrest, und es gelang ihm herauszufinden, was es war. »Dein Maul bewegt sich nicht, wenn du sprichst.«

»Das liegt daran, dass Mähren mit ihren Mäulern nicht besonders gut sprechen können. Eigentlich sind sie nur zum Wiehern da. Deshalb spreche ich in deinem Kopf.«

»Aber ich benutze meinen Mund, um mit dir zu sprechen. Ich höre das Geräusch.«

»Das liegt daran, dass du stofflich bist.«

»Stofflich? Aber ich bin doch nur mit der Seele hier.«

»Jede Seele besitzt ein geringes Maß an Substanz. Sie reicht gerade aus, um dir hier einen festen Körper zu verschaffen, denn schließlich ist alles auf Ptero sehr klein. Deshalb hast du natürlich deine übliche Gestalt angenommen, einschließlich Sandalen und Rucksack.«

»Und du die deine«, sagte Forrest, der allmählich begriff. »Aber du wirkst ein wenig verschwommen.«

»Weil ich nur eine halbe Seele habe, mein Pferdekörper aber um ein Mehrfaches schwerer ist als dein Faunenleib. Deshalb habe ich weniger als ein Zehntel deiner Dichte. Wenn du mich berührst, durchdringt mich deine Hand.«

»Ehrlich?« Er klopfte der Tagmähre auf die Schulter – und seine Hand sank bei nur geringem Widerstand in ihren Körper ein. Er riss sie sofort wieder heraus. »Entschuldigung.«

Imbri zuckte mit den Schultern, ein interessanter Anblick bei einem Pferd. »Es tut nicht weh. Solange du mich sehen und hören kannst, ist alles in Ordnung.«

»Ich frage mich, ob du hier völlig stofflich werden könntest – wenn dir die Frage nichts ausmacht? Zum Beispiel, indem du deinen Körper verkleinerst? Sodass du mit dem Mund sprechen könntest?«

»Sicher, wenn dir das lieber ist.« Sie schrumpfte zu einer zierlichen Menschenfrau in einem engen schwarzen Kleid. »Ist es recht so?«, fragte sie mit dem Mund. »Ich habe nur die Hälfte deiner Masse, deshalb kann ich nicht größer werden, ohne undeutlich zu werden.«

»Das ist großartig, du siehst prima aus.« Damit wollte er sagen, dass ihn ihr Körper in Bezug auf seine

Stofflichkeit zufrieden stellte, doch in Wahrheit war er mehr als zufrieden stellend: Wie eine hübsche junge Frau mit glänzendem schwarzem Haar sah sie aus, fast wie eine Nymphe. Nur ihr leichtes Pferdegebiss störte, aber das war verständlich. Schließlich war sie noch immer eine Art von Pferd.

Imbri machte einen Schritt, stolperte und fiel auf die Nase. »Prrr!«, schnaubte sie verdrossen. »Ich bin einfach nicht daran gewöhnt, stofflich zu sein.«

Forrest musste gestehen, dass er sie verstand. Dreißig Jahre lang hatte sie nur eine halbe Seele besessen und davor als Nachtmähre über vier Beine verfügt. Deshalb konnte sie mit der Handhabung eines echten Menschenkörpers nicht vertraut sein. »Meine Schuld«, sagte er. »Vielleicht solltest du doch besser Pferdegestalt annehmen.«

»Ich möchte aber nicht, dass du Unbehagen empfindest, weil ich nicht mit dem Maul spreche«, sagte sie. »Wenn ich mir Mühe gebe, kann ich diese Gestalt gewiss bewältigen.«

An ihrer Wange war ein Schnitt, wo sie sich an einer Muschelschale verletzt hatte. Das war ihm sehr peinlich. »Lieber spüre ich Unbehagen, als dass du fällst und dir das Gesicht zerschneidest.«

Sie sah ihn besorgt an. »Oh! Habe ich das?«

Aus dem Rucksack holte Forrest einen Spiegel, den er ihr reichte. Imbri hob ihn vor ihr Gesicht. »Tatsächlich! Nein, ist das unangenehm.« Sie strich sich mit den Fingern über den Schnitt und rubbelte ihn fort, sodass ihre Wange wieder glatt war. Zuerst war Forrest darüber erstaunt, doch dann begriff er, dass sie, wenn sie ihren Körper selbst geformt hatte, auch in der Lage sein musste, jeden Makel davon zu entfernen. Wie die meisten Frauen legte sie großen Wert auf ihr Äußeres, selbst in einer ihr unvertrauten Gestalt.

Als sie zufrieden war, gab sie ihm den Spiegel

zurück und steckte ihn in den Rucksack. Dabei stieß er ihn an etwas, und Forrest fiel sein Paar Ersatzsandalen ein. Ihm kam eine Idee. »Du kannst mein anderes Paar Sandalen tragen! Die schützen dich vor dem Stolpern.« Er kramte sie hervor und hielt sie Imbri hin.

»Werden sie das wirklich?«, fragte sie unsicher.

»Ja. Sie sind magisch. Sie schützen deine Füße und lassen nicht zu, dass du dich vertrittst.«

»Aber das sind doch Sandalen für Faune. Ich habe schon Schwierigkeiten genug damit, auf diesen Menschenfüßen zu trippeln; mit Hufen könnte ich das schon gar nicht. An Hufe bin ich zwar gewöhnt, aber dann müsste ich vier davon haben.«

»Sandalen von meinem Baum passen jedem. Das liegt in ihrer Natur. Probier sie nur an.«

Imbri setzte sich in den Sand und hob die Knie, sodass sie ihre Füße erreichen konnte. Dabei zeigte sie Forrest unabsichtlich sehr nymphenhafte Beine bis fast zur Panty, wie die Dämonin Sideria es absichtlich getan hätte. Forrest fragte sich, ob er sie darauf hinweisen sollte, denn eindeutig war Imbri nicht an einen stofflichen Menschenkörper gewöhnt. Dann zog sie die Sandalen über und stellte fest, dass sie tatsächlich an ihre Menschenfüße passten – und verschob die Beine, wodurch sie erheblich weniger offenbarte: Nun schützten die Sandalen Imbris Füße, und das schloss auch ein, sie davor zu bewahren, den Beinen zu schaden, indem die Füße sie in ungeeigneter Weise entblößten, denn die Beine waren mit den Füßen verbunden, und Fehltritte ereigneten sich nicht unbedingt nur am Boden. Daher brauchte Forrest kein Wort zu sagen.

Imbri erhob sich. »Oh, ich fühle mich so viel sicherer!«, rief sie aus. »Die Sandalen helfen mir jetzt schon.«

Diesen Schluss hatte Forrest bereits selbstständig

gezogen. »Das freut mich.« Tatsächlich hätte er durchaus damit leben können, dass sie ihre Beine entblößte, doch es schien wenig Sinn zu haben, darauf zurückzukommen.

Sie schaute sich um. »Ich soll dich führen, und bisher habe ich nicht sonderlich gute Arbeit geleistet. Wir müssen jemanden finden, bei dem wir uns erkundigen können.«

Eine gute Idee. »Machen wir das. Siehst du jemanden?«

»Hier gibt es so viele Leute, irgendjemand wird schon in der Nähe sein. Komm, wir folgen dem Ufer, dann treffen wir bestimmt jemanden.«

Nach einer Weile bemerkte Forrest, dass mit der Luft etwas nicht stimmte. Zwar roch sie ganz normal, doch war sie farbig: Vor ihnen wirkte sie grün, rechts von ihnen blau. Einen Grund für die Farbigkeit schien es jedoch nicht zu geben.

Er blieb stehen und drehte sich um. »Siehst du die Farben?«, fragte er Imbri.

»Ja«, antwortete die Tagmähre erstaunt. »Hinter uns ist es gelb und über dem Meer rot.«

»Meinst du, dass das etwas zu bedeuten hat?«

»Muss es wohl, aber ich weiß nicht was.«

»Und ich sehe noch immer niemanden, den wir fragen könnten«, sagte Forrest enttäuscht. »Wenn es hier so viele Leute gibt, wo stecken sie dann alle?«

Imbri überlegte, dann hellte sich ihr Gesicht auf. »Ich glaube mich zu erinnern, von einem der Träumer erfahren zu haben, dass man die Leute hier zu sich bitten muss, sonst halten sie sich fern; man ist hier sehr höflich. Niemand soll sich eingeengt fühlen.«

»Aber wie sollen wir jemanden zu uns bitten, wenn niemand zu sehen ist, den wir ansprechen können?«

»Ich schätze, man versucht es einfach.«

Forrest zuckte mit den Achseln. »Also schön«, sagte

er und richtete sich auf. »Hiermit erbitte ich die Gesellschaft von jemandem.«

Ein Geräusch ertönte, und im nächsten Moment erschien über den Bäumen eine große fliegende Gestalt. Auf dem Sand vor Forrest nahm sie feste Form an. »Ja?«, fragte sie – es war ein geflügeltes Einhorn.

Verblüfft sah Forrest zu Imbri hinüber. Sie wirkte ebenso verwirrt wie er. Also wandte er sich an das Einhorn:

»Hallo. Ich habe mich nur gefragt –«

»Was, stellst du dich etwa nicht vor?«, fragte das Einhorn. Es sprach, ohne das Maul zu bewegen.

»Äh, ich bin Forrest Faun.«

»Ich bin Kero Einhorn.«

»Ich habe mich nur gefragt –«

»Welchen Dienst bietest du zum Tausch an?«

»Wie bitte?«

»Bist du hörbehindert?«

»Nein, ich verstehe nur nicht? Was für einen Dienst?«

»Genau.«

»Ich verstehe dich nicht.«

Das Einhorn betrachtete ihn forschend. »Bist du schwachsinnig?«

Allmählich kam Forrest sich in der Tat geistig unterlegen vor. »Ich bin neu in diesem Land. Ich weiß nicht, was du meinst.«

»Aha. Du musst von weit her kommen, um dermaßen unwissend zu sein.«

»O ja, sehr weit«, versicherte Forrest dem Einhorn.

»Ich nehme an, so viel kann ich dir erläutern, ohne eine Verletzung des Protokolls zu begehen. In diesem Land tauschen wir Dienste aus. Wenn du etwas erfahren möchtest, was ich dir sagen könnte, dann musst du mir einen Dienst dafür erweisen, dass ich dein

Unwissen beseitige. Welchen Dienst möchtest du mir anbieten?«

Diese Situation war Forrest völlig neu. »Welchen Dienst hättest du denn gern?«

»Schwer zu sagen. Du hast mich gerufen, deshalb nahm ich an, du hättest dir schon Gedanken darüber gemacht.«

»Ich wollte etwas fragen.«

»Aber das ist kein Dienst. Ein Dienst wäre meine Antwort. Welchen Dienst kannst du mir dafür erweisen?«

Das schien sich ins Leere zu entwickeln, also versuchte Forrest etwas Albernes. »Eine unterhaltsame Gigue.«

»Abgemacht. Wie lautet deine Frage?«

»Was bedeuten die Farben der Luft?«

»Sie geben die Richtung an, weil wir keine Sonne, keinen Mond und keine Sterne haben, an der wir sie ablesen könnten. Blau ist Norden, weil es eine kalte Farbe ist; Rot bedeutet Süden, denn dort ist es warm; Grün heißt Hin und Gelb bedeutet Von.«

Forrest wartete, doch damit schien die Antwort erschöpft zu sein. Deshalb holte er seine Panflöte aus dem Rucksack, spielte eine lebhafte Melodie auf und begann, seine Gigue zu tanzen. Faune tanzen großartige Giguen, und Forrest wusste, dass er gute Arbeit leistete. Das Einhorn sah ihm mit wachsendem Interesse zu.

Als er fand, genug gegiguet zu haben, hörte er auf. Kero nickte zufrieden, breitete die Schwingen aus und flog über den Wald davon.

»Ich glaube, wir haben etwas gelernt«, sagte Forrest, während er dem Einhorn hinterher blickte.

»Das meine ich auch«, stimmte Imbri ihm zu. »Zweierlei haben wir erfahren: dass die Farben die Richtung angeben und wie man auf Ptero Dienstleistungen austauscht. Von diesem Geschäft haben wir also doppelt profitiert.«

»Das mag sein. Aber was soll das mit dem Hin und Von?«

»Vermutlich könnten wir uns die Antwort auf diese Frage ebenfalls einhandeln, aber eventuell finden wir das bald selbstständig heraus. Wir wollen sehen, ob ich etwas habe, was ich gegen nützliche Informationen eintauschen kann.«

Forrest zuckte mit den Schultern. »Hoffen wir's.«

Imbri blickte in die Luft. »Ich bitte um jemanden, mit dem ich handeln kann.«

Ein dunkles Geschöpf erschien vor ihnen, eine schwarze Zentaurenstute. »Ja?«, fragte sie, und Forrest bemerkte staunend, dass sie sowohl körperlich als auch geistig sprach.

Imbri ließ die zierliche Kinnlade fallen. »Du bist eine Nachtmähre!«

»Nein, nicht ganz. Interessiert dich meine Abstammung?«

»Aber ja!«, antworteten Forrest und Imbri gleichzeitig.

»Ich bin Chimähre. Alles begann, als mein Vatertier, ein Zentaur, der sehr starke Vorurteile gegenüber Zombies hegte, einen Albtraum haben sollte, in dem er und ein recht stark verfaulter weiblicher Zombie zusammen aus einem Liebesquell trinken. Aus irgendeinem Grund brachte die Nachtmähre, die den Traum beförderte, etwas durcheinander, oder sie hatte insgeheim ein Auge auf den Zentaur geworfen, der nämlich sehr gut aussah. Auf jeden Fall versetzte sie sich in den Traum und trank mit ihm aus dem Liebesquell. Die Wirkung überfiel sie, und sie durchlebten ein Liebesabenteuer, das den Quell so sehr aufheizte, dass er fast ganz austrocknete. Dann galoppierte die Mähre davon, und der Traum verging. Er hinterließ den Zentauren erheblich befriedigter, als der ursprünglich geplante Nachtmahr es getan hätte. Nach der üblichen Tragezeit warf die Nachtmähre ein Fohlen mit einer halben Seele, das so schwarz war wie die Nacht, aber den Körper eines Zentauren hatte – mich. Weil ich aus einem unerlaubten Traum entstamme, kam ich nicht in Xanth zur Welt, sondern auf Ptero, wo ich denjenigen Bewohnern schlechte Träume bringe, die nichts anderes verdient haben. Nicht gerade das beste Leben, aber ich komme zurecht.«

»Ach, Chimähre!«, rief Imbri aus, »wie gut ich dich verstehe! Ich bin viele Jahrzehnte eine Nachtmähre gewesen.«

»Ja, du kamst mir gleich so vertraut vor. Aber du hast menschliche Gestalt.«

»Damit ich für meinen Begleiter stofflich sein kann, Forrest Faun, dem ich zu helfen versuche. Möchtest du einen Dienst austauschen?«

»Sehr gern, aber ich wüsste eigentlich nicht, was wir füreinander tun könnten.«

»Brauchst du denn irgendetwas?«, fragte Forrest.

»Nein. Ich bin nur gekommen, weil ich am nächsten war, als ihr gerufen habt. Es tut mir sehr leid, wieder gehen zu müssen, denn man trifft nur selten jemand mit Albtraumerfahrung, aber ich muss weiter.« Damit verschwand sie.

»Warte!«, rief Forrest ihr nach, doch zu spät. Sie war schon fort.

»Wir sind zu langsam«, stellte Imbri fest. »Am besten überlegen wir uns das nächste Mal vorher, welchen Dienst wir leisten können, bevor wir jemanden herbeirufen.«

»Ja. Man scheint hier recht ungeduldig zu sein.«

Hufdonnern ertönte, und aus der grünen Richtung galoppierte eine Zentaurin heran. Zwei Zentaurenfohlen folgten ihr. Die Zentaurin hatte eine weiße

Mähne und einen weißen Körper, aber blaue Augen. Forrest versuchte es zu vermeiden, auf ihre wogende bloße Brust zu starren, denn er wusste, dass Zentauren gewissen Wirkungen keinerlei Beachtung schenkten, aber er war beeindruckt.

Vor Imbri blieb sie stehen. »Hallo, Mähre in Menschengestalt. Ich bin Illura Zentaur, und das sind meine Fohlen. Wir möchten uns für unsere Verspätung entschuldigen.«

»Verspätung?«

»Wir waren etwas weiter entfernt, als wir deinen Ruf hörten, und die Fohlen können sich nicht mit der Geschwindigkeit der Erwachsenen bewegen.«

Nun begriff Forrest, dass mehr als nur ein Geschöpf auf Imbris Ruf reagiert hatte. Doch die Tagmähre meisterte die Situation mühelos.

»Ich bin Mähre Imbri, und das ist mein Begleiter.«

»Was habt ihr anzubieten?«

»Einen angenehmen Tagtraum.«

»Was wünscht ihr dafür?«

»Informationen über die Person auf Ptero, die uns am ehesten helfen kann zu finden, was wir suchen.«

»Was sucht ihr denn?«

»Einen Faun für einen verlassenen Baum.«

»Da müsst ihr euch an Katrin Zentaur wenden. Sie weiß am besten, wo man Faune findet.«

Schweigen setzte ein, dann begriff Imbri, dass sie ihre Antwort schon erhalten hatte.

Sie blickte der Zentaurin in die Augen, welche daraufhin leer wurden, wie Forrest es schon mehrmals beobachtet hatte. Die Zentaurin erlebte einen Tagtraum.

Forrest wandte sich den beiden Fohlen zu. Das eine war ein Männchen mit dunklem Fell, das andere ein helles Weibchen. Das Männchen wartete stoisch, das Weibchen scharrte ungeduldig mit den Hufen. »Hallo, ihr Fohlen. Ich bin Forrest Faun. Ihr müsst unterschiedliche Zwillinge sein.«

Das Weibchen schaute ihn rasch an. »Ich bin Heißblut«, antwortete sie.

Das Männchen hob langsam den Kopf. »Ich bin Kaltblut«, sagte er.

»Nun, ein bisschen Geduld braucht ihr wohl, bis euer Muttertier fertig ist.«

Das Weibchen reagierte rasch. Mit dem Vorderhuf kratzte sie Buchstaben in den Sand. BLUT- ZWILLINGE: HEISS UND KALT.

Aha. »Tut mir leid, das Missverständnis«, sagte Forrest.

»Macht nichts«, entgegnete Heiß rasch. »Das passiert uns dauernd.«

»Wir sind daran gewöhnt«, fügte Kalt bedächtig hinzu. »Wahrscheinlich ist es gut, dass es uns nicht gibt.«

»Wie könnte ich denn mit euch reden, wenn's euch nicht gäbe?«

»Weil wir Eventuelle sind«, antwortete Heiß sofort. »Einige sehr unwahrscheinliche Umstände wären erforderlich, um uns wirklich zu machen. Vor allem ist unsere Mutter ebenfalls nicht real.«

»Nur unser Vatertier, Blut Zentaur, ist echt«, fügte Kalt verspätet hinzu.

Allmählich begriff Forrest. »Euer Vater lebt in Xanth, ihr aber nicht.«

»Genau«, bekräftigte Heiß augenblicklich. »Wir können erst dann zu existieren beginnen, wenn unsere Mutter wirklich wird, unseren Vater kennen lernt und dann dieses Ritual mit ihm ausführt, an das die Menschen nur mit großem Unbehagen denken können. Alles zusammengenommen scheint das recht unwahrscheinlich zu sein.«

»Das tut mir leid.«

»Das spielt eigentlich keine Rolle«, sagte Kalt bedachtsam. »Es gibt nun einmal viel zu viele Eventuelle, als dass sie alle in Xanth Platz haben könnten.«

Illura hatte ihren Tagtraum beendet. »Kommt, ihr Fohlen, wir müssen weiter.«

»Schon?«, fragte Kalt.

»Endlich!«, rief Heiß.

»Ich hatte einen sehr hübschen Traum von eurem Vater«, sagte Illura. »Ich glaube, er ist bald soweit, tatsächlich etwas in Betracht zu ziehen.«

Sie galoppierten in die gelbe Farbe davon. Imbri und Forrest blickten ihnen hinterher. »Das waren Eventuelle«, sagte er.

»Ja. Eine Schande, dass sie nicht echt sind.«

»Wie finden wir nun Katrin Zentaur?«

»Ich glaube, wir brauchen nur nach ihr zu fragen.«

»Können wir dann nicht einfach nach dem Faun fragen, den ich suche?«

Erstaunt wandte Imbri sich ihm zu. »Auf jeden Fall können wir das versuchen.«

Er wandte sich dem Nichts zu. »Ich möchte mit dem Faun handeln, den ich brauche.«

Nichts geschah.

»Vermutlich ist er zu weit weg«, meinte Imbri. »Hast du eigentlich bemerkt, dass alle Wesen, denen wir bisher begegnet sind, von Pferden abstammen?«

»Nein, das war mir nicht aufgefallen«, antwortete er überrascht. »Kann das ein Zufall sein?«

»Möglich. Doch ich glaube vielmehr, dass es auf Ptero verschiedene Gebiete für die einzelnen Wesen gibt, und wir sind im Pferdegebiet gelandet. Wahrscheinlich hat es mich hierher gezogen, weil ich pferdeartig bin, und du bist mir schließlich gefolgt. Deshalb gibt es im näheren Umkreis keine Faune. Katrin Zentaur muss wissen, wo wir sie finden können.«

»Das klingt plausibel. Also gut, dann lass uns mit Katrin Zentaur handeln.«

Imbri wandte sich dem Nichts zu. »Ich möchte gern mit Katrin Zentaur handeln.«

Eine andere Zentaurendame trabte aus dem Wald. Sie hatte eine braune Mähne und ein braunes Fell, dazu große weiße Flügel. »Nanu, Mähre«, sagte sie, »ich hätte ja nie erwartet, gerufen zu werden.«

»Warum nicht?«, fragte Imbri.

»Weil es keinen Dienst gibt, den irgendjemand mir leisten könnte, kann ich nicht handeln. Wusstet ihr das nicht?«

»Ich komme von sehr weit. Ich weiß nur wenig über dieses Gebiet.«

»Aber Protokoll gilt doch überall auf unserer Welt. Du willst damit doch nicht etwa sagen ...« Sie verstummte und blickte Imbri erstaunt an.

»Jawohl, wir sind aus Xanth«, sagte die Tagmähre.

»Das ist außerordentlich ungewöhnlich, denn zwischen Xanth und Ptero existiert so gut wie kein physischer Kontakt.«

»Aber eine beträchtlich starke emotionale Bindung.«

Katrin nickte zustimmend. »Uns Eventuelle verlangt es alle danach, Xanth zu erreichen, doch nur sehr wenige von uns kommen je dorthin. Wenn ich nun voraussetzen darf, dass ihr mir eine Möglichkeit bietet, dahin zu gelangen, dann können wir tatsächlich miteinander handeln. Doch da es unmöglich ist, physisch dorthin zu reisen, vermute ich sehr, dass eure Mission anderer Natur ist.«

»Das stimmt. Wir müssen einen Faun finden, der sich dazu eignet, der Geist eines verlassenen Baumes zu werden.«

»Aha. Deshalb habt ihr mich also gerufen: weil ich den Weg ins Faunengebiet am besten kenne.«

»Genau.«

»Ich bedaure aufrichtig, dass wir keinerlei Dienstleistungen austauschen können, denn ich könnte euch sicherlich zum rechten Pfad führen.«

»Zum rechten Pfad führen? Du könntest uns nicht den richtigen Weg weisen?«

»Das stimmt: Das könnte ich nicht. Das Faunenland liegt außerhalb meiner Reichweite.«

»Reichweite?«

»Ich sehe schon«, sagte Katrin mitfühlend, »ihr kommt von sehr weit und kennt unser System nicht.«

»Das ist wohl richtig, aber ich bin bereit zu handeln, wenn es darum geht.«

»Ich fürchte, darum geht es wirklich. Wir sind nicht in der Lage, auf bedeutende Weise miteinander zu kommunizieren, ohne dass gleichwertige Dienstleistungen ausgetauscht werden.«

Forrest mischte sich in das Gespräch ein. »Es muss doch einen Dienst geben, den du brauchst oder ersehnst und den wir ausführen könnten.«

Katrin schaute ihn an. »Das bezweifle ich. Ich bin sehr zufrieden, wenn man von meinem natürlichen Verlangen absieht, real zu werden. Hier in diesem Land lebt sich's recht angenehm, und als Eventuelle zu existieren ist besser als gar nichts. Ich würde euch gerne umherführen, wenn –«

»Wenn wir es dir mit einem Dienst vergelten könnten«, vollendete Forrest den Satz.

»Ganz genau. Doch wie es ist, sehe ich keinen Sinn für eine fortgesetzte Unterhaltung. Wenn ihr mich also entschuldigen wollt, ich muss weiter.« Sie breitete die Flügel aus.

»Warte!«, rief Imbri. »Etwas muss es doch geben!«

Katrin verharrte. »Ich wäre froh, wenn es so wäre, denn ihr kommt mir interessant vor, und ich glaube, dass ihr wirklich in Not seid, denn ihr nahmt schließlich die große Mühe auf euch, nach Ptero zu kommen. Aber es wäre ungezogen von mir, wenn ich euch vormachen würde, ihr könntet etwas für mich tun.«

»Jedes Wesen hat einen geheimen Wunsch«, entgegnete Imbri. »Ich weiß darüber Bescheid.«

Die Zentaurin sah Imbri wissbegierig an. »Woher kennst du dich damit aus?«

»Ich bin einhundertundsiebzig Jahre lang eine Nachtmähre gewesen und habe die Leute für ihre dunklen Wünsche bestraft, nun bin ich seit dreißig Jahren Tagmähre und belohne sie für ihr hellstes Verlangen. Ich bin noch nie jemandem begegnet, der mit seinem Schicksal völlig zufrieden war. Es gibt Leute, die ihren tiefsten Wunsch nicht kennen, aber alle haben einen.«

»Und das machen sich die Dämonen zunutze«, fügte Forrest hinzu, der sofort an D. Sideria denken musste.

»Dann muss ich wohl die Ausnahme sein, die die Regel bestätigt«, erwiderte Katrin, »denn ich bin so zufrieden, wie eine Eventuelle nur sein kann.«

Das schien wieder ins Nichts zu führen. Da erinnerte sich Forrest an etwas. »Die Liste des Guten Magiers«, sagte er. »Vielleicht steht die Antwort darauf.« Er wühlte in seinem Rucksack und zog sie hervor.

Nun glaubte er, die ersten beiden Wörter im unleserlichen Gekritzel des Guten Magiers entziffern zu können. »Liebes Horn«, las er mühselig. »Sagt euch das etwas?«

»Oh!«, rief Katrin und legte sich eine Hand auf die schwellende Brust.

»Du hast wohl gerade deinen geheimen Wunsch gefunden?«, spekulierte Imbri.

»Das nehme ich wohl auch an«, gestand die Zentaurin. »Bisher hatte ich ihn nie bemerkt.«

Forrest legte das Papier weg. »Was ist denn ein Liebes Horn?«

»Ein besonderes Horn, welches die Wahre Liebe der Person sucht, die es bläst«, antwortete Katrin. »Ich habe keine Wahre Liebe; ich habe nicht bemerkt, wie sie mir fehlt, bis ihr davon spracht.«

»Dann lass uns dieses Horn für dich suchen«, schlug Imbri vor.

»Das wird aber nicht leicht sein. Ich habe nicht die leiseste Idee, wo es sein könnte. Soviel ich weiß, wird es normalerweise dort liegen gelassen, wo man es zuletzt benutzt hat, und gerät in Vergessenheit. Ihr habt folglich möglicherweise einen Dienst entdeckt, den ihr mir erweisen könntet, aber ich fürchte, dass es ausgeschlossen ist, ihn zu verwirklichen.«

Forrest bemerkte, dass er raffiniert wurde. »Angenommen, wir böten an, dir bei der Suche nach dem Horn zu helfen. Wäre das ein ausreichend bedeutender Dienst, dass wir drei uns wenigstens frei unterhalten dürfen, während wir damit beschäftigt sind?«

»Aber ja, das wäre in Ordnung. Aber es könnte trotzdem sein, dass das Horn unauffindbar bleibt und ihr bei der Suche nur eure Zeit verschwendet. Dann wäre ich trotz allem, was ihr getan hättet, nicht in der Lage, euch ins Gebiet der Faune zu führen.«

Forrest zuckte mit den Schultern. »Das Risiko gehen wir ein. Also abgemacht?«

»Abgemacht«, willigte Katrin lächelnd ein.

»Gut. Dann lasst uns sofort aufbrechen. Ich vermag leider nicht viel zu dieser Suche beizutragen, aber Mähre Imbri kann sich auf Träume einstellen, was eine große Hilfe sein mag, denn das Liebes-Horn ist gewiss ein Mittel zur Erfüllung von Träumen.«

Die beiden Mähren blickten ihn an. »Du bist bei weitem nicht so hohlschädelig wie die meisten Faune«, bemerkte Katrin.

»Diesen Luxus kann ich mir im Moment nicht leisten. Ich muss den Pantinenbaum retten und zu meinem Sandelbaum zurückkehren.« Forrest drehte sich Imbri zu. »Kannst du eine Person aufspüren, die weiß, wo das Horn ist?«

»Da bin ich mir nicht sicher. Aber ich schätze, der Gute Magier hätte mich nicht gebeten, dich zu führen, wenn er nicht glauben würde, dass ich dir nützlich sein könnte. Ich muss mich konzentrieren.« Sie schloss die Augen und sah dadurch einer Nymphe noch ähnlicher, nur dass sie bekleidet war. »Ja – ich empfange ein schwaches Funkeln, das an die Farben der Himmelsrichtungen erinnert, nur ist es mehr wie weit entfernter Kerzenschein. Ich glaube, ich kann es finden. Aber wir müssen auf direktem Wege dorthin gehen, denn es ist nur schwach, und ich könnte es verlieren, wenn wir trödeln oder einen Umweg machen.«

»Dann auf!«, rief Forrest erfreut.

Sie marschierten nach Norden, ganz leicht in östlicher Richtung. Auf dem Boden entdeckten sie zahlreiche Spuren, ausnahmslos Hufabdrücke. Forrest erinnerte sich an die Vermutung, die sie in Bezug auf die Gebiete hegten. In dieser Umgebung waren sie bisher nur pferdeartigen Wesen begegnet: einem Einhorn und Zentauren. Das konnte natürlich Zufall sein, doch daran zweifelte Forrest, denn in Xanth hatte er solche Geschöpfe nur selten zu Gesicht bekommen. »Ist das hier Pferdeland?«, erkundigte er sich.

»Ja«, antwortete Katrin. »Die Wesen einer Art neigen dazu, ihre eigene Gesellschaft zu suchen, denn sie fühlen sich wohler in der Nähe von Geschöpfen, die ihnen ähneln. Das ist kein Gesetz; es geschieht einfach.«

»Also gibt es irgendwo Gebiete der Drachen oder Elfen oder Menschen?«

»Oder der Faune«, sagte die Zentaurin nickend. »Tatsächlich gibt es vermutlich mehrere Gebiete für jeden Typ, wegen der Zeit.«

»Der Zeit?«

»Zeit ist Geografie, also gibt es Grenzen.«

»Das verstehe ich nicht. Muss ich dir einen Dienst anbieten, um von dir zu erfahren, was das bedeutet?«

Sie lachte. »Nein. Wir befinden uns bereits im Austausch von Diensten. Es liegt in meinem Interesse, eure Suche nach dem Liebes-Horn zu unterstützen, und das fällt euch gewiss leichter, wenn ihr unser System versteht. Ich hatte ganz vergessen, dass ihr von Draußen kommt. Hast du an mir nicht etwas Besonderes festgestellt?«

Er sah sie an. »Nur dass du jünger wirkst, als ich dich zuerst eingeordnet hatte. Ich war vermutlich abgelenkt von deinen … – Nun, an dir sind bestimmte … Aspekte, die an eine üppig ausgestattete Nymphe denken lassen, und –«

Sie lachte erneut, wodurch diese Aspekte tanzten. »Ich glaube, ich weiß, was du meinst. Aber du bildest es dir gar nicht ein. Ich wurde nur zwanzig Jahre bevor wir uns trafen gefohlt, deshalb macht mich schon eine leichte Abweichung nach Osten deutlich jünger.«

»Wie kann das sein? Liegt hier ein Verjüngungselixier in der Luft?«

»Nein. Die Himmelsrichtung ist daran schuld. Wenn wir ins Von reisen, werden wir jünger. Wenn das Liebe Horn zu weit in dieser Richtung liegt, geraten wir nicht nur auf Ogerland; ich werde dann auch zu jung, um euch zu führen. Das täte mir leid, denn dann könnten wir unsere Vereinbarung nicht einhalten.«

»Aber wie ist das möglich? Osten ist doch nur eine Himmelsrichtung, aber keine Zeit.«

»Das gilt vielleicht dort, von wo du kommst. Hier liegt im Osten das Von, das du wohl eher als Vergangenheit bezeichnen würdest. Wir sind daran gewöhnt, aber ich kann mir gut vorstellen, dass es Fremden merkwürdig vorkommt.«

»Willst du damit allen Ernstes sagen, dass man jünger wird, wenn man in die eine Richtung geht, und älter in der anderen?«

»Genau das habe ich gesagt. Deshalb kann ich um zwanzig Jahre nach Osten gehen und um siebzig nach Westen. Aus Gründen der Eitelkeit bevorzuge ich die Region, in der ich eine junge Erwachsene bin. Weder die extreme Jugend noch das hohe Alter behagen mir besonders.«

Forrest war völlig hingerissen. »Und gilt das auch für uns?«

»Das würde ich annehmen. Kommt es euch vor, als würdet ihr jünger?«

»Nein. Aber ich würde fünf oder zehn Jahre nicht spüren, und Imbri auch nicht. Wir sind beide zweihundert Jahre alt.«

»Wo warst du so alt?«

Forrest schaute sie verdutzt an. »Nun, hier natürlich.«

»Aber du müsstest nun fünf oder sechs Jahre jünger sein, als du eben noch warst. Sieh doch, ich werde ein Teenager und verjünge mich weiter.«

Er sah sie wieder an. Tatsächlich waren ihre Brüste kleiner geworden und die Hüften schmaler. Außerdem hatte sie Akne im Gesicht. Ihre Mähne, die sie offen getragen hatte, war nun zu einem Pferdeschwanz gebunden.

Er musterte sich. »Nein, ich bin noch der gleiche Faun wie immer. Aber jetzt wäre ich eben einhundertneunzig Jahre alt statt zweihundert. Ich müsste schon ziemlich weit nach Osten gehen, um wirklich jung zu werden.«

»Das nehme ich auch an. Wie weit kannst du denn ins Hin gehen?«

»Ins was?«

»In die Zukunft.«

»Tja, das weiß ich nicht. Das hängt davon ab, wie lange mein Baum lebt. Vielleicht vierhundert Jahre.«

»Das ist aber ein langes Leben!«

»Nun, wir beziehen unsere Lebenskraft von unseren Bäumen. Wenn jemand meinen Baum abholzt, dann falle ich auf der Stelle tot um.«

»Ich verstehe. Damit ist dir hier auf Ptero ein großer Bereich der Landschaft zugänglich. Das ist gewiss ein Vorteil, wenn dein Faun fern ist.«

Wie ein Blitz traf Forrest die Erkenntnis.

»Der Gute Magier muss es gewusst haben! Deshalb sind Imbri und ich langlebig und gleichaltrig: damit wir beide im weiten Bereich suchen können.«

»Das scheint mir auch so zu sein. Das Aufenthaltsgebiet jeder Person wird durch ihre Lebensspanne begrenzt. Das ist für gewöhnlich zwar kein Problem, aber ich muss zugeben, dass ich manchmal doch zu gern wüsste, was jenseits meines Gebietes sein mag.« Sie war kleiner geworden, und ihre Brüste hatten sich zurückgebildet. Ihre Mähne war zu Rattenschwänzchen gebunden. »Ich hoffe, es ist nicht mehr weit.«

Imbri, die mit abwesendem Ausdruck neben ihnen gegangen war, blickte sie an.

»Nein, das glaube ich nicht. Das Leuchten ist stärker geworden. Doch es flackert immer noch, und deshalb möchte ich keine Pause machen, sonst geschieht am Ende etwas damit.«

»Aber es kann sein, dass wir aufgehalten werden«, wandte Katrin ein. »Wir kommen nämlich an den Rand des Pferdelandes.«

Hufe trappelten, und zwei erwachsene Zentauren kamen in Sicht. Der eine hatte dunkles Fell, über das ein Spiralmuster aus Punkten lief, die an dicht gedrängte Sterne erinnerten. Der andere war das genaue Gegenteil: er war weiß und mit schwarzen Punkten gesprenkelt. Beide trugen Bogen. »Hallo, Ladys«, rief der Dunkle. »Wisst ihr überhaupt, dass ihr euch der Grenze nähert?«

Forrest bemerkte nun, dass die Landschaft sich verändert hatte. Zunächst waren sie durch einen offenen Wald gelaufen, von der Art, wie Hufwesen ihn bevorzugten, doch nun erstreckte sich vor ihnen ein Gewirr von Absonderlichkeiten.

»Doch, aber vielen Dank, Alpha«, sagte Katrin. »Diese Leute hier kommen aus Xanth und suchen nach dem Liebes-Horn, das sich anscheinend im Nachbarland befindet.« Dann erklärte sie Imbri und Forrest: »Das ist Alpha Centauri, der Wächter der Grenze. Sein Name ist von einer vorüberziehenden Galaxie durcheinandergebracht worden, aber er gehört trotzdem zu uns.«

»Allerdings«, stimmte Alpha knurrig zu. »Aber ihr solltet lieber einen anderen Weg nehmen. Die Possen haben die Gegend überwuchert, und sie sind schrecklich.«

Nun ergriff auch der andere Zentaur das Wort. »Ihr seid also Besucher aus Xanth? Kehrt ihr in nächster Zeit dahin zurück?«

»Ja, innerhalb eines Monats«, antwortete Forrest.

»Ich bin Vision Zentaur. Ich würde gern einen Dienst mit dir tauschen.«

»Tja, ich weiß nicht, ob wir irgendwelche Tauschgüter haben, um ehrlich zu sein.«

»Doch das haben wir. Ich hätte eine Botschaft, die ihr gewissen Leuten in Xanth zutragen könntet.«

»Das ließe sich machen«, sagte Imbri, »denn ich kann so gut wie jeden in Xanth besuchen; ich bin eine Tagmähre.«

»Im Austausch biete ich euch meine Hilfe gegen einen bevorstehenden Angriff.«

»Angriff?«, fragte Katrin beunruhigt.

»Gemacht«, sagte Imbri. »Wie lautet die Nach-richt?«

»Sie richtet sich an Jenny Elf und Häuptling Gwendolyn Kobold. Sag ihnen, dass sie, wenn sie einer bestimmten Ethik folgen, nämlich der Gen-Ethik, diese benutzen können, um ihre Anlage zur Kurzsichtigkeit zurückzudrängen, das heißt, rezessiv zu machen. Dadurch erhalten sie normales Sehvermögen und brauchen keine Brille mehr.«

»Aber das ist ja eine großartige Neuigkeit für die beiden!«, rief Imbri aus. »Nun sind sie jedoch nicht in der Lage, dir einen Dienst zum Ausgleich zu leisten.«

»Geschöpfe in Xanth sind an unsere Konventionen nicht notwendigerweise gebunden. Ich möchte nur, dass sie es wissen.«

»Ich überbringe ihnen die Botschaft«, versprach Imbri.

»Danke. Nun schlage ich jedoch vor, dass ihr einen Umweg macht, denn der Weg, den ihr augenblicklich einschlagt, ist nicht sehr klug.«

»Ich wage nicht, vom Weg abzuweichen, sonst verliere ich das Leuchten«, erwiderte Imbri. »Ich muss geradeaus weiter.«

Katrin seufzte. »Dann begleite ich euch. Wir haben keine Zeit zu verlieren. Mit meinem Stab können wir uns verteidigen.« Sie nahm einen langen, kräftigen Stab zur Hand. »Und wenn das nicht reicht, hilft mein Talent vielleicht weiter.«

»Du hast ein magisches Talent?«, fragte Forrest überrascht.

»Ach, hatte ich das nicht erwähnt? Mein Talent ist bemänteln. Das kann gelegentlich sehr nützlich sein.«

Das glaubte Forrest unbesehen, doch wollte er lieber nicht nach Einzelheiten fragen. So unbefangen Zentauren auch sein mochten, mit Lügen und Täuschungen hatte er seine Schwierigkeiten. Nichtsdestotrotz war es interessant, dass eine geflügelte Zentaurin ein anderes Talent hatte außer dem Fliegen, doch freilich mochte sie als Eventuelle nicht den Konventionen ihrer gewöhnlichen Artgenossen unterliegen. Wie konnte es gegen schreckliche Possen schützen, wenn man sie bemäntelte?

Alpha blickte hoch in den Himmel. »O nein! Ich fürchte, die Drachen inszenieren einen Grenzzwischenfall.«

»Ganz recht«, sagte Vision darauf. »Ich habe sie von weitem gesehen.«

Katrin folgte besorgt seinem Blick. »Ich bin zu klein, um meinen Bogen wirkungsvoll einzusetzen.«

»Dann sollten du und deine Freunde lieber nach Hin oder Von fliehen«, schlug Alpha vor. »Vision und ich decken euren Rückzug.«

Nun hörte Forrest schwere Flügel flattern. »Drachen überfallen das Pferdeland?«

»Ja«, antwortete Alpha gepresst. »Sie mögen Pferdefleisch. Natürlich lösen wir uns einfach auf und bilden uns neu, wenn wir gefressen werden, aber der Vorgang ist außerordentlich unangenehm und nachteilig.« Er nahm den Bogen zur Hand und legte einen Pfeil ein. »Ich halte sie auf Abstand. Flieht – und steigt nicht in die Luft auf.«

»Wie sollen wir denn vor fliegenden Drachen davonlaufen?«, fragte Forrest Katrin.

»Es geht nur darum, aus ihrer Zeitreichweite zu fliehen«, erklärte sie besorgt. »Wenn es junge Drachen sind, können wir ins Von fliehen, bis sie zu jung zum Fliegen sind. Wenn es alte Drachen sind, versuchen wir so weit ins Hin zu entkommen, dass sie zu alt werden, um zu fliegen.«

»Leider ist das Geschwader gemischt«, sagte Alpha, der aus schmalen Augen auf die dunklen Gestalten am Himmel blickte. »Einige davon werden euch auf jeden Fall folgen können.«

»Ich erzeuge einen Schutzmantel«, beschloss Katrin.

»Du bist zu jung, um wirklich effektiv zu bemänteln«, warnte Alpha sie.

»Das weiß ich selbst. Aber es muss reichen.« Sie gestikulierte, und etwas entwich ihren Händen und breitete sich schwebend über ihnen aus. Dann senkte es sich langsam herab und bedeckte sie alle außer Alpha. Forrest begriff nun, dass ihr Talent nicht ganz dem entsprach, was er sich darunter vorgestellt hatte.

»Ich werde die Außenzone des Mantels verteidigen«, sagte Alpha und zielte mit dem ersten Pfeil auf den vordersten Drachen. »Haltet euch niedrig, vielleicht genügt es.«

»Das Leuchten flackert stärker«, rief Imbri. »Ich muss weiter.«

»Ich rate davon ab«, sagte Alpha grimmig. »Als Scherzkeks Khan neulich hier hindurchzog, hat er wie üblich das Land verscherzt. Das Gebiet ist einfach nicht sicher. Ich würde euch vorschlagen, es zu überfliegen oder zu umgehen, sobald die Drachen wieder verschwunden sind. Ganz besonders, weil du hier noch sehr jung bist, Katrin, und deine Freunde unerfahren wirken.«

Doch Imbri stieß bereits in das possenverseuchte Gebiet vor. Forrest und Katrin blieb nichts anders übrig, als ihr zu folgen.

»Das ist eine sehr schlechte Idee!«, rief Alpha ihnen warnend hinterher. Forrest bezweifelte nicht, dass er Recht hatte.

»Wenigstens werden die Drachen uns hier nicht angreifen«, sagte Katrin. »Sie mögen das auch nicht lieber als wir.«

Forrest hörte, wie hinter ihnen die Bogensehne schwirrte. Alpha oder Vision schoss auf einen Drachen. Konnten Possen wirklich schlimmer sein als Drachen?

Vor ihnen raschelte es, und dann humpelte jemand

heran. Er sah aus wie ein Mensch, nur dass er bloß einen Arm hatte – und nur ein Bein. Dann drehte er ihnen den Kopf zu, und Forrest sah, dass er auch nur einen halben Kopf mit einem Auge und einem halben Mund hatte. »Atz a! Bt ir n Eg ei!«, schrie er mit halben Wörtern.

Katrin hob den Stab. »Nichts da, du gibst uns den Weg frei, Halbbruder«, warnte sie. Ihre Drohung musste überzeugend dargebracht gewesen sein, denn das Wesen rannte fort. Offenbar war es auch nur halb entschlossen gewesen. Nun kamen sie an eine offene Straße, die sich zwischen den verworrenen Possen hindurchschlängelte; zu beiden Seiten waren kleine Geschäfte. In der Mitte ließ sich am besten gehen, und so hielten die drei sich dort, um schneller voranzukommen.

Plötzlich begann Imbri an ihrer Kleidung zu zerren. Forrest hatte unversehens das Gefühl, seine Sandalen engten seine Hufe zu sehr ein. Gleichzeitig erhaschte er aus den Augenwinkeln immer wieder schemenhafte Frauengestalten, die nur Pantys trugen!

»O nein!«, rief Katrin aus und riss gleichzeitig an ihrem Rucksack, »eine sündige Meile!«

Forrest riss sich die Sandalen von den Füßen und den Rucksack vom Rücken und fühlte sich frei. Mittlerweile hatte Imbri sich nackt ausgezogen und sah nun genau wie eine Nymphe aus. Das war nicht schlimm, nicht für Forrest; alle drei drückten sie sich ihre Sachen an den Leib und rannten los.

Eine weitere halbe Portion wankte an ihnen vorbei. Diese war weiblich, vermutlich eine Halbschwester. Doch während ihr Halbbruder senkrecht geteilt gewesen war, sodass er mehr sprang als rannte, war sie in der Mitte halbiert: Sie hatte zwei hübsche Beine und war oben ohne. Forrest fragte sich, wie ihre andere Hälfte vorankam.

Doch die kurze Ablenkung führte dazu, dass er sich vertrat. Plötzlich wurde die Straße abschüssig, und Forrest verlor den Halt und fiel aufs Hinterteil. Imbri erging es nicht anders. Sie trugen ihre magischen Sandalen nicht mehr und konnten Fehltritte machen; und nun waren sie wohl auf die schiefe Bahn geraten.

»Wir sollten doch lieber die Straße verlassen und uns wieder anziehen«, rief er ihr zu; »wir müssen sicher rennen können. Am Ende finden wir uns noch auf einer Rutschbahn wieder, und dann kommen wir gar nicht mehr voran.«

Imbri stimmte ihm zu. Stolpernd und mit den Armen rudernd erreichten sie den Straßenrand und kleideten sich wieder an. Erstaunt bemerkte Forrest, dass Imbri ihre Oberbekleidung noch vor ihren Sandalen überstreifte. Aber natürlich war sie gar keine Nymphe, auch wenn sie sehr danach aussah; sie war eine Mähre. In Menschengestalt übernahm sie offenbar die Konventionen der Menschenfrauen und entblößte nicht gern ihren ganzen Körper. Obwohl es doch ein sehr schöner Körper war. Menschen waren schon seltsam.

Seine Ablenkung verursachte ihm währenddessen Ungemach: Plötzlich traf ein kräftiger Hieb seinen Huf. Er schaute auf seine Füße und stellte fest, dass er sich vergriffen und versucht hatte, statt seiner Sandale einen Lederhandschuh anzuziehen, und dieser hatte ihn geschlagen, da es ein Boxhandschuh war. Forrest schleuderte ihn zwischen die anderen Possen und hob rasch die Sandale auf.

»Wir müssen in Bewegung bleiben«, sagte hinter ihm Katrin. »Von der Straße sind wir zwar herunter, aber noch befinden wir uns im verscherzten Gebiet. Diese abgrundtief schlechten Possen sind noch unser Untergang, wenn wir sie nicht bald hinter uns lassen.«

Zustimmend nickend massierte sich Forrest seinen

schmerzenden Fuß. Dann sprang er auf und folgte Imbri. Nun, da seine Hufe wieder von Sandalen geschützt wurden, schritt er zuversichtlicher aus.

Sie eilten an einem Hahn vorbei, der am Wegesrand lauerte und mit dem Schnabel nach ihnen hackte. »Ein Schnapphahn!«, rief Katrin.

Hab' ich auch schon gemerkt, dachte Forrest.

Ein Stoß Holzscheite, an denen sie vorüberkamen, fühlte sich von ihnen bedrängt. »Passt doch auf, wo ihr hintretet, dämliche Bande!«, keifte der Stoß. Natürlich handelte es sich um Anmachholz.

»Entschuldigung«, sagte Forrest höflich, obwohl sie sich wirklich nicht allzu dicht herangedrängt hatten.

Danach stand ein breites Fass mit einem Gestell darauf am Rand des Pfades. In dem Gestell hing ein seltsames Gerät. Als Forrest sich ihm näherte, spürte er plötzlich, dass ihm die Tränen in die Augen traten.

»Eine Heulboje«, schluchzte Katrin. »Sie bringt uns zum Weinen.« Nun, auch das hatte Forrest bereits festgestellt.

Nun stolperte er trotz seiner Sandalen, denn der Boden war schlammig von den Tränen derer, die schon vorher hier durchgekommen waren. Er hastete an einem großen Strauch vorbei und wäre fast über dessen Quadratwurzeln gefallen. »Eine Polynomia-Art«, sagte Katrin. »Scherzkeks hat diesmal wirklich sein Schlimmstes gegeben.«

Ohne Warnung wurden sie von mehreren Kreaturen überfallen, deren Körper zwar menschlich waren, die aber eine geballte Faust als Kopf hatten. Bei einigen war der Daumen rechts, bei anderen links. Alle wirkten boshaft.

»Fäustlinge!«, rief Katrin. »Die Klügsten sind sie nicht, aber wüste Kämpfer. Lauft, schnell!«

In der Richtung, in der sie flohen, erhoben sich leicht durchscheinende, metallisch glänzende honiggelbe, rote und grüne Kristalle. »Weg von denen!«, schrie Katrin warnend. Sie versuchten zur Seite abzudrehen, doch dabei glitten sie in einen tieferen Sumpf und begannen langsam zu sinken.

»Ich kann nichts sehen!«, rief Forrest.

»Das war Zinkblende«, sagte Katrin. »Sie hat uns –«

»Ich hab's begriffen«, entgegnete Forrest. »Aber wie bekommen wir unsere Sehkraft zurück?«

»Ich glaube, ich habe dort drüben Sehgras wachsen sehen. Wenn wir das finden könnten ...«

Sie tasteten umher und platschten laut dabei. »Auf diese Weise findet ihr's nie«, ertönte eine Stimme.

»Wer bist du?«, fragte Forrest und hoffte, nicht mit einem Fäustling zu sprechen.

»Ich bin der namenlose Schnapphahn, an dem ihr gerade vorübergehetzt seid. Ich kann euch zum Sehgras leiten, auch wenn ich es schon seit Tagen nicht mehr gesehen habe.«

»Woher weißt du dann noch, wo es ist?«, wollte Forrest wissen.

»Was ich einmal gerafft habe, das behalte ich auch.«

Das erschien zumindest plausibel. »Was willst du dafür?«

»Etwas Nettes, woran ich mich erinnern kann. Ich bin es müde, immer nur an abgrundschlechte Possen zu denken.«

»Das mache ich«, sagte Imbri, »ich schenke dir einen Traum von zutraulichen Goldhähnchen.«

»Haltet euch links. Ihr watetet nämlich auf einen Schwarzseher zu, der euch endgültig heruntergezogen hätte. Ja – geht weiter: Das Sehgras ist genau vor euch.«

Forrest sah noch immer nichts, doch dann hörte er von Imbri einen begeisterten Ausruf. Die näherte sich ihm und berührte ihn mit dem Sehgras, und übergangslos erhielt er sein Augenlicht zurück. Darauf ging sie zu Katrin, dann machte sie sich an ihren Dienst für den Schnapphahn.

Nun aber näherte sich ein Schwarm kopfstehender R. Eines davon VERsenkte sich in Katrins Mähne. »Na, du hast aber lange gebraucht, um hierhin zu kommen«, fuhr sie Forrest an. »Um genau zu sein, hast du gar nichts getan! Du hast da nur 'rumgestanden und blöd aus der Wäsche geguckt, während deine Freundin das Sehgras geholt hat!«

»Ja, nein, aber –«

»Nicht, dass du je zu was zu gebrauchen gewesen wärest!«, fuhr die kleine Zentaurin fort ihn anzufahren. »Ich weiß gar nicht, weshalb ich dir bei deiner dämlichen Suche überhaupt helfen soll! Du –« In diesem Moment VERtauschte ein neues R das alte. »Ach, mein wunderbarer Freund!«, rief sie aus und umarmte Forrest. Wäre sie in Erwachsenengestalt gewesen, hätte es ihm besser gefallen. »Es ist so schön, dich dabei zu haben. Ich weiß gar nicht, wie ich ohne dich leben konnte.«

Dann spürte Forrest eine Bewegung am Bein. Er blickte hinab und sah ein R, das sich an ihm VERklammert und auf dem STAND stand. Er wand es los, doch die Berührung zeigte bereits seine Wirkung. Er merkte sofort, wie er die Lage in den Griff bekam. Die VER-Kehrungen führten dazu, dass Leute sich anders benahmen. Die erste musste eine VER-Ärgerung gewesen sein, die andere eine VER-Zückung.

Katrin wurde von einem dritten VER attackiert. Sie stieß Forrest beiseite. »Verzieh dich!«, brüllte sie ihn an.

»Sag das den VERs«, entgegnete Forrest. »Und zwar laut.«

Das Begreifen zog von oben rechts nach unten links über ihr Gesicht. Sie drehte sich um und stellte sich umherschwärmenden Buchstaben entgegen. »VER-ZIEHT EUCH!«

Summend VER-zogen sich die verdrehten R, denn sie gehorchten der Stimme der Autorität.

Katrin wandte sich wieder Forrest zu. »Ach, danke. Ich hab's nicht so gemeint, was ich gesagt habe; das war nur –«

»Du warst angestachelt«, beruhigte Forrest sie. »Zum Glück bin ich von einem VER-Stand gestochen worden, deshalb wusste ich, wie wir uns verhalten mussten.«

Imbri kehrte zurück. »Der Schnapphahn ist zufrieden«, berichtete sie. »Nun müssen wir weiter. Das Leuchten wird undeutlicher.« Damit marschierte sie los.

Sie folgten ihr – und hatten endlich das verscherzte Land durchquert. Die schrecklichen Possen lagen hinter ihnen. Vor ihnen aber stand ein Baum, der zu einer Brezel verdreht war. »Jetzt sind wir auf Ogerterritorium«, sagte Katrin beklommen.

Am Himmel drohten finstere Gestalten. »Und die Drachen jagen uns noch immer«, fügte Forrest nicht weniger bang hinzu.

# 5 Oger

Katrin Zentaur blickte in den Himmel auf. »Ich werfe einen Nebelmantel über uns«, sagte sie und hob die Hände.

»Ach, du kannst noch andere Mäntel machen?«, fragte Forrest erstaunt. »Nicht nur Schutzmäntel?«

»Ja. Mein Talent ist bemänteln, ohne nähere Spezifizierung. Aber ich bin hier nur etwa acht Jahre alt, deshalb wird der Nebelmantel nicht sehr groß sein.« Aus ihren Fingerspitzen quollen bereits Nebelfinger, die sich ausbreiteten und ringsum niedergingen. Leider sanken sie zu tief, sodass die Köpfe der drei herausschauten und von den Drachen erspäht wurden. »Besser geht's nicht«, sagte Katrin. »Wir müssen uns ducken und darunter verstecken.«

Sie kauerten nieder. Der Nebelmantel schloss sich über ihren Köpfen und verbarg sie vor Blicken aus der Luft. Leider erschwerte er es ihnen zugleich, den Weg zu finden.

Im nächsten Moment hörten sie ein lautes Stampfen. »Ein Oger!«, wisperte Katrin ängstlich. Forrest sagte sich, dass sie als Kind natürlich viel mehr Angst vor Ungeheuern hatte denn als Erwachsene.

Vorsichtig schob er den Kopf aus dem Nebelmantel hervor und lugte zum Himmel. Kreisend suchten die Drachen nach ihrer Beute. Sie waren kleiner, als er sie in Erinnerung hatte, gewiss, weil sie hier jünger waren. Als der Oger näher kam, groß und hässlich wie er war, starrten die Drachen ihn an.

»Bleibt hier nicht, Drachengezücht!«, brüllte der Oger und schüttelte eine schinkengroße Faust nach ihnen.

Die Drachen wussten natürlich, dass er sie nicht packen konnte. Sie waren jung und auf Schabernack aus. Einer flog heran und ließ eine Dungkugel auf den Oger fallen. Zwar verfehlte sie ihn knapp, doch einiges spritzte beim Aufprall hoch und befleckte die haarige Haut des Ogers.

Der Oger knurrte. Nicht, dass der Unrat ihn gestört hätte; nur war er nicht dumm genug, um nicht zu wissen, wann man ihn beleidigte. Zu Recht sind die Oger stolz auf ihre Dummheit, aber auch sie hatte ihre Grenzen. Er bückte sich, hob einen Felsen auf und schmiss ihn nach dem Drachen. Der Drache versuchte auszuweichen, doch der Steinbrocken traf ihn mit voller Wucht am Schwanz und rollte ihn auf den Rücken. Verzweifelt wand sich der Drache, um nicht abzustürzen, und flatterte eilig davon, als er seinen Flug stabilisiert hatte. Augenblicklich folgten ihm die anderen Drachen – sie wollten sich nicht mit einem Oger auf seinem Gebiet anlegen.

Befriedigt stapfte der Unhold davon. Ganz offensichtlich bewachte er die Grenze.

Der Nebelmantel dünnte sich aus. Schon bald würde er keinen Schutz mehr bieten, und was ihre Sicherheit anbetraf, so war ein Oger um keinen Deut besser als die Drachen. Zwar hätte Katrin ungehindert davonfliegen können, doch dazu war sie zu höflich.

Daher richtete sie sich auf und rief den Mantel zurück. Die Nebelstreifen verschwanden in ihren Händen, und der Boden war wieder frei.

Entschlossen nahm Imbri den Marsch wieder auf. »Es kommt näher«, sagte sie.

»Das ist gut«, erwiderte Katrin, denn sie sah nun eher sieben- als achtjährig aus. Ganz offensichtlich näherte sie sich bald der Altersgrenze, die sie nicht überschreiten konnte.

Sie erstiegen einen Hügel und blickten auf ein gewaltiges Schloss, das keinen Graben hatte und vermutlich auch keinen benötigte, denn die zerschlagenen, zersplitterten Bäume ringsum ließen keinen Raum für Zweifel an der Natur seines Bewohners. Wer anders als ein Oger sollte im Ogergebiet hausen?

»Da drinnen ist er«, sagte Imbri. »Da drin befindet sich der eine, der weiß, wo das Liebes-Horn ist.«

»Ich glaube nicht, dass außer dem Oger noch jemand da drin ist«, meinte Katrin. »Ich halte es für keine gute Idee, hineinzugehen.«

»Aber wenn er derjenige ist, der Bescheid weiß, dann müssen wir ihn fragen«, entgegnete Forrest.

»Oger fressen andere Leute und zermalmen ihre Knochen«, erinnerte Katrin ihn erschauernd. Als Kind mangelte es ihr an Mut.

»Aber das ist doch nur zeitweilig, oder?«, fragte Imbri. »Weil ihr alle bloß Geister seid, könnt ihr gar nicht wirklich umgebracht oder zerstört werden?«

»Schon, aber es tut schrecklich weh, zermalmt zu werden. Und wenn er dich zerquetscht hat, dann verschwindest du aus dem Gebiet. Du kannst nie wieder an die Stelle zurückkehren, an der du gestorben bist, genauso, wie du weder deine Geburt noch dein natürliches Ende überschreiten kannst.«

»Du meinst, die Leute hier können doch sterben?«, fragte Forrest besorgt.

»Nicht ganz. Wir sterben nur begrenzt.«

»Wie kann der Tod denn begrenzt sein?«

»Er ist auf das Gebiet beschränkt, in dem man gestorben ist. Man entsteht zwar wieder neu, aber an die Stelle seines Todes kann man nie wieder zurückkehren. Nicht einmal in die Nähe kommt man. Die Grenze liegt etwa sechs Monate zu beiden Seiten, nach Von und Hin, und etwa die gleiche Entfernung nach Norden und Süden.«

Forrest und Imbri waren gleichermaßen perplex. »Aber warum kann man denn nicht trotzdem dorthin gehen?«, fragte Imbri.

»Man kann es eben nicht. Die Stelle existiert einfach nicht mehr. Die Grenze kann man sehen, aber man kann sie nicht überqueren.«

»Du meinst, der Ort existiert schon, aber man kann ihn nicht erreichen?«, vergewisserte sich Forrest. »Andere können noch immer hingehen, nur nicht der, der da gestorben ist?«

»Genau.«

Darüber dachten sie einen Augenblick lang nach. Dann hatte Forrest noch eine Frage:

»Angenommen, ich werde hier vom Oger getötet. Dann kann ich zwar nicht hierher zurückkommen, aber was ist, wenn der Oger das Gebiet verlässt? Ich meine, wenn er die Sechs-Monats-Grenze überschreitet? Könnte ich dann versuchen, ihn zu töten?«

»Aber ja. Wenn zwei kämpfen und einer den anderen tötet, muss er sehr vorsichtig sein, wenn er das Gebiet verlässt, denn manchmal lauert der andere ihm auf, um sich zu rächen. Zwei Feinde hinterlassen manchmal eine ganze Reihe von Löchern in der Existenz des anderen, und das erschwert einiges. Im Allgemeinen versuchen die Leute deshalb, nicht zu töten und nicht getötet zu werden, weil das eine echte Plage ist.«

»Was ist mit Drachen und Ogern?«

»Das ist etwas anderes. Sie sind so dumm, dass sie sich um die Komplikationen keine Gedanken machen. Drachen töten einander nicht gegenseitig, und alle anderen sind ihnen egal. Und wenn ein Oger dich einmal zermalmt hat, macht er's eben noch mal. Mit einem Oger zu sprechen ist nicht einfach; die sind einfach zu stumpfsinnig. Ich glaube, unser Vorhaben ist zum Scheitern verurteilt.«

»Aber wenn wir nicht mit ihm reden, erfahren wir nie, wo das Liebes-Horn ist«, wandte Forrest ein. »Dann können wir dir keinen Dienst erweisen, und du darfst uns nicht helfen, das Faunengebiet zu finden.«

»Das stimmt«, gab sie ihm traurig Recht.

Forrest grübelte. »Mir kommt es fast so vor wie eine der Prüfungen des Guten Magiers. Wir müssen nur einen Ausweg finden.«

»Aber in diesem Fall besteht doch gar keine Garantie, dass es überhaupt einen Ausweg gibt«, entgegnete Imbri. »Hier haben wir es nicht mit einer sorgsam modellierten Prüfung zu tun, sondern mit der Realität.«

»Trotzdem haben auch echte Hindernisse oft eine Lösung.« Er musterte das Schloss. »Vielleicht hilft uns die Tierpsychologie weiter. Was sind die grundlegenden Eigenschaften der Oger?«

»Das weiß doch jeder«, meinte Katrin. »Sie sind die stärksten, hässlichsten und dümmsten Wesen, die es gibt.«

Forrest nickte. »So sehe ich das auch. Ja, ich habe sogar gehört, dass sie in diesen Eigenschaften miteinander konkurrieren. Gleichzeitig heißt es aber auch, dass sie gar nicht so übel sind, wenn man sie erst näher kennen lernt.«

»Wer möchte denn einen Oger näher kennen lernen?«, wollte Katrin wissen.

»Na, wir«, antwortete Imbri. »Damit wir ihn fragen können, wo das Liebes-Horn ist.«

»Ach ja, stimmt; das hatte ich vergessen. In diesem Alter habe ich kein gutes Gedächtnis.«

Doch Forrest hörte nicht zu, er arbeitete weiter an seiner Idee. »Oger sind doch stolz, nicht wahr? Was, wenn wir ihn zu einem Hässlichkeitswettbewerb herausforderten?«

»Da könnten wir niemals gewinnen«, wandte Katrin ein. »Keiner von uns ist auch nur im Entferntesten so hässlich wie der schönste Oger.«

»Also würden wir verlieren«, sagte Forrest.

»Ja, augenblicklich. Und dann zermalmt er uns.«

Doch Imbri begriff, worauf Forrest hinauswollte. »Würde er Leute zermalmen, die er gerade übertrumpft hat und die ihre Niederlage zugegeben haben? Die vielleicht sogar seine überlegene Hässlichkeit preisen?«

Katrin starrte sie an. »Was für eine Idee! Du meinst, der Siegerstolz könnte den Oger großzügig machen?«

Forrest nickte. »Ja. Wir müssen dafür sorgen, dass er sehr stolz auf sich ist.«

Trotzdem hegte Imbri Bedenken. »Aber wenn es nicht funktioniert, werden wir zermalmt.«

Forrest nickte wieder. »Deshalb wäre es wohl besser, wenn ich allein gehe.«

Beide Stuten reagierten darauf. »So haben wir das nicht gemeint«, protestierte Imbri.

»Nein, ganz bestimmt nicht«, stimmte Katrin zu.

»Aber es war meine Idee, und es hat keinen Sinn, wenn zwei oder drei von uns zermalmt werden, obwohl einer reicht.«

Die beiden Stuten tauschten einen großherzigen Blick. »Wir sind nicht sicher, ob das so richtig ist«, meinte Imbri.

»Betrachte es einmal so: Wenn ich zermalmt werde,

seid ihr immer noch hier, um es aufs Neue zu versuchen. Vielleicht habt ihr mehr Erfolg als ich. Wenn ich aber schon Erfolg habe, kann ich den Oger bitten, euch beide ins Schloss zu lassen. Also braucht ihr das Risiko auf keinen Fall auf euch zu nehmen, es sei denn, ihr entscheidet euch dafür.«

»Ich gebe es nur ungern zu«, sagte Katrin, »aber Forrest hat Recht.«

»Faune sind vernünftiger als ich dachte«, stimmte Imbri zu.

»Und haben mehr Mut als ich glaubte.«

»Na ja, wir jagen schließlich nicht den ganzen Tag Nymphen«, sagte Forrest verlegen. »Also, wie kann ich mich hässlich machen?«

»Wozu es versuchen?«, fragte Imbri. »Fordere ihn doch einfach heraus und verliere. Er merkt den Unterschied sowieso nicht.«

Er nickte. »Ich versuch's.« Er straffte die Schultern und wollte sich auf den Weg zum Schloss machen.

»Warte!«, rief Imbri. »Falls du doch zermalmt wirst, wo wirst du dich wieder neu bilden?«

Er blieb stehen. »Wie weit ist ein halbes Jahr entfernt?«

Katrin überlegte kurz. »Etwa an der Stelle, wo wir aus dem verscherzten Land herausgekommen sind.«

»Gut, dann werde ich mich dort bilden, aber auf dieser Seite davon.«

»Einverstanden«, sagte Imbri. »Und Forrest – sei vorsichtig!«

Er lachte auf. »Wenn ich vorsichtig wäre, würde ich um jedes Ogerschloss einen großen Bogen machen.« Damit marschierte er los.

Je näher er der Festung kam, desto größer und hässlicher ragte sie auf. Groß und breit erschien das Bauwerk ihm; es war mit schmutzigem Stroh gedeckt, und auf den Steinmauern wieherten Schimmel-Pilze.

Die große Eingangstür war gut doppelt so hoch wie er und bestand aus Eisenholz.

Vor der Tür blieb er stehen. Allein anzuklopfen kostete ihn Überwindung, doch er hob die Faust und pochte an das Holzeisen.

Als niemand kam, um ihm zu öffnen, pochte er lauter – ohne Erfolg. Vermutlich hörte der Oger ihn gar nicht, denn aus dem Schloss drang ununterbrochenes Rumpeln und Poltern, als schlüge dort etwas Großes brutal gegen die Wände.

Als er sich umsah, entdeckte er eine große Glocke, auf der das Wort WETTER stand. Daneben hing eine massive Metallstange. Er nahm sie in die Hand, hob sie über seinen Kopf und schlug damit auf die Wetterglocke.

Ein lautes Läuten erklang, gefolgt von Donnergrollen. Über der Glocke ballte sich eine Gewitterwolke zusammen, aus der Blitze hervorzuckten und in die Glocke einschlugen, wodurch sie erneut läutete. Dann schüttete die Wolke einen Regeneimer auf die Glocke aus. Das Läuten verebbte, und die Wolke verzog sich.

Hinter der Tür rumorte es. Dann wurde sie so rasch und so vehement nach innen aufgerissen, dass der Sog der Luft Forrest über die Schwelle riss. Der Faun stolperte in das Schloss, und nur seine Sandalen bewahrten ihn vor einem Sturz.

Vor ihm stand der Oger: doppelt so groß wie ein Menschenmann, am ganzen Körper behaart und übermäßig muskulös. »Wer der?«, verlangte das Ungetüm zu erfahren.

»Ich ... ich bin Forrest Faun. Ich bin zu einem Hässlichkeitswettstreit gekommen.«

Der Oger dachte darüber nach. Forrest wusste, dass er nachdachte, denn die ungewöhnliche Anstrengung erhitzte ihm den Kopf, und große Flöhe sprangen ab, um ihre Füße vor Verbrennungen zu bewahren. Dann beschloss der Oger, sich vorzustellen. »Orgy, das bin i'.«

So weit, so gut. »Ich bin hässlicher als du!«

Orgy Oger starrte auf ihn herab. »Faun hässlich? Langweilig grässlich.«

»Ich beweise es dir. Hast du einen Spiegel?«

Orgy schüttelte den zottigen Kopf. »Spiegel nur Schutt, Oger machen kaputt.«

Er meinte also, sein Gesicht sei so hässlich, dass jeder Spiegel, der es reflektierte, darunter zerbrach. Das war eine Komplikation, die Forrest nicht bedacht hatte. Wie sollte er den Wettstreit verlieren, wenn sie nicht ihre Gesichter vergleichen konnten? Vielleicht genügte es, wenn sie sich im Wasser spiegelten. »Hast du einen Teich?«

»Sicher Teich, voller Seich.«

»Dann wollen wir unsere Gesichter in dem Teich vergleichen, dann sehen wir, wer von uns hässlicher ist.«

Orgy überlegte, und noch mehr Flöhe wurden obdachlos. Schließlich entschied er sich. »Für mich sein fein.« Er drehte sich um und führte Forrest hinein.

Auf dem Weg durch das Schloss bemerkte der Faun, dass das Gebäude in Trümmern lag. Die Wände waren eingeschlagen worden, und die Mauersteine lagen verstreut auf dem Boden. Der Oger trat sie geistesabwesend aus dem Weg, ohne sie sonderlich zu beachten, obwohl einige davon recht dicke Batzen waren.

Schließlich gelangten sie an einen Innenhof, in dem sich Wasser gesammelt hatte. Es war, wie der Oger schon gesagt hatte, kein sauberes Wasser, aber es musste reichen.

Forrest beugte sich vor, bis er sein Spiegelbild sehen konnte. Er sah genau wie ein Faun aus. »Hässlich«, sagte er.

Nun beugte Orgy Oger sich vor. Der Wasserspiegel erbebte und wich vor ihm zurück. Orgy schnitt eine Grimasse. Das Wasser schlug Wellen und kroch in die Ecken des Teiches. Orgy grinste. Das Wasser wurde trüb und platschte auf der gegenüberliegenden Seite aus dem Teich.

»Ich muss sagen, ich bin beeindruckt«, erklärte Forrest. »Noch nie habe ich es geschafft, Wasser zu so etwas zu bewegen. Ja, du bist hässlicher als ich, viel hässlicher sogar. Du musst unter deinesgleichen eine Legende sein.« Forrest meinte es aufrichtig; der Oger hatte ihn ehrlich beeindruckt.

»Mitnichten, ich bin nur ein Durchschnittsoger«, entgegnete Orgy traurig, »aber danke für das Kompliment.«

Forrest starrte ihn an. »Du hast nicht gereimt.«

»Ich habe noch nie gereimt. Kein Oger reimt jemals. Deine Wahrnehmung ist es, die sich geändert hat.«

»Aber du siehst mir noch immer wie ein Oger aus.«

»Du erkennt mich nun aber als Individuum an und betrachtest mich nicht mehr als Ungeheuer. Du empfindest Respekt. Deshalb bist du in der Lage, mich so zu hören, wie ich wirklich spreche.«

»Das hätte ich nie gedacht! Heißt das, dass alle Oger nicht dumm sind, sondern kultiviert?«

»Das hängt ganz von deiner Wahrnehmung ab.«

»Ich hatte Angst, du würdest mich zermalmen.«

»Das wollte ich auch, bis du mir gezeigt hast, dass du mich als Einzelperson anerkennst. Wir Oger zermalmen nur die Ignoranten.«

»Das ist echte Weiterbildung!«, rief Forrest aus. »Nun werde ich die Oger nie wieder mit den gleichen Augen sehen.«

»Ausgezeichnet. Dann brauchst du dich in Zukunft auch nicht mehr vor uns zu fürchten. Aber weshalb kamst du her?«

»Weil ich deine Hilfe brauche. Ich suche nach dem Liebes-Horn.«

»Aha! Du möchtest also Dienste tauschen.«

»Genau. Gibt es irgendetwas, das ich für dich tun könnte?«

»Ich fürchte nein. Ich bin wunschlos glücklich. Es tut mir leid, dass du umsonst gekommen bist.«

Das hatte Forrest befürchtet. »Ich bin in Begleitung zweier Gefährtinnen. Sie sind zurückgeblieben, aus Furcht, du könntest sie zermalmen. Aber vielleicht fällt ihnen ein Dienst ein, den du benötigst. Dann könnten wir doch handeln. Wäre es dir recht, wenn sie hierher kämen?«

»Das hängt ganz von ihrer Weltsicht ab. Wenn sie sind wie alle anderen, dann muss ich sie zermalmen. Du weißt schon, das Protokoll.«

»Angenommen, ich erkläre ihnen, dass sie dich respektieren müssen?«

»Wahrscheinlich hören sie nicht zu. Die meisten Leute sind sicher, die Natur von uns Ogern genau zu kennen.«

»Aber wenn ich es ihnen begreiflich machen könnte?«

»Dann würde ich ihnen mit Freuden die Gastfreundschaft meines Schlosses anbieten.«

»Ich hole sie. Vielleicht können wir am Ende doch noch voneinander profitieren.«

»Wie du wünschst. Inzwischen trainiere ich weiter.«

Während Forrest das Schloss verließ, stapfte Orgy Oger zur nächsten Wand und legte sie mit wenigen Schlägen seiner beiden Schinkenfäuste in Trümmer. Das ganze Bauwerk erbebte. Ein Wunder, dass das Schloss überhaupt noch stand. Forrest ahnte, was für ein Geräusch es war, das er draußen vor der Tür vernommen hatte. Weshalb Orgy auf kein Pochen, sondern nur den Klang der Wetterglocke hörte, war nun nicht mehr weiter verwunderlich.

Als Forrest die offene Tür durchschritten hatte, schlug sie hinter ihm zu; offenbar sollte sie Besucher heraus-, aber nicht hineinlassen. Also war die Tür magisch. Forrest verließ die trostlose Umgebung des Schlosses und näherte sich den beiden Stuten über das geschundene Land. Die beiden wirkten erstaunt und erleichtert zugleich, ihn wiederzusehen.

»Ihr könnt das Ogerschloss betreten«, sagte Forrest, »aber ihr müsst eine Vorsichtsmaßnahme beachten.«

»Das ist eine sehr große Untertreibung«, entgegnete Katrin. »Bist du sicher, dass es ungefährlich ist?«

»Mit der richtigen Sichtweise ist es tatsächlich ungefährlich.«

Die beiden Mähren blickten ihn voll Zweifel an. »Wie kann die Sichtweise einen davor bewahren, von einem Ungeheuer zermalmt zu werden?«, fragte Imbri.

»Ihr müsst eure Vorurteile hinter euch lassen und angemessen respektvoll auftreten.«

»Gegenüber einem Oger?«, fragte Katrin ungläubig.

Forrest begriff, dass hier ein gewisses Problem bestand. »Eigentlich ist er ein recht kultiviertes Geschöpf. Ihr müsst ihn nur als solches betrachten.«

Die beiden Stuten tauschten einen Bedeutsamen Blick aus. »Selbst ein Stinkhorn hat in gewisser Weise seine Kultur«, sagte Imbri zu niemand Besonderem.

Die beiden waren zu eng in ihren Vorurteilen verhaftet. Diese Vorurteile musste Forrest beseitigen, sonst konnten die beiden niemals gefahrlos das Ogerschloss betreten. »Erinnerst du dich noch, wie ihr mich zuerst gesehen habt? Nur ein Faun, der Ausschau nach einer Nymphe hält, um sie zu jagen?«

Sie nickten.

»Seht ihr mich heute noch immer so?«

»Nein«, sagte Katrin. »Du hast erheblich mehr Charakter, als ich dir ursprünglich zugetraut hätte.«

»Also gibst du zu, dass du anfangs auf der Grundlage eines Vorurteils geurteilt hast?«

»Unsinn! Zentauren haben keine Vorurteile!« Doch dann überlegte sie. »Andererseits bin ich hier sehr jung, also hast du vielleicht doch Recht.«

»Du hältst es also für denkbar, an dem Oger respektgebietende Eigenschaften entdecken zu können, wenn du ihn nur ohne Vorurteile betrachtest?«

»Einen Oger?« Dann wurde ihr bewusst, was sie gesagt hatte, und sie lachte hell auf. »Du willst doch wohl kein Zentaurenfohlen auf den Arm nehmen, oder?«

»Nein. Es ist mir vollkommen ernst damit. Es ist eine Angelegenheit von Leben oder Zermalmen. Der Oger zermalmt niemanden, der ihn als Individuum achtet.«

Imbri hatte ein anderes Problem. »Einen Oger zu respektieren ist ein Oxymoron, ein Widerspruch in sich. Sie sind viehisch und roh.«

»Dann respektiere ihn eben für seine viehische Rohheit. Aber du musst anerkennen, dass er für sich genommen einen Wert besitzt.«

»Nun, das kann ich zumindest versuchen.«

»Ja, ich auch«, stimmte Katrin zu. »Selbst wenn er mich doch zerquetscht.«

Am Schloss blieben sie vor der Eisenholztür stehen. »Nun denkt daran: Er ist ein Individuum. Das merkt ihr an dem, was er sagt – es reimt sich nicht.«

»Alle Oger sprechen in Knüttelversen und Schlagreimen«, entgegnete Katrin. »Das hängt mit ihrer gewalttätigen Natur zusammen.«

»Nein. So werden sie nur von unwissenden Fremden gehört. Wenn er für euch in Reimen spricht, dann sagt nichts, sonst weiß er, dass ihr ihn nicht respektiert.«

»Das ist bizarr«, bemerkte die Zentaurin.

Forrest ergriff die Stange und läutete die Wetterglocke. Das schwere kleine Unwetter braute sich zusammen, und der Lärm rief Orgy Oger an die Tür. Diesmal wurden sie alle drei vom Luftzug in die Diele gesaugt. Vor ihnen stand der Oger, riesig und viehisch wie eh und je.

»Orgy, das sind meine Freunde Mähre Imbrium und Katrin Zentaur«, sagte Forrest. »Mährdels, das ist Orgy Oger, Herr dieses Schlosses.«

»Hallo, Orgy«, sagte Imbri tapfer.

»Ebenfalls«, sagte Katrin, die aussah, als wollte sie am liebsten die Flügel ausbreiten und abschwirren.

»Ich freue mich, eure Bekanntschaft zu machen, schöne Stuten«, sagte Orgy höflich.

Imbri zögerte kurz und lächelte. »Ich umgekehrt natürlich auch, hässlicher Oger«, antwortete sie.

Katrin hingegen hielt den Mund, und Forrest wusste, dass sich Ärger ankündigte.

Orgy starrte die Zentaurin an. »Bitte wiederhole, was ich gerade gesagt habe«, verlangte er.

Katrin trat mit allen Hufen einen Schritt zurück; sie wirkte doppelt so nervös wie zuvor.

»Aber er hat doch nur gesagt –«, begann Forrest, doch ein zwingender Blick des Ogers schnitt ihm das Wort ab. Diese Prüfung, so wurde ihm klar, musste die Zentaurin allein bestehen.

»Du hast gesagt: ›Ich euch was tuten, ihr Stuten‹«, antwortete sie. Dann, nach einem halben Stocken, dachte sie nach. »Nein, Moment, das stimmt ja gar nicht. Du hast gesagt … du hast gesagt, du würdest dich freuen, hast unsere Bekanntschaft gemacht und uns schöne Stuten genannt.«

Forrest seufzte still vor Erleichterung. »Also, willkommen in meinem Schloss«, sagte Orgy einladend und führte sie durch die Diele.

Eine Mauer, von der Forrest sicher war, dass sie

vorhin noch in Trümmern gelegen hatte, erschien nun völlig solide. Vielleicht folgten sie gerade einem anderen Gang. Aber gab es überhaupt einen zweiten Gang?

Schließlich kamen sie in einen großen Saal, der nur spärlich eingerichtet war. »Ihr müsst hungrig sein«, sagte Orgy. »Kommt und setzt euch an meinen Zaubertisch.«

Leider war das raue, aus nackten Baumstämmen bestehende Mobiliar viel zu hoch für die Gäste. Darum schaffte der Oger Holzblöcke herbei, die er auf die Sitzflächen der riesigen Stühle stellte, dann hob er Forrest und Imbri sanft hoch und setzte sie darauf ab, sodass sie auf Höhe der Tischplatte saßen. Katrin fand auf ihrem Stuhl genügend Platz zum Stehen und konnte über den Tisch blicken.

Das Essen kam: Aus einem Fenster in der Wand am Tischende trippelten auf stämmigen kurzen Beinen dampfende Töpfe. Nebenher lief eine große Kanne mit Kakao. Teller und Besteck schlitterten über die Tischplatte und deckten sich vor jeder Person auf. Dann hoben die Töpfe ihre Kellen und servierten Eintopf, während die Kakaokanne dampfendheiße Schokolade in die großen Tassen gluckern ließ.

Mit großem Appetit stürzte sich Orgy auf sein Essen und schlang es schlürfend und schmatzend herunter. Dann erinnerte sich Forrest an den rechten Blickwinkel und sah aufmerksamer erneut hin – und nun benutzte ihr Gastgeber einen großen Löffel, wie jeder Mensch es getan hatte, und weder schmatzte der Oger, noch schlürfte er. Offenbar hatte Forrest unbewusst versucht, sich seine Vorurteile bestätigen zu lassen.

Sie kosteten ihre Portionen. Forrest stellte fest, dass sein Essen sehr nach Nüssen schmeckte und ihm vorzüglich mundete. Auch die Mähren schienen ihr Essen zu genießen.

»Wenn es dir nichts ausmacht«, fragte Katrin, »was ist das?«

»Rossterrine«, antwortete Orgy.

Katrin stutzte. Der Eintopf war braun und klumpig. Dann lächelte sie und überwand ihr Vorurteil. »Rossnüsse«, sagte sie.

»Ja. Von den Rosskastanien fallen Kästen und Nüsse, und wir sammeln beides.«

»Und der Koch macht daraus Eintopf«, sagte Imbri. »Wie nett.«

Als das Essen dem Ende entgegenging, kam Forrest aufs Geschäft zu sprechen. »Wir müssen uns einen Dienst ausdenken, den wir Orgy erweisen können, damit er uns verraten darf, wo sich das Liebes-Horn befindet. Hat eine von euch schon irgendeine Idee?«

»Im Moment noch nicht«, antwortete Katrin. »Aber wenn wir mehr über Orgy und sein Schloss erfahren könnten, fällt uns vielleicht etwas ein.«

»Das ist zu einfach, um interessant zu sein«, maulte der Oger.

»Selbst das Dümmste wird interessant, wenn es sein muss«, entgegnete Forrest.

Er hatte ein magisches Wort gesprochen. »Dumm«, sagte Orgy nachdenklich. »Ich bin so dumm wie jeder Oger. Na gut, ich werde euch von mir und meinem Schloss erzählen. Vor zwei Jahren war ich noch ein Oger wie alle anderen und zerschlug sorglos Felsen mit der Faust, schlang Knoten in die Bäume und lehrte junge Drachen, was das Wort Furcht bedeutet. Ich meine, was soll man als Oger auch anderes tun? Jeder erwartet von einem, dass man sich damit beschäftigt. Dann stieß ich zufällig auf ein merkwürdig aussehendes Horn, das irgendjemand herumliegen gelassen hatte. Schwach neugierig hob ich es auf und roch daran, aber es hatte keinen besonderen Geruch. Ich biss hinein, aber es kam mir nicht gerade essbar vor.

Kurz gesagt erschien es mir wenig nützlich. ›Die Hupe is mir schnuppe‹, sagte ich oder etwas Ähnliches; schließlich war möglich, dass jemand zuhörte. Dann hob ich das Horn an die Lippen und blies hinein.«

Er stockte. »Wollt ihr auch bestimmt wissen, wie es weitergeht? Die Geschichte ist so dumm, sie langweilt sogar mich.«

»Ich will dir nicht widersprechen«, entgegnete Forrest, »aber ich finde sie faszinierend. Bitte, erzähl doch weiter.«

»Oh«, machte Orgy. »Also, ab jetzt wird's richtig langweilig. Als ich in das Horn blies, machte es einen Laut, wie ich ihn noch nie gehört hatte. Es war, wenn ihr euch das vorstellen könnt, ein Laut des höchsten Verlangens. Als ich ihn hörte, verlangte ich nach etwas und konnte an nichts anderes mehr denken. Ich wusste nicht einmal, was es war, aber ich musste es unbedingt haben. Also stieß ich noch einmal in das Horn und hörte diesmal aus großer Entfernung einen Nachhall. Mein Verlangen richtete sich ganz auf diese ferne Antwort, und ich eilte dorthin. Immer, wenn ich vom Weg abkam, blies ich erneut das Horn und erhielt ein neues Echo. Allmählich bemerkte ich, dass ich der Einzige war, der den Hornruf oder das Echo hörte; andere Wesen, an denen ich vorbeikam, schenkten ihm keine Aufmerksamkeit. Sie gingen mir nur rasch aus dem Weg, denn sie begriffen nicht, dass ich einem Leitstern folgte; sie glaubten, ich wäre wie üblich zum Plündern gekommen.

Einige Zeit verging auf diese Weise, bis endlich dieses Schloss in Sicht geriet. Von hier kam das Echo. Das Gebäude schien unbewohnt zu sein, deshalb betrat ich es ohne Zögern. Natürlich habe ich dabei die eine oder andere Wand eingeschlagen, und ich fand es sehr schlagenswert, deshalb machte ich weiter. Für mich war es überaus entzückend, endlich mal wieder solide Verwüstung anzurichten. Als ich mich müde geprügelt hatte, ließ ich mich auf den Boden fallen und schnarchte wacker ein paar Stunden. Als ich aufwachte, fand ich den Tisch vor, der mit Esswaren beladen war. Ich stand auf und schlang sie herunter, dann begann ich wieder die Wände einzuschlagen.

Damit machte ich ein paar Tage weiter, bis ich schließlich begriff, dass die Wände nicht eingeschlagen blieben. Sie errichten sich über Nacht neu, manchmal sogar schneller. Mich freute das außerordentlich, denn es hieß, dass ich sie wieder aufs Neue einschlagen konnte. Ja, und damit verbringe ich seitdem meine Tage. Schlagen, essen, schlafen, schlagen – das ist mein Tagesablauf. Ich liebe dieses Schloss, denn hier bin ich im siebten Ogerhimmel. Weil ich das Horn nicht mehr brauchte, warf ich es aus dem Fenster. Nach einer Weile – einigen Monaten – begriff ich, dass darin der Zweck des Horns besteht: jemanden zu seinem Herzenswunsch zu führen. Ein Schloss, das sich immer wieder zu Klump hauen lässt. Also ist das Horn ganz gewiss das Liebes-Horn, nach dem ihr sucht, und ich weiß noch ganz genau, wohin ich es geworfen habe, denn das Gedächtnis steht im umgekehrten Verhältnis zur Intelligenz. Gern verrate ich es euch, wenn ihr nur einen gleichwertigen Dienst findet, den ihr mir erweisen könnt. Doch daran zweifle ich, eben weil ich so wunschlos glücklich bin, wie ich nur sein könnte.«

»Anscheinend hat man beim Bau dieses Schlosses schon an einen Oger gedacht«, sagte Katrin andächtig. »Immerwährendes Prügeln.«

»Unterbrochen von Festmahlen«, fügte Imbri nickend hinzu. »Da scheint nichts zu fehlen.«

»Trotzdem, auch ich glaubte, alles zu haben, was ich mir wünsche«, sagte die Zentaurin, »und nun habe ich bemerkt, dass ich dabei nicht an meine fehlende Sehnsucht gedacht habe.«

Orgy blickte sie an. »Du hast eine fehlende Sehnsucht?«, fragte er.

»Ja. Darum suche ich nach dem Liebes-Horn.«

»Um deine Wahre Liebe zu finden?«

»Ja – einen Gefährten, mit dem ich die Zeit verbringe, den ich liebe und anhimmle und mit dem ich mich vermehre ...« Sie stockte. »Ach, vielleicht wäre das etwas für dich.«

Orgy war verblüfft. »Ich wäre dir wohl kaum ein guter Gefährte.«

Sie lachte. »Ganz bestimmt nicht, ich hätte lieber jemanden mit Intelligenz und Flügeln. Ich meine, dass du eine Gefährtin deiner Art brauchen könntest. Ein Ogerweib.«

»Na, ich weiß nicht. Am Ende ist sie hässlicher als ich, und dann zieht das Schloss sie mir vor.«

»Vielleicht ein nicht allzu hässliches Ogerweib?«, fragte Imbri.

»Wer würde denn ein nicht allzu hässliches Ogerweib wollen?«

Das führt zu nichts, dachte Forrest. Trotzdem ging die Idee schon in die richtige Richtung. »Wie wäre es mit einer, die dir in Bezug auf Kraft, Hässlichkeit und Dummheit deutlich unterlegen ist, deine ogerischen Vorzüge aber wirklich zu schätzen weiß?«

Orgy dachte nach, und die Flöhe begannen ängstlich umherzuspringen. »Das klingt nicht schlecht.«

Nun fügte sich alles zusammen. Sie hatten beabsichtigt, dem Oger zu schmeicheln und ihn den Hässlichkeitswettbewerb gewinnen zu lassen. Zwar hatten sie ihr Ziel erreicht, doch ein Ogerweib hätte sich darauf natürlich viel besser verstanden. »Jemand, der bewundert, mit welcher Leistungsfähigkeit du ununterbrochen die Wände einschlägst. Was nützt eine noch so gut ausgeführte Arbeit, wenn niemand sie je wahrnimmt?«

Die Flöhe sprangen höher; ihnen wurde es zu heiß unter den Füßen. »Tja, darüber habe ich noch nie nachgedacht.«

»Natürlich nicht«, sagte Forrest triumphierend, »denn dazu bist du zu dumm. Wir aber, die wir dir in dieser Hinsicht nicht das Wasser reichen können, wir dachten daran, und das ist es auch, was wir für dich tun wollen: Wir suchen dir solch ein Ogerweib.«

Orgy nickte, und die wenigen verbliebenen Flöhe klammerten sich an seiner Mähne fest. »Dafür würde ich euch dann auch sagen, wo das Liebes-Horn ist. Holt mir dieses Ogerweib.«

»Hör zu: Wenn du uns sagst, wo das Liebes-Horn ist, können wir es gebrauchen, um sie zu suchen.«

Orgy schüttelte den Kopf, und die Flöhe wurden gegen die nächste uneingeschlagene Wand geschleudert. »Ich bin zu dumm, um mir einen Grund zu denken, weshalb ihr das Horn nicht einfach für eure eigene Suche benutzen solltet, sobald ihr es in eurem Besitz habt. Deshalb warte ich damit, bis ihr mir das Ogerweib gebracht hat.«

Die drei tauschten einen leicht gedehnten Blick aus. Natürlich wäre es wenig ratsam gewesen, die Dummheit ihres Gastgebers infrage zu stellen.

»Dann suchen wir ohne Horn nach ihr«, stimmte Forrest zu.

»Hast du vielleicht eine Idee, wer wissen könnte, wo solch ein Ogerweib steckt?«, fragte Katrin mit gedrosselter Dummheit.

»Eugen Oger könnte es wissen. Er sieht alles.«

»Und wo finden wir Eugen?«

Orgy schlug auch die letzten Flöhe in die Flucht. »Er guckt sich sehr gern ästhetische Weibchen an. Wenn ihr euch auf einen Berg stellt und ästhetisch ausschaut, dann entdeckt er euch und kommt, um euch näher zu beäugen.«

Diesmal tauschten Katrin und Imbri einen typischen Weibchenblick aus, in den sie Forrest nicht miteinbezogen. Dann zuckten sie mit den Schultern. »Vielleicht wäre das etwas«, stimmten sie zu.

Also verließen sie bald das Ogerschloss mit einem neuen Ziel: ein passendes Ogerweib zu finden. Auf dem Weg zum nächstgelegenen kahlen Hügel murmelte Katrin: »Ich hoffe, wir können Eugen Oger ein Kompliment machen, bevor er uns zermalmt.«

»Wenn er kommt, um dich zu beäugen, wird er dich schon nicht zermalmen«, meinte Forrest.

»Und dann noch diese andere Sache«, warf Imbri ein. »Glaubst du etwa, Weibchen existieren nur, um beäugt zu werden?«

»Nein, natürlich nicht«, stritt Forrest erstaunt ab. »Einige existieren auch, damit man sie jagen und mit ihnen feiern kann.«

Aus einem unerfindlich dunklen Grund bedachte sie ihn mit einem finsteren Blick.

»Er ist ein Faun«, erinnerte Katrin sie aus einem ähnlich unbegreiflichen Motiv.

Da sie im Augenblick an nichts weiter Wichtiges dachten, verlieh Forrest einer Sorge Ausdruck, die ihn plagte: »Wenn ich die Größe, die ich hier habe, durch die verfestigte Masse meiner Seele erhalte und Imbri ihre Masse durch die Größe ihrer halben Seele, wie kommt es dann, dass jemand wie Katrin oder Orgy so viel mehr Masse besitzen? Sind ihre Seelen so viel größer?«

»Nun, das ist ja mal eine vernünftige Frage«, sagte Katrin, »und du stellst sie ausgerechnet jetzt, wo wir schon glaubten, du hättest deine ganze Intelligenz aufgebraucht. Nein, Seelen variieren nicht derart in ihrer Größe. Um genau zu sein, haben wir hier auf

Ptero überhaupt keine Seele. Eine Seele erhalten wir erst, wenn wir real werden. Wir besitzen nur ein minderwertiges Füllmaterial, das die äußere Form einer Seele annimmt, dem aber nicht deren Wesen innewohnt. Deshalb sind wir auf unsere Lebensspanne beschränkt und können außerhalb davon nicht existieren. Das ist der Grund, warum jeder von uns hofft, irgendwann echte Gestalt anzunehmen. Wir können nur so viel Material ansammeln, wie wir benötigen, um unsere Normalgestalt auszufüllen, aber das ist es auch schon.«

»Du meinst, ich könnte größer werden, wenn ich Füllmaterial zu mir nähme?«, fragte Imbri.

»Das könntest du. Aber warum solltest du das wollen? Du bist nun pure Seele; welches höhere Ziel könntest du haben?«

»Vollständig beseelt zu sein – vollkommen real zu werden. Ich bin nur eine Tagmähre; einmal war ich ganz kurz vollkommen real, als ich in Xanth eine Aufgabe zu erfüllen hatte, und ich bin einen Moment lang König gewesen. Seitdem wünsche ich mir, wieder vollkommen real zu werden. Und das werde ich vielleicht auch wieder sein, sobald ich meinen Dienst beim Guten Magier abgeleistet habe – indem ich Forrest helfe, seinen Baumgeist zu finden.«

»Ich beneide dich wirklich um deine Chance auf die Wirklichkeit. Hier auf Ptero hofft jeder darauf, doch die meisten von uns wissen, dass wir sie nie erhalten werden.«

»Woher wisst ihr denn, dass es überhaupt jemandem je gelingt?«, fragte Forrest. »Könntet ihr nicht alle Opfer einer grausamen Täuschung sein?«

»Nein, denn wir wissen, dass die Chance existiert, weil einige von uns real sind. Das sehen wir, und daher wissen wir auch, dass es theoretisch für jeden von uns möglich wäre.«

»Aber sagtest du nicht, dass keiner von euch eine echte Seele hätte?«

»Ich sagte, dass wir alle auf eine echte Existenz hoffen und nur dann eine Seele erhalten, wenn wir real werden. Einige von uns kommen so weit, und der Rest von uns beneidet sie trotz der Ungelegenheiten, die es ihnen verursacht.«

»Was für Ungelegenheiten?«

»In ihrem Leben fehlt eine jahresbreite Schneise für die Zeit, die sie in Xanth verbringen. Sie ähnelt den Todeszonen, ist aber doppelt so breit. Das liegt daran, dass jemand nicht hier und gleichzeitig in Xanth sein kann.«

Forrest schüttelte den Kopf. »Das verstehe ich nicht.«

»Ich auch nicht«, meinte Imbri.

»Nun, es ist recht schwierig zu begreifen, bevor man es beobachtet hat«, sagte Katrin. »Vielleicht begegnen wir einer solchen Person, bevor wir uns wieder trennen.«

Das hoffte Forrest sehr, denn was Katrin beschrieben hatte, klang sehr interessant. Beseelte Personen, denen ein Streifen fehlte, welcher ein Jahr breit war?

Endlich kamen sie auf die Kuppe des Hügels, der nicht besonders hoch war, was er allerdings durch seine Kahlheit wieder wettmachte. So weit sie blicken konnten, entdeckten sie nichts als Erde, Steine und verkümmertes Unkraut, das es aus Furcht vor den Ogern nicht wagte, allzu kühn heranzuwachsen. Folglich waren sie so gut sichtbar.

»Nun müssen wir ihm etwas bieten, was zu beäugen sich lohnt«, sagte Katrin voll Abscheu. »Soviel ich weiß, beäugen Männchen gern verbotene weibliche Anatomie. Nur haben wir Zentaurinnen wegen unserer größeren Vernunft keine verbotene Anatomie. Also bleibt es wohl an dir hängen, Imbri.«

»Aber ich bin eine Mähre!«, protestierte Imbri. »Ich habe diese Gestalt nur angenommen, weil meine halbe Seele nicht mehr Substanz ergibt und weil sie körperlich-verbale Sprache ermöglicht. Ich trage nur deswegen Kleidung, weil ich andernfalls mit einer Nymphe verwechselt werden könnte.«

»Aber Nymphen sind Geschöpfe ohne Verstand«, sagte Katrin, »während du ganz offensichtlich Verstand besitzt.«

»Nicht, wenn ich nicht spreche.«

Die Zentaurin nickte. »Das stimmt wohl. Aus der Ferne müsste Eugen dich für eine Nymphe halten, es sei denn, du bist bekleidet. Dann aber würde er dich ignorieren, weil Beäugen langweilig ist, wenn das Opfer sich nicht schämt. Bekleidet oder unbekleidet, du wärst für ihn deshalb nicht von Interesse.«

»Was, wenn Katrin sich Kleider anzieht?«, überlegte Forrest. »Zentauren tragen normalerweise nichts, und so könnte es sie interessant machen.«

»Das bezweifle ich«, entgegnete Katrin. »Selbst reinblütige Menschen – und die reagieren auf Nacktheit am schlimmsten – scheren sich kaum um nackte Kinder, und ich bin hier sieben Jahre alt.«

Forrest musste ihr Recht geben. Gewiss lohnte es sich nicht, ein bekleidetes Zentaurenkind zu beäugen, denn selbst ein Oger hätte gewusst, dass es nichts zu verbergen hat. Doch er weigerte sich, den Gedanken schon aufzugeben. »Dann müssen wir Eugen weismachen, Imbri sei ein erwachsenes Menschenweibchen, und dann muss sie die Kleidung ablegen.«

»Aber das wäre unziemlich«, protestierte Imbri. »Eine Menschenfrau würde das nie tun.«

»Genau«, sagte Katrin, »und deswegen lohnt es sich auch, dich dabei zu beäugen.«

Gegen diese Argumentation ließ sich nichts anführen, und so stimmte Imbri widerstrebend zu. Sie bildete ihr Kleid neu, das aus ihrem Seelenmaterial bestand, bis sie mehrere Kleidungsstücke trug. Forrest und Katrin stellten sich auf beide Seiten des Hügels und dienten als Publikum. Imbri, die Erfahrung mit Männerträumen besaß, erklärte, was erforderlich war, um passende Bemerkungen machen zu können und die Aufmerksamkeit des Ogers zu erregen. Dann stellte sich Imbri auf die höchste Erhebung und hob die Arme.

»Nun sieh sich einer das an!«, rief Katrin laut. »Eine sittsame Menschenfrauendame, die einen anrüchigen Striptease vorführen will, den kein Wesen mit einem Funken Anstand im Leibe beobachten sollte.«

»Toll!«, rief Forrest ebenso laut. »Als unanständiger Faunenmann kann ich's kaum erwarten.«

Dann begann Imbri zu tanzen. Sie schwang sich herum und ließ die Hüften kreisen. Darin war sie ziemlich gut; vermutlich zehrte sie von ihrer Erfahrung mit Tagträumen. Dann trat sie mit dem einen Fuß in die Luft, sodass ihr Bein bis zum Knie zu sehen waren. Die Sandalen schützten sie noch immer vor einem Fehltritt, sodass sie kein Fitzelchen mehr Haut zeigte als sie wollte.

»Abscheulich!«, rief Katrin aus.

»Weitermachen! Weitermachen!«, brüllte Forrest.

Imbri wirbelte herum, und ihr Rock hob sich über beide Knie.

»Hör sofort mit diesem üblen Schauspiel auf!«, rief Katrin in ihrer besten Nachahmung einer Erwachsenenstimme. »Denk doch an die Kinder!«

»Wen interessiert das schon?«, fragte Forrest verantwortungslos.

Der Boden erzitterte leicht. Entweder wandte sich die Erde selbst voll Abscheu von der Darbietung ab, oder in der Ferne regte sich ein Oger.

Imbri ergriff ihr Kopftuch, streifte es ab und warf es

davon. Es flatterte kurz im Winde und löste sich in Luft auf.

»Unzüchtige Entblößung!«, protestierte Katrin.

»Ausziehen! Ausziehen!«, beharrte Forrest schalkhaft und setzte sich.

Der Boden bebte. Etwas Riesiges stapfte in ihre Richtung.

Imbri riss sich die Bluse vom Leib und warf sie Forrest zu, der sie auffing und daran auf so vulgäre Art roch, wie er nur zuwege brachte. Tatsächlich handelte es sich um eine sehr hübsche Bluse, die schwach nach frischem Hafer duftete, der natürlichen Seelensubstanz der Mähre Imbri. Dann löste die Bluse sich auf, denn auf keinen Fall konnte Imbri es sich leisten, in ihre Bestandteile zerlegt zu werden.

»Auf ganzer Linie abstoßend!«, verkündigte Katrin.

»Göttlich!«, konterte Forrest aufrichtig.

Imbri tanzte nun nur noch in einem hellroten Top und Rock und erschien überaus bezaubernd. Aus Mangel an Seelensubstanz war sie klein, aber wohlgeformt, und das enge Top kündete bereits an, dass das Beste erst noch kommen würde. Besonders deutlich wurde dies dann, wenn das Beste durch die Energie ihrer Bewegungen ins Schwingen geriet. An Kleidung war etwas, das interessante in faszinierende Aspekte verwandelte.

Imbri stieß ein Bein in die Luft, und einer ihrer Slipper flog davon. Dann tanzte sie zu Forrest heran und kickte auch den anderen fort, und er konnte die halbe Strecke über das Knie hinaufblicken. Das war gefährlich nah an den Pantys!

»Unfassbar!«

Doch wie er halb gelähmt von dem Anblick dasaß, traf ihn der Slipper auf die Stirn. Das tat ihm nicht weh – der Aufprall fühlte sich mehr wie ein Kuss an. Der Schuh fiel zu Boden und löste sich auf.

Dann tauchte der Oger auf. »Wer ich sehen, die am drehen?«, verlangte er zu erfahren.

Erschrocken fuhr Forrest zu ihm herum. »Du musst Eugen Oger sein«, vermutete er – das heißt, eigentlich war es keine Vermutung, denn dem Oger schienen die Augen halb aus den Höhlen zu treten. An ihm war noch etwas anderes, doch was, das konnte Forrest nicht recht sagen.

»Von Abendrot zu Morgengraun, ich Oger, du Faun«, stimmte er zu.

»Ach, hör schon auf damit, Eugen«, sagte Forrest. »Wir wissen genau, dass du gar nicht in diesen dummen Versen sprichst.«

Der Oger sah bestürzt drein. »Habe ich mich verplappert?«

»Nein. Orgy Oger hat das Geheimnis verraten. Wir möchten mit dir handeln.«

»Ich will aber nicht handeln. Ich bin nur hergekommen, um einen Blick auf euer Tanzmädchen zu werfen. Sie wollte gerade etwas Interessantes entblößen.«

»Nein, das wollte ich nicht«, versetzte Imbri schnippisch, während zugleich ihr Kopftuch, ihre Bluse und ihre Slipper wieder erschienen.

»Dann hält mich hier nichts«, sagte der Oger verdrossen. »Weil ihr meine wahre Natur kennt, darf ich euch nicht zermalmen, aber wenn ich niemanden beäugen kann, ist jede weitere Tändelei sinnlos.«

»Er hat eine Seele«, wisperte Imbri. »Seht ihr das schwache Leuchten?«

Das war die Merkwürdigkeit, die Forrest aufgefallen war! Welch ungewöhnlicher Ort, um einer Seele zu begegnen.

Imbri überlegte. »Und wenn ich weitertanze, während du mit dem Faun verhandelst?«

Eugen dachte nach. Seine hervorquellenden Augäpfel nahmen eine stumpfrote Färbung an. »Na gut«, stimmte er endlich zu.

In vollständiger Kleidung tanzte Imbri weiter. Sie wirkte alles andere als zufrieden, fügte sich jedoch den Zwängen der Lage. Das Tanzen an sich schien ihr zu gefallen, und sie hätte es zum Vergnügen getan, wenn man sie nur nicht dabei beäugt hätte.

»Wir müssen herausfinden, wo wir ein Ogerweib finden können, das bei Orgy in seinem einschlagbaren Schloss bleibt und ihn für seine heldenhafte Anstrengung bewundert«, sagte Forrest.

»Da fällt mir am ehesten Olé Oger ein. Sie ist nicht besonders hässlich, aber enorm begeisterungsfähig.« Die Augäpfel des Ogers waren unverrückbar auf Imbri gerichtet, die ihren Rock gefährlich weit hochzog.

Forrest musste seine eigenen Augen von ihr losreißen, denn er sagte sich, dass er vermutlich einen besseren Handel erzielen konnte, solange Eugen abgelenkt war. »Was können wir nun im Gegenzug für dich tun?«

Eugen dachte erneut nach. Diesmal glühten seine Augäpfel weiß auf. Vielleicht lag es aber auch daran, dass Imbri wieder die Bluse abstreifte. Das war vermutlich nicht schlimm, aber der Oger hatte wohl vergessen, dass sie darunter das Top trug. Die Zentaurin runzelte so entschieden die Stirn, dass Forrest nicht umhin kam anzunehmen, etwas Schlimmes gehe vor. »Nichts«, sagte Eugen schließlich. »Ich brauche nichts.«

Forrest kam eine Idee, die auf dem beruhte, was er gerade von Katrin erfahren hatte. »Du schaust gern zu«, sagte er. »Besonders gern siehst du etwas, was du gar nicht sehen sollst, wie zum Beispiel menschliche Pant-O-Mimen«, fuhr er fort und betonte dabei den Anfang des letztes Wortes, damit es so klang, als wollte er den unaussprechlichen P-Begriff beim Namen nennen. Katrin, die plötzlich schockiert die Luft einsog, unterstützte die Wirkung.

»Ja – ja«, pflichtete Eugen ihm bei, und seine Augäpfel quollen noch weiter hervor, als hätte er das Verbotene wirklich erblickt. Ganz offensichtlich hatte sich an der ihm innewohnenden Natur nichts geändert, als er eine Seele bekam.

»Nur eins kannst du nicht sehen: Was sich in dem Jahr ereignet hat, das für dich verboten ist.«

»Genau. Ich kann alles auf dieser Seite davon sehen und alles auf der anderen, aber wenn ich versuche, hineinzugehen, dann gleite ich einfach hindurch, und mein Alter ändert sich in einem einzigen Augenblick um ein Jahr. Außerordentlich frustrierend ist das, das muss ich schon sagen.«

Nun legte Imbri die Schuhe ab. Forrest erkannte, dass er sich nun beeilen musste, sonst war sie gezwungen, etwas wirklich Schlimmes zur Schau zu stellen. »Nun, wir können dorthin gehen, weil wir nicht du sind. Ich könnte dir also berichten, was in dem Teil deines Lebens vor sich geht, den du nicht beobachten darfst.«

Diese Aussicht brachte den Oger tatsächlich dazu, seine Augen von Imbri zu lösen, was bedeutete, dass sie weitertanzen konnte, ohne weitere Kleidung abzulegen, ein Zeitgeschenk also. »Aber nur beseelte Leute können Seelen sehen«, wandte er ein.

»Ich bin beseelt«, erwiderte Forrest. »Siehst du denn mein Leuchten nicht?«

»O doch«, antwortete der Oger. Er warf Imbri einen Blick zu. »Das macht sie noch viel reizvoller. Der anstößige Anblick eines beseelten Geschöpfes ist viel wirksamer als der eines unbeseelten. Ihr scheint also tatsächlich in die Zone vordringen zu können, die mir verwehrt ist. Also gut: Wenn ihr mir verratet, was ich dort getan habe, dann führe ich euch zu Olé Oger.«

»Einverstanden! Wir gehen sofort.« Dann erst begriff Forrest, dass es so einfach nun auch wieder nicht war. »Äh … wo ist die Zone denn eigentlich?«

»Kommt mit.« Der Oger führte sie nach Osten.

Während sie weitergingen, wurde Katrin immer jünger. Schon bald tänzelte sie umher wie ein jähriges Fohlen. Zum Glück blieb Eugen stehen, bevor sie die Reichweitengrenze der Zentaurin erreichten. »Hier«, sagte er. »Genau hier ist es, wo ich vierundzwanzig Jahre alt bin und mich langsam vor bewege. Ich scheine auf beiden Seiten nicht sehr unterschiedlich zu sein, aber ich bin trotzdem neugierig, was darin passiert.«

»Wir gehen hinein und sehen uns alles sorgfältig an«, versprach Forrest. »Und wenn wir wieder herauskommen, erstatten wir dir einen vollständigen Bericht.«

»Ich weiß nicht, ob ich dazu genug Geduld habe. Wie wär's mit einem halben Bericht?«

»Meinetwegen einen halben«, stimmte Forrest eilfertig und liebenswürdig zu. »Oder einen Viertelbericht, wenn dir das lieber ist.«

»Wunderbar! Das klingt großartig.« Dann sickerte langsam ein Gedanke in das, was bei den Ogern als Gehirn durchgeht. »Aber was mache ich, wenn ich nichts zu beäugen habe? Meine Aufmerksamkeitsspanne ist sehr kurz.«

Katrin trat vor. »Ich erzähle dir ein Fohlenmärchen. Es heißt ›Der Oger und die Drei Bären‹. In meinem gegenwärtigen Alter kenne ich kein anderes, aber ich finde es ziemlich gut.«

»Ich liebe dieses Märchen!«, rief der Oger. »Ich habe es nicht mehr gehört, seit ich ein Ogerkind im Prügelstall war.«

»Dann frische ich dein Gedächtnis auf. Es war einmal ein Oger, der hatte sich im Wald verlaufen. Zwar hätte er alle Bäume in Stücke hauen können, aber er war natürlich zu dumm, um auf diese Idee zu kommen.«

»Natürlich«, stimmte Eugen erfreut zu.

»So irrte er herum, bis er das komische Haus entdeckte. Er schlug die Tür ein und betrat es. Auf dem Tisch standen drei Schüsseln mit ganz zähem Haferbrei. Er schlang die erste Schüssel herunter, aber der Brei war zu heiß ...«

Forrest und Imbri entfernten sich still, während das Märchen den Oger in seinen Bann schlug. Anscheinend reizten ihn verbotene Abenteuer fast ebenso sehr wie ein verbotener Anblick. Die Geschichte war nicht sehr lang, also mussten sie rasch in die Mitte der Zone vordringen, sehen, was es zu sehen gab, und rasch wieder zurückkehren.

Wie sich zeigte, gab es wirklich nicht viel. Der Boden war etwas dichter bewachsen, weil die einjährige Abwesenheit des Ogers den Pflanzen ungeahnte Entfaltungsmöglichkeiten bot, doch weil auch andere Oger hindurchschritten, gab es hinreichend viele verwüstete Flecken. Forrest verstand gut, dass Orgy die sich erneuernden Wände seines Schlosses so sehr liebte, denn natürliches Terrain konnte vor der Gegenwart eines Ogers nicht lange bestehen. Je weiter sie nach Osten vordrangen, desto dünner wurde der Bodenbewuchs, denn in dieser Richtung hatte er zusehends weniger Zeit gehabt, sich zu erholen.

Dann erblickte Forrest eine wuchtige Gestalt. »Das sieht so aus wie ein Oger – wenigstens so ähnlich«, sagte er.

»So ähnlich«, stimmte Imbri zu. »Aber er ist immateriell.«

»Wer hätte je von einem immateriellen Oger gehört!«

Und doch war es die Wahrheit. Die Figur hämmerte einen kleinen Berg zu einem Maulwurfshügel nieder, doch sie konnte ebenso durch ihn wie durch den Berg hindurchsehen. Was hatten sie da vor sich?

»Es ist jedenfalls Eugen«, rief Imbri überrascht. »Man erkennt es an den hervorquellenden Augen.«

Sie hatte Recht. Das schwache Seelenabbild stellte ihren Oger dar. »Und der Berg muss in Xanth stehen, denn hier ist das Land flach«, sagte Forrest und marschierte durch Oger und Berg hindurch.

Sie blieben stehen, um die Figur zu beobachten. Nach einer Weile hörte der Oger auf, auf den Berg einzuprügeln, und stellte sich auf die Spitze des riesigen Maulwurfshügels, den er geschaffen hatte. Er drehte sich um und blickte in alle Himmelrichtungen. Dann quollen ihm die Augen aus den Höhlen, und sein Kiefer sackte herab. Wie festgefroren verharrte er auf der Stelle.

»Er beäugt etwas«, sagte Imbri.

»Nur was?« Forrest umschritt die Figur langsam und entdeckte dabei, dass er, wenn er den richtigen Winkel fand, auf einem der Augäpfel ein Spiegelbild erkannte. Dabei schien es sich um eine weiße Fläche zu handeln, in der ein rosafarbenes Material war, das sich an zwei Stellen wölbte.

Dann kippte Forrest aus den Sandalen. Als er wieder zu sich kam, lag er am Boden, und kleine Planeten umkreisten seinen Kopf. Imbri kniete neben ihm und versuchte, ihm zu helfen. »Forrest! Was ist passiert?«

Er wollte antworten, doch sein Mund hatte sich von dem Anfall noch nicht erholt.

Imbri setzte sich neben ihn, nahm seinen Kopf und bettete ihn auf ihren Schoß. Dann streichelte sie ihm die Stirn. Sanft fuhr ihre Hand über seine Hörner. »Alles in Ordnung«, beruhigte sie ihn. »Entspanne dich nur. Du scheinst nicht körperlich verletzt zu sein.«

Endlich gelang es ihm, seine Zunge wieder unter

Kontrolle zu bekommen. »Wie könnte ich das, in Seelenform?«, krächzte er.

»Forrest!«, rief Imbri aus. »Du erholst dich schon wieder!« Sie beugte sich vor und küsste ihn. Es war ein überraschend freundlicher Kuss, und die Weise, wie ihre weiche und doch feste Bluse über sein Gesicht strich, verstärkte die Wirkung.

»Ich erhalte die beste Behandlung von allen«, sagte er. »Ich kann mich nicht erinnern, wann ich mich das letzte Mal so wohl gefühlt habe.«

Sie umschlang ihn mit den Armen, und wie sie es machte, grenzte an Entzücken. »Ich habe mir solche Sorgen gemacht. Du hast den Geisteroger angesehen, und dann bist du plötzlich zusammengebrochen. Was hast du denn gesehen?«

Da erinnerte er sich. »Das Spiegelbild von dem, auf das er blickte. Was er in Xanth beäugte. Es war ...«

»Ja?«

»Eine Panty. In einem Fenster.«

Imbri ließ seinen Kopf auf den Boden fallen. »Da sollst du nicht hinsehen!«

»Es tut mir leid«, brummte er, während er darauf wartete, dass ein weiterer kleiner Planet verschwand. »Ich konnte nicht wissen, was es ist, bevor ich es gesehen hatte. Und es war nur ein Spiegelbild, nicht das echte.«

»Also gut«, sagte sie leicht besänftigt. »Aber tu das nie wieder.«

Er setzte sich auf und rappelte sich auf. Der Oger stand noch immer starr wie eine Statue. »Ich glaube, ich weiß nun, warum er den Berg niedergeschlagen hat. Er wollte sich eine Plattform machen, von der er etwas in diesem Haus besser beobachten konnte. Als er zum Fenster hineinblickte –«

»Sah er eine Frau, die sich umzog«, beschloss Imbri missbilligend den Satz.

Plötzlich kippte der Geisteroger von seiner Plattform. Er lag auf dem Boden, und Geisterplaneten umschwirrten seinen Kopf, ganz ähnlich, wie es Forrest ergangen war. Die Frau musste sich vom Fenster fortbewegt und damit den Bann ihres Anblicks gebrochen haben.

»Wir haben genug zu erzählen, glaube ich«, sagte Forrest. »Lass uns zurückkehren, bevor Katrin die Geschichten ausgehen.«

»Ja«, stimmte Imbri gepresst zu. Immer mehr glich sie in Verhalten und Aussehen einer Menschenfrau, und immer weniger ähnelte sie einer Stute. Forrest war nicht ganz sicher, ob er das als einen Fortschritt in die richtige Richtung betrachten sollte.

Sie überließen den Geisteroger sich selbst und eilten wieder nach Westen. Gerade als sie die Zurückgebliebenen erreichten, beendete Katrin das Märchen:

»Und so schlug sich der Oger den Weg aus dem Haus frei und kehrte nie wieder dorthin zurück. Und klebrigen Haferschleim aß er auch nie wieder und lebte glücklich bis an sein Ende.«

»Jawollja!«, rief Eugen.

»Wir sind wieder da«, sagte Forrest.

Zentaurin und Oger blickten ihnen entgegen. »Du wirkst, als hättest du gerade einen Anfall hinter dir«, sagte Katrin zu Forrest.

»Und du siehst aus, als hättest du dich gerade fürchterlich aufgeregt«, sagte Eugen zu Imbri.

»In beiden Fällen richtig«, sagte Forrest grimmig. »Wir haben das Bild deines xanthischen Selbst gesehen.«

»Es hämmerte einen Berg zu einem Maulwurfshügel nieder«, fuhr Imbri fort.

»Bis es in ein Fenster blicken konnte und eine Panty sah«, beendete Forrest die Erzählung.

»Ich habe eine Panty beäugt?«

»Das stimmt«, sagte Imbri mit spitzen Lippen. »Ganz widerlich war das. Du solltest dich wirklich schämen, und zwar sehr.«

Eugen versuchte, sich die Aufregung, die Ehrfurcht und das Entzücken vom Gesicht zu wischen. »Entsetzlich«, pflichtete er ihr bei. »Kein Wunder, dass ich an dieser Grenze immer solch ein Hochgefühl erlebe.« Er schenkte Forrest einen Frauen-verstehen-so-etwas-nicht-Blick, und der Faun nickte knapp und hoffte dabei, dass die beiden Stuten nichts davon bemerkten.

»Also kannst du uns nun zu Olé Oger führen«, sagte Katrin. Als Fohlen reagierte sie nicht so entsetzt auf die Neuigkeit wie wohl andernfalls, aber sie wirkte dennoch leicht bestürzt.

»Hier entlang«, sagte Eugen nickend und ging nach Nordwesten.

Während sie ihm folgten, alterte Katrin zusehends, und mit jedem Schritt wurde ihre Miene verschlossener. Sie erlangte allmählich die Sichtweise einer erwachsenen Menschenfrau, leider, wie Forrest fand, denn gewöhnlich kümmerten sich Zentauren nicht um menschliche Ansichten. Doch er wusste, dass es keinen Sinn hatte, über diese Angelegenheit diskutieren zu wollen. Der Oger hatte Recht: Es gab Dinge, die Frauen einfach nicht verstanden. Vielleicht sollte so verhindert werden, dass sie wegen ihres eigenen Aussehens aus den Latschen kippten.

Sie durchquerten die Nachbarschaft der Anhöhe, auf der sie Eugen begegnet waren, und gingen weiter. Schließlich erreichten sie ein Gebiet, in dem Baumstämme wirr durcheinander lagen, und dort saß in einem roh gezimmerten Schweinekoben ein Ogerweib. Stinkender Schlamm bedeckte sie von Kopf bis Fuß.

»Hallo Olé, wie geht's dir?«, fragte Eugen.

»Ich versuche mich hässlicher zu machen«, antwortete sie trübselig. »Dazu benutze ich stinkende Schlammpackungen.«

»Vielleicht brauchst du gar nicht so hässlich zu werden. Diese Leute haben dir ein Geschäft vorzuschlagen.« Und damit stapfte Eugen davon. Er hatte seinen Teil des Handels ausgeführt. Er beäugte im Gehen alles außer dem Ogerweib, das ihm nicht hässlich genug war.

Nun erst beachtete sie Forrest, Imbri und Katrin. »Faun und Mähren – was soll ich mich scheren?«, wollte sie wissen.

Forrest beugte sich über den Rand ihres Kobens. »Wie würde es dir gefallen, in einem Schloss zu leben, in dem es so viel zu essen gibt, wie du willst, und dazu einen Oger, der auf jedes deiner Worte achtet und sich für dein Aussehen nicht interessiert?«

»Ich glauben ich … – ach, was soll's mit den Versen! Ich täte nichts lieber als das! Welche Abscheulichkeit muss ich begehen, um solches Glück zu erlangen?«

»Du brauchst nur darauf zu achten, dass du mit jedem Wort, das du sprichst, den Oger lobst, wie gut er die Schlossmauern einschlägt.«

»Aber das mache ich doch schon von selbst! Ich muss mich immer bezwingen, sonst bin ich unogerhaft freundlich.«

»Komm mit, wir bringen dich in das Schloss, von dem wir sprachen.«

Sie sprang aus dem Koben und verspritzte dabei wahre Fontänen Dung. »Lasst uns gehen.«

»Du brauchst nicht einmal den Schlamm zu tragen«, versicherte Forrest ihr.

»Großartig.« Sie stapfte zu einem nahen Brunnen, holte einen großen Eimer hervor und übergoss sich mit kaltem Wasser. Einen Moment später war sie nass, aber sauber.

Sie brachen auf zum Schloss. »Reine Neugier«, begann Imbri. »Weshalb beäugt Eugen attraktive Menschenfrauen und ihre Kleidung, möchte aber ein hässliches Ogerweib?«

»Das habe ich mich auch schon gefragt«, antwortete Olé. »Ich vermute, dass mit seinem Gesichtssinn etwas nicht stimmt und er Menschenfrauen deshalb für irgendwie hässlicher hält als Ogerweiber. Ein trauriger Fall.«

»Ja, sehr traurig«, stimmte Imbri ihr zufrieden zu.

Als sie am Schloss ankamen und vor geschlossener Türe standen, warf Olé der Wetterglocke einen wütenden Blick zu, die daraufhin augenblicklich läutete. Unverzüglich öffnete sich die Tür, und Orgy stand vor ihnen.

»Bist du der Oger, von dem man hört, dass er so beispiellos perfekt Wände einschlägt?«, fragte das Ogerweib.

»Ja.« Orgy wirkte erfreut – für einen Oger.

»Zeig mir, wie du deine großartige Kunst ausführst. Ich kann mich am Wände-Einschlagen nicht satt sehen.«

Und schon bald stand fest, dass die beiden miteinander auskommen würden. Mit doppelter Geschwindigkeit schlug Orgy die Wände ein, und Olé erging sich in Lobpreisungen, während sie an seinem wohlgedeckten Tisch schlemmte. Die Besucher hatten ihren Dienst erfüllt.

Orgy hielt mitten im Schlag inne und wies auf das Loch, das er gerade in die Wand gebrochen hatte. »Dreiundfünfzig eurer Schritte genau in diese Richtung«, sagte er. »Und viel Glück bei eurer Suche.«

Forrest bedankte sich, und die drei durchschritten die Wand. Unverzüglich begannen sie mit dem Zählen ihrer Schritte. Drei Schritte, und sie hatten das Schloss hinter sich gelassen. Und wie Orgy gesagt hatte, lag genau fünfzig von Forrests Schritten ab der Mauer ein leuchtendes Horn am Boden.

Er hob es auf und reichte es Katrin. »Nun kannst du uns den Weg ins Faunengebiet zeigen«, sagte er.

Sie überlegte. »Nein, das finde ich nicht. Das hier ist nur das Mittel zum Zweck; der Tausch ist nicht vollständig, bevor der Zweck erfüllt ist.«

Forrest seufzte innerlich, denn sie hatte Recht. Bevor es weiterging, mussten sie den Dienst beenden. Doch immerhin waren sie einen Schritt weitergekommen.

# 6
# Wahre Liebe

Sie kehrten in Katrins Erwachsenenzone zurück, denn als Jugendliche fühlte sie sich nicht besonders wohl. Bald erreichten sie wieder das verscherzte Land. Ihnen blieb keine Wahl, als sich hineinzustürzen und zu hoffen, dass ihnen nichts widerfuhr, was ihrer Würde dauerhaften Schaden zufügte.

Sie kamen an eine Mauer, auf der die Worte standen:

SPASSANSTALT POSSENHEIM
DIE IHR HIER EINTRETET,
LASSET ALLE VERNUNFT FAHREN!

»Wir haben keine Wahl«, knurrte Katrin grimmig, während sie hinüberkletterte. »Wie ich das verscherzte Land hasse.«

Forrest und Imbri folgten ihr. Überall in Xanth gab es Schabernack, doch hier auf Ptero schien er konzentriert und völlig außer Rand und Band zu wuchern. Wenigstens wusste Forrest, dass der Streifen nicht sehr breit sein konnte; schon bald würden sie ihn hinter sich haben.

Sie landeten in einem Rechnungshof. Überall lagen unbezahlte Rechnungswesen umher, die sich langweilten, weil sie ruhten; sie hatten sich zu einem Rechnungsblock zusammengeschart. »Nichts anfassen!«, warnte Katrin. »Sonst müsst ihr jede Rechnung bezahlen, die ihr bekommt!«

Doch zu spät: Forrest hatte den Block an einer Ecke gestreift, und nun klebte eine Rechnung an seiner Hand, die ein Gesicht bildete. »Bezahl mich!«, schrie sie.

»Warum sollte ich? Schließlich kenne ich dich überhaupt nicht.«

»Widrigenfalls wird angedroht, dich an ein Inkassobüro weiterzuleiten.« Die Rechnung wies auf einen furchteinflößenden, in eine schwarze Kapuze gekleideten Oger, auf dem stand: GELD ODER LEBEN. In den Pranken hielt der Oger einen großen Knochen, den er in zwei Hälften zerbrach.

Imbri brach in Lachen aus. »Das ist nicht lustig«, beschwerte sich Forrest. »Die wollen mir die Knochen brechen.«

»Ich lache dich gar nicht aus«, gluckste sie. »Guck doch, wo ich gelandet bin.«

Er blickte zu ihr hinüber. Imbri saß in einem Busch mit braunen, hell gefleckten Blättern, dessen Zweige an kleine L erinnerten und sie gnadenlos kitzelten. Ein Kitz-L-Busch!

»Wie ist das passiert?«

»Ich bin der Schlagzeile ausgewichen.« Sie wies auf eine Reihe von Zeitungen, die aus der Erde wuchsen und nach allem schlugen, was sich bewegte, besonders aber nach Fliegen.

Kurz entschlossen streckte Forrest den Arm aus und riss eine Hand voll L von Imbris Busch. »Hier hast du dein Geld«, sagte er zu der Rechnung und rieb die L dagegen.

»Oh – hoho, hehe!«, quietschte die Rechnung. »So ha-ha-habe ich das aber nicht gemeint!«

»Dann musst du dich an den Kitz-L-Busch wenden, der hat mir dieses kitzlige Geschäft aufgezwungen.«

»Inkasso – hoho! –, kümmre dich drum!«, schrie die Rechnung und schlüpfte aus Forrests Hand.

Der kapuzenbedeckte Oger trampelte in den Busch und begann, mit seinen beiden Schinkenfäusten darauf einzuprügeln. L wirbelten durch die Gegend. Schon bald hatte der Oger lachend den Busch plattgeschlagen. Imbri floh, aber sie konnte nicht mit dem Lachen aufhören. »Ich werde zwar nicht mehr gekitzelt – hehe –, aber gut, dass er seine Quittung bekommt«, erklärte sie.

Als sie sich von den Büschen entfernt hatten, trafen sie Katrin vor einem Zählwerk voller grüner Kügelchen. »Ich komme an diesem Erbsenzähler nicht vorbei«, beschwerte sie sich.

»Aber selbstverständlich nicht«, erwiderte der Erbsenzähler. »An mir kommt keiner vorbei.«

Zum Glück sah Forrest in dem Moment den Baum, dessen Rinde mit einer gelblichen Flechte bewachsen war. »Was hat denn der Baum?«, fragte er.

»Zu viel Moos«, antwortete die Zentaurin nach einem kurzen Blick. Plötzlich erhellte sich ihr Gesicht. Sie zupfte etwas Moos von dem Baum, das sich sofort in eine Münze verwandelte. Diese Münze stopfte sie dem Erbsenzähler ins Maul. »Nimm das«, sagte sie zufrieden.

Der Erbsenzähler erblasste, seine Erbsen verschrumpelten. Ein widerlicher Fäulnisgeruch stieg von ihnen auf. »Hilfe!«, schrie der Erbsenzähler. »Plötzlich altere ich rapide!«

»Weil du die Münze geschluckt hast. Jetzt setzt du Moos an, mein Lieber«, erklärte Katrin. »Du wirst verrotten, bis du nur noch ein stinkendes Häuflein

Kompost bist, es sei denn, du tust, was das Moos von dir verlangt.«

»Und was wäre das?«, fragte der Erbsenzähler beflissen.

»Zähl das Moospolster – die Münzen.«

»Aber ich bin ein Erbsenzähler. Münzen zähle ich nicht.«

»Wie schade. Ich hoffe, du verduftest, bevor deine faulen Erbsen die ganze Umgebung verpesten.«

»Vielleicht könnte ich einige Münzen zählen«, lenkte der Erbsenzähler trübselig ein. »Eins, zwei, Zählen ist keine Hexerei, drei, vier …«

Kaum war der Erbsenzähler anderweitig beschäftigt, quetschten Forrest, Katrin und Imbri sich an ihm vorbei und gelangten wieder auf normales Terrain. Erneut hatten sie das verscherzte Land durchquert, ohne den Verstand zu verlieren.

»Eines Tages sammle ich eine Posse und trample den ganzen Schabernack in Grund und Boden«, knurrte Katrin.

Schließlich fanden sie sich in dem Gebiet wieder, wo sie der Zentaurin begegnet waren. Ihr Erwachsenwerden während des Marsches bot einen interessanten Anblick – vom Fohlen zur schlaksigen Jugendlichen, zum jungen Stutfohlen und schließlich zu einer ausgewachsenen Zentaurin. Ihre Masse wuchs, ohne ihr etwas abzuverlangen: Sie brauchte nicht zu essen, um Gewicht zuzulegen, genauso wenig wie sie hatte ausscheiden müssen, um es zu verringern. Ob Imbri und Forrest im gleichen Maße alterten, zumindest zeigte sich bei ihnen kaum eine Wirkung.

Schließlich blieb Katrin stehen. »Bereit für das nächste Abenteuer?«, fragte sie. Als niemand einen Einwand vorbrachte, hob sie das Liebes-Horn und stieß hinein.

Nichts war zu hören. Trotzdem stand die Zentaurin wie verzückt da. »Unglaublich!«, hauchte sie.

»Aber es ist doch nichts passiert«, wandte Forrest ein.

Auf ihn verschwendete Katrin keinen Blick. »Du vergisst eins«, sagte sie immerhin, »nur wer in das Horn stößt, kann es hören. Das Echo kommt von dort.« Sie deutete genau nach Osten.

In diese Richtung setzten sie sich in Marsch und waren froh, vor sich nur offenes Gelände mit vereinzelten gewöhnlichen Bäumen zu sehen; kein verscherzter Landstreifen, durch den sie sich kämpfen mussten.

Doch Katrin wurde wieder jünger. Das war ein Streich anderer Natur. Angenommen, ihre Wahre Liebe befand sich außerhalb ihrer Reichweite? Das würde sie im wahrsten Sinne des Wortes unzugänglich machen.

Und genau das geschah. Schließlich war die Zentaurin kleiner als die zierliche Imbri und musste stehen bleiben. »Ich bin ganz nah an meiner Grenze«, sagte sie. »Ein Stück kann ich zwar noch, aber dort könnte ich nicht mehr sprechen, denn das habe ich erst mit zwei Jahren gelernt. Ihr müsst ohne mich weiter.«

»Aber wir können das Echo nicht hören«, widersprach Forrest.

»Das braucht ihr auch nicht. Geht einfach nur in gerader Linie weiter, dann begegnet ihr ihm. Er hat sich längere Zeit nicht mehr bewegt, also schläft er vielleicht. Bringt ihn zu mir, und ihr habt euren Teil des Handels erfüllt. Ich warte hier.«

Forrest tauschte einen Blick mit Imbri, doch weil es sich um genau den gleichen Blick handelte, waren sie hinterher beide kein bisschen klüger. Also setzten sie sich in Bewegung.

»Angenommen, ihre Gebiete überlappen sich gar nicht?«, wandte Forrest sich an Imbri, als sie außer

Hörweite des Füllens waren. »Sodass sie einander niemals begegnen können?«

»Ich glaube nicht, dass das Liebes-Horn so grausam ist«, antwortete sie. »Die ideale Wahre Liebe muss jemand sein, den man erreichen und mit dem man beisammen sein kann. Das hoffe ich jedenfalls sehr.«

Forrest hoffte sehr, dass Imbri Recht behielte. Doch hier auf Ptero war fast alles so bizarr, dass es ihm allmählich an Zutrauen mangelte.

Gen Süden erblickten sie ein auffälliges Gebiet, das neblig wirkte, doch sahen sie mehrere Gestalten darin stehen, unbewegt, als wären es Statuen. »Glaubst du, ihre Wahre Liebe könnte dort sein?«, fragte Imbri.

»Das ist nicht in der passenden Richtung. Aber wir können nachfragen.« Mit dem Huf ritzte er einen Strich in den Boden, der in die richtige Richtung wies, damit sie den Marsch wieder aufnehmen konnten, ohne sich zu verirren, und gingen nach Süden. Beklommen drangen sie in den Nebel ein, doch offenbar war er harmlos.

Forrest sprach eine leuchtende junge Frau an. »Dürfen wir dich etwas fragen?«, bat er.

»Gewiss«, antwortete sie. »Dazu sind wir ja da.«

»Ihr alle seid hier, damit man euch ansprechen kann?«, vergewisserte sich Imbri.

»Jawohl. Hier seid ihr in einem Bezirk des Limbus. Wir sind Wesen, die noch nicht einmal eventuell möglich sind. Ich heiße Astrid.«

»Aber wie existierst du dann?«

»Sehr kläglich«, antwortete Astrid traurig. »Wir alle wünschen uns nichts mehr, als Eventuelle zu werden, aber das können wir nicht, solange niemand ein Interesse an uns entwickelt und unser Talent herausfindet.«

Imbri tauschte mit Forrest einen halben Blick. Wesen, die noch nicht einmal eventuell waren?

»Wenn wir an den Tag bringen, welches Talent du hast, wird dann eine Eventuelle aus dir?«, fragte Forrest.

»Ja! Ach bitte, seid doch so gut. Ich würde alles tun, um eine Eventuell-Reale zu werden. Suchst du eine Freundin? Ich bin eher metallisch, aber kann auch sehr sanft sein, darin schlage ich meiner Mutter nach.«

»Ich brauche keine Freundin. Ich bin ein Faun und jage nur Nymphen hinterher. Keine Beziehung hält länger als einen Tag, die meisten nur ein paar Minuten. Trotzdem will ich dir gern helfen. Wie soll ich dein Talent herausfinden?«

»Du brauchst nur mit mir zu sprechen und mich zu befragen, bis du es erkannt hast. Ich kann es dir nicht verraten, weil ich es nicht weiß, aber sonst kann ich dir alles über mich sagen.«

»Wie kannst du über dich Bescheid wissen, wenn du gar nicht echt bist – noch nicht einmal eventuell echt?«

»Nun, ich habe noch nichts getan, weil der Limbus der Ort ist, an dem man wirklich nichts tun kann. Aber jede Person hat einen Ursprung, deshalb kenne ich meine Familiengeschichte. Die kann ich dir aber nicht von mir aus erzählen, du musst mich ausfragen.«

Forrest kam das Problem recht unkompliziert vor – auf jeden Fall aber nicht allzu verworren. »Wer ist dein Vater?«

»Esk Oger. Sein Vater ist Krach Oger, seine Mutter Tandy Nymphe.«

»Ach, du hast nymphische Vorfahren«, sagte Forrest, dessen Interesse plötzlich anstieg.

»Ja, etwa zu einem Viertel. Also könnte ich kreischend davonlaufen und auch sonst tun, was Nymphen eben tun, falls du daran Gefallen fändest.«

O ja, dieser Gedanke gefiel Forrest sogar außerordentlich gut. »Kannst du denn auch niedlich mit den Füßen treten und das Haar herumwerfen?« Von diesen Spezialitäten der Nymphen waren Faune immer ganz besonders entzückt.

»Aber gewiss doch. Wie gefällt dir das?« Sie warf ihr Haar so heftig herum, dass es sie von den Füßen riss, und trat mit den bloßen Beinen auf ganz bezaubernde Weise um sich.

»Nun, vielleicht –« Dann wurde er Imbris Stirnrunzeln gewahr und bemerkte, dass er vom Thema abkam. Er musste mehr über die Umgebung erfahren und herausfinden, ob hier ein Hinweis auf Katrins Wahre Liebe zu finden war. »Wer ist deine Mutter?«

»Bria Messing. Von ihr habe ich meine metallische Natur geerbt. Sie besteht ganz aus Messing, ich nur zur Hälfte. Deshalb kann ich halb hart werden, aber das ist nicht mein Talent. Außerdem bin ich recht stark, durch mein Oger-Erbe, und nicht allzu helle.«

Etwas fügte sich zusammen. Über Forrests Kopf leuchtete eine Glühbirne auf, als wäre er in Xanth. »Ich glaube, du irrst dich, Astrid. Du bist nämlich helle. Ich vermute, dein Talent ist Leuchten.«

»Oh!«, rief sie und leuchtete plötzlich noch heller. »Ja, natürlich, das ist es! Jetzt weiß ich es auf einmal. Ach, ich danke dir, Faun!« Sie umarmte ihn und begann ihn zu küssen, und sie hatte nicht zu viel versprochen – unter ihrer metallisch glänzenden Schale war sie in der Tat sehr weich. »Jetzt bin ich halbwegs echt!«

»Gern geschehen«, sagte Forrest.

»Oh, ich werde dich küssen und wieder küssen, und vielleicht –«

»Dazu besteht keinerlei Veranlassung«, warf Imbri rasch ein.

Im Grunde hätte Forrest gegen eine kleine Abwechslung nichts einzuwenden gehabt, denn seit ihrer

Ankunft auf Ptero hatte er mit keiner Nymphe mehr gefeiert. Andererseits hatte Imbri natürlich Recht: Sie mussten weitermachen.

Astrid eilte davon, um nach ihrem Gebiet zu suchen. Forrest und Imbri kehrten an die Linie zurück, die er in den Sand gekratzt hatte. Im Limbus hatten sie jedenfalls keine Hilfe gefunden. Wie sollten die Leute dort auch etwas über Katrins Wahre Liebe wissen, wenn sie keinerlei Erfahrung als Eventuelle besaßen?

Nach nicht allzu langer Zeit gelangten sie an einen kleinen Hain aus gewöhnlichen Trauerweiden. Eigentlich hätten sie ihn umgangen, doch weil sie fürchteten, die Richtung zu verlieren, durchschritten sie ihn geradewegs. Tränen rannen ihnen die Wangen hinab, wann immer sie die Zweige der todunglücklichen Bäume berührten. Schließlich gelangten sie auf eine Lichtung, und dort stand ein Zentaurenfohlen.

»Er ist noch jung«, flüsterte Imbri. »Vielleicht acht Jahre. Also kann er ins Hin gehen, sein Gebiet überschneidet sich mit Katrins. Acht Jahre ist kein allzu bedeutender Altersunterschied.«

»Ja. Das Liebes-Horn wusste, was es tat.« Dann kamen Forrest Zweifel. »Wenn er es überhaupt ist.«

»Er muss es sein. Sonst wären wir ihm nicht begegnet. Hier auf Ptero hat jede Begegnung ihren Grund.«

Das kam Forrest allerdings auch so vor. Behutsam näherten sie sich dem Zentauren, der in einem Kreis aus vierzehn kleinen Kreuzen stand, die senkrecht in den Boden geschlagen waren.

Er blickte ihnen entgegen. »He, wollt ihr Kreuzchen spielen?«, fragte er.

»Tatsächlich sind wir in einer ernsten Angelegenheit hier«, entgegnete Forrest. »Wir würden lieber mit dir sprechen.«

»Und ich will Kreuzchen spielen.«

Forrest beurteilte die Situation als dem Austausch

von Diensten ähnlich. »Und was, wenn wir reden, während wir Kreuzchen spielen?«

»Ist gut.« Der Zentaur klang fast wie ein Menschenjunge seines Alters, was überraschend erschien, weil Zentauren in der Regel intelligenter und erwachsener sind als Menschen. Wie konnte er also die Wahre Liebe Katrins sein, die ihrem Wesen nach eine Zentaurin reinsten Wassers war?

»Also gut«, sagte Forrest, obwohl er befürchtete, dass es alles andere als gut sei. »Ich bin Forrest Faun, und meine Begleiterin ist Mähre Imbrium.«

»Und?«

»Und wie heißt du?«

»Ach so. Kontra.«

Wie passend. »Also gut, Kontra Zentaur, wir spielen Kreuzchen und unterhalten uns dabei. Aber du musst mir die Regeln erklären.« Imbri sollte das Spiel schweigend beobachten.

»Es geht so«, begann Kontra. »Wir stellen uns abwechselnd in den Kreis aus Kreuzen. Wer draußen steht, nimmt ein Kreuz auf und wirft damit auf den, der im Kreis ist. Wer im Kreis steht, darf nicht zur Seite treten oder sich ducken oder sonstwie ausweichen.«

Das Spiel gefiel Forrest nicht besonders. Die Kreuze waren zwar klein, aber was, wenn man ins Auge getroffen wurde? Das konnte wehtun. »Und wie weiter?«

»Nichts weiter. Das Spiel ist aus, wenn keine Kreuze mehr da sind.«

Forrests Unbehagen schwand nicht, doch was blieb ihm übrig als mitzuspielen? Er musste mit Kontra reden. Er hoffte, möglichst rasch herauszufinden, ob der Zentaur der Richtige war, und hoffte außerdem, dass die Antwort ›Nein‹ lautete. »Wer steht als Erster im Kreis?«

»Na, du. Du bist schließlich der Herausforderer.«

Forrest stellte sich in die Mitte des Kreises und wartete, ohne sich zu bewegen. Kontra umschritt den Kreis und betrachtete Forrest aus allen Richtungen. Dann nahm er ein Kreuz auf und warf es Forrest ins Gesicht.

Wenn der Zentaur gehofft hatte, sein Ziel würde zusammenzucken und damit womöglich das Spiel verlieren, so wurde er enttäuscht. Das Kreuz traf Forrest zwischen die Augen. Es tat ihm nicht weh; um genau zu sein, verschwand es sogar. Doch seine Augen fühlten sich plötzlich seltsam an.

Forrest blickte um sich. Nun sah er die Umgebung doppelt, und es schienen sich Nebel zusammengezogen zu haben. Was war geschehen?

Zwei Zentaurenfohlen bauten sich vor ihm auf. »Okay, jetzt bist du dran.«

Forrest wusste, dass es nur einen Zentauren gab. Warum also sah er zwei? Als er den Kreis verließ, musste er sich ebenso sehr nach dem Gefühl richten wie nach dem Gesichtssinn. Dann erblickte er zwei Imbris, die gerade weit genug von den Trauerweiden entfernt saßen, um nicht ständig weinen zu müssen. »Was –?«

»Du schielst«, sagte sie.

Jetzt begriff er. Das Kreuz bewirkte, dass seine Augen über Kreuz blickten! Deshalb konnte er nichts mehr deutlich sehen.

Er wandte sich den Zentauren zu. Als er ein Auge zukniff, verschwand einer von ihnen. Das Zielen war nun zwar schwieriger, aber er konnte es schaffen; Baumfaune haben ein Händchen für alles, was aus Holz ist. Forrest konnte mit dem Kreuzchen nach Kontras Augen werfen und ihm ebenfalls einen Knick im Blick verpassen. Oder gab es noch andere Möglichkeiten?

Er beschloss, ein Experiment zu versuchen. Er hob

ein Kreuz auf, zielte sorgfältig und schleuderte es. Kontra wurde im Kreuz getroffen, nachdem er nicht zusammengezuckt war.

Nichts Sichtbares geschah, doch dann fragte der Zentaur aufgebracht: »Warum tust du das?«

Es hatte funktioniert: Nun hatte Kontra Kreuzschmerzen. Es wäre natürlich schöner gewesen, wenn er kreuzbrav gewesen wäre. »Ich will etwas über dich erfahren«, sagte Forrest, als sie die Plätze tauschten. »Bist du je im Westen gewesen?«

»Warum willst du das wissen, Ziegenbein?«, entgegnete der Zentaur ärgerlich.

»Ich bin nur neugierig. Du musst wissen, dass du alterst, wenn du dorthin gehst, und erwachsen wirst. Warum bleibst du hier, wo du ein Fohlen bist?«

»Weil ich nicht erwachsen werden will!«, fuhr Kontra ihn an. Dann schleuderte er ein Kreuz auf Forrests Beine. Es traf ihn am Knie, und plötzlich hatte Forrest starke X-Beine. Er konnte noch stehen und gehen, aber es war plötzlich sehr mühsam. Immerhin, wenn er vorsichtig war, konnte er sich bewegen.

Er kroch aus dem Kreis, während Kontra sich breitbeinig in die Mitte stellte. Zwar begriff Forrest nun allmählich, wie das Spiel funktionierte, aber er hatte trotzdem noch nicht alles erfahren, was er wissen wollte. »Warum willst du denn nicht erwachsen werden?«, fragte er.

»Weil da draußen ein dämliches Stutfohlen rumtrabt, das ich nicht kennen lernen will. Und jetzt schmeiß endlich dein dämliches Kreuz.«

Das klang leider nur allzu sehr nach Katrin. Forrest zielte mit dem Kreuz auf einen Arm des Zentauren. Er traf, und das Kreuzchen verschwand; Kontra stieß eine undruckbare Silbe aus und verschränkte die Arme. Mit ein wenig Glück warf er jetzt nicht mehr ganz so zielsicher.

»Warum willst du sie denn nicht kennen lernen?«, fragte Forrest, als sie wieder die Plätze tauschten.

»Weil ich mal das Kreuzspiel mit 'nem Kerl aus dem fernen Westen gespielt habe, der meine Zukunft gesehen hat. Er hat mir gesagt, dass dieses dämliche Fohlen mich völlig umkrempeln würde. Ich würde dann Gefühlsduseleien mögen – 'nen verantwortungsbewussten Erwachsenen würde sie aus mir machen, hat er gesagt! Igitt! Also bleibe ich hier, wo ich jung und vernünftig bin. Was geht dich das eigentlich an?« Und er kickte das Kreuz mit einem Vorderlauf, sodass es in Forrests Brust einschlug.

Forrest wand es herum, dass sein Kopf beim Gehen nach hinten blickte. Nun fiel es ihm noch schwerer zu stehen. Immerhin konnte er noch gehen, indem er mit seinen X-Beinen rückwärts trippelte. Allmählich gelangte er zu dem Schluss, dass er dieses Spiel niemals lieb gewinnen würde.

Wenigstens wusste er nun, wo das Problem lag. Der junge Zentaur wollte nicht erwachsen werden, und auf diesem einzigartigen Mond Ptero war er in der Lage, das Heranwachsen zu verhindern, denn hier war Zeit Geografie, und die Wesen hatten freie Wahl darin. Als Erwachsener hätte er sich in ein verantwortungsbewusstes Stutfohlen verliebt und wäre selbst ein verantwortlicher Bürger geworden. Allen Kindern gleich welcher Art fehlte die Erfahrung, um die Vorzüge des Erwachsenseins zu begreifen, die Zufriedenheit, die sich daraus erschloss. Wie also konnte er diesen fehlgeleiteten Jugendlichen bewegen, sein späteres Leben in Angriff zu nehmen?

Nun stand er draußen, und Kontra befand sich im Kreis. Wohin sollte er das nächste Kreuz werfen? Würde der Zentaur das Spiel abbrechen, wenn Forrest ihn ins Ohr traf? Konnte er dann nichts mehr hören? Forrest war nicht sicher, beschloss jedoch, es damit zu versuchen. Er wollte nur noch dieses Spiel zu Ende bringen, damit er seine Körperbeherrschung zurückerlangte und sich mit Imbri beraten konnte. Vielleicht hätte sie eine Idee, wie man Kontra in das Gebiet locken konnte, wo er erwachsen war.

Sorgfältig zielte er und warf sein Kreuz auf das Ohr des Zentauren. Obwohl er traf, schien nichts zu geschehen. »Was machst du?«, fragte Forrest.

Kontra blickte in die andere Richtung. »Wo bist du?«

So also wirkte der Treffer: Der Zentaur war nun kreuzhörig, sodass er alle Geräusche aus der falschen Richtung hörte. »Schau von meiner Stimme weg«, forderte Forrest ihn auf.

Kontra drehte sich um. »Ah ja«, sagte er widerborstig. »Gekreuztes Gehör. Daran hätte ich denken sollen. Na, mach dich auf was gefasst, mit dem nächsten mach ich dich alle.«

Das hörte Forrest gar nicht gerne, aber er musste sich wieder in den Kreis stellen. Sie hatten erst sechs Kreuze verbraucht; das Spiel war leider noch lange nicht vorüber.

Kontra warf und traf Forrest gleich über dem Herzen in die Brust. Das Gefühl war merkwürdig, aber nicht schlecht; zumindest erlitt er keinen Herzschlag. Was also sollte das?

»Kreuz aufs Herz heißt Ehrenwort!«, rief der Zentaur zufrieden. »Nun musst du mir die Wahrheit sagen.«

»Ich sage immer die Wahrheit«, erwiderte Forrest beleidigt.

»Aber nicht so, wie ich es will. Erzähl mir von deiner größten Schande.«

»Das muss ich nicht tun!«

»Doch, das musst du. Also los, rede!«

Und tatsächlich, er musste reden; davon war er tief

im Herzen überzeugt. Das, was er am allerwenigsten von sich preisgeben wollte. Dieses Spiel war noch viel schlimmer, als er geglaubt hatte.

»Ich saß auf meinem Baum, als ein Schwarm Harpyien vorbeikam«, berichtete er. »Das sind übelriechende Geschöpfe mit dem Kopf und den Brüsten einer Frau und den Leibern von Vögeln. Sie sind ebenso hässlich anzusehen, wie die Sprache abstoßend ist, der sie sich befleißigen. Am liebsten verunreinigen sie die Blätter und die Äste meines Baumes mit ihrem Unrat und stehlen Sandalen, obwohl sie dafür gar keine Verwendung haben; sie lassen sie gleich in den nächsten Sumpf fallen. Also tue ich immer mein Bestes, um sie zu verjagen; ich werfe mit Stöcken und Steinen nach ihnen. Es hat keinen Sinn zu versuchen, sie zu verfluchen, weil niemand besser fluchen kann als eine Harpyie. Harpyien lieben es, sich im Fluchen zu messen und bringen selbst einen Oger noch zum Erröten. Auch an jenem Tag konnten sie nur Schlimmes im Sinn haben, und ich wollte sie einfach nur wieder loswerden.

Da hörte ich den Schrei einer Frau. Die schmutzigen Vögel hatten eine Nymphe gefangen und schleppten sie fort. Ich sprang von meinem Baum und eilte zu ihrer Rettung. Die Harpyien vertrieb ich mit einigen wohlgezielten Schlägen. Sie verfluchten mich so abstoßend, dass ringsum die Blätter verwelkten und meine armen Ohren knallrot anliefen. Aber ich hatte die Nymphe gerettet, und während die Harpyien davonstoben, kreischten sie unablässig Verwünschungen. ›Das wird dir noch leid tun!‹, keifte die letzte, die in den Himmel aufstieg.

Die Nymphe hingegen zeigte sich außerordentlich dankbar. ›Mein Held!‹, so nannte sie mich und umschlang mich mit ihren hellen Armen. Glühend küsste sie mich. Natürlich erwiderte ich ihr den Gefallen und fuhr fort mit der Feier, für die Faune und Nymphen weithin bekannt sind. Sie war ungewöhnlich begierig, die Feier abzuschließen, und ich nehme an, dass es daran lag, den Schrecken einer Gefangenschaft in den Klauen der Harpyien entronnen zu sein. Deshalb war die Feier auch viel vergnüglicher als sonst. Sie küsste mich unaufhörlich, wovon ich einfach nicht genug bekommen konnte, auch nicht nach dem Abschluss der Feier. Doch endlich ließ sie mich los, und ich machte mich auf den Rückweg zu meinem Baum.

Und da erst sah ich, dass die Harpyien in meiner Abwesenheit zurückgekommen waren und ihn völlig beschmutzt hatten. Von jedem Zweig tropfte ihr stinkender Dung. Die Blätter welkten, die Sandalen verfaulten am Ast. Meine kurze Ablenkung hatte ihnen freien Zugang verschafft, und das hatten sie ausgenutzt. Ich sah wieder die Nymphe an und bemerkte, dass sie die Gestalt änderte – sie war gar keine Nymphe, sondern von einem Illusionszauber verwandelt gewesen, aber jetzt offenbarte sie ihr wahres Äußeres. Sie war selbst eine Harpyie und gehörte zu dem Dreckschwarm. ›Hee, hee, heeee!‹, kreischte sie, als sie die schmutzigen Flügel ausbreitete, die nur ausgesehen hatten wie Arme, dann flatterte sie davon.

Mir war übel. Nicht nur, dass ich meinen Baum nicht vor Beschmutzung geschützt hatte – nein, ich hatte auch noch mit einer stinkenden Harpyienhenne gefeiert. Sie hatten mich doppelt überlistet und ebenso sehr gedemütigt wie meinen Baum. Auf der Stelle machte ich mich daran, den Baum mit Eimern voller Wasser zu säubern, die ich von der nahegelegenen Quelle heranschleppte. Dafür brauchte ich mehrere Tage, und es dauerte Wochen, bis der Gestank verschwunden war. Mich selbst konnte ich so leicht nicht reinigen. Immer wieder flog danach diese Harpyienhenne vorbei, gluckste mich an und rief mir meine

Schande ins Gedächtnis. Es hat mich fast ein halbes Jahrhundert gekostet, um darüber hinwegzukommen, und ich hatte gehofft, nie wieder davon zu hören.«

Forrest verstummte. Er hatte getan, wozu man ihn zwang, und seine tiefste Schande gebeichtet, doch nur wegen des Drucks, den das Kreuz auf ihn ausübte und dem er nicht widerstehen konnte.

»Das war nicht deine Schuld!«, rief Imbri. »Sie haben dich überlistet.«

»Das erzähl ich überall!«, verkündete Kontra. »Was für eine klasse Geschichte.«

An diesem Zentaurenfohlen war definitiv etwas, was Forrest auf den Tod nicht ausstehen konnte. Deshalb zielte er diesmal mit dem Kreuz auf Kontras Mund.

Und er traf. Das Kreuz verdrehte dem Zentaurenbalg die Zunge so sehr, dass Kontra kein verständliches Wort mehr über die Lippen brachte. »Ich glaube, wir sollten dieses Spiel abbrechen«, sagte Forrest, denn ihm war ein bemerkenswert guter Gedanke gekommen. »Stimmst du mir nicht zu, Kontra?«

»Fftbbabla#ughh!«

»Das meine ich auch. Dann sind wir uns also einig: Das Spiel ist aus.«

In diesem Augenblick entwirrte sich sein Körper, und die fehlenden Kreuze erschienen an ihren Plätzen im Kreis.

»Das habe ich gar nicht gesagt!«, protestierte Kontra.

»Ach? Aber ich habe dich so verstanden. Dann müssen wir wohl noch ein Spiel beginnen.«

»Und ob! Und diesmal spiele ich auf Sieg.«

»Aber nicht schon wieder Kreuzchen«, sagte Forrest. »Ich weiß ein besseres Spiel.«

»Ein besseres Spiel als Kreuzchen? Das gibt's gar nicht!«

»Doch, natürlich. Wir wollen sehen, wer von uns mehr Leute aus dem Limbus befreien kann.«

»Aber da gibt's keine Strafen, deshalb macht das keinen Spaß. Die hauen einfach ab und gehen in ihre Gebiete.«

»Wir machen unsere eigenen Strafen. Wenn du verlierst, kommst du mit uns nach Westen, bis du dreißig Jahre alt bist.«

»Aber ich hab doch schon gesagt, dass ich nicht ins Grüne gehe. Ich bleib hier im Gelben!«

»Darum ist es ja auch eine gute Strafe. Du willst es wirklich nicht tun, weil du weißt, dass die Stute dich fangen und abscheulich erwachsen und verantwortungsbewusst machen könnte.«

»Genau. Ein schreckliches Los.«

»Und natürlich könntest du ihm entkommen, indem du schnell genug wieder nach Osten rennst. Du musst dort nichts weiter tun, du musst nur hingehen und die Stelle erreichen, wo du dreißig Jahre alt bist.«

»Ja. Dann kann ich die Augen zukneifen und ins Von zurückrennen, bevor das fatale Fohlen auftaucht.« Dann warf er Forrest einen verschlagenen Blick zu. »Aber was ist deine Strafe, wenn du verlierst?«

Forrest schluckte. »Dann spiele ich einen ganzen Tag lang Kreuze mit dir.«

»Ein Jahr!«

»Eine Woche.«

»Einen Monat!«

Forrest ergab sich in die schreckliche Notwendigkeit. »Also gut. Einen Monat.«

»Abgemacht! Spielen wir.« Dann hielt er wieder inne. »Aber wie sollen wir bestimmen, wer gewonnen hat?«

»Wir stellen den Limbusleuten abwechselnd Fragen. Wer mehr Talente errät und also auch mehr Leute befreit, hat gewonnen.«

»Aber was, wenn wir falsch raten?«

»Wenn einer von uns falsch rät, verliert er einen Punkt. Dann darf der andere die Person befragen, und wenn es ihm gelingt, das Talent zu erraten, gewinnt er einen Punkt. Wer zwei Punkte Vorsprung erreicht, hat gewonnen.«

Kontra blieb misstrauisch; er suchte nach dem Haken. »Wie viel Zeit haben wir, um einen auszufragen? Ich meine, wenn einer nichts errät, könnte er ja bis in alle Ewigkeit Fragen stellen.«

»Gute Idee. Wir brauchen etwas, um die Zeit zu messen.«

»Hier in der Nähe wachsen Babysanduhren. Wir können eine pflücken, die fünf Minuten anzeigt.«

»Einverstanden. Sobald der Sand durchgelaufen ist, darf man keine Frage mehr stellen.«

»Dann los. Ich freue mich schon darauf, dich einen ganzen Monat lang mit Kreuzen zu beharken.«

»Ich hoffe, du weißt, was du tust«, raunte Imbri ihm zu, als sie die Sanduhr ernten gingen. »Wenn du hier einen Monat lang festsitzt, kommst du zu spät zu deinem Baum zurück.«

»Das weiß ich. Aber wir müssen ihn irgendwie in ihren Bereich locken. Ich kann es mir eben nicht leisten, das Spiel zu verlieren.«

Als sie die Sanduhren erreichten, stellten sie fest, dass es sich tatsächlich um die Früchte einer großen Zeitpflanze handelte. Sie wuchsen in allen Größen, von zwei Sekunden bis mehreren Tagen. Kontra pflückte eine der kleinsten. »Die sollte drei Minuten laufen.«

»Woher weißt du das?«

»Es steht drauf.« Er hielt die kleine Sanduhr hoch, und tatsächlich prangte darauf eine 3.

Der Abschnitt des Limbus war nicht allzu weit entfernt. »Wer zuerst?«, fragte Forrest.

Der Zentaur überlegte, was vorteilhafter war. Wer begann, konnte gewinnen und führen – oder verlieren und zurückliegen. Jugendliches Selbstvertrauen trug den Sieg davon. »Zuerst ich.«

Sie drangen in den Nebel ein. »Wie legen wir fest, mit wem man anfangen soll?«, fragte Kontra.

»Wählt euch die Wesen doch gegenseitig aus«, schlug Imbri vor.

Beide waren sie von der Idee überrascht, doch dann stimmten sie beide zu, denn Imbris Anregung klang sehr vernünftig.

Also musste Forrest ein Wesen für Kontra aussuchen. Er sah mehrere Statuen; anscheinend durften sie nicht reden, bevor man sie ansprach. Vielleicht war es schon die Anrede, die ihnen die erste Vorstellung möglicher Realität eingab. Eine der Statuen war ein halbwegs gutaussehender junger Mann von fast prinzlicher Haltung. Forrest zuckte mit den Schultern und deutete auf ihn.

Kontra sprach die Gestalt an. »Hallo. Wie heißt du?« Als der Zentaur zu reden begann, drehte Imbri die Sanduhr um, und der Sand begann in die untere Hälfte zu rieseln.

Die Statue erwachte zum Leben. »Ich heiße Crescendo.«

»Wer sind deine Eltern?«

»Ich bin der Sohn von Prinz Dolph und Prinzessin Electra.«

Darüber war Forrest erstaunt, denn er wusste nur von den Zwillingen Dawn und Eve. Doch dann begriff er, dass ein gegebener Satz Eltern durchaus noch weitere Kinder bekommen konnte – und außerdem waren die Wesen hier bestenfalls Eventuelle, was bedeutete, dass der Storch sie vielleicht niemals an xanthische Eltern auslieferte. Es konnte Hunderte solcher Kinder geben – ohne Obergrenze.

»Was ist dein Talent?«

Ein cleverer Versuch, der jedoch danebenging. »Es tut mir leid, aber das weiß ich nicht. Wenn ich es wüsste, wäre ich nicht hier.«

»Findet sich in deinem Stammbaum irgendetwas, was Hinweise auf dein Talent liefert?«

»Jawohl. Alle Nachfahren Binks, meines Urgroßvaters, haben Talente von Magierkaliber. Also muss ich ein Magier sein.«

»Aber das ist doch reine Meinungssache, oder? Man kann nie wissen, wie ein bestimmtes Talent beurteilt wird.«

»Stimmt. Aber meins sollte ein gutes sein.«

Forrest, der schweigend zuhörte, kam eine Idee. Dieser Name – Crescendo – klang wie eine anwachsende Kraft oder etwas Musikalisches. Wenn er die Panflöte spielte, gab es manchmal ein Crescendo. Konnte das Talent dieses Wesens mit Musik zusammenhängen?

»Dein Name klingt wie das Wort für laute Musik«, bemerkte Kontra. »Auf was bezieht es sich?«

»Als Wort? Das kann ich nicht wissen.«

»Wieso kannst du das nicht wissen?«

»Das weiß ich nicht.«

»Weil es mit deinem Talent zusammenhängt?«

»Das kann ich nicht sagen.«

»Wenn es mit deinem Talent nicht zusammenhängt, solltest du es wissen. Also muss dein Talent mit lautstarker Musik in Zusammenhang stehen.«

»Ja, ich glaube, du hast Recht«, sagte die Statue erstaunt. Crescendo hatte von allein nicht auf die Idee kommen können, doch nun, da sie ihm von einem Außenstehenden unterbreitet wurde, erschien sie ihm offensichtlich.

»Kannst du Musik spielen?«

»Das weiß ich nicht.«

Kontra wandte sich an Forrest. »Leihst du mir deine Panflöte?«

Forrest zögerte, doch dann begriff er, dass es unfair wäre, wenn er den Zentauren auf diese Weise behinderte. So kramte er die Panflöte hervor und reichte sie Kontra. Dabei trug der Wind ein Stück Papier fort, das an der Panflöte gehaftet haben musste. Kontra gab die Flöte an Crescendo weiter. »Spiel mal.«

Das Instrument begann ein wunderschönes Panflötenstück zu spielen. Doch Crescendo blies nicht etwas darauf; er hielt es nur in der Hand. Die Flöten pfiffen von allein.

Kontra nahm die Flöte und gab sie Forrest zurück. Dann hob er Erde auf und reichte sie Crescendo. »Spiel das.«

Kaum berührte Crescendo die Erde, erklang ein zackiger Marsch. »Feldmusik«, stellte Kontra fest. Er reichte dem Wesen einen Becher Wasser, und Wassermusik erklang. Allmählich wurde Crescendos Talent deutlich. »Du hast das Talent, alles zu berühren und ihm Musik zu entlocken«, erklärte Kontra. »Das muss ein Magiertalent sein, wenn man bedenkt, wie klar und kraftvoll die Musik ist.«

»Ja!«, rief Crescendo aus, und plötzlich spielte das ganze Feld ringsum Marschmusik. »Das stimmt! Oh, vielen Dank! Wie kann ich dich dafür belohnen, dass du mich halbwegs real hast werden lassen?«

Der Zentaur begann nachzudenken, doch da griff Imbri ein. »Er hat dir schon einen Dienst erwiesen, Kontra, denn durch ihn hast du einen Punkt bekommen.«

»Na gut«, stimmte Kontra zu. »Du kannst gehen, Crescendo, du bist frei.«

Das brauchte man ihm nicht zweimal zu sagen. Er eilte hinfort, dorthin, wo immer sein Bereich war. Vermutlich war der Geografie-Zeit-Effekt für die Limbuswesen aufgehoben, bis sie die Stelle erreicht hatten, an die sie gehörten. Nach und nach begriff Forrest die verschlungenen Wege des Ideenmondes.

Nun aber war er an der Reihe. Kontra ging zwischen den Statuen umher und blieb fast vor der letzten stehen. »Der hier«, sagte er.

Imbri drehte die Drei-Minuten-Uhr um, als Forrest die Statue ansprach. »Wer bist du, und von wem stammst du ab?« Je effizienter, desto besser – umso mehr Zeit blieb ihm für die Frage.

»Ich bin Kerr, Sohn von Magier Grey und Zauberin Ivy.«

Noch ein Magier also! Mächtige Magie ließ sich besser erraten, denn sie war in aller Regel umfassend. Trotzdem, leicht war es gewiss nicht. Deshalb lieh er sich eine Schliche, die der Zentaur schon angewendet hatte. »Deutet dein Name auf dein Talent hin?«

»Das kann ich nicht beantworten.«

Es wurde warm! Worauf aber bezog sich ›Kerr‹? Auf Kehren? Das war wohl kaum ein Magiertalent. Umkehren also? Aha! »Könnte dein Talent im Umkehren bestehen?«

»Das könnte es.«

Das war der richtige Weg. »Kannst du Heißes kalt machen?«

»Nein.« Interessant: Ein Talent konnte nicht bestätigt werden, aber abgestritten, wenn es falsch war. Halt – bestätigt werden konnte es schon, aber nur, wenn man richtig geraten hatte.

»Kannst du den Lauf eines Flusses umkehren?«

»Nein.«

Hm. Doch schwieriger als gedacht. Kerr konnte vermutlich schon etwas umkehren, aber nichts Alltägliches. Wie konnte es ein Talent von Magierkaliber sein, wenn es gleichzeitig so begrenzt war? Es sei denn …

»Kannst du die Magie selbst umkehren?«

»Ja, genau!«, rief Kerr in freudiger Erkenntnis aus. »Mein Vater kann Magie aufheben, und ich kann sie umkehren. Er verhindert, dass sich Magie ereignet; ich kann sie in die entgegengesetzte Richtung lenken.«

»Ein gutes Talent«, sagte Forrest zufrieden. »Geh und such dir deinen Bereich.«

»Ich danke dir!« Kerr eilte davon.

»Gern geschehen«, murmelte Forrest. Er hoffte, allmählich den Dreh rauszuhaben.

Doch nun musste er einen weiteren Kandidaten für den Zentauren auswählen. Wer könnte so schwer auszuforschen sein, dass Kontra es nicht herausbekam, Forrest aber leichtes Spiel hatte? Er war nicht sicher. Deshalb suchte er nach jemand Besonderem – und fand ein Dämonenkind. Die Statue war menschlich, hatte kleine Hörner und sah aus wie ein Fünfjähriger. Freilich hatte scheinbares Alter wegen des Zeit-Geografie-Faktors nicht viel zu bedeuten. Trotzdem wollte Forrest es mit dem Dämonenkind versuchen.

»Nimm den hier«, sagte er.

Kontra trat näher an das Kind. »Wer bist du, und von wem stammst du ab?«

»Ich bin Dämos, Sohn des Prinzdämonen Vore und der Prinzessin Nada Naga, dem schönsten Paar in ganz Xanth. Meine Schwester heißt Dämonika und hatte das unverdiente Glück, an meiner Stelle nach Xanth zu gehen.«

»Also bist du kein Nachfahre Binks«, bemerkte der Zentaur.

»Von wem?«

»Egal. Dämonen haben gewöhnlich außer ihren dämonischen Eigenschaften kein magisches Talent, und das Nagavolk auch nicht, denn sie können zwischen reiner Menschen- und reiner Schlangengestalt wechseln und auch ihre natürliche Mischgestalt annehmen. Also hast du vielleicht gar kein echtes Talent.«

»Doch, ich hab eins! Da bin ich ganz sicher. Ich weiß nur nicht, was es ist.«

»Fluch«, brummte der Zentaur. »Dann könnte es ja alles sein.«

»Ja. Ich hoffe sehr, dass es dir gelingt, herauszufinden, was es ist.«

Kontra überlegte, während der Sand durch die Sanduhr rieselte. »Könnte dein Talent mit der Gestaltwandlerfähigkeit deiner Eltern zu tun haben?«

»Ja.«

»Ha! Also kannst du dich verwandeln?«

»Aber ja. In Menschengestalt, in Nagagestalt oder irgendeine andere, weil ich Halbdämon bin.«

»Das zählt dann nicht«, brummte Kontra enttäuscht. »Das ist kein magisches Talent. Kannst du fremde Gegenstände mit deiner Magie beeinflussen?«

»Das würde ich nicht wissen.«

Der Zentaur dachte weiter nach. Forrest sah, dass der Sand langsam zur Neige ging. »Kannst du fremden Gegenständen die Magie nehmen?«, fragte Kontra.

»Nein.«

»Dann kannst du fremden Gegenständen irgendeine Magie geben?«

»Ja.«

»Du könntest also zum Beispiel eine Kerze nehmen und sie verzaubern, dass sie brennt, ohne ihr Wachs zu verbrauchen?«

»Ja! Genau das ist es! Das kann ich!«

Kontra blickte das Dämonenkind zuerst erstaunt und dann erleichtert an. Forrest begriff, dass er verzweifelter geraten hatte, als er sich anmerken ließ, und dass das Glück mit ihm gewesen war.

Nun musste wieder Forrest ein Talent erraten. Der

Zentaur schlenderte zwischen den Statuen und suchte schließlich einen Jungen mit einem Fischschwanz aus. »Den hier.«

Von oben ertönte ein Geräusch. Sie blickten alle hoch. »O nein!«, rief Imbri. »Die Drachen sind wieder da.«

»Drachen?«, fragte Kontra. »Wer hat die denn aufgestört?«

»Ich fürchte, das waren wir«, sagte Forrest, »als wir ins Ogerland gingen.«

»Na, dann seht auch zu, dass ihr sie wieder loswerdet!«

Forrest dachte an etwas. »Imbri, kannst du dich nicht in Traumform verwandeln und ihnen einen Gedanken in den Kopf pflanzen?«

»Doch. Aber welcher Gedanke würde sie von uns ablenken?«

»Vielleicht hilft es, wenn du ihnen etwas anderes vorgaukelst, was sie jagen können. Schnitzel zum Beispiel. Drachen essen gern Schnitzel.«

»Ich werde sehen, was ich tun kann«, versprach sie und breitete sich aus; im gleichen Maße, in dem ihre Dichte abnahm, verwandelte sie sich in Nebel.

Die Drachen hatten Formation eingenommen und wollten sich gerade im Tiefflug herabstürzen, als sie stutzten. Dann flatterten sie eilig davon. Imbri hatte ihnen einen Traum von fliehenden Schnitzeln eingegeben, denen sie nachjagen konnten.

Bald war die Tagmähre wieder da und kondensierte sich in ihre kleinwüchsige Menschengestalt. »Das sollte sie eine Weile ablenken. Trödeln sollten wir nun aber wirklich nicht mehr, denn ein zweites Mal kann ich sie dadurch nicht mehr ablenken.«

Forrest trat an die Statue heran, die Kontra ausgesucht hatte, und Imbri drehte die Standuhr. »Wer bist du, und von wem stammst du ab?«

»Ich bin Nigel, Sohn von Prinz Naldo Naga und Mela Meerbraut.«

»Deine Eltern kenne ich nicht. Was zeichnet sie aus?«

»Mein Vater ist ein Prinz des Nagavolkes, einer Kreuzung zwischen Mensch und Schlange, deren natürliche Gestalt eine Schlange mit einem Menschenkopf darstellt. Meine Mutter ist eine Kreuzung aus Mensch und Fisch, nur dass sie vorn besser entwickelt ist und ihre Flossen in Beine zu verwandeln versteht, sodass sie an Land gehen kann. Sie erlangte einige Bekanntheit, denn als man ihr riet, sich doch etwas anzuziehen, ging sie an einen Wäschebaum und pflückte sich nur eine Panty, sodass jeder Mann, der ihr begegnete, einfach aus den Latschen kippte.«

»Ach, die. Ja, von ihr habe ich sogar in meiner abgelegenen Ecke des Waldes gehört. Also, bezieht sich dein Talent auf irgendeine der natürlichen Fähigkeiten deiner Eltern, wie sich von Mensch in Schlange oder Fisch zu verwandeln?«

»Nein.«

»Ist es geringwertig wie zum Beispiel Punkte auf die Wand zu werfen?«

»Nein.«

Allmählich erlangte Forrest ein Gefühl für dieses Spiel. Jedes Wesen im Limbus wusste, was sein Talent nicht war, deshalb konnte man dadurch am schnellsten eingrenzen, was es sein konnte. »Ist es ein höheres Talent, von Magierkaliber etwa?«

»Nein.«

»Dann muss es ein bedeutendes, aber weder höheres oder geringes Talent sein.«

»Das kann ich nicht sagen.«

A-ha. »Wirkt es sich auf dich aus?«

»Nein.«

»Wirkt es auf Gegenstände?«

»Nein.«

»Wirkt es auf andere Leute?«

»Ich weiß nicht.«

Forrest hielt inne. »Wirkt es auf irgendetwas anderes als andere Leute?«

»Nein.«

Ohne Zweifel entwickelte er eine gute Technik. Doch der Sand in der Uhr wurde immer weniger. Er musste sich beeilen, das Talent einzukreisen. »Beeinflusst es andere Leute?«

»Kann ich nicht sagen.«

»Ändert es ihre Laune?«

»Nein.«

»Ändert es ihr Aussehen?«

Nigel zögerte. »Schwer zu sagen.«

Das war interessant: Eine bedingte Antwort. Doch der Sand war fast ganz durchgerieselt, und Forrest musste noch einige Fragen stellen. »Verändert es ihre Natur?«

»Ja!«

»Kann es sie heilen?«

»Nein.«

»Ihnen schaden?«

»Manchmal.«

Die letzten Körnchen fielen in den Trichter. Er hatte nur noch eine Chance. Was konnte das Äußere eines Wesens verändern, ohne es notwendigerweise zu heilen oder zu verletzen? Also spekulierte er: »Kann es ihr Alter verändern?«

»Jawohl! Ich kann andere verjüngen.«

Und das letzte Sandkörnchen fiel durch. Forrest hatte es gerade noch geschafft. Das war äußerst knapp gewesen.

»He, du hast geschummelt!«, protestierte Kontra, der sich die Sanduhr ansah.

»Wovon sprichst du?«

»Du hast eine Extraminute bekommen!«

Forrest sah sich das Glas an. Nun trug es die Ziffer 4. Vier Minuten. Was war geschehen?

Imbri wusste die Antwort: »Wir sind nach Westen gegangen – in Richtung Hin. Also sind wir etwas älter geworden – und die Sanduhr auch. Schaut, sie ist größer als vorhin.«

Der Zentaur nickte. »Na schön, wird schon stimmen. Vielleicht hab ich auch Extraminuten bekommen. Okay.«

Forrest suchte einen weiteren Kandidaten aus. Er musste jemanden finden, an dem der Zentaur sich die Zähne ausbiss, sonst würde er sich schon bald selber die Zähne ausbeißen. Er fand eine einigermaßen hübsche junge Frau. Der Gedanke mochte töricht sein, aber vielleicht bekam Kontra Schwierigkeiten bei einem weiblichen Wesen, denn schließlich versuchte er ja, einer jungen Zentaurenstute auszuweichen. »Diese hier.«

Kontra sprach die Frau an. »Wie lautet dein Name, und von wem stammst du ab?«

»Ich heiße Complice. Mein Vater heißt Spezi, meine Mutter Vendetta. Sie kommen nicht besonders gut miteinander aus, deshalb weiß ich nicht, ob sie je dem Storch signalisieren werden, mich zu bringen.«

»Wie schade«, sagte der Zentaur ohne jedes Mitgefühl. »Hängt dein Talent mit deinem Namen zusammen?«

»Nein.«

Der Zentaur bekam aus ihr heraus, dass ihr Talent eher sie betraf als andere, aber in keinem offensichtlichen Sinne. Vor allem für Kontra war es nicht offensichtlich, denn ihm ging die Zeit aus, bevor er Complices Talent herausfinden konnte.

Leider erging es auch Forrest nicht besser.

»Hilft dein Talent dir oder anderen?«

»Gewöhnlich nicht.«
»Verletzt es jemanden?«
»Manchmal.«
»Erzürnt es dich oder jemand anderen?«
»Manchmal.«
»Bewirkt es eine körperliche Veränderung?«
»Eigentlich nicht.«
»Eine geistige?«
»Möglich.«
»Eine emotionale?«
»Vielleicht.«

Mit solch undeutlichen Antworten wich sie Forrest ebenso aus wie zuvor Kontra. Der Faun war nicht in der Lage, ein bestimmtes Talent einzugrenzen, und dann war auch seine Fragezeit abgelaufen.

Am schlimmsten war, dass sie sich nicht einmal geschlagen geben und Complice nach der richtigen Antwort fragen konnten, um wenigstens ihre Wissbegier zu befriedigen. Sie blieben vielmehr auf ihrer rasend machenden Neugierde sitzen.

»Wer ist dran, den nächsten auszusuchen?«, fragte Forrest.

»Du hast den letzten ausgesucht, jetzt bin ich dran«, meinte Kontra. Er schweifte umher und suchte nach der Statue, die ihm den Sieg bringen sollte. »Hier.«

Der Kandidat war ein recht haariger alter Mann. Forrest wunderte sich über das unterschiedliche Alter bei den Personen im Limbus, denn sollten sie als potenzielle Lebewesen nicht zeitlos sein? Aber vielleicht konnten sie jedes Alter zeigen, das sie zeigen wollten, bis sie ihr Gebiet erreichten, wo ihr Alter dann von ihrem Aufenthaltsort bestimmt wurde.

Forrest sprach ihn an, und Imbri drehte die Sanduhr um. »Wer bist du, und wer sind deine Eltern?«

»Ich bin Hugh Mongus, Sohn des Scab und der Svelte.«

»Beeinflusst dein Talent andere?«
»In gewisser Weise.«
»Beeinflusst es dich?«
»Das kommt darauf an.«
Es versprach ganz ein weiteres frustrierendes Gespräch zu werden. Forrest fand bald heraus, dass das Talent nichts Stoffliches beeinflusste, aber auf Mentales wirken konnte. »Was halten andere davon?«
»Das kommt darauf an.«
»Worauf kommt es an?«
»Was sie davon halten.«
Forrest unterdrückte seine Gereiztheit, weil er keine Zeit für Gefühlsanwandlungen hatte; der Sand in der Uhr rieselte ununterbrochen. Doch sosehr er sich auch bemühte, er konnte Mongus nicht in die Knie zwingen, und am Ende war seine Zeit abgelaufen.
Kontra, der genau wusste, dass er den Wettstreit gewonnen hätte, wenn er Mongus' Geheimnis löste, gab sein Bestes, doch diesem Kandidaten war auch er nicht gewachsen. »Beeinflusst dein Talent unbelebte Gegenstände?«
»Das kommt darauf an.«
»Kommt auf was an?«, fragte der Zentaur in dem gleichen Ton, den auch Forrest angeschlagen hatte.
»Darauf, wie du unbelebt definierst.«
»Du weißt nicht, was das Wort bedeutet?«
»Ich weiß, was es bedeutet.«
»Dann sag mir deine Definition.«
»Alles, was nicht lebt oder sich bewegt.«
»Also gut. Beeinflusst dein Talent irgendetwas, das nicht lebt oder sich bewegt?«
»Das hängt davon ab.«
»Hängt wovon ab?«
»Wie du es betrachtest.«
»Ich betrachte es genauso wie du! Beeinflusst es irgendetwas, das nicht lebt?«

Hugh überlegte. »Doch, ich glaube schon.«

»Gut! Beeinflusst es irgendetwas Lebendiges?«

»Das hängt davon ab.«

»Das darf doch nicht wahr sein! Kannst du mir keine andere Antwort geben?«

»Nicht, wenn du mir keine relevantere Frage stellst.«

Der Zentaur schien auf Erwachsenengröße anschwellen zu wollen, doch dann war auch seine Zeit abgelaufen. Schon wieder ein Kandidat, der sie beide geschlagen hatte.

Nun hatte Forrest wieder jemanden auszusuchen. Er entdeckte eine Gnomin. Hatten Gnome überhaupt Talente? »Die hier!«

Kontra sprach sie an, als Imbri die Uhr umdrehte. »Wie heißt du, und wer sind deine Eltern?«

»Ich heiße Miss Gnomer und entstamme einer respektablen gnomischen Familie, die indes anonym zu bleiben wünscht.«

»Miss Gnomiker?«

»Nein.«

»Miss Gnomin?«

»Nein.«

Der Zentaur wirkte verständlicherweise ein wenig aufgebracht. »Nun, wie immer du auch heißt, hast du ein magisches Talent?«

»Ja.«

»Beeinflusst es dich?«

»Ja.«

»Beeinflusst es andere?«

»Ja.«

»Beeinflusst es Gegenstände?«

»Nein.«

»Hilft es jemandem?«

»Nein.«

»Schadet es jemandem?«

»Nein.«

Kontra überlegte. »Es ist also gleichgültig für das Wohlergehen von allen?«

»Jawohl.«

»Steht es unter deiner bewussten Kontrolle?«

»Nein.«

»Ist es für andere offensichtlich?«

»Manchmal.«

»Wann?«

»Das kann ich nicht beantworten.«

»Ist es nutzlos wie ein Punkt an der Wand?«

»Nein.«

Der Zentaur zögerte wieder. Ihm ging die Zeit aus, und er kam zu keinem Ergebnis. Auch Forrest fiel nichts ein.

»Erfreut es jemanden?«, fragte Kontra weiter.

»Nein.«

»Erzürnt es jemanden?«

»Nein.«

»Aber gute Frau, eins von beiden muss doch stimmen!«

»Muss es?«

Kontra kratzte sich am Kopf und suchte nach der definitiven Frage.

»Deine Zeit ist vorbei«, rief Imbri und hielt die erschöpfte Sanduhr hoch, der die Zunge heraushing.

»Verflixt!«, fluchte der Zentaur. Er hatte schon wieder verloren und gab damit Forrest eine neue Chance, den Sieg zu erringen.

Forrest nahm das Problem in Angriff, als Imbri das Glas umdrehte. Weil er keine Idee hatte, was er fragen sollte, befasste er sich mit der kleinen Ärgerlichkeit. »Wie genau ist dein Name?«

»Miss Gnomer.«

»Miss Nomehr?«

»Nein.«

»Kannst du deinen Namen buchstabieren?«

»Nein.«

Forrest erlangte einen leisen Schimmer. »Hängt dein Talent mit deinem Namen zusammen?«

»Ja.«

»Kann dein Name nicht buchstabiert werden?«

»Nein.«

»Also kannst du ihn nicht buchstabieren, weil das dein Talent enthüllen würde?«

»Mag sein.«

»Miss Gnoma«, sagte er und stellte fest, dass er schon wieder falsch lag. »Miss Genom.« Noch immer nicht richtig. Dann ging ihm die Glühlampe auf. »Ist dein Talent, dass niemand deinen Namen richtig aussprechen kann?«

»Ja!«, rief sie, als fiele es ihr wie Schuppen von den Augen.

»Das muss sehr nervenaufreibend sein.«

»Aber nein, ich bin daran gewöhnt. Darf ich jetzt schon gehen?«

»Selbstverständlich darfst du das.«

Kaum war die Gnomenfrau gegangen, als Forrest begriff, dass er mit zwei Punkten führte und gewonnen hatte, aber nur, weil er versucht hatte, den Namen richtig auszusprechen, ohne dass es ihm gelungen wäre. Er blickte Kontra an. »Nun musst du an die Stelle gehen, wo du dreißig Jahre alt bist.«

»Verflixt«, antwortete der Zentaur verdrießlich. »Darauf, dass man ihren Namen nicht richtig aussprechen kann, hätte ich auch von alleine kommen können.«

»Das Spiel war jedenfalls schwieriger, als ich gedacht hätte«, gab Forrest zu. »Ich habe nur deswegen gewonnen, weil ich Glück hatte.«

»Es kann nur Glück sein, wenn ein Waldschrat einen Zentauren schlägt.«

»Ich bin ein Faun«, knurrte Forrest. »Nun auf nach Westen.«

In diesem Augenblick kehrten jedoch die Drachen zurück. Ihrer Flugformation ließ sich entnehmen, dass sie recht aufgebracht waren.

»Wir sollten uns beeilen«, meinte Imbri. »Ein zweites Mal kann ich sie nicht täuschen und auf Schnitzeljagd schicken.«

Also flohen sie nach Westen und versuchten dabei immer wieder, sich unter Felsen oder im Schutz von Bäumen zu verstecken. Doch die Drachen ließen sich nicht überlisten. Am Ende stellten sie die drei auf freier Fläche und setzten zum Sturzflug an.

Kontra spannte seinen Bogen. »Eilt in Deckung; ich halte sie auf.«

»Du kannst keine ganze Staffel von Drachen besiegen!«, entgegnete Forrest.

»Das stimmt. Aber ich kann sie verlangsamen. Ich bin jetzt älter und stärker. Lauft schon!« Tatsächlich war er hier etwa zwölf; sie hatten mehrere Jahre Richtung Hin zurückgelegt. Auch was seine Haltung anging, war Kontra ein wenig erwachsener geworden.

Forrest zögerte, den Zentauren sich selbst zu überlassen. Was konnte er nur tun? Dann hatte er eine halbe Idee. Vielleicht fand sich auf der Wortliste des Guten Magiers ein Hinweis.

Er wühlte in seinem Rucksack, konnte den Zettel aber nicht finden. O nein – das musste das Papier gewesen sein, das davongeweht war, als er seine Panflöte herausgenommen hatte!

»Was ist denn?«, fragte Imbri. »Sehen wir mal von den Drachen ab, meine ich.«

»Ich habe die Wortliste des Guten Magiers verloren.«

Imbri wirkte erschüttert, bemühte sich aber um eine gute Miene. »Wir schaffen es auch ohne sie.«

Forrest wollte es hoffen. Nun waren sie wirklich auf sich allein gestellt.

Der Zentaur schoss einen Pfeil in die Luft. Für jeden außer einem Zentauren wäre es ein Meisterschuss gewesen. Der Pfeil traf den Anführer der Drachen in die Schnauze und vernagelte sie. Der Drache schnaufte vor Wut, konnte den Stachel jedoch nicht aus seinem Fleisch ziehen und geriet ins Trudeln. Die Drachenstaffel folgte ihrem Anführer und beschrieb eine sehr verrückte Flugfigur, als sie alle schnaufend über den Himmel trudelten.

Doch dann begriff einer der Drachen, was vor sich ging. Für große Klugheit sind fliegende Drachen nicht gerade bekannt, weil die Hitze ihres Feuers dazu neigt, ihre Leichtbaugehirne auszutrocknen, doch mit Verletzungen kennen sie sich aus. Mit den Zähnen packte dieser andere Drache das Ende des Pfeils und zog ihn hinaus.

Damit war der Anführer befreit; er verödete die Wunden mit einem Feuerstoß und nahm die Jagd wieder auf.

Währenddessen waren die Flüchtlinge weiter nach Westen gekommen und hatten einen Vorsprung gewonnen. Doch die Drachen holten rasch auf, und nun bot sich keinerlei Deckung mehr. Forrest war an der Reihe: Er zog die Panflöte hervor und spielte Militärmusik – den Weckruf.

Drachen sind militaristische Geschöpfe. Als sie die Musik hörten, traten sie daher sofort zum Morgenappell an. Dann spielte Forrest einen Marsch, und die Drachen begannen, im Gleichflügelschlag über den Himmel zu defilieren.

Doch der Anführer, den die frischen Wunden in seiner Schnauze ein wenig ablenkten, begriff sehr rasch, was vorging. Er brüllte auf und übertönte die Melodie. Die Drachen wimmelten kurz durcheinander und schwenkten dann in neuer Formation auf ihre Opfer ein.

Doch währenddessen waren die verzweifelten Flüchtlinge noch weiter nach Westen gekommen – und trafen auf Katrin Zentaur, die nach Süden gerannt war, um sie abzufangen. An dieser Stelle war sie ungefähr fünf Jahre alt; sie trug niedliche Rattenschwänzchen und hatte einen Spielzeugbogen samt Köcher umgeschlungen. Ihre weißen Flügel, die hier noch zu klein waren, um damit zu fliegen, hatte sie eng an den Leib gelegt; sie bildeten eine Art Mantel auf ihrem Rücken.

Kontra, der mittlerweile dreizehn war, musterte sie abschätzig. »Verschwinde, Göre. Ich will nichts mit dir zu tun haben.«

Sie starrte ihn an. »Soll das heißen, du bist es? Mein angeblicher idealer Partner? Ein flügelloses, landgebundenes Geschöpf? Das ist ja wohl ein Scherz!«

»Aber klar, Balg! Nun aus dem Weg, bevor ein Drache dich grillt und runterschlingt.«

»Hört ihr beiden wohl auf, euch zu streiten!«, brüllte Forrest. »Kannst du uns irgendwie helfen, Katrin?«

»Ich glaub schon. Gleich im Norden ist ein Wald; fliehen wir dorthin, da können wir uns verstecken.« Sie wandte sich um und wies ihnen den Weg; ihre kleinen Hufe trappelten eilig über den Boden.

»Die Drachen folgen deinem Huftrommeln und können uns trotzdem folgen«, stellte Kontra verächtlich fest, aber er folgte ihr trotzdem, und Forrest und Imbri eilten hinterher.

Die Drachen warfen sich in der Luft herum und flogen eine Schleife, um ihre Opfer abzufangen, doch die Flüchtigen erreichten gerade noch vor der ersten Feuerzunge den Waldrand. Sie schwenkten nach Westen, um tiefer zwischen die Bäume zu kommen.

Katrin hob die Hände, als wollte sie etwas werfen.

»Was ist los, Gör?«, fuhr Kontra sie an. »Gibst wohl schon auf? Mach dir keine Sorgen; gleich we…«

Er brach mitten im Wort ab. In der Furcht, etwas sei geschehen, blickte Forrest sich um, doch der Zentaur lief weiter und sprach auch noch: Sein Mund bewegte sich, nur drang kein Wort daraus hervor.

Dann erhob sich in seinem Kopf eine Traumstimme. *Katrin hat einen Mantel des Schweigens über uns geworfen,* erklärte Imbri. *Jetzt können uns die Drachen nicht mehr nach Gehör verfolgen.*

Und sehen konnten die Drachen sie unter dem Schutz der Bäume ebenfalls nicht. Nun hatten die vier eine reelle Chance zu fliehen. Katrins bemerkenswertes Talent half ihnen sehr.

Doch leider gab es in dem Wald Harpyien. Die schmutzigen Vögel flatterten herab und hatten nur eins im Sinn: Unheil anzurichten. So zahlreich waren sie, dass man ihnen nicht aus dem Weg gehen konnte.

Katrin, die nun sechs Jahre alt und gewachsen war, hob die Hände und zog ihren Mantel ein. Plötzlich waren die Harpyien zu hören. »Jetzt haben wir euch, ihr $@#&§%!«, kreischte eine von ihnen. »Euch pupen wir ins Gesicht!«

»Da stelle ich mich lieber den Drachen«, brummte Kontra angeekelt.

»Das überlege ich auch schon die ganze Zeit«, stimmte Forrest ihm zu. Eine der Harpyien sah derjenigen, die ihn vor einem Jahrhundert getäuscht hatte, sehr ähnlich, obwohl es natürlich nicht die Gleiche sein konnte.

Katrin machte eine Bewegung, als werfe sie etwas über die Harpyien, bei dem es sich um einen anderen Mantel handeln musste. Allerdings war er kaum zu sehen. Während er sich ausbreitete, überzog er die Vogelwesen mit einem feinen, funkelnden Netz. Gleichzeitig verstummte ihr Fluchen, obwohl sie nicht damit aufhörten, im Gegenteil: Sie kreischten schlimmer als zuvor; ihr Gezänk drang nur nicht aus dem Mantel.

»Ich habe einen Isoliermantel um sie gelegt«, erklärte Katrin. »Jetzt fällt ihr Geschimpfe auf sie selbst zurück und beschmutzt ihnen die eigenen Federn.«

Tatsächlich erschienen nun provokante Symbole: Blitze, Totenschädel, explodierende Donnerschläge, Sterne und Spiralen, doch sie alle trafen die Harpyien, die ein noch lauteres Gezeter anstimmten, sobald ihre Ausfälle sich an ihnen selber rächten. Damit steigerten sie ihre Nöte nur. Die ersten Brandflecke erschienen auf den Schwanzfedern.

»Das kannst du den Harpyien antun?«, fragte Kontra erstaunt. »Gar nicht schlecht!«

»Oh, danke«, sagte die kleine Katrin errötend.

Damit aber erinnerte sie Kontra an seine Vorbehalte ihr gegenüber. Er schloss den Mund, damit ihm auf keinen Fall ein weiteres Kompliment entschlüpfte.

Das Quartett rannte weiter und überließ die Harpyien ihrem Schicksal.

Doch nun konnten die Drachen sie wieder hören, denn der Mantel des Schweigens war gelüftet. Katrin konnte immer nur eins auf einmal bemänteln. Trotzdem hatte sie ihnen einen gewaltigen Vorsprung verschafft.

Neben ihr lief Imbri. »Ich bin sicher, als Erwachsener ist er nicht mehr so kindisch. Mittlerweile zeigt er schon deutliche Anzeichen zentaurischen Verantwortungsbewusstseins.«

»Aber die Flügel! Er hat keine Flügel.«

»Dennoch glaube ich, dass er es ist. Vielleicht können wir es mit dem Liebes-Horn bestätigen.«

Katrin nickte. Ohne ihren Lauf zu stoppen, hob sie das Horn an die Lippen und blies hinein. Forrest hörte nichts, doch Katrin nickte knapp noch einmal. »Das Echo stammt von ihm.«

»Das Horn muss es wissen«, sagte Imbri.

»Das nehme ich auch an«, entgegnete Katrin, ohne im Geringsten erfreut zu wirken.

Die Drachen folgten wieder den Fluchtgeräuschen. Nun aber musste Katrin ihren Isoliermantel einziehen, denn sie konnte ihn nicht auf weite Entfernung aufrechterhalten, und so kamen auch die Harpyien frei. Letztere waren außerordentlich zornig. »Wartet nur, bis wir euch erwischen!«, schrie die Anführerin unflätig. »Euch reißen wir in bibbernde stinkende Fetzen!«

Das hörte ein Drache, der niedergegangen war, um die Flüchtigen zu orten. Er brüllte laut, denn er dachte, die Harpyie hätte ihn angeschrieen. Schon bald schossen weitere Drachen herab, um ihre Ehre wiederherzustellen. Selbst unter günstigsten Umständen vertragen sich Drachen und Harpyien nicht, und die Drachen waren im Moment gar nicht in Stimmung, sich beleidigen zu lassen. Deshalb spuckten sie zuerst Feuer und hoben sich alle Fragen für später auf. Die Harpyien indes neigten überhaupt nicht dazu, sich diese Störung gefallen zu lassen, denn schließlich betrachteten sie sich als Herrinnen dieses Waldes.

Forrest und die anderen rannten weiter, ohne die entbrennende Schlacht eines Blickes zu würdigen. Das Brüllen und Kreischen hinter ihnen deutete jedoch auf ein Gemetzel hin, an das sich der Wald noch lange erinnern würde.

An der Stelle, wo sie aus den Bäumen hervorkamen, war Kontra rund zwanzig Jahre alt und übernahm ungefragt die Führung. Katrin, die hier eine Zwölfjährige war, schloss sich ihm kommentarlos an. Ihre Flügel waren gewachsen, und sie benutzte sie, um ihre Geschwindigkeit zu steigern. Dann folgten

Forrest und Imbri. Sie rannten nun schon einige Zeit, doch Forrest fühlte sich nicht erschöpft; offenbar ermüdeten Seelenkörper nicht so schnell wie ihre stofflichen Gegenstücke. Obwohl die Zentauren keinen vollen Galopp rennen konnten, womit sie die beiden menschlicheren Kreaturen hoffnungslos abgehängt hätten, ließ sich dennoch ein rasantes Fluchttempo beibehalten.

Kontra legte einen Spurt ein, bis er an eine Linie kam, die mit ›30‹ beschriftet war. Er trat hinüber und blieb stehen. Nun war er ein gutaussehender, erwachsener Zentaur, muskulös und stattlich. »Das ist die Markierung«, sagte er. »Ich habe sie überschritten. Nun muss ich fliehen, bevor ich in die Falle gehe.« Er drehte sich um, als die anderen ihn erreichten.

Katrin verharrte. Allen war klar, dass sie in zweierlei Hinsicht an einem Wendepunkt standen. Wenn der Hengst an ihr vorbeilief und in seine Kindheit entkam, würde sie ihn nie wiedersehen. Aber wie sollte sie ihn aufhalten?

Als Kontra einen Schritt zurücktrat, bemerkte Forrest, dass der Zentaur die Augen fest zugekniffen hatte: Er weigerte sich, die junge Stute anzusehen. So also versuchte er der drohenden Begegnung auszuweichen! Wenn er sie nie als junge Erwachsene gesehen hatte, konnte er nicht von ihr beeindruckt sein.

»Sieh mich an«, weinte Katrin. »So viel schuldest du mir doch wohl!«

»Nein, ganz bestimmt nicht«, widersprach Kontra. »Ich bin einen Handel eingegangen, der mich zwingt, mein dreißigstes Jahr zu überschreiten, das ist alles.« Er tat einen weiteren Schritt.

»Was kann ich denn nur tun?«, fragte Katrin, die drohende Niederlage vor Augen.

»Küss ihn«, riet Imbri lakonisch.

Katrin lächelte. »Ich will ihn warnen.« Dann rief sie

dem Hengst zu: »Wenn du deine Augen nicht öffnest und mich anblickst, dann fange ich dich ab und küsse dich.«

Kontra trat noch einen Schritt vor. Katrin machte zwei Schritte. Weil sie die Augen geöffnet hatte, konnte sie weitaus zielsicherer laufen als er mit seinen geschlossenen. Der Hengst hörte ihr absichtlich lautes Hufgetrappel. Sein scharfes Zentaurengehör verarbeitete die Information, und er begriff, dass er einen Kompromiss eingehen musste. »Also gut. Einen Blick aber nur. Dann bin ich weg, und du kannst mich nicht mehr einholen.«

»Einverstanden. Aber ich werfe dir einen Mantel über.«

Er lachte auf.

»Einen Mantel des Schweigens? Tu dein Schlimmstes, Fohlen.«

Forrest begriff, dass der Hengst seit dem Wald keinen Blick mehr auf sie geworfen hatte und sie deshalb sechs- oder siebenjährig vor sich sah. Das war ein verständlicher, aber sehr törichter Fehler.

Kontra wandte sich Katrin zu und hob die Lider. Sofort sackte ihm die Kinnlade herab. Forrest blickte auf Katrin, um zu sehen, was Kontra vor sich sah. Sie war nun eine bezaubernde, vollbrüstige, langmähnige, weiß geflügelte Zentaurenstute mit dunkelbraunem Fell und fließendem Schweif. Von der Anstrengung atmete sie schwer. Wäre sie eine Nymphe gewesen, hätte Forrest sie unwiderstehlich gefunden. Genauso aber musste sie auf einen Zentauren wirken.

Dann warf sie einen Mantel. Erneut konnte Forrest ihn nicht sehen, und nur ein Funkeln in der Luft deutete darauf hin, dass überhaupt etwas auf den Hengst zuflog. Es legte sich um Kopf und Schultern.

Kontra blinzelte. Seine Blick wurde starr. »Was ist los?«, fragte er verwirrt.

»Das war ein Mantel zum Einwickeln«, erklärte Katrin.

»Ein was? Ich verstehe nicht.«

»Ich habe dich eingewickelt. Warum fliehst du vor mir?«

Er betrachtete sie. »Das kann ich gar nicht sagen. Gibt es einen Grund?«

»Vielleicht. Warum stößt du nicht in dieses Horn?« Sie trat vor und reichte es ihm.

Er blickte es unschlüssig an. »Was ist das für ein Horn?«, fragte er.

»Das ist das Liebes-Horn. Durch seinen Ton zeigt es dir, wo deine Wahre Liebe sich befindet.«

Er runzelte die Stirn. »Ist das eine Herausforderung?«

»Wer weiß?«

Er nahm das Horn und blies kräftig hinein. Kein Laut war zu hören – doch dann betrachtete er Katrin mit völlig anderem Gebaren. »Du bist es«, sagte er verwundert. »Du bist es wirklich. Du bist die Eine! Für dich will ich alles opfern.«

Doch nun war Katrin sich nicht mehr schlüssig. »Wenn du nur fliegen könntest«, sagte sie bedauernd.

»Wer sagt, ich könnte nicht fliegen?« Und plötzlich entfalteten sich zwei schwere schwarze Flügel aus seinem Körper. Was sie alle für die Farbe seines Fells gehalten hatten, war in Wirklichkeit der Farbton seiner eingefalteten Schwingen. »Für meine Flügel hatte ich noch nie Verwendung, denn sie hätten mich nur dorthin gebracht, wohin ich gar nicht wollte, doch nun möchte ich mit dir fliegen, du fantastisches, bezauberndes Geschöpf, und die Kindheit von mir abstreifen.«

Nun fiel Katrin die Kinnlade herab. »Das Liebes-Horn hat es gewusst!«, hauchte sie. »Es hat es wirklich gewusst!«

Kontra ließ das Horn fallen. »Komm, flieg mit mir davon, meine unerwartete Liebe. Für uns gibt es mehr zu entdecken als nur die Geografie.«

»O ja! Aber vorher muss ich meine Freunde ins Gebiet der Faune führen – oder wenigstens so dicht hinan, wie ich mich ihm nähern darf.«

»Das tun wir gemeinsam«, sagte er großzügig. »Und um es zu beschleunigen, lassen wir sie auf uns reiten.«

»Ja«, stimmte Katrin zu. Herzchen umschwebten ihren Kopf; sie verliebte sich.

Forrest hob das Liebes-Horn auf und steckte es in seinen Rucksack. Dann setzte er sich hinter die großen Flügel auf Kontra, während Imbri auf den Rücken der Zentaurin stieg. »Komisch, auf einer Pferdeartigen zu reiten«, sagte sie, »ich bin ja selber pferdeartig.«

»Das Faunengebiet liegt im Hin«, sagte Katrin. »Ich weiß nicht, ob es noch innerhalb meiner Reichweite ist, aber ich werde mein Bestes tun, um euch zumindest die Richtung zu weisen.«

Die Zentauren galoppierten nach Westen. Dann breiteten sie die Flügel aus und erhoben sich zu Forrests Überraschung in die Luft. Nun waren sie erheblich schneller; er sah, wie der Boden unter ihnen hinwegschoss. Doch je höher sie stiegen, desto langsamer bewegte sich der Boden, als ärgere ihn die Missachtung. Anfangs wechselten sich Felder mit Wäldern ab, doch bald erhoben sich Berge und klafften Täler, dann flogen sie über Seen mit Inseln. Die Landschaft war offenbar genauso abwechslungsreich wie in Xanth.

Nach einiger Zeit landeten die beiden Zentauren wieder.

»Wir werden ein wenig zu alt für so etwas«, erklärte Kontra. Forrest bemerkte, dass das Fell seines Trägers vom Alter fleckig geworden war. Kontra näherte sich dem Lebensabend und wurde immer langsamer. Er blickte Katrin an, und auch sie wirkte alt. In kurzer Zeit waren sie sehr weit gekommen.

Die Zentauren blieben stehen. »Hier scheint meine Grenze zu sein«, sagte Kontra. »Ich möchte nicht so gebrechlich werden, dass ich falle.«

Forrest stieg eilig ab, und Imbri tat es ihm gleich. Sie befanden sich auf welligem Land, und vor ihnen lag zu ihrem Missvergnügen wieder eine Possenzone.

»Das Faunengebiet ist weiter entfernt als ich dachte«, sagte Katrin bedauernd. »Aber ich kann euch sagen, wer euch weiter bringt: die menschlichen Prinzessinnen, Dawn und Eve. Geht direkt weiter ins Hin, bis ihr Schloss Roogna erreicht, und sucht die beiden auf.«

»Aber wir sind doch schon in Schloss Roogna«, erwiderte Imbri. »Ptero umkreist als Mond Prinzessin Idas Kopf.«

»Im größeren Rahmen vielleicht. Trotzdem gibt es auch hier ein Schloss Roogna, und dorthin müsst ihr gehen. Wir haben euch genau im Von davon abgesetzt, deshalb könnt ihr es nicht verfehlen, wenn ihr auf gerader Linie weitergeht. Und wenn ihr auf diesem Weg zurückkommt, dann schickt mir ein Zeichen, und wir kommen euch abholen.«

»Vielen Dank«, sagte Forrest. Er sah nun, dass Katrin ihnen wirklich eine große Hilfe gewesen war; in ihrer Gesellschaft hatten sie sehr viel über Ptero erfahren.

»Ach – noch eins«, sagte sie. »Ihr habt euch bei den Diensten, die wir austauschten, mehr als großzügig gezeigt, und ich konnte meinen Teil des Handels gar nicht vollständig erfüllen. Deshalb finde ich, dass ihr eine Zugabe verdient habt. Hier ist einer meiner Mäntel, den ein vorbeiziehender Magier freundlicherweise für mich eingedost hat.« Und damit reichte sie ihnen eine kleine Blechbüchse.

»Aber ich dachte immer, du müsstest deinen

Zauber selber beschwören und dass er nach einer Weile die Wirkung verliert.«

»Das stimmt auch. Aber dieser eingedoste Zauber ist wegen der konservierenden Eigenschaften der Büchse etwas Besonderes. Ihr könnt ihn jederzeit aufrufen, indem ihr die Dose vor euch haltet und ›Erwecke‹ zu ihr sagt. Dann gibt sie den Mantel des Vergessens frei.«

»Des Vergessens?«, fragte Imbri. »Und wie wirkt er sich aus?«

»Er bewirkt, dass ihr höchstwahrscheinlich nicht bemerkt werdet«, erläuterte ihnen die Zentaurin. »Nach einer Stunde lässt er nach, aber dann könnt ihr ihn erneut heraufbeschwören. Eine Stunde benötigt er aber, um sich wieder aufzuladen. Also versucht nicht, zwei Mäntel auf einmal zu beschwören. Ich weiß, es ist nicht viel, aber ich habe kein besseres Geschenk für euch. Bitte nehmt es als Dank für eure Hilfe.«

»Aber natürlich«, sagte Forrest gerührt. »Ganz gewiss ist der Mantel uns von großem Nutzen, wenn wir einem Ungeheuer begegnen. Ich danke dir sehr.«

»Gern geschehen. Furchtbar gern geschehen«, sagte Katrin mit feuchten Augen. Anscheinend hatte ihr seine Bekanntschaft am Herzen gelegen.

Dann wandten Forrest und Imbri sich nach Westen, um die nächste Etappe ihrer Reise anzutreten, die ein eigenständiges Abenteuer zu werden versprach.

# 7
# Guter Magier

Zu beiden Seiten sahen sie angenehm festes Land, doch genau im Westen lag ein Sumpf. Obwohl es verlockend war, den Sumpf zu umgehen, befürchteten sie, den direkten Weg nach Schloss Roogna zu verlieren. Deshalb gingen sie geradewegs nach Westen und platschten durch das seichte Wasser. Forrest hoffte, dass die Possen diesmal nicht ganz so schlimm ausfallen würden.

Zum Glück stieg das Terrain bald an und wurde trockener. Doch kaum hatten sie festen Boden unter den Füßen und Hufen, als sich ihnen zwei merkwürdige Vögel näherten. »Wer seid ihr?«, krächzten sie unisono.

»Wir sind Besucher von weit her und suchen Schloss Roogna«, antwortete Forrest. »Wir heißen Forrest und Imbrium.«

»Wir sind Paarageien«, erwiderten die Vögel. »Papagei und Mamagei. Willkommen auf der Kanareninsel.«

Forrest verkniff sich die Frage, was Paarageien auf

der Kanareninsel machten. »Danke«, sagte er. »Wir hoffen, sie schnell zu überqueren und weiterzumarschieren.«

»Macht das. Wir haben es nicht gern, wenn Landbewohner sich hier lange aufhalten.« Und damit marschierten die beiden Vögel weiter.

Sie kamen an einen Baum, einen großen, kugeligen Baum mit federförmigen Blättern, der ihnen genau im Weg stand. Dummerweise versperrte er ihnen den einzigen Weg nach Westen, denn nach Süden bestand der Boden aus Scheuersand, in den sie lieber nicht geraten wollten, und nördlich war ein großer Fleck, der ganz nach Treibsand aussah, im welchem man trotz seines Namens rasch absank. »Ich wünschte, wir könnten einfach durch den Baum hindurchgehen«, sagte Forrest.

»Vielleicht können wir hinüberklettern«, überlegte Imbri.

Da öffnete der Baum ein großes rundes Auge, dann noch eins. Unter ihnen entpuppte sich etwas, das sie zuerst für einen abgebrochenen Ast gehalten hatten, als Schnabel. »Schu-huuh!«, schrie der Baum.

»Das ist ein Kauz!«, rief Forrest aus. »Ein Riesenkauz!«

»Ein Baumkauz«, stimmte Imbri zu.

Die Eule breitete die Schwingen aus und flatterte davon. »Nun, wir sind auf der Kanareninsel«, sagte Forrest belustigt. »Da müssen wir mit Vögeln rechnen, auch wenn es nicht alle Kanarienvögel sind.«

Mehrere weiße Vögel flogen über sie hinweg. Ihre Leiber besaßen die Form des Buchstabens C. »C-Möwen«, bestimmte Imbri sie.

Ein schwarzer Ball flog herbei. Forrest blieb stehen, weil er nicht wusste, ob sie in Gefahr waren, doch dann sah er, dass der Ball in Wirklichkeit Vogelgestalt besaß. »Ach, nur eine Nachtiball«, sagte er. Er trat beiseite, um ihn vorbeizulassen, und kehrte auf den Weg zurück, als es wieder hell wurde.

Dann flog ein anderer Vogel heran. »Was seid ihr denn für zwei Witzfiguren?«, krächzte er und beäugte sie abfällig. »Ihr seid absolut lachhaft. Nein, so was! Har har har!«

»Und eine Spottdrossel«, sagte Imbri. »Eine der aufdringlicheren Vogelarten.«

Als sie die Spottdrossel nicht beachteten, war diese bald so aufgebracht, dass sie davonflog. Ein anderer Vogel setzte sich vor ihnen auf den Ast. »Was wollt ihr Trottel hier eigentlich?«, verlangte er harsch zu wissen. »Ihr habt hier nichts zu suchen! Weg mit euch! Verschwindet!«

»Wir durchqueren nur die Insel«, erklärte Forrest dem Vogel ruhig.

»Ihr besudelt hier alles mit eurer Gegenwart!«, kreischte der. »Fort von unserem Land! Wir wollen hier keine Fremden! Haut ab! Wir wollen unter uns bleiben! Haut schon ab!« Unablässig schrie der Vogel sie an; Luft holen schien er nicht nötig zu haben.

»Jetzt weiß ich's«, sagte Imbri. »Das ist ein Gimpel.«

Ohne Warnung lief ihnen eine triefnasse Harpyie über den Weg, die entsetzlich stank. »Du gehörst zu den Kanarien?«, fragte Forrest erstaunt.

»Ich bin ein Welkersittich«, entgegnete sie.

»Ich hätte es ahnen sollen«, meinte Forrest und machte, dass er weiterkam.

Am Wegesrand lag ein großer Vogel, dessen Augen zu Kreuzen geschlossen waren und dessen Kopf von Planeten und Flaschen umkreist wurde.

»Geh weiter«, forderte Forrest Imbri auf. »Das ist nur ein Alk.«

Etwas später kamen sie an einem hohen Baum vorbei, in dem ein Fink den Weg bewachte und sie in dem Moment, in dem sie unter den Ästen hergingen, mit

Rindenstücken und Holzsplittern bewarf. »He, was soll das denn?«, rief Forrest ärgerlich.

Zur Antwort folgte stinkender Vogelkot, der knapp an seinem Kopf vorbeifiel.

»Das ist ein Schmutzfink«, sagte Imbri.

Im nächsten Moment ertönte von Norden der melodische Ruf einer Vogeldame, und der Schmutzfink sauste davon, um etwas mit ihr anzufangen.

»Ja, hinter den Frauen sind sie alle her«, sinnierte Imbri mit angedeutetem höhnischem Lächeln.

Endlich verließen sie die Kanareninsel wieder, und dort ging auch die verscherzte Zone zu Ende, sodass sie wieder auf gewöhnliches Land kamen.

»Ich verstehe schon, dass nicht viele Leute gern hierher kommen«, sagte Forrest. »Dieser Schabernack tut einem zwar nicht weh, aber nervenaufreibend ist er trotzdem.«

»Ich habe gehört, dass manche Leute dergleichen mögen«, merkte Imbri an.

»Wer würde denn so etwas mögen? Doch nicht etwa Mundanier?«

»Vielleicht. Mundanien ist fremdartig, und die Leute dort verdrängen vieles.«

»Das müssen sie wohl auch, wenn es dort welche gibt, die solchen Unsinn toll finden.«

Das Gebiet, das sie erreicht hatten, war hüglig, und deshalb fiel es ihnen schwer, auf direktem Weg nach Westen zu gehen. Sie versuchten sich zu orientieren, so schnell wie möglich auf den richtigen Kurs zurückzukehren und alle Abweichungen auszugleichen, doch sie konnten nur hoffen, dicht genug am Schloss vorbeizukommen, um es nicht zu übersehen.

Ihre Sorgfalt wurde belohnt: Als sie einen Hügelkamm überwunden hatten, lag vor ihnen ein pittoreskes Schloss in einem farbenprächtigen Tal.

»Da ist es«, sagte Forrest erleichtert.

Imbri war nicht sicher. »Es sieht gar nicht aus wie Schloss Roogna.«

»Hier auf Ptero ist alles anders. Vielleicht unterscheiden sich auch die Schlösser.«

»Eventuell«, stimmte sie zweifelnd zu.

Sie stiegen hinab in das schüsselförmige Tal, in dem sich das Schloss erhob. Bäume umgaben sie, von denen jeder seine charakteristische Farbe hatte: Braun, einschließlich der Blätter; Grün, einschließlich des Stammes, Gelb, Blau oder Weiß. Die Bäume waren zwar hübsch, standen aber so dicht, dass sie den Blick auf das Schloss verstellten und Forrest und Imbri nicht mehr genau wussten, wohin sie gehen sollten.

Dann bemerkte Forrest einen weißen Baum mit braunem Stamm, was ihm vergleichsweise normal erschien. Als er den Baum erreicht hatte, erspähte er einen blauen Baum mit braunem Stamm. Zwischen ihnen verlief ein gerader brauner Pfad. »Das muss der richtige Weg sein«, sagte er.

Deshalb folgten sie ihm. Er wand sich mehrmals in rechten Winkeln, ohne auf sich zurückzuführen. Doch er blieb zwischen den braunstämmigen Bäumen. Forrest und Imbri verließen ihn nicht, obwohl er ständig Ecken beschrieb, und nach einiger Zeit gelangten sie ans Ufer des rechtwinkligen Schlossgrabens.

Aus dieser Perspektive erschien das Schloss viel größer als von weitem. Es hatte massive weiße Steinmauern, rote Dächer und drei quadratische Türme, die sich über das zweite Stockwerk hinaus erhoben. Anscheinend gab es keinen Eingang.

»Nun sieht es gar nicht mehr aus wie Schloss Roogna«, gab Forrest zu. »Die Umgebung ist anders geworden, und es kommt uns auch keine Prinzessin in Blue Jeans zur Begrüßung entgegen.«

»Das ist das Schloss des Guten Magiers!«, rief Imbri. »Es sieht jedes Mal anders aus, und jedes Mal bedeutet es eine Herausforderung, den Weg hinein zu finden.«

»Eigentlich sind es sogar drei Herausforderungen«, merkte Forrest an, der sich noch gut an die Prüfungen erinnerte. »Also haben wir uns verirrt und sind am falschen Schloss angekommen.«

»Das überrascht mich gar nicht. Der Pfad über die Kanareninsel war gekrümmt, und wir sind abgelenkt worden. Zudem konnten wir häufig die Richtung nur schätzen, als wir das Hügelland durchquerten.«

»Dann sollten wir am besten auf der eigenen Spur umkehren und den richtigen Weg nach Schloss Roogna suchen.«

Sie drehten sich um – doch der magische Pfad war verschwunden. Vor ihnen lag nun dichter Wald. Forrest besaß Erfahrung mit Bäumen und sah gleich, dass diese Gewächse keineswegs beabsichtigten, sie wieder durchzulassen: Brombeersträucher, Dornenhecken, Nesseln und andere spitze Pflanzen wucherten zwischen den Bäumen.

»Das war ein Einwegpfad«, sagte Imbri. »Ich hätte es ahnen sollen, aber ich bin nicht daran gewöhnt, stofflich zu sein.«

»Ich hätte auch daran denken können«, stimmte Forrest reumütig zu. »An und für sich sollte ich mich mit Bäumen gut auskennen.«

»Nun, dann müssen wir eben den Guten Magier nach dem Weg zu Schloss Roogna fragen.«

Forrest lugte auf den Graben. »Heißt das etwa, dass wir drei Prüfungen hinter uns bringen und ihm einen Jahresdienst leisten müssen?«

Imbri nickte. »Ich fürchte ja. Es sei denn, wir können ihn dazu überreden, uns ohne die übliche Zeremonie durchzulassen.«

»Na, er hat mich schon vorher nicht dienstverpflichtet, und ich weiß immer noch nicht, wieso.«

Imbri sah ihn nachdenklich an, sagte aber nichts.

Und so nahmen sie es in Angriff, ins Schloss vorzudringen. Für ein Grabenungeheuer gab es kein Anzeichen, doch darauf vertrauten sie nicht. Forrest führte deshalb ein Experiment durch: Er hob einen Kiesel auf und schnipste ihn ins glatte Wasser.

Ein gewaltiges, mit großen Zähnen besetztes Maul schoss aus dem Wasser und packte den Kiesel, bevor es platschte. Im nächsten Moment war das Wasser wieder völlig ruhig. So rasch war es geschehen, dass Forrest nicht sicher war, ob er es wirklich beobachtet hatte. Trotzdem kam er zu dem Schluss, dass es eine schlechte Idee sein könnte, im Graben zu schwimmen.

»Wir könnten uns in schwebende Seelen auflösen und auf der anderen Seite wieder verfestigen«, schlug Imbri vor.

»Ich weiß nicht, ob das in Ordnung wäre. Ich glaube, wir sollten uns lieber an die hiesigen Regeln und Grenzen halten, solange wir auf Ptero sind.«

»Wahrscheinlich hast du Recht. Ich könnte mir vorstellen, dass es gleichbedeutend mit dem Zermalmtwerden durch einen Oger ist, wenn man sich einfach in Luft auflöst, und wenn diese Vermutung stimmt, dann könnten wir dem Schloss nie wieder näher kommen als auf ein halbes Jahr Abstand.«

»Ja, das kommt noch erschwerend hinzu«, pflichtete Forrest ihr bei. Er hatte mehr an die moralischen Aspekte gedacht, wenn es auf Ptero so etwas gab. Physisch schien seine Lösung leicht zu verwirklichen sein: Schließlich hatte sich Imbri aufgelöst, um den Drachen den Ablenkungstraum zu senden. Doch gleichzeitig erschien es Forrest unklug, ausgerechnet jetzt auszuprobieren, wo sie mit ihrem Tun an die Grenzen stießen.

Von dieser Seite des Grabens ließ die Zugbrücke sich nicht bedienen, also konnte er den Graben auch nicht überschreiten. Um ihn aufzufüllen, wirkte er zu tief, außerdem hatte Forrest keine Schaufel, und die Uferböschung wirkte auch sehr hart. Doch wenn es hier wie in Xanth war, musste es einen Weg geben. Dieser Weg wollte einfach nur gefunden werden.

Imbri trat neben ihn. »Ich habe mir um Gräben nie Gedanken gemacht«, entschuldigte sie sich. »Ich bin einfach hinübergeschwebt, substanzlos, wie ich war.« Sie musterte einen Baum. »Könntest du denn nicht eine Brücke oder ein Floß bauen?«

»Und einen Baum fällen?«, fragte Forrest entsetzt. »Einen lebenden Baum? Niemals könnte ich das tun! Ich bin ein Baumhüter.«

»Verzeih mir, ich habe nicht nachgedacht. Aber vielleicht finden wir irgendwo totes Holz?«

»Das wäre kein Problem. Nur sehe ich leider keines.«

»Ich auch nicht. Aber was ist das da?«

Er sah in die Richtung, in die Imbri zeigte. »Ein umgedrehter Busch. Jemand muss ihn aus der Erde gerissen haben. Vielleicht können wir ihn noch retten.«

Sie gingen zu dem Busch, der sich in einem beschämenden Zustand befand: Seine Wurzeln ragten in die Luft, und die Blätter waren halb in den Boden gegraben. Trotzdem lebte die Pflanze. Forrest zog sie vorsichtig heraus und setzte sie richtigherum wieder ein, während Imbri mit den Händen Erdreich auf die Wurzeln scharrte.

Doch kaum ließ Forrest den Strauch los, als er sich umdrehte, ringsum Erde verschleuderte und sich wieder umgekehrt in den Boden senkte.

Sie erörterten dieses Phänomen. »Auf diese Weise kann er weder leben noch wachsen«, sagte Forrest. »Das ist ein ganz gewöhnlicher Strauch. Er braucht Erde an den Wurzeln und Sonne auf den Blättern.«

»Warum sollte er sich also selbst so umgekehrt zu seinen Bedürfnissen verhalten?«

»Umgekehrt«, murmelte Forrest. Ihm kam eine Idee. Er hob die Pflanze erneut. »Grab tiefer«, bat er Imbri. »Dort könnte ein Stück Kehrholz liegen.«

Imbri gehorchte, und einen Augenblick später hatte sie ihn gefunden: einen ansehnlichen Stecken Kehrholz. Als sie ihn auf die Wiese legte, wurde das Gras ringsum rot. Dann grub sie ein neues Loch für den Busch, und Forrest pflanzte ihn ein. Diesmal blieb er an Ort und Stelle, nachdem sie die Wurzeln mit Erde bedeckt hatten.

»Gewiss geht es ihm nun besser«, sagte Forrest zufrieden.

»Du weißt ziemlich gut, was Pflanzen brauchen.«

»Ja. Das kommt davon, wenn man sich an einen Baum bindet. Ich sehe es nicht gern, wenn es grünen lebendigen Pflanzen schlecht geht. Letztendlich bin ich deswegen hier.«

»Ja.« Wieder wirkte Imbri sehr nachdenklich.

»Wir müssen dieses Kehrholz irgendwohin bringen, wo es keinen Schaden anrichten kann«, beschloss Forrest. Er nahm es auf. Ihn beeinflusste es nicht, weil er kein magisches Talent hatte, das sich umkehren ließ. Natürlich war Kehrholz sehr merkwürdig; manchmal bewirkte es Umkehrungen sehr unerwarteter Art, wie Forrest bei seiner letzten Prüfung vor dem Schloss des Guten Magiers am eigenen Leib erfahren hatte.

Dann schwebte ihm ein anderer Gedanke durch den Kopf. »Imbri – glaubst du, das Wasser in dem Graben könnte selbst magisch sein?«

»Magisch?«, fragte sie unschlüssig.

»Probieren wir es aus.« Vor der gehobenen Zugbrücke warf er den Kehrholzstecken in den Graben.

Das Wasser erschauerte und erstarrte. Es war nicht

etwa gefroren, nur fest. Forrest setzte vorsichtig einen Huf darauf, dann den anderen. Das Wasser fühlte sich an wie fester Borden. In diesem Teil des Grabens war sein natürliches Flüssigsein umgekehrt worden.

Imbri folgte ihm. »Du hast es geschafft!«, rief sie. »Darauf wäre ich nie gekommen.«

»Ich beinahe auch nicht«, gab er zu. »Man darf eben nicht vergessen, dass in der Umgebung von Humfreys Schloss nichts ohne Grund existiert. Wir können froh sein, dass das Kehrholz das Wasser diesmal nicht in Feuer verwandelt hat.«

Als sie am inneren Ufer ankamen, blieb die Zugbrücke hochgezogen. Mit ihren schweren Bohlen versperrte sie Forrest und Imbri den Eingang ins Schloss. Deshalb gingen sie nach links, das den grünen Schimmer des Hin aufwies, und bogen um die Ecke.

Vor ihnen hielten Schwarzgekleidete eine feierliche Prozession ab. Auf den Schultern trugen einige von ihnen einen großen und langen, offenbar schweren Kasten, der geschlossen war.

»Was ist denn das?«, fragte Forrest perplex.

»Ich glaube, es ist eine Trauerprozession«, antwortete Imbri.

»Eine Trauerprozession? Wer ist denn gestorben?«

»Das weiß ich nicht. Jedenfalls tragen sie einen Sarg.«

»Ich möchte mit dem Tod nichts zu tun haben!«

»Dann kann das nicht der richtige Weg sein.«

Sie drehten sich um und gingen in das gelbe Schimmern des Von.

Als sie dort um die Ecke kamen, standen sie überraschend vor einer großen Ansammlung langbeiniger weißer Vögel. »Störche!«, rief Imbri verblüfft aus. »Was suchen die denn hier?«

»Das Gleiche wie die Trauergemeinde«, vermutete Forrest. »Als wir draußen den Graben umrundeten, haben wir keins von beiden gesehen. Sie sind erst hier erschienen, nachdem wir den Graben überquert hatten. Das ist die zweite Prüfung.«

»Ja, es muss eine Prüfung sein«, stimmte Imbri ihm zu. »Aber eine höchst bizarre. Ich frage mich nur, was wir mit einer Trauerprozession und einer Gruppe Störche anfangen sollen?«

»Das wundert mich auch. Aber etwas muss möglich sein. Was glaubst du – ob wir sie verhören können?«

»Versuchen können wir es jedenfalls. Sie werden in genau dem Maße mit uns zusammenarbeiten, wie sie sollen.«

Und so bogen die zwei um die Ecke und begrüßten den nächsten Storch. »Sprichst du mit uns?«, fragte Forrest.

»Tut mir leid, keine Zeit. Ich darf keinen Blip auf dem Schirm verpassen.«

»Blips?«

»Echos. Wenn ich eins verpasse, zupft mir der Aufseher die Schwanzfedern aus. Eine für jeden Blip, den ich übersehe. Das tut ganz schön weh.«

»Nun, vielleicht könnten wir zusammen auf den Schirm achten, während wir uns unterhalten.«

Der Storch dachte nach. »Das wäre höchst irregulär.«

»Aber nicht verboten«, bedrängte Forrest ihn. »Wir helfen dir, und der Aufseher kann uns eine Feder auszupfen – oder sonst was –, wenn wir einen Fehler begehen.«

»Also gut«, willigte der Storch ein. »Hallo, ich bin Stanley Storch. Und wer seid ihr?«

»Forrest Faun und Mähre Imbrium.«

»Nenn mich Imbri.«

Dann stellten sie sich neben ihn vor den Schirm, ein großes rechteckiges Instrument mit einem schwarzen Hintergrund. »Was ist ein Blip?«, wollte Imbri wissen.

»Drei kleine Lichtpunkte. Da sind welche.« Stanley deutete mit der Flügelspitze darauf.

Forrest sah drei kleine helle Punkte, die an Sterne erinnerten und in einer Reihe rasch von links nach rechts den Bildschirm überquerten. Einen Augenblick später waren sie verschwunden; man hätte sie sehr leicht übersehen können. »Was ist das?«, fragte er.

»Ein Signal. Ich muss seinen genauen Azimut und die Erhöhung aufzeichnen und diese Information an die Zentrale Datenverarbeitung weiterleiten.« Mit der Schnabelspitze hackte der Storch rasch auf mehrere Ziffern in einem Tastenfeld.

»Da ist wieder einer«, sagte Imbri.

Stanley blickte rasch auf. »Oh, vielen Dank. Ohne dich hätte ich ihn verpasst, während ich den anderen eingab.« Er pickte rasch auf weitere Zahlen.

»Was sind das für Signale?«, fragte Forrest, der nach wie vor verblüfft war.

»Nun, ihr wisst schon. Bestellungen.«

»Was wird denn bestellt?«

»Na, Babys. Ein anderes Produkt führen wir nicht.«

Endlich dämmerte es ihm. Den Storch rufen! Hier an dieser Stelle wurden die Signale aufgefangen.

»Bekommt ihr viele Signale?«, fragte Imbri.

»Genau die richtige Menge. Das Problem sind die verflixten Geister.«

»Geister?«

»Die ungültigen Signale. Da seht ihr eins.« Zwei Punkte wanderten über den Schirm. »Nur ein Signal von zehn ist gültig. Die anderen sind unecht, und wir müssen sie aussortieren.«

»Wie sendet man denn ein Geistersignal?«, fragte Forrest und fürchtete, die Antwort bereits zu kennen.

»Indem man die richtigen Bewegungen zum falschen Zeitpunkt macht oder sie nicht zu Ende führt«, antwortete der Storch. »Oder wenn man sie macht, aber nicht dazu qualifiziert ist. Dämoninnen tun das oft, oder Nymphen. Die glauben wohl, es sei ein guter Scherz, die Prozedur auszuführen, obwohl sie gar nicht auf der Lieferliste stehen.«

Genau das hatte Forrest befürchtet. Sein Feiern mit den Nymphen überlastete den Bildschirm Stanley Storchs. Forrest fühlte sich schuldig.

»Die gültigen Signale sind schon schlimm genug«, fuhr Stanley fort, während er einen weiteren Blip aufzeichnete. »Wenn diese Trottel sich nur einmal überlegen würden, wie schwer wir zu arbeiten haben, um eine Lieferung vorzubereiten und sie genau richtig auszuführen. Ich meine, was, wenn wir aus Versehen ein Ogerbaby an eine Menschenfrau ausliefern? Ich möchte gar nicht daran denken, wie sehr unser Ruf darunter leiden würde. Aber nein, die ganze Nacht hindurch signalisieren sie munter vor sich hin, als hätte es nichts zu bedeuten.«

»Wie werden denn Babys wirklich gemacht?«, fragte Forrest. »Ich meine, wenn ein gültiges Signal hereingekommen ist.«

»Nun ja, das ist ziemlich kompliziert. Wir …« Dann blickte der Storch ihn aufmerksam an. »Habt ihr überhaupt die nötige Sicherheitseinstufung?«

»Ich glaube nicht.«

»Dann macht, dass ihr weiterkommt. Ich habe auch so schon genug zu tun.«

Das schien Stanleys letztes Wort zu sein. »Tut mir leid«, sagte Forrest lahm.

Sie gingen weiter und sahen andere Störche, die Dokumente bearbeiteten oder Babys sortierten und verpackten. An einer Verladestation hakte ein Storch seinen langen Schnabel in die oberste Windung der Schleife, in der ein Baby lag, breitete die Flügel aus und hob mühevoll ab. Ihm folgte rasch der nächste. Geschäftiges Treiben herrschte allerorten.

Schließlich gelangten sie an die hintere Ecke des Schlosses und sahen, dass ein gerader, schmaler Steg an der Rückseite entlang führte. »Aber es muss einen Weg in die Burg geben«, sagte Forrest. »Doch zwischen den Störchen und dem Begräbnis erkenne ich nichts.«

»Ich auch nicht«, seufzte Imbri. »Wir gehören auch weder an den Anfang noch ans Ende des Lebens, sondern in die breite Mitte dazwischen. Sollen wir auf die andere Seite gehen und uns die Trauergemeinde noch einmal ansehen?«

»Ich weiß nicht, ob das einen Sinn hat. Wenn wir nur irgendwie in der Mitte zwischen den Extremen wären!« Er stockte. »Glaubst du, das könnte wörtlich gemeint sein?«

»Wörtlich?«

»Auf halbem Wege zwischen den beiden Seiten des Schlosses.«

»Das ist so einfältig und simpel, dass es nicht stimmen kann.«

»Stimmt eigentlich«, pflichtete er ihr bei und erinnerte sich, dass die Lösungen der Prüfungen am Schloss des Guten Magiers in Xanth zwar ähnlich einfältig und simpel, aber niemals so offensichtlich gewesen waren. Magier Humfrey verstand sich sehr gut darauf, normalen Leuten das Gefühl zu geben, sehr dumm zu sein.

Auf halbem Wege zur gegenüberliegenden Seite des Schlosses fanden sie eine kleine Tür. Als Forrest am Knauf drehte, öffnete sie sich. Sie hatten die zweite Prüfung bestanden und den Eingang gefunden.

Sie gelangten in einen großen Saal, an dessen Ende sich eine Bühne erhob. Auf der Bühne standen bemalte Kulissen, davor mehrere Leute. Ein Mann gab Anweisungen, wie die Szene im Einzelnen aufgebaut werden müsse, und erteilte den anderen Verweise für ihre

Darstellungen. Man probte ein Theaterstück, und die Probe hatte gerade begonnen.

»Ich weiß nicht, ob wir hier richtig sind«, sagte Forrest.

Der Regisseur wandte sich ihnen zu. »Seid still und setzt euch, sonst belege ich euch mit einem Fluch.«

»Ein Fluchungeheuer!«, flüsterte Imbri. »Mach ihn nur nicht ärgerlich.

Von den Fluchungeheuern hatte Forrest schon gehört: Sie stammten aus einer Burg unter dem Ogersee. Allen gemein war ihr Talent, andere mit Flüchen zu belegen. Sie liebten das Theater und das Theatralische und hassten Einmischung oder Konkurrenz. Wer seine Sinne beisammen hatte, hielt sich von ihnen fern.

Forrest sah zur Tür, die sich mittlerweile jedoch geschlossen und verriegelt hatte. Ein Versuch, die Tür aufzubrechen, ginge gewiss nicht ohne Lärm ab, der die Probe stören und ihnen eine ganze Salve von Flüchen einbringen würde. So war es immer. Schicksalsergeben blickte sich Forrest nach dem nächsten Stuhl um, und Imbri ebenfalls. Sie mussten sich die Probe eben ansehen. Vielleicht konnten sie sich in der Pause davonstehlen.

Es gab nur noch zwei leere Plätze, die unglücklicherweise nicht nebeneinander lagen. Deshalb musste sich Forrest zwischen zwei junge Menschenmänner setzen, Imbri zwischen zwei Frauen.

»Hallo«, flüsterte Forrest der Mann von links zu. »Ich bin Justin Case. Mein Talent besteht darin, immer dann genau das dabei zu haben, was jemand braucht.«

»Hallo«, wisperte der andere. »Ich bin sein Zwillingsbruder Justin Time. Mein Talent ist es, immer meinen Bruder dabei zu haben, wenn er gebraucht wird.«

»Ich bin Forrest Faun. Mein Talent ist, mich um meinen Baum zu kümmern.«

»Nun, das ist mal eine lobenswerte Beschäftigung«, entgegnete Justin Case abfällig. »Wenigstens bleibt dir die Frustration erspart, die mich verfolgt. Ich habe zwar immer, was andere brauchen, aber nie, was ich selber benötige.«

»Unsere Talente wirken nicht auf uns«, erklärte Justin Time. »Ich bin niemals rechtzeitig irgendwo, um einen Vorteil zu erlangen, und meinem Bruder kann ich auch nicht helfen.«

»Das tut mir leid zu hören«, antwortete Forrest. »Ich verstehe, dass ihr davon genug habt.«

»Ja. Wir würden alles geben, was wir besitzen, um einmal selbst ein wenig Glück zu haben, zum Beispiel zwei schöne Frauen zu heiraten und bis ans Ende unserer Tage in Freuden zu leben.«

Forrest wünschte, er könnte den beiden helfen, und fragte sich, ob er ihnen das Liebes-Horn schenken sollte. Doch dann wurde um Ruhe gebeten, denn auf der Bühne begann das Stück, deshalb musste das Liebes-Horn warten.

Ein alter Mann trat in die Mitte der Bühne. »Die Fluchungeheuer präsentieren Raven, ein Drama in einem Akt von Sofia Sockenordner, der Frau des Guten Magiers.« Er verbeugte sich und verschwand hinter den Kulissen.

Ein junger Mann kam auf die Bühne und stellte sich vor einen gemalten Berg. »Ich werde Son genannt«, verkündete er. »Ich bin der illegitime Sohn von Magier Grey und Zauberin Ivy.« Er senkte den Blick. »Sie schienen zu lange zu brauchen, bis sie sich zur Heirat entschlossen, und deshalb waren sie nicht bereit, als der Storch mich brachte. So wuchs ich in einem Waisenhaus auf, ohne einen richtigen Namen zu bekommen. Nun aber bin ich achtzehn Jahre alt und will mein Erbe beanspruchen. Doch vorher muss ich dem König einen bedeutenden Dienst leisten, um anerkannt zu werden. Außerdem will ich beweisen, dass mein Talent, andere Männer zu beeinflussen, wirklich Magierkaliber besitzt, denn böse Zungen behaupten, es sei nicht so; meine Mutter Ivy verstärke es vielmehr, um es mächtiger erscheinen zu lassen, als es sei. Also muss ich mich nun beweisen und mein Glück suchen.« Son trat zu der Bühne ab, an der Hin stand, also in seine nächste Zukunft.

Dabei wurde das Licht, das auf ihn fiel, immer schwächer; auf einem anderen Teil der Bühne wurde es heller und beleuchtete das Bild eines hübschen Schlosses, in dem ein Mann auf einem Thron saß. Er trug eine Krone. »Ich bin König Dolph«, erklärte er, »der menschliche Herrscher über Xanth. Mein Talent besteht darin, jede Gestalt anzunehmen, die ich mir wünsche.« Er verwandelte sich plötzlich in einen Drachen, dann in einen Harpyienhahn, darauf in ein Einhorn. Danach nahm er wieder Menschengestalt an. »Aber heute empfange ich Besucher, falls ein Bewohner meines Reiches einen Kommentar oder eine Beschwerde vorzubringen hat.« Er blickte zur Seite. »Königin Electra, wer ist da?«

Eine Frau mit Blue Jeans und einer Krone trat auf. »Ein Mann, der behauptet, dein wahrer Vater zu sein.«

»Das klingt interessant. Führ ihn herein.«

Electra drückte auf einen elektrischen Summer, und eine Tür öffnete sich. Ein abgerissen wirkender Mann trat in den Audienzsaal.

»Du behauptest also, mein wahrer Vater zu sein?«, fragte König Dolph. »Weißt du denn nicht, dass ich der Sohn von König Emeritus Dor und Königin Emerita Irene bin? Das steht schon seit langem fest.«

»Nein, tut es nicht«, widersprach der Mann. »Du bist an mich ausgeliefert worden, aber ich war gerade damit beschäftigt, im Garten von Schloss Roogna Zauberstäbe zu ernten, sodass ich dich unter ein Kohlblatt setzte und mit meiner Arbeit weitermachte. Bevor ich zu dir zurückkehren konnte, fand dich Königin Irene und beanspruchte dich als ihr eigenes Kind. Ich konnte nicht viel dagegen unternehmen, denn ich musste meine Ernte unverzüglich ins Lagerhaus schaffen, wenn ich mein Geld wollte. Als das erledigt war, hatte ich dich leider völlig vergessen. Aber jetzt bist du mir wieder eingefallen, und deshalb will ich dich nach Hause holen und Zauberstäbe ernten lassen, damit ich mich zur Ruhe setzen kann.«

König Dolph wirkte nicht besonders erfreut über diese Neuigkeit. »Es stimmt schon, dass ich unter einem Kohlblatt gelegen habe, aber das liegt nur daran, dass der Storch keinen Weg ins versperrte Schloss gefunden hat.«

»Nein, das ist nicht wahr«, beharrte der Mann. »Du hast da gelegen, weil ich dich dorthin gelegt hatte. Meine Frau war tief empört, als ich heute Morgen davon sprach, und besteht darauf, dass ich die Angelegenheit sofort in Ordnung bringe.«

»Darüber muss ich nachdenken«, sagte König Dolph. »Komm nächste Woche wieder.«

»Meiner Frau wird die Verzögerung aber gar nicht gefallen.«

»Hier hast du eine hübsche Perle. Gib sie ihr, um sie abzulenken.« Mit einer Hand fuhr König Dolph in die Schatztruhe, fischte eine funkelnde Perle heraus und gab sie dem Mann.

»Na, die wird ihr gefallen«, sagte er und trat ab.

»Der nächste«, sagte König Dolph in geschäftsmäßigem Tonfall.

»Das wird Son sein«, sagte Königin Electra. »Er ist gerade eingetroffen.«

Sie drückte den Summer.

Son trat ein.

»Und was kann ich für dich tun?«, fragte König Dolph höflich.

»Ich bin dein illegitimer Vetter Son. Ich möchte, dass du mich auf eine bedeutende Suche schickst, auf der ich mich beweisen kann. Dann werde ich mein rechtmäßiges Erbe als Mitglied der königlichen Familie beanspruchen und vielleicht eine nette Prinzessin heiraten.«

»Das nenne ich ein rechtes Ziel«, sagte König Dolph. »Also gut: Geh und finde heraus, ob der Mann mit der Perle wirklich mein Vater ist.«

»Okay. Ich gehe ins Storchenhauptquartier und sehe die Unterlagen ein.«

»Tu das.«

Son trat ab. Das Licht, das auf dem König lag, wurde schwächer und folgte Son, der langsam die Bühne überquerte, während die Szene sich in entgegengesetzter Richtung an ihm vorbeibewegte, um anzuzeigen, wie er vorwärts kam. Doch bevor er das Storchenhauptquartier erreichte, begegnete er einem hübschen jungen Mädchen mit langem dunklem Haar und dazu passender finsterer Laune.

»Nanu«, sprach Son sie an, »bist du etwa eine Prinzessin?« Denn er hatte sich schon immer zu schlechtgelaunten Mädchen hingezogen gefühlt; etwas war an ihnen, das ihn reizte. Seine Haltung zeigte das ganz deutlich.

»Nein, ich bin nur Raven, eine gewöhnliche Frau mit dem Talent, die Farbe meiner Augen meiner Stimmung anzupassen.« Als sie das sagte, blitzten ihre Augen auf.

»Wie schade«, sagte er bedauerlich, »denn ich will unbedingt eine Prinzessin heiraten.«

»Ja, wie schade«, stimmte sie zu, und ihre Augen verdüsterten sich, »denn du bist ein stattlicher junger

Mann und siehst aus wie ein Magier. Ich möchte nämlich einen Magier heiraten.«

»Na, vielleicht findest du noch einen. Musst du in meine Richtung?«

»Ich glaube schon. Sollen wir zusammen reisen, bis wir uns trennen müssen?« Ihr Augen verfärbten sich zu einem hoffnungsvollen Grün.

»Das wäre mir recht.« Sie setzten sich in Bewegung, und hinter ihnen bewegte sich die Szene, um ihre gemeinsame Reise zu illustrieren.

»Soll ich dir meine knapp gefasste Lebensgeschichte erzählen, während wir unterwegs sind?«, erkundigte sich Raven, als die vorüberziehende Landschaft sich allzu oft zu wiederholen drohte und daher dringend eine Ablenkung nötig hatte.

»Ich interessiere mich immer für die Lebensgeschichten hübscher Mädchen«, antwortete Son, »auch wenn sie keine Prinzessinnen sind.«

»Meine Mutter wollte, dass aus mir eine mächtige Zauberin würde«, begann sie. »Von meinen Augenfarben war sie nicht besonders beeindruckt.« Ihre Augen nahmen ein scheckiges, stumpfes depressives Braun an. »Deshalb schloss sie einen Handel mit einem Dämon. Der Dämon gab mir eine Flasche, die ich an einer Schnur um den Hals trage. Sie erlaubt mir, etwas von den Talenten anderer Leute an mich zu nehmen und darin zu lagern. Dann kann ich diese Proben von Magie benutzen.«

»Ach, das ist ja ... – sag mal, könnte ich das eine oder andere dieser Talente benutzen? Ich wüsste einige, die man wirklich gut gebrauchen kann.«

»Nein«, antwortete Raven bedauernd, und ihre Augen nahmen ein trübes Grau an. »Auf der Flasche liegt ein Zauber, der nur mir gestattet, sie zu benutzen. Im Tausch für diese Flasche, die mir gelegentlich die Kräfte einer Zauberin verleiht, erklärte meine Mutter sich einverstanden, ihr anderes Kind dem Dämon zu schenken. Sie hielt das für ein gutes Geschäft, weil sie außer mir noch keine Kinder hatte.«

»Da kann man sich nie sicher sein«, sagte Son. »Ich bin der illegitime älteste Sohn von Magier Grey Murphy und Zauberin Ivy und bin gekommen, um mein Erbe zu beanspruchen. Nun bin ich im Auftrag König Dolphs unterwegs, um herauszufinden, ob er einen illegitimen Vater hat.«

»Das ist faszinierend«, sagte Raven eindeutig gelangweilt; ihre Augen hatten die Farbe von altem Spülwasser angenommen. »Jetzt aber bin ich sechzehn und habe eine liebe Schwester namens Robin. Ich fürchte, dass der Dämon Robin holen kommt und als Sklavin verschleppt, besonders, wenn sie genauso hübsch wird wie ich. Sie ist nun fünfzehn und zeigt alle Anzeichen dafür. Deshalb will ich in Schloss Roogna um Hilfe bitten.«

»Aber ich komme doch gerade von Schloss Roogna«, wandte Son ein.

»Warum hast du das nicht gleich gesagt?«, verlangte Raven wütend zu erfahren. Ihre Augen waren rauchig geworden.

»Du hast mich nicht danach gefragt.«

»Oh. Das stimmt. Nun, dann sollte ich wohl besser zurück in die andere Richtung gehen.«

»Aber das darfst du nicht!«, protestierte Son.

»Warum denn nicht?«

»Weil ich mich in dich verliebt habe.«

Das brauchte sie zum Stocken. »Aber ich bin keine Prinzessin«, wandte sie dann ein.

»Aber du bist wunderschön.«

»Das stimmt«, stellte sie nüchtern fest. »Doch so verlockend dir das auch erscheint, dadurch werde ich noch lange nicht königlich.«

»Aber wenn ich mit Erfolg mein Erbe beanspruche

und als Prinz anerkannt werde, dann wirst du Prinzessin, wenn ich dich heirate«, erklärte er ihr mit flehender Logik.

Ravens Augen leuchteten hell auf. »Wenn du beweisen kannst, ein Magier zu sein, dann würde es gehen. Schließlich bist du ein stattlicher Mann.«

»Gut. Dann auf zu den Störchen.«

»Die Störche?«, rief sie erschrocken aus. »Ich war nicht vorbereitet, so rasch so weit zu gehen. Ich halte es für sehr riskant, auch nur einen einzigen Storch zu rufen, bevor man verheiratet ist.«

Er bemerkte nun, dass sie ihn falsch verstanden hatte. »Ich will ins Storchenhauptquartier, um die Auslieferungsakten einzusehen. Ich muss klarstellen, ob König Dolph an Dor und Irene geliefert wurde oder an einen namenlosen Stabfäller. Aus irgendeinem Grund will der König das wissen.«

Ravens Augen liefen tiefrot an. »Ach, ist das peinlich. Ich dachte schon, du meinst –«

»Nun, ich hätte bestimmt nichts dagegen, mit dir den Storch zu rufen, falls du es so verstehen –«

»Nein, ich glaube, ich steige aus, solange ich noch führe«, sagte sie, und ihre Augen nahmen ein friedliches Weiß an. »Gehen wir die Störche befragen.«

Also begaben sie sich zum Betrieb der Störche, die genauso aussahen, wie Forrest und Imbri sie vorgefunden hatten. Der Storch, der die Akten verwaltete, wollte Unbefugten keinesfalls Einblick gewähren, doch Son benutzte sein Talent, um seine Meinung zu ändern und ihn davon zu überzeugen, dass sie durchaus befugt seien. Endlich blickten sie auf die Seite, die Dolph aufführte.

›Ausgeliefert an Ruben und Rowena, Stabfäller‹, hieß es da.

»Oh, nein!«, rief Son bestürzt. »Ich fürchte, wir haben eine schlechte Nachricht für Ex-König Dolph.«

»Ich fürchte, ich habe eine noch schlechtere Nachricht für ihn«, hauchte Raven.

Son sah sie erstaunt an. »Was könnte schlimmer, als plötzlich nie ein König gewesen zu sein?«

»Plötzlich von einem Dämon versklavt zu werden.«

Er starrte sie an. »Meinst du etwa ...« Er führte seine wilde Vermutung nicht zu Ende.

»Jawohl! Ruben und Rowena sind meine Eltern. Er ist mein lange verlorener Bruder, von dem ich nie wusste, dass ich ihn hatte.«

»Aber wie soll das möglich sein? Dolph ist dreißig Jahre älter als du.«

Ravens Augen nahmen eine verdutzte Färbung an. »Tja, daran habe ich noch gar nicht gedacht. Dazu sind meine Eltern gar nicht alt genug. Das ganze Szenario ist unmöglich.«

»Schnitt!«, schrie der fluchwütige Regisseur. »Das ist alles falsch! Wie ist dieser Satz in das Stück gekommen?«

»Das weiß ich nicht, bestimmt nicht«, sagte Raven.

»Hör zu, Madame Griff, du hast es gesagt. Du –«

»Ich heiße Miss Griff«, entgegnete die Schauspielerin steif.

»Nun, jedenfalls ist das alles deine Schuld, Miss Griff! Du hast das Falsche gesagt!«

»Schrei meine Schwester nicht so an!«, brüllte ein anderes Fluchungeheuer. »Du bist es schließlich, der sie besetzt hat!«

»Nur, weil ich dir einen Gefallen tun wollte, Fehl Griff!«, erwiderte der Regisseur. »Nun stecken wir bis zum Hals drin. Morgen ist Premiere; zu spät, um noch eine andere Schauspielerin zu bekommen.«

»Nun, wenn du ein besserer Regisseur wärst, dann hättest du eine zweite Besetzung.«

Der Regisseur riss sich zwei Hand voll Haar aus. »Ach, diese Schmach! Diese Schande! Das Stück geht nicht weiter!«

Schweigen senkte sich herab. Forrest begriff endlich, dass er gar keiner echten Fluchungeheuer-Theaterprobe beiwohnte, sondern einer Prüfung: Er musste herausfinden, was zu tun war. Das bedeutete aber, dass es etwas herauszufinden gab, wenn er nur begriff, was.

Mittlerweile hatte er den Bogen fast raus: Die Elemente der Prüfung waren offensichtlich, das Problem bestand allein darin, ihre Bedeutung zu erkennen. Gewöhnlich sah man wenig Unwesentliches; an einer gegebenen Szene war das meiste sachdienlich. Das hieß, dass das Stück, das Publikum und der Saal zusammenhingen. Aber wie?

Plötzlich sah er es. »Ihr könnt das Stück noch retten!«, rief er.

Der Regisseur wirbelte zu ihm herum. »Wer stört da so laut?«

Forrest erhob sich. »Ich bin Forrest Faun, und ich habe eine Idee, wie du das Stück retten kannst«, sagte er. »Aber vielleicht erscheint sie dir ungewöhnlich.«

»Keine Idee ist zu ungewöhnlich, wenn sie das Stück rettet. Sprich!«

»Mein Nachbar zur Linken muss die Darstellerin der Raven heiraten.«

»Was brabbelst du da, du hohlköpfiger Faun!«, brauste der Regisseur auf. »Das Privatleben der Schauspieler und der Zuschauer hat doch nichts mit dem Stück zu tun!«

»Aber gewiss«, erwiderte Forrest. »Dein Stück ist fehlgeschlagen, weil die Schauspielerin Miss Griff ein Talent hat, das dazu führt, dass jedes Stück scheitert. Da es zu spät ist, die Darstellerin noch zu ändern, muss sie ihren Namen ändern, damit er keine üble Wirkung mehr entfalten kann. Wie es der Zufall will, kann Justin Case hier neben mir genau das tun, indem er sie heiratet und ihren Namen in Mrs. Case ändert.«

»Aber er will doch gar keine gescheiterte Schauspielerin heiraten!«

»Woher willst du das wissen, Regisseur?«, rief Justin Case und sprang auf. »Sie ist eine wunderschöne Frau, ob innerhalb oder außerhalb des Stückes.«

»Aber sie würde doch nicht –«

»Ich würde alles tun, um meine Rolle zu behalten«, sagte Miss Griff.

Der Regisseur nickte. »Also gut, aber beeilt euch mit der Heirat. Wir müssen noch eine weitere Teilprobe abhalten, um sicherzugehen, dass es nun läuft.«

»Wie kannst du heiraten und mich allein lassen?«, fragte Justin Time. »Nachdem ich dich so treu dorthin geführt habe, wo man dich braucht?«

»Das stimmt«, pflichtete Justin Case ihm bei. »Du hast ebenfalls eine schöne Schauspielerin verdient.«

Forrest dachte eilig nach. »Hat Ravens schöne Schwester Robin denn ebenfalls eine Rolle in dem Stück?«

»Aber natürlich«, sagte der Regisseur. »Sie muss vor dem schrecklichen Dämon gerettet werden.«

»Dann kann sie doch Justin Time heiraten.«

»Aber Miss Kredit würde doch nicht –«

»Sprich nur für dich, Regisseur«, sagte eine wunderschöne junge Frau auf der Bühne. »Ich möchte mir diesen Mann einmal ansehen.«

Justin Time erhob sich. Er war ein stattlicher Mann und wirkte fast zeitlos.

Miss Kredit nickte wohlgefällig. »Den nehme ich.«

»Aber wenn du erst fünfzehn bist …«, begann Justin Time voll Zweifel.

»Das ist nur mein Rollenalter«, entgegnete sie lächelnd. »Ich bin in Wirklichkeit ein wenig älter und sehr viel erfahrener.«

»Das ist gut genug!«, freute sich Justin Time.

»Dann bringen wir es jetzt hinter uns«, sagte der Regisseur. »Ihr vier stellt euch vor mich.«

Die beiden Männer und die beiden Frauen reihten sich vor ihm auf. »Kraft der Gewalt, die mir mein Amt als Allmächtiger Regisseur verleiht, erkläre ich euch zu Mann und Frau. Nun macht weiter mit dem Stück.«

Die Männer küssten ihre Bräute und kehrten auf ihre Plätze neben Forrest zurück. »Wir machen weiter ab Ravens ›Jawohl‹«, befahl der Regisseur. »Gib ihr das Stichwort, Son.«

Auf der Bühne starrte Son seine Begleiterin an. »Meinst du etwa ...« Er führte seine wilde Vermutung nicht zu Ende.

»Jawohl! Ruben und Rowena sind meine Eltern. Er ist mein lange verlorener Bruder, von dem ich nie wusste, dass ich ihn hatte.«

»Aber wie soll das möglich sein? Dolph ist dreißig Jahre älter als du.«

»Du hast Recht. Irgendwo muss sich ein Fehler eingeschlichen haben. Wir sollten uns die Akte noch einmal genauer ansehen.«

Son blickte auf die Storchenakte. »O ja, jetzt sehe ich es: Das war nur ein Fehleintrag. Daneben steht: FEHLER: ECHTE ELTERN SIND DOR & IRENE IN SCHLOSS ROOGNA.

»Na, da bin ich aber erleichtert«, seufzte Son. »Ich konnte König Dolph immer gut leiden. Ich freue mich, ihm diese frohe Botschaft bringen zu können.« Er stockte. »Aber warum hat dein Vater denn gesagt, das Baby gehöre ihm?«

»Anscheinend hat er gelogen, weil er einen Sohn haben wollte und nicht nur Töchter.«

»Das klingt einleuchtend«, stimmte Son ihr zu.

»Aber was wird nun aus meiner Schwester, die der Dämon als Sklavin fortschleppen wird?«

Son blickte grimmig drein. »Ich muss gegen ihn kämpfen, um dein Familienglück zu retten.«

»Aber du kannst doch keinen Dämon besiegen!«, widersprach Raven.

»Du hast mein Talent vergessen, mit dem ich den Sinn von Männern ändern kann. Der Dämon ist männlich, also kann ich auch ihn beeinflussen.« Er nahm eine andere Haltung ein. »Dämon, hierher mit dir!«

Feuer brandete auf, und eine Rauchwolke quoll zur Decke. Als sie sich verzogen hatte, stand an ihrer Stelle ein entsetzlich anzuschauender Dämon. »Wer ruft Dämon Isir?«

»Ich«, antwortete Son. »Ich werde nicht zulassen, dass du die hübsche kleine Schwester dieser Frau zur Sklavin machst.«

»Ich höre nur kleine Schwester«, entgegnete der Dämon. »Ich hatte gedacht, es wäre ein viel älterer Bruder.«

»Nein, das war ein Schreibfehler. Raven hat gar keinen Bruder, nur eine Schwester.«

»Hm. Wie sieht sie denn aus?«

»Hier hast du ihr Bild«, sagte Raven und reichte es ihm.

D. Isir schaute es an. »Könnte retuschiert sein. Wahrscheinlich ist sie potthässlich.«

»Das ist sie nicht!«, begehrte Raven auf. »Höre, ich beschwöre sie persönlich herbei, um es zu beweisen.«

»Du kannst beschwören?«, fragte Son überrascht.

»Das ist eins der Talente, die ich in meiner Flasche aufgehoben habe«, erklärte Raven. Sie hob das Fläschchen und entkorkte es. »Schwester Robin, komm hierher«, sang sie.

Ein Rotkehlchen flog herbei, landete auf dem Boden und verwandelte sich in ein bezaubernd schönes junges Mädchen. »Ja, liebste Schwester?«

»Das hier ist Dämon Isir. Er glaubt, du wärest hässlich«, sagte Raven.

»Ach ja?« Robin wandte sich dem Dämon zu und holte tief Luft.

»O nein!«, rief Isir rasch. »Du bist wirklich wunderschön, meine ich.«

»Und er plant, dich zu seiner Sklavin zu machen«, fuhr Raven säuerlich fort.

»Wirklich?«, fragte Robin stirnrunzelnd. »Soll das heißen, dass ich nicht mehr nach einem netten Mann Ausschau halten kann, der das Talent hat, die Gestalt zu wechseln und mit mir davonzufliegen?«

»Das kann ich!«, rief Isir und verwandelte sich in einen grünen Eichelhäher. »Mit einem Mal möchte ich dich zu meiner Überraschung gar nicht mehr versklaven, sondern ich will dich ehelichen, du wunderschönes Geschöpf«, sagte der Vogel.

»Na, das ist doch ein Wort.« Robin nahm wieder Vogelgestalt an, und die beiden flatterten davon.

»So, damit dürfte dein Problem der Vergangenheit angehören«, sagte Son. »Und König Dolphs Problem ebenso. Lass uns zum Schloss Roogna gehen, damit ich mich als Magier anerkennen lassen kann.«

»Du hast also Isirs Sinn gewandelt?«, fragte Raven beeindruckt.

»Ja. Besonders schwer war es gar nicht, als er einmal gesehen hatte, wie schön sie ist. Ich hoffe, es macht dir nichts aus, einen Dämon in der Familie zu haben.«

»Nun, das ist immer noch besser als die andere Möglichkeit. Und dein Talent scheint wirklich Magierkaliber zu besitzen. Lass uns nach Schloss Roogna gehen.«

Sie hakten sich beieinander ein und verließen die Bühne.

»Das war doch großartig«, sagte der Regisseur. »Seid morgen zur Uraufführung wieder hier.« Die Angehörigen der Besetzung zerstreuten sich, und die beiden Schauspielerinnen gingen zu ihren frisch angetrauten Ehemännern. Währenddessen richtete der Regisseur sein neugieriges Auge auf Forrest. »Worauf wartest du noch, Faun? Geh rein, der Gute Magier wartet auf dich.« Und im Hintergrund der Bühne öffnete sich eine Tür.

Forrest und Imbri traten durch die Tür. »Du hast die Lösung gefunden«, sagte Imbri bewundernd. »Du bist ein wirklich kluger Faun.«

»Nein, ich habe nur das Prinzip dieser Prüfungen durchschaut. Im echten Leben hätte ich es vermutlich vermasselt.« Trotzdem freute er sich über ihr Lob.

Im nächsten Raum erwartete sie eine alte, farblose Frau. In ihren Schürzentasche steckten sortierte Socken. »Also habt ihr mein Stück gerettet!«, rief sie. »Ich danke euch. Ich bin Sofia Sockenordner, augenblickliche Einstweilige Ehefrau.«

»Aha«, sagte Forrest. »Wir sind hier –«

»Natürlich. Er wartet schon auf euch. Folgt nur der Sockenspur.«

»Er hatte schon immer Schwierigkeiten, seine Socken beisammen zu halten«, murmelte Imbri auf dem Weg. »Deshalb hat er die beste Sockensortiererin von ganz Mundanien geheiratet. Aber an einem schlimmen Tag kommt selbst sie nicht hinterher.«

»Das sehe ich – und ich rieche es.«

Die Spur führte in das vollgestopfte Arbeitszimmer des Guten Magiers. Wie schon früher kauerte Humfrey über seinem monströsen Buch. »Äh …«, begann Forrest.

Die gnomenhafte Gestalt blickte auf. »Ja, ja, schon gut. Dein Dienst besteht darin, als Berater für die Prinzessin Dawn und Eve zu arbeiten, damit sie das menschliche Gebiet vor der Einsäumung retten können. Der verzauberte Pfad führt euch unmittelbar nach Schloss Roogna.«

»Aber ich habe meine Frage doch noch gar –«

»Du bist gekommen, um nach dem Weg zum Schloss Roogna zu fragen«, unterbrach Humfrey ihn gereizt. »Und ich habe sie beantwortet.« Damit wandte er sich wieder seinem Buch zu.

Folglich waren sie entlassen. Erneut. Aber er hatte schon Recht: Sie hatten ihn ja wirklich nur nach dem Weg fragen wollen. Und dafür mussten sie nun den Gegenwert eines Jahresdienstes leisten. Ganz gerecht erschien Forrest das nicht.

Sie kehrten zurück auf die anrüchigen Wendeltreppen. »Wie kann Humfrey hier sein, genauso wie immer?«, fragte Forrest.

»Er trinkt vom Elixier der Ewigen Jugend, um sein Alter bei etwa einhundert Jahren zu halten«, erinnerte Imbri ihn.

»Nein, ich meine, sollte er nicht von Ptero verschwunden sein, weil er in Xanth real existiert?«

»Nur für ein Jahr, meine ich. Den Rest seines Lebens kann er hier ungestört verbringen. Denk nur an Eugen Oger.«

»Ach ja, ich glaube, du hast Recht. Trotzdem ist es seltsam, hier jemanden zu treffen, dem ich auch dort begegnet bin.«

»Stimmt. Aber es wird noch seltsamer sein, Dawn und Eve zu begegnen.«

Nachdem Sofia ihnen ein Mittagessen serviert hatte, brachte die Einstweilige Ehefrau des Guten Magiers sie zum magischen Pfad. »Verlasst ihn auf keinen Fall«, warnte Sofia sie zum Abschied. »Hier gibt es Drachen.«

»Wir bleiben auf dem Weg«, versprach Imbri.

»Er selbst weiß zu schätzen, was ihr tut, auch wenn er es nicht zeigt«, sagte Sofia. »Wenn es euch nicht gäbe, würden diese beiden törichten Prinzessinnen davonrennen, um sich Ehemänner zu suchen.«

»Ist das bei Menschen nicht normal?«, fragte Forrest.

»Nicht, wenn ihr Territorium eingesäumt wird. Rettet es, und die beiden können wieder tun, wonach ihnen der Sinn steht.«

»Aber wir wissen gar nicht, wie das Wort gemeint ist.«

»Das werdet ihr bestimmt noch herausfinden. Nun verschwindet – die Sache duldet keinen Aufschub.« Sie schob sie zur Tür hinaus auf den Zauberpfad.

»Dieses Land ist ebenso seltsam wie Xanth«, murmelte Imbri.

»Es ist seltsamer«, rief Sofia ihnen hinterher.

Damit hatte sie vermutlich Recht.

# 8
# Dawn & Eve

Der Pfad führte sie sicher und bequem durch den Wald. Doch da der Weg nach Schloss Roogna genau wie in Xanth recht weit war, übernachteten sie an einem Rastplatz. Dabei wussten sie, dass die Nacht auf Ptero nichts mit dem Lauf der Sonne über den Himmel zu tun hat, weil der Mond das Licht Xanths benutzt. Manchmal, wenn Prinzessin Ida den Kopf in den Schatten steckte, verfinsterte sich die Szene.

Forrest wusste nicht so recht, ob er sich müde fühlen sollte, doch als die Dunkelheit hereinbrach, bemerkte er, dass er gerne schlafen wollte. Zu schlafen war hier gewiss nicht unnatürlicher als zu essen; anscheinend konnten sie beides tun oder darauf verzichten und sich ganz nach den jeweiligen Gegebenheiten richten.

»Wie gefällt es dir eigentlich, stofflich zu sein?«, fragte er Imbri, als sie sich neben ihm zur Ruhe bettete. »Ich meine, ich bin es ja gewöhnt, du aber nicht.«

»Besonders nicht in Frauengestalt«, gab sie ihm Recht. »Aber allmählich gewöhne ich mich daran, und manchmal genieße ich es sogar. Besonders dann, wenn ich solide Mädchengefühle empfinde.«

»Aha? Worin bestehen sie?«

»Freude an der Schönheit des Waldes und der Nettigkeit von Leuten wie Katrin. Selbst Essen und Schlafen sind für mich interessante Erfahrungen.«

»Das will ich meinen. Diese Welt Ptero gefällt mir ganz gut, allmählich gewöhne ich mich daran.«

»Ja.«

Dann übermannte Forrest die Müdigkeit, und er schlief ein.

Er wachte auf, weil sich neben ihm etwas bewegte. Als er die Augen aufschlug, war es Imbri, die eine Decke über ihn legte. »Du sahst aus, als würdest du frieren«, erklärte sie.

Tatsächlich war ihm kühl geworden, aber die Decke hatte das wieder behoben. »Danke schön.«

»Gern geschehen, Forrest.«

Er wollte schon wieder in Schlaf sinken, doch da bemerkte er, dass sie selbst keine Decke hatte. »Ist dir denn nicht auch kalt?«, fragte er.

»Das ist egal.«

»Nein, das ist es überhaupt nicht. Gibt es denn keine andere Decke?«

»Ich habe nur die eine gefunden. Nimm sie und schlaf gut.«

»Aber du musst doch auch müde sein. Du solltest sie nehmen.«

»Dann frierst du aber.«

Forrest dachte kurz nach. »Wir könnten sie teilen.«

Imbri zögerte.

Das hatte er befürchtet. »Du machst dir Sorgen, dass ich dich für eine Nymphe –«

»Nein, es ist ganz offensichtlich, dass du mich nicht so siehst. Du bist ein weitaus verantwortungsbewussterer Faun, als ich gedacht hätte.«

»Dadurch, dass ich mich um meinen Baum kümmern muss, bin ich so geworden. Komm, leg dich doch zu mir, Imbri; dann haben wir beide es warm. Die Decke ist groß genug für uns zwei.«

»Danke.« Sie löste ihre Kleider auf und kroch unter die Decke.

Nach einem Moment des Erstaunens sagte sich Forrest, dass sie nicht gern angezogen unter einer Decke schlief, weil das nicht sehr bequem gewesen war. Also hatte sie die Kleidung abgelegt. Das war vernünftig. Doch in dem Moment hatte sie ausgesehen wie eine Nymphe, und das wirkte in einer Weise auf Forrest, die er vor Imbri zu verbergen suchte. Er wollte nicht, dass sie glaubte, sich in ihm getäuscht zu haben.

An seiner Seite legte sie sich nieder und berührte ihn an Schulter und Hüfte. Sie war weich, glatt und warm – ganz wie eine Nymphe. *Aber sie ist keine Nymphe,* rief er sich ins Gedächtnis. Sie war eine Mähre in Mädchengestalt, ein intelligentes, nachdenkliches Wesen, das sich nicht für nymphische Betätigung interessierte. Deshalb drehte er sich von ihr weg und tat sein Bestes, um ihre Anwesenheit zu vergessen.

Es dauerte einige Zeit, doch am Ende gelang es ihm wenigstens, wieder einzuschlafen. Später aber, als er erwachte, musste er feststellen, dass Imbri sich an ihn gekuschelt hatte. Ihre nymphischen Attribute erschienen ihm sehr weich. Er wagte keine Bewegung. Doch einzuschlafen traute er sich ebenfalls nicht mehr, denn sonst hätte er davon geträumt, eine Nymphe zu jagen und zu fangen und etwas zu tun, was Imbri abgestoßen hätte. Er wünschte, er hätte diese Wendung vorhergesehen und sie verhindert. Zugleich genoss er jedoch den unerwarteten Körperkontakt. Seine Sicht Imbris hatte sich in einer Weise geändert, die sich nicht mehr rückgängig machen ließ. Einerseits war sie Imbri, seine hilfreiche Begleiterin. Außerdem aber war sie nun mehr für ihn – in einer Weise, die er sich nicht anmerken lassen durfte.

Forrest lag hellwach und kämpfte darum, seine Gedanken zu ordnen, doch diese wollten sich nicht mehr auf ihre frühere Simplizität reduzieren lassen. Er kannte Imbri als Person, nicht als Nymphe – doch nun wünschte er, sie könnte beides sein. Das freilich war unmöglich.

Deshalb wurde es eine lange Nacht. Trotzdem fühlte sich Forrest am Morgen nicht müde; offensichtlich brauchte man als Gebilde aus Seelensubstanz gar nicht richtig zu schlafen. Schlaf war nur eine Annehmlichkeit für die dunklen Stunden.

Als das Licht heller wurde, rührte Imbri sich und erwachte. Sie reckte sich, wobei sie sich an ihm rieb, und fuhr auf. »Ach – richtig«, sagte sie und blickte ihn an. »Wir haben die Wärme geteilt. Einen Augenblick lang habe ich mich gefragt, was ich mit dir unter der Decke zu suchen hatte.«

»Nur geschlafen haben wir«, sagte er.

»Ja. Danke.« Sie erhob sich, blickte an ihrem nackten Leib hinunter und konzentrierte sich. Ihr Kleid bildete sich aus ihrer Substanz neu und bedeckte sie. »Ich komme mir dabei vor wie eine Zauberin«, gab sie zu. »Aber es ist wirklich keine Magie, sondern nur eine Neuordnung meiner Seelenmaterie.«

»Ja.« Doch wie anders es war, diesen nackten Körper zu erblicken, wenn er wusste, dass es sich nicht um den Leib einer gedankenlosen Nymphe handelte. Eigentlich hätte er sich deswegen gar nicht um ihr Aussehen scheren sollen, doch plötzlich war es ihm umso wichtiger. Während der vergangenen Nacht hatte er sich gewünscht, Imbri könnte ihm sowohl Nymphe als auch Freundin sein – dass diese beiden

Aspekte einander abwechselten –; nun aber hätte er es am liebsten gehabt, wenn Imbri ihm beides *zugleich* gewesen wäre. Ein wirklich bedeutender Wechsel der Sichtweise, fand Forrest: die Vorstellung, mit einer echten Person, einer Freundin zu feiern, anstatt mit der Nymphe das Geistlose auszuführen und die andere zu achten. Eine Menschenfrau hätte seiner Vorstellung entsprochen, denn Menschen besitzen Körper und Verstand, doch war Imbri kein Mensch und hatte keinen Körper, es sei denn in der augenblicklichen, eher besonderen Situation. Deshalb hatte es wenig Sinn, sich noch weiter damit zu befassen.

»Du scheinst mir heute Morgen besonders nachdenklich zu sein«, bemerkte Imbri. »Hast du gut geschlafen?«

Was sollte er darauf antworten? Die Wahrheit erschien ihm nicht angemessen, doch schon den Gedanken, sie zu täuschen, fand er unerträglich. Deshalb zögerte er.

»Nein, du hast nicht gut geschlafen!«, rief sie betrübt aus. »Ich hätte nicht zu dir unter die Decke kommen sollen! Du hattest nicht genügend Platz, um gut zu schlafen. Bestimmt habe ich dich die ganze Nacht über gestoßen und gestochen und mich herumgewälzt.«

»Nein. Nein, das war es nicht«, versicherte er ihr. »Du warst fantastisch.«

»Ich habe dich nicht gestoßen?«

»Nein, eigentlich nicht.« Wie anstrengend, zwischen Wahrheitsliebe und Diskretion einen Kompromiss zu finden! Normalerweise brauchte sich ein Baumgeist darum wirklich keine Gedanken zu machen.

»Ich verstehe nicht, was du meinst. Habe ich dich nun gestoßen oder nicht? Habe ich dich im Schlaf gestört oder nicht?«

Forrest entschied, dass weitere Ausflüchte unhaltbar wären. Er musste offen sein und sich den Folgen stellen. »Du hast mich gestoßen, aber das hat mir nicht wehgetan. Du hast mich im Schlaf gestört, aber nicht, weil du dich hin und her gewälzt hättest. Du hast ruhig geschlafen.«

»Aber ich habe dich mit dem Ellbogen gestoßen?«

»Nein.«

»Mit meinem Knie?«

»Nein.«

»Ich verstehe dich nicht. Womit habe ich dich denn gestoßen?«

»Mit deinem ...« Noch immer brachte er es nicht über sich.

Imbri blickte an sich hinunter. »Ich weiß nicht –« Dann krümmte sich ihr Menschenmund. »Mit meinem Busen? Damit habe ich dich gestoßen?«

Forrest spürte, wie ihm die Röte in die Wangen stieg. Das war ihm noch nie passiert. Womöglich hatte noch kein Faun das zustande gebracht.

»Oje, Forrest«, sagte sie zerknirscht. »Ich hätte ja nie gedacht ... Ich sehe aus wie eine Nymphe, nicht wahr? Und du bist ein Faun.«

»Ja.« Nun war es heraus.

»Und du musstest dich mühsam davon abhalten, ein Faun zu sein. Die ganze Nacht hindurch.«

»Ja.«

»Ich hätte niemals ... ich meine, wenn ich das nur geahnt hätte ... Das ist nicht meine natürliche Gestalt ... Mir ist gar nicht in den Sinn gekommen –«

»Es ist nicht wichtig«, schnitt er ihr das Wort ab, um endlich dieses peinliche Thema zu beenden.

»O doch, das ist es! Ich habe unbedacht gehandelt und dich in Nöte gestürzt. Ich weiß gar nicht, wie ich das wieder gutmachen soll. Dabei hätte ich doch von selbst begreifen müssen ... Im Nachhinein ist es derart offensichtlich –«

»Bitte, lass es sein. Es ist wirklich nicht wichtig. Wir sollten uns wieder auf den Weg machen.«

»Ich war so gedankenlos! Mein Verhalten ist nicht zu entschuldigen. Irgendetwas muss ich doch tun ...« Dann veränderte sich ihr Gesicht. »Forrest, ich vergesse immer, dass ich hier auf Ptero stofflich bin. Und selbst wenn ich damit Unheil anrichte, vergesse ich noch, dass ich deine Not lindern kann: Ich könnte für dich zur Nymphe werden.«

»Nein. Ich will das nicht.«

»Nein, wirklich. Das ist für mich keine Kränkung. Wir Stuten nehmen dergleichen nicht wichtig. Ich kann das Spiel perfekt treiben, du musst mir nur sagen wie. Mal überlegen – Nymphen fliehen und kreischen dabei niedlich, sie treten mit den Füßen um sich und werfen ihr Haar herum; dann tun sie so, als wollten sie den Storch rufen.« Noch während sie sprach, löste sie ihre Kleidung auf, rannte in einem engen Bogen herum, trat mit einem Fuß, dann mit dem anderen, und schwang ihr länger werdendes Haar zu einem Vollkreis. Dann versuchte sie einen niedlichen Schrei: »Iiiiieeeek!«

»Nein!«, brüllte Forrest. »Hör auf!«

Imbri blieb auf der Stelle stehen. »Es tut mir leid, Forrest. Habe ich etwas falsch gemacht?«

»Nein. Ich will dich nicht als Nymphe.«

»Aber du hast gesagt ... heute Nacht ...«

»Du bist nicht ohne Verstand.«

»Oh. Aber ich kann doch so tun.«

»Ich wüsste, dass es nicht so ist.«

Traurig nickte sie. »Also kann ich für dich keine Nymphe sein. Ich enttäusche dich nur.«

»Ja.«

»Ich bitte dich aufrichtig um Verzeihung, Forrest. Wenn es etwas anderes gibt, was ich für dich tun kann, um –«

»Nein. Wir müssen uns jetzt wieder unserem Vorhaben widmen.«

»Ja, natürlich«, stimmte sie ihm ernüchtert zu.

Während sie weitermarschierten, wurde Forrest das Bild nicht los, wie sie sich ganz wie eine Nymphe benahm. Wie sehr er das Spiel mit ihr hatte spielen wollen! Doch Imbri vorgeben zu lassen, keinen Verstand zu besitzen, und sie glauben zu machen, dass sie ihn damit zufrieden stellte – nein, das konnte er nicht tun. Und auf keinen Fall wollte er sie bitten, sich ihm hinzugeben, ohne dabei eine Nymphe zu spielen, denn damit hätte er von ihr echte Beteiligung verlangt, und dazu besaß er kein Recht. Imbri begleitete ihn im Auftrag des Guten Magiers und sollte ihm helfen, einen Faun für einen Baum zu finden. Wenn diese Aufgabe vollbracht war, hatte Imbri ihre Dienstpflicht gegenüber Humfrey erfüllt und besaß jede Freiheit zu gehen, wohin sie wollte.

»Forrest, du bist noch immer niedergeschlagen«, sagte Imbri irgendwann. »Ich weiß, dass ich daran schuld bin. Ich wünschte –«

»Nein. Es liegt an mir.« Und er wusste, dass er die Wahrheit sprach. Woher sollte er das Recht nehmen, ihre Reinheit mit seinen unrealistischen Sehnsüchten zu beflecken? »Ich möchte nicht mehr darüber sprechen.«

»Selbstverständlich«, sagte sie niedergeschlagen.

Auf dem Weg drohte ihnen kein Unheil, denn der Pfad war verzaubert. Er führte durch eine Berglandschaft, wand sich jedoch mal in die eine, dann in die andere Richtung zwischen den Anhöhen hindurch, sodass er so gut wie nie anstieg. Deshalb fiel Forrest und Imbri das Gehen nicht schwer, und sie konnten den Ausblick unbeschwert genießen. Nur wenn ihm keine andere Wahl blieb, stieg der Weg in die Höhe.

Nach nicht allzu langer Zeit erreichten sie so

Schloss Roogna, das in einem bewaldeten Tal lag. Der Weg führte sie über einen Hügelkamm, und dann breitete sich vor ihren Augen das Tal aus wie ein großes Gemälde. Doch etwas stimmte an diesem Gemälde nicht. »Was sind das für Linien?«, fragte Forrest erschrocken. »Beim letzten Mal habe ich sie gar nicht bemerkt.« Denn das Tal war kreuz und quer, von der einen Bergflanke zur anderen, mit langen, farbigen Linien überzogen, als hätte ein Riese mit einem Paket Buntstiften gespielt. Nur in der unmittelbaren Umgebung des Schlosses fanden sich keine Farbstriche.

»In Xanth sind sie jedenfalls nicht da gewesen«, stimmte Imbri ihm zu. »Aber hier sind wir nicht in Xanth, sondern auf einer kleineren Nachbildung.«

»Trotzdem haben wir solche Linien noch nirgendwo auf Ptero gesehen. Ich glaube nicht, dass sie normal sind.«

»Was meinst du – ob sie mit dem Problem zusammenhängen, das wir lösen sollen? Der Einsäumung?«

»Die Einsäumung«, wiederholte Forrest nachdenklich. »Die Striche sehen irgendwie nach Randstrichen aus. Als hätte jemand Linien gezogen, um das Tal von der Umgebung abzutrennen. Danach sind innerhalb der Eingrenzung immer mehr Randstriche gezogen worden, und der freie Bereich wird immer enger. Das erinnert mich an ein Spiel, das ich als Faun gespielt habe.«

Imbri lachte. »Heißt das, du bist jetzt kein Faun mehr?«

Das hatte Forrest sich in der Tat schon gefragt. Die Faune im Faunen- und Nymphen-Reservat sind seichte Gemüter, die nur eins im Kopf haben – und das wird ihnen wiederum von den Nymphen gegeben. Die Faune, die das Reservat verlassen und sich eine nützliche Beschäftigung suchen, gewinnen zwar bald an Tiefe, aber nicht sehr; gerade so viel, um zu erkennen, dass das Jagen von Nymphen nicht das Einzige ist im

Leben – aber es bleibt das Wichtigste. Die Faune, die sich an einen Baum binden, erhalten noch mehr Tiefe, doch auf keinen Fall würde ein Außenstehender sie als ernstzunehmende Wesen bezeichnen. Während seiner selbstauferlegten Suche war Forrest immer nachdenklicher geworden, und die Ereignisse auf Ptero hatten diese Entwicklung vorangetrieben. Nur deswegen hatte er in der vergangenen Nacht eine natürliche Regung unterdrückt und am Morgen trotz beträchtlicher Versuchung Imbris Angebot abgelehnt, für ihn Nymphe zu spielen. Kein Faun, von dem er je gehört hatte, hätte sich so verhalten. Auf keinen Fall konnte Forrest für einen normalen Angehörigen seiner Art gehalten werden. Aber all das war ihm im Moment zu kompliziert, um weiter darüber nachzusinnen. »Als ich noch jung war«, verbesserte er sich.

»Wie ging das Spiel?«

»Wir haben es mit Steinmessern gespielt. Wir strichen ein Stück Erdboden glatt, und dann warfen wir abwechselnd mit unseren Messern darauf, dass sie mit der Spitze stecken blieben. Dann zogen wir längs der Klinge eine Linie in beide Richtungen und teilten dadurch das Stück Boden in zwei Teile. Der kleinere Teil galt als verloren, und wir warfen auf die größere, freie Hälfte. Wer sie verfehlte oder wessen Messer nicht stecken blieb, hatte verloren. Die freie Fläche wurde immer kleiner, weil jedes Mal etwas abgeteilt wurde, bis sie schließlich zu klein war, um überhaupt getroffen werden zu können. Der Letzte, der mit dem Messer traf, hatte gewonnen.«

»Und welchen Sinn hatte das Spiel?«

»Zu gewinnen. Wir mussten uns schließlich irgendwie beschäftigen, wenn keine Nymphen in Sicht waren. Das war alles.«

Sie warf ihm einen langen Seitenblick zu. »Seither hat sich dein Horizont beträchtlich erweitert.«

Wenn sie nur gewusst hätte, wie sehr! »Ja. Was ich aber sagen wollte: Dieses Tal lässt mich an das Spiel denken. Es war schwierig, das Messer genau an die richtige Stelle zu werfen, dass die Klinge auch noch in die richtige Richtung zeigte, und deshalb wurde vom verbleibenden Feld meistens nur ein schmaler Streifen abgetrennt. Wenn das hier ein Spiel wäre, dann wäre es zu drei Vierteln vorüber.«

»Wer sollte solch ein Spiel denn mit dem Menschengebiet auf Ptero spielen?«

»Unsichtbare Riesen?«

Imbri nickte zustimmend. »Wenn es ein Spiel ist, was hat der Gewinner davon?«

»Schloss Roogna«, antwortete Forrest. »Und mit dem Schloss die Oberhoheit über alle Menschen auf Ptero.«

Erneut nickte sie. »Und du musst Dawn und Eve helfen, das Menschengebiet vor der Einsäumung zu retten. Nun haben wir wohl schon etwas über die Bedrohung erfahren.«

»Einsäumung«, wiederholte er. »Randbeschneidung, bis in der Mitte nichts mehr übrig ist. Das sieht wirklich ganz nach einer Sache aus, gegen die etwas unternommen werden muss.«

»Aber auch hier müsste der König ein Magier sein«, entgegnete Imbri. »Wieso sollte er nicht selbst gegen diese Übergriffe kämpfen können?«

»Ihm muss etwas zugestoßen sein. Wir sollten zusehen, dass wir so schnell wie möglich ins Schloss kommen, bevor es noch schlimmer wird.«

»Wenn die Riesen uns sehen, werden sie versuchen, uns aufzuhalten. Besonders, wenn sie bereits einen Verdacht hegen, weshalb wir kommen.«

»Da hast du Recht. Vielleicht sollten wir Katrins Mantel des Vergessens einsetzen.« Er holte die kleine Büchse aus dem Rucksack.

»Du wirst wirklich immer klüger. Daran hätte ich gar nicht mehr gedacht.«

»Bitte mach mir keine Komplimente.«

Erstaunt blickte sie ihn an. »Warum denn nicht, wenn du es doch verdient hast?«

Am liebsten hätte sich Forrest auf die Zunge gebissen, doch dazu war es bereits zu spät. Nun blieb ihm nichts anderes übrig, als die Wahrheit zu sagen. »Weil ich dich in deiner gegenwärtigen Gestalt ohnehin schon zu sehr mag, und Komplimente machen es nur noch schlimmer.«

Sie starrte ihm fassungslos ins Gesicht, dann nickte sie nachdenklich. »Ich will versuchen, vorsichtiger zu sein.«

Forrest hielt die Büchse hoch und sagte: »Ich erwecke dich.«

Nichts geschah, doch was sollten sie auch bemerken? Forrest packte die Dose ein, und sie machten sich an den Abstieg vom Hügel.

Am Waldrand kamen sie an die erste Linie und blieben kurz davor stehen. Der Strich war grün und verlief über den Boden, ohne darin einzuschneiden; ein wenig erinnerte er an einen Schatten. Auf gleiche Weise überwand er Felsen und Bäume. In der Luft war er unsichtbar, doch zeigte sich die grüne Farbe auf Ästen und auf Blättern, also konnte man davon ausgehen, dass es sich um eine senkrechte Fläche handelte.

»Hältst du es für ungefährlich, einfach hindurchzuschreiten?«, fragte Forrest.

»Unter dem Schutz des Mantels *müsste* es ungefährlich sein«, antwortete Imbri. »Aber vielleicht sollten wir uns beim Durchdringen vorsichtig bewegen und nicht viel reden.«

»Das meine ich auch. Ich gehe zuerst.«

»Wieso?«

»Ich möchte nicht, dass dir etwas zustößt, wenn es doch gefährlich ist.«

»Aber du musst die Mission erfüllen, nicht ich. Ich sollte dich beschützen, nicht umgekehrt.«

Ihre Logik war zwar einwandfrei, doch genügte sie Forrest nicht. Den Gedanken, Imbri in Gefahr zu bringen, hätte er nicht ertragen. »Bitte, Imbri«, sagte er. »Lass mich als Ersten gehen.«

»Du Idiot!«, schrie sie.

Damit überraschte sie ihn völlig. »Wie bitte?«

»Hast du jemals in Erwägung gezogen, dass ich dir ähnliche Gefühle entgegenbringe wie du mir?«

Er dachte nach. »Nein.«

»Ich bin nur eine Tagmähre, das weiß ich, aber auch ich habe Gefühle. Ich möchte genauso wenig, dass dir etwas zustößt, wie umgekehrt. Und was soll ich anfangen, wenn du durch meine Schuld nicht unversehrt zurückkommst?«

Sie hatte Recht. »Entschuldige, Imbri. Angenommen, wir wechseln uns bei den Risiken miteinander ab?«

»Einverstanden. Ich entschuldige mich auch. Ich hätte dir nicht vorwerfen sollen, dass du etwas für mich empfindest.« Sie machte einen Schritt vor und überschritt die Linie.

Nichts geschah. Anscheinend war die Linie für sich genommen ungefährlich, oder der Mantel des Vergessens schützte sie ausreichend. Forrest folgte Imbri über den Strich. Er spürte nichts; es handelte sich nur um eine Markierung, aber um kein echtes Hindernis.

Forrest atmete auf. »Wahrscheinlich müssen wir noch mehrere andere Linien überqueren, aber es scheint ja nicht riskant zu sein.«

Imbri nickte, und sie gingen weiter in Richtung Schloss. Auch andere Linien, von denen jede eine andere Farbe hatte, überschritten sie, ohne dass es Schwierigkeiten gab; ob es an dem Vergessenszauber lag, dem magischen Weg oder dem Umstand, dass die

Linien ungefährlich waren, konnte Forrest nicht sagen. Gern verschwendete er einen Zauber nicht, aber ebenso ungern ging er unnötige Risiken ein. Bevor sie nicht verstanden hatten, was genau hier vorging, mussten sie sehr vorsichtig sein.

Der Weg führte sie nun in einen ausgedehnten Garten, in dem Kuchenbäume, Schuhbäume und andere nützliche Arten angepflanzt waren. Er umging einen Friedhof, an dessen Eingang ein Schild warnte: VORSICHT! ZOMBIES! Schließlich endete er an einem tiefen Graben, aus dem sie ein altes Ungeheuer aufmerksam anblickte. Kurz gesagt, in der Umgebung des Schlosses war alles wie gewohnt. Selbst das Ungeheuer war das Gleiche: »Hallo, Soufflé!«, rief Imbri.

»Dieses Ungeheuer ist aber zu alt, um Soufflé zu sein«, bemerkte Forrest.

»Du vergisst, dass wir weit nach Westen gekommen sind, ins Hin«, erinnerte sie ihn. »Die Leute hier müssen also älter sein.« Sie trat näher und klopfte dem Grabenungeheuer auf die Nase. Doch Soufflé wich scheu vor ihr zurück; das Monstrum erkannte Imbri nicht.

»Du hast das falsche Aussehen«, raunte Forrest ihr zu.

»Ach ja.« Sie sah das Monster an. »Du kennst mich anders.« Sie verschwamm und nahm Mährengestalt an, die zwar nicht sonderlich dicht, aber deutlich zu erkennen war.

Soufflés Augen leuchteten auf. Nun hatte er die Tagmähre erkannt und senkte den Kopf. Als Imbri sich wieder Mädchengestalt gab und ihm erneut die Nase tätschelte, ließ er es sich gefallen. »Nur in dieser Gestalt besitze ich genügend Dichte«, erklärte sie. »Außerdem reise ich mit Forrest Faun, da habe ich es als Zweibeiner einfacher. Trotzdem bin ich noch immer Mähre Imbri.«

Nun überquerten sie den Graben und kamen ans Tor des Schlosses. Dort empfing sie eine Frau, der etwas um den Kopf kreiste. »Prinzessin Ida!«, rief Imbri.

»Kennen wir uns?«, erkundigte sich die Prinzessin höflich.

»Ich bin Mähre Imbrium. Ich habe menschliche Gestalt angenommen, weil meine Masse zu mehr nicht ausreicht. Das hier ist Forrest Faun. Vor einigen Tagen sind wir uns in Xanth begegnet.«

Forrest nickte, als Imbri ihn vorstellte. Auch die Frau war älter als die Prinzessin Ida, deren Bild er vor Augen hatte.

»Es tut mir leid, aber ich kann mich nicht an euch erinnern. Das ist natürlich kein Wunder, dann wir alle haben keine Erinnerung an die Zeit, die wir in Xanth verbracht haben. Das ist unser ›blindes Jahr‹, wie wir es gern nennen.«

»Blindes Jahr?«, fragte Forrest.

»Denk an Eugen Oger«, murmelte Imbri.

Ach, natürlich. Nun begriff er: das Jahr, das sie für ihre Existenz in Xanth verloren.

»Welches Jahr ist nun?«, fragte Imbri.

»Ivy und ich sind nun vierzig, also muss es zwölf Jahre her sein.«

Das erklärte ihr Alter, doch an dem Mond war etwas anders. »Als wir das letzte Mal hier waren, war dein Trabant rund«, sagte Forrest.

Prinzessin Ida lächelte. »Natürlich. Meine gegenwärtige Existenz hier ist ein Abkömmling jener Wirklichkeit, und deshalb ist mein Mond hier anders als dort.« Sie neigte den Kopf, sodass der Mond ganz in Sicht geriet. »Das ist Pyramid.«

Forrest konnte nun deutlich sehen, dass der Mond nicht etwa rund war, sondern dreieckig. Genauer gesagt, besaß er einen dreieckigen Umriss und war aus vier Flächen zusammengesetzt, von denen jede dreieckig war. Die Pyramide rotierte um eine Achse, die durch die Spitze und die nach unten weisende Grundfläche verlief. Dadurch waren drei Dreiecksflächen in Bewegung.

Forrest fand das ein wenig schwer zu begreifen. »Ist ... ist das auch eine eigenständige Welt – so wie Ptero?«

»Aber ja. Obwohl wir nicht wissen, was sich darauf befindet. Noch niemand ist je dort gewesen. Aber wir vermuten, dass sich dort alle Ideen befinden, die nie verwirklicht wurden.«

»Das leuchtet mir ein«, sagte Forrest.

»Und was führt euch Xanthier in unser Reich?«, erkundigte sich Ida höflich. »Wir haben nur sehr selten Besucher von dort.«

»Forrest muss einen Faun für seinen Nachbarbaum finden«, erklärte Imbri.

»Oh, dazu müsst ihr aber noch weiter ins Hin vordringen«, sagte Ida. »Dort liegt das Faunenland.«

»Vorher muss ich aber eine Aufgabe für den Guten Magier erledigen«, sagte Forrest. »Ich soll die Prinzessinnen Dawn und Eve beraten, damit sie das Menschengebiet vor der Einsäumung retten können.«

»Ach, das ist eine großartige Neuigkeit! Wir hatten schon befürchtet, dass uns keine Hilfe mehr erreichen würde. Nun endlich habe ich neue Hoffnung, dass alles wieder in Ordnung kommt.«

»Ich weiß aber kaum, was ich tun soll.«

»Der Gute Magier hätte dich nicht hierher geschickt, wäre er nicht sicher, dass du die Aufgabe erfüllen kannst. Unsere Situation kann man getrost verzweifelt nennen. Von uns sind nur so wenige übrig.«

»So wenige?«, forschte Imbri nach.

»Kommt, ich bringe euch vor König Ivy. Sie wird mir helfen, euch ins Bild zu setzen.«

»König wer?«

»König Ivy. Sie musste den Thron besteigen, als König Dor verloren ging. Hier entlang, bitte.«

»Und was ist mit König Dolph?«, fragte Imbri.

»Oh, er käme erst später an die Reihe. Aber auch er ist verloren.«

»Verloren?«

»Von uns sind nur noch sechs übrig. Aha, da sind wir ja.«

Sie hatten den Thronsaal erreicht. Tatsächlich saß eine etwa vierzig Jahre alte Frau auf dem Thron. Als sie eintraten, erhob die Frau sich und schritt zu ihnen.

»König Ivy, das sind Forrest Faun und Mähre Imbrium von Xanth«, sagte Prinzessin Ida. »Sie sind hier, um es Dawn und Eve zu ermöglichen, mit der Einsäumung fertig zu werden.«

»Solch eine Erleichterung!«, rief König Ivy. »Das verlangt nach einem Bankett.«

»Haben wir dazu denn Zeit?«, fragte Forrest. »Ich meine, wenn die Zeit drängt –«

»Bei einem Bankett redet es sich am besten«, erklärte Prinzessin Ida. »Dann finden alle zusammen.«

Schon bald waren sie im Bankettsaal. Die anderen Schlossbewohner erschienen und wurden vorgestellt: Prinzgemahl Grey, ein stattlicher Mann gerade jenseits der Vierzig, Prinzessin Electra, die nun achthundertzweiundsiebzig oder achtunddreißig Jahre alt war, je nachdem, ob man die chronologische oder die normale Lebenszeit zählte, und ihre Töchter Dawn und Eve, die prachtvolle achtzehn waren. Dawn hatte feuerrotes Haar und grüne Augen; sie trug ein helles Kleid. Eve hatte kohlrabenschwarzes Haar und ebensolche Augen; ihr Kleid war dunkel. Beide waren bezaubernd schön.

»Als ich euch beide das erste Mal traf, vor wenigen Tagen, wart ihr noch sechs«, sagte Forrest verblüfft.

»Ja, das ist unser blindes Jahr«, stimmte Dawn ihm zu.

»Deshalb kennen wir dich nicht«, sagte Eve. »Aber du bist bestimmt ein interessantes Wesen.«

»Mädchen, benehmt euch nicht so frühreif.«

»Ach was«, widersprach Dawn. »Er ist doch ein Faun.«

»Völlig unmöglich, dass wir ihn in Verlegenheit bringen«, pflichtete Eve ihr bei.

Und beide beugten sie sich vor, sodass ihre Dekolletés sich öffneten und vier beeindruckende Halbkugeln offenbarten. Und Forrest errötete zum zweiten Mal in seinem Leben.

»Mädchen!«, rief Electra indigniert aus.

»Siehst du?«, meinte Dawn zu ihrer Schwester, als sie sich wieder aufrichteten. »Ich habe dir gleich gesagt, dass es möglich ist, einen Faun in Verlegenheit zu bringen.«

»Du hast gewonnen«, sagte Eve. »Aber ich wette, es gelingt uns kein zweites Mal.«

»Allerdings nicht!«, rief Electra, bevor sie es versuchen konnten. »Du musst meine unüberlegten Kinder entschuldigen.«

Die beiden Mädchen hoben die Achseln und wirkten dabei halbwegs selbstzufrieden. Forrest empfand nun eine gewisse Nervosität angesichts der Aussicht, die beiden beraten zu müssen. Was würden sie ihm zeigen, während er versuchte, ihnen zu zeigen, was sie tun sollten? Es wäre gewiss einfacher gewesen, mit den beiden Sechsjährigen zusammenzuarbeiten, denn deren Boshaftigkeit hätte noch engere Grenzen gekannt.

Das Bankett war schmackhaft; es gab Scheiben gebutterter Brotfrucht, Kartoffelstäbchen und genügend zu trinken. Forrest erspähte eine Flasche, deren Aufschrift ›Malzbier‹ zu lauten schien, und goss sich einen Krug voll ein, denn er mochte alle Pflanzenprodukte. Er nippte daran, und es schmeckte ihm sehr gut. Doch Dawn, die ihm gegenüber saß, blickte ihn augenzwinkernd an. »Du trinkst Balzbier?«, fragte sie schelmisch.

Hoppla – hatte er etwa das Falsche getrunken? Immerhin hatte er nur den hinteren Teil des Etiketts gesehen. Das fehlte ihm noch, dass er während eines Banketts mit dem König anfing, Dawn und Eves Avancen zu erwidern! Doch dann sah er, dass auf der Flasche tatsächlich ›Malzbier‹ stand. Beide Mädchen hatten sein Gesicht beobachtet und prusteten nun vor Lachen. Sie hatten ihn hereingelegt.

Electra sah sie strafend an, und die beiden wurden still. Das wird anstrengend, dachte Forrest.

»Wie können wir euch bei eurer Aufgabe helfen?«, fragte König Ivy, als sie sich dem Nachtisch zuwandten.

»Leider muss ich zugeben, nicht die leiseste Ahnung zu haben, wie ich vorgehen soll«, antwortete Forrest. »Ich glaube nicht, dass ich in irgendeiner Weise qualifiziert bin.«

»Nun, qualifiziert bist du auf jeden Fall«, beruhigte ihn Prinzgemahl Grey. »Der Gute Magier weiß es immer am besten. Du musst nur ergründen, worin deine Qualifikation besteht.«

»Aber ich weiß doch rein gar nichts über Menschenfrauen, geschweige denn Prinzessinnen. Wie kann ich mich erdreisten, sie zu beraten?«

»Deine Autorität erhältst du vom Guten Magier«, erklärte Ivy. »Die Zwillinge schmollen vielleicht deswegen …« Während sie sprach, zogen Dawn und Eve niedliche Schmollmündchen. »Trotzdem wissen sie beide, wie ernst deine Aufgabe ist, und tun ihr Bestes. Sie sind sich klar, dass es keine andere Möglichkeit gibt, Prinz Dolph, ihren Vater, zu retten.« Und nun blickten die Zwillinge übergangslos völlig ernst drein.

»Könntest du mir einfach die Lage schildern? Wir haben mehrere Linien überschreiten müssen, als wir zum Schloss kamen, aber wir wissen nicht, was sie bedeuten.«

Der König seufzte. »Sie haben zu bedeuten, dass das Menschenland von Ptero immer weiter eingesäumt wird. Seit einigen Wochen belagert uns ein unbekannter Feind. Nun hat er uns so weit eingeschlossen, dass wir nur noch in die unmittelbare Umgebung vordringen können. Wir vermögen nicht mehr unser Leben zu durchstreifen und so alt zu sein, wie wir wollen. Das heißt, dass ich im Alter von vierzig Jahren festsitze, was für eine Frau alles andere als angenehm ist. Meiner Schwester Ida geht es genauso. Aber das ist nur das kleinere Übel. Alle Bewohner unseres Landes sind zwischen den Saumlinien gefangen, und nur wir sechs sind noch übrig. Wenn es dir nicht gelingt, die Zwillinge erfolgreich anzuleiten, dann sind bald auch wir verschwunden.«

»Alle sind verschwunden?«, fragte Imbri entsetzt.

»Jawohl, alle«, bekräftigte Ivy. »Am Anfang haben wir Leute ausgesandt, die sich um die Bedrohung kümmern sollten, doch keiner von ihnen ist zurückgekehrt. Selbst Magier und Zauberinnen verschwanden. Unsere Töchter Melody, Harmony und Rhythm sind fort, dazu meine Großeltern Magier Trent und Zauberin Iris, auch Greys Eltern, Magier Murphy und Zauberin Vadne. Sie zogen aus und sitzen nun zwischen den Saumlinien fest.«

»Diese Saumlinien sind also die Striche, die wir gesehen haben?«, vergewisserte Forrest sich.

»Ja. Sie tauchen unvermittelt auf, und was immer zwischen ihnen gefangen ist, verschwindet. Manchmal können wir die Gestalten ganz schwach innerhalb der Gefängnisse erkennen, aber wir können sie nicht erreichen.«

»Ihr könnt die Linien nicht überqueren?«, fragte Forrest.

»Wir können sie nicht überschreiten. Sie sind so undurchdringlich wie eine Wand aus Glas.«

»Aber wir haben sie ohne jede Schwierigkeit durchquert.«

»Es scheinen Einwegwände zu sein«, warf Grey ein. »Ich habe das Talent, Magie zunichte zu machen, aber es ist mir nicht gelungen, die Saumlinien zu beseitigen. Deshalb können sie nur die Auswirkung eines Zaubers sein, der in größerer Entfernung gewirkt wurde, als mein Talent reicht – so vermute ich wenigstens. In ganz ähnlicher Weise vermag Eve nichts über die Saumlinien heraufzufinden, obwohl ihr Talent ihr das Wissen über alles Unbelebte verleiht. Deshalb ist es sehr wahrscheinlich, dass der Ursprung der Saumlinien sich nicht hier befindet, obwohl die Auswirkungen deutlich spürbar sind. Habt ihr versucht, ob euch der Rückweg über die Saumlinien gelingt?«

Forrest und Imbri tauschten einen bestürzten Blick aus. »Nein, auf die Idee sind wir gar nicht gekommen. Aber selbst dann – wieso sind die Leute denn dann zwischen den Wänden gefangen? Warum durchschreiten sie sie nicht und kommen zum Schloss?«

»Die Saumlinien scheinen Gewalt über alles auszuüben, was sie im Moment ihres Entstehens einschließen«, antwortete Grey. »Alles Unbelebte bleibt, wie es ist, aber alles Lebendige wird geisterhaft. Ihr seid die Allerersten, die durch die Wände geschritten und zu uns gekommen sind, seitdem es vor einigen Wochen mit der Einsäumung losging. Manchmal haben wir beobachtet, wie Vögel von außen einflogen, doch bald gerieten sie in ein eingegrenztes Gebiet und wurden geisterhaft.«

»Das hätte eigentlich auch uns geschehen müssen«, sagte Imbri.

»Das hätten wir angenommen«, gab Ivy ihr Recht. »Auf jeden Fall freuen wir uns, dass ihr zu uns durchgekommen seid.«

»Der Mantel!«, rief Forrest aus. »Der muss uns geholfen haben.«

»Welcher Mantel?«, fragte Prinzessin Ida.

»Forrest besitzt einen Mantel des Vergessens, den Katrin Zentaur uns gegeben hat«, erklärte Imbri.

»Katrin!«, rief Eve aus, und ihre dunklen Augen glühten auf wie Sterne. »Geht es ihr gut?«

»Ja, sie ist gesund und munter«, antwortete Imbri. »Sie ist es, die uns geraten hat, euch Zwillinge aufzusuchen. Aber woher kennst du sie, wo du doch jenseits ihrer Hochaltersgrenze lebst?«

Eve lächelte. »Unsere Von-Grenze liegt ein wenig hinter ihrer Hin-Grenze. Wir haben Katrin kennen gelernt, als wir in dieser Zeitrichtung erkundet haben. Wir waren dort so klein, dass wir uns verirrten, aber sie fand uns und führte uns ins Hin. Dadurch hat sie uns gerettet.«

»Deshalb mögen wir sie und glauben, ihr einen Dienst schuldig zu sein«, fügte Dawn hinzu. »Aber wir haben dazu noch keine Gelegenheit erhalten.«

»Dann hat sie uns darum zu euch geschickt«, sagte Forrest. »Sie wusste, dass ihr uns bei unserer Suche helfen könnt, denn sie ist dazu nicht mehr in der Lage.«

»Welche Suche?«, fragte Eve.

»Ich suche einen Faun, der sich in Xanth an einen Baum bindet. Deswegen sind wir hierher gekommen. Bei allem anderen handelt es nur um Komplikationen, die sich während der Reise ergeben haben.«

»Alles wird immer komplizierter«, pflichtete König Ivy ihr bei. »Hat euch möglicherweise der Gute Magier von Xanth nach Ptero geschickt?«

»Ja«, antwortete Forrest. »Und der Gute Magier von

Ptero sandte uns ...« Er stockte. »Er muss sich gekettet haben – ich meine, eine Kette von sich zu sich geschlagen haben, um euch Hilfe aus Xanth zu bringen. Er schickte uns zu sich selbst auf Ptero und dann ...« Er verstummte, verwirrt durch den komplizierten Sachverhalt.

»Es ist nicht leicht, Humfreys Gedanken zu durchschauen«, meinte auch Grey. »Doch am Ende bestechen sie jedes Mal durch ihre Folgerichtigkeit. Ich habe jahrelang für ihn gearbeitet, und wenn ich dabei eins gelernt habe, dann das.«

»Aber ich bin doch nur ein Faun«, sagte Forrest verzweifelt. »Ich kann keine besondere Magie ausführen, und ich weiß auch nicht besonders viel. Wieso sollte ausgerechnet ich Erfolg haben, wo Magier und Zauberinnen gescheitert sind?«

»Wenn der Gute Magier an deinen Erfolg glaubt, dann wirst du auch Erfolg haben können«, entgegnete Grey. Dann zog er eine nachdenkliche Miene. »Eine Frage, Forrest: Kennst du zufällig Prinzessin Idas Talent?«

»Ja, die Idee.«

»Zu schade«, murmelte König Ivy.

»Was?«, fragte Forrest verunsichert.

Grey hob die Hand. »Meine Frau dachte an etwas anderes. Gestatte mir bitte, noch ein wenig in die Tiefe zu gehen. Kennst du die Wirkungsweise von Prinzessin Idas Talent?«

»Ja. Ihr Mond ist eine feste Form aller Ideen, die mit Xanth zusammenhängen; dort werden sie aufbewahrt. Und deshalb sind wir hier – weil wir einer Idee nachjagen. Der Idee eines Fauns, der sich an meinen Nachbarbaum bindet.«

Ivy blickte anscheinend interessiert auf.

»Und das ist alles, was du weißt?«, vergewisserte sich Grey. »Es liegt nur an dem Mond?«

Worauf wollte der Prinzgemahl hinaus? »Ja, soweit ich weiß. Habe ich in meiner Dummheit etwas Entscheidendes übersehen?«

»Auf gar keinen Fall«, antwortete Grey rasch. »Man kann von niemandem erwarten, dass er etwas weiß, das er nie gesehen hat und das ihm nie mitgeteilt wurde.«

»Das meine ich auch«, stimmte Forrest zu. Er schaute nach Imbri, doch sie wich seinem Blick aus. Das störte ihn. Als er die Zwillinge ansah, blickten auch sie in die andere Richtung. »Da ist noch etwas, habe ich Recht?«

»Etwas, von dem du nichts weißt, aber das ist kein Fehler«, sagte Grey vorsichtig.

»Warum erklärst du es mir nicht einfach? Tu doch etwas gegen meine Dummheit!«

»Du bist nicht dumm, du weißt nur etwas nicht, und jedem anderen in deiner Lage erginge es ebenso. Ich werde es dir sehr gerne sagen, aber vorher möchte ich gern noch ein Experiment machen.«

Forrest war allmählich verärgert. Niemand genießt ein Spiel, bei dem jedem etwas bekannt ist, was man selber nicht weiß, und in dem man deswegen selbstgefällige Überheblichkeit über sich ergehen lassen muss. »Was für ein Experiment?«

»Ich würde gern herausfinden, ob du mit mir in meiner Ansicht über den Guten Magier übereinstimmst.«

»Dass es nicht leicht ist, seine Gedanken zu ergründen? Na klar stimme ich dir da zu.«

»Und wenn er glaubt, dass du diesen Auftrag auf Ptero erledigen kannst, dann muss er Recht haben.«

»Ja, so wird es sein, obwohl Humfrey mir verschlagener erscheint als es nötig wäre.«

»Dann glaubst du also auch, dass du Erfolg haben wirst?«

Was sollte dieses Gespräch? Es drehte sich im Kreis! »Jawohl! – Ich weiß nicht, wie ich es schaffen soll, aber vermutlich werde ich Erfolg haben.«

»Da bin ich mir auch ganz sicher«, stimmte Ida zu.

»Vielen Dank, Prinzessin«, sagte Forrest mit einem Blick auf Ida und wandte sich wieder Prinzgemahl Magier Grey zu. »Was also weiß ich nicht – davon abgesehen, dass ich keine Ahnung habe, wie ich die Erwartung erfüllen soll, die der Gute Magier in mich setzt?«

»Was du nicht weißt, ist die ganze Wahrheit über Prinzessin Idas Talent. Es ist schon richtig, das Talent ist die Idee, aber zusätzlich wird alles wahr, was sie für wahr hält, und sie stimmt gern den Ansichten anderer zu.«

»Das ist schön«, sagte Forrest und sah Ida an. »Aber gilt das nicht für jeden? Schließlich würde ich niemals etwas für wahr halten, von dem ich weiß, dass es nicht wahr ist.«

»Aber du könntest dich irren.«

»Natürlich. Jeder kann sich irren.«

»Prinzessin Ida irrt sich nie.«

Das war seltsam. »Aber man kann doch verwirrt sein oder irgendwann die Unwahrheit für wahr nehmen.«

»Nicht Ida. Wenn sie eine Idee für wahr hält, dann ist sie wahr. Das ist ihr Talent.«

»Aber ...« Forrest wandte sich wieder an Ida. »Ich will dich nicht beleidigen, Prinzessin, aber – was soll's?«

»Weil sie der Meinung ist, dass du Erfolg haben wirst bei deiner Aufgabe, wirst du Erfolg haben«, erklärte Grey. »Das ist ihr Talent. Was sie als wahr erachtet, wird für uns Wirklichkeit.«

Ein blasser Schimmer erschien über Forrests Kopf. »Als Zauberin lässt sie ihre Meinung wahr werden«, sagte Forrest, als er begriff. »Das ist natürlich sehr nützlich. Aber warum beschließt sie nicht einfach, dass jemand von euch die Einsäumung aufhebt? Warum muss man einen unwissenden Faun heranziehen?«

»Weil die Idee von jemandem stammen muss, der ihr Talent nicht kennt.«

Forrest überdachte diese überraschende Offenbarung. Sie alle kannten Prinzessin Ida offenbar gut. Selbst Imbri kannte die Prinzessin von früher. Nur Forrest hatte über ihr Talent nicht Bescheid gewusst, sondern es nur zu kennen geglaubt. Deshalb zählte allein sein Zutrauen zu seinem Erfolg. Sein Unwissen war ihm die größte Hilfe gewesen. »Also werde ich Erfolg haben«, sagte er bedächtig. »Aber was ich von nun an glaube, spielt keine Rolle, weil ich jetzt das wahre Ausmaß von Prinzessin Idas Talent kenne.«

»So ist es«, bestätigte Grey. »Doch genug davon. Idas Zustimmung garantiert nur deinen Erfolg, nicht aber die Rettung der menschlichen Bevölkerung von Ptero. Bis dahin stehen wir der drohenden Auslöschung gegenüber.«

Forrest war fasziniert und zugleich nicht völlig befriedigt. »Und ich wurde hierher geschickt, weil ich das Talent nicht genau kannte. Auf diese Weise konntet ihr mich von meinen Erfolgsaussichten überzeugen und dank Prinzessin Ida sicherstellen, dass ich Erfolg habe und ihr eurem Schicksal entrinnt.«

»Ach, nun stell dich nicht so an deswegen«, sagte Dawn.

»Wir entschädigen dich schon«, fügte Eve hinzu. Beide holten tief Luft.

»Lasst das sein!«, herrschte Electra die Zwillinge an.

Sie brachen in Gelächter aus. Selbst Forrest fiel mit ein. Die Aussicht, mit ihnen zusammenzuarbeiten, erschien ihm nun nicht mehr ganz so schlimm.

Wenigstens waren sie gut gelaunt, und ihre Talente erwiesen sich gewiss noch als nützlich.

»Nun scheint es, als wüssten wir alle, wo wir stehen«, sagte König Ivy. »Mehr zu sagen haben wir nicht, aber wenn dir noch etwas einfällt, womit wir dich unterstützen können, brauchst du es nur zu sagen.«

»Vielen Dank«, sagte Forrest. »Ich glaube, ich sollte mich mit den Mädchen beraten. Vielleicht können wir eine Strategie entwickeln, um den Saumlinien zu begegnen.«

»Aber klar, gehen wir hoch ins Schlafzimmer«, sagte Dawn hell.

»Ich wende die Laken«, fügte Eve dunkel hinzu.

»Kinder!«, rief Electra streng. »Als ich noch in eurem Alter war, hatte ich wenigstens gewisse Manieren.«

»In unserem Alter warst du schon erwachsen«, erwiderte Dawn, »und wusstest, was es mit der Erwachsenenverschwörung auf sich hat.«

»Und hast Blue Jeans getragen«, fügte Eve hinzu, »während wir Kleider anhaben.« Sie wirbelte herum, und ihr Rock hob sich gefährlich. »Jetzt sind wir an der Reihe, solange wir noch saftig und voll sind.«

»Von allen Altern ausgerechnet in diesem festzustecken«, stöhnte Electra. »Ihr seid unmöglich.«

»Ach komm schon, Mom«, rief Dawn. »Du hast es genossen, den Storch zu rufen, der uns brachte. Gib's zu!«

»Vielleicht im Wandteppichzimmer«, schlug Imbri vor. »Wenn er nicht benutzt wird. Dann könnt ihr uns genau zeigen, wie die Dinge stehen.«

»Ach, das können wir auch ohne Wandteppich«, sagte Dawn gleichmütig und zupfte sich an der Bluse. Eve zupfte sich am Rock. Diesmal aber fügte König Ivy ihren zornigen Blick dem von Electra hinzu, und die Zwillinge beschlossen, sich zu benehmen.

Sie gingen hoch. Forrest fürchtete fast, in dem Zimmer sich selbst reglos auf dem Bett liegen zu sehen, doch es war leer. Alle vier setzten sie sich vor den Wandteppich. Forrest fand sich zwischen Dawn und Eve wieder, die ihn mit ihren drallen Hüften berührten. Er beschloss, sich sein Unbehagen nicht anmerken zu lassen, denn er wusste, dass sie sich einen harmlosen Spaß mit ihm erlaubten und die Anzüglichkeit nicht zur Auszüglichkeit geraten lassen würden.

»Kann der Wandteppich uns die Saumlinien zeigen?«, fragte er.

»Sicher«, antwortete Dawn. Gewöhnlich sprach sie als Erste, Eve als Letzte. »Da sind sie.«

Im Bild erschien ein Linienmuster, das kreuz und quer das Tal überzog und einen gewaltigen Kreis schloss. Schloss Roogna lag im Mittelpunkt der noch freien Sektion. Die Linien erstreckten sich bis zu dem Gürtel aus verscherztem Land an der Grenze des Menschengebiets; dort waren sie zu Ende. Keine einzige von ihnen kam dem Schloss des Guten Magiers auch nur nahe.

»Der Angriff ist also auf das Menschengebiet begrenzt«, stellte Forrest fest und bemühte sich, zielstrebig weiterzumachen, obwohl er sich immer mehr der Hüften der jungen Mädchen bewusst wurde, die sich an ihn drängten. Versuchsweise rief er sich die kleinen Mädchen in Erinnerung, als die er Dawn und Eve kennen gelernt hatte, doch das half nicht: Als große Mädchen waren sie einfach zu präsent.

»Ja«, stimmte Eve düster zu. »Selbst die Saumlinien können den Schabernack nicht ausstehen.«

»Imbri und ich fanden, das Muster erinnere an ein Spiel«, sagte Forrest. »Unsichtbare Riesen, die Messer werfen.«

»Ach, du bist so klug!«, rief Dawn und stieß ihn mit dem Ellbogen an.

Er wollte ganz gewiss auf keine falschen Schmeicheleien hereinfallen. »Gibt es hier unsichtbare Riesen?«

»Gewiss«, antwortete Eve nüchtern. »Aber so etwas haben sie noch nie getan.«

»Außerdem verfügen sie nicht über die Magie, die man hierzu braucht«, fügte Imbri hinzu.

»Wer hätte denn solche Magie?«

»Das wissen wir nicht«, erklärte Dawn.

»Vielleicht ein böser Hexenmeister«, vermutete Eve.

»Kein Magier oder Zauberer?«, fragte Forrest.

»Ich glaube, es sind keine mehr übrig«, erläuterte Dawn. »Deshalb muss es jemand Nichtmenschliches sein.«

Forrest nickte. »Das klingt schlüssig.«

Beide Mädchen drehten ihm die Köpfe zu. »Du meinst, du nimmst eine unserer Ideen ernst?«, fragte Eve.

Forrest war konsterniert. »Sollte ich das nicht? Ihr beide wisst doch viel besser über die Situation Bescheid als ich.«

»Noch nie hat uns jemand ernstgenommen«, sagte Dawn.

Forrest begriff allmählich, weshalb die beiden sich pausenlos danebenbenahmen. »Ich soll euch dabei helfen, mit der Einsäumung fertig zu werden. Das könnte ich nicht, wenn ich euch nicht ernstnehmen würde.«

Die beiden tauschten einen Blick aus, der über Forrests Kopf strich und sich wie ein Streicheln anfühlte. »Du schenkst unseren Gedanken wirklich Beachtung?«, vergewisserte sich Eve.

»Ja, natürlich. Habt ihr eine Idee?«

»Wir glauben, der Hexenmeister muss sich irgendwo in den Bergen verstecken, in einem hässlichen

Schloss, und er hasst die Menschen, weil er nicht schön ist wie wir«, sagte Dawn.

»Und er grenzt uns ein, damit ihm keiner entkommt und er uns alle vernichten kann«, fügte Eve hinzu.

»Dann sollten wir ihn aufspüren und davon abhalten«, meinte Forrest. »Aber wie?«

»Ihr seid durch die Wände gekommen«, sagte Dawn. »Vielleicht könnt ihr uns mitnehmen, dann schleichen wir uns an ihn ran.«

»Aber die Wände sind Einwegwände.«

»Das wissen wir nicht genau«, entgegnete Eve unsicher. »Vielleicht scheint es nur so.«

»Aber wenn selbst Grey Murphy sie nicht ankratzen kann –«

»Und wenn der Hexenmeister sie überwacht und jede Wand verstärkt, der wir uns nähern? Damit wir denken, dass wir viel nachhaltiger eingeschlossen sind, als es der Fall ist?«, fragte Dawn eifrig. »Wenn wir aber eine Grenzlinie erreichen würden, ohne bemerkt zu werden, könnten wir die Wand vielleicht durchdringen oder etwas anderes dagegen unternehmen.«

»Nun, wenn mein Mantel des Vergessens hilfreich wäre …«

Die Zwillinge klatschten in perfektem Einklang in die Hände. »Versuchen wir's!«, rief Eve. »Im schlimmsten Fall erreichen wir nichts.«

»Na, warum eigentlich nicht«, stimmte Forrest zu, zufrieden mit den Fortschritten, die sie machten. Die Zwillinge machten keine weiteren Versuche, ihn abzulenken; nun widmeten sie sich ganz dem gemeinsamen Vorhaben.

Sie gingen zum Eingangstor. Dort erweckte Forrest den eingedosten Mantel. Wieder schien nichts zu geschehen, doch voller Zuversicht schritt er zur ersten Grenzlinie vor, die rot war.

»Als Imbri und ich hindurchkamen, waren die Linien zwar sichtbar, aber wir konnten sie nicht berühren«, berichtete er. »Anderseits haben wir es auch nicht allzu energisch versucht. Wenn eure Theorie stimmt, sollten wir nun sehr leise und vorsichtig sein, denn der Vergessenszauber ist vielleicht nicht sehr stark. Ich weiß auch nicht, wie weit er reicht, deshalb sollten wir uns außerdem eng aneinander drängen.«

Sie scharten sich eng zusammen, rechts und links von Forrest die Zwillinge; diesmal aber versuchten sie nicht, ihn zu necken. »Es wäre auch möglich, dass die Saumlinien von selbst reagieren, wenn jemand sich nähert«, sagte Dawn. »Dann wäret ihr hindurchgekommen, weil sie nicht gemerkt haben, dass ihr in der Nähe wart.«

»Das kommt mir noch am plausibelsten vor«, meinte Forrest. »Die Linien sind die ganze Zeit hier, und wenn sie irgendwelches Bewusstsein haben –«

»Das Unbelebte hat Bewusstsein«, sagte Eve. »Ich kann mit ihm sprechen, wenn auch nicht so wie Opa Dor. Ich versuche, die Natur der Saumlinien zu ergründen, wenn ich dicht genug herankomme, um Kontakt aufzunehmen.«

»Du konntest sie bisher also nicht berühren?«, fragte Forrest.

»Sie waren wie das blanke Nichts«, sagte Eve. »Wenn ich die Hand ausstreckte, spürte ich mitten in der Luft einen Widerstand, als würde sie eine Wand berühren, aber da war nichts. Ich kann über alles Unbelebte alles sagen, was es zu sagen gibt. Womit ich es hier zu tun habe, ist aber anscheinend kein Gegenstand, sondern eine Kraft. Wenn diese Wände überhaupt Substanz besitzen, so kann ich sie jedenfalls nicht erreichen.«

»Lasst uns ausprobieren, ob wir die Grenzlinie überqueren können«, schlug Forrest vor. »Dann versuchen wir es von der anderen Seite. Sollte es uns aber gelingen, sie zu überschreiten, dann macht eurer Freude auf keinen Fall Luft, denn damit könntet ihr die Aufmerksamkeit desjenigen auf uns lenken, der die Vögel abschießt, die hier hereinfliegen. Wir wollen schließlich nicht genauso gefangen sein wie sie.«

Die beiden Mädchen erschauerten zugleich. »Wir sind ganz leise«, versprach Dawn.

»Ich gehe als Erster«, entschied Forrest. »Dann folgst du, Dawn, dann Eve, dann Imbri.«

»Aber sollte nicht lieber jemand auf der anderen Seite bleiben, nur für den Fall, dass wir doch in die Falle gehen?«, fragte Eve. »Damit sie den anderen im Schloss berichten kann, was geschehen ist?«

Forrest nickte. »Gute Idee. Vielleicht sollte Dawn als Letzte gehen, damit ihr nicht beide in Gefahr geratet.«

Die Zwillinge tauschten wieder einen Blick aus. Forrest bemerkte, dass ihre Blicke identisch waren bis auf ein Detail: Der eine war strahlend, der andere düster. Sie trafen sich genau in der Mitte. Dann nickte Dawn. »Aber wenn es hinter der Grenze etwas Lebendiges gibt, gehe ich als Erste.«

Forrest griff über die Linie. Auf seinem Arm zeigte sich ein schwacher Schatten, Widerstand aber spürte er nicht. Er trat hinüber und blieb auf der anderen Seite stehen.

Eve versuchte es als Nächste. Als sie an die unsichtbare Wand kam, hemmte nichts ihr Weiterkommen, und so trat auch sie hinüber. Sie sah ihre Schwester an. »Kannst du mich hören, Dawn?«

»Ja«, versicherte Dawn ihr. »Also schaffen wir es doch.«

Imbri kam über die Linie zu Eve. »Nun wollen wir sehen, ob du die Wand von dieser Seite aus näher bestimmen kannst.«

Eve hockte sich vor der Linie nieder und berührte

sie. »Sie ist noch immer nicht ... – Nein, Moment, es ist zwar sehr schwach, aber ich spüre etwas. Nicht die Linie selbst, aber ihre Energie, die sich am Boden aufschichtet. Und das – das liegt daran, dass sie nicht vom Boden aufsteigt, sondern von oben herunterfällt.«

»Von oben?«, wiederholte Forrest erstaunt. »Aber da oben ist doch nichts.«

Imbri blickte auf. »Nichts außer Xanth. Kann das eine Idee sein, die von Prinzessin Ida in Xanth stammt?«

»Sie würde doch nichts dermaßen Boshaftes tun«, entgegnete Dawn. »Wir kennen sie schließlich; sie ist nett.«

»Dann muss die Energie von woandersher kommen«, sagte Forrest. »Kannst du sie zurückverfolgen?«

Eve bewegte die Hand. »Vielleicht. Es ist eine Energie, aber ich spüre nur ein ganz leichtes Kribbeln. Sie scheint genau senkrecht über der Linie am Boden zu stehen.«

»Aber wenn sie von oben kommt, dann muss es dort eine Quelle geben«, sagte Imbri. »Ptero rotiert; sollten die Linien dann nicht eigentlich über den Boden wandern?«

Die anderen drei blickten sie verblüfft an. »Das stimmt«, sagte Dawn. »Vielleicht kommt sie also doch gar nicht von oben.«

»Doch, das tut sie«, entgegnete Eve. »Das spüre ich genau.«

»Vielleicht kommt sie nicht von außerhalb Pteros«, überlegte Forrest. »Könnte sie sich krümmen oder abknicken?«

»Das ist es«, rief Eve. »Jetzt merke ich es deutlich: Sie knickt ab. So viel kann ich von ihrer Natur spüren. Sie knickt in diese Richtung ab.« Sie schloss die Augen und deutete.

»Aber dort liegt ja Schloss Roogna!«, rief Imbri erstaunt.

»Die feindliche Bedrohung ist in Schloss Roogna?«, fragte Dawn entsetzt. »Aber da sind doch nur wir.«

Forrest erschauerte. »Könntet ihr einen Feind unter euch haben?«, fragte er.

»Nein«, sagte Dawn. »Wer lebt auf Schloss Roogna? Nur König Ivy und Prinzgemahl Grey – sie würden das Menschenland nie verraten, denn schließlich herrschen sie darüber. Dann Mom – sie würde so etwas niemals tun. Und Tante Ida ist Ivys Zwillingsschwester; sie wäre ebenfalls nicht dazu fähig. Wir beide sind es auch nicht, so viel wissen wir. Jemand anderen gibt es nicht im Schloss; auch das wissen wir genau.«

Forrest beschlich ein seltsamer Gedanke. »Doch, es könnte andere geben.«

Eve blickte ihm in die Augen. »Wir haben jede Ritze des Schlosses magisch erkundet, Forrest. Da ist niemand sonst.«

»Habt ihr auch Pyramid erkundet?«

Beiden fiel die Kinnlade herunter. »Pyramid!«, rief Dawn. »Das ist eine ganze Welt für sich! Dort könnte es alles Mögliche geben.«

»Einschließlich eines bösen Hexenmeisters«, stimmte Eve zu. »Daran hatten wir noch gar nicht gedacht.«

»Es ist schließlich Forrests Aufgabe, an dergleichen zu denken«, entgegnete Imbri. »Er muss Recht haben. Wir haben bereits am Beispiel Pteros erfahren, was sich alles auf einem scheinbar kleinen Mond verbergen kann. Auch Pyramid ist solch ein Mond, und dort könnte sich alles Erdenkliche finden – einschließlich eines Hexenmeisters, der Ptero seiner Herrschaft unterwerfen möchte.«

»Das wäre möglich«, hauchte Dawn. »Und es würde einiges erklären. Aber was könnten wir dagegen unternehmen?«

»Wir können nach Pyramid reisen«, antwortete Forrest.

»Können wir das wirklich?«, erwiderte Imbri. »Du und ich sind hierher gekommen, indem wir unsere Körper zurückließen und unsere Seelen verfestigt haben. Aber passen unsere Seelen auf Pyramid? Und was ist mit Dawn und Eve? Ihre Seelen befinden sich zum großen Teil in dem Jahr, das sie für ihr Leben in Xanth verbrauchen. Wie sollten sie nach Ptero reisen können?«

Forrest grübelte. »Dawn und Eve müssen kleine Seelenfragmente besitzen – ungefähr genauso viel, wie wir relativ zu den Verhältnissen auf Ptero haben. Genug, um ihre Körper auf Pyramid zu beleben.«

»Das stimmt wohl«, sagte Dawn. »Ich weiß sehr gut, dass Seelen belebt sind. Wir haben gerade genügend. Aber was ist mit euch, die hier nur Seele sind?«

»Wir müssen eben unsere Seelen zum allergrößten Teil zurücklassen«, antwortete Forrest. »Und nur das Nötige nach Pyramid mitnehmen. Dann haben wir ähnliche Verhältnisse wie in Xanth, wo unsere Körper im Wandteppichzimmer zurückgeblieben sind.«

Die anderen drei nickten. »Ich fürchte, uns bleibt keine andere Wahl«, sagte Imbri. »Aber zuerst sollten wir die übrigen einweihen.«

»Mom wird nicht gerade begeistert sein«, meinte Eve dunkel.

»Aber sie wird sich daran gewöhnen«, sagte Dawn strahlend. »So ist es immer.«

Forrest, Imbri und Eve überschritten wieder die Saumlinie, dann gingen sie alle vier zum Schloss zurück. Forrest war zwar zufrieden mit dem Fortschritt, den sie erzielt hatten, machte sich aber Sorgen über das, was ihnen noch bevorstehen mochte. Die Mission war gerade noch viel komplizierter geworden als erwartet.

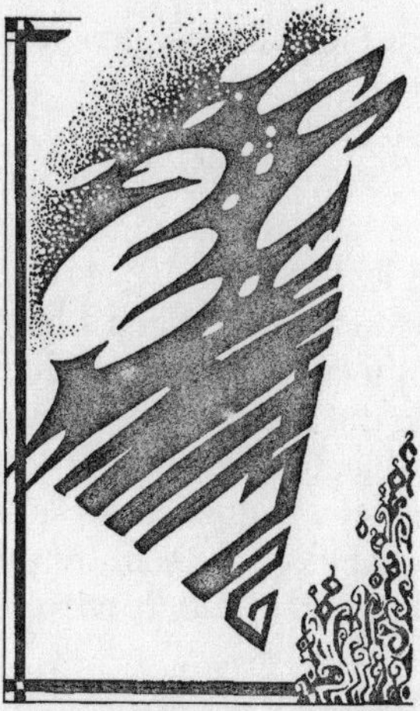

# 9
# Pyramid

»Wohin wollt ihr gehen?«, verlangte Electra entsetzt zu erfahren.

»Mutter, wir haben es dir doch gerade erklärt«, erwiderte Dawn, als wäre die Prinzessin mit nicht allzu schneller Auffassungsgabe gesegnet.

»Das ist die einzige Möglichkeit, etwas gegen die Einsäumung zu unternehmen«, bekräftigte Eve. »Die Saumlinien stammen von Pyramid, und deshalb müssen wir dorthin gehen, um sie aufzuhalten.«

»Aber Pyramid ist doch nur eine Dekoration, die Ida um den Kopf kreist! Wie solltet ihr dorthin gehen können?« Dass diese Frage rhetorisch gemeint war, zeigte sich schon daran, dass sie als nächstes fragte: »Und wenn ihr nicht zurückfindet?«

»Ich fürchte, dieses Risiko müssen sie auf sich nehmen«, sagte König Ivy. »Entscheiden wir uns dagegen, werden wir eingegrenzt, bis wir nicht mehr existieren. Denk dran, Electra, sie werden Erfolg haben.«

»Forrest Faun wird Erfolg haben«, widersprach Electra. »Von meinen Töchtern war nicht die Rede.«

»Aber er hat doch die Pflicht, sie so zu beraten, dass sie die Einsäumung aufheben können«, warf Grey ein. »Hat er Erfolg, dann auch die Zwillinge.«

»Ja, ich bin sicher, dass es sich so verhält«, sagte Ida. »Und ich muss gestehen, dass ich sehr neugierig bin zu erfahren, wer auf Pyramid lebt.«

Obwohl Electra weiterhin Bedenken zu hegen schien, wusste sie nur zu gut, dass ihnen keine Wahl blieb. Zusammen mit Ida stiegen sie die Treppe hinauf zum Wandteppichzimmer, und dort legten sich die vier auf Betten. »Ich werde Dawn führen«, sagte Imbri, »und Forrest führt Eve. Zunächst wird es euch recht fremdartig vorkommen, doch das legt sich, wenn wir erst auf Pyramid sind.«

»Das wird bestimmt ein Spaß«, sagte Dawn tapfer, doch sie wirkte ein bisschen unsicher.

»Wenn nichts schief geht«, fügte Eve hinzu und wirkte dabei zwei bisschen unsicher.

Forrest vertraute längst nicht so inbrünstig darauf, dass nichts schief gehen würde, doch er schwieg. Er hoffte, dass Idas Glaube an ihren Erfolg tatsächlich bewirkte, dass sie Erfolg hatten, doch er hatte ihr Talent noch nicht in Aktion erlebt. Deshalb fuhr er mit der Prozedur fort. Er setzte sich auf, suchte die Flasche des Guten Magiers hervor und hielt sie Dawn vor. »Riech daran«, sagte er und hoffte, dass der Zauber auf Ptero in gleicher Weise wie in Xanth wirkte. Dann zog er den Korken heraus.

Dawn schnüffelte. Ein seltsamer Ausdruck breitete sich über ihre Züge aus. Sie schloss die Augen und atmete nicht mehr.

Forrest hielt die Flasche Eve vor. Sie roch daran und verfiel in den gleichen Zustand. Dann legte sich Forrest auf sein Bett – das Gleiche, in dem er auch in Xanth lag –, und hielt die Nase über die Flasche.

Bald schwebte er, ganz wie er es schon einmal erlebt

hatte. Diesmal aber verließ nicht seine Seele den Körper, sondern ein kleiner Teil spaltete sich von der Hauptmasse ab und nahm sein Bewusstsein mit.

»Hier entlang.« Das war Imbris Stimme, die Dawn dirigierte. Die Tagmähre brauchte das Elixier nicht zu benutzen, denn sie war schon längst an ihre Seelenform gewöhnt.

Forrest konzentrierte sich und bildete Auge und Mund. Er suchte Eve, die unter einem Nebel auf dem Bett lag. Genauer gesagt war sie der Nebel und schwebte über ihrem unbenutzten Körper, der dunkel und lieblich aussah, aber wie tot erschien. »Bilde ein Auge«, sagte er zu ihr, »und zieh dich zusammen.«

Der Nebel erschauerte und verdichtete sich. Ein pralles Auge bildete sich auf seiner Spitze.

»Recht so«, lobte Forrest. »Jetzt einen Mund und ein Ohr.«

Langsam formten sich auch diese Organe. »Ein seltsames Gefühl«, sagte der Mund.

»Wenn wir erst auf Pyramid gelandet sind, wirst du dich schnell daran gewöhnen«, beruhigte er sie. »Schau einfach, ob du auf dem Weg schon deine eigene Gestalt formen kannst. Gleich stoßen wir auf Imbri und Dawn, dann fliegen wir hinüber.«

Eve verformte sich – nun wusste sie, was sie zu tun hatte –, und wurde zu einer zarten nackten Frau.

»Du kannst deine Substanz benutzen, um Kleidung zu bilden«, erklärte er ihr. »Konzentriere dich darauf genauso wie auf deinen Körper.«

»Aha.« Ein sackförmiges Kleid umschloss sie.

»Nun folge mir.« Forrest vergewisserte sich, dass ihre Augäpfel ihn anblickten, dann strebte er langsam Imbri und Dawn zu.

Dawn hatte ähnliche Fortschritte gemacht. Sie war heller und steckte in einem schlecht sitzenden weißen Kleid, ihr Gesicht aber war eindeutig zu erkennen. Als

Eve näher kam, blickten die beiden einander an – und brachen in Gelächter aus.

»Vorsichtig«, warnte Forrest, als sie in kleine Wölkchen zu zerstieben drohten.

Die Zwillinge bezähmten ihre Heiterkeit, die Forrest insgeheim als gutes Zeichen ansah, denn sie konnte nur bedeuten, dass die Zwillinge sich rasch an die veränderte Lage gewöhnten.

»Hier entlang«, sagte Imbri. Sie hatte Stutengestalt angenommen und begann nun, eine unsichtbare steile Böschung hinaufzutraben.

Sie folgten ihr und benutzten ihre Beine, um den gleichen Hang hinaufzueilen. »Macht euch kleiner, während ihr geht«, forderte Forrest sie auf und machte es ihnen vor. »Kondensiert euch immer weiter.«

Bald kam Pyramid in Sicht. Wie ein entfernter Mond mit einem scharfen dreieckigen Umriss hing er über ihnen und dehnte sich im gleichen Maße aus, in dem sie schrumpften, bis der Mond an einen nahen Planeten denken ließ, dann an eine riesige, rotierende Welt. Jede Seite hatte eine andere Farbe: Blau, Rot und Grün; die Grundfläche indes war grau.

»Das ist irre«, bemerkte Dawn anerkennend.

»Vielleicht macht es Spaß«, fügte Eve hinzu.

Sie orientierten sich nach der Mitte des Dreiecks, auf das sie nun zuhielten: der blauen Fläche. »Vielleicht solltest du den Mantel des Vergessens noch einmal ausbreiten, Forrest«, schlug Imbri vor.

»Gute Idee.« Er griff in den Rucksack und holte die Büchse hervor. »Ich erwecke dich«, sagte er. Nichts geschah, doch wahrscheinlich funktionierte der Mantel trotzdem. Nun würde wohl kein böser Hexenmeister ihre Landung bemerken.

»Ooooh, wir fallen!«, schrie Dawn auf.

»Aber dagegen können wir etwas tun«, sagte Imbri. »Konzentriert euch auf Langsamkeit, wann ihr wollt.«

Sie sanken auf einen Landstrich hinab, der erstaunlich zerklüftet zu sein schien, legte man die Umrisse zugrunde. Hohe Berge und tiefe Schluchten gab es, dazwischen abschüssige Prärien mit großen Seen. Am bemerkenswertesten aber war die Farbe: Es gab nichts außer Blautönen. Bisher hatte Forrest sich darüber nicht gewundert, denn die Sorge um eine sichere Landung hatte ihn völlig abgelenkt. Nun aber stellte er fest, dass selbst die Wolken, zwischen denen sie hindurchfielen, blau gefärbt waren. Dabei handelte es sich also um keinen Spezialeffekt wie den blauen Himmel über Xanth; auf dieser Seite hatte diese Welt diese und keine andere Farbe.

»Ich glaube nicht, dass wir noch auf Ptero sind«, murmelte Dawn. »Das ist nicht das Blau des Nordens; es ist überall.«

»Die Magie der Pyramid muss sich von der Magie Pteros unterscheiden – genau wie Ptero anders ist als Xanth«, sagte Forrest. »Es mag eine Weile dauern, bis wir uns daran gewöhnt haben.«

»Mir wird schwindelig«, sagte Eve. »Die Vorstellung, die Richtung nicht an der Farbe erkennen zu können, ist einfach schrecklich! Wie sollen wir Hin und Von unterscheiden können?«

»Hin und Von gibt es vielleicht gar nicht«, warnte Forrest. »Alter und Geografie sind auf Pyramid womöglich nicht miteinander verknüpft.«

»Ooooh, bäh!«, rief Dawn.

»Ich hoffe, mir wird nicht schlecht«, fügte Eve hinzu.

»Vielleicht seid ihr bald blau«, meinte Forrest.

Beide Mädchen blickten ihn scharf an, und er bemerkte, dass er eine witzige Bemerkung gemacht hatte. Dabei war es ihm nur um die Überlegung gegangen, ob sich ihre Seelen an die äußeren Umstände anpassten, denn auf Ptero hatten Imbri und er der Alterung und Verjüngung im Hin und Von unterlegen. Wahrscheinlich würden Dawn und Eve ihm das aber nicht glauben, sondern wären weiterhin überzeugt, dass er sie anführen wollte.

Sie landeten sicher auf einem weiten Feld zwischen den Gebirgen. Blaues Gras und blaue Blumen bedeckten es. Außerdem schien es abschüssig zu sein: Sie standen in einem spitzen Winkel zur Ebene. Imbri behielt ihre Mährengestalt bei; offenbar hatten sie auf dieser Welt genügend Seelenmasse, um ihrer natürlichen Gestalt ausreichende Dichte zu verleihen. Ihr Fell war nun von einem blauglänzenden Schwarz mit seidiger Mähne und seidigem Schweif.

Dawn kniete sich ins Gras. »Es ist natürlich und freundlich gesinnt«, sagte sie. »Es gibt uns Körner, wenn wir hungrig werden.«

Eve hingegen hockte sich an einem Felsen nieder. »Auch er ist natürlich und freundlich gesinnt«, berichtete sie. »Er macht sich weich, wenn jemand sich auf ihn setzen will.«

So weit, so gut, dachte Forrest. Wenn man ihm die Wahl ließ, gab er freundlichen Dingen den Vorzug.

Dann kam eine Horde kleiner Wesen über den Boden auf sie zugerannt. Sie erinnerten an Eichhörnchen, nur dass sie auf ihren Hinterbeinen liefen und hellblau waren.

»Sind sie freundlich gesinnt?«, fragte Forrest besorgt.

»Das Gras sagt nein«, antwortete Dawn.

»Der Felsen sagt ja«, meldete Eve.

Forrest überlegte rasch. »Bedeutet das, diese Wesen fressen Gras, aber keine Felsen?«

»Ja«, antworteten beide Mädchen gleichzeitig.

Dann hatten die Wesen sie erreicht. Um alle vier Besucher bildeten sie Kreise und keckerten aufgeregt. Im Gegensatz zu den Besuchern standen sie senkrecht zur Ebene.

»Das sind Linge«, erklärte Dawn, nachdem sie einen von ihnen berührt hatte. »Eine Varietät einer vielfältigen Art, die fast überall vorkommt. Es gibt Erdlinge, Xanthlinge, Pterolinge und Pyramidlinge. Sie können das Unmögliche möglich machen und sind auf Pyramid sehr verbreitet. Uns haben sie bemerkt, weil wir nicht blau sind und schräg stehen.«

Forrest war beeindruckt. Ihr Talent übertraf alles, was er sich vorgestellt hatte. »Vielleicht sollten wir uns anpassen, damit wir nicht augenblicklich von Leuten, denen wir nicht auffallen wollen, als Fremde erkannt werden«, sagte er. »Außerdem sollte ich den Mantel des Vergessens erneuern; er wird sich aufgebraucht haben.«

»Aber wenn Pyramids Magie anders ist, wird der Zauber hier gar nicht funktionieren«, wandte Imbri ein. Sie benutzte dazu nicht ihren Mund, sondern eine Gedankenstimme. Offenbar war sie auf Pyramid in der Lage, mehreren Personen zugleich ihre Gedanken zu senden, weil sie hier mehr als genug Seelensubstanz besaß.

»Es sei denn, die Linge können wirklich das Unmögliche vollbringen«, entgegnete er. »Können sie uns blau machen?«

»Ja, das können sie«, antwortete Dawn nach einem Augenblick. »Und sie können dafür sorgen, dass wir genau senkrecht zum Land stehen, genau wie sie. Aber das hat seinen Preis.«

»Alles hat seinen Preis«, murmelte Imbri.

»Welchen Preis?«, fragte Forrest misstrauisch.

Erneut berührte Dawn einen Ling. »Wer immer auf dieser Welt etwas abgibt, erlangt entsprechend etwas«, erklärte sie und blickte auf. »Was soll das denn heißen? Es klingt völlig unmöglich.«

»Sie alle sind Geschöpfe des Unmöglichen«, sagte Forrest. »Folglich muss es wahr sein. Deshalb sollten wir aber auch nichts annehmen, bevor wir nicht wissen, welche Folgen das für uns hat. Wenn der Schenker etwas hinzubekommt, was verliert dann der Beschenkte?«

Stirnrunzelnd konzentrierte sich Dawn auf die kleinen Geschöpfe. »Der Beschenkte wird kleiner«, sagte sie, »und der Schenker größer.«

»Eigentümlich«, meinte Eve.

»Wie viel größer und wie viel kleiner?«, wollte Forrest wissen.

»Nicht viel, aber spürbar – für ein einzelnes Geschenk. Wer viel schenkt, wird am Ende zum Riesen, aber wer viel annimmt, wird mit der Zeit sehr klein und kann sogar verschwinden.«

»Dann sollten wir uns sorgfältig aussuchen, was wir uns geben lassen«, sagte Forrest. »Ich glaube, wir sollten uns im Aussehen wirklich an die Einheimischen anpassen, und falls der Mantel des Vergessens nicht funktioniert ...« Er zögerte. »Könnten sie vielleicht den Mantel in Ordnung bringen? Es kommt mir unmöglich vor, aber ...«

»Doch, das könnten sie«, sagte Dawn.

»Dann wollen wir dreierlei von ihnen annehmen: die Fähigkeit, im rechten Winkel zum Gelände zu stehen wie sie, eine blaue Färbung und einen funktionierenden Mantel des Vergessens. Ich glaube nicht, dass wir mehr brauchen. Schließlich und endlich verfügen Dawn und Eve weiterhin über ihre Talente, also haben wir die persönliche Zauberkraft wohl nicht verloren.«

»Sie tun uns den Gefallen«, sagte Dawn.

Die Linge umschlossen die vier, die plötzlich ihre Farbe und den Winkel änderten, den sie zum Gelände einnahmen. Die Linge wirkten nun, als wären sie eine Größe gewachsen – und vielleicht waren die Besucher eine Größe kleiner.

Forrest holte die Dose hervor und erweckte den

Mantel. Die Linge verloren das Interesse an den Besuchern, verstreuten sich über die Wiese und begannen an Grasstängeln zu nagen. Also funktionierte der Mantel des Vergessens wieder.

Die vier betrachteten sich gegenseitig. Sie standen nun wieder im rechten Winkel zum Gelände, was eine gewisse Vertrautheit zurückbrachte, doch mit ihrer Farbe war es etwas anderes. Dawns rotes Haar war nun violett, ihr weißes Kleid hellblau. Eves schwarzes Haar hatte eine mitternachtsblaue Färbung angenommen, und ihr ehemals schwarzes Kleid war vielleicht zwei Stunden vor Mitternacht, während ihre Haut himmelblau schimmerte. Auch Mähre Imbri war mitternachtsblau. Forrest hingegen war mittelblau, die pelzigen Beine dunkler als der Oberkörper, mit fast schwarzen Hufen.

»So schlecht sehen wir gar nicht aus«, fand Dawn und lächelte. Ihre Zähne glänzten metallicblau.

»Nun fallen wir nicht mehr auf«, stimmte Eve zu. »Das ist gar nicht schlecht bisher.«

»Bisher«, betonte Forrest. »Durch die Ereignisse auf Ptero wissen wir jedoch, dass hier auf Pyramid unangenehme Zeitgenossen ihr Unwesen treiben, kennen aber nicht das wahre Ausmaß ihrer Möglichkeiten. Deshalb meinte ich, es wäre den Preis wert, halbwegs unauffällig zu sein.«

»Nachdem wir also halbwegs unauffällig sind – was nun?«, fragte Imbri.

Besonders behagte es Forrest nicht, die Entscheidungen treffen zu müssen, doch genau darin bestand nun seine Aufgabe, und er dachte kurz nach.

»Wir müssen an den Ursprung der Saumlinien gelangen. Ich glaube, die blauen stammen von dieser Seite Pyramids. Vielleicht aus dem Mittelpunkt des Dreiecks.«

Dawn nickte. »Das kommt mir ganz folgerichtig

vor. Also gut, lasst uns in den Mittelpunkt gehen. Wisst ihr, wohin wir dazu müssen?«

Eve kniete nieder und berührte den Boden mit der Hand. »Ja. In diese Richtung.« Sie wies mit ausgestrecktem Arm.

»Du kannst die Richtung feststellen, indem du den Boden berührst?«, fragte Forrest.

»Ich weiß alles über alles Unbelebte. Der Boden ist unbelebt. Also habe ich ihn nach der Richtung untersucht. Die Flächenmitte ist in diese Richtung.«

»Ihr zwei habt wirklich sehr starke Talente«, staunte Forrest. »Ich hatte mir nicht klargemacht, wie nützlich solch eine Fähigkeit sein kann.«

Eve blickte Dawn an. »Er bewundert uns. Soll ich erröten, oder möchtest du?«

»Ich glaube, ich bin dran«, sagte Dawn. Daraufhin wurde sie so rot wie ihr Haar. Weil ihr Haar jedoch nicht mehr rot war, sondern blauviolett, lief sie blauviolett an. Auf jeden Fall aber hatte dieser Farbton mehr Rot in sich als der Rest ihrer Haut.

Ob sie ihn auch damit aufzogen, konnte Forrest nicht sagen und beschloss, der Sache nicht weiter nachzugehen. Am Ende verlockte er die beiden nur dazu, erneut ihn zum Erröten zu bringen. Obwohl die Zwillinge sich nützlich machten, blieben sie doch streichlustige Mädchen.

Sie begaben sich auf den Weg zum Mittelpunkt des blauen Dreiecks, standen jedoch bald vor einer Wasserfläche, die sich auf der Böschung befand und in der gleichen Weise abfiel. Den vieren erschien es nicht mehr weiter verwunderlich, denn sie orientierten sich im gleichen Winkel.

»Meine Güte, bin ich durstig«, sagte Dawn. »Ist es ungefährlich, von dem Wasser zu trinken?«

Eve legte sich am Ufer auf den Boden und berührte die Wasserfläche mit einem Finger. »Wie kamst du eigentlich dazu zu behaupten, du wärst mit dem Erröten an der Reihe?«, verlangte sie plötzlich zu wissen. »Ganz sicher war ich dran!«

Dawn war ohne Zweifel überrascht. »Nun, wenn du willst, kannst du jetzt zweimal hintereinander rot werden. Mir war nicht klar –«

»Und wie kommt es, dass du das rote Haar und die grünen Augen hast, während ich nur langweilig schwarz bin?«

»Aber wir sind doch jetzt beide blau –«

»Und wie kommt es, dass du immer als Erste sprichst und ich erst als Zweite? Schon seit wir Kinder waren –«

»Eve, ich verstehe dich nicht –«

»Das Wasser!«, rief Forrest aus. »Das Wasser ist daran schuld.«

Dawn nickte. »Eve, was ist mit dem Wasser?«

Ihre Schwester konzentrierte sich. »Das ist der Neidersee. Er macht jeden neidisch, der von dem Wasser trinkt oder es berührt.« Als sie sich davon sprechen hörte, erschrak sie. »O nein!«

»O ja«, entgegnete Dawn. »Deswegen bist du plötzlich neidisch auf mich, was du noch nie warst. Dieses Wasser ist nicht gut für uns.«

»Da hast du Recht«, stimmte Eve ihr zu. »Trotzdem sehe ich noch immer nicht ein, wieso du –« Dann begriff sie, was vorging, und riss sich zusammen.

»Davon sollten wir nicht trinken«, sagte Forrest. »Wir umgehen es. Es muss noch andere Gewässer geben.«

»Hier entlang«, sagte Imbri in Gedanken und übernahm die Führung.

Schon bald lag der Neidersee hinter ihnen, und sie gelangten an die nächste Wasserfläche.

»Soll ich es diesmal zuerst probieren?«, fragte Dawn.

»Ach, jetzt willst du schon meine Aufgaben übernehmen!«, knurrte Eve. Sie kniete am Ufer nieder und berührte das Wasser.

Mit den Worten: »Ich möchte mal etwas Neues tun« erhob sie sich. »Forrest, schau her.« Sie zog die blaue Bluse aus und ließ sie fallen; in dem Augenblick, in dem sie ihre Hand verließ, löste sie sich in Seelensubstanz auf. Nun trug sie am Oberkörper nur noch einen blauen Büstenhalter, der kaum der Aufgabe gewachsen schien, ihren wallenden Busen in Zaum zu halten.

»Das muss der See der Unmoral sein«, sagte Imbri angesichts der Symptome.

»Wohl eher der Sumpf«, warf Dawn ein.

»Da könnt ihr drauf wetten«, erwiderte Eve und zog den Rock aus. Darunter trug sie nur einen blauen Slip, der immer noch besser zu sein schien als gar nichts.

Forrest hatte nur langsam reagiert, doch nun kehrte er ihr den Rücken zu. Schon mit Imbri in Mädchengestalt hatte er mehr Schwierigkeiten gehabt als gedacht; das Allerletzte, was er gebrauchen konnte, waren Probleme wegen einer unzüchtigen Prinzessin.

»Was denn, gefalle ich dir etwa nicht?«, verlangte Eve zu wissen und kam näher. »Komm, lass uns etwas wirklich Empörendes tun!«

»Lasst uns einen anderen See finden!«, rief Dawn.

»Warum? Ich finde es hier sehr schön.« Eve umschlang Forrest von hinten mit den Armen. »He, Forrest Faun, ich hab dir eine Frage gestellt.«

»Ich finde dich sehr schön«, sagte er und versuchte, sich zu befreien. Doch je mehr er sich wehrte, desto fester klammerte sie sich fest – desto enger drückte sie sich an ihn. Sie war nicht klein wie Imbri auf Ptero; sie war fast so groß wie er und hatte das gleiche Gewicht, nur dass es sich ganz anders verteilte.

»Lass ihn los, liebe Schwester, oder ich –«, begann Dawn und zerrte an Eve.

»Oder was, liebe Schwester?«, fragte Eve herausfordernd.

»Oder ich stürze mich in dieses Wasser!«

Eve erstarrte, dann ließ sie Forrest los. Sie begriff, dass Dawn, wenn sie ins Wasser sprang, plötzlich doppelt so unanständig geworden wäre wie sie und damit doppelte Konkurrenz bedeutet hätte. Das aber wollte sie nicht.

Forrest nutzte seine wiedergewonnene Freiheit, um sich rasch zu entfernen. Eves unmoralisches Angebot hatte ihn weit mehr interessiert als er zuzugeben wagte. Er musste sich von ihr fernhalten, bis die Wirkung des Wassers nachließ.

Imbri trat neben ihn. »Vielleicht solltest du auf mir reiten«, sagte sie in Gedanken zu ihm.

»Danke.« Er sprang auf ihren Rücken. Sie war nun so groß und solide, dass sie ihn ohne Mühe tragen konnte. Auf ihrem Rücken war er weit genug von der Prinzessin entfernt. Nur deswegen hatte Imbri den Vorschlag gemacht.

Bald lag auch der See der Unmoral hinter ihnen. Sie beeilten sich, denn sie alle waren durstig und wollten gleichzeitig Eve keine Gelegenheit bieten, auf neue Extratouren zu verfallen. So blieb sie ohne Oberbekleidung und suchte ununterbrochen Forrests Blick. Ganz offensichtlich hatte die Wirkung des Wassers noch nicht nachgelassen.

Doch dann erhob sich vor ihnen eine hohe blaue Felswand, die bis ans Seeufer reichte. Sie mussten entweder durchs Wasser eilen, um den Felsen zu umgehen, oder einen großen Umweg in Kauf nehmen.

Sie hielten an, um nachzudenken. »Können wir vielleicht irgendwie hinüberklettern?«, überlegte Forrest.

»Vielleicht«, antwortete Imbri. »Aber dann müsste ich die Gestalt ändern.«

Und dann wäre sie wieder ein Mädchen. Forrest

war sich bewusst, dass sie ihre ursprüngliche Gestalt nur deswegen angenommen hatte, um ihn nicht mehr zu verlocken. Ihre Fähigkeit zur Gestaltwandlung schien auf ihre beiden ›natürlichen‹ Körper beschränkt zu sein. Angesichts der Umstände war es Forrest lieber, wenn sie eine Stute blieb. »Vielleicht könnten wir eine Rampe bauen, die hoch genug ist, um ihn zu überqueren«, schlug er vor.

Doch so weit das Auge reichte, fand sich keinerlei Material zum Rampenbau. Eve trat deshalb an den Fels heran. »Ich finde schon heraus, ob es einen guten Weg daran vorbei gibt«, versprach sie. »Aber wie wär's mit einem Küsschen vorher, Faun?«

Noch mehr Unheil. Forrest wandte sich von ihr ab. Er wollte sie nicht beleidigen, aber es war nur das Wasser, was sie so aufdringlich machte.

»Na, vielleicht zum Dank, wenn ich die Antwort habe«, sagte sie. Sie beugte sich vor, um den Fels zu berühren, aber erst, als sie sich vergewissert hatte, dass Forrest hinsah. Ganz allmählich schrumpfte ihr Slip und wurde immer knapper. Eve schien in ihrer Unanständigkeit neue Schliche zu ersinnen.

Ihre Hand drang in den Felsen ein. Sie fiel hinein und verschwand. »He!«, rief sie. »Das ist kein echter Fels, sondern ein Lügenblock!«

Dawn kicherte. »Dann lügst du jetzt also.«

»Nein, nicht diese Sorte Lügenblock«, gab Eve zurück. »Aber man kann lügen, wenn man will.«

»Na gut. Ich möchte niemandem das ganze Fell abküssen.«

»Ich auch nicht«, antwortete Eve. »Allein der Gedanke ist mir zuwider.«

»Genug gelogen«, sagte Dawn. Dann ging sie in den Felsblock, um ihre Schwester zu retten. Nach einem Augenblick kamen sie beide hervor. »Man kann einfach hindurchgehen«, rief Dawn. »Kommt mit!«

Vorsichtig trat Imbri vor. Forrest blieb auf ihrem Rücken. Blau und dunkel schloss sich der Fels um sie, und einen Augenblick später kamen sie auf der anderen Seite wieder hervor.

Vor ihnen lag ein dritter See. Forrest hoffte inständig, dass er sich diesmal als gutartig erweisen würde.

Eve ging ohne zu zögern darauf zu.

»Bist du sicher, dass du wirklich …«, begann Dawn nervös.

»Besser ich riskiere es als du«, entgegnete Eve und warf sich mit unzüchtig gespreizten Beinen zu Boden. Forrest gelang es gerade noch rechtzeitig, die Augen abzuwenden, bevor eine Katastrophe geschah.

Sie berührte die Oberfläche. Ein glückseliges Lächeln lief ihr über das Gesicht und trieb in die Ferne davon. »Ach, ich fühle mich so erleichtert.«

»Was ist mit dir?«, fragte Dawn.

»Der See ist ein See des Erbarmens«, sagte Eve freundlich. »Er vergibt alles.«

»Dann sollten wir alle davon trinken«, schlug Imbri vor.

Forrest sprang von ihrem Rücken, und sie alle beugten sich zum Trinken nieder. Kaum berührte er das Wasser, durchflutete ihn unglaubliches Mitgefühl.

Eve kam näher. »Forrest, ich möchte mich für mein unpassendes Benehmen entschuldigen. Ich hätte dich wirklich nicht –«

»Es ist schon gut«, sagte er. »Es lag am Wasser.«

»Ja, aber du schaust noch immer misstrauisch drein.«

»Nur eins, wenn es dir nichts ausmacht …«

»Ja?«

»Zieh dich bitte wieder an.«

»Oh.« Nun musste sie mit dem Erröten an der Reihe gewesen sein, denn sie wurde bis zur Taille violett, bevor sie ihre Oberbekleidung wiederherstellte.

Danach nahmen sie gestärkt und insgesamt zufriedener den Marsch zum Zentrum der Dreiecksfläche wieder auf. Doch nun fiel Dunkelheit über die blaue Landschaft; die Nacht nahte. Das hieß wohl, dass es in Xanth dunkel wurde und daher auch auf Ptero und auf Pyramid. Mit der Eigendrehung dieser Welt hatte die Dunkelheit nichts zu tun. Deshalb suchten sie nach einem brauchbaren Ort, um die Nacht zu verbringen.

Eine vollständige Finsternis brach nicht herein, was sehr unangenehm war, weil der blaue Schimmer ihren Augen fremd blieb und es erschwerte, sich zum Schlafen zu entspannen.

»Seht mal dort, das sieht aus wie ein Nachtschattenbaum«, sagte Imbri. »Das müsste eigentlich genügen.«

Tatsächlich fand sich unter dem Baum ein Teich aus Dunkelheit, der so mitternachtsblauschwarz war wie Imbris Fell, und völlig undurchdringlich. Daneben wuchs ein Kaugummibaum. Sie pflückten Zweige und Blätter, die aus Kaugummi mit Holzaroma bestanden, und kauten es. Mehr benötigten sie nicht, um ihren nebensächlichen Hunger zu stillen. Ihren neuerlichen Durst konnten sie an kleinen Teichen ringsum stillen, die nicht mehr als Wasserlöcher waren. Sie hießen Spund, Wind, Sommer, Schlüssel und Guck. Besonders letzteres reizte sie, aber nach den Erfahrungen, die sie an den Seen gesammelt hatten, beschlossen sie, dass Zurückhaltung weise sei. Weiter entfernt entdeckten sie Löcher mit Namen Ratten, Drecks, Ness, Wurm und Mo, die noch schlimmer waren, deshalb gaben sie ihre Suche nach etwas Besserem auf. Sie tranken aus dem Spundloch und fielen leicht benebelt unter der angenehmen Dunkelheit des Nachtschattens in Schlaf. Imbri behielt ihre Stutengestalt bei und brauchte keine Decke, während die Zwillinge sich aneinander kuschelten und gegenseitig warm hielten. Forrest lag abseits und hegte

Gedanken, die ihm tiefe Schuldgefühle verursachten. Es war schlimm genug gewesen, als Imbri in Mädchengestalt neben ihm lag; nun waren dort zwei echte junge Frauen.

Am nächsten Morgen wuschen sie sich rasch und machten sich unverzüglich auf den Weg. Gut, dass sie früh auf den Beinen waren, denn das Terrain wurde immer rauer. Sie gingen nicht mehr schräg im Verhältnis zur weiteren Umgebung, was darauf hinwies, dass sie sich dem Mittelpunkt des blauen Dreiecks näherten, und Eves Befragungen des Bodens bestätigten dies. Doch die Ebenerdigkeit schien die Oberflächenmerkmale zu animieren, sich hervorzuheben, und die Landschaft erinnerte an einen Fußboden, auf dem ein Riese blaue Bauklötze liegen gelassen hat. Sie mussten sie umgehen, darüber hinwegsteigen, sich darunter hindurchzwängen und widerspenstige Bodenspalten durchklettern, sodass sie fast einen Tag brauchten, um eine Entfernung zurückzulegen, die man auf ebener Strecke bequem in zwei Stunden bewältigt hätte.

Als sie die blauen Blöcke endlich hinter sich gelassen hatten, gelangten sie in einen Dschungel, in dem Katzenmenschen wohnten. Zum Glück dachte Forrest rechtzeitig daran, den Mantel des Vergessens zu wecken, sodass die Katzen sie nicht bemerkten. Katzenmenschen schätzen es gar nicht, wenn man sie dabei beobachtet, wie sie sich von einer Katze in einen Menschen oder die unterschiedlichen Zwischenformen verwandeln.

»Aber vielleicht können wir eine ansprechen, die allein ist, und sie um Rat bitten«, sagte Dawn mit heller Stimme. »Denn es muss etwas geben, was die blauen Linien aussendet, und wir sollten erkunden, womit wir es eigentlich zu tun bekommen werden, bevor wir Hals über Kopf hineinstolpern.«

Die anderen waren mit ihr einer Meinung. Doch als sie eine abseits stehende blaue Katzenfrau fanden und sie ansprachen, zeigte sich eine neue Schwierigkeit: Die Frau ignorierte sie und hielt nicht in ihrer Tätigkeit inne, dem Ernten von blauer Katzenminze.

»Ich möchte doch nur wissen, was vor uns liegt«, versuchte Dawn es ein zweites Mal. »Droht dort irgendeine besondere Gefahr?«

Die Katzenfrau ging davon.

»Es liegt am Mantel des Vergessens«, begriff Forrest. »Er macht dich unbemerkbar.«

Dawn seufzte. »Das muss es sein. Und natürlich hat uns das schon vor viel Unheil bewahrt. Aber wie soll ich mit dieser Katze sprechen?«

»Fass sie an, dann erfährst du alles über sie, du trübe Tasse«, sagte Eve.

Eine schwache Glühbirne leuchtete über Dawns Kopf auf. Sie berührte den Arm der Katzenfrau. »Sie heißt Katzerina«, verkündete die Prinzessin. »Sie gehört zu dem Katzenvolk, das in den Katzakomben nach Katzengold sucht. Sie versorgt alle, die in den labyrinthischen Tunneln arbeiten, mit Katzenzungen. Manchmal bringt sie auch welche in die Burg des Blauen Hexenmeisters. Das Gebäude ist sehr abweisend, und noch nie hat es ein ungeladener Gast betreten. Außerdem wird es von allen möglichen Ungeheuern bewacht.«

»Das alles erfährst du nur dadurch, dass du die Katzenfrau berührst?«, fragte Forrest.

»Ja, denn es gehört zu allem über sie. Aber ich komme nicht über ihre persönlichen Erlebnisse hinaus. In der Burg ist sie nie gewesen, deshalb weiß sie nicht, was sich darin befindet. Aber sie fürchtet sich vor dem Hexenmeister, der so viel verschenkt hat, dass er gewaltig geworden ist.«

Forrest brauchte einen Augenblick, dann fiel ihm

ein, dass die Wesen auf Pyramid durch Großzügigkeit zu Größe und Macht gelangten. »Aber woher nimmt er denn so viel zum Verschenken?«, fragte Forrest. »Ich meine, woher nimmt er irgendetwas? Irgendwoher muss es doch kommen.«

»Von Ptero«, sagte Imbri in einem kleinen Traum.

»Das stimmt!«, rief Eve aus. »Schau mal, ob er Talente verschenkt.«

Dawn überprüfte das. »Ja, das tut er. Er hat schon etliche verschenkt – und einige davon gehören Leuten, die ich auf Ptero kannte. Eine Katzenfrau hat das Talent bekommen, alles Mögliche in Erdbeermarmelade zu verwandeln, nur dass sie blau ist. Eine andere erhielt das Talent des Ulks, das hier zur Schnurrigkeit wird. Sie ist nun die Hofnärrin der Katzenkönigin. Einer anderen schenkte der Hexenmeister das Talent der Rächtschraibprüphung.«

»Ist das nicht Com Pewters Talent?«, warf Imbri ein.

»Nein, sein Talent besteht darin, die Realität so zu verändern, dass sie seinen Vorstellungen entspricht«, widersprach Forrest. »Obwohl das Talent der Rächtschraibprüphung damit natürlich verwandt ist. Wenn dieses Talent jemandem gehört hat, der von den Saumlinien gefangen gesetzt wurde, dann wissen wir, wohin all die Magie verschwunden ist. Der Blaue Hexenmeister erhält sie und verschenkt sie, um seine Macht zu vergrößern.«

»Eine andere erhielt das Talent, die Farbe des Himmels zu verändern«, fuhr Dawn fort, die noch immer die Katzenfrau berührte. »Nun kann sie jeden beliebigen Blauton hervorbringen. Ein Katzenmann bekam das Talent geschenkt, seine Stimme mit der Hand zu werfen.«

»Also stielt der Hexenmeister von Ptero Talente, um sie hier zu verschenken«, stellte Imbri entrüstet fest. »Wie kommt er damit durch?«

»Offenbar beziehen Pyramids Regeln die Außenwelt nicht mit ein«, überlegte Eve. »Dadurch hat er eine bequeme Möglichkeit, überaus mächtig zu werden.«

»Und auf den anderen Flächen Pyramids muss es weitere Hexenmeister geben«, fügte Forrest hinzu, »die genau das Gleiche tun.«

»Und wir müssen sie aufhalten«, sagte Dawn und ließ die Katzenfrau ihrer Wege gehen. »Hat jemand von euch irgendeine Idee wie?«

Ein Schweigen trat ein, das vom einen zum anderen schwang. Keiner hatte eine Ahnung, was zu tun sei.

Das wiederum bedeutete, dass alles von Forrest abhing. »Ich nehme an, wir sollten einfach zur Burg des Blauen Hexenmeisters gehen und schauen, was wir tun können«, schlug er unsicher vor.

»Ich bin zwar nur ein naives Kind«, erwiderte Eve, »das kaum etwas von der Erwachsenenverschwörung weiß und ganz gewiss keine Erfahrung damit hat.« Ihre Schwester verzog spöttisch die Lippen. »Aber selbst ich weiß, dass man uns dort vermutlich packt, in die Burg zerrt und ohne Gerichtsverhandlung hinrichtet.«

»Ich hätte es nicht besser sagen können, das muss ich zugeben, auch wenn du an meiner Stelle gesprochen hast«, fügte Dawn hinzu.

»Du warst nicht dran, du hast vor mir als Letzte gesprochen.«

»Aber das Thema war neu. Neues kommentiere ich immer als Erste.«

»Mädchen«, sagte Forrest. Er fühlte sich in die Rolle gedrängt, die auf Ptero ihre Mutter spielte.

Beide wandten sich ihm zu. Ihre Bewegung fiel derart koordiniert aus, dass er auf der Stelle wusste: Sie hatten ihn auf den Arm genommen. Imbri wandte sich ab, um ihn die Angelegenheit auf seine Weise regeln zu lassen. »Und was willst du dagegen tun?«, fragte Dawn. »Uns eins auf den Hintern geben?«

»Sollen wir die Röcke heben?«, fragte Eve. »Dann kannst du uns auf die Pan–«

»**Mädchen!**«, brüllte Forrest. Dann fügte er ruhiger hinzu: »Wenn unser Auftrag erledigt ist und eure Freunde gerettet sind, dürft ihr mich auf den Arm nehmen, so oft ihr wollt. Meinetwegen könnt ihr mich dann sogar zum Erröten bringen. Ihr seid beide außerordentliche attraktive junge Frauen, und ich bin ein Faun; ich würde nichts lieber tun als mit euch auf meine Art Spielchen zu treiben. Doch im Augenblick schweben wir in Gefahr, und jeder Fehler könnte uns nicht nur das Leben kosten, sondern auch alle Menschen auf Ptero endgültig ihrem Schicksal überantworten. So unqualifiziert und albern ich euch auch vorkomme, ich hoffe, ihr gestattet mir trotzdem, die Aufgabe des Guten Magiers so gut zu erfüllen wie ich kann. Und die besteht darin, euch anzuleiten, damit ihr euer Land erfolgreich vor der Einsäumung bewahrt.«

Die beiden tauschten einen Blick. Dann drehten sie sich gemeinsam Forrest zu. Alle vier Augen leuchteten hell. »Wir schämen uns zutiefst für unser Verhalten«, sagte Dawn. »Wir haben in der Tat vergessen, wozu wir hier sind.« Sie wischte sich eine Träne aus dem rechten Auge.

»Aber wir bitten dich, uns zu glauben, dass wir den Auftrag ernst nehmen«, fuhr Eve fort. »Wenn wir angespannt sind, neigen wir zum Herumalbern, weil das besser ist als weinen.« Sie wischte sich aus dem linken Auge eine Träne.

Entgeistert antwortete Forrest: »Das wusste ich nicht. Ich möchte mich entschuldigen –«

»Von jetzt an benehmen wir uns«, versprach Dawn, »bis unsere Aufgabe erfüllt ist.«

»Aber dann«, fügte Eve hinzu, »nehmen wir dich vielleicht wieder auf den Arm und spielen mit dir in der Art der Nymphen.«

»Das ist nicht nötig«, beeilte er sich zu versichern. »Ich wollte keineswegs andeuten –«

»Wir sind volljährig«, sagte Dawn.

»Und wir lernen dich zu respektieren«, sprach Eve weiter.

»Aber –«

»Deshalb entschuldigen wir uns bei dir in der Art des Kürbis …«

»Und geben dir einen Vorgeschmack dessen, was wir mit dir vorhaben.«

»Aber die Kürbisentschuldigungen sind doch außerordentlich …«, begann er besorgt.

Doch Dawn unterbrach ihn, indem sie an ihn herantrat, ihn eng umarmte und mit solcher Leidenschaft küsste, dass sein Kopf davonzuschweben drohte. Ihm war, als ginge die Sonne auf und blende ihn mit warmem, goldigem Licht. Dann ließ Dawn ihn los, und Eve umschlang ihn so fest, dass er keine Augen brauchte, um ihre Rundungen zu bewundern; sie küsste ihn sogar noch leidenschaftlicher. Diesmal war ihm, als ginge die Sonne unter und trüge ihn in die liebliche, alles umfassende Nacht.

Nachdem sie ihn losgelassen hatte, stand er gelähmt auf der Stelle, und kleine Sonnen und Monde umkreisten seinen Kopf. Dawn hatte ihn vorbereitet, Eve hatte ihn ausgelöscht.

Wie aus weiter Ferne hörte er sie wieder sprechen. »Wir mögen dich, Forrest«, murmelte Dawn ihm ins linke Ohr.

»Und wenn wir dir unsere Pantys zeigen, machen wir keinen Spaß«, murmelte Eve ihm ins rechte.

Dann küssten sie ihn gleichzeitig auf seine spitzen Ohren.

Als Forrest wieder zu sich kam, lag er auf dem Boden; über seinem Gesicht kreisten Herzchen und kleine Planeten mit irrwitziger Geschwindigkeit. Die Mädchen fächelten ihm Luft zu und bürsteten sein Fell aus. »Ich glaube, diesmal haben wir es übertrieben«, meinte Dawn.

»Aber von jetzt an sind wir vorsichtiger«, erinnerte Eve sie.

»Wir sollten lieber Blue Jeans anziehen.«

»Keine allzu engen.«

»Aber sobald wir das hinter uns haben …«

»… zeigen wir ihm alles.«

Das ging nun schon lange genug so. Forrest schlug die Augen auf. »Ich glaube, ich bin wieder in Ordnung«, sagte er. »Ich –«

»Wir haben dich zwischengenommen«, sagte Dawn, »und dafür entschuldigen wir uns.«

»Nein!«, rief Forrest voll Verzweiflung aus.

Die Zwillinge lachten auf. »Nicht nach Kürbis-Manier, Dummerchen«, schalt ihn Eve. »Das haben wir ja schon hinter uns.« Dann halfen sie ihm auf. Sie trugen nun sackartige Blue Jeans und grobkarierte blaue Hemden, die ihre weibliche Anziehungskraft um gut die Hälfte reduzierten. Da sie zu zweit waren, boten sie damit noch immer mehr als genug.

»Wir dachten, du wärest nur höflich«, erklärte Eve. »Jetzt wissen wir, dass du uns wirklich so sehr magst wie wir dich.«

»Ich bin ein Faun«, wiederholte Forrest. »Eigentlich mag ich nur Nymphen. Erst in letzter Zeit habe ich gelernt, auch normale Leute zu mögen. Aber an die Gefühle, die damit verbunden sind, habe ich mich noch immer nicht gewöhnt.«

»Das sehen wir«, sagte Dawn. »Du hast gewiss mehr körperliche Erfahrung als wir zierliche Jungfrauen uns vorzustellen vermögen. Dahingegen haben wir emotional weitaus mehr erlebt als dir zu verstehen gegeben ist. Es macht bestimmt Spaß, wenn wir unsere Erfahrungen einmal kombinieren.«

»Doch sehen wir uns hier unbestreitbar einer tödlichen Gefahr gegenüber«, sagte Eve.

»Während wir also zugeben, dass wir dich nicht hätten aufziehen sollen, glauben wir doch, dass du den Marsch auf die Burg des Hexenmeisters vielleicht ein wenig zu naiv angegangen wärst.«

»Und obwohl wir nicht die Rolle infrage stellen wollen, die der Gute Magier dir zugewiesen hat, hoffen wir doch, dass du es dir noch einmal überlegst.«

»Das sollte ich wohl«, stimmte Forrest reumütig zu. »Angenommen, wir schleichen uns an die Burg heran, bleiben außer Sicht und beobachten, bevor wir handeln?«

Nun machte Imbri einen Vorschlag; sie hatte so lange geschwiegen, dass die drei die Tagmähre fast vergessen hätten. »Die Mädchen können die Burg in einem bestimmten Rahmen erkunden, ohne sich ihr auch nur zu nähern.«

»Das ist eine gute Idee«, meinte auch Forrest. »Wenn wir jemanden finden könnten, der in der Burg aus und ein geht, oder einen Gegenstand, der schon einmal innerhalb der Mauern gewesen ist …«

»Beobachten wir es einfach, dann sehen wir weiter«, schlug Imbri vor.

Nach diesem Beschluss machten sie sich auf den Weg zur Burg. Forrest erneuerte den Mantel des Vergessens, der sich immer mehr als große Hilfe erwies, denn ohne ihn wären sie schon lange entdeckt und vom den Schergen des Hexenmeisters umzingelt worden – falls er Schergen hatte.

Die Burg war ein riesiges, grimmiges Bauwerk aus einem fleckig blauen Material. Ein übler Gestank ging von ihm aus. »Diesen Geruch kenne ich«, sagte Imbri.

»Ich bin ihm schon einmal auf dem Mond begegnet. Blauschimmelkäse!«

»Aber ist der denn nicht sehr weich?«

»Nicht, wenn er alt genug ist. Der Käse auf dem Mond variiert von fast noch flüssigem Brie zu felsharten Cheddar. Jeder Käse wird hart, wenn er ein paar Jahre in der Sonne liegt.«

»Und Magie könnte ihn zusätzlich verfestigen«, sagte Eve.

Ein Wächter umschritt die Burg. Dank des Mantels und ihrer Vorsicht bemerkte er sie nicht und ging dicht an ihnen vorbei.

»Seht euch das an!«, wisperte Dawn. »Seine Hand ist aus Metall.«

»Dummchen – das ist eine Handwaffe«, erklärte er Eve. »Das passt doch zu einem Wachtposten.«

Forrest steckte vorsichtig den Kopf aus dem Versteck und sah dem Mann hinterher. Tatsächlich, die Hand war eine Waffe. Was wohl passieren würde, wenn der Wächter jemandem die Hand schütteln wollte?

Aus dem Nebeneingang der Burg fiel Licht, ein ganz besonderer Blauton. »Verderbt es euch nur nicht mit der ultravioletten Glühlampe«, warnte Eve sie. »Wenn man denen in die Quere kommt, hat man ein echtes Problem.«

Dann öffnete sich die Tür, und ein anderer Mann kam heraus, der einen großen Sack trug. Er ging damit zu einer Grube abseits der Burg und warf den Sack hinein. Dann drehte er sich um und kehrte ins Gebäude zurück.

»Ein Müllbeutel!«, sagte Dawn. »Igitt!«

»Aber er war innerhalb der Burg«, rief Forrest leise aus. »Deshalb –«

»Igitt!«, sagte Eve.

»Na ja, vielleicht war es doch keine so gute Idee.«

Eve seufzte. »Doch, sie ist vernünftig. Bloß besonders romantisch ist sie nicht.«

Deshalb umkreisten sie die Burg in einiger Entfernung, bis sie zur Müllgrube kamen. Darin lag aller möglicher Abfall, der zum Himmel stank. Trotzdem kletterten sie hinein und suchten nach dem neuesten Beutel.

»Wenigstens scheint hier kein Müllschlucker sein Unwesen zu treiben«, sagte Imbri erleichtert.

»Ah, hier ist der Beutel«, rief Eve leise und legte die Hand darauf. »Er wurde gerade von Con Cierge hierher gebracht und enthält Müll und Küchenabfälle, die der Nachtwächter A. Larm gesammelt hat. Sie stammen von überall aus der Burg.«

»Genau das haben wir gesucht«, sagte Dawn. »Ich weiß, wie sehr du dich danach sehnst, deine Hände ganz tief dort hinein zu versenken, liebste Schwester.«

»Wenn wir Glück haben, ist das eine oder andere darin noch nicht tot, liebste Schwester«, erwiderte Eve und kräuselte die Nase. »Dann bekommst du auch deinen Spaß.« Sie öffnete den Beutel und zog als Erstes eine Tube hervor. »Zahncreme, die einem die Zähne in Paste verwandelt. Kein Wunder, dass man sie weggeworfen hat.«

Dawn entdeckte einen kleinen grünblauen Vogel, der darum kämpfte, sich aus der Tasche zu befreien. Sie ließ ihn auf ihre Hand laufen. »Das ist ein Harzer Roller. Er singt schön, aber er riecht auch sehr stark. Wahrscheinlich hat man ihn weggeworfen, weil man hier den Geruch nach Blauschimmelkäse vorzieht.«

Eve fand einen alten Füllfederhalter. »Das sind die Überreste eines Füllers mit Unsichtbartinte. Ursprünglich enthielt der Füller mehrere große hässliche Tiere, aber jedes von ihnen hat ein wenig Tinte verbraucht, und der Füller schrumpfte immer weiter, bis er zu klein war, um noch von Nutzen zu sein.«

»Nichts über das Innere der Burg?«, fragte Forrest. »Gibt es einen Geheimeingang? Wo hält sich der Hexenmeister auf?«

Es dauerte einige Zeit, bis sie sich durch den Inhalt des Müllsacks gewühlt hatten und eine recht konkrete Vorstellung vom Innern der Burg besaßen. Der Hexenmeister wohnte im obersten Turmzimmer, und durch dieses Zimmer verliefen die blauen Linien, doch kamen sie von weiter unten: aus dem Verlies. Das Verlies war von der Außenwelt völlig abgeschottet, und aus dem Innern der Burg konnte nur der Hexenmeister es betreten. In dem Sack fand sich kein Abfall aus dem Verlies; offenbar beschäftigte es einen eigenen Müllschlucker. Daher blieben die Linien nach wie vor rätselhaft.

»Wir benötigen noch mehr Informationen, die wir außerhalb der Burg erhalten können«, sagte Forrest. »Aber wenn selbst die Dienstboten nicht wissen, was im Verlies vorgeht, wer soll es uns sagen können?«

»Nur der Hexenmeister«, antwortete Imbri. »Und er behält das Geheimnis natürlich für sich, damit niemand außer ihm Talente von Ptero stehlen und sie verschenken kann, um Macht zu gewinnen.«

»Aber trotzdem muss noch jemand anders Bescheid wissen«, sagte Forrest, »denn es gibt drei weitere Hexenmeister, die das Geheimnis kennen.«

»Und die benutzen es, um die Oberherrschaft über ihre Dreiecksflächen zu erlangen«, sagte Dawn.

»Deshalb werden sie es uns ebenfalls nicht verraten«, meinte Eve.

»Wir benötigen eine bessere Idee«, stellte Imbri fest.

Etwas spielte mit Forrests Aufmerksamkeit, und gerade, als er sich diesem Etwas zuwenden wollte, schoss es vor ihm davon. Daraufhin verfolgte er es, und als es schon zu entkommen drohte, nagelte er es fest: Es war eine Idee. »Eine Idee!«, rief er aus. »Ida –

ihr Talent ist die Idee! Kann sie uns nicht mit einer Idee aushelfen?«

»Aber Ida ist weit weg«, sagte Dawn.

»Das heißt, ihr Kopf ist weit weg – und riesig«, verbesserte Eve.

»Nein – ich meine die Ida, die es hier irgendwo geben muss. Eure Welt Ptero umkreist die Ida von Xanth; diese Welt Pyramid umkreist Ida von Ptero. Deshalb muss es auch hier eine Ida geben, die von einer Welt umlaufen wird, und vielleicht kennt sie die Geheimnisse der Welten.«

Die Mädchen tauschten wieder einen Blick. »Das ist bizarr«, fand Dawn.

»Aber vielleicht wahr«, meinte Eve.

»Und auf jeden Fall einen Versuch wert«, sagte Imbri. »Wenn es sie hier gäbe und sie Bescheid wüsste – sie ist ein netter Mensch und würde uns gewiss helfen.«

Sie kletterten aus der Grube und verließen die Umgebung der Burg. In einem See, der keinerlei anrüchige Magie besaß, wuschen sie sich. Die Zwillinge wateten voll angezogen ins Wasser, und nach einem Moment des Erstaunens sagte Forrest sich, dass ihre Kleidung schließlich aus ihrer Seelensubstanz bestand und es daher keine Rolle spiele, ob sie nass werde.

Dann überlegten sie, wie sie Ida fanden. »Ich kann von Lebewesen vieles erfahren«, sagte Dawn, »aber es hängt natürlich vom Zufall ab; herauszufinden, ob sie eine bestimmte Person kennen, kann eine Weile dauern.«

»Für Unbelebtes gilt das Gleiche«, sagte Eve. »Ich vermag herauszufinden, ob an einem Felsen jemals ein bestimmtes Wesen vorbeigekommen ist, aber dazu müsste ich seine gesamte Personenliste durchsehen, die mehrere hundert Geschöpfe ausweisen kann. Und ein Fels könnte trotzdem die Gesuchte schlichtweg nicht erkannt haben; sonderlich klug sind Steine nun mal nicht.«

»Opa Dor könnte ihn zum Sprechen bringen«, sagte Dawn. »Dann wäre es viel einfacher.«

»Wenn Opa Dor in der Nähe ist, müssten wir aber auf unsere Röcke Acht geben«, warf Eve ein. »Jeder Stein, über den wir treten, würde ausplaudern, was wir gesehen haben.«

»Es sei denn, Oma Irene wäre mit dabei«, sagte Dawn. »Ihr Blick lässt schon aus großer Entfernung selbst Steine verstummen.«

»Wir vermissen sie beide«, schloss Eve traurig das Gespräch ab.

»Ich fürchte, wir werden jemanden fragen müssen«, entschied Forrest. »Dazu müssen wir warten, bis der Mantel des Vergessens sich hebt.«

»Was wiederum gefährlich ist«, sagte Imbri.

»Das weiß ich. Vielleicht solltet ihr drei unter seinem Schutz zurückbleiben, während ich mich von euch trenne, sodass ich augenscheinlich allein bin.«

»Vielleicht solltest du lieber auf mir reiten; bei Gefahr kann ich mit dir davongaloppieren.«

Zuerst wollte Forrest protestieren, doch erkannte er, dass Imbri das gleiche Risiko auf sich nehmen wollte wie er. »Eine gute Idee.« Er blickte sich um. Es war schon später Nachmittag. »Lass uns eine Stelle zum Übernachten suchen, und am Morgen können die Zwillinge den eingedosten Mantelzauber nehmen, während wir auf Erkundung gehen.«

Bei ihrer Suche nach einem passenden Lagerplatz fanden sie einen kleinen Zug blauer Berge, sehr kleiner Berge: sie reichten ihnen kaum an die Hüften. Trotzdem würden die winzigen Gipfel sie vom Weg abschirmen und vor Entdeckung schützten, wenn sie dahinter lagerten.

Doch als sie den Bergzug fast erreicht hatten, stand

er auf und eilte meckernd davon. Erstaunt blickten sie ihm hinterher. Dawn lachte auf. »Eine Bergziege!«, rief sie. »Daran hätten wir gleich denken sollen.«

Schließlich fanden sie eine andere Stelle neben dichten Blaubeerbüschen, womit auch fürs Abendessen gesorgt war. Während sie aßen, frischte der Wind auf und flüsterte in den Bäumen leise eine traurige Melodie. »Blues habe ich immer gern gehört«, sagte Eve.

Doch als die Dunkelheit anbrach, wurde es schnell kälter. Forrest wurde sich gewahr, keine zweite Decke eingesteckt zu haben, und so holte er seine eigene aus dem Rucksack und gab sie den Zwillingen. »Sie genügt, um euch beide zu wärmen«, sagte er.

Dawn und Eve blickten ihn an. »Ich wünschte, die Lage wäre nicht so ernst«, sagte Dawn.

»Denn dann könnten wir die Decke mit dir teilen«, fügte Eve hinzu.

»Ich bedaure es auch«, versicherte Forrest ihnen. »Ich schlafe bei Imbri.« Denn in Stutengestalt war sie sowohl wärmespendend als auch ungefährlich.

Er legte sich neben die Tagmähre. »Du bist wirklich sehr anständig«, sagte sie in einer Traumblase, die nur er hören konnte.

»Nein, das bin ich nicht. Ich hätte wirklich gern bei ihnen geschlafen.«

»Das weiß ich. Du wolltest zwischen ihnen liegen. Du weißt, dass sie unter der Decke vermutlich ihre Kleidung auflösen, wie ich es getan habe. Aber du hast dich bezwungen. Deswegen bist du ja ein anständiges Geschöpf – genauso hast du dich mir gegenüber verhalten.«

»Aber ich sollte mir so etwas gar nicht erst wünschen!«

»Wieso nicht? Du bist schließlich ein Faun. Es liegt in deiner Natur.«

»Und was ist mit dir?«, wollte er wissen. »Was empfindest du, wenn du siehst, wie ich auf diese hübschen Mädchen reagiere?«

»Ich fühle mich weniger schuldig für das, was ich dir angetan habe.«

»Überhaupt nichts hast du mir angetan!«

»Doch, das habe ich. Und ich werde es wiedergutmachen, sobald mir eine Möglichkeit eingefallen ist.«

»Du weißt, dass ich mit den Zwillingen nichts anfangen dürfte. Sie sind Prinzessinnen.«

»Sie stammen aus einer Kultur, die sich von unserem gewohnten Xanth ein wenig unterscheidet. Vielleicht wäre es akzeptabel, wenn sie mit Faunen spielen, falls sie Lust dazu haben.«

»Ich glaube nicht, dass ihre Mutter davon begeistert wäre.«

»Mütter sind das niemals. Früher habe ich Tausende schlechter Träume an Mütter ausgeliefert. Wenn es nach den Müttern ginge, müssten ihre Töchter unberührt bleiben und dürften niemals tun, was ihre Mütter getan haben, als sie jung waren. Deshalb erzählen die Töchter ihren Müttern einfach nichts davon.« In der Traumblase kicherte sie. »Nun, da Königin Iris verjüngt wurde und wieder zwanzig ist, erzählt sie ihrer Tochter Irene nichts, denn die würde Iris' Treiben keinesfalls gutheißen. Die Leute heißen es nur selten gut, wenn andere ihren Spaß haben.«

»Aber –«

»Forrest – die Zwillinge wissen, was sie wollen, und sie sind sich über deine Natur im Klaren. Wenn sie sich entscheiden, mit dir zu feiern, solltest du deinen Wünschen freien Lauf lassen.«

»Nun, ich habe eben nicht das Gefühl, diese Freiheit zu besitzen. Ich meine, gefallen würde es mir ja schon, aber ich halte es schlicht für unpassend.«

Ihr Traumbild schüttelte den Kopf. »Das liegt daran, dass du die Rolle eines Beraters einnimmst, der elterliche Gewalt mit sich bringt. Deshalb verhältst du dich wie ein Elternteil, obwohl du dir wünschst, dich wie ein gewöhnlicher Faun benehmen zu können.«

»Das ist es!«, rief er, und eine Glühlampe leuchtete über seinem Kopf auf. »Wie gut du dich auskennst!«

»Nun, ich besitze einige Erfahrung mit Träumen, und was du für die Mädchen empfindest, ist nichts anderes.«

»Ich danke dir, Imbri! Du hast mir zu Klarheit über meine gemischten Gefühle verholfen!«

»Vielleicht bin ich genau deshalb mitgekommen.« Das Traumbild ging zur erlöschenden Glühbirne und setzte einen Kuss darauf. Forrest spürte ihn auf dem Gesicht.

Er schrak auf. »Imbri –«

»Wenn du willst, verwandele ich mich in eine Frau. Auch ich weiß, was ich will.«

Unversehens geriet er entsetzlich in Versuchung. Imbri war mit Sicherheit hinreichend alt und erfahren, und ganz gewiss wusste sie, was sie wollte. Trotzdem musste er Einwände erheben. »Ich – das kann ich nicht von dir verlangen.«

»Ich weiß, Forrest, ich weiß. Du fühlst dich nicht frei, ein Faun zu sein oder deiner Natur nachzugeben, deshalb schwebst du in einer Art persönlichem Limbus. Daraus möchte ich dich so gern befreien. Und wenn ich eine Möglichkeit dazu finde, werde ich es auch tun. Bis dahin respektiere ich dich und deine Haltung.«

»Äh … danke.«

»Würde es dir helfen, wenn ich dir einen Traum sende, in dem sich deine Wünsche erfüllen?«

»Vermutlich schon. Aber ich muss mich auf meine Aufgabe konzentrieren und darf meine Fantasie auf nichts anderes verschwenden.«

»Dann schicke ich dir einen Tiefschlaftraum.«

Vor seinem geistigen Auge sah Forrest eine blassblaue Wolke auf sich zutreiben. Auf ihr prangte in Versalien das Wort TIEFSCHLAF. Immer größer trieb sie über ihm; sie spielte leise Musik und umschloss ihn. Erleichtert ließ er sich hineinsinken.

Als er aufwachte, fühlte er sich wie neugeboren. Sein Kopf ruhte auf Imbris Flanke, die sich langsam hob und senkte. Dawn und Eve waren schon auf und pflückten Blaubeeren. Sie trugen blaue Röcke und Pantoffeln. Kaum hatten sie entdeckt, dass seine Lider flackerten, da eilten sie zu ihm.

»Versuch eine Beere, Forrest«, sagte Dawn und hockte sich mit untergeschlagenen Beinen vor ihn.

»Ja. Sie schmecken sehr gut«, sagte Eve und tat es ihr nach. Ihre festen Beine waren bis über die Knie zu sehen. Zogen sie ihn schon wieder auf?

Er öffnete den Mund, um zu sagen, er könne sich selber Beeren pflücken, doch bevor das erste Wort heraus war, hatte sich Eve gefährlich weit vorgebeugt und ihm eine Blaubeere zwischen die Lippen geschnippt. Sie schmeckte großartig. Forrest zerkaute sie, schluckte und öffnete den Mund, um sich zu bedanken – doch da schnippte sie ihm wieder eine hinein.

Er gab den ungleichen Kampf auf und aß die Beeren, wie er sie erhielt. Jedenfalls hatte es etwas für sich, von willigen Jungfrauen gespeist zu werden.

Doch vor ihnen lag noch ein langer Tag. Forrest suchte in seinem Rucksack und holte den eingedosten Mantelzauber hervor. »Erweckt ihn nicht, bevor Imbri und ich außer Reichweite sind«, schärfte er den Zwillingen ein. »Und unternehmt nichts allzu Auffälliges; wir kennen nicht die Grenze des Vergessens.«

»Jawohl, Herr«, sagten sie gleichzeitig und lachten; ihre eng geschnürten Busen wogten.

»Und zieht diese unheilträchtige Kleidung aus, bevor ihr damit jemanden aus den Latschen haut.«

Sie blickten erstaunt an sich hinunter. »Hoppla, daran hatten wir gar nicht mehr gedacht«, sagte Dawn. Ihre blassblauen Blusen kräuselten sich und wurden zu schweren blaukarierten Hemden.

»Wir haben uns unbewusst angezogen wie immer, als wir aufwachten«, sagte Eve. Ihr schwarzblauer Rock verformte sich und wurde zu einer ausgebeulten dunkelblauen Jeans.

»Nachdem wir wie immer nackt geschlafen hatten.«

»Und vom Feiern mit einem Faun träumten.«

Dann standen sie zugleich auf. Einen knappen Augenblick, bevor er zu viel entblößt hätte, verwandelte sich Dawns lichtblauer Rock in hellblaue Jeans, und Eves dunkle Bluse wurde nach einem durchsichtigen Augenblick, nachdem sie mehr als genug gezeigt hatte, zu einem dunklen Hemd.

Ganz eindeutig zogen die beiden ihn wieder auf. Anscheinend kamen sie gegen sich selbst nicht an. Forrest konnte nur versuchen, sie nicht zu beachten, und wünschte sich dabei viel Erfolg. Er hatte sich nämlich bereits dabei ertappt, dass er sich fragte, wie blau ihre Pantys wohl sein mochten.

Dann stieg er auf Imbri, die im Trab dem Pfad folgte. Die Tagmähre beeilte sich nicht, denn sie hatten kein Ziel vor Augen, sondern suchten nur jemandem, den sie nach dem Weg fragen konnten. Forrest blickte zurück, doch er bemerkte niemanden. Das war gut, denn es musste bedeuten, dass die Zwillinge den Mantel des Vergessens über sich gebreitet hatten. Solange sie nichts übermäßig Dummes taten, wie etwa nackt zu tanzen und dabei laut zu kreischen, würde niemand ihre Anwesenheit zur Kenntnis nehmen.

Schon bald kam Forrest und Imbri auf dem Weg

eine Frau entgegen. »Hallo!«, rief Forrest sie an und hoffte bei sich, die richtige Anrede für eine Einheimische von Pyramid gewählt zu haben.

Sie blickte ihn scharf an. »Willst du was von mir, Faun?«

Er rief sich in Erinnerung, dass die Wesen auf Pyramid immer nach einer Chance Ausschau hielten, etwas zu verschenken, um sich zu verbessern. »Ja, tatsächlich.«

»Wer bist du und was willst du?«

Das war ja überraschend einfach. »Ich bin Forrest Faun, und ich möchte Prinzessin Ida finden.«

»Wir haben hier keine Prinzessinnen.«

»Vielleicht ist sie hier keine Prinzessin«, räumte er ein. »Ein Mond umkreist ihren Kopf.«

Die Frau zuckte mit den Schultern. »Nie von ihr gehört. Ich kann dir nicht helfen. Also kann ich dich genauso gut peinigen.«

»Peinigen?«

»Ich bin Polly Morph und kann mich in alles verwandeln, was ich mir vorzustellen vermag. Heute bin ich reizbar, deshalb verwandle ich mich in einen Drachen und schlinge dich und deinen dämlichen Gaul runter. Hoffentlich schmeckt ihr nicht allzu übel.« Ihr Gesicht streckte sich in die Länge und wurde zur Schnauze eines Drachen, ihr Leib sprengte ihre Kleidung und schlängelte sich serpentinenähnlich.

»Aber wir haben dir doch gar nichts getan«, wandte Forrest ein.

»Das ist es ja gerade«, entgegnete der Drache und schnappte nach ihnen.

Imbri sprang auf, um den Zähnen auszuweichen. Sie landete und verfiel in vollen Galopp. Nichts wie weg hier!

Nur war Forrest das Reiten keineswegs gewohnt

und hatte außerdem nicht mit Imbris schneller Reaktion gerechnet. Als die Tagmähre vorschoss, blieb Forrest an Ort und Stelle. Mit dem Allerwertesten landete er auf dem Weg.

»Nun ja«, fauchte der Drache. »Du bist viel zu klein für einen Drachen, aber gerade recht für einen Greif.« Damit verwandelte er sich in einen Greif mit Adlerkopf und Löwenkörper.

Forrest rappelte sich auf und rannte davon. Doch der Kopf des Greifen zuckte vor und packte ihn mit dem Schnabel beim Schwanz. Obwohl seine Hufe sich bewegten, kam Forrest keinen Schritt vorwärts.

Imbri drehte um und kam im vollen Galopp zurück. Sie wieherte laut, sprang und schlug mit den Hufen nach dem Körper des Greifen.

»Flüche«, knurrte der Greif und ließ dabei Forrest los. Dann wandelte er sich zu einer fliegenden Schlange und wand sich aus dem Weg.

Imbri landete und galoppierte weiter; so schnell konnte sie nicht anhalten. Aber sie hatte Forrest die Atempause verschafft, die er brauchte. Er eilte ihr nach und hoffte, genügend Vorsprung zu haben, dass das Monstrum ihn nicht mehr einholte.

Doch Polly morphte sich zurück in den Greif und stieg auf. Hinter sich hörte Forrest ihre Flügelschläge immer näher kommen.

Dann plötzlich rannte er gegen etwas bemerkenswert Weiches und landete in einem Gewirr aus Gliedmaßen. Er blinzelte und sah, was er bisher nicht bemerkt hatte, obwohl sie gleich vor seiner Brust war: »Dawn!«

»Ha, bist du endlich auf mich aufmerksam geworden«, sagte sie, zog ihr Gesicht von seinem Ohr zurück und schüttelte ihr violettes Haar aus.

»Aber der Greif –«

»Hat deine Spur verloren«, sagte Eve.

Er blickte auf seine Beine und entdeckte, was ihm bisher entgangen war: Sie waren mit den Beinen eines anderen Mädchens verflochten. »Eve!«

Sie nahm ihr Gesicht von seinem Bauch und ordnete ihre verworrenen blauschwarzen Zöpfe. »Ich hätte wirklich nicht gedacht, dass wir vor Beendigung unserer Aufgabe so weit kommen würden«, gab sie zu.

»Was macht ihr denn hier?«

»Wir retten dich vor dem Verschlungenwerden«, sagte Dawn und löste ihren flachgedrückten Busen von seiner Brust.

»Mithilfe des Mantels des Vergessens«, erklärte Eve und entwand ihre verkrampften Beine seinen Schenkeln.

»Weil wir um jeden Preis verhindern wollen, dass dir etwas zustößt.«

»Selbst wenn es dich einfach nur nach Ptero zurückversetzt.«

»Denn ohne deine Anleitung können wir unsere Aufgabe nicht erfüllen.«

»Und wir schätzen deine Gesellschaft wirklich sehr.«

Mittlerweile hatten sie sich völlig von ihm entwirrt und gelöst. Beide wirkten sie zerzaust, doch noch immer auf wilde Weise sehr schön.

»Äh, danke«, sagte Forrest, der begriff, dass er tatsächlich verschlungen und dorthin verbannt worden sein konnte, wohin auch immer die Bedingungen Pyramids eine Verbannung verlangten. Die Zwillinge hatten ihn davor gerettet, indem sie auf die einzige Weise einschritten, die ihnen angesichts des Umstands, dass er sie nicht sehen konnte, möglich war: indem sie sich an ihn klammerten und unter den Schutz des Mantels zogen.

Dawn warf ihm aus ihren blautürkisen Augen

einen offenen Blick zu, der so hell strahlte wie Sonnenschein. »Gern geschehen.«

Eve bedachte ihn mit einem Seitenblick aus ihren schwarzen Augen, der so geheimnisvoll war wie die Nacht. »Es war uns ein Vergnügen.«

Forrest versuchte einmal mehr, zu ihnen durchzudringen. »Ihr wisst doch, dass ich mit euren Neckereien nur sehr schwer zurechtkomme.«

Dawn schüttelte den Kopf. »Manches von dem, was du für Neckerei hältst, ist einfach unsere natürliche Art.«

Eve runzelte die Stirn. »Und in diesem besonderen Fall necken wir dich wirklich nicht. Wir wollten dich wirklich nur retten, und wir mögen dich sehr.«

Verblüfft entgegnete Forrest: »Ich meine, ihr seid beide wirklich sehr hübsche und aufreizende junge Frauen, und ich

– «

»Wissen wir«, unterbrach Dawn ihn ernst. »Wir wissen, wie wir sind und welche Reaktion wir von Männern gleich welchen Typs zu erwarten haben.«

»Und wir sind willens«, fügte Eve nüchtern hinzu, »unsere Bereitschaft deutlich zu machen, zu einem passenden Zeitpunkt auf diese Reaktion einzugehen.«

Jedes Mal, wenn er versuchte, mit ihnen zu diskutieren, wurde es noch schlimmer! »Aber ich habe euch doch schon gesagt, diese Aufgabe –«

»Das verstehen wir ja«, begann Dawn.

»Aber wir verlieben uns in dich«, schloss Eve.

Dann rannen ihnen aus allen vier Augen die Tränen.

Forrest fiel die Kinnlade herunter. »Aber ihr habt doch nur mit mir geflirtet, das weiß ich genau. Es war nicht ernstgemeint. Ihr seid Prinzessinnen, und ich bin nur ein Faun.«

»Wir sind Mädchen, die sich noch nie sicher sein

konnten, ob ein Mann sich um unsertwillen oder wegen unserer königlichen Abstammung zu uns hingezogen fühlt«, sagte Dawn.

»Oder wegen unseres Aussehens«, fuhr Eve fort.

»Oder wegen unserer Talente von Zauberinnenkaliber.«

»Oder wegen unserer Kuriosität als Morgen- und Abendzwillinge.«

»Denn wir wollten all diese Arten von Anziehungskraft nicht.«

»Wir möchten dafür geschätzt werden, wie wir sind.«

»Aber ich weiß doch von eurer Abstammung, schätze eure Schönheit, eure Talente und eure Einzigartigkeit«, wandte Forrest ein. »Von alldem bin ich fasziniert und darum auch nicht besser als irgendeiner von den anderen, die euch schon über den Weg gelaufen sind. Und ich bin nur ein Faun ohne besondere Gaben oder Fähigkeiten oder Herkunft. Deshalb …«

»Deshalb verfolgst du in Bezug auf uns keine Ziele«, sagte Dawn.

»Nur ein gesundes Verlangen, mit uns auf deine anheimelnde Art zu feiern«, sagte Eve.

»Und deine Aufgabe zu erfüllen.«

»Und deiner Wege zu gehen.«

»Ja. Ich kann nicht auf eurer Welt bleiben. Ich muss zurück zu meinem Baum. Und weil ich weiß, dass echte Menschen Liebeleien nicht um ihrer selbst willen betreiben, versuche ich solche Situationen zu vermeiden.«

»Das meinen wir ja«, sagte Dawn. »Du kennst uns, du weißt uns in allen Punkten zu schätzen und hast trotzdem keine Hintergedanken.«

»Du bist das erste männliche Wesen außerhalb unserer Familie«, sagte Eve, »dem wir bedingungslos trauen können. Dafür lieben wir dich.«

»Vertrauen ist doch nur ein Element einer sinnvollen Beziehung«, widersprach Forrest. »Außerdem ist es eine Gabe der Faune, in allen Frauen, die sie berühren, das Bedürfnis nach einer kleinen Feier zu wecken. Eure Gefühle müssen also nicht echt sein oder zumindest nicht natürlicher Herkunft.«

»Aber wir sind jung und wankelmütig. Unsere Liebe währt nicht ewig.«

»Deshalb hoffen wir, sie mit dir genießen zu können, solange sie hält.«

»Danach geht jeder seiner Wege«, sagte Dawn.

»Und alle Teilnehmer behalten eine gewisse wehmütige Freude übrig«, sagte Eve.

»Entzücken bei der Erinnerung an das Erfahrene.«

»Unserer ersten Erfahrung dieser Art.«

»Und keine Reue.«

»Und keine Reue.«

Forrest konnte es nicht fassen. Möglich, dass sie von seiner faunischen Wirkung auf Frauen beeinflusst waren, doch sie begriffen durchaus, was vor sich ging. »Das – das ist ein Angebot, das ich nicht ablehnen kann. Aber solange wir unsere Aufgabe nicht erfüllt haben …«

»Wäre es ein Missbrauch des Vertrauens, das man in uns setzt, wenn wir uns diesen faunischen Spielchen hingäben«, sagte Dawn.

»Denn solche Faunen-Spiele könnten der erfolgreichen Erfüllung unserer Aufgabe im Wege stehen«, meinte Eve.

»Darum sollten wir bis auf weiteres so tun, als hätte dieses Gespräch noch gar nicht stattgefunden.«

»Aber wir hegen keinen Zweifel, dass es schon sehr bald stattfinden wird.«

»Äh – ja«, pflichtete Forrest ihnen bei. Er war tief gerührt, doch er wusste, dass sie sich nicht länger von ihrer Aufgabe ablenken lassen durften.

Deshalb schauten sie sich um. Polly Morph war – in welcher Gestalt auch immer – verschwunden, und Imbri trottete langsam den Pfad entlang und drehte ständig den Kopf, als suchte sie etwas Verlorenes.

Forrest ging von den Mädchen fort und näherte sich der Tagmähre in der Hoffnung, dass der Mantel des Vergessens nicht auf ihm lag, denn er war nicht dabei gewesen, als er gewirkt wurde. Er musste für Imbri sichtbar werden.

»He!«, rief er.

Sie wirbelte herum und hielt nach ihm Ausschau. »Wo warst du?«, kam ihre Traumfrage.

»Die Mädchen haben mich unter den Mantel des Vergessens gezerrt.«

»Aber du warst eine ganze Weile verschwunden.«

»Wir mussten uns in einer Angelegenheit klare Verhältnisse schaffen.«

»Aha?«

»Sie sind vorübergehend in mich verliebt.«

»Aha.

»Sie lernen nicht oft Männer kennen, die nicht irgendetwas von ihnen wollen.«

»Willst du etwa nichts von ihnen?«

»Anscheinend nichts, wodurch sie sich herabgesetzt oder zu etwas verpflichtet fühlen.«

»Und hast du es bekommen?«

»Noch nicht. Im Augenblick ist der Auftrag wichtiger.«

Imbri hätte weitere Fragen gestellt, wenn nicht in diesem Augenblick jemand anderes den Weg entlang gekommen wäre. Hastig stieg Forrest auf ihren Rücken, damit sie als Faun und Pferd erscheinen konnten, und Imbri zuckelte dem Neuankömmling entgegen. Zum Glück erinnerte er in keiner Weise an Polly Morph.

Um genau zu sein, erinnerte er an nichts, was

Forrest je zuvor ganz gleich wo gesehen hatte. Es war eine Ansammlung gebogener Auswüchse, manche pelzig, manche nackt, manche spitz, manche schlaff und manche vage unbestimmt.

»Hallo!«, rief Forrest.

Das Wesen wich vor ihm zurück. »Nicht brüllen!«, verlangte es von irgendwo ganz weit drinnen mit einem dünnen Stimmchen.

»Tut mir leid«, flüsterte Forrest. »Ich wollte nur fragen –«

»Nein, nein, Fragen sind zu laut!«, wehrte es ab und kroch zur Seite.

»Was bist du nur für ein Geschöpf?«, fragte Forrest leicht aufgebracht.

»Ich bin ganz Ohr«, sagte es und verschwand hinter einer Kurve.

»Das stimmt«, sagte Imbri in einem kleinen Traum. »Jetzt erkenne ich die unterschiedlichen Ohren. Es muss sehr geräuschempfindlich sein.«

»Hoffentlich haben wir beim Nächsten mehr Glück«, seufzte Forrest.

»Und da kommt er schon«, verkündete Imbri. »Diesmal sollte vielleicht lieber ich ihn ansprechen.«

»Na, meine Technik hat uns bisher ja nicht besonders weit gebracht, so viel steht fest«, brummte Forrest.

Der Mann schien etwa zweiunddreißig Jahre alt zu sein, trug eine elegante königsblaue Robe und eine blaue Krone. Er lächelte und blickte freundlich drein.

»Hallo«, sagte Imbri in einem kleinen Traum, den der Mann in der Robe und Forrest lesen konnten.

Erstaunt sah der Fremde sie an. »Nanu, das ist ja eine Nachtmähre!«, rief er aus.

»Ex-Nachtmähre, nunmehr Tagmähre«, verbesserte Imbri. »Wie hast du mich erkannt?«

»Oh, ich bin oft beliefert worden! Ursprünglich

stamme ich von einem schrecklichen Ort namens Mundanien. Ich habe einen mundanen Namen, um es zu beweisen: Todd Loren.«

»Mundanien! Wie kommst du dann hierher?«

»Genau weiß ich es nicht, aber ich glaube, durch meine Einbildungskraft. Ich habe oft von einer besonderen Welt geträumt, in der ich ein König war und zauberkräftig; plötzlich war ich hier und hatte das Talent, dem Wind zu befehlen, an ganz bestimmte Stellen zu blasen. Viel ist es wohl nicht, aber ich erfreue mich trotzdem daran.«

»Kennst du zufällig eine Frau namens Ida?«

»Die mit dem Mond?«

»Das ist sie. Kannst du uns sagen, wo wir sie finden?«

»Nein, aber ich kann euch zu ihr leiten. Folgt einfach dem Windstoß.« Todd gestikulierte, und ein Wind wirbelte ein wenig Staub auf, der als flauschiger Ball sichtbar wurde.

»Danke!«, rief Imbri Traumgestalt, während sie dem Wind hinterhergaloppierten.

»Gern geschehen. Ich erlange gern mehr Größe.«

»Stimmt ja«, sagte Forrest, als sie allein ritten. »Ich vergesse immer, dass die Leute hier wachsen und Macht erlangen, wenn sie etwas umsonst tun. Aber ich glaube nicht, dass ich irgendwelche Masse verloren habe.«

»Nein, aber ich, denn er hat mir den Gefallen erwiesen«, antwortete Imbri. »Trotzdem, hier auf Pyramid besitze ich genügend Masse, und wenn ich zu viel verliere, muss ich wieder Mädchengestalt annehmen.«

»Ich hoffe ja, du erhältst sie zurück, wenn wir Pyramid verlassen.«

»Pyramid ist so klein, dass alles, was wir hier verlieren können, woanders wohl unmessbar wenig wäre.«

Da musste Forrest ihr zustimmen. Immerhin stand sie auf dem Mond eines Mondes, dessen Gesamtmasse noch geringer war als die ihrer kondensierten Seelen auf Ptero.

Der Wind, dem sie folgten, hielt sich an den Weg, und sie waren froh, dass er nicht wild querfeldein übers Land fegte, wie die meisten Winde es zu tun pflegen. Forrest hoffte, dass Dawn und Eve mit ihnen Schritt halten konnten, denn der Wind blieb niemals stehen.

Das heißt – plötzlich tat er's doch! Auf der Stelle schwebte er und hielt kaum noch den blauen Staub, der ihn sichtbar machte. Neben ihm stand eine junge Frau. Ihre Haare und ihre Augen zeigten einen silbrig schimmernden Blauton, und ihr Kopf war sogar mit einem bisschen blauem Schnee bestäubt. Zwar war sie hübsch, doch hatte sie eine eisige Ausstrahlung.

»Das ist nicht Ida«, murmelte Forrest.

»Deswegen wird der Wind innegehalten haben«, sagte Imbri in einem privaten kleinen Traum. »Wir sollten sie lieber befragen.«

»Ich mache es«, sagte Forrest. Er blickte die Frau an. »Hallo.«

Sie musterte ihn kühl. »Sollte ich dich wiedererkennen?«

»Nein. Und ich will nichts Böses. Wir folgen einem Wind, der neben dir angehalten hat, deshalb fragten wir uns, ob es dafür wohl einen Grund gäbe. Ich bin Forrest Faun, und das ist Mähre Imbrium.«

Die Frau richtete tiefblaue Augen auf ihn. »Ich bin die Lady Winter, auch bekannt aus Winter Lee Cheryl Jacobs. Ich weiß nicht, weshalb ich hier bin, doch gewiss nicht, um mit dem Wind zu tanzen.«

»Dieser Name – bist du Mundanierin?«

»Ja. Wenigstens war ich das, bevor ich diese Reise begann.«

»Vielleicht hält der Wind deswegen an, denn er wurde von einem anderen Mundanier geschickt. Der Wind könnte neugierig sein, denn hier kann es nicht viele Mundanier geben.«

»Ein anderer Mundanier?«, fragte Winter interessiert.

»Ja, ein Mann. Er trägt eine Krone und macht einen netten Eindruck.«

»Vielleicht sollte ich ihn aufsuchen. Er müsste verstehen, warum ich es hier so eigenartig finde.«

Der Wind teilte sich, und ein Stoß fegte den Pfad zurück. »Folge nur dem Wind«, sagte Forrest. »Er sollte dich auf direktem Wege zu ihm führen.«

»Danke«, sagte Winter. Sie lächelte strahlend wie ein Sonnenaufgang, dann machte sie sich an die Verfolgung des Windstoßes.

»He – ich fühle mich so schwer«, rief Forrest erstaunt.

»Du hast gerade jemandem einen Gefallen erwiesen«, erklärte Imbri. »Ich glaube, der Wind hat sie wirklich als Mundanierin erkannt und sich zu ihr hingezogen gefühlt, weil Todd Loren auch Mundanier ist. Hoffentlich mögen sie einander; er ist männlich und nett, und sie ist jung und hübsch.«

»Ich gehe davon aus«, sagte Forrest.

Der halbe Windstoß setzte sich wieder in Bewegung, und sie folgten ihm, während der Weg sich um blaue Hügel wand, blaue Felder überquerte, blaue Wälder durchschnitt, an blauen Seen vorbei und unter dem blauen Himmel hindurchführte. Dann blieb er wieder stehen, und zwar an einem Feld, das wie ein Friedhof aussah.

»Das ist nur ein Feld voller Kreuze«, sagte Forrest. »Sie müssen Gräber kennzeichnen.« Tatsächlich gab es große Kreuze und kleine, jedes aus Holz geschnitzt und jedes einzelne ein wenig anders als die anderen.

Einige waren kerzengerade, andere kurvenreich. Genau genommen schienen sie für Kreuze ebenso individuell zu sein wie Leute es für andere Leute sind. Forrest wohnte ein Gefallen am Holz inne und fand es aus sich heraus faszinierend, ganz gleich, was man daraus geschnitzt hatte, doch die Art, die sie hier vor sich sahen, erkannte er nicht.

»Aber in Xanth werden die Gräber nicht mit Kreuzen markiert«, wandte Imbri ein.

»Wir sind nicht in Xanth. Wir sind nicht einmal mehr auf Ptero. Wer weiß, welche Regeln auf Pyramid gelten?« Er war ein wenig misstrauisch, denn er musste daran denken, welche Verwendung Kreuze in Kontra Zentaurs Spiel auf Ptero gefunden hatten. Wenn ihnen hier etwas Ähnliches bevorstand, dann ohne ihn!

»Vielleicht hast du Recht«, gestand Imbri ihm zu. »Lass mich einen kleinen Traum aussenden, um zu sehen, ob auf diesem Feld eine Leiche liegt.«

»Kleine Träume können erkunden?«

»Nun, eigentlich nicht. Aber ich kann sie jedem schicken, auch den Toten.« Sie konzentrierte sich, und Forrest sah einen kleinen Traum als Wölkchen davonschweben und unter einem Kreuz in den Boden eindringen. Nach einem Augenblick schoss es wieder hervor; die Traumfigur schaute sich perplex um. »Nein, hier ist niemand«, gab Imbri in einem separaten kleinen Traum Forrest zu verstehen.

»Also stecken die Kreuze einfach nur im Boden«, sagte Forrest. »Sie leben nicht. Ich nehme an, Eve könnte uns alles darüber sagen, wenn sie nur hier wäre.«

»Vielleicht sollten wir warten, bis die Zwillinge zu uns aufgeschlossen haben. Ich möchte sichergehen, dass mit ihnen alles in Ordnung ist, wenn der Wind bereit ist, so lange noch zu warten.«

»Gut. Er kommt mir ganz wie eine schlaue Bö vor.« Dabei wurde der wirbelnde Wind dunkler; er errötete. Obwohl er nicht mit ihnen sprechen konnte, verstand er anscheinend jedes Wort, das sie sagten.

Forrest kam dadurch eine Idee. »Während wir warten, du Bö – gibt es hier in der Nähe etwas zu essen?«

Der Wind stob in Richtung einer Reklametafel am anderen Ende des Feldes, die eine große Auswahl verschiedener Obstsorten zeigte. Alle waren natürlich in unterschiedlichsten Blautönen gehalten, aber die Vielfalt war groß. Die Früchte sahen einfach köstlich aus.

»Aber das ist nur ein Bild«, sagte Forrest.

Der Windstoß wehte gegen das Bild, und fast schien es, als würden einige Früchte sich bewegen. Also hob Forrest die Hand und berührte einen blauen Apfel – nur um festzustellen, dass er rund war, nicht flach. Er nahm den Apfel und biss hinein. »Tafelobst!«, rief er aus. »Das hätte ich ahnen sollen.«

Imbri trottete herbei. »Tafelobst? Das ist gesund.« Sie hob den Kopf zur Tafel und schlug die Zähne in die Früchte. Zuerst schmatzte sie genießerisch, doch dann spuckte sie etwas aus. »Es war leider auch ein Tafelschwamm darunter«, sagte Imbri und verzog das Gesicht.

Forrest betrachtete das unansehnliche hellblaue Etwas am Boden. Offenbar war auch Tafelobst nicht mehr das Gleiche wie früher.

Jemand tippte ihm auf die Schulter. Er fuhr auf und wirbelte herum. Hinter stand eine vage weibliche Gestalt, die schwach nach Morgen duftete. »Ach – Dawn«, sagte er erleichtert. »Ich habe dich gar nicht bemerkt.«

»Wegen des Mantels des Vergessens«, hauchte ihre Stimme ihm ins Ohr. »Ich sehe dich ganz deutlich.«

»Und ich auch«, murmelte Eve ihm ins andere Ohr. Dann knabberten sie ihm beide an den Ohrenspitzen.

»Schluss damit!«, rief er.

Imbri drehte sich um. »Habe ich dich mit meinem Schweif geschlagen? Das wollte ich nicht.«

»Nein. Die Zwillinge sind hier.«

Sie kniff die Augen zusammen. »Ja, tatsächlich, da sind sie. Dieses Vergessen ist sehr wirksam. Erst jetzt, da ich weiß, wonach ich an welcher Stelle zu suchen habe, sehe ich sie.«

Forrest ebenfalls. »Eve, könntest du eins dieser Kreuze untersuchen und uns sagen, was es soll? Der Wind hat uns hierher geführt, also muss es damit irgendeine Bewandtnis haben.«

»Mit Vergnügen.« Ihre vage Gestalt küsste ihn auf die Wange und verschwand.

»Der Wind muss dich mögen«, sagte Dawn und küsste ihn auf die andere.

»Ich glaube, er macht nur seine Arbeit. Vielleicht gefiel ihm, wie ich mit ihm kooperiert habe, um Lady Winter zu Todd zu schicken. Er war dabei sehr hilfreich.«

»Eve gibt ein Zeichen. Wir sollten lieber zu ihr gehen.«

Forrest blinzelte. Er sah Eve nicht mehr. Der Mantel hatte sie wieder völlig eingehüllt.

»Ich führe dich«, sagte Dawn. Sie nahm seine Hand und drückte ihm in einer Weise die Finger, die ihn sehr deutlich daran erinnerte, wie weiblich sie war. Die Zwillinge mochten noch jung sein, aber sie hatten bereits eine Menge gelernt.

Mit mehreren Schritten näherten sie sich einer immer deutlicher hervortretenden Gestalt, die ein Kreuz in der Hand hielt. Als Forrest sich konzentrierte, wurde Eve deutlich sichtbar. »Diese Kreuze erlauben es einem, Dinge zu überkreuzen«, sagte sie. »Seen, Berge, Flüsse – einfach alles.«

»Dann könnten sie uns doch sehr nützlich sein«,

sagte Forrest erleichtert, dass die Kreuze auf Pyramid tatsächlich anders funktionierten als auf Ptero.

»Allerdings. Und sie stecken hier, sodass jeder sie nehmen und benutzen kann. Doch sobald eins benutzt wird, erhält ihr Hersteller den Vorteil eines erwiesenen Gefallens, und derjenige, der sie benutzt, verliert an Masse. Deshalb sollten wir nicht allzu viele davon mitnehmen.«

»Kann ein großes Kreuz es mehr als einer Person ermöglichen, etwas zu überkreuzen?«

»Ein großes schon. Ein kleines Kreuz ist auf eine Person und eine geringere Entfernung beschränkt. Vier kleine Kreuze würden es vier Leuten erlauben, einen Berg zu überqueren, während ein großes alle vier über ein ganzes Gebirgsmassiv bringen könnte. Andererseits nimmt ein großes Kreuz natürlich auch viel mehr Masse, sodass wir nicht mehr davon benutzen sollten als unbedingt nötig.«

»Angenommen, wir nehmen mehrere Kreuze, benutzen sie aber gar nicht?«

»Dann brauchen wir den Preis nicht zu bezahlen. Es spielt keine Rolle, wo die Kreuze sind, nur, ob sie benutzt werden.«

»Dann sollten wir eine gute Auswahl mitnehmen und sie nur dann verwenden, wenn wir nicht mehr anders können«, entschied Forrest.

»Wie klug«, sagte Eve.

»Willst du mich wieder aufziehen?«

»Nein, nur erinnern.«

Er trat zwischen die Kreuze. Da erst bemerkte er, dass er noch immer Dawns Hand hielt. Sie hatte ihn nicht daran erinnert. Verlegen ließ er sie los und hörte sie undeutlich kichern. »Ich finde, jeder von uns sollte zwei kleine und ein großes Kreuz nehmen. Geht das? Ich meine, in meinem Rucksack habe ich Platz dafür, aber könnt ihr anderen denn auch etwas mitnehmen?«

»Natürlich. In unseren Handtaschen«, sagte Dawn.

»Und ich habe eine Satteltasche«, sagte Imbri.

Forrest bückte sich nach einem Kreuz, doch diesmal hielt Eve ihn zurück. »Das würde ich liegen lassen«, murmelte sie.

»Wieso?«

»Weil dieses Kreuz aus versteinertem Holz besteht.«

Forrest erstarrte. Dann bewegte er die Hand sehr langsam nach unten, sodass er das Kreuz kaum berührte. Furcht durchschoss ihn. Eve hatte Recht; dieses Kreuz versetzte jeden, der es berührte, in Angst und Schrecken.

»Aber vielleicht wäre es trotzdem sehr nützlich«, wandte er ein. »Zum Beispiel, wenn mich ein Ungeheuer stellt, dem ich nicht entfliehen konnte.«

»Wie willst du es denn mitnehmen, wenn es dir Angst macht?«, fragte Imbri.

»Das sollte nicht so schlimm sein, wenn ich es nicht direkt berühre.« Er holte ein Sacktuch aus seinem Rucksack und umwickelte damit das Kreuz, um es aufzuheben ohne es zu berühren. Das Taschentuch war nur dünn, also empfand er Furcht, doch war er in der Lage, das Kreuz zu handhaben und es in den Rucksack fallen zu lassen.

»Das war sehr mutig von dir«, sagte Dawn und ergriff wieder seine Hand.

»Nein, das war es nicht. Ich hatte Angst, obwohl ich wusste, dass keine Gefahr besteht.«

»Nicht wie man mit der Gefahr umgeht, sondern wie man mit der Angst fertig wird, macht die Tapferkeit aus, nicht wahr?«

So hatte Forrest es noch gar nicht betrachtet. »Vielleicht. Aber es musste getan werden, weil ich dieses Kreuz haben wollte.«

Jeder von ihnen nahm zwei Kreuze, die sie ohne

Schwierigkeiten in ihren diversen Taschen unterbrachten. Die großen Kreuze passten jedoch nicht hinein. Schließlich fanden sie ein Klappkreuz, das sie bei Imbri unterbringen konnten, die die größte Tasche hatte. Mit einem großen Kreuz mussten sie also auskommen.

Nun setzte sich der Wind, der sich beim geduldigen Warten damit amüsiert hatte, dass er trockene blaue Blätter und Grashalme in Trichterform aufwirbelte, wieder in Bewegung. Die vier folgten ihm. Der Mantel des Vergessens lüftete sich allmählich, sodass die Zwillinge immer deutlicher zutage traten.

Der Wind führte sie an mehreren riesigen Bienenstöcken vorbei, welche die Form hölzerner Boote mit geschlossenen Decks besaßen und zu einem großen Halbkreis angeordnet waren. Auch die Bienen waren sehr groß und flogen mit blauen Büchern heran.

Forrest blieb stehen und betrachtete sie verwundert. »Ich habe nicht gewusst, dass Bienen Bücher sammeln«, sagte er.

Eve näherte sich langsam einem der großen Bootsstöcke und berührte ihn vorsichtig. Offenbar war sie noch weit genug im Mantel des Vergessens, dass die Bienen nicht aufgestört wurden. Dann lachte sie auf. »Das ist ein Sammel-Summherum«, sagte sie. »Die Bienen lagern hier Bücher, damit sie nicht verloren gehen. Wahrscheinlich sind die Tiere deshalb so groß; sie arbeiten ohne Unterlass zum Besten der Umgebung, indem sie ihr diese vielen guten Nachschlagewerke erhalten.«

Sie eilten weiter, um den Wind wieder einzuholen, doch bald standen sie vor einem ausgedehnten blauen See, und der Wind bewegte sich darüber auf eine blaue Insel zu.

Forrest betrachtete das Wasser. »Was meint ihr – sollen wir schwimmen?«

Eve berührte mit dem Finger die Oberfläche. »Das kann ich nicht empfehlen. In diesem Wasser sind alle Arten schrecklicher blauer Ungeheuer.«

»Dazu haben wir die Kreuze mitgebracht. Am besten benutzen wir jeder ein kleines und sparen uns das andere für die Rückreise auf.«

Sie holten die kleinen Kreuze hervor und hielten sie vor sich. »Äh, und jetzt?«, fragte Forrest nachträglich.

»Beschreibe nur, wohin du willst, und sag ›erwache‹«, erklärte Eve.

»Auf diese Insel dort«, sagte Forrest und sah sie an. »Erwache.«

Unvermittelt befand er sich dort, und das Kreuz war verschwunden. Er fühlte sich leichter, aber das musste er sich einbilden. Er blickte über den See, was die anderen machten – und da trafen sie schon ein. Blitzschnell hatten sie innerhalb eines halben Augenblicks das Wasser überquert.

»Das war lustig«, fand Dawn.

»Aber allzu häufig sollten wir uns diesen Spaß nicht gönnen«, entgegnete Eve.

Der Wind hatte auf sie gewartet. Über einen gewundenen Pfad folgten sie ihm zu einer blauen Bergkette. Auf dem Kamm stand ein Haus aus Kupfervitriol. Als sie näher kamen, trat eine Frau heraus. »Tante Ida!«, rief Dawn, eilte ihr entgegen und umarmte sie.

»Du hast dich überhaupt nicht verändert«, sagte Eve und schloss sie ebenfalls in die Arme.

Ida erwiderte die Umarmungen, dann fragte sie: »Ihr scheint mir sehr nette Mädchen zu sein. Aber sollte ich euch kennen?«

# 10 Torus

Forrest trat näher. »Ich glaube, das muss ich erklären. Wir sind von der Welt – von Ptero. Verstehst du, was ich meine?«

»Aber ja, natürlich! Ich weiß, was du meinst, aber Besucher von dort habe ich noch nie gesehen. Wie entzückend!«

»Ich bin Forrest Faun, das ist Mähre Imbrium, und das sind Dawn und Eve, die Töchter Prinz Dolphs und Prinzessin Electras.«

»Ich freue mich so sehr, euch kennen zu lernen.«

»Hast du auf dieser Welt Nichten?«, fragte Dawn.

»Nicht dass ich wüsste. Aber Pyramid ist eine andere Welt als Ptero.«

»Ja«, stimmte Eve ihr zu. »Wir versuchen, uns an Pyramids Regeln zu gewöhnen. Hierher gekommen sind wir aber, um die Hexenmeister daran zu hindern, unser Volk auf Ptero auszubeuten.«

»Ach, tun sie das? Davon habe ich nichts gewusst.«

»Ich fürchte, so ist es«, antwortete Forrest. »Wir hatten gehofft, du wüsstest, wie man sie aufhalten kann.«

Ida schüttelte den Kopf, und dadurch kam ihr Mond wankend und schlingernd in Sicht. Offenbar hatte er sich bis dahin hinter ihrem Haupt versteckt.

»Seht euch das an!«, rief Dawn aus.

»Ein Kringel!«, rief Eve.

Der Mond schoss zurück in sein Versteck.

»Bitte benutzt dieses Wort nicht«, bat Ida. »Der passende Begriff lautet Torus.«

»Oh, das tut uns leid«, entschuldigte sich Dawn und erbläute sittsam.

»Sehr leid sogar«, fügte Eve hinzu. Ihr stieg eine schamhafte Bläue ins Gesicht. »Wir sind leider sehr unwissend.«

Forrest wusste genau, dass sie zumindest zum Teil schauspielerten (genauso wie ihr Flirt mit ihm), doch beeindruckend waren sie dennoch. Was Umgangsformen betraf, machte den Zwillingen niemand etwas vor.

»Nun, vermutlich konntet ihr es einfach nicht wissen«, räumte Ida ein, »da ihr von einer anderen Welt kommt.«

»Ja, und dabei möchten wir gern mehr erfahren«, sagte Dawn.

»Damit wir den gleichen Fehler kein zweites Mal begehen«, fügte Eve hinzu.

Ida bedachte Forrest mit einem Blick, der ihm verriet, dass sie den Zwillingen in keiner Weise auf den Leim ging. »Nichtsdestotrotz muss ich zu meinem Bedauern sagen, dass ich die Antwort auf euer Problem nicht kenne. Der Blaue Hexenmeister hat mich auf dieser Insel festgesetzt, um – wie er sagt – zu verhindern, dass mir ein Unglück widerfährt. Ich bin erstaunt, wie leicht ihr mich gefunden habt.«

»Wir haben uns durchgefragt«, erklärte Forrest. »Wir dachten, dass du mit dem Zauberinnentalent der Ida vielleicht eine Idee hättest, wie wir weitermachen können.«

»Aber natürlich habe ich das.«

»Du meinst, du weißt doch, wie wir die Hexenmeister aufhalten?«

»Nein. Aber ich weiß, wie ihr weitermachen müsst.«

Ungläubig starrten sie Ida an.

»Ihr müsst wissen«, erklärte Ida ihnen, »dass ich weiß, wo die Antwort zu finden ist. Ich habe sie aber nicht, weil ich nicht dorthin gehen kann.« Ihre Augen richteten sich kurz auf ihren Mond.

Oh, nein! »Auf Torus?«, fragte Forrest flau.

»Ja, auf Torus. Ich bin sicher, dass die Ida, die dort lebt, die Antwort kennt. Deshalb hat der Hexenmeister mich auf diese Insel verbannt: um sicherzustellen, dass niemand auf meinen Mond gelangen kann. Und kein Wesen dieser Welt ist in der Lage, die Insel zu betreten; ein mächtiger Zauber wirft sie zurück. Offensichtlich hat er nicht mit Besuchern von einer anderen Welt gerechnet.«

Allmählich ergab die Geschichte Sinn. »Von anderen Welten sind wir gewiss«, sagte Forrest. »Die Mädchen stammen von Ptero, aber Imbri und ich kommen ursprünglich von Xanth.«

»Xanth? Welches Land soll das sein?«

Forrest tauschte einen Blick mit Imbri. Ida hatte noch nie von Xanth gehört? »Ein größeres Land«, sagte Imbri. »Auf ihm lebt Prinzessin Ida, um deren Kopf Ptero kreist.«

»Das ist ja faszinierend! Und um welches noch größere Land dreht sich Xanth?«

»Noch größeres Land?«, fragte Forrest verdutzt.

»Wenn Pyramid die Ida auf Ptero umkreist und Ptero die Ida auf Xanth, wessen Landes Ida umläuft dann Xanth?«

Forrest stellte fest, dass ihm die Kinnlade genauso tief herunterhing wie Imbri, und das war überraschend, denn ihr Pferdemaul war viel größer als sein Mund. »Also ... – das wissen wir nicht«, sagte er schließlich.

Ida lächelte. »Wenn eure augenblickliche Aufgabe erledigt ist, könnt ihr vielleicht zu dieser Welt hinabsteigen und es herausfinden. Ich frage mich nur, ob es sich in alle Ewigkeit fortsetzt.«

»Ja, ich auch«, stimmte Imbri ihr nachdenklich zu.

»Doch nun wollt ihr sicher Torus besuchen«, sagte Ida. »Allerdings werdet ihr zum größten Teil hier zurückbleiben müssen, wie ich fürchte. Zum Glück habe ich genügend Platz in meinem Haus. Leider bin ich durch unsere Naturgesetze gezwungen, etwas von eurer Masse zu nehmen, weil ich euch den Gefallen erweise, die Reise zu ermöglichen. Es sei denn, ihr könntet mir einen Gegendienst leisten.«

»Wir hoffen, dich von dieser Insel zu retten und Pyramid von der Tyrannei der Hexenmeister zu befreien«, sagte Dawn.

Ida schüttelte den Kopf. »Das sind Hoffnungen, aber nichts Greifbares.«

»Wir können dir berichten, was wir alles auf Torus gefunden haben«, sagte Eve. »Dann weißt du es so gut, als wärest du persönlich dort gewesen.«

Ida lächelte wieder.

»Nun, das ist wahrlich ein Dienst, den mir sonst niemand erweisen könnte und den ich sehr wertschätzen würde. Obwohl ich einiges von eurer Masse erlangen werde, wenn ihr aufbrecht, werdet ihr sie nicht vermissen, weil eure Körper dann hier schlafen. Und sobald ihr mir von Torus berichtet habt, erlangt ihr sie zurück. Bitte folgt mir.«

Sie führte sie in ihr blaues Kupfervitriolhaus, in dem peinliche Ordnung herrschte. Zwei Betten standen darin, außerdem ein Sofa. Die Mädchen legten sich in die Betten, Forrest nahm das Sofa, und Imbri machte es sich auf dem Fußboden bequem. Ida setzte sich zwischen sie auf einen Sessel.

Forrest holte seine Flasche hervor. Er ließ die Zwillinge daran riechen, dann streckte er sich auf dem Sofa aus und roch selbst daran. Einer nach dem anderen verloren sie das Bewusstsein, als ihre Seelenfragmente frei wurden.

Je häufiger Forrest die Erfahrung durchlebte, desto routinierter verhielt er sich. Für Forrest und Imbri war es bereits das dritte, für die Zwillinge das zweite Mal. Ohne Schwierigkeiten wallten sie auf, ballten sich zu schwebenden Wolken zusammen, schufen Augen, Ohren und Münder. Schon bald sahen sie mehr oder minder aus wie sie selbst und flogen auf Torus zu und schrumpften umso mehr, je näher sie kamen.

Immer größer wölbte sich Torus über ihnen, und seine Kringelform wirkte immer theatralischer. Wo sollten sie landen?

Imbri schien es zu wissen, und deshalb folgten sie der Mähre. Zuerst bewegte sie sich in die Mitte des Lochs, dann hielt sie auf die innere Oberfläche zu. Die Welt Torus wirkte gescheckt, was Forrest sehr erleichterte; dort wären sie wenigstens nicht auf die Töne einer einzigen Farbe beschränkt.

»Ich orientiere mich nach Idas Identität«, erklärte Imbri in einem kleinen Traum. »Das ist eine Fähigkeit, die alle Nachtmähren brauchen, um den Schläfer aufzuspüren, an den sie den Traum ausliefern sollen. Bei wachenden Leuten ist sie nicht sehr genau, deshalb half sie mir nicht auf Pyramid, aber ich glaube, diesmal sind wir Ida verhältnismäßig nahe, wenn wir landen.«

Sie fielen auf einen Wald zu. In diesem Wald befand sich eine Lichtung, und mitten darin stand ein einzelner großer Baum. Die Lichtung erschien ihnen als bestmöglicher Landeplatz, denn ihre Navigation war doch ein wenig unstet, und eine freie Fläche eignete sich am besten.

Tatsächlich prallten sie ein wenig hart auf, denn sie hatten das ungewohnt profilierte Terrain Torus' falsch eingeschätzt; es bog sich in östlicher und westlicher Richtung nach unten, im Norden und Süden hingegen stieg es an. Die beiden Mädchen fielen spreizbeinig übereinander, und hätten sie keine Blue Jeans getragen, wäre es ein sehr peinlicher Moment gewesen.

Als sie sich auf die jeweiligen Beine erhoben hatten, mussten sie feststellen, dass die Lichtung aus der Nähe längst nicht so hübsch wirkte wie von weitem. Kein Gras wuchs auf dem Boden, der mit verstreuten Knochen übersät war. »Wo sind wir denn hier nur?«, fragte Dawn beunruhigt.

Eve berührte einen Knochen. »Oje«, sagte sie. »Der Knochen hat einem Tier gehört, das von einem Schlingerbaum gefressen wurde.«

»Aber das heißt doch ...«, begann Dawn und drehte sich rasch um.

Und da sahen sie es alle: Der einzeln stehende Baum in der Mitte der Lichtung war der größte, furchteinflößendste Schlingerbaum, den Forrest je gesehen hatte. Er verfügte über so viele gewaltige Tentakel, wie manche Männer Barthaare besitzen, und die erschauerten nun, denn der Baum bemerkte Beute in seiner Nähe.

»Wir haben noch ungefähr einen halben Augenblick, um abzuhauen«, rief Forrest aus und begann zu fliehen.

Doch ein peitschender Tentakel traf ihn am Rucksack. Am Ende des Tentakels saß eine Drachenklaue, die sich sofort verhakte, und nur einen Viertelaugenblick, nachdem er zu Ende gesprochen hatte, wurde Forrest in die Luft gerissen.

Imbri galoppierte herbei. »Ich rette dich!«, brüllte

sie in einem kleinen Traum. »Ich beiße die Ranke durch, bevor er dich in seinen Rachen zieht!«

»Das geht nicht!«, rief Dawn. »Sieh nur, der Tentakel ist mit Drachenschuppen gepanzert!«

Sie hatte Recht. Imbri stieg auf die Hinterhand und schloss gleich hinter Forrests Kopf ihre Zähne um den Tentakel. Es knackte, als Zahnschmelz auf Metall prallte, dann musste sich Imbri unverrichteter Dinge fallen lassen.

»Verschwindet!«, brüllte Forrest. »Beeilt euch!«

»Nicht, solange du in Gefahr bist«, erwiderte Eve. »Wir müssen ihn irgendwie aufhalten.«

»Einen gepanzerten Schlingerbaum könnt ihr nicht aufhalten!«

Doch ohne an ihre eigene Sicherheit zu denken, zogen die Zwillinge zwei spitze kleine Messer hervor, von denen Forrest nichts gewusst hatte, hoben die Arme und stachen von beiden Seiten auf den Tentakel ein. Eine Klinge musste die Schuppen um eine Winzigkeit durchdrungen haben, denn plötzlich schrie der Baum vor Schmerz oder Empörung auf, und der Tentakel riss Forrest höher in die Luft. Dann peitschten zwei weitere Tentakel herbei und schlangen sich um die mutigen Mädchen. Sie kreischten, als sie ebenfalls von den Füßen gerissen wurden.

»Ooooh, das ist schlimmer als ich dachte!«, schrie Eve, nachdem sie eine Hand gehoben und eine Metallschuppe berührt hatte. »Der Baum hat schon viele Drachen gefressen und ihre Schuppen aufgehoben, um sich unverwundbar zu machen.«

Dawn fasste an den Tentakel. »Und im Saft hat er Heilelixier, damit er so schnell gesund wird, wie man ihn verletzt.«

»Sieh dir den Stamm an!«, rief Eve. »Er hängt voller Spiegel, was ihn so gut wie unsichtbar macht.«

»Und er hat die Kraft einer Sphinx«, fügte Dawn

hinzu, die noch mehr Wissen aus dem lebendigen Teil des Tentakels zog.

»Wenn der Stamm auch noch von Drachenschuppen geschützt wird«, sagte Eve, »dann kann nichts ihm anhaben, selbst Salamanderfeuer nicht.«

»Und er hat eine Stimme und kann sprechen«, fügte Eve hinzu.

**»Und ob ich das kann«,** sagte der Baum. **»Also, welches von euch appetitlichen Wesen soll ich denn zuerst verschlingen?«**

»Keins von ihnen!«, rief Imbri in einem kleinen Traum. »Sonst trete ich dir die Borke ein!«

**»Aber sicher.«** Drei weitere Tentakel pfiffen herbei und wickelten sich um die Tagmähre. Unverzüglich hing auch sie in der Luft.

»Dir sende ich den schlimmsten Albtraum auf ganz Torus«, drohte Imbri.

**»Ich *bin* Torus' schlimmster Albtraum!«**

Dann kam Forrest endlich ein Gedanke. Er griff in seinen Rucksack, holte den eingedosten Zauber hervor und rief: »Erwache!«

Der Mantel des Vergessens breitete sich um ihn und einen Teil des Tentakel, der ihn hielt. Der Baum vergaß sie beide: Der Tentakel erschlaffte und ließ Forrest zu Boden gleiten.

»Haha – der Faun ist entkommen!«, rief Dawn höhnisch.

**»Welcher Faun?«,** wollte der Baum wissen.

»Der, den du gefangen hattest«, antwortete Eve. »Jetzt kannst du ihn nicht mehr fressen.«

**»Den finde ich!«** Und damit riss der Baum seine Wurzeln aus dem Boden und begann, auf der Suche nach seiner verlorenen Beute über die Lichtung zu schlingern. Tentakel peitschten hervor und sperrten den Rand der Lichtung ab, wodurch niemand entkommen konnte, nicht einmal ein Unsichtbarer.

Alle vier erstarrten überrascht. »Das ist *wirklich* der schlimmste Schlingerbaum, den ich je gesehen habe«, gab Imbri zu.

Nun packte ein Tentakel ins Laub des Baumes und holte ein Schwert hervor. »**Wo bist du, Faun?**«, knarrte die Stimme. »**Komm her und koste den Stahl, den ich einem Menschennarren abgenommen habe. Er hat mich damit angegriffen. Gut geschmeckt hat er nicht, aber das Schwert liebe ich über alles.**«

Das Schwert sauste so ungestüm umher, dass Forrest großen Abstand halten musste, um der Klinge auszuweichen. Auch wenn der Baum ihn nicht direkt aufspüren konnte, wusste er, dass irgendwo in der Nähe ein Faun war, und legte alles darauf an, ihn doch noch zu erwischen. Forrest spürte die leiseste Bewegung des Mantels, der ihn einhüllte, und bemerkte, dass er ihn umherschwingen konnte, wenn er vorsichtig war. Das erklärte Katrin Zentaurs Wurfbewegungen: Sie hatte ihre Mäntel wirklich in eine bestimmte Richtung ausgebreitet.

Dawn versuchte es anders. »Ich weiß alles über dich, du Schlingel!«, rief sie. »Du hast gelogen. Du bist gar nicht Torus' schlimmster Albtraum. Das ist ja wohl der Golemkönig!«

Der Baum erbebte. »**Dich fresse ich zuallererst, du freche Kröte**«, knurrte er. »**Du siehst köstlich aus.**« Der Tentakel bog sich zum Stamm zurück.

»O ja, ich bin köstlich«, erwiderte Dawn. »Aber du hast mich nicht verdient, denn der Golemkönig ist schlimmer als du, und deshalb sollte er mich bekommen.«

Der Tentakel zögerte. »**Du bluffst doch nur**«, sagte der Baum. »**Du weißt doch überhaupt nichts über den Golemkönig.**«

Derweil näherte sich Forrest ihr vorsichtig. Wenn er den Mantel auch über Dawn werfen konnte, bevor sie verschlungen wurde, dann würde der Baum auch sie verlieren.

»Aber sicher doch!«, rief Dawn. Der Baum konnte nicht ahnen, dass sie alles über ihn aus seinem eigenen teilweise lebendigen Holz herauslas. »Der Golemkönig kann mit einem Fingerschnipsen neue Golems erschaffen. Er kann Golems erschaffen, die wie Menschen aussehen, und Golems, die wie Schlingerbäume aussehen oder wie Drachen, und er kann sie lebensgroß machen oder klein wie eine Mücke. Er ist selber ein Golem – und du auch, du großer Betrüger!«

**»Aieeee!«,** schrie der Baum.

»Und wenn er jemals ein hübsches lebendiges Mädchen wie mich in die Hände bekäme, dann würde er mich nicht fressen, sondern heiraten«, fuhr Dawn triumphierend fort. »Denn er ist in der Erdregion, in der er lebt, sehr einsam, weil sonst niemand dorthin kommen möchte. Er ist gewitzt und kann augenblicklich seine Gestalt ändern, aber er hat keine Gesellschaft, obwohl er sich das am meisten wünscht. Wenn er also erfährt, dass du mich gefangen und gefressen hast, anstatt mich zu ihm zu bringen, vernichtet er dich, wie er dich geschaffen hat: mit einem Fingerschnalzen. Oder vielleicht macht er auch einen Nachttopfgolem aus dir, wer weiß.«

»Oder einen Sphinxauswurfgolem«, fügte Eve kichernd hinzu.

Fast hätte es geklappt. Der Baum erbebte, und die drei Opfer wurden fast auf den Boden gesenkt. Doch dann erlangte er ein wenig von seiner eigenen Schläue zurück. »Aber ich brauche doch nur dafür zu sorgen, dass er es niemals erfährt. Ich schlinge euch alle drei rasch herunter und vergrabe eure Knochen an einer Stelle, wo niemand je nach ihnen suchen wird.« Und der Tentakel mit Dawn bewegte sich wieder Richtung Maul.

Forrest sprang die letzten Schritte auf sie zu und warf ihr den Mantel über den Kopf. Sehen konnte er ihn nicht und hoffte sehr, dass er nicht an der Tentakelranke hängen blieb.

Dann fiel sie langsam zu Boden. Es hatte funktioniert! Der Schlingel hatte sie auf der Stelle vergessen.

»Ooooh ich danke dir!«, rief sie aus und küsste ihn fest auf das rechte Auge. »Ich hatte schon Angst, du kämst nicht rechtzeitig.«

»Du warst großartig«, sagte Forrest. »Du hast ihn lange genug abgelenkt.«

Sie küsste ihn wieder. »Sag mal, weißt du eigentlich – «

»Nicht jetzt!«, rief er, als er begriff, dass seine Berührung in der gewohnten Weise auf sie wirkte. »Wir müssen die anderen retten!«

»Ach ja«, stimmte sie ihm zu, als sie sich erinnerte. »Ich helfe dir.«

Sie rannten hinter Eve her, während der Schlingerbaum noch stutzte, denn er wusste, dass er sich an irgendetwas nicht erinnerte, wenngleich er nicht sagen konnte, worum es sich dabei handelte. Offensichtlich wirkte der Mantel des Vergessens nicht nur auf die Bedeckten, sondern auch auf jedes Wesen, das sie möglicherweise bemerken konnte. Der Zauber war ausgezeichnet.

Sie hielten den Mantel an je zwei Ecken und warfen ihn über Eve. Nach einem Augenblick fiel sie zu Boden und ergriff ebenfalls den Mantel. »Helft Imbri!«, drängte sie.

Es war höchste Zeit, denn Imbri war schon fast ans klaffende Maul im Stamm des Schlingerbaums gezogen worden. Die Spiegel hatte der Baum beiseite gezogen, damit er in seiner ganzen Entsetzlichkeit sichtbar war.

Alle Tentakel, die Imbri hielten, schwangen im

Gleichtakt vor und zurück, um die Tagmähre in den Gierschlund zu schleudern. Forrest und die Zwillinge eilten heran und warfen mit aller Kraft den Mantel.

Er segelte über die Mähre hinweg ins Maul des Baumes. O nein!

Knirschend schlossen sich die Kiefer. Ein Mahlgeräusch ertönte. Der Mantel war verschlungen worden.

Nun standen sie entblößt vor dem Baum, der sie sofort bemerkte. »Da seid ihr!«, knarzte er. »Nun werde ich … werde ich …«

»Ist die Stunde schon vorbei?«, fragte Imbri.

»Ich glaube nicht.« Denn der Mantelzauber benötigte eine Stunde, um sich wieder aufzuladen. Sie mussten selbst einen Weg herausfinden, wenn sie entkommen wollten.

»Er scheint sehr unsicher zu sein«, stellte Imbri fest. »Lasst mich sehen, ob ich in sein Gemüsegehirn vordringen kann.«

Während sie warteten, peitschten die Tentakel träge hin und her.

»Warum greift er uns nicht an?«, sprach Dawn erschauernd aus, was alle dachten.

»Vielleicht ist ihm die Decke nicht bekommen?«, überlegte Eve.

Dann begriff Imbri, was geschehen war: »Er hat sein Maul vergessen!«, rief sie in einem kleinen Traum aus. »Er kann uns nicht fressen, weil er nicht mehr weiß, wie!«

»Der Mantel hat uns also doch noch gerettet«, sagte Forrest erleichtert.

Langsam entfernten sie sich, während der Schlingerbaum sich mit seinen eigenen Problemen befasste. Er wusste, dass er etwas tun wollte, bekam aber nicht heraus, was es war. Sonderlich scharf war sein hölzerner Verstand ohnehin nicht, und er konnte sich nur schlecht auf mehr als eine Sache auf einmal konzentrieren. Deshalb entkamen sie ihm, aber nur knapp.

Als sie den Rand der Lichtung erreichten, war der Baum nach wie vor abgelenkt. Gemeinsam seufzten sie erleichtert auf.

»Und von diesem Golemkönig sollten wir uns auch fernhalten«, murmelte Dawn.

Forrest blickte umher. Dichte, verflochtene Dornbüsche umgaben die Lichtung; einige Pfade führten hindurch. Über dem Tal reckte sich drohend die gewölbte andere Seite von Torus und spannte sich wie ein massiver Regenbogen von Norden nach Süden. Bei ihrem Anblick befiel Forrest ein Schwindel, als müsste er jeden Moment abstürzen und hinunterfallen, deshalb zwang er seine Augen zum Boden zurück. Die Mädchen, die seinem Blick folgten, wirkten ähnlich benommen.

»Nur aus Neugierde«, begann Dawn.

»Warum hast du nicht das versteinerte Holz benutzt, um den Baum abzuschrecken?«, vollendete Eve die Frage.

Hoppla! Forrest hatte eine Antwort parat: »Auf die Idee bin ich nicht gekommen.«

»Wir anderen auch nicht«, sagte Imbri betont.

Sie folgten einem der Pfade. Er diente dazu, Beute auf die Lichtung des Schlingerbaums zu locken, aber es war ein Zweibahnweg. Nach einiger Zeit führte er sie zu einem Dorf.

»Wollen wir überhaupt noch anderen Leuten begegnen?«, fragte Forrest die anderen.

»Ist die Stunde schon vorüber?«, entgegnete Dawn.

»Nun, fast, glaube ich.«

»Dann könnten wir den Mantel wieder benutzen, falls wir wieder in Schwierigkeiten geraten. Wir sollten uns mit Leuten unterhalten. Wenn ich einen von ihnen berühre, erfahren wir sehr viel.«

Eine gute Idee, denn während Ida nach Imbris Aussage nicht weit war, wussten sie doch nicht, in welche Richtung sie gehen sollten. Die Dorfbewohner konnten ihnen vielleicht weiterhelfen.

Als sie den Dorfplatz erreichten, flatterte dort im Wind ein Banner, auf dem LEERTAG stand.

»Leertag?«, fragte Imbri. »Was soll das sein? Ein lokaler Festtag? Aber niemand scheint hier zu feiern.«

Eve sprach einen bleichhäutigen Dörfler an. »Entschuldige, guter Mann«, sagte sie freundlich. »Was feiert ihr denn?«

Er sah sie finster an. »Nichts!«

»Aber ihr habt doch dieses Banner aufgehängt.«

»Es ist Leertag. Er ist leer. Am Leertag haben wir nichts zu tun. Wir verabscheuen ihn.«

»Dann sollten wir dir vielleicht etwas Gutes zu tun geben«, meinte Eve. »Das könnte dir den Tag retten.«

»Was soll das sein?«, fragte der Mann mürrisch.

»Einer Gruppe von Fremden zu helfen, Ida zu finden, die Frau mit dem Mond.«

Er sann nach. »Also schön. Den Weg da.« Er deutete auf eine Abzweigung, die sie andernfalls übersehen hätten.

»Herzlichen Dank«, sagte Dawn, ließ ein Lächeln aufblitzen und noch etwas mehr, als sie sich leicht verbeugte.

»Ganz herzlich«, fügte Eve hinzu und tat es ihrer Schwester nach.

»Nicht weiter erwähnenswert«, sagte der Mann. »Wir haben getauscht.« Er wandte sich von ihnen ab. »He Leute!«, brüllte er. »Wir haben was zu feiern!«

Jubel brandete auf.

Als Forrest und die anderen dem bezeichneten Pfad folgten, fragte er: »Glaubt ihr, das ist wirklich der richtige Weg? Ich will ja nicht übermäßig misstrauisch sein, aber …«

»Er hat die Wahrheit gesagt«, beruhigte Imbri ihn. »Ich kann das feststellen, wenn mein Gegenüber sich nicht bewusst dagegen schützt. Die Dörfler haben wirklich nach einem Grund zum Feiern gesucht.«

»Und selber fiel ihnen nichts ein«, sagte Dawn kopfschüttelnd.

»Diese Welt ist sehr klein«, warf Eve ein. »Vielleicht sind sie hier nicht besonders klug.«

»Das wäre unser Glück«, meinte Forrest.

Recht bald endete der Pfad an einem großen See, der ebensogut auch ein kleines Meer sein konnte. Wie alles auf dieser Welt krümmte auch die Wasserfläche sich am anderen Ufer aufwärts und an den Seiten abwärts. Am Wasserrand blieben sie stehen und spähten hinüber. Eine kleine Insel war gerade noch zu erkennen. »Auf Pyramid war sie auf einer Insel«, bemerkte Imbri. »Glaubt ihr, hier könnte es ähnlich sein?«

»Schon möglich«, sagte Dawn strahlend.

»Oder vielleicht auch nicht«, sagte Eve düster.

Forrest blickte sie verärgert an. »Sehr hilfreich seid ihr beiden nicht.«

Sie tauschten einen ihrer typischen Blicke, ohne dass Forrest sagen konnte, wieso; die eine wusste schließlich genau, was die andere dachte, bevor sie ein Wort gesprochen hatten.

»Ob wir hilfreich sein sollten?«, überlegte Dawn gedehnt.

»Vielleicht für einen Kuss«, antwortete Eve.

»Kein Körperkontakt«, brüllte Forrest.

»Oooch«, sagten die beiden.

»Wir haben eine Aufgabe zu erfüllen«, erinnerte Imbri sie mit einem leisen Anklang von Gereiztheit, der sich im Hintergrundbild ihres kleinen Traums niederschlug: ein Pferd, das zwei Mädchen so fest in den Hintern trat, dass sie durch die Luft wirbelten und mit einer Doppelfontäne im See landeten.

»Ich glaube, das bedeutet: kein Kuss«, sagte Dawn mit schwach geheucheltem Bedauern.

»Wir sollen ohne Wiedergutmachung helfen«, stimmte ihr Eve mit gespielter Entrüstung zu.

»Du bist dran.«

»Ich bin dran.« Eve ging ans Wasser und steckte den Finger hinein. »Das hier ist die Sarah-See und umschließt die Insel Niffen, eine große Insel mit weißen Stränden und üppiger, farbenprächtiger Vegetation. Funkelnde Bäche fließen in alle Richtungen, und mitten auf der Insel liegt ein riesiger flacher Felsen. Auf der Insel leben Einhörner, Drachen, ein Pegasus, Greife, Nixen, Elfen, geflügelte Kobolde, Harpyien, Dschinne und verschiedene Mischarten in völliger Harmonie. Besonders Niffy Gliff, der halb Drache, halb Pegasus ist und irgendwo in seiner Ahnenreihe noch das Horn eines Einhorns erhalten hat. Fremden trauen sie hier nicht, denn einmal sind in einem hässlichen kleinen Boot Jäger gekommen, um die Inselbewohner zu fangen oder zu töten und ein Touristenhotel zu errichten. Niffy und sein Freund Cliffy zogen sich die furchterregendsten Kostüme über, die sie hatten, schlichen sich von hinten an die Jäger an und brüllten: ›Heeeiiinnnnnnooooooooh!!!‹. Damit jagten sie den Jägern einen solchen Schrecken ein, dass sie auf der Stelle flohen, und retteten die Insel.« Sie stand auf, trat zu Forrest und ergriff ihn bei der Hand.

Forrest war beeindruckt. »Das alles kannst du sagen, nur weil du den Finger ins Wasser gesteckt hast?«

»Das ist mein Talent«, entgegnete Eve. »Genauso kann dir Dawn alles über jede Nymphe erzählen, die du jemals gejagt und gefangen hast, wenn sie nur einen deiner Finger berührt – einschließlich der einen, die sich in eine Harpyie verwandelt hat. Natürlich würde sie niemals etwas darüber erzählen, auch nicht darüber, wie die Blätter deines vernachlässigten Baumes ekelhaft besudelt waren von –«

»Danke«, unterbrach Forrest sie gepresst. »Eure Talente sind in der Tat beeindruckend. Also, ist Ida auf der Insel?«

»Hoppla, ich habe ganz vergessen, danach zu sehen.« Eve ließ seine Hand los, kniete nieder und steckte den Finger wieder ins Wasser. »Ja, das ist sie, und sie wohnt auf dem flachen Felsen. Jeden Tag geht sie am funkelnden Bach Wasser holen.« Sie erhob sich und nahm wieder seine Hand. Was hatte sie diesmal vor?

»Woher weißt du eigentlich über die Lebewesen auf der Insel Bescheid?«, erkundigte sich Forrest. »Das ist doch Dawns Talent.«

»Nicht ganz«, erwiderte Dawn. »Unsere Talente überschneiden sich ein wenig. Ich kann dir nicht nur alles über ein Lebewesen erzählen, ich weiß auch, was es am Leibe trägt, wo es wohnt und welches Wetter es hat, auch wenn diese Dinge unbelebt sind; aber sie stehen mit dem Wesen in Beziehung, das ich untersuche. Ähnlich weiß Dawn über die Lebewesen Bescheid, die mit etwas Unbelebtem verbunden sind, wenn sie es ausforscht. Berühre ich einen Teich und sie einen Fisch im selben Gewässer, erfahren wir mehr oder weniger genau das Gleiche.«

»Das klingt einleuchtend«, meinte auch Imbri.

Forrest gab keine Antwort. Es war ihm höchst peinlich festzustellen, welch tiefe Einblicke die Zwillinge in seine Vergangenheit erlangt hatten. Bisher hatte er sie für provokante, aber im Grunde harmlose Geschöpfe gehalten; nun jedoch wurde er gewahr, dass sie alles erfuhren, was sie wissen wollten, ganz gleich, welcher Natur diese Kenntnisse waren. Vermutlich war selbst die gefürchtete Erwachsenenverschwörung des Schweigens für sie niemals ein Problem gewesen, auch wenn sie sich gewiss stets größte Mühe gegeben hatten, angemessen unschuldig zu erscheinen.

»Was also tun, liebster Ratgeber?«, fragte Dawn strahlend.

»Nun, da wir wissen, wo Ida ist, Forrest-Schätzchen«, fügte Eve dunkel hinzu und kniff ihm in die Hand.

»Wir gehen zu ihr«, antwortete er schroff. »Wir müssen unsere kleinen Kreuze benutzen.«

»Ach, stellt euch nur vor, wir kommen nie von der Insel Niffen herunter«, sagte Dawn.

»Und haben nichts zu tun, als bis in alle Ewigkeit dort zu leben und unsere Kinder aufzuziehen«, fügte Eve hinzu.

»Für die wir gewiss ganz oft den Storch rufen müssen.«

»Nachdem wir irgendwie die Mitarbeit eines widerspenstigen Fauns erlangt haben.«

Imbri sandte ihnen einen kleinen Traum von zwei hübschen Nymphen, eine hell, die andere dunkel, die gemeinsam einen widerstrebenden Faun zu einem Liebesquell zerrten. Seine Hufe hinterließen Schleifspuren im Boden. Die Mähre genoss ganz offensichtlich die Art, mit der die Zwillinge Forrest unablässig in die Defensive drängten. Die Mädchen lachten auf; ihnen gefiel das treffende Bild.

»Wir werden schon nicht auf der Insel festsitzen«, sagte er und versuchte, weder fasziniert noch mürrisch zu klingen. »Wir haben ja noch ein großes Kreuz übrig, und wenn wir mit Ida gesprochen haben, können wir wohl ohne Umweg nach Pyramid zurückkehren, um dort unsere Aufgabe weiterzuführen.«

Die Mädchen tauschten erneut einen überflüssigen Blick aus. »Verlieren wir unsere Neckfertigkeit?«, fragte Dawn niemanden im Besonderen.

»Oder verliert er seine Neckbarkeit?«, fragte Eve

die gleiche Person. Einmal mehr drückte sie seine Hand.

»Er möchte nur die Aufgabe hinter sich bringen«, entgegnete Forrest knapp, befreite seine Hand und nahm sein kleines Kreuz aus dem Rucksack.

Die Mädchen zogen die Kreuze aus den Handtaschen. Forrest konnte nie genau sagen, was mit diesen Handtaschen geschah, wenn sie gerade nicht gebraucht wurden; dann schienen sie einfach zu verschwinden. Imbri benutzte die Zähne, um an ihr Kreuz zu kommen. Dann lösten sie fast gleichzeitig den Zauber aus und glitten über den See auf die Insel Niffen.

Sie sah genauso aus, wie Eve sie beschrieben hatte. Der Strand war weiß, die Vegetation üppig und farbenprächtig. Und da schoss schon Niffy Gliff heran, die Greifen-Pegasus-Kreuzung mit dem Einhornhorn. Er fletschte bedrohlich die Zähne.

»Wir sind keine Jäger!«, rief Imbri aus. »Wir sind Besucher von einer anderen Welt und müssen Ida sprechen.«

»Wie-hie-hie?«, hakte Niffy nach.

»Nun, eigentlich sind wir nicht ihre Freunde«, antwortete Imbri. »Aber wir kennen sie – oder besser gesagt, ihre Cousine auf der anderen Welt. Sie hat uns hierher geschickt, um Ida zu sprechen. Deshalb bin ich sicher, dass wir uns im gleichen Augenblick anfreunden, in dem wir uns begegnen.«

Niffy überlegte und kam zu dem Schluss, die Erklärung reiche aus.

»Wie-hie«, sagte er und übernahm die Führung.

Sie folgten ihm einen hübschen Pfad entlang, der sich durch üppigen Bewuchs wand und an einem funkelnden Bach endete. Dahinter ragte ein gewaltiger, flacher Felsen auf, der durch Stufen an einem Ende erklommen werden konnte. So erreichten sie die

Oberfläche und fanden inmitten eines hübschen kleinen Gartens ein schmuckes Häuschen vor.

Ida kam ihnen entgegen. Sie sah aus wie überall, nur das ihr Mond diesmal die Form eines Kegels besaß. »Man sagt mir, dass ihr meine Cousine kennt«, begrüßte Ida sie. »Welche Cousine meint ihr?«

Eine ganze Anzahl von Wesen hatte sich am Haus versammelt. Offenbar hatte sich die Neuigkeit von der Ankunft der Besucher auf der Insel rasch verbreitet. Forrest begriff, dass hier alle Besucher, von denen man den Eindruck erhielt, nicht aufrichtig zu sein, schon bald nicht mehr aufrecht stehen konnten.

»Cousine war vielleicht nicht ganz das passende Wort«, erklärte er. »Wir sprechen von deinem Analogon auf der Welt Pyramid, um die sich eure Welt Torus dreht. Sie meinte, du könntest uns helfen zu erfahren, was wir wissen müssen, um Pyramid von der grausamen Ausbeutung durch die farbigen Hexenmeister zu retten.«

»Nun, ich glaube schon, dass ich das könnte«, sagte Ida. »Ich weiß die Antwort nicht selbst, aber ich glaube, sie ist auf Konus zu finden.«

Forrest verzagte. »Müssen wir etwa auf noch einen anderen Mond? Wir sind doch schon auf dem Mond eines Mondes eines Mondes.«

Ida lächelte. »Ich glaube euch gern, dass euch das zu kompliziert wird. Aber ich kann einen Kegelschnitt nehmen und die Information abrufen. Ich muss mich nur konzentrieren.«

Und sie konzentrierte sich. Als der Mond es bemerkte, richtete er für eine volle Umdrehung seine Spitze genau nach oben. »Jawohl, ich weiß nun, was ihr erfahren müsst«, sagte Ida. »Aber es gibt ein Problem, das euch wahrscheinlich nicht bekannt ist.«

»Ein Problem gibt es immer«, murmelte Imbri in einem kleinen Traum, den sie nur an Forrest sandte.

»Und worin besteht dieses Problem?«, fragte er Ida.

»Wenn jemand hier auf Torus einem anderen einen Dienst oder einen Gefallen erweist, empfindet er einen heftigen Gefühlsansturm. Je größer der Dienst, desto größer das Gefühl. Deshalb sind wir sehr vorsichtig damit, anderen einen Dienst zu erweisen, und suchen uns sehr genau aus, wem wir einen Gefallen tun.«

»Ein Gefühl wie Freude oder Trauer?«, fragte Forrest.

»Nein, nicht ganz. Mehr wie Zuneigung oder Liebe.«

»O je«, murmelte Dawn.

»Mist«, stimmte Eve zu.

Forrest war der gleichen Meinung. »Wenn du mir also den Dienst erweist, mir zu sagen, was ich wissen muss, dann wirst du … ich meine …«

»Genau. Angesichts der Wichtigkeit dieser Information werde ich mich in dich verlieben. Und ohne dich beleidigen zu wollen, muss ich doch sagen, dass ich mich einfach nicht in jemanden verlieben möchte, der mich im nächsten Moment für immer verlassen wird.«

»Das würde ich ebenfalls vermeiden wollen«, sagte Forrest. »Selbst wenn ich hier bliebe, wüsste ich noch immer nicht, ob es in Ordnung wäre. Ganz gewiss wird eines Tages irgendein Prinz nach dir suchen.«

»Das wäre schon schön«, meinte Ida.

»Gibt es eine Möglichkeit, der Wirkung zu begegnen oder sie aufzuheben?«, fragte Imbri alle.

»Doch, gewiss. Die Leute können gleichwertige Gefallen austauschen, womit sich die Wirkungen gegenseitig aufheben. Das muss aber gleichzeitig passieren. Wenn ein Gefallen getan wird und der Ausgleich später erfolgt, dann erleiden beide Beteiligten die Folgen. Tatsächlich werden hier auf diese Weise Heiraten geschlossen: Man tauscht an aufeinanderfolgenden

Tagen Gefallen aus. Wenn du mir also einen Gefallen erweisen kannst, der für mich genauso wertvoll ist wie meine Information für dich, dann ist alles bestens.«

»Ach, jetzt verstehe ich«, rief Dawn. »Als wir versuchten, dem Schlingerbaum zu entkommen, haben wir uns gegenseitig Gefallen getan.«

»Deshalb haben sie sich aufgehoben«, stimmte Eve zu. »Aber dann hat mir der Dorfbewohner doch einen Gefallen getan.«

»Und du hast ihm gezeigt, wie er sich einen schönen Tag machen kann«, entgegnete Imbri. »Das war ein gerechter Tausch.«

»Ach, das hat er also gemeint!«, rief Dawn aus und klatschte in die Hände. »Als wir ihm dankten und ihm etwas zu sehen gaben.«

»Er sagte: ›Nicht weiter erwähnenswert – wir haben getauscht‹, ohne dass wir verstanden, was er meinte«, pflichtete Eve ihr bei. »Er meinte, dass wir ihn nicht liebten und er uns nicht. Also brauchten wir ihm auch nichts Interessantes zu zeigen.«

»Aber interessiert war er schon, sonst hätte er das nicht gesagt.«

»Ja. Gut zu wissen, dass unsere Methoden auch hier funktionieren.«

»Ihr beiden scheint gern Männer zu beeindrucken«, bemerkte Ida.

Die beiden bejahten durch ein Lächeln.

»Aber du hast Forrest einen Dienst erwiesen«, sagte Dawn. »Du hast ihm alles über den See und die Insel erzählt.«

Und das hatte Eves Gefühle für ihn verstärkt, begriff Forrest jämmerlich. Das erklärte einiges, aber sie hatten nun keine Zeit für Diskussionen.

Wenigstens konnten sie mit Ida quitt werden. »Was möchtest du denn erfahren, das ebenso wertvoll wäre?«

»Leider seid ihr noch weniger als ich in der Lage zu erfahren, was ich zu gern wissen möchte. Wie ihr wohl bemerkt habt, liegt die Insel Niffen in einem kleinen See. Ich würde gern alles über diesen See erfahren, von seinem Namen bis zu den Wesen, die an seinem Grunde leben. Über die Insel weiß ich schon alles, aber das Wasser entzog sich mir immer.«

»Das kann ich –«, begann Eve, doch Forrest gebot ihr mit einem scharfen Blick Schweigen. Auch ihre Schwester wischte sich einen Schnitt vom Gesicht; der Blick war zu schneidend gewesen.

»Das darfst du nicht tun«, sagte Forrest, »denn sonst würdest du dich in Ida verlieben.«

»Eve würde Ida lieben und Ida Forrest«, sagte Dawn. »Das wäre nicht gut.«

»Doch angenommen, Eve gäbe Forrest die Information?«, fragte Imbri. »Und er würde sie Ida im Tausch geben.«

»Dann würde Eve ja Forrest lieben!«, protestierte Dawn.

»Tut sie das nicht schon?«

Eves Mund bildete ein hübsches rundes O. »Ja!«

»Wir beide lieben ihn«, wandte Dawn ein. »Aber würde sie ihn nicht mehr lieben als ich?«

»Das tue ich, glaube ich, sowieso schon«, entgegnete Eve. »Denn ich habe ihm das Wissen über den See und die Insel gegeben. Ich wusste ja nicht, wie das auf mich wirken würde.«

»Oje!«, rief Dawn bestürzt aus. »Deshalb hältst du immer seine Hand.«

»Tue ich das? O ja, du hast Recht. Das habe ich gar nicht bemerkt.«

»Du könntest ihm ein andermal einen Gefallen erweisen, Dawn«, sagte Imbri.

»Ja, vielleicht«, stimmte Dawn ihr nachdenklich zu. »Das darf ich nicht vergessen.«

Forrest wünschte, er hätte von dem Problem gewusst, bevor er Eve bat, den See zu untersuchen. Über das Händchenhalten hatte er sich gewundert, denn bis dahin hatten die Zwillinge ihn gleichmäßig geplagt. Doch er hatte es nicht gewusst und ihr darum keinen Gefallen erwiesen.

Diese Komplikation musste indes warten. Forrest wandte sich Ida zu. »Eve kann dir alles über alles Unbelebte sagen, sie wird alles über den See in Erfahrung bringen und es mir sagen, und daraufhin werde ich mit dir Informationen austauschen. Erscheint dir das gerecht?«

»O ja, bemerkenswert gerecht.«

»Dann geht Eve nun mit mir ans Wasser und bringt in Erfahrung, was sich erfahren lässt. Währenddessen können sich Dawn und Mähre Imbri mit dir unterhalten, wenn du möchtest. Gewiss gibt es doch Unverfängliches, was ihr gegenseitig austauschen könnt.« Noch während er sprach, fragte er sich, warum er es in dieser Weise ausdrückte. Er wollte doch schließlich nicht mit Eve allein sein! Oder doch?

»Ja, natürlich«, stimmte Ida zu.

Und so folgten Forrest und Eve dem Weg zurück ans Seeufer. Die diversen Tiere der Insel ließen sie in Ruhe, nachdem nun feststand, dass sie keine Jäger waren. Eve beharrte darauf, wieder seine Hand zu nehmen. »Wenn ich mich noch mehr in dich verlieben soll, will ich dich jeden Moment anfassen«, erläuterte sie.

»Aber die Berührung wird doch nur dein Verlangen vergrößern, zu … zu tun, was wir nicht tun sollten.«

»Nein, das geht nicht mehr«, widersprach sie ihm träumerisch.

Forrest beschloss, keine Einwände zu erheben, obwohl er sich bei alldem nicht ganz wohl fühlte. Zum einen war er jetzt zum ersten Mal mit einem der

Mädchen allein, und außerdem zielte sie eindeutig auf mehr ab als nur Austausch von Informationen. Er aber bestärkte sie offensichtlich darin, obwohl er genau wusste, dass er es bleiben lassen sollte. Die Schwierigkeiten, die sich bei einer Beziehung zu nicht-nymphischen Frauen ergaben, erschienen ihm sowohl verwirrend als auch verlockend.

Als sie ans Wasser kamen, kniete sie nieder und wollte schon ihren Finger hineintauchen, als sie wieder aufstand. »Nein«, sagte sie, »ich habe eine bessere Idee«, und kam auf ihn zu.

»Was hast du vor?«, fragte er misstrauisch.

»Das.« Unvermittelt sprang sie vor und schubste ihn in Wasser. Während er noch um sein Gleichgewicht kämpfte, schlang sie die Arme um ihn und warf ihn um. Mit einer großen Fontäne klatschten sie zusammen ins Wasser.

»Aber es könnte hier Seeungeheuer geben!«, schrie Forrest und versuchte Hals über Kopf, wieder an Land zu kommen.

Sie hielt ihn noch energischer fest. »Nein, die gibt es nicht. Nicht an diesem Strand. Nun will ich dir alles über den See berichten.«

»Aber du brauchst mich doch nicht festzuhalten, während du mit mir redest«, wandte er ein.

»Doch«, widersprach sie fest. Sehr fest, denn sie schmiegte sich eng an ihn und hatte ihre gesamte Kleidung aufgelöst.

»Du nutzt unsere Lage aus«, warf er ihr vor. Und das gestatte ich ihr, stellte er fest.

»Ja, ganz gewiss. Das ist fast so gut wie ein Liebesquell.«

»Aber was soll das Ganze? Du weißt doch genau, dass ich dich nicht ... jedenfalls nicht, bevor wir unsere Aufgabe erfüllt haben.«

»Ja, das weiß ich. Aber ich werde dich in schreckliche Versuchung führen, und du wirst immer daran denken, wie ich mich so eng an dir anfühle. Wenn es so weit ist, wirst du keinen Vorwand erfinden, um mir auszuweichen.«

Sie war in schauriger Weise akkurat. Es beanspruchte schon jetzt Forrests ganze Willenskraft, seine normale Zurückhaltung aufrechtzuerhalten. »Wie kommt es, dass du so viel von mir weißt, obwohl es Dawns Talent ist, alles über Lebewesen zu wissen, und nicht deins?« Er versuchte sie abzulenken; sie hatten ihm ja bereits erklärt, inwiefern ihre Talente sich überschnitten.

»Sie hat es mir erzählt.«

»Aber verfolgt sie denn nicht … ein ähnlich gelagertes Interesse? Warum sollte sie dir verraten, wie du mich –«

»Wenn sie eine Gelegenheit erhält, wird sie das Gleiche tun. Ich habe eben nur als Erste eine Chance bekommen. Deshalb hat sie sich nicht eingemischt, und ich werde mich nicht einmischen, wenn sie an der Reihe ist.«

»Aber woher weiß sie denn, dass du nicht –«

»Unsere Vereinbarung geht bis zum Storch, schließt ihn aber nicht ein. Dazu müssen wir zusammen sein. Deshalb gebe ich ihr die Chance, dir vorher einen ähnlich großen Gefallen zu erweisen. Und wir geben dir am nächsten Tag Gelegenheit, etwas für uns zu tun, sodass dein Interesse genauso groß ist wie unseres. Eine Weile werden wir dich schon beschäftigen.«

»Ihr beiden arbeitet fast schon beängstigend gut zusammen.«

»Traue niemals einer Zauberin«, sagte sie. »Und schon gar nicht zweien.«

Forrest ergab sich in sein Schicksal. Die Zwillinge hatten ihn durchschaut und wussten es. Eigentlich brauchte er ihnen keinen Gefallen zu tun, um sie gefährlich anziehend zu finden. »Erzähl mir von dem See«, bat er.

Sie begann zu reden und unterstrich jeden Satz mit Küssen auf seine Ohren. Das brauchte einige Zeit.

Als sie endlich aus dem Wasser kamen, zitterte Forrest – nicht von dem erlangten Wissen, sondern von Eves Küssen. In ihnen steckte zwar keine Magie, aber sie waren dennoch außerordentlich eindringlich. Sie hatte völlig Recht: In jeder freien Minute würde er von ihr träumen, und wenn die Zeit kam, würde er nicht nach Entschuldigungen suchen. Eve hatte sein ganzes Verlangen auf sich gelenkt. Am ironischsten war nun, dass seine Schwäche ihr eine Entschuldigung gab, den Arm um ihn zu legen und ihn zu stützen. Die Mühe, Kleidung entstehen zu lassen, hatte sie sich noch nicht gemacht, und ihre Berührung war noch genauso elektrisierend wie im Wasser.

»Wenn du eine Nymphe wärst, hätten wir es in Sekundenschnelle hinter uns bringen können«, murrte Forrest, »ohne jede gefühlsmäßige Komplikation. Stattdessen hast du mich an die Kette gelegt.«

»Ich weiß«, entgegnete sie zufrieden. »Du bist nicht gewöhnt, mit Frauen umzugehen, die Verstand haben. Wir sind gefährlich, kennen die Folgen und wissen, wie wir ein vorübergehendes Interesse permanent machen.« Sie stieß ihn an, ohne dazu einen Ellbogen zu benutzen. »Doch irgendwie hat dieser Dienst nicht meine Gefühle für dich vertieft.«

»Man kann nicht erweitern, was schon vollständig ist«, entgegnete Forrest verdrießlich.

»Ja, vielleicht.«

Er beschloss, sie nicht zu fragen, was sie meinte, und sie begriff wiederum ganz gewiss, dass weitere Offenbarungen ihn nur noch stärker beunruhigen würden. Forrest hatte Schwierigkeiten erwartet – mit dem Gelände, mit Ungeheuern, Magie und Leuten, aber nicht mit Gefühlen. Bevor alles begann, hatte er nur eine sehr verschwommene Vorstellung gehabt, was Gefühle eigentlich waren. Nun aber wusste er, dass man von allen Gefahren sie am wenigsten unterschätzen durfte.

Auf dem Weg zum Zentralplateau erlangte Forrest seine Trittsicherheit zurück, und sein Fell trocknete. Eve legte sich trockene Kleidung an. Dass sie im Wasser gewesen waren, war ihnen nicht mehr anzusehen. Dann gab sie noch seine Hand frei, damit selbst dieses verräterische Zeichen verschwand. Forrest bemühte sich um ein unbeschwertes Gesicht und normale Körperhaltung, und war im Stillen erstaunt, mit welcher Mühelosigkeit Eve sich einen kühlen Anschein gab, als wäre zwischen ihnen nichts auch nur gedacht worden. Offensichtlich waren Mädchen darin besser als Männer. Oder wenigstens Faune.

»Das war knapp«, sagte Imbri in einem privaten kleinen Traum zu Forrest. »Wenn sie dich statt auf die Ohren auf den Mund geküsst hätte …«

Dawn blickte sie wissend an, enthielt sich aber jedes Kommentars.

Forrest trat vor Ida. »Der Name des Sees lautet Sarah See«, begann er und berichtete ihr in allen Einzelheiten über seine Tiefen. Je länger er sprach, desto stärker fühlte er sich zu Ida hingezogen. Sie war eine attraktive Frau mit einem bemerkenswerten Talent, und nun wusste er, wie besonders ihr Mond war. Eve hatte ihn spitzbübisch verlockt, doch er wusste, dass es sich dabei mehr um Verlangen handelte als um Liebe. Ida führte ihn in dieser Hinsicht nicht in Versuchung, doch sein Gefühl für sie überwältigte ihn zusehends. Für immer wollte er bei ihr bleiben und sich im Vergnügen ihrer Gesellschaft sonnen. Das, so begriff er, konnte nur Liebe sein, ein Gefühl, das er noch nie zuvor erfahren hatte. Vom

Verlangen unterschied es sich sehr, obwohl manche Gemeinsamkeit bestand. Sollte Ida überhaupt irgendwelches Verlangen bekunden, dann würde es vollends auf dem übergeordneten Gefühl basieren. Zum Glück gab sie derlei mit keinem Anzeichen zu verstehen, obwohl ihr Mond sich Forrest zuneigte, um ihn besser beobachten zu können.

»Nun bin ich an der Reihe«, sagte Ida, nachdem er zu Ende gesprochen hatte. »Du hast nichts zurückgehalten und meine lebenslange Neugier gestillt. Sorge dich nicht um deine augenblicklichen Gefühle; sie sind schon bald vorüber. Höre also, was du wissen musst: Du musst mit den Säumern sprechen und ihnen erklären, dass sie getäuscht wurden. Sag ihnen, dass sie keine Gefallen erweisen, sondern sie stehlen und werden deshalb bald verschwinden.«

»Den Säumern?«, fragte Forrest. »Meinst du damit die Linien?«

»Nein, die Geschöpfe, die diese Linien erzeugen«, sagte Ida. »Sie werden von den Hexenmeistern in Verliesen gehalten und erfahren so gut wie nichts, was wahr wäre.«

Über Forrests Kopf leuchtete eine Glühbirne auf. »Wenn sie also die Wahrheit erfahren, hören sie auf, die Linien zu erzeugen, und die Herrschaft der Hexenmeister bricht zusammen!«

Ida lächelte. »Ich freue mich, dass ich dir etwas Nützliches sagen konnte.«

»Aber ganz bestimmt!«

»Und wie kommen wir in die Burgen, um die Säumer zu informieren?«, raunte Imbri ihm in einem kleinen Traum zu.

Forrest gab die Frage weiter.

»Ihr müsst nur Ghina finden, die das Talent hat, Menschen in Schlaf zu versetzen«, antwortete Ida. »Sie befindet sich irgendwo auf der roten Seite

Pyramids und wird euch helfen, wenn ihr sie darum bittet. Außerdem benötigt ihr Jfraya mit dem Talent, eine Tür zu zeichnen, die sich öffnet.«

»Aber wo finden wir Ghina und Jeffrey?«

»Ghina ist die Tochter von Graeboe Riese und Gloha Kobold-Harpyie, glaube ich. Ein großes geflügeltes Koboldmädchen. Und Jfraya, von ungewisser Herkunft, lebt auf Pyramids grüner Seite. Ich fürchte, ihr müsst von ihnen Gefallen annehmen und werdet entsprechend schrumpfen.«

»Ich mache das«, sagte Imbri.

»Dann wissen wir es«, sagte Forrest. »Ich danke dir.«

»Kein Dank erforderlich«, entgegnete Ida. »Es war ein gerechter Tausch.«

Da bemerkte er etwas: »Mein Gefühl für dich – es ist verschwunden. Ich liebe dich nicht mehr. Nicht, dass du meiner Liebe nicht wert wärst, aber –«

»Ja, ich weiß. Das Gefühl verschwand, als ich deinen Gefallen erwiderte. Aber ich hoffe, du begreifst nun, weshalb ich mich vorher geweigert hatte, dir zu helfen.«

»Aber natürlich. Das Gefühl ist großartig, aber man sollte es nur wohlbedacht wecken.«

»Das ist ganz richtig. Ich bin froh, dass wir Gelegenheit fanden, unsere Information zu beiderseitigem Nutzen auszutauschen.«

»Ich auch«, sagte Forrest erleichtert. Wenn man nur Eve ähnlich abkühlen könnte, dachte er, aber ihm fiel kein Gefallen ein, den er ihr erweisen konnte. »Nun müssen wir nach Pyramid zurückkehren. Hast du irgendwelche Einwände, wenn wir unmittelbar von hier verschwinden?«

»Nein. Ich habe noch nie eine Reise zwischen den Welten beobachtet. Das dürfte interessant sein.«

»Vielleicht.« Forrest sah die anderen an. »Sind wir bereit?«

»Nein«, sagte Dawn. »Ich hatte noch keine Gelegenheit, dir einen Gefallen zu erweisen, der so groß ist wie Eves.«

»Nun, warum erweise ich Eve keinen gleich großen Gefallen, damit ihr Gefühl wieder abnimmt? Ich kann mir zwar keinen denken, aber du vielleicht.«

»Ja, vielleicht.«

»Nein-nein!«, protestierte Eve. »Mir gefällt es, wie es ist.«

»Aber wir benötigen Gleichstand«, wandte Dawn ein.

»Wie lange ist es her, dass Eve Forrest den Gefallen erwiesen hat?«, fragte Ida.

»Eine Stunde«, sagte Dawn.

»Dann ist es zu spät. Gefallen müssen sehr rasch ausgetauscht werden, sonst gewöhnt man sich an das Gefühl –«

»Also muss ich hier und jetzt etwas für Forrest tun«, beschloss Dawn. »Forrest, was möchtest du wirklich am liebsten über irgendein lebendiges Wesen erfahren?«

»Wo ich einen Faun für meinen Nachbarbaum finde. Darum bin ich schließlich hier.«

»Aber ich muss doch ein Lebewesen berühren, um etwas darüber zu erfahren. Aus der Ferne kann ich deinen Faun nicht finden, es sei denn, ich berühre jemanden, der weiß, wo er ist.«

»Ich wünschte, du könntest mir dabei weiterhelfen«, sagte Forrest, »doch offensichtlich bist du dazu nicht in der Lage.«

»Vielleicht weiß einer von uns davon«, überlegte Dawn, »ohne sich dessen bewusst zu sein. Das könnte ich herausfinden.«

»Ich ganz bestimmt nicht«, sagte Ida. »Ich müsste Konus erneut fragen, und das würde bedeuten …«

»Nein, nicht!«, rief Forrest. »Dawn soll mir einen Gefallen tun, nicht du.«

Ida lächelte. »Ich verstehe.«

»Fassen wir uns bei den Händen«, sagte Dawn voll Verzweiflung. »Wenn jemand von uns die Information hat, dann erfahre ich sie dadurch.«

»Ich kann keine Hände halten«, widersprach Imbri.

»Aber berühren können wir uns«, entgegnete Eve.

So bildeten sie einen Kreis, wobei die Mädchen Forrest an den Händen hielten und mit der anderen Hand Imbri berührten. Schweigen stellte sich ein.

»Da ist etwas«, sagte Dawn. »Kein Faun. Etwas ... etwas Besseres, glaube ich. Oh!« Sie ließ los.

»Was ist geschehen?«, fragte Eve. »Bist du wohlauf?«

Dawn wirkte von Ehrfurcht erfüllt. »Ich ... doch, schon. Aber ich weiß nicht, was ich tun soll. Alles ist so ... so verwirrend.«

Forrest wurde ungeduldig. »Hast du eine Antwort oder nicht?«

Dawn wandte sich an Ida. »Tante Ida – das bist du nämlich da, woher ich komme –, du hast uns immer guten Rat erteilt. Jetzt bräuchte ich ihn wirklich. Gibt es eine Möglichkeit, ohne weitere Komplikationen ...«

Ida nickte. »Durchaus, meine Liebe. Wenn du mir anvertraust, was du auf dem Herzen hast, würde ich dir gern sagen, was ich dazu meine, und du könntest meinen Rat befolgen oder ausschlagen. Deshalb wäre kein echter Dienst geleistet worden. Wärst du damit einverstanden?«

»Aber ja!«

»Dann wollen wir es tun. Lass uns in mein Haus gehen.«

Sie verließen Forrest, Eve und Imbri, die lange Blicke austauschten – von jedem kam einer, also waren sie quitt. »Was glaubt ihr, was hat sie gesehen?«, fragte Eve.

»Etwas, das einer von uns weiß oder beobachtet

hat, ohne seine Bedeutung zu erkennen«, vermutete Imbri.

»Sie weiß so gut wie alles, was ich weiß. Also glaube ich nicht, dass es um mich geht.«

»Während der Zeit, in der ich schlechte Träume ausgeliefert habe, sah ich zu viel, um mich an alles zu erinnern«, sagte Imbri. »Es könnte also durchaus um mich gehen. Aber warum wollte sie es nicht offen heraus sagen oder wenigstens Forrest unter vier Augen Bescheid geben?«

»Alles, was ich weiß, habe ich in der Umgebung meines Baumes gelernt«, sagte Forrest. »Im Laufe dieses Abenteuers habe ich mehr Neues gesehen als in meinem ganzen Leben zusammengenommen. Wenn ich also nicht gerade einen Faun vorbeikommen sah, ohne es wahrzunehmen ... Aber warum sollte Dawn mir das nicht sagen wollen?«

»Sie sagte, es sei kein Faun, sondern vielleicht besser«, entgegnete Eve. »Aber ihre Verwirrung erklärt das trotzdem nicht.«

Dawn und Ida kamen wieder aus dem Haus. Strahlend trat Dawn ganz dicht an Forrest heran. »Ich liebe dich nun genauso sehr wie Eve«, sagte sie, umschlang ihn mit den Armen und küsste ihn inbrünstig auf den Mund. Er begriff sofort, dass sie die Wahrheit sagte, denn ihre Leidenschaft erwärmte ihn und ließ ihn Dawn ebenso sehr begehren wie Eve. Ihr Leib presste sich an allen Stellen an ihn, an denen sich auch Eve an ihn gepresst hatte, und zwar ganz genauso drängend. »Also sind wir wieder auf gleichem Stand.« Sie drückte ihn ein letztes Mal und gab ihn frei.

Forrest schwindelte es, und er wäre hingefallen, hätte Imbri ihn nicht mit ihrer starken Schulter aufgefangen. »Wir sollten diese Aufgabe so rasch wie möglich erledigen«, sagte sie in einem kleinen Traum nur zu ihm. »Die Mädchen wachsen dir über den Kopf.«

Wie wahr! Forrest legte Imbri den Arm um die Schulter, während er allmählich sein Gleichgewicht wiedererlangte. »Ich bin an so etwas einfach nicht gewöhnt«, sagte er.

»Aber welchen Gefallen hast du ihm getan?«, fragte Eve währenddessen Dawn.

»Schwester, das darf ich dir nicht sagen. Und ich darf dir auch nicht sagen, warum ich es dir nicht sagen darf. Aber du darfst mir glauben, dass du an meiner Stelle genauso gehandelt hättest.«

»Ich verstehe kein Wort!«

»Das weiß ich. Es tut mir leid. Aber anders geht es vorerst nicht.«

Eve blickte Ida an. »Anscheinend muss es so sein«, stimmte Ida zu. »Und nun könnt ihr wohl nach Pyramid zurückkehren und eure Aufgabe vollenden.«

»Aber wie kann sie mir einen Gefallen getan haben, wenn ich überhaupt nichts davon weiß?«, fragte Forrest ebenso perplex wie Eve.

»Beizeiten wirst du verstehen.«

Forrest tauschte mit Eve einen gesprenkelten Blick der Verzweiflung. »Hasst du es denn nicht, wenn dir jemand so etwas sagt?«, fragte Eve.

»Ja. Ich komme mir vor wie ein Halbwüchsiger.«

»Genau«, stimmte sie zu. Dann kam sie zu ihm und küsste ihn auf den Mund. »Wenn Dawn das kann, dann kann ich das schon lange.«

»Aber ich habe mich nicht unter Wasser nackt an ihn geschmiegt«, erwiderte Dawn.

»Woher weißt du davon?«, wollte Eve wissen.

»Als wir Hände hielten, habe ich alles erfahren.«

»Einschließlich dessen, was du uns nicht verraten willst.«

»Genau«, stimmte Dawn ihr zufrieden zu.

»Es wird Zeit«, sagte Forrest, bevor ein Schwesterkrieg ausbrechen konnte.

»Ja«, stimmte Imbri zu, und ihre Traumstimme klang nicht zufriedener als Forrest oder Eve. »Zeit aufzubrechen.«

»Fassen wir uns bei den Händen«, schlug Eve vor.

»Damit wir uns unterwegs nicht verlieren«, sagte Dawn.

Zu einem anderen Zeitpunkt hätte Forrest vielleicht Einwände erhoben. Im Moment aber bestand seine Hauptsorge in einer raschen Rückkehr nach Pyramid, bevor noch mehr geschah und die Situation weiter verkomplizierte. Deshalb nickte er schweigend.

Eve nahm seine linke Hand, Dawn die rechte, dann packten sie mit den anderen Händen Imbri bei der Mähne. Beide drückten sie bedeutsam und wissend Forrests Hände. Sie standen gleich – aber was war mit ihm? Dann verdünnten sie alle ihre Körper.

»Das ist wirklich beeindruckend«, bemerkte Ida, als sie immer durchsichtiger wurden und sich ausdehnten. »Ich wünsche euch alles Gute. Grüßt mir die Ida von Pyramid.«

Dann waren sie zu diffus, um Ida von Torus noch verstehen zu können. Sie trieben in den Himmel hinauf zum Loch in der Mitte des Mondes. Dort mussten sie hinausschweben, um nicht mit der Welt zusammenzustoßen, während sie sich immer weiter ausdehnten.

Die Seen und Wälder, Berge und Felder wölbten sich unter ihnen und ringsum. Forrest musterte die Innenseite des Kringels, bis er die Sarah-See mit der Insel in der Mitte entdeckte. Er hoffte, dass Ida sich nicht einsam fühlte. Es wäre schon ein hübsches Plätzchen gewesen, um zur Ruhe zu finden.

Immer weiter entfernten sie sich von Torus und wurden unfassbar groß, dann entdeckte Forrest eine noch größere Welt dahinter und begriff, dass es sich dabei um Idas Kopf handelte – Ida von Pyramids

Kopf. Ihr hatten sie wahrhaftig einiges Wissenswerte zu berichten!

Sich auf die größere Welt zu orientieren, fiel ihnen nicht schwer. Sie waren nun zu diffus, um sich noch bei den Händen zu halten; ihre Materie durchdrang sich gegenseitig. Trotzdem bestand keine Gefahr, sich zu verirren. Dennoch klammerte sich eine nebulöse Gestalt an seinen linken Arm. Das musste Eve sein. Oder doch nicht? Was sollte er nur ihretwegen unternehmen, ob sie es nun war oder nicht? Als die beiden Zwillingsschwestern gleichermaßen an ihm interessiert gewesen waren, hatte er es als unangenehm empfunden; als Eve sich noch mehr interessierte, war es schlimmer geworden – jetzt aber war es am schlimmsten. Forrest wünschte sich nur noch eins: dass die Aufgabe bald erfüllt wäre, damit er und die beiden tun konnten, was immer ihnen in den Sinn kam. Eigentlich durfte er keine der beiden bevorzugen, doch das zu behaupten wäre eine Lüge gewesen; er mochte Eve mehr als Dawn. Sie hatte in ihm Gefühle einer Bandbreite und einer Vielschichtigkeit geweckt, wie er es noch nie erlebt hatte. Doch Dawn vermochte ihrer Schwester durchaus gleichzukommen, wie die letzte Umarmung deutlich gezeigt hatte. Was aber hatte sie für ihn getan, um ihr Gefühl zu intensivieren?

Als ihre monströs anmutenden, wie schlafend daliegenden Körper in Sicht kamen, trennten sich die vier Gefährten und senkten sich jeweils auf den eigenen Leib aus Seelensubstanz herab. Sogar Eves unbelebter Körper regte nun Forrests Fantasie an; er war wirklich bezaubernd in seiner dunklen Perfektion. Dieses Gefühl musste er nach Kräften zu vertreiben suchen.

Mähre Imbri war die Erste, die ihren Körper erreichte. Mit den Hufen landete sie darauf und sank ein. So also machte man das! Forrest brachte seine

Hufe in Landestellung. Doch er hielt sich zurück – er wollte sichergehen, dass die anderen erfolgreich andockten, bevor er ihnen folgte. Zwar hätte er nicht gewusst, was er tun sollte, falls etwas schief ging, doch fühlte er sich verantwortlich.

Er beobachtete, wie Dawn ihren Körper erreichte. Sie entschied sich, in einem Schwalbensprung einzutauchen, und nahm kurz bevor sie in ihre Haut eindrang, die Gestalt ebendieses Vogels an. Tatsächlich bestand ihr ganzer Körper aus kondensierter Seele, doch das schien im Moment keine Auswirkung zu haben. Im letzten Augenblick wandte sie ihm den Kopf zu und zwinkerte ihn an. Was wusste sie über ihn?

Dann erreichte auch Eve ihren Körper. Sie nahm ihre eigene unbekleidete Gestalt an und sank mit dem Rücken voran ein. Innig blickte sie ihn an und lächelte. O ja, sie war sich seiner stets bewusst!

Dann war Forrest an der Reihe. Mit den Füßen zuerst tauchte er ein, voll Vertrauen auf Imbris Technik. Seine Füße und Beine trafen auf nur geringen Widerstand. Er richtete sich auf, legte sich flach auf seinen Körper und versank darin.

Plötzlich wurde es stickig. Forrest bekam keine Luft. Er wollte sich zurückziehen, fliehen, die Freiheit wiedergewinnen – aber es ging nicht. Der Körper hatte ihn erfasst und sog ihn ein, zwang ihn zurück in die Stofflichkeit und drohte ihn zu vereinnahmen. Dann fiel Forrest ein, dass auf der Welt Pyramid dieser Körper ihm gehörte. Sobald er sich dort wieder eingefunden hatte, würde er ihn so angenehm finden wie eh und je. Im Augenblick fühlte er sich nur durch lange Stilllegung ein wenig eingerostet an.

Dann war die Verschmelzung abgeschlossen, und Forrest schlug die Augen auf. Ringsum regten sich auch die anderen. »Was für ein Erlebnis!«, rief Dawn.

Sie blickte Forrest an, als dächte sie in Wirklichkeit über ein ganz anderes Abenteuer nach.

»Ja, wirklich«, stimmte Eve zu und warf Forrest einen heißen Blick zu. »In mehr als nur einer Hinsicht.«

Ganz gewiss!

# 11 Hexenmeister

Ida half ihnen, sich wieder zu orientieren. »Seid ihr wohlauf?«, fragte sie. »Ihr wart mehrere Stunden lang fort.«

Forrest blickte zu dem winzigen Torus auf, der ihren Kopf umkreiste. Was dort alles geschehen war! »Ja, körperlich schon«, sagte er.

Die Mädchen lachten zugleich. »Emotional haben wir uns geändert«, erklärte Eve. »Beide haben wir uns in ihn verliebt, und er kann an nichts anderes denken als an uns.«

»Aber wir haben erfahren, was wir wissen müssen«, sagte Eve. »Dein Alter Ego dort war sehr freundlich.«

»Und nun wollen wir dich teilhaben lassen«, sagte Forrest. »Wir erzählen dir alles über Torus.«

»Das freut mich ungemein«, sagte Ida und brachte ihnen einen großen Teller Kekse.

In den folgenden zwei Stunden erzählten sie ihr alles über Torus, was ihnen nur einfiel und in irgendeiner Weise wichtig oder wissenswert erschien. Ida lauschte ihnen gespannt, besonders aber faszinierten sie die veränderten Regeln der Dienstleistungen, die sich nicht wie auf Pyramid in der Körpergröße, sondern im Gefühlsleben niederschlugen, und der Bericht vom konischen Mond der anderen Ida. »Wie sehr ich mir wünschte, sie einmal kennen zu lernen!«, rief sie.

»Aber das ist unmöglich, fürchte ich«, entgegnete Imbri. »Wie könntest du deinen Mond mitnehmen, wenn du dich auf ebendiesen Mond begibst?«

»Ja, wie nur?«, stimmte Ida ihm traurig zu. »Aber so umfassenden Bericht zu erhalten, das ist wohl das Nächstbeste. Ich bin froh, dass sie ein hübsches Haus hat.«

Forrest fiel noch etwas ein. »Sie lässt dir ihren Gruß ausrichten«, sagte er.

»Ach! Das ist nett.«

»Sie ist sehr nett«, sagte Dawn.

»Genau wie du«, sagte Eve.

»Oh!« Ida errötete.

Dann war es Zeit, sich wieder ihrer Aufgabe zuzuwenden. »Wir müssen auf der roten Fläche eine Ghina finden und auf der grünen eine Jfraya«, sagte Forrest. »Mit ihrer Hilfe können wir die Hexenmeister besiegen. Dann bist du wieder frei.«

»Das wäre schön. Aber bitte seid vorsichtig, denn die Hexenmeister werden von euren Absichten alles andere als begeistert sein.«

»Solange ihnen niemand steckt, was wir vorhaben, dürfte uns keine Gefahr drohen«, meinte Imbri.

»Ich werde ihnen bestimmt nichts verraten«, sagte Ida. »Lebt wohl, gute Gäste.«

Dawn und Eve umarmten sie, dann verließen die vier das Kupfervitriolhaus und stiegen den blauen Hügel hinunter ans blaue Wasser. Dort nahm Forrest das große Kreuz aus Imbris Tasche und klappte es auf. Sie drängten sich eng zusammen, dann schossen sie gemeinsam über das Wasser.

Am anderen Ufer purzelten sie übereinander. Dawn lag unter Forrests Vorderseite, Eve hinten auf ihm, sie alle auf Imbri, doch niemand verletzte sich. Forrest fragte sich, inwiefern die Mädchen es arrangiert hatten, dass es so weit kam. Doch spielte das überhaupt eine Rolle?

Sie entwirrten sich und begannen ihren Marsch. Die rote Dreiecksfläche befand sich in der Richtung, die sie als Westen bezeichneten, wenngleich solche Namen hier keine Bedeutung besaßen. Jedenfalls würde ein Marsch in diese Richtung sie an ihr Ziel bringen. Forrest legte den Mantel des Vergessens über sie, damit sie von Einheimischen nicht belästigt wurden.

Bald brach die Nacht an. Sie brauchten einen Lagerplatz, doch befanden sie sich tief in einem dichten Wald und konnten nicht sagen, wie sicher sie schlafen würden, denn der Mantel hätte sich schon lange verflüchtigt, bevor die Nacht endete. Bereits jetzt hörten sie das Heulen jagender Wolfsspinnen. Auf keinen Fall wollten sie versehentlich in ein Wolfsnetz geraten.

Dawn ging von Baum zu Baum und berührte sie an den Stämmen. »Das ist ein Teebaum«, sagte sie von einem. »Hier wachsen alle möglichen Teesorten: Akholz, Mulenz, Los, Amgeist, Flon, Deum, Chnicolo–«

»Wir haben begriffen«, unterbrach Eve sie unwirsch. »Wir trinken keinen einzigen davon.«

Dawn umging ihn. »Und auf dieser Seite ist ein Fri-Tee«, verkündete sie. »Wenn sich Feinde hier treffen, können sie einen Friedensvertrag schließen.«

»Da steht ein Haus«, sagte Eve. »Vielleicht können wir dort übernachten.«

»Wie lange ist der Mantel nun aktiv?«, fragte Imbri.

»Über eine Stunde«, sagte Forrest. »Aber wir suchen schließlich nach einer freundlichen Unterbringung. Wenn wir sie finden, brauchen wir den Mantel nicht.«

»Wer also fragt an diesem Haus nach?«

»Das mache ich. Wir alle haben unseren eigenen Wert, deshalb ist keiner von uns in größerer Gefahr als die anderen.«

»Aber wir lieben dich«, wandte Dawn ein. »Wir wollen nicht, dass dir irgendetwas zustößt.«

»Und ich möchte nicht, dass einer von euch etwas Schlimmes geschieht.« Er sah Imbri an. »Wenn ein Oger oder so etwas an die Tür geht, denn wirf ihm einen schlechten Traum zu oder so etwas, bis ich geflohen bin.«

Die anderen nickten, denn anscheinend war dieser Schutz ausreichend.

Forrest ging zum – natürlich blauen – Haus und klopfte an die Tür. Sie wurde von einer jungen Frau mit blauen Haaren geöffnet. Irgendwie kam sie ihm bekannt vor. »Hallo«, sagte er unverdrossen. »Ich bin Forrest Faun und komme von einer anderen Welt. Meine Freunde und ich suchen eine Unterkunft für die Nacht. Wir haben uns gefragt, ob du vielleicht –«

»Eine andere Welt?«, fragte sie. »Meinst du damit etwa Ptero?«

»Ja, tatsächlich, ich meine Ptero. Wir sind auf dem Weg zur roten Fläche und –«

»Seid willkommen. Wir hatten schon lange keine Gäste mehr. Um genau zu sein, hatten wir noch nie Besuch. Ich bin Ilene, und das ist mein Bruder Gerrod.« Sie wies auf den jungen Mann, der gerade hinter sie trat. Auch er kam Forrest vertraut vor.

»Wollt ihr nicht erst meine Begleiter kennen lernen, um sicher zu sein –«

»Aber gewiss. Führ sie herein.«

Forrest drehte sich um und winkte die anderen zu sich, die unverzüglich näher kamen.

»Ihr kommt mir so bekannt vor«, sagte Ilene, als sie die Zwillinge sah.

»Ich bin Dawn.«

»Ich bin Eve.«

»Wir sind die Zwillingstöchter von Prinz Dolph und Prinzessin Electra.«

»Daran liegt es!«, schrie Ilene. »Ihr seid unsere Cousinen! Wir sind die Kinder von Grey und Ivy.«

»Ach, wie schön«, freute sich Dawn. »Noch mehr Familie.«

»Habt ihr Talente von Magierkaliber?«, fragte Eve.

»Aber natürlich. Ich beherrsche die Stürme, und Gerrod kann sich mit dem Wasser verständigen.«

»Faszinierend«, sagte Dawn. »Ich weiß alles über alle Lebewesen.«

»Und ich weiß alles über alles Unbelebte.«

»Wir sollten uns austauschen.«

Schon bald unterhielten sich Gerrod und Eve über alle möglichen Aspekte einer Tasse Wasser, und ganz eindeutig waren ihre Talente authentisch. In ähnlicher Weise zeigten Ilene und Dawn sich Sturmwolken und Wissen über Lebendiges. Dann setzten sie alle sich einschließlich Imbris ins Haus, aßen reichlich zu Abend und redeten noch mehr. Forrest stellte immer wieder fest, dass man auf diesen Welten, auf denen die Eventuellen wohnten, andersartige Leute eher akzeptierte als in Xanth. Dawn und Eve kannten alle Cousins und Cousinen auf Ptero, Ilene und Gerrod kannten alle Cousins und Cousinen auf Pyramid. Ihren Austausch betrachteten sie als gerecht, weshalb auch niemand Größe hinzugewann oder verlor. Imbri zahlte für Kost und Logis, indem sie ihre Fähigkeit demonstrierte, kleine Träume zu projizieren, und Forrest holte seine Panflöte hervor und spielte fröhliche Lieder für die Gastgeber. Deshalb verbrachten sie einen in jeder Weise angenehmen Abend.

Am nächsten Morgen machten sie sich ausgeruht wieder auf den Weg. Ilene und Gerrod wussten nicht, was sie auf der roten Fläche erwartete; anscheinend hielten die Bewohner Pyramids sich an ihre Seite, und alle, die die Seite wechselten, stachen hervor wie ein entzündeter großer Zeh. Gerrod schenkte ihnen mehrere verpackte Stürme für Notfälle. Imbri nahm sie an und verlor daher einiges an Masse, doch das schien es wert zu sein.

Je weiter sie vordrangen, desto schiefer wurde der Boden. Das störte sie nicht weiter, weil sie sich mit ihm neigten, doch sie bemerkten sehr deutlich, dass sie sich der Kante des blauen Dreiecks näherten.

Die Grenze war nicht zu übersehen: Wie ein Gebirgskamm wirkte sie, blau auf der einen, rot auf der anderen.

»Wir müssen unsere Farbe ändern«, sagte Forrest.

»Nicht unbedingt«, entgegnete Imbri. »Unter dem Mantel des Vergessens fallen wir vielleicht nicht weiter auf.«

Das hatte er sich noch gar nicht überlegt. »Dann wollen wir gehen. Du kannst ja mit kleinem Traum in der richtigen Farbe nach dem Weg fragen.«

Sie überquerten den Gebirgskamm – und unvermittelt stimmte ihre Neigung nicht mehr, denn sie war auf die blaue Fläche eingerichtet; hier auf der roten aber benötigten sie eine ganz andere Orientierung. Sie standen nun im einem spitzen Winkel zum Gelände: ihre Köpfe neigten dazu, auf den Boden zu schlagen, während ihre Füße sich in die Luft erheben wollten.

»Wir sind orientiert, dass wir einen Winkel von neunzig Grad zur blauen Fläche einnehmen«, sagte Imbri. »Die rote Seite steht zur blauen aber in einem Winkel von einhundertundzwanzig Grad. Wir müssen auf den Händen kriechen. Besonders bequem finde ich das nicht.« Das konnte Forrest ihr nachempfinden, denn sie lag auf der Seite, und zwei Läufe ragten in die Luft.

»Vielleicht kann ich helfen«, sagte Eve. Mit dem Finger berührte sie einen roten Stein. »Aha! Direkt am Rand wohnt eine Kolonie Linge. Mit ihnen können wir einen Handel schließen.«

Welche Erleichterung! Sie kehrten auf die blaue Fläche zurück und folgten der Kante, bis sie es nicht mehr weit bis zu den Lingen hatten. Das war am Ufer eines blauen Sees, der bis zur Kante reichte, dort einen Knick machte und im neuen Winkel zu einem roten Teich wurde. Sie warteten, bis der Mantel des Vergessens verflog, dann wollte Forrest zum Lager der Linge krabbeln. Doch als der Zauber verging, näherte sich ihnen mit flatternden Schwingen ein großer schwarzblauer Vogel.

»Was ist das?«, fragte Eve besorgt.

»Sieht aus wie ein Unglücksrabe«, antwortete Dawn. »Weicht ihm aus! Lasst ihn nicht in eure Nähe kommen.«

»Vielleicht sollte ich den Mantel des Vergessens doch noch einmal wecken«, sagte Forrest und holte die Dose aus dem Rucksack.

»Nein, geht einfach auf die rote Fläche«, widersprach Dawn gehetzt. Eve und sie waren bereits dabei, während Imbri wachsam daneben stand.

Ein barscher Laut ertönte gleich neben Forrest aus dem See. Er zuckte zusammen – und ließ die Büchse fallen. Mit einem Platsch fiel sie ins Wasser, und ein großer Fisch verschluckte sie.

»O nein!«, schrie Dawn auf. »Das war ein Großmaulbarsch. Jetzt hat er die Dose.«

Währenddessen kam der Unglücksrabe immer näher. Forrest suchte eilig ein Sturmpaket heraus und öffnete es. Finstere Wolken wirbelten heraus. Plötzlich regnete es in Strömen und donnerte. Der Rabe bekam einen Regenguss in den Schnabel geweht, nieste, geriet leicht ins Trudeln, fing sich, dachte nach und flog dicht über ihnen vorbei, ohne anzugreifen. »So ein Pech«, sagte Forrest.

»Das ist es eben mit einem Unglücksraben«, sagte Dawn. »Wohin er fliegt, folgt das Desaster. Deshalb mussten wir vor ihm fliehen.«

Und das hatte er nicht getan, weil er nicht gewusst hatte, was sie meinte. Nun hatten sie ihren wichtigen Schutz vor unwillkommener Aufmerksamkeit, den Mantel des Vergessens, endgültig verloren. Wenn er nur rechtzeitig begriffen hätte!

Es gab nichts zu tun, als sich abzutrocknen und weiterzumachen in der Hoffnung, auch ohne den Vergessenszauber auszukommen. Forrest wechselte auf die rote Fläche und kroch an die Stelle, wo die Linge waren. Rasch war ein Handel mit ihnen geschlossen. Die kleinen Wesen hockten gleich an der Kante und behandelten jeden, der sie überquerte. Imbri führte die Verhandlung, und deshalb verlor sie einiges von ihrer Substanz und wurde zu einem kleineren Pferd. Doch dafür konnten sie nun im rechten Winkel gehen und waren außerdem rot; auch das hatten sie ausgehandelt. Es ging ihnen nun wieder besser, aber dafür hatten sie einen Preis gezahlt. Wenn sie nur ihre Hauptverteidigung nicht verloren hätten! Handelten sie unbesonnen, nachdem sie die Wortliste des Guten Magiers verloren hatten?

Dawn berührte die Pflanzen, Eve berührte die Gegenstände, und bald hatten sie eine Vorstellung, wo sie nach einer schlafbegabten Frau suchen mussten. Wachsam folgen sie ihrer Spur, und bald wussten sie, wo Ghina wohnte.

Doch als sie dort eintrafen, sahen sie niemanden. Sie standen vor einem hübschen Häuschen aus roten Ziegeln, aber fanden keine Spur von einer Frau. Eigentlich neigten sie alle nicht zur Verschlagenheit, doch ihr Gefahrengespür machte sie vorsichtig, deshalb spähten sie zuerst durch ein Fenster. Aber sie sahen niemanden.

»Sie muss da sein«, beharrte Imbri. »Ich spüre ihre flüchtigen Träume.«

Dann begriff Forrest. »Sie ist die Tochter von Graeboe Riese. Ist sie eine unsichtbare Riesin?«

»Nicht mehr«, antwortete Imbri. »Sie ist nun eine geflügelte Koboldfrau.«

»Aber sie hat unsichtbares Erbe. Sie ist unsichtbar!«

Eve berührte das Haus. »Ja, das stimmt. Das ist das Haus einer unsichtbaren Frau.«

»Am besten klopfen wir einfach an die Tür und stellen uns vor«, meinte Forrest, »anstatt ständig neue Komplikationen zu erschaffen.«

Verlegen stimmten die anderen zu. Also klopfte Forrest an die Tür – und kurz darauf öffnete sie eine Frau in einem roten Umhang. »Ja?«, fragte sie aus den Tiefen ihrer Kapuze.

»Ich heiße Forrest Faun und bin gekommen, um Ghina um einen Gefallen zu bitten.«

»Das bin ich. Ich erweise gern Gefallen, denn sie vergrößern meine Statur. Was wünschst du?«

»Meine Freunde und ich brauchen deine Hilfe, um die vier Hexenmeister von Pyramid zu entmachten.«

»Oje!«, rief sie aus. »Das ist aber ein gefährliches Unterfangen.«

»Ja. Aber wenn wir Erfolg haben, endet die Tyrannei der Hexenmeister, und ihr seid wieder frei.«

»Wieder frei? Wir sind doch frei. Die Hexenmeister haben uns viele Gefallen erwiesen.«

Hoppla. Er hatte ganz vergessen, dass die Hexenmeister zwar die Bewohner Pteros in Bedrängnis brachten, den Leuten auf Pyramid aber durchaus wohlwollend erscheinen mochten. Vielleicht weigerte sich Ghina sogar, mit ihnen zusammenzuarbeiten.

Er überlegte so rasch er konnte und beschloss, dass

es am besten sei, die Wahrheit zu sagen, auch wenn sie gefährlich sein konnte. »Wir kommen von einer anderen Welt. Die Hexenmeister schädigen sie, damit sie hier Gefallen erweisen können.«

Sie dachte nach. »Geraten dadurch irgendwelche Freunde von mir in Gefahr?«

»Das könnte sehr wohl sein. Dort gibt es sehr viele eventuelle Leute, und ganz gewiss sind einige davon mit dir verwandt.« Er wusste zwar nicht genau, ob er richtig damit lag, denn es schien auf allen Welten Eventuelle zu geben, doch kam es ihm sicher vor anzunehmen, dass es auf Ptero unsichtbare Riesen, Kobolde und Harpyien gab. Deshalb waren Ghinas Vorfahren dort gewiss repräsentiert.

»Nun, dann sollte ich euch wohl besser helfen. Wenn ich aber meinen Verwandten helfe, dann tue ich in Wirklichkeit ihnen einen Gefallen, nicht aber euch.«

»Du hast sehr gerechte Ansichten«, sagte Forrest erleichtert.

»Also gut, ich helfe euch.« Sie verließ das Haus durch die Tür.

»Aber musst du denn nicht wenigstens dein Haus abschließen?«

»Es geht schon, bis Mom und Dad nach Hause geflogen kommen – oder bis mein Bruder Geddy kommt; er bezaubert die Frauen mit seinen Liedern. Wo sind deine Freunde?«

»Hier, das sind sie.« Die anderen drei traten vor. »Das ist Mähre Imbri, die in kleinen Träumen spricht.«

Imbri schickte den kleinen Traum eines Koboldmädchens mit Flügeln. »Hallo.«

»Und das sind Dawn und Eve Mensch, deren Talent es ist, über alles Lebendige beziehungsweise Unbelebte Bescheid zu wissen.« Die Zwillinge, die rote Jeans trugen, nickten. Forrest bemerkte, obwohl es nicht wichtig war, dass Dawns Haar seine natürliche

Flammenfarbe wiedererlangt hatte, während Eves Schopf nun mitternachtsrot geworden war. Beide waren sie nach wie vor höllisch attraktiv.

Ghinas Kapuze musterte sie nachdenklich. »Seid ihr mit Magier Trent verwandt?«

»Er ist unser Urgroßvater«, antwortete Dawn.

»Er wurde verjüngt, sodass er jetzt in den Zwanzigern ist – nicht viel älter als wir«, fügte Eve hinzu.

»Der ist es! Mutter kannte ihn.« Die Kapuze senkte den Blick, als würde sie erröten. »Um genau zu sein, hat Mutter ihn sehr gemocht. Wenn Trent sie gewollt hätte, dann hätte sie mich zusammen mit ihm bei den Störchen bestellt statt mit Graeboe, und dann wäre ich heute vielleicht sichtbar. Nicht dass ich etwas gegen Graeboe hätte; er ist ein guter Vater. Nur frage ich mich manchmal, wie ich ausgesehen hätte.«

»So«, sagte Imbri. In dem kleinen Traum holte ihre Menschengestalt einen Eimer rote Farbe hervor und goss ihn über die kapuzenbedeckte Ghina aus. Die Farbe beschmierte sie von oben bis unten, spülte die Kapuze hinweg und ließ ein rotes, geflügeltes Koboldmädchen zurück.

»Oh!«, rief Ghina voll Entzücken aus. »Bin ich schön!«

»Ganz wie deine Mutter«, fand auch Imbri.

Dann brachen sie auf. »Ich finde, wir sollten uns zuerst mit dem Roten Hexenmeister befassen, da wir schon einmal hier sind«, schlug Forrest vor. »Weißt du, wo seine Burg steht?«

»Im Mittelpunkt des roten Dreiecks«, antwortete Ghina. »Aber ich kenne den günstigsten Weg dorthin nicht. Ich frage am Schachbrett.«

»Schachbretter reden?«, fragte Forrest.

Sie musste wohl lächeln. »Bist du lustig.« Sie führte sie durch den Wald, bis sie an eine Lichtung kamen, auf der verschiedene lebensgroße Rotholzfiguren von

Männern, Frauen, Pferden, Türmen und Kindern standen. Der Boden der Lichtung war in hellrote und dunkelrote Quadrate unterteilt. Als sie näher kamen, sahen sie, wie die Figur eines hellroten Mannes mit spitzem Hut diagonal zur Seite glitt und eine dunkelrote Kinderfigur packte. Sie warf das Kind an den Rand der Lichtung, wo schon andere durcheinandergeworfene Figuren lagen.

»Onkel Kerby!«, rief Ghina.

Etwas rührte sich. »Ja, Nichte Ghina«, kam eine Stimme von oben aus der Luft.

»Ach – natürlich ein unsichtbarer Riese«, murmelte Dawn.

»Ein Onkel väterlicherseits«, fügte Eve hinzu.

Imbri formte einen kleinen Traum, der das Tal mit den Holzfiguren zeigte. Darüber erhob sich der Umriss eines unsichtbaren Riesen, bereit, den nächsten Zug zu machen. Der Riese schien für seine Art durchschnittlich groß zu sein und hatte widerspenstiges braunes Haar und grüne Augen. Offenbar gestattete ihm seine Unsichtbarkeit normale Farben anstatt der Rottöne.

»Wo geht's zum Mittelpunkt des Dreiecks?«, fragte Ghina.

»Alle Wege führen dahin«, antwortete Kerby und bewegte eine andere Figur.

»Danke, Onkel!«

»Wir haben etwas vergessen«, sagte Dawn.

»Das stimmt: Jfraya«, sagte Eve.

Tatsächlich, sie hatten zu übereilt gehandelt. Um ihre Aufgabe zu bewältigen, brauchten sie beide. »Dann müssen wir zuerst auf die grüne Fläche«, sagte Forrest bedauernd.

Kerby hörte ihn sprechen. »Das ist eine beschwerlichere Reise.«

»Könntest du uns nicht helfen?«, fragte Ghina.

»Das könnte ich, aber möchte dir keine Masse abnehmen, meine Süße.«

»Ich schenke dir dafür dieses Lächeln«, sagte sie und hob ihr unsichtbares Gesicht zu Kerby.

Das Lächeln konnte Forrest nicht sehen, aber die Lichtung erstrahlte. Der Riese, der unsichtbar war, musste es hingegen gesehen haben.

»Steigt auf«, sagte er.

Imbris kleiner Traum zeigte eine riesige Hand, die sich vor ihnen auf dem Boden ausbreitete. Sie kletterten hinauf, und jeder hielt sich an einem Finger fest; Imbri legte sich in den Handteller. Dann stieg die Hand über die Bäume, und das rote Terrain rauschte vorbei.

Lange dauerte es nicht, und Kerby setzte sie an der Ecke zwischen der roten und der grünen Dreiecksfläche ab. »Ich könnte sogar hinübergreifen, wenn ihr wisst, wo euer Freund ist«, bot der Riese an.

»Lasst mich einen Baum berühren«, sagte Dawn. »Vielleicht ist sie einmal hier vorbeigekommen.«

»Lasst mich den Boden berühren«, bat Eve. »Vielleicht führt ein Weg zu ihrem Haus.«

Sie sprangen von der unsichtbaren Hand. Mit der veränderten Orientierung hatten sie wieder Schwierigkeiten, krochen jedoch unverzagt zu einem grünen Baum und einem grünen Felsbrocken.

Bald kehrten sie zurück. »Hier hat jemand einmal eine Tür geöffnet«, meldete Dawn. »Die Bäume waren darüber sehr erstaunt, weil sie in den Boden führte.«

»Und der Boden weiß von anderen Türen, die sich in ihm geöffnet haben, in dieser Richtung dort«, sagte Eve und deutete.

»Ich strecke mich so weit dahin, wie ich nur kann«, sagte Kerby.

Die Mädchen kraxelten auf seine Hand zurück. Dann ging es eine gute Strecke hinein ins grüne Land, bis der Riese die äußerste Grenze seiner Reichweite erreicht hatte und sie auf dem Rasen absetzte.

»Danke, Onkel!«, rief Ghina und warf ihm ein weiteres lichtungserhellendes unsichtbares Strahlen zu, nachdem sie auf den Boden gerutscht waren.

»Gern geschehen, Nichte!«, rief der Riese, während er zu seinem Schachspiel zurückkehrte. Seine Stimme klang dabei immer tiefer, was an der besonderen Magie des Doppler lag. Forrest hatte schon immer geglaubt, dass Doppler ein interessanter Magier gewesen sein musste, obwohl er nicht sagen konnte, warum er so gern am Ton herumgespielt hatte.

Nun hatten sie mit dem Terrain zu kämpfen. Sie konnten durchaus aufrecht gehen, wenn sie sich an Bäume oder anderen Bewuchs klammerten, aber leicht war es nicht. In der näheren Umgebung gab es offenbar keine Linge. Deshalb mussten sie sich rot und kopfüber orientiert durchs Grüne schlagen.

»Vielleicht können wir uns gegenseitig stützen«, keuchte Dawn, »sodass wir mehr oder weniger aufrecht gehen.«

»Oder uns zusammenbinden«, schlug Eve vor. »Dann wären wir gestützt und hätten doch die Hände frei.«

Sie fanden bald Gründornranken, doch die waren zu stachlig, um sie zu gebrauchen. Dann erblickte sie ein grünes Seil, das wild umhersprang. Forrest konnte es packen, als es flugs über ihn hinwegsetzte. Das Seil wehrte sich, denn es wollte frei weiterspringen, doch die Mädchen packten es an den Enden und bezwangen es. »Ein Springseil«, keuchte Eve. Sie umwickelten sich damit und verknoteten sich zu einer unförmigen Masse. Danach kamen sie immer noch nicht gut voran, aber besser als zuvor, und die natürliche Neigung des Seiles zum Springen unterstützte sie sogar. In der Mitte befand sich Imbri, und die anderen vier scharten sich um sie; ihre Füße ragten nach außen. Es war zwar unbequem, aber zumindest machbar.

Forrest wurde mit Ghina verkeilt, denn auf beiden Seiten mussten zwei Personen sein, und die Zwillinge konnten sich nicht einigen, wer von ihnen sich an den Faun drücken durfte. Unter Mantel und Kapuze war Ghina unsichtbar, und sie legte rasch beides ab, um überhaupt nicht mehr zu sehen zu sein und folglich weniger Aufmerksamkeit zu wecken. Ihr Körper aber war fest. Forrest spürte, wie ihre Flügel immer wieder über ihn strichen, und auch anderer Körperteile war er sich durchaus bewusst. Ihm wurde klar, dass er schon wieder in engen Körperkontakt mit einer appetitlichen jungen Frau geraten war. Wie kam er nur immer wieder in diese Lage?

»Dort entlang«, sagte Eve, nachdem sie den Boden berührt hatte. »Weit ist es nicht.«

Also bewegten sie sich in die bezeichnete Richtung. Forrest hätte nicht sagen können, was sie tun sollten, wenn jemand Unfreundliches sie erspähte. In ihrem Zustand konnten sie nichts abwehren und vor niemandem fliehen. Vielleicht ließ sich ein Angreifer mit einem weiteren Sturmpaket davontreiben, vielleicht aber auch nicht.

»Sag, mir ist noch nie aufgefallen, wie interessant Faune doch sind«, raunte Ghina ihm zu. »Glaubst du, wir könnten –«

»Nicht machbar«, erwiderte er.

Welchen Sinn hatte es schon, ihr zu erklären, welche Wirkung die Berührung eines Fauns auf weibliche Wesen ausübte?

»Oh«, sagte sie bedauernd.

Halb sprangen sie, halb schleppten sie sich voran, bis sie zu einem grünen Treibhaus kamen, von dem Eve meinte, dass es ihr Ziel sei. Statt an die Glastür zu klopfen und womöglich jemanden zu verschrecken, der sie erblickte, beschlossen sie, dass Imbri die Frau mithilfe eines kleinen Traums kontaktieren sollte.

»Jfraya!«, rief Imbris von allen wahrnehmbarer kleiner Traum. Er zeigte ihre Menschengestalt in einem grünen Kleid und aufrecht stehend. »Dürfen wir mit dir sprechen?«

Eine Frau trat in den Traum. Am ganzen Leibe war sie grün, wie es nicht anders zu erwarten war, besonders aber an den Daumen. Sie hielt eine grüne Gießkanne in der Hand. »Wer seid ihr denn?«

»Ich bin Mähre Imbrium und komme von einer anderen Welt. Meine Freunde und ich brauchen deine Hilfe, um die Hexenmeister aufzuhalten.«

»Aber die Hexenmeister tun uns doch nichts Böses«, wandte Jfraya ein.

»Anderen tun sie Böses. Sie berauben eine andere Welt«, erklärte Imbri ihr. »In unserer Gruppe sind zwei von dieser Welt, deren Bewohner schwer unter den Hexenmeistern leiden.«

»Und wie kommt ihr auf den Gedanken, ich könnte euch helfen?«

»Ida von der Welt Torus sagte, das könntest du.«

»Ida? Aber sie darf doch die Insel auf der blauen Seite nicht verlassen.«

»Ja. Sie ist Ida von Pyramid. Die Ida, die ich meine, lebt auf der Welt Torus, die deren Kopf umkreist.« Imbri zeigte ein Bild von Ida und ihrem kringelförmigen Mond.

»Das ist viel zu kompliziert, um etwas dagegen einzuwenden«, sagte Jfraya. »Also sollte ich euch wohl lieber helfen.«

»Sehr gut. Ich glaube, eure Welt ist am Ende besser dran, wenn sie nicht andere Welten ausplündert. Schließlich wollt ihr ja selbst auch nicht von anderen Welten ausgeplündert werden.«

»Das würde ich auch sagen.«

Dann stellte Imbri ihr im kleinen Traum die anderen vor.

»Warum sind sie denn alle zusammengebunden? Sind das etwa Sträflinge?«

Imbri erläuterte, welche Schwierigkeiten sie hatten, auf dieser Fläche zu gehen.

»Ach, da kann ich euch helfen«, sagte Jfraya. »Wohin wollt ihr gehen?«

»Zuerst zur Burg des Grünen Magiers.«

Jfraya kam aus ihrem Grünhaus hervor. Sie holte einen großen Bleistift hervor und zeichnete damit eine grobe Tür auf den Boden, die an einer Seite Scharniere hatte und an der anderen einen Griff. »Öffnet diese Tür«, sagte sie. Dann ging sie ins Haus zurück, um ihre Pflanzen zu Ende zu gießen.

Die Gruppe wälzte sich näher. Forrest fasste nach dem Türgriff und stellte halb überrascht fest, dass er ihn in die Hand nehmen konnte. Als er daran zog, öffnete sich die Tür und faltete sich aus dem Boden. Dahinter führte ein Gang nach unten. Er hatte einen Fußboden, zwei Wände und eine Decke. Ein schwaches grünes Leuchten herrschte darin, sodass es weiter unten nicht dunkel wurde. »Eigentlich könnten wir doch auf einer der Wände gehen«, schlug Forrest vor.

Einer nach dem anderen banden sie sich los und kletterten in den Gang hinab. Dawn ging zuerst und stellte sich auf die schräge Wand, die ungefähr die richtige Neigung hatte. Dann stellte sich Eve neben sie. Ihre Oberkörper zeigten leicht nach unten, sodass sie fast im rechten Winkel zur Wand standen. Ihre vier zierlichen Füße wiesen fast genau auf Forrest.

»In Röcken müssten wir doch besonders gut aussehen«, sagte Dawn.

»Ja, bei diesem Winkel«, meinte auch Eve.

Ihre roten Jeans wurden undeutlich und verwandelten sich in weite Röcke. Forrest schlug rasch eine

Hand vor die Augen, bevor er zu weit über ihre vier hübschen Knie hinausblickte. »Aufhören!«, schrie er.

»Oooch!«, machten sie zusammen und lachten.

»Ich wünschte, ich könnte das tun«, murmelte Ghina.

Forrest reizte der Gedanke, obwohl er genau wusste, dass er sich das besser verkniffen hätte. »Könntest du das denn nicht, wenn du dir Strümpfe und Panty anziehen würdest?«

»Nein. Sie wären zu dicht an meinem Körper und müssten unsichtbar werden. Nur dickeres Material behält seine Blickdichtigkeit.«

»Das ist wahrscheinlich auch am besten so«, versicherte er ihr unaufrichtig.

»Sie tragen wieder Jeans«, sagte Ghina ihm.

Er wagte einen Blick. Doch, es war wieder sicher. Und wahrscheinlich hatten die schabernacksüchtigen Mädchen überhaupt nichts sehen lassen. Sie wussten genau, dass sie nicht weiterkamen, wenn er mittendrin aus den Sandalen kippte.

Nun kletterten auch Ghina und er hinunter ins Loch und stellte sich auf die Wand. Am Ende rollte Imbri sich herum und herein, und sie alle standen im Gang, der zum Glück recht breit war, sodass sie sich nicht bücken mussten. Andererseits gab es nicht sonderlich viel Kopffreiheit.

Dann kam Jfraya wieder aus ihrem Haus. »Ich glaube, meine Grünpflanzen haben jetzt genug Wasser für einige Tage«, sagte sie. Sie kam in den Gang und stellte sich auf den Boden. Ein wenig umständlich wirkte es nun schon, weil sie fast im rechten Winkel zu ihnen stand und ihre Oberkörper sich überkreuzten. Sie machten ihr Platz, so gut es ging, dann führte sie die Gruppe durch den Gang.

»Und dieser Gang führt zur Burg des Hexenmeisters?«, vergewisserte Forrest sich.

»Das müsste er eigentlich. Aber ich sollte euch warnen, dass man nie weiß, was man auf dem Weg findet.«

»Aber du hast den Gang doch erst erschaffen, deshalb sollte doch eigentlich gar nichts drin sein.«

»Die Tür habe ich gemacht, nicht den Gang. Ich habe eine Tür erschaffen, die auf einen Gang führt, welcher zur Burg des Hexenmeisters geht.«

»Oh.« Also konnte es sein, dass sie wieder in Schwierigkeiten gerieten. »Ist es wahrscheinlich, dass wir einer Gefahr begegnen?«

»Immerhin wäre es möglich. Aber dann könnte ich eine andere Tür erschaffen, durch die wir aus dem Gang entkommen können.«

Eve berührte den Fußboden, der für sie eine Wand bildete. »Wir sind in einem Koboldtunnel!«, rief sie aus.

»Aber natürlich, du hast Recht«, sagte Ghina. »Das hätte ich gleich sehen sollen. Schließlich stamme ich auch von Kobolden ab.«

»Aber er ist verlassen«, sagte Dawn.

»Sehr gut«, entgegnete Jfraya. »Ich hatte nämlich versucht, einen leeren zu finden.«

Mit größerer Zuversicht gingen sie weiter. Nach einer Weile erweiterte sich der Gang, und eine Reihe von Stollen zweigte ab. Aus einem quollen längliche grünmetallische Blätter mit hässlichen geraden Stacheln. »Eine Stahlquelle!«, rief Eve. »Daraus macht man Schwerter.« Sie berührte eine der Spitzen. »Schade, dass zierliche Mädchen wie wir nicht wissen, wie man ein Schwert benutzt.«

Dafür verstehen sie sich aber aufs Beste, alles zu benutzen, was die Natur ihnen mitgegeben hat, dachte Forrest finster.

Die Wände des nächsten Stollens waren mit Juwelen, Gemmen und Edelsteinen besetzt. »Die kommen uns ganz gelegen«, sagte Eve, nachdem sie einige berührt hatte. »Das sind Stratagemmen aus der Stratosphäre. Sie helfen den Leuten, Pläne zu schmieden.«

Forrest stimmte. »Wir sollten einige herausbrechen und sie benutzen, wenn wir sie brauchen.«

Sie entnahmen für jeden einen Edelstein, und jeder verstaute seine Gemme im Rucksack oder der Tasche.

Der nächste Stollen war mit springenden orangegrünen Bällen gefüllt. »Korbbälle«, sagte Eve, nachdem sie einen aufgefangen hatte. »Zur Aufbewahrung.«

»Aufbewahrung?«

Sie zog an der Einfassung. Der Ball öffnete sich zu einem Korb. »Du kannst hineinlegen, was du willst, und ihn dann wieder schließen und herumhüpfen lassen. Er behält es, bis du ihn wieder öffnest.«

»Schade, dass wir nichts aufzubewahren haben«, sagte Ghina. Sie hatte ihren roten Kapuzenumhang wieder von wo auch immer hervorgeholt und ihn sich übergezogen, sodass man wusste, wo sie stand.

Sie gingen weiter und kamen nach einer Weile wieder an die Oberfläche. »Es gibt keinen Gang, der in die Burg führt«, erklärte Jfraya. »Dafür hat der Hexenmeister gesorgt. Doch sie enden in Sichtweite von der Burg, und ich kann natürlich eine Tür in die Burgmauer machen. Aber das ist sehr gefährlich, denn wie ich hörte, hat der Hexenmeister Ungeheuer und Schlimmeres, die seine Räumlichkeiten bewachen.«

»Überlass die nur mir«, sagte Ghina. »Ich habe das Talent, Leute in Schlaf zu versetzen. Als ich noch klein war, dachte ich immer, ich wäre furchtbar langweilig, aber dann begriff ich, dass es Magie ist.«

»Und du kannst dich ihnen auch noch ohne Gefahr nähern, weil du unsichtbar bist«, fügte Jfraya hinzu. »Das ist gut.«

»Nun, sie können mich riechen. Aber ich versetze sie in Schlaf, bevor sie uns gefährlich werden.«

»Trotzdem könnten sie noch Alarm geben«, warnte Forrest. Deshalb sollten wir uns lieber vorsichtig nähern.«

»Wir sollten warten, bis es Nacht ist«, riet Dawn. »Dann sind wir alle halbwegs unsichtbar.«

Er nickte. »Dann können wir uns auch ausruhen. Wir wissen nicht genau, was uns im Innern der Burg erwartet.«

Sie begaben sich auf die Suche nach etwas Essbarem. Die erste Pflanze trug Beeren, die wie große grüne Zehen aussahen. »Na ja«, sagte Dawn, nachdem sie eine angefasst hatte. »Aus diesen Früchten kann man eine Marmelade machen, eine einfache Zehrung.«

»Pfui«, sagte Eve und rümpfte die Nase.

Danach fanden sie einen Ludolf-Strauch, an dem 3,14 süße Kuchen wuchsen. Daran labten sie sich. Als sie gegessen hatten, legten sie sich in einem kleinen Gemach zur Ruhe, zu dem Jfraya ihnen eine Tür geöffnet hatte und in dem sie eine Reihe weicher Kissen gefunden hatten. Sie genossen es sehr, sich eine Weile einfach zu entspannen.

Forrest erwachte und fühlte sich wie im siebten Himmel. Dawn kämmte ihm das Haar, polierte seine Hufe, und Ghina und Jfraya trimmten ihm die Fingernägel. Ghina konnte er nicht sehen, denn sie hatte offenbar den roten Mantel abgelegt, aber er spürte ihre Berührung an seiner rechten Hand.

»Äh …«, begann er intelligent.

»Ach, du bist schon wach«, sagte Dawn.

»Dann sollten wir unser Vorhaben fortsetzen«, sagte Eve.

»Nämlich in die Burg des Grünen Hexenmeisters vorzudringen«, sagte Ghina.

»Und die Säumer zu informieren«, beschloss Jfraya.

Dann lachten sie auf. Großartig, dachte Forrest, jetzt reden sie schon wie Vierlinge.

»Ich wollte gar nicht schlafen«, sagte er verlegen, »nur ausruhen.«

Ghina drückte seine Hand. »Du hast mein Talent vergessen.«

»Wir wollten schließlich unter uns Frauen reden können, ohne dass ein Mann zuhört«, fügte Jfraya hinzu.

Aha. Nun, wenigstens hatte Ghina bewiesen, wie wirkungsvoll ihr Talent war. Und Forrest war nun neugierig, was sie geredet hatten.

»Über den Zauber von Faunen«, beantwortete Dawn seine Überlegung und stürzte ihn damit in weitere Verlegenheit.

»Dass sie erst nach nichts aussehen, aber einmal von ihnen berührt, denkt jedes Mädchen an Vögel mit langen Beinen.«

»Ähnlich dem Zauber der Nymphen«, merkte er an. »Allein zu sehen, wie sie davonlaufen, lässt einen Mann sofort an die gleichen Vögel denken.«

»Aber Faunenzauber wirkt auch auf andere Frauen«, entgegnete Ghina.

»Wirkt der Anblick anderer davonlaufender Frauen also auch auf Faune?«, fragte Jfraya.

»Ja«, sagte Forrest. »Ebenso wie ihre sanften Berührungen und ihre hübschen Stimmen. Wenn ihr also nichts dagegen hättet ...«

Erneut lachten sie und ließen ihn los. Ihr Gespräch unter Frauen musste ergeben haben, dass dieser eine Faun harmlos war.

»Ja«, sagte Imbri in einem privaten kleinen Traum. »Aber sie mögen dich, Forrest.«

Und er mochte sie. Doch nun hatten sie etwas Ernstes zu erledigen.

Sie stellten sich auf und verließen leise die Kammer. Draußen war es dunkel geworden, doch die grüne Burg leuchtete von innen; blassgrünes Licht quoll auf allen Stockwerken durch die grünen Fensterscheiben. Mehrere große, hässliche, groteske und ausnahmslos unerfreulich anzusehende grüne Ungeheuer patrouillierten auf dem Gelände.

Leider konnten sie noch immer nicht auf der grünen Fläche stehen; ihre Füße wollten höher hinaus als ihre Köpfe. Während sie mit solcher Leichtigkeit auf den Tunnelwänden gegangen waren, hatten sie das Problem vergessen. Nur Jfraya stand aufrecht.

»Dann müssen wir eben kriechen«, sagte Forrest. »Bequem ist das nicht, aber wir gelangen ans Ziel.«

»Vielleicht kann ich fliegen«, überlegte Ghina. Sie versuchte es – und flog prompt zur Seite; fast wäre sie gegen einen Baum geprallt. Sehen konnte sie niemand, aber man bemerkte das Schlagen der Zweige.

»Versuch, steil aufzusteigen oder zu fallen«, riet Forrest ihr.

Nach einigen Experimenten hatte Ghina die nötige Orientierung gewonnen. »Ich glaube zwar, fast senkrecht aufzusteigen, aber tatsächlich fliege ich mehr oder weniger auf einer Höhe«, sagte sie. »Wenn ich hoch genug bleibe, kann ich mir einen Fehler erlauben.«

»Ich glaube nicht, dass ich gut genug kriechen kann«, sagte Imbri. »Aber ich glaube, ich kann meine kleinen Träume bis zur Burg projizieren. Also kann ich hier bleiben und euch im Traum begleiten.«

»Gut, dann können wir aufbrechen«, sagte Forrest. Er begann, sich der Burg kriechend zu nähern; hauptsächlich benutzte er dabei seine Hände, nur gelegentlich zog er einen Fuß herunter, um sich abzustoßen. Allmählich und noch immer recht täppisch bekam er den Bogen heraus. Die anderen vollführten ähnliche Manöver. Die Zwillinge gaben interessante Umrisse ab, wie sie mit den Hosen zumeist in der Luft voranrobbten. Forrest fiel auf, dass ihr Haar zur Seite fiel statt nach unten. Die Frage, weshalb so wenige Bewohner Pyramids die Kanten überschritten, bedurfte keiner weiteren Erörterung mehr.

Ghina übernahm die Führung. Sie breitete ihre unsichtbaren roten Flügel aus und flog auf das nächste Ungeheuer zu, das an einen korpulenten Schlingerbaum mit Tentakelfäule erinnerte. Einen Moment später legte sich das Monstrum zum Schlafen nieder; Ghina hatte ihr Talent ausgeübt.

Nach zweieinhalb weiteren Momenten sank ein weiteres Ungeheuer zu Boden, eine Kreuzung zwischen einer riesigen grünen Schnecke und einer zertretenen Raupe. Dann das dritte und das vierte, die zu hässlich waren, um sie zu beschreiben. Nun konnten die sechs sich der Burg nähern, ohne von einem Wächter überfallen zu werden.

Trotzdem waren sie vorsichtig, denn die Bewohner der Burg schliefen nicht. Wenn einer von ihnen aus dem Fenster sah und die schlafenden Ungeheuer erblickte, mochte er durchaus Alarm schlagen. Deshalb eilten sie nicht, damit sie in der Dunkelheit nicht stolperten, und sprachen kein Wort; sie wussten, was sie zu tun hatten. Jeder Austausch wurde über gemeinsame kleine Träume gehandhabt.

Einen Burggraben gab es nicht; offenbar glaubte der Grüne Hexenmeister, die Ungeheuer und die Wälle reichten aus. Als sie an der Burgmauer waren, legte Forrest sein empfindliches Ohr daran – fort vom Boden, über den es geschleift hatte – und lauschte. Von drinnen kam ein schwaches Geräusch. Das waren vermutlich die Säumer. Eve berührte die Wand und bestätigte seine Vermutung: Die kleinen Geschöpfe arbeiteten drinnen. Sie gingen an die Stelle, wo die

Geräusche am deutlichsten waren, und Jfraya zeichnete eine Tür, die sie öffneten und durchschritten.

Auf dem Steinfußboden saßen ungefähr ein Dutzend kleine grüne Pyramiden mit dreieckigen Seiten. Von mehreren stiegen grüne Linien auf.

»Das sind die Säumer?«, fragte Forrest mental; sein Gedanke drang in den kleinen Traum ein, den Imbri mit allen teilte. »Sind sie lebendig?«

»Ja, das sind sie«, antwortete Dawn geräuschlos, kaum dass sie die nächste Pyramide berührt hatte. »Sie stecken im grünen Stein und leben in den Ritzen. Aus eigener Kraft können sie sich nicht von der Stelle bewegen, aber andere können sie tragen. Der Grüne Hexenmeister hat sie hierher gebracht.«

»Kannst du mit ihnen Kontakt aufnehmen?«, fragte er Imbri.

»Das glaube ich schon.« Imbri erzeugte das Bild einer grünen Pyramide. »Hallo, ich bin eine Besucherin von einer fremden Welt.«

»Hallo!«, antworteten etliche Pyramiden im Chor.

»Würdet ihr mir verraten, was ihr da macht?«

»Wir säumen einen Teil von Ptero ein, um ihn zu einer besseren Welt zu machen und dadurch Masse zu gewinnen.«

Dawn und Eve legten sich die Hand auf den Mund, um nicht in jungfräulicher Entrüstung aufzuschreien.

»Wieso macht Einsäumung Ptero denn besser?«, erkundigte Imbri sich.

»Dort gibt es böse Wesen. Durch die Einsäumung werden sie eingefangen und verlieren ihre Magie, sodass sie keinen weiteren Schaden anrichten.«

Dawn öffnete den Mund, um zu protestieren, doch Eve brachte sie zum Schweigen.

»Wer hat euch das gesagt?«

»Der Grüne Hexenmeister.«

»Lasst mich euch zeigen, was ihr in Wirklichkeit

tut«, sagte Imbri. Im kleinen Traum erschien die Welt Ptero und dehnte sich aus. Überall im Menschenland waren zufriedene Personen zu sehen. Dann erschienen farbige Linien, schnitten Leute ab und flößten den anderen Angst und Trauer ein. »Das sind keine schlechten Wesen«, erklärte Imbri, »sondern gute Leute. Eure Saumlinien fügen ihnen großen Schaden zu.«

»Wie kann das sein? Der Grüne Hexenmeister sagte, wir täten ihnen einen großen Gefallen und würden enorm an Größe zunehmen.«

»Und seid ihr schon gewachsen?«

»Noch nicht. Wir haben uns schon gewundert …«

»Und doch wisst ihr, dass ihr auf Ptero sehr viele Personen gefangen habt. Der Größenzuwachs aber tritt augenblicklich ein. Deshalb müsstet ihr eigentlich erkennen, dass ihr niemandem einen Gefallen erweist. Der Grüne Hexenmeister ist es, der an Größe zunimmt – weil er die gestohlenen Talente verschenkt.«

»Das stimmt. Er ist gewaltig groß geworden.«

»Und ihr nicht. Solltet ihr also nicht lieber aufhören, ihm zu helfen?«

Die Pyramiden berieten sich untereinander. Trotz ihrer großen Zaubermacht schienen sie nicht übermäßig intelligent zu sein. »Ja«, entschieden sie schließlich, »wir hören damit auf.«

»Wartet!«, rief Forrest in seinem Teil des kleinen Traums aus. »Wenn der Grüne Hexenmeister jetzt sofort aufgehalten wird, sind die anderen Hexenmeister gewarnt und werden auf der Hut sein. Eine Weile müsstet ihr noch weitermachen.«

»Ja, es wäre besser, wenn ihr noch drei Tage wartet«, stimmte Imbri zu. »Könntet ihr in drei Tagen aufhören?«

»Ja. Das werden wir tun.«

»Danke.« Dann kam Imbri noch ein Gedanke. »Was

wird aus euch, wenn der Hexenmeister zornig auf euch ist?«

»Nichts. Wenn er uns belästigt, säumen wir ihn ein.«

»Sehr gut«, sagte Imbri. »Wir danken euch, und auch die Welt Ptero wird euch zu gegebener Zeit sehr dankbar sein.«

Hochzufrieden verließen sie das Verlies. Die vier Ungeheuer begannen sich indes zu regen. Ghina machte sich nicht die Mühe, sie noch einmal in Schlaf zu versetzen; es war besser, sie aufwachen und ihre Runden wieder aufnehmen zu lassen, ohne dass der Grüne Hexenmeister misstrauisch wurde. Sie konnten an den Scheusalen vorbeikriechen, bevor auch nur eins von ihnen endgültig erwachte.

»Nun, das wäre schon einmal gutgegangen«, sagte Forrest. »Aber nun haben wir noch drei Tage Zeit, um die anderen drei Hexenmeister ebenfalls kaltzustellen. Ich hoffe, du kannst Türen öffnen, die zu ihnen führen, Jfraya.«

»Aber ja.«

»Dann lasst uns zum Roten Hexenmeister gehen; ich glaube, er ist am nächsten.«

»Eigentlich sind sie alle drei gleich weit von uns entfernt«, sagte Eve, »denn jeder sitzt im Mittelpunkt seines Dreiecks.«

»Aber wir sind rot, deshalb sollten wir ihn vielleicht als Ersten erledigen«, fand Dawn.

Jfraya öffnete eine Tür zu einem Gang, der schräg durch die Erde in den Mittelpunkt der roten Seite führte. Alle außer Jfraya stellten sich auf die Wand, und weiter ging es. Nach dem elenden Kriechen auf der Oberfläche war das normale Gehen eine Wohltat. Wie der andere Gang war auch dieser weitgehend unbenutzt, aber nicht ganz. Sie durchquerten einen Bereich, in dem der Boden mit Steinen in der Form von Katzenköpfen gepflastert war, und gelangten gleich danach zu einer Gefängniszelle, in der eine hübsche junge Frau saß. »Seht nur«, sagte Ghina. »Die Kobolde haben eine Gefangene zurückgelassen. Wir sollten sie befreien.«

»Mir gefällt die Sache nicht«, widersprach Forrest. »Wir müssen vorher wissen, warum sie hier eingesperrt wurde, warum man sie nicht mitgenommen hat und wieso sie trotz aller Vernachlässigung so gesund aussieht.«

Eve berührte einen Katzenkopf, um zu erfahren, was er gesehen hatte. »Das ist eine Geis-a«, sagte sie und sprach es GAYSH-A aus. »Jeder, der ihr zu nahe kommt, fällt mit ziemlicher Sicherheit unter ihr Geis und muss tun, was immer sie sagt.«

Sie hielten inne und überlegten. »Das ist sehr gefährlich«, sagte Forrest. »Wir wissen schließlich nicht, was sie verlangen könnte. Die Kobolde haben sie vermutlich mit Bedacht isoliert, damit sie kein Unheil anrichten kann.«

»Hübsche Mädchen bedeuten immer Unheil«, sagte Dawn.

»Die mit starker Zauberkraft besonders«, fügte Eve hinzu.

»So ungern ich es sage, ich glaube, wir sollten sie lieber hier lassen«, erklärte Forrest mit Bedauern. »Wir dürfen das Risiko nicht eingehen, von unserem Vorhaben abgelenkt zu werden.«

Die anderen stimmten zögernd zu. »Onkel Grey Murphy könnte ihr vielleicht die Magie entziehen, als Strafe, wenn sie auf Ptero irgendetwas angestellt hätte«, sagte Dawn.

»Aber Onkel Grey ist in den Saumlinien gefangen«, sagte Eve. »Er ging in die Falle, bevor er ihre Magie aufheben konnte.«

»Vielleicht könnte Mutter Electra einen Auslass öffnen, um sie zu befreien, ohne dass jemand in der Nähe sein muss«, schlug Dawn vor.

»Das ist ein geheimer Gang, den nur Mutter Electra erzeugen kann«, erläuterte Eve den anderen.

»Das ist sehr interessant«, sagte Jfraya. »Eure Mutter würde ich gern einmal kennen lernen.«

»Ich weiß nicht, ob das möglich wäre«, sagte Forrest. »Wir von den größeren Welten können auf die kleineren reisen, indem wir den allergrößten Teil unserer Masse zurücklassen, aber ich glaube, es wäre schon schwieriger, von einer kleinen Welt auf eine größere zu gelangen. Dort würden sie vermutlich immateriell erscheinen, wie Geister.«

»Vielleicht könnte jemand mit dem Talent des Segnens den Zwang der Geis-a aufheben, schließlich ist es eine Art Fluch«, überlegte Ghina, als sie weitergingen.

Der Gang erweiterte sich zu einer Kammer, die mit Schlangen angefüllt war. »Jetzt wünschte ich mir wirklich den Mantel des Vergessens«, sagte Forrest. »Die sehen giftig aus.«

Tatsächlich waren sie schon im nächsten Moment von sehr giftig aussehenden Schlangen umzingelt. Der Gang war so eng, dass die Reptilien auf jeden Fall dicht genug waren, um zubeißen zu können. »Es sind zu viele«, sagte Ghina, »ich kann sie nicht alle in Schlaf versetzen.«

»Und wenn ich eine andere Tür öffnen würde, dann würden sie uns einfach folgen«, sagte Jfraya.

Forrest fiel nichts Intelligentes ein, deswegen versuchte er etwas Dummes:

»Bringt uns zu eurem Anführer«, sagte er zu den Schlangen.

Die Schlangen gaben eine Gasse frei, die zu einer bestimmten Höhle führte. Forrest und seine Begleiter gingen auf dem kürzesten Weg über die Wand zum

Eingang, Jfraya folgte der Gasse. In der Höhle hockte eine riesige Schlange mit einer Krone auf dem Kopf. »Das ist König Kobra«, flüsterte Dawn.

Forrest hatte eine weitere Idee, die bei weitem nicht so dumm war wie die vorherige. »O König Kobra«, sagte er, »wir erbitten einen Gefallen. Wir müssen ganz rasch zur Burg des Roten Hexenmeisters.«

Der König nickte. Mehrere monströse Schlangen glitten herbei. Die Reisenden – einschließlich Imbri – kletterten auf diese Schlangen und wurden rasch davongetragen. Sie ritten mit Ausnahme Jfrayas in merkwürdigen Winkeln, aber die Schlangen schienen zu wissen, was mit ihnen los war.

Forrest blickte noch einmal zurück. Ohne Zweifel wirkte König Kobra nun, als wäre er um eine Größe gewachsen.

Schon bald hatten sie das Ende des Tunnels erreicht. Sie rutschten von den Schlangen, die ihnen nun noch größer erschienen als zuvor, und kehrten auf die rote Oberfläche zurück. Mit Ausnahme Jfrayas waren sie nun richtig orientiert. Sie musste sich auf Imbris Rücken legen, weil sie nicht mehr auf dem Boden stehen konnte.

Noch immer war es Nacht. Sie begaben sich unverzüglich zur Roten Burg, und Ghina versetzte die Wachungeheuer in Schlaf, außer einem, einem toten Winkel, der nicht schlafen konnte.

»Den kenne ich«, sagte Eve. »Das ist ein Schlupfwinkel. Sie beschützen andere. Der hier beschützt die Leute vor Mathestunden.«

»Aber wir sind keine Mathestunden.«

»Eben.« Sie sprach den Wächter an. »Bitte, sorg dafür, dass uns keine Mathestunden erwischen.«

Großzügig nickte der Winkel mit seiner Spitze und ließ sie passieren. Vor der schrecklichen Bedrohung aber würde er sie beschützen.

Sie betraten die Burg genauso wie die des Grünen Hexenmeisters und erklärten den roten Säumern im Verlies die Lage. Die Säumer willigten ein, in zweieinhalb Tagen ihre Tätigkeit einzustellen.

Kaum hatten sie die Burg verlassen, öffnete Jfraya eine neue Tür in einen Gang, der zum Mittelpunkt der blauen Fläche führte. Doch im Gegensatz zu den beiden ersten war dieser Gang nicht verlassen. »Schlimm sind die Wesen hier aber nicht«, sagte Eve mit der Hand an der Wand. »Nur den Schweißhund sollten wir meiden.«

»Ein Hund, der schweißt?«

»Nicht ganz. Er schwitzt, und jeder kann es riechen, nur er nicht. Wenn er uns einmal gewittert hat, werden wir ihn nicht mehr los.«

Bald kamen sie an eine Kammer, an deren Eingang ein Jagdhund halb aus dem Felsen ragte.

»Das ist der Vorstehhund«, stellte Dawn fest. »Wo er ist, da ist der Schweißhund nicht weit. Wir sollten einen Umweg gehen.«

Sie hatte Recht – es lag etwas in der Luft. Zum Glück fanden sie ohne langes Suchen einen abzweigenden Gang, der die Kammer umging. Hier allerdings begegneten sie einem sehr fettleibigen, hochgewachsenen Mann mit vielfarbiger Haut: Er war nicht blau, rot, grün oder grau, was erklärte, warum er nicht auf der Oberfläche von Pyramid wandelte. Vielmehr schillerte er in allen Farben des Regenbogens.

»Hallo«, begrüßte er sie mit öliger Stimme. »Ich bin Speck-Trumm.«

Die sechs stellten sich ebenfalls vor, dann gingen sie weiter. Nicht dass ihnen der Dicke in irgendeiner Weise unangenehm gewesen wäre (obwohl es schwer war, in dem engen Gang aneinander vorbeizukommen), aber sie standen unter großem Zeitdruck, ihre Aufgabe zu erfüllen, und wollten auf keinen Fall darüber reden; am Ende wäre doch noch etwas den Hexenmeistern zu Ohren gekommen.

Zur blauen Seite war es ein weiter Weg, und als sie endlich dort ankamen, war die Nacht vorüber. Sie mussten im Gang bleiben. Forrest hatte noch Essensreste im Rucksack, und Ghina holte einige unsichtbare Sandwichs hervor. Entspannt verzehrten sie das leichte Essen.

Als die Nacht anbrach, mussten sie wieder auf eine Seite hinaus, auf der sie nicht aufrecht gehen konnten. Diesmal neigten sie in die andere Richtung, doch das spielte eigentlich keine Rolle: Nach wie vor wollten ihre Füße ein kleines Stück über ihren Köpfen schweben; Jfrayas Beine zeigten in die entgegengesetzte Richtung. Ghina gelang es jedoch erneut, den Flug unter ungewohnten Bedingungen zu meistern und die Monster in Schlaf zu versetzen, damit die Gruppe herankriechen und die Säumer auf ihre Seite ziehen konnte.

Diesmal erfuhren sie sogar etwas Neues: Die blauen Säumer erwähnten, dass sie in der Lage waren, sich über ihre Linien miteinander zu verständigen. Auf diese Weise identifizierten sie auch alle Personen, die zwischen den von den Linien gebildeten Wänden gefangen wurden. Wer also, gleich wo, in Sichtweite einer Saumlinie kam, konnte mit dem Säumer sprechen, von dem sie erzeugt wurde. Erst kurz über der Oberfläche Pteros nahmen die Linien feste Form an; alles andere wäre Verschwendung wertvoller Magie gewesen. Tatsächlich befand sich ja die ganze Welt Pyramid sehr dicht über der Oberfläche Pteros, aber Forrest wusste, was die Säumer sagen wollten: Die Linien erstreckten sich zunächst zur Spitze von Schloss Roogna, dann bogen sie rechtwinklig ab und fielen nach einem weiteren rechten Winkel herunter, bis sie auf den Boden trafen. Erst von diesem letzten Knick an wurden sie zu echten Wänden.

»Wenn wir also auf die Spitze des höchsten Turms klettern würden, könnten wir die Linien schneiden und mit euch sprechen«, vergewisserte sich Forrest.

»Genau. Der Blaue Hexenmeister macht es nicht anders.«

Dennoch erschien es ihnen schon als großes Risiko, vom Boden aus das Verlies zu betreten; das Risiko, das sie bei einem Vorstoß zur Turmspitze eingehen mussten, stand in Forrests Augen in keinem Verhältnis zum Nutzen.

Die sechs nahmen den Säumern das Versprechen ab, in anderthalb Tagen ihre Tätigkeit zu beenden, und krochen zurück an die Oberfläche. Nur noch ein Hexenmeister!

Kaum stand Jfraya an der Oberfläche, als sie unsichere Blicke um sich warf. »Ich kann keinen geeigneten Gang finden, um eine Tür dahin zu öffnen«, beklagte sie sich. »Es scheinen keine Gänge zur Grundfläche zu führen.«

»Die Kobolde hatten nie Lust, auf die graue Seite zu gehen«, sagte Ghina. »Mutter hat das einmal erwähnt. Es ist dort stürmisch und kalt.«

»Das stimmt«, gab Jfraya ihr Recht. »Jetzt fällt es mir wieder ein. Die Grundfläche erhält nie direktes Sonnenlicht und liegt immer im Schatten. Den meisten Berichten zufolge ist sie die langweiligste Seite unserer Welt.«

»Aber wenn wir den weiten Weg von hier zur Kante zurücklegen und dann noch zur Mitte der grauen Seite gelangen wollen, brauchen wir Tage«, wandte Forrest ein. »Wir müssen einfach schneller vorankommen.«

»Wir müssen aber über die Oberfläche«, sagte Jfraya entschieden. »Es gibt keine sicheren Tunnel.«

»Vielleicht lässt uns jemand reiten«, sagte Dawn.

»Hilfsbereite Zentauren zum Beispiel«, fügte Eve hinzu.

»Kannst du solche Zentauren rasch entdecken?«, fragte Forrest mit einem Gefühl der Verzweiflung.

»Ich glaube schon«, sagte Dawn und berührte einen Baum. »Hier kommen sie jedenfalls oft genug vorbei.«

»Und ihre Hufabdrücke bilden die Wege«, sagte Eve, die den Boden betastete.

»Dann sollten wir zu ihnen gehen und sie um einen Gefallen bitten«, sagte Forrest.

»Ist das klug?«, fragte Imbri. »Wir sind alle schon viel kleiner als wir zu Anfang waren.«

»Wenn wir unsere Aufgabe nicht erfüllen, spielt unsere Größe keine Rolle mehr«, entgegnete Forrest.

Die anderen nickten. »Es tut mir leid, dass ich keine geeignete Tür erschaffen kann«, sagte Jfraya. »Der Vorschlag der Zwillinge kommt mir am vernünftigsten vor.«

»Wie es heißt, leben die Zentauren im Atlas-Gebirge«, sagte Dawn, die den Baum auslas.

»Das hinter der tropischen Niederung liegt«, sagte Eve, die ihr Wissen aus dem Boden bezog.

»Und sind sie in Kriechreichweite?«

»Ja, wenn wir nicht vom Weg abweichen«, sagte Dawn.

»Dann müssen wir aber durch die Depression, und das ist kein Spaß«, sagte Eve.

»Wir sind nicht zum Spaß hier«, entgegnete Forrest.

Alle außer Imbri begannen, in die angegebene Richtung zu kriechen. Die Tagmähre, die viel langsamer vorankam als die anderen, hatte beschlossen zurückzubleiben und darauf zu warten, dass man sie abholte.

Als sie die Depression erreichten, sank der Boden ab. Exotische Warmwetterpflanzen wuchsen in der Niederung. Doch Forrest überkam große Traurigkeit. Konnte irgendetwas solcher Mühen wert sein? War es nicht besser, einfach aufzugeben?

»Ach, was bin ich niedergeschlagen!«, klagte Jfraya.

»Das liegt an der tropischen Depression«, erklärte Eve. »Wir müssen eben darüber hinwegkommen.«

Forrest war froh, dass er nichts gesagt hatte. Er hatte angenommen, dass es sich einfach um eine warme Talsohle handelte. Wieder etwas dazugelernt, dachte er.

Nachdem sie den Tiefpunkt überschritten hatten, ging es ihnen zusehends besser. Jenseits der Depression ragten Bergspitzen in die Höhe und hoben sich vom trüb beleuchteten Himmel ab. Als sie den Fuß des ersten Berges erreichten, bemerkten sie zu ihrem Erstaunen, dass er aus gestapelten Büchern bestand: aus Atlanten. Was hätte er sonst erwarten sollen?

»Vorsicht vor dem Bücherwurm«, warnte Eve sie.

Kurze Zeit später kroch ihnen tatsächlich ein großer Wurm über den Weg, und sie versteckten sich besorgt. Die Segmente des Wurms bestanden ebenfalls aus Büchern.

Als endlich das Zentaurendorf in Sicht kam, trabten ihnen fackeltragende Zentauren entgegen. »Ihr Leute von der roten Fläche, wisst ihr denn nicht, dass ihr für keinen roten Heller reisen könnt?«, wollte einer wissen. »Hier auf dem blauen Dreieck kommt ihr doch nur ins Rotieren.«

Forrest beeilte sich zu erklären, wie sie in ihre Lage gekommen waren. »Wir müssen zur grauen Fläche gebracht werden«, sagte er. »Außerdem gehört eine Mähre zu uns, die mehrere braucht, die sie tragen.«

»Ihr bittet um Gefallen?«

»Ja.«

»Und ihr seid euch der Konsequenzen bewusst?«

»Ja.«

»Dann helfen wir euch gern. Ich bin Cheph Zentaur.« Er blickte sich um. »Keramie – du nimmst den Faun.«

Eine erdblaue Stute trabte herbei. Wie die meisten jungen Zentaurenstuten war sie in einer Weise sehr gut ausgestattet, die bei kleineren weiblichen Wesen höchst beeindruckend gewirkt hätte. Als Forrest versuchte, auf ihren Rücken zu steigen, stellte er fest, dass sein Winkel es ihm unmöglich machte. Deshalb packte Keramie ihn, drückte ihn an ihren üppigen bloßen Busen, drehte ihn herum und schob ihn sich auf den Rücken. Einmal dort, fand er mühelos Halt und blieb oben.

»Zyno und Krakeel – nehmt die Mädchen.«

Zwei feixende junge Hengste kamen näher. Ihr Feixen verschwand, als sie die Mädchen richtig ansahen. Dann waren sie plötzlich ungeahnt hilfsbereit. Der eine hob Dawn auf und setzte sie auf den Rücken des anderen; dann nahm der andere Eve und hob sie auf den Rücken des ersten. Die Mädchen, die die Lage sehr schnell erfasst hatten, gaben sich ungemein dankbar und schmeichelten den Zentauren. Auf diese Weise zähmten sie zwei junge Hengste, deren Großmäuligkeit andernfalls wohl eher lästig geworden wäre.

»Karo – du nimmst die grüne Dame.«

Ein Apfelschimmelhengst trabte herbei und hob sich Jfraya auf den Rücken.

Cheph sah sich um. »Sind das alle?«

»Nein«, rief Ghina. Sie zog sich den roten Mantel über, um wenigstens teilweise sichtbar zu sein. »Ich bin ein geflügeltes Koboldmädchen von der roten Seite.«

»Chenille – nimm sie.«

Eine kleine Zentaurenstute kam heran, und mit einiger Mühe gelang es ihr, Ghina auf ihrem Rücken zu platzieren.

»Wo ist diese Mähre nun?«

»Jenseits der tropischen Depression in Richtung zur Burg des Blauen Hexenmeisters«, sagte Forrest.

»Die umgehen wir lieber.«

Die Zentauren brachen auf, und keiner ihrer Passagiere fiel herunter. Schon bald hatten sie Imbri erreicht. »Zichorie, Chiffon, Conga, Kapores«, befahl Cheph, und vier weitere Zentauren trabten an. »Chenille, näh eine Trage.«

Ghinas Trägerin holte Tuch hervor und fertigte mit magischer Schnelle eine Trage, die groß genug war für ein Pferd. An ihren vier Ecken befanden sich Geschirre für die Zentauren. Die vier legten Imbri auf die Trage, dann zogen sie sich die Geschirre über den Kopf und schnallten sie fest. Chenille hatte sie so gefertigt, dass die Zentauren beide Hände frei hatten. Sie stellten sich an die Ecken der Trage, dann spannten sie gleichzeitig das Tuch straff und hoben dadurch ohne große Anstrengung Imbri auf.

»Zur Grauen Grenze – marsch!«, befahl Cheph. Alle zehn Zentauren brachen im perfekten Gleichschritt auf.

Bald waren sie auf dem Weg. Doch Forrest fühlte sich wieder leichter; er und die anderen mussten den Preis für diese an sich unbezahlbare Hilfe entrichten.

»Wie kommt ein roter Faun in unsere Gegend?«, fragte Keramie ihn.

»Meine Gefährten und ich bemühen uns, eine wichtige Aufgabe zu erfüllen«, erklärte er. »Einige von uns stammen sogar von einer anderen Welt.« Um ihre Gedanken auf ein anderes Thema zu lenken, stellte er ihr einige persönliche Fragen. »Wo ich herkomme, haben längst nicht alle Zentauren magische Talente. Habt –«

»Gewiss. Mein Talent ist die Töpferei. Ich kann aus blaubraunem Lehm ausgezeichnete Kochgeräte herstellen. Auch die anderen Zentauren besitzen Talente. Chenilles Fertigkeit als Näherin habt ihr ja schon beobachtet. Karo ist ein Meister aller Brettspiele. Zichorie ist eine Kräuterkundige. Chiffon kann Gegenstände durchsichtig machen. Conga ist ein großartiger Minnesänger. Und Kapores kann Gegenstände zerbrechen. Er ist mein Fohlen«, fügte sie stolz hinzu. »Wir haben sein Talent auf Kosten einer Vase entdeckt.«

Auf diese Weise verging die Zeit mit freundlichen Worten. Schon bald hatten sie die Kante erreicht. »Ihr müsst wissen, dass es hinter der Ecke sehr kalt ist«, erklärte Cheph. »Möchtet ihr gern warme Kleidung?«

Forrest warf einen Blick auf die trostlose Landschaft, die sie bald durchqueren würden. »Ja, ich glaube, auch diesen Gefallen sollten wir wohl besser annehmen«, sagte er resigniert.

Innerhalb weniger Augenblicke machte Chenille ihnen warme Mützen, Jacken und Hosen – auch für Imbri. Wegen dieses Gefallens schrumpften die sechs ein wenig, und Chenille war mit einem Mal die größte der Zentauren.

»Wir danken euch allen«, sagte Forrest.

»Gern geschehen«, antwortete Cheph. Dann zog er ein Horn aus seiner Satteltasche. »Hier habt ihr ein Stierhorn. Wenn ihr auf diesem Weg zurückkommt und mehr Gefallen benötigt, dann blast es.«

»Ein Stierhorn ruft Zentauren herbei?«

»Nein, natürlich ruft es die Bullen. Sie grasen am Viehmarkt. Wenn wir sie durchgehen hören, kommen wir hierher und schauen nach. Die Bullen solltet ihr aber lieber nicht um einen Gefallen bitten.«

»Sind die Bullen unangenehm?«

»Eigentlich nicht schlimmer als Bären. Aber mit manchen ist nicht gut Kirschen essen. Mira und Para Bull sind ganz in Ordnung, auch der Likör und die Geschichten, Bull Ion macht gute Fleischbrühe, aber Dozer ist sehr unsensibel, Terrier furchteinflößend. Hütet euch aber auf jeden Fall vor Pit und Horry Bull.«

»Ganz bestimmt«, versprach Forrest.

Sie verabschiedeten sich von den Zentauren und kletterten über den Rand auf die graue Fläche. Augenblicklich wehte ihnen kalter Wind entgegen, den allein ihre Anwesenheit aufgerührt hatte, und blies ihnen Schnee ins Gesicht. Auf der grauen Seite nahmen sie wieder einen anderen Winkel zur Oberfläche ein: eine Verbesserung gegenüber früher bedeutete das kaum. Gehen konnten sie noch immer nicht, nur unbeholfen über den Schnee gleiten, der es ihnen immerhin etwas leichter machte. Trotzdem drohte die Reise schwierig zu werden.

»Glaubt ihr, wir könnten wieder Hilfe bekommen?«, fragte Forrest. »Ich bezweifle, dass wir auf diese Weise rechtzeitig im Mittelpunkt ankommen.«

»Ich überprüfe den Schnee«, sagte Eve, »aber es ist Neuschnee. Ich fürchte, er kennt die Gegend kaum.«

»Und ich sehe keine Lebewesen, nicht einmal Pflanzen«, sagte Dawn.

Also schleppten sie sich weiter. Sie stellten fest, dass sie Imbri über den Schnee schlittern konnten, wenn sie sich aneinander klammerten und dadurch besseren Halt für ihre Füße fanden. Damit kamen sie etwas schneller, aber noch immer zu langsam voran.

Als der Tag zu Ende ging, baten sie Jfraya erschöpft, ihnen eine Tür in eine abgeschiedene Höhle zu öffnen. Darin war es angenehm warm, und sie konnten bequem auf den Wänden stehen, aber Dawn und Eve hatten Vorbehalte. »Hier gibt es Miten«, sagte sie. »Stalag-Miten.«

»Und sie hindern jeden daran, die Höhle zu benutzen«, fügte Eve hinzu.

»Wie schade«, sagte Forrest. »Wir müssen uns hier ausruhen. Unsere Kleidung wird uns schon schützen.« Sie alle trugen eng anliegende Jacken und Hosen, die sie trotz des Wetters warm hielten. Sie hatten sie nicht gleich ablegt, denn zuerst wollten sie sich vergewissern, dass die Höhle ungefährlich war.

Forrest betrachtete die Steinspitzen, die von der Decke hingen und vom Boden der Höhle aufragten. »Wie nennt man die?«

»Stalaktiten und Stalagmiten«, antwortete Eve und berührte sie. »Erstere hängen von der Decke, letzte erheben sich aus dem Boden.«

»Wie kann man das nur auseinander halten?«, fragte Jfraya. »Das klingt doch so ähnlich.«

Plötzlich sprang Forrest auf. »Mich hat was ins Bein gebissen!«, rief er und versuchte, sich durch die dicke Hose an der Stelle zu kratzen. Solch ein Problem hatte er noch nie gehabt, weil er auf seinem behaarten Unterleib normalerweise keine Kleidung trug.

Dann zuckten die Zwillinge zusammen. »Au!«, schrie Dawn. »Mich hat etwas in die Wade gebissen.«

»Und mich in den Oberschenkel«, sagte Eve. »Das sind die Miten. Sie kriechen unter unseren Hosen an uns hoch.«

Und dann sprangen sie alle in der Höhle umher und versuchten sich zu kratzen.

»Wir müssen uns ausziehen«, rief Jfraya und riss ihre Hose herunter.

Forrest wandte sich aus Höflichkeit von ihr ab, doch damit drehte er sich zu den Zwillingen um, die gerade ihre Hosen abstreiften. Die nackten Beine Dawns und Eves waren zwar sehr hübsch, aber Forrest versuchte es nicht zu bemerken. Außerdem hatte er alle Hände voll zu tun, sich selber auszuziehen und den beißenden Miten beizukommen.

Nach zwei Dritteln eines Moments standen sie alle mit nackten Beinen da und kratzten sich die Miten herunter. Dann gelang es Ghina, die Höhle mit ihrem Schlafzauber zu belegen, und die übrigen Miten schliefen ein und fielen ab. Der gleiche Zauber beeinflusste auch die Gefährten, allerdings langsamer, weil sie mehr Masse hatten. Also legten sie sich hin.

Das Letzte, woran sich Forrest noch erinnerte, war ein kleiner Traum von Imbri. »Jetzt wissen wir, wie wir die Steinzapfen auseinander halten«, sagte sie. »Wenn die Miten hochkommen, müssen die Hosen runter.« Forrest stöhnte auf und versuchte, den Scherz wieder zu vergessen.

Nach einer Weile wachten sie wieder auf; die Miten hingegen hatten entweder aufgegeben oder unterlagen weiterhin dem Schlafzauber. Jedenfalls war es ohnehin Zeit weiterzumarschieren. Sie zogen sich die Hosen wieder an, schlossen die Jacken und begaben sich in den Schnee.

Draußen war es nicht mehr so schlimm wie am Vortag, sondern schlimmer. Der Schnee reichte Forrest nun bis an die Brust und war dicht gepackt und hart. Noch grimmiger konnte das Wetter kaum werden.

»Sagt mal«, fragte Imbri, »warum können wir den Schnee nicht genauso benutzen wie die Höhlenwände?«

Verdutzt wandten die anderen sich der Tagmähre zu. Doch dann erzeugte sie in dem kleinen Traum ein Bild von einer Schneise, die sie in den Schnee traten – und zwar seitwärts, sodass fünf von ihnen an der einen Seitenwand gehen konnten und Jfraya an der anderen.

Nun war allen klar, was Imbri meinte. Jfraya und Dawn hielten sich überkreuzt aneinander fest, dass ihre Köpfe in entgegengesetzte Richtungen zeigten, und traten mit den Füßen Schneewehen zur Seite. Als sie müde wurden, lösten Forrest und Eve sie ab: Sie trat mit ihren Füßen in den Schnee und hielt in den Armen Forrest umschlungen, der mit den Händen auf der gegenüberliegenden Seite den Schnee zusammenpresste. Der Rest konnte mühelos in der Schneise marschieren.

Obwohl nun auch Imbri in der Lage war, auf der Seite zu gehen – wenngleich ihr Leib in der Mitte der Schneise über den Schnee scharrte –, kamen sie nach wie vor zu langsam voran. Das Problem bestand nämlich nicht nur darin, dass sie schnell gehen mussten, die Schneise musste sich außerdem auch rasch räumen lassen. Deshalb vereinfachten sie ihre Methode. Da nur Jfraya entgegengesetzt orientiert war, benutzte nur sie ihren Pfad, ohne dass er noch benötigt wurde, nachdem sie ihn gebaut hatte. Deshalb bahnten sie an ihrer Seite keinen Weg mehr, und sie bot den anderen nur noch eine Stütze, ohne sich selbst zu verausgaben. Die anderen wechselten sich indes ab: An der Spitze trampelte jeweils einer, von Jfraya gestützt, die Schneise, und die anderen folgten ihnen normal gehend.

Nun kamen sie schneller voran, doch war es noch sehr weit zur Flächenmitte. Das Gelände war unwegsam, und die Zeit schwand dahin. Vor Sonnenuntergang mussten sie die Burg des Grauen Hexenmeisters erreicht haben, um sich ihres Erfolgs sicher sein zu können. An steilen Hügeln konnten sie die Schneise viel leichter bahnen, und immer, wenn sie auf einen gefrorenen See stießen, freuten sie sich, denn dann konnten sie einfach hinüberschlittern. Je älter der Tag wurde, desto offensichtlicher war es, dass sie nicht rechtzeitig ankommen würden.

Um das Unheil komplett zu machen, glitt Jfraya aus und verletzte sich am Fuß. Nun musste sie am Schluss gehen und sich humpelnd an Imbri festhalten.

»Also, wollen wir die Nacht durchmarschieren und hoffen, dass der Hexenmeister noch keine Nachricht von den anderen erhalten hat?«, fragte Forrest. »Oder lassen wir uns Zeit, schöpfen neue Kraft und hoffen, dass wir ihn auch dann überwinden können, wenn er weiß, was gespielt wird?«

Die anderen tauschten einen Blick im Kreise. »Wir gehen weiter«, entschied Jfraya; da sie die Verletzte war, hatte sie das letzte Wort.

Die Nacht war schon fast vorüber, als sie endlich graues Licht erblickten, das aus der Burg des Hexenmeisters drang. Schneebedeckte Bäume umgaben das Bauwerk; es wirkte sehr friedlich. »Vielleicht weiß er ja noch nichts«, hauchte Eve.

Kaum hatten sie auf dem Weg zur Außenmauer den Kreis der Bäume erreicht, als Eve sich versteifte. Sie gab Dawn ein Zeichen, die daraufhin mit der Hand über den Baum strich, den Eve gerade berührt hatte. Dann sagten sie gemeinsam in Imbris kleinem Traum: »Das sind Orkbäume.«

Forrest lief ein Schauder über den Rücken, der nicht auf das Wetter zurückzuführen war. Orkbäume sind gar keine Bäume, sondern große, bösartige Tiere, die nur dann an Bäume erinnern, wenn sie ruhen. Man zählt sie zu den gefährlichsten aller Wächter. Noch mochten sie dösen, doch wenn sie auf die unerwünschten Besucher aufmerksam wurden, dann schlugen sie wahrscheinlich schneller zu als Ghina sie in Schlaf versetzen konnte. Durch ihren seitlichen Gang konnten die sechs auch nicht darauf hoffen, den Orkbäumen zu entkommen. Sie mussten einfach hoffen, dass die Wächter nicht aufmerksam wurden.

Als sie endlich unbeschadet an der Burgmauer ankamen, konnten sie wieder normal stehen. Das war eine Wohltat!

Eve berührte den Stein mit einem Finger. »Keine Aufregung in der Burg. Auf der anderen Seite ist eine Anzahl Lebewesen.«

Forrest nickte Jfraya zu, und sie zeichnete eine Tür an den Fuß der Burgmauer und öffnete sie. Sie traten in eine dunkle Kammer. Nun sah es ganz so aus, als würden sie doch noch gewinnen. Auf einer

Innenwand konnten sie stehen; Jfraya stützte sich immer noch auf Imbri.

Plötzlich flammte helles Licht auf. Verschiedene Wesen umgaben sie, und keins von ihnen wirkte freundlich. Sie waren in eine Falle gelaufen.

»Also kommt ihr doch noch, meine Täubchen«, sagte eine große dunkle Frau. »Aber wo bleibt eure letzte Genossin?«

Das musste der Hexenmeister sein – genauer gesagt, die Hexenmeisterin. Bisher war Forrest noch nicht auf den Gedanken gekommen, es mit einer Frau zu tun zu haben, aber natürlich war auch das möglich. Sehr gut möglich sogar. Aber es spielte keine Rolle; entscheidend war, dass sie in die Falle getappt waren. Draußen lauerten die Orks, drinnen hatten sie es mit der Hexenmeisterin und ihren Ungeheuern zu tun.

»Letzte Genossin?«, fragte Forrest verblüfft.

»Mir wurde gemeldet, dass ihr zu sechst seid. Wo versteckt sich die Letzte?«

»Niemand versteckt sich«, entgegnete Forrest. »Wir sind doch alle da.« Denn Ghina war wegen ihrer schweren Winterkleidung sichtbar.

Die große Frau runzelte die Stirn. »Du glaubst also, du könntest mich täuschen. Das wollen wir doch einmal sehen. Cerci!«

Zwei Diener schoben einen großen Wassertank herein. Darin saß eine Nixe, den Schwanz im Wasser, den Kopf über der Oberfläche. »Ja, Herrin«, sagte sie.

»Verwandle ...« Die Hexenmeisterin blickte sich um. »Die da!« Sie zeigte auf Ghina.

Die Nixe richtete ihren Arm auf Ghina. »Oink!«, sagte sie.

Und Ghina verwandelte sich in ein sichtbares Schwein.

Forrest war zutiefst entsetzt; Ghina erst recht. Sie quiekte, als ihre Kleidung von ihr abfiel, und rannte panikerfüllt im Kreise. Ganz offensichtlich wusste sie weder aus noch ein.

Wächter trieben das Schwein in die Enge und schoben es in einen Käfig. Als es herausblickte, quollen ihm die Tränen aus den Augen, denn Ghina verstand sehr wohl die Notlage, in der sie sich befand.

Die Hexenmeisterin wandte sich wieder an Forrest. »Ich frage dich noch einmal, Waldschrat: Wo ist die sechste von euch? Wo verbirgt sie sich?«

»Aber es verbirgt sich doch niemand«, sagte Forrest. »Und ich bin ein Faun, kein Waldschrat.«

Die Hexenmeisterin deutete auf Jfraya. »Die da.«

Die Nixe gestikulierte erneut. »Oink.«

Und auch Jfraya wurde zu einem Schwein. Darüber war sie ebenso entsetzt wie Ghina.

»Glaubt mir, es wird angenehmer für euch, wenn ihr redet«, drohte die Hexenmeisterin. »Widrigenfalls muss ich sie jagen, wenn ihr alle Schweine seid, und werde sie dann töten. Also, wo ist sie?«

Plötzlich begriff Dawn. »Sie hält Imbri für ein Tier!«, rief sie in dem kleinen Traum aus.

»Und deshalb glaubt sie, dass eine Person fehlt«, fügte Eve hinzu.

Es bestand kein Zweifel: Um die fehlende Gefährtin zu finden, würde die Hexenmeisterin sie alle ohne zu zögern in Schweine verwandeln. Sie schien diese Angelegenheit sehr ernst zu nehmen.

Doch damit schenkte sie Forrest den Schlüssel zum Sieg. »Imbri!«, sagte er in dem kleinen Traum. »Suche mit kleinen Träumen nach den Säumern. Erkläre ihnen alles. Und beeil dich!«

Dann wandte er sich laut an die Hexenmeisterin. »Sie verbirgt sich an einer Stelle, die dir niemals in den Sinn kommen wird. Sie wird deine Macht vernichten. Uns kannst du alle in Schweine verwandeln, sie erwischt dich trotzdem.«

»Aha, ihr wollt also verhandeln«, sagte die Hexenmeisterin zufrieden. »Also schön, verhandeln wir. Sagt mir, wo sie ist, und ich lasse euch am Leben.«

»Als Gefangene?«, fragte Forrest. Dabei wusste er genau, dass die Hexenmeisterin sie töten würde, denn dadurch verbannte sie jeden von ihnen endgültig aus der Umgebung ihrer Burg. Nur um Zeit zu gewinnen verhandelte er mit ihr.

»Vielleicht«, sagte die Hexenmeisterin. »Es sei denn, ihr willigt ein, eure Talente zu meinem Nutzen einzusetzen, damit ich die Provinzen der drei untergegangenen Hexenmeister übernehmen kann.«

Deshalb gab sie sich mit Verhandlungen ab! Sie wollte ihre Macht noch weiter vergrößern.

»Als Schweine tun wir gar nichts für dich«, sagte er. Er blickte kurz zu Jfrayas Käfig hinüber und sah, dass sie darin eine Tür geöffnet hatte und gerade floh. Weder die Hexenmeisterin noch die Wachungeheuer bemerkten etwas davon.

Da kam ihm eine weitere Idee. »Ghina«, sagte er in einem kleinen Traum, »versetze die Nixe in Schlaf.«

Die Hexenmeisterin dachte nach. »Sagen wir – doppelt oder nichts. Wenn ihr mir dient, gebe ich euch eure natürlichen Körper zurück. Wenn nicht, stillt ihr den Hunger meiner Orks.«

»Woher soll ich wissen, dass du uns nicht trotzdem den Orks vorwirfst?«

»Du möchtest Zeit schinden? Cerci! Die da.« Die Hexenmeisterin deutete auf Dawn.

Eine Reaktion blieb aus; die Nixe war eingeschlafen.

Die Hexenmeisterin drehte den Kopf. »**Cerci!**«

Erschrocken wachte die Nixe auf und sah die Hexenmeisterin erstaunt an.

Die Hexenmeisterin kniff die Augen zusammen. »Also hat eine von euch das Talent, andere in Schlaf zu schließen. Da wollen wir doch keine Zeit mehr verlieren. Polly!«

Aus einer Kammer trat eine andere junge Frau.

»Polly Graph, sag mir die Wahrheit«, verlangte die Hexenmeisterin. Sie blickte Forrest an. »Wo ist die sechste von euch?«

Pollys Talent musste darin bestehen, dass sie erkannte, wann jemand log. Also verhielt sich Forrest sehr vorsichtig. »Sie ist hier.«

Die Hexenmeisterin sah Polly fragend an. »Das ist wahr«, sagte Polly.

Anscheinend konnte Polly nicht die ganze Wahrheit aus den Gedanken des Probanden herauslesen. Also musste Forrest immer einen Brocken der Wahrheit preisgeben und es gleichzeitig vermeiden, der Hexenmeisterin das zu verraten, was sie eigentlich wissen wollte. Vielleicht konnte er damit so viel Zeit gewinnen, wie Imbri brauchte, um die Säumer zu finden.

»Wo ist sie hier?«

Hoppla. Die Hexenmeisterin war zu klug. Was sollte er antworten? Er sagte gar nichts.

»Cerci. Die da.«

Diesmal tat die Nixe wie geheißen, und aus Dawn wurde ein sehr hübsches helles Schweinchen.

»Die Antwort«, verlangte die Hexenmeisterin. »Jetzt will ich sie hören.«

Konnte Imbri sich mit den Säumern verständigen, wenn sie in ein Schwein verwandelt war? Vermutlich schon. Die Hexenmeisterin hatte nicht bemerkt, dass Tiere intelligent sein konnten. Doch wenn er Imbri identifizierte, ließ die Hexenmeisterin sie vielleicht auf der Stelle töten. Das konnte er nicht riskieren. »Ich sage dir nichts.«

»Die da.« Und Eve war ein hübsches dunkles Schweinchen.

Nun waren nur noch Forrest und Imbri übrig. Und ihnen blieb nur noch sehr begrenzte Zeit, bevor sie fertig waren. Wenn die Hexenmeisterin sie alle töten ließ, hatte sie gewonnen. Vielleicht war es doch an der Zeit, die Wahrheit zu offenbaren. Er hoffte, dass die Atempause, die er damit erzielte, lang genug war.

»Hier ist sie«, sagte er. »Sie ist es.« Und er wies auf die Mähre.

»Unmöglich! Das ist nur ein Lasttier!«

»Er sagt die Wahrheit, Herrin«, warf Polly ein.

Die Hexenmeisterin starrte sie ungläubig an. »Dieses Tier?«

»Ja, Herrin. Er spricht die Wahrheit.«

»Dann habe ich sie ja alle. Keiner von ihnen ist noch draußen.«

»Du hast uns alle«, versicherte Forrest ihr.

»Gut. Jetzt will ich wissen, wie ihr die anderen Hexenmeister vernichtet habt.«

Also wusste sie nur, dass es geschehen war, nicht aber, wie. »Wir haben die Säumer dazu gebracht, ihre Arbeit einzustellen.«

»Das ist wahr«, sagte Polly.

»Idiotin! Natürlich haben sie die Säumer dazu gebracht, ihre Arbeit einzustellen. Aber wie?«

»Wir haben mit ihnen gesprochen«, sagte Forrest. »Wir haben ihnen die Wahrheit gesagt.«

Die Hexenmeisterin nickte. »Ich denke, ich habe genug erfahren. Wächter, werft diese Geschöpfe den Orks vor.«

Die Wächter schlurften näher. Doch da trat ein merkwürdiger Ausdruck auf das Gesicht der Hexenmeisterin. Mit ihr geschah etwas. »O nein – ich schrumpfe! Ich schrumpfe!«, jammerte sie. »Du schrecklicher Faun! Sieh nur, was du mir angetan hast!«

Einen halben Moment später war die Hexenmeisterin nicht mehr größer als eine Elfe. Imbri war zu den Säumern durchgekommen, und sie hatten ihre Linien abgeschnitten. Alle gestohlenen Geschenke der Hexenmeisterin waren aufgehoben, und sie hatte wieder ihre alte Größe angenommen.

»Ihr habt die Macht der Hexenmeisterin gebrochen!«, rief Polly begeistert aus.

»Das stimmt«, sagte Forrest. »Nie wieder wird sie über solche Macht gebieten.«

»Das klingt toll!«, rief Cerci. »Aber wer wird an ihrer Stelle herrschen?«

»Wer ihr gedient hat, ist nun frei.« Forrest hoffte sehr, dass sie frei sein wollten.

»Klasse. Sollen deine Freundinnen Schweine bleiben oder soll ich sie zurückverwandeln?«

»Zurückverwandeln, wenn du so nett wärst. Und dann gehen wir nach Hause – und ich hoffe, ihr anderen auch.« Tatsächlich konnten sie ihre natürliche Form wieder annehmen, sobald sie diese Welt verließen; Ghina und Jfraya allerdings nicht. Deshalb war es besser, gleich allen ihre natürliche Gestalt wiederzugeben.

Sie hatten gewonnen. Und nun war es Zeit für die Rückkehr nach Ptero.

# 12 Geist

»Einen Augenblick bitte«, meldete sich die ehemalige Graue Hexenmeisterin, die nun eine graue Elfe war. Polly hatte sie gepackt, als sie zu fliehen versuchte.

Forrest blickte sie an. »Du hoffst auf eine bessere Behandlung als die, die du uns zugedacht hattest.«

»Aber natürlich. Schließlich seid ihr viel nettere Personen als ich.«

»Das ist wahr«, sagte Polly.

»Und wieso sollten wir dich nicht kurzerhand in ein kleines Schweinchen verwandeln und den Orks da draußen zum Fraß vorwerfen?«

»Weil ihr dazu viel zu weichherzig seid und ich euch außerdem nützen kann.«

Forrest schaute in die Runde. Cerci hatte mittlerweile seine Gefährtinnen zurückverwandelt. Also war niemandem dauerhafter Schaden zugefügt worden. »Wie glaubst du, dich nützlich machen zu können?«

»Ich kann den Orks befehlen, der neuen Herrin der Burg zu gehorchen, damit ihr mit ihnen keine Schwierigkeiten mehr hättet.«

»Welche neue Herrin denn?«

»Deine grüne Türöffnerin. Ihr würde das bequeme Leben als Herrin der Grauen Burg überaus zusagen.«

»Das ist wahr«, erklärte Polly.

»Aber ich hätte niemals –«, protestierte Jfraya.

»Die Leute hier sind ein Team«, betonte die Graue Elfe. »Sie arbeiten gern zusammen. Nur mich können sie nicht ausstehen. Wenn du sie gut behandelst, werden sie dir treu dienen.«

»Das ist wahr«, sagte Polly.

»Aber ich dachte, sie alle wären Gefangene«, wandte Forrest ein.

»Das ist wahr«, sagte Polly. »Das hast du gedacht, aber das ist falsch. Im Dienste der Grauen Hexenmeisterin ging es uns besser als draußen im Schnee.«

Jfraya hatte ihre Verblüffung noch nicht überwunden. »Sag, Cerci – möchtest du denn zurück in deine Heimat, das Meer?«

»Höchstens auf Besuch«, antwortete die Nixe. »Um meine Eltern zu besuchen, Cyrus und Merci. Aber wenn ich ehrlich bin, ist mir das Wasser draußen viel zu kalt. Hier im beheizten Teich gefällt es mir viel besser.«

Forrest sah, wie gut die Elfe sich auf Dienstleistungen verstand. Sie war groß geworden, indem sie viele Personen zufrieden stellte, deshalb kannte sie sich damit aus – auch wenn sie gestohlene Gefallen verschenkt hatte. »Und was wird aus Ghina?«

»Ich weiß, dass es auf der blauen Fläche einen geflügelten Kobold von recht angenehmem Gemüt gibt, von dem Ghina ohne mich niemals erfahren hätte.«

Ghinas Kapuzenumhang stand kerzengerade in der Luft. »Und inwiefern achtet er auf Äußerlichkeiten?«

»Sie bedeuten ihm nichts, denn er ist blind. Dadurch sind sein Flugvermögen und seine Kontaktmöglichkeiten natürlich sehr eingeschränkt. Wenn er aber eine Gefährtin hätte, die ihn führt, wäre er zutiefst dankbar.«

Die Elfe erzielte einen Treffer nach dem anderen. »Was willst du dafür?«, fragte Forrest. »Wir lassen es nämlich nicht zu, dass du allzu viele Gefallen ohne Gegenleistung austeilst und deine Größe wiedererlangst.«

»Ich möchte nur in mein heimatliches Elfendorf zurückgebracht werden, wo niemand weiß, welche Laufbahn ich einschlug, nachdem ich es verlassen hatte.«

Forrest sah die beiden Frauen an. »Wäre euch das recht?«, fragte er ernst.

»Ja«, antworteten sie fast gleichzeitig.

»Gut, dann überlasse ich die Örtlichkeit dir, Jfraya, unter der Voraussetzung, dass du für Ghinas Reise zur blauen Fläche sorgst, für die sichere Rückkehr der Grauen Elfe in ihr Heimatdorf und alle weiteren Besuche, die irgendein Angehöriger dieses Haushalts wünscht.«

»Gern«, willigte Jfraya ein.

»Das ist wahr«, sagte Polly.

Er wandte sich den Zwillingen und Imbri zu, die auf der Wand warteten. »Dann kehren wir jetzt nach Pyramid zurück.«

»Aber werdet ihr uns nicht einmal besuchen?«, fragte Jfraya. »Ich kenne euch zwar noch nicht lange, aber ich fand es sehr anregend.«

Die Zwillinge tauschten einen Blick. »Wir versuchen es«, sagte Dawn.

»Jetzt, wo wir wissen, wie es geht.«

»Aber dazu braucht ihr die Flasche mit dem seelenauflösenden Elixier des Guten Magiers«, wandte Forrest ein.

»Wir haben es nicht gebraucht, um von Torus zurückzukehren«, erinnerte Eve ihn.

Sie hatte Recht; auf Torus hatte er nicht einmal daran gedacht, die Flasche zu benutzen. Sie hatten sich einfach ausgedehnt. Offenbar benötigte man das Elixier also nur für die Reise ›nach oben‹, nicht aber für den ›Abstieg‹.

»Ich lasse die Flasche bei euch«, versprach Forrest, »denn es scheint mir ganz so, als würden Imbri und ich sie nicht brauchen, um nach Xanth zurückzukehren.«

Dann fassten sie sich bei den Händen und berührten Imbri, dehnten ihre Substanz aus, verwandelten sich in Dampf und erlangten Spiritualität. Ringsum schrumpfte die Burg zusammen, und sie entwichen durch ihre Wände.

Unter ihnen lag die Welt Ptero – oder genauer gesagt, sie umschloss sie, in Nacht gehüllt. Sie schlugen einen Kurs ein und dehnten sich auf dem Weg aus. Hinter ihnen schrumpfte Pyramid zu einem dreiecksflächigen Mond, und vor ihnen wurde der monströse Umriss von Idas Kopf erkennbar. Da sie nun Erfahrung gewonnen hatten, fiel es ihnen leicht, auf die sternartig leuchtende Kerze zuzuhalten, die Prinzessin Ida aufgestellt hatte, um sie zu leiten. Dort lagen ihre Körper! Forrest wunderte sich zuerst, dass Imbri in Mädchengestalt auf dem Möbel lag, doch dann erinnerte er sich, dass sie auf Ptero zu mehr nicht die nötige Masse besaß.

Sie durchliefen den in gewisser Weise sehr unangenehmen Vorgang, ihre Körper wieder in Besitz zu nehmen. Forrest fragte sich beiläufig, was wohl geschehen würde, wenn jemand aus Versehen versuchte, in den falschen Körper einzudringen. Würde er sich in Dawns Körper wiederfinden oder Eve in Imbris? Er hoffte, das wäre unmöglich. Gewiss gab es doch irgendeine magische Schutzvorrichtung dagegen.

Er öffnete die Augen und setzte sich auf. Die anderen taten gerade das Gleiche. Er blickte auf den Wandteppich und erkannte sofort, dass darauf keine Saumlinien mehr zu sehen waren.

»Wir sind wieder da«, sagte Dawn.

»Und das heißt, dass der Faun bald wieder unterwegs ist«, fügte Eve hinzu.

»Nun, da unsere gemeinsame Aufgabe beendet ist.«

»Deshalb kümmern wir uns lieber um unser anderes Vorhaben, bevor er uns entkommt.«

Die beiden erhoben sich mit wackligen Knien und näherten sich Forrest.

»Aber wir wissen noch gar nicht, wie es ausgegangen ist«, protestierte er. Nicht dass er gegen die Tändeleien, die Dawn und Eve im Sinn hatten, etwas einzuwenden gehabt hätte, doch hier schienen sie ihm fehl am Platze zu sein. Normalerweise jagt ein Faun die Nymphe über eine schöne Lichtung, aber doch nicht durch eine Burg!

»Nun, das Ergebnis steht jedenfalls fest«, sagte Ida. »Folgt mir.« Sie erhob sich und ging zur Tür.

Sie taten wie geheißen, stiegen die Treppen hinab und gelangten durch die Eingangshalle in den großen Ballsaal. Ida öffnete die Tür.

Der Raum war voller Menschen. »Habt Dank!«, riefen sie mit einer einzigen mächtigen Stimme.

Forrest, Imbri und die Zwillinge verharrten erstaunt. Dann stießen die Zwillinge einen Zwillingsschrei des Entzückens aus.

»Alle sind wieder da!«, rief Dawn.

»Daddy!«, schrie Eve.

Beide eilten zu ihrem Vater, Prinz Dolph, und umschlangen ihn fest.

»Du musst verstehen, dass du deinen Dienst für den Guten Magier geleistet hast«, sagte Ida. »Deshalb schuldet dir keiner der zufälligen Nutznießer etwas. Nichtsdestotrotz sind sie dir alle sehr dankbar.«

König Ivy trat näher. »Die Geretteten wünschen dich kennen zu lernen und dir zu danken. Vielleicht sollten sie sich anstellen. Hier entlang, bitte.«

Sie folgten ihr durch die Menschenmassen zu einer erhöhten Fläche. Forrest und Imbri stellten sich auf das Podest, während sich die Schlange bildete. Noch immer empfand er es als sehr ungewohnt, sie als zierliche dunkle Frau zu sehen statt als dunkles Pferd.

König Ivy schnalzte mit den Fingern. Augenblicklich herrschte Schweigen. »Forrest Faun und Mähre Imbrium werden euch alle nacheinander empfangen. Bitte stellt euch vor, sobald ihr vor ihnen steht, und nehmt sie nicht unangemessen lange in Anspruch. Gewiss sind sie müde von ihrer ungewöhnlichen Reise. Bei Sonnenaufgang wird ein Bankett abgehalten.«

Die Erste in der Reihe war eine junge Frau. »Ich bin Wigo, Tochter Hugos und Wiras. Mein Talent ist es, Magie zu entziehen, aber trotzdem vermochte ich gegen die Saumlinien nichts auszurichten. Ich bin so froh, dass ihr es geschafft und uns alle gerettet habt.«

»Äh, sicher, vielen Dank«, sagte Forrest; so viel Dankbarkeit schüchterte ihn ein.

»Wir haben es gern getan«, sagte Imbri in einem kleinen Traum.

Die nächste in der Reihe war eine sehr kleine Frau. »Ich bin Glitter Golem, die Tochter von Grundy und Rapunzel. Mein Talent ist das Funkeln.« Zur Untermalung stieß sie einen Funkenregen aus. »Ich danke euch herzlich, dass ihr uns gerettet habt!«

»Äh …«, begann Forrest.

»Wie schön, deine Bekanntschaft zu machen«, sagte Imbris kleiner Traum.

Als nächste kamen zwei junge Leute, der eine ein gut aussehender junger Mann in einem grauen Anzug. »Ich bin Prinz Grant mit dem Talent, Gedanken zu lesen«, sagte er.

Seine Begleiterin war eine junge Frau mit grünen Augen und braunem Haar. Sie trug ein grünes Kostüm. »Ich bin Prinzessin Isabella Emily Carolyn und habe das Talent, mir für eine Stunde andere Talente zu borgen«, sagte sie.

»Wir sind Kinder von Grey und Ivy«, fügte Grant hinzu.

»Aber gibt es denn nicht schon ...?«, begann Forrest.

»In unserem Reich der Eventuellen gibt es von uns sehr viele«, erklärte Isabella. »Arien, mein Freund, hat ein ähnliches Talent. Eventuelle decken alles Mögliche ab.«

Ach ja. Natürlich hatte Forrest das gewusst. Wie dumm von ihm, es immer wieder zu vergessen.

»Nun, wir begreifen natürlich die Unterschiede zu deiner Welt«, sagte Grant.

»Wir wären dort vermutlich ebenso verwirrt«, tröstete ihn Isabella.

»Äh, ihr beiden erinnert mich an –«

»Unsere Cousinen Dawn und Eve.«

»Wie schön, euch beide kennen zu lernen«, warf Imbris kleiner Traum ein.

Die beiden lachten und gingen weiter. Forrest begriff, dass Imbri weitaus besser mit Menschen Bekanntschaft schließen konnte als er und ihn davor bewahrte, sich in noch tiefere Verlegenheit zu bringen als ohnehin schon.

Ein Kind trat näher. »Ich bin Nora Naga, Tochter von Nina Naga und Briskil, dem Sohn von Esk Oger und Bria Messing«, sagte sie. »Ich bin zwölf, und mein Talent ist es, Leute oder Dinge an einen anderen Ort zu versetzen. Ich wünschte, ich hätte jemanden, mit dem ich spielen kann. Vielleicht finde ich jetzt jemanden, wo alle wieder da sind.«

Der Nächste, der vor Forrest und Imbri trat, war ein erwachsener Mann. »Ich bin Trenris, der Sohn von

Magier Trent und Zauberin Iris nach ihrer Verjüngung.«

»Aber sie sind doch erst vor drei oder vier Jahren verjüngt worden«, sagte Imbri, und vor Überraschung sprach sie diesmal vernehmlich. »Wie kannst du da schon erwachsen sein?«

»Nun, das ist auf Ptero nicht schwer, denn hier ist Geografie auch Zeit«, antwortete er. »Aber ich verstehe deine Frage so, dass du glaubst, ich könnte an diesem Ort nicht älter als vierzehn sein. Tatsächlich bin ich auch erst vierzehn, aber ich altere rasch, weil meine Eltern in Wirklichkeit viel älter sind als sie aussehen. Mein Talent besteht darin, die Wirkung anderer Talente umzukehren; ich lasse Illusionen wahr werden oder magische Punkte von der Wand verschwinden. Aber ich wünsche, ich würde jemanden kennen, der mein Alter rückgängig machen kann, denn ich werde schon in jungen Jahren altersschwach sein. Aber deswegen bin ich nicht hier; ich bin gekommen, um euch zum Erfolg eurer Bemühungen zu gratulieren und mich dafür zu bedanken, dass ihr alle vor dieser schrecklichen Einsäumung gerettet habt.«

»Warte noch«, sagte Imbri. »Kennst du Surprise?«

»Ich bin schon oft überrascht worden.«

»Nein, ich meine Surprise Golem, Tochter von Grundy und Rapunzel. Sie hat zahlreiche Talente, von denen sie jedes nur einmal benutzen kann. Vielleicht kann sie ja die Geschwindigkeit deines Alterns verändern, wenn du ihr in irgendeiner Weise hilfst.«

»Das klingt, als wäre es einen Versuch wert. Ich mache mich auf die Suche nach ihr.«

»Wir haben ihre Schwester Glitter kennen gelernt«, sagte Forrest. »Sie müsste eigentlich wissen, wo Surprise zu finden ist.«

»Glitter kenne ich«, sagte er. »Ich frage sie. Da habe ich euch gleich noch mehr zu danken.«

»Gern geschehen«, erwiderte Imbri.

Eine ernste junge Frau trat heran. »Ich bin Miss Etat, ein Fluchungeheuer«, stellte sie sich vor. »Ich möchte euch nicht nur um meiner selbst willen danken, sondern auch für zwei, die nicht persönlich hierher kommen können: Gim und Gine Riese, die Kinder von Girard und Gina Riese. Sie sind zu groß, um die Burg zu betreten.«

»Ich dachte immer, die Einsäumung hätte nur das Menschenland betroffen«, sagte Forrest.

»Die Riesen standen zufällig auf Menschengebiet und wurden gefangen. Jetzt sind sie wieder frei und hoffen, euch einen Gefallen erweisen zu können.«

Forrest sah Imbri an. »Morgen begeben wir uns auf eine Reise nach Westen, das heißt, ins Hin. Wenn sie uns ein Stück tragen würden ...«

»Gewiss werden sie das mit Freuden tun«, sagte Miss Etat und ging weiter.

Ein dunkelhäutiger Junge trat vor. »Ich bin Chaos, ein Sohn von D. Metria, nachdem sie entdeckt hat, was sie tun muss, um wirkungsvoll den Storch zu rufen. Ich mache Gegenstände durchsichtig.«

Die Schlange setzte sich fort, bis Forrest sich keinen einzigen Namen und kein einziges Talent mehr merken konnte. Alle waren angemessen dankbar, doch er wünschte nur noch, dass es vorüberginge, damit sie das Bankett hinter sich bringen und die Heimreise antreten konnten.

Am Ende der Reihe, die endlich doch noch kam, standen zwei gut aussehende junge Prinzen. »Wir sind Mourning und Knight«, sagte einer.

»Die Söhne von Prinz Naldo Naga und Mela Meerbraut«, fügte der andere hinzu.

»Talente als solche besitzen wir nicht, aber wir sind außerordentlich virile Prinzen.«

In Forrests müdem Kopf sprang ein Gedanke auf.

»Kennt ihr schon die Prinzessinnen Dawn und Eve?«

»Mit ihnen hatten wir noch nicht das Vergnügen, aber wir konnten einen Blick auf sie werfen, als ihr mit ihnen in den Saal gekommen seid. Sie sehen großartig aus.«

»Ich schicke ihnen einen kleinen Traum«, sagte Imbri.

Das wirkte. Einen Moment später waren die beiden Prinzessinnen da.

»Ich dachte, ihr würdet vielleicht gern Mourning und Knight kennen lernen«, sagte Forrest, »die Söhne von ...« Er verstummte. Man schenkte ihm keinerlei Beachtung mehr.

Die beiden Prinzen blickten die beiden Prinzessinnen an, und von beiden begann Dampf aufzusteigen. Die beiden Prinzessinnen blickten die beiden Prinzen an, und Herzchen stiegen von ihnen auf. Nach einem dreiviertel Augenblick fassten die vier sich bei den Händen und gingen zusammen fort.

»Ich bezweifle, dass wir sie noch einmal wiedersehen«, murmelte Imbri.

»Aber wir wollten doch ... Ich meine, die Zwillinge und ich ...«

»Wolltest du das wirklich?«

»Aber ja! Das ist –«

»Findest du denn, du solltest?«

»Nein.« Und nun bemerkte er unter seiner Enttäuschung ein gerüttelt Maß an Erleichterung. Schließlich waren Dawn und Eve Prinzessinnen, und er war nur ein Faun. Ihre Eltern wären niemals einverstanden gewesen.

Imbri nahm seinen Arm. »Es ist Zeit für das Bankett.«

»Ich lasse ihnen die Flasche da, dann können sie Pyramid besuchen, wann sie wollen«, sagte er.

»Prinzessin Ida wird sie sicher aufbewahren.«

»Das verspreche ich«, sagte Ida, als sie die Flasche annahm.

Das Bankett war formidabel, doch Forrest war mit den Gedanken woanders. Immer wieder musste er daran denken, dass all das nichts weiter darstellte als eine Ablenkung von seinem eigentlichen Anliegen: einen Faun für den Nachbarbaum zu finden. Wie viel Zeit indessen in Xanth vergangen war, konnte er nicht mit Bestimmtheit sagen, gewiss aber nicht wenig. Er musste weitermachen.

»Natürlich«, murmelte Imbri, die seine Sorge verstand. »Die Riesen warten draußen.«

So war es. Zu sehen waren sie nicht, weil es sich um unsichtbare Riesen handelte, doch Imbri fand sie rasch durch ihr Bewusstsein. Sie kletterten in Gims oder Gines Hand – es fiel ihnen schwer, die Riesenbrüder auseinander zu halten – und wurden hochgehoben.

»Zum Faunengebiet«, teilte Imbri den Riesen in einem kleinen Traum mit, »oder so nahe, wie ihr uns bringen könnt.«

»Unser Gebiet grenzt an ihres«, dröhnte ein Riese. »Aber ein paar Stunden wird es dauern, denn im Menschenland müssen wir vorsichtig auftreten, sonst zerquetschen wir noch jemanden.«

»Das ist mir nur recht«, sagte Forrest. »Ich muss mich sowieso ausruhen.« Nachdem er so viele Leute kennen gelernt hatte, war er sehr müde.

»Schlaf nur«, sagte Imbri, hockte sich nun und legte seinen Kopf auf ihren Schoß. »Ich sende dir süße Träume.« Sie strich ihm das Haar.

Sie hatte wirklich angenehme Träume für ihn ausgesucht, und er genoss sie sehr. So reiste er gern!

Dann blieben die Riesen stehen. »Wir sind nun zu alt, um euch weiter zu bringen«, sagte einer von ihnen. Tatsächlich war seine Haut ganz runzlig geworden. »Doch gleich im Hin ist das Faunengebiet. Wir wünschen euch viel Erfolg.«

Forrest bedankte sich, stand auf und rutschte von der großen alten Hand. Er fühlte sich wie neugeboren; Imbris Schoß und ihre Träume hatten ihn wiederhergestellt. Kaum berührten seine Hufe den Boden, als er sich umdrehte und ihr von der Hand des Riesen half. Ihre schlanke Mädchengestalt war angenehm leicht.

Als die Riesen davonstapften, erbebte der Boden. Gleich im Westen befand sich verscherztes Land. *Oh nein!*, dachte Forrest. Wenn die Riesen uns doch dieses kurze Stück weiter getragen hätten.

Doch blieb ihnen nichts anderes übrig, als durch die Possen zu pflügen. Sie holten tief Luft und stürzten sich hinein. Der erste Teil bestand aus einem gepflasterten Platz, der täuschend unschuldig wirkte, doch kaum betraten sie ihn, als ein schreckliches Gebell wie von Dutzenden wütender Hunde ertönte. Sie sprangen zurück, und der Lärm ebbte sofort ab.

»Ich kann gar keine Hunde sehen«, sagte Forrest.

Imbri erkundete im Traum. »Es scheinen auch keine in der Nähe zu sein.«

Doch als sie den Platz erneut betraten, ertönte das Bellen erneut. Noch immer sahen sie keine Hunde. Nur ihr Bellen hörten sie.

»Der Platz hat Hundewache!«, rief Imbri.

Forrest stöhnte. »Diese verscherzten Zonen gehören verboten.«

»Aber dann würde man überall auf diese Possen stoßen, ganz wie in Xanth.«

Er hielt inne. »Vielleicht ist an den Zonen doch etwas dran.«

Am anderen Ende des bellenden Platzes lag ein tief aussehender, dunkler Teich. Ein schmaler Pfad führte um das Gewässer, doch ein Ungeheuer mit vielen spitzen Zähnen versperrte ihnen den Weg. »Vermögt ihr mein Talent zu erraten?«, fragte es mit sehr deutlicher Aussprache.

»Warum sollte ich?«, fragte Forrest.

»Weil ich euch widrigenfalls den Weg nicht benutzen lasse.«

»Dann gehen wir eben in die andere Richtung, oder wir schwimmen durch den Teich.«

»Dies liegt bei euch – sofern ihr glaubt, die Wellen überstehen zu können.«

Forrest schüttelte gereizt den Kopf, denn der Teich lag völlig ruhig da. Imbri und er versuchten ihn in der anderen Richtung zu umgehen, doch hier versperrte ein gedrungener Kasten mit einem Gitter auf der Vorderseite den Weg. Als er sie bemerkte, schossen Wellen schlechter Musik aus dem Kasten hervor. Je näher sie dem Kasten kamen, desto schlimmer wurde die Musik, bis sie so unerträglich war, dass sie sich die Ohren mit den Händen zuhalten mussten und zurückwichen.

»Was ist das denn?«, fragte Forrest, als sie so weit von dem Kasten weg waren, dass die Musik nur noch penetrant war.

»Das sind Ra-Di-O-Wellen, törichter Faun«, rief das Ungeheuer auf der anderen Seite des Teichs. »Sie sind RAsend DIsharmonisch und Ohrenbetäubend. Nur Teenager vermögen die Nähe der Juxbox zu ertragen.«

Forrest und Imbri kamen nicht umhin, dem Ungeheuer Recht zu geben. Sie kehrten zu ihm zurück. »Wie heißt du?«, erkundigte sich Forrest.

»Artie. Erratet ihr nun mein Talent?«

»Du bist ein Ungeheuer mit ungeheuer spitzen Zähnen?«

»Einmal falsch geraten. Offenbar fehlen euch die passenden Worte.«

»Offenbar«, stimmte Forrest ihm säuerlich zu.

Er blickte wieder in den Teich, der vollkommen klar

zu sein schien. Mit einem Huf berührte er zaghaft die Oberfläche. Augenblicklich schoss ein Strahl heraus, und fast hätte Forrest den Huf nicht schnell genug zurückgerissen. Gerade rechtzeitig war er noch ausgewichen. »Was war das?«

»Ein Strahl«, sagte Artie. »Vermagst du nun meine Begabung festzustellen?«

Forrest berührte das Wasser noch einmal. Wieder schoss ein Strahl heraus, und diesmal konnte Forrest beobachten, dass er von einer großen unförmigen Kreatur tief unter der Oberfläche kam. Ob man dort gefahrlos schwimmen konnte? Er zweifelte daran. Vielleicht gefiel es dem Wesen dort unten nur, die Tiefen zu erhellen – aber vielleicht erzeugte es das Licht, um seine Beute besser sehen zu können.

»Was für ein Strahl war das denn?«

»Ein Sonnenstrahl.«

Da fiel es Forrest wie Schuppen von den Augen. Der Teich war ein Sonnenbad, und das Ungeheuer, das mit Strahlen hinaus feuerte, eine Solarbatterie. Nein, unmöglich konnten sie den Teich durchschwimmen. Ein Sonnenbad verpasst jedem Schwimmer eine Sonnenbräune, die bis zu den Knochen reicht.

»Ich glaube, ich weiß, welches Talent dieses Zahnmonster besitzt«, sagte Imbri in einem kleinen Traum zu ihm. »Hörst du nicht, wie es spricht? Sein Talent muss die Aussprache sein.«

»Artie Kulation heißt du!«, rief Forrest. »Jetzt kenne ich dein Talent! Du drückst dich gehoben und korrekt aus!«

»Flüche, schon wieder überwunden«, sagte das Ungeheuer und gab den Weg frei.

So konnten sie den Teich umrunden, doch das verscherzte Gebiet hatten sie noch nicht hinter sich gelassen. Vor ihnen lag ein Dickicht, und als sie sich einen Weg hindurch bahnten, ließen sich zwei winzige orangefarbene Teufelchen auf ihre Schultern fallen. Sie waren zwar unsichtbar, doch Imbri erschuf einen kleinen Traum, in dem sie zu sehen waren.

»Wer seid ihr?«, wollte Forrest wissen und versuchte zugleich, sein Teufelchen abzuschütteln.

»Wir sind Ulkinder«, erklärte der auf seiner Schulter. »Wir sind Ulknudeln, die in den Ulkenbäumen zwischen den Ulkenhecken leben. Wenn jemand vorbeikommt, stört er uns beim Ulkulelenspielen, und das finden wir überhaupt nicht ulkomisch, sondern werden sauer wie ein Ülk und ulken jedem einen Ulkus an, bis er stöhnt.«

Ja, zum Stöhnen war Forrest nun schon länger zumute. Wenigstens wirkten die Teufelchen verhältnismäßig harmlos. Ohne das Geplapper der kleinen Geschöpfe zu beachten, pflügten Imbri und er sich durch das Gestrüpp und sprangen schließlich über den Rand der Possenzone. Die Teufelchen hüpften ihnen in letzter Sekunde von den Schultern, denn sie wollten nicht aus ihrem Element gerissen werden. »Ihr werdet nie sicher sein können, dass wir nicht gleich wieder zuschlagen!«, riefen sie Forrest und Imbri hinterher.

Ohne einen Blick zurückzuwerfen, gingen die beiden weiter. Endlich hatten sie nun das Gebiet der Faune erreicht. Doch ob Forrest hier wirklich einen Faun fand, wie er ihn suchte?

Dann plötzlich blieb Forrest wie vom Blitz getroffen stehen, denn er sah etwas, was er noch nie gesehen, was er sich in seinen kühnsten Träumen noch nicht ausgemalt hatte: es hatte Ziegenhufe, einen Schweif und den Oberkörper eines Menschen. Aber es war weiblich.

»Hallo«, rief sie ihm zu, sprang herbei und hielt an. Sie hatte einen gewaltigen blonden bauschigen Haarschopf, der ihren Oberkörper bis zu den Hüften einhüllte, ohne irgendetwas zu verbergen. »Ich bin Deanna Fauna. Wie kann ich dir helfen, Besucher von weither?«

»Fauna?«, wiederholte er dumpf. Dabei war es doch völlig einleuchtend: Faune sind Kreuzungen zwischen Menschen und Ziegen; warum sollte es keine weiblichen Kreuzungen geben? Forrest hatte zwar nie von ihnen gehört, doch war er hier auf der Welt der Eventuellen, und solche Geschöpfe konnte es doch eventuell geben!

»Ich ... bin Forrest Faun aus Xanth. Ich bin gekommen, um zu fragen ...« Ihm versagten die Worte. Ihre entblößte Vorderseite zog ihn in ihren Bann, als sie Atem holte. Eine echte Frau seiner Art! Welch eine Entdeckung!

»Ja?« Sie hatte große blaue Augen.

»Ich suche einen Faun ... oder vielleicht auch eine Fauna ... die mitkommt, um der Geist meines Nachbarbaums zu werden. Damit der nicht eingeht. Ob du ... würdest du erwägen –«

»Mitzukommen?«, beendete sie die schüchterne Frage. »Aber natürlich; schließlich bin ich eine Fauna. Du musst schrecklich unglücklich sein, mit nichts anderem als Nymphen zum Jagen statt dem Wahren Echten.«

In dieser Weise hatte Forrest noch nie darüber nachgedacht, doch er musste einräumen, dass sie ganz Recht hatte. Er schien das Ziel seiner Suche erreicht zu haben. »Na, dann kannst du doch mit nach Xanth kommen und ...« Er verstummte, weil er begriff, dass er nicht genau wusste, wie sie das bewerkstelligen sollte, denn in Xanth lag kein Körper für sie bereit.

»Dazu muss ich in der Zeit zurückgehen«, sagte Imbri. »Der Gute Magier hat es mir erklärt. Er gab mir einen Zauber, der es mir ermöglicht, meinen Geist zur Vereinigung eines Fauns und einer Nymphe zurückzubewegen und ihnen die Möglichkeit zu geben, tatsächlich den Storch zu rufen. Dann wird der Storch Deanna als Fauna-Baby liefern – oder geliefert haben –, und mit der Zeit wird sie heranwachsen, bis sie ihr gegenwärtiges Alter und Aussehen hat. Sie wartet dann darauf, dass Deannas Geist sie beseelt, während du gleichzeitig zurückkehrst, um deinen eigenen Körper wiederzubeleben.«

»Dann wird sie eine echte Person«, begriff Forrest. »An ihren Baum gebunden, könnte sie sich an die Vergangenheit erinnern und in Würde altern.«

»Ach du je!«, rief Deanna aus. »Ich wusste nicht, dass die Sache einen Haken hat.«

»Aber so ist das Leben in Xanth«, sagte Forrest. »Faune und Nymphen, die sich an einen Baum binden, verlieren ihre Seichtigkeit und werden zu echten Personen.«

»Igitt! Das könnte ich nicht ertragen.«

»Aber du wärst echt. Du hättest Substanz. In Xanth gelten andere Regeln als auf Ptero. Zum Beispiel ist die Geografie dort keine Zeit; niemand kann durch Reisen sein Alter ändern.«

»Ich wäre für immer an ein Alter gebunden? Ich könnte nicht alt und weise oder jung und sexy sein, wann es mir gerade passt?«

»Nicht ohne Verjüngungselixier.«

»Das ist ja echt krass!«

Ungläubig starrte Forrest sie an und erkannte nun erst ihre Natur, während er vorher nur ihre ... Fassade gesehen hatte.

Deanna war so seicht, dass sie Seichtigkeit *schätzte*. An einem gewöhnlichen Faun und einer herkömmlichen Nymphe wäre das kein Fehler gewesen, doch Forrest entdeckte in diesem Augenblick, dass eine derartige Verbindung ihm nicht mehr genügen konnte. Zu viel hatte er über das Leben der echten Menschen erfahren, als dass er sich jemals wieder mit Geistlosigkeit begnügen konnte.

»Ich fürchte, mit uns wird es nicht klappen«, sagte er mit aufrichtigem Bedauern. »Gibt es hier vielleicht irgendwelche Faune oder Faunas, die das Leben auf Xanth anders sehen würden?«

Deanna überlegte.

»Da fällt mir nur Faust Faun ein. Er ist ein bisschen komisch. Er jagt Faune und hasst Bäume.« Damit eilte sie davon, denn ihre kurze Aufmerksamkeitsspanne war erschöpft.

Das wäre wohl auch nichts. »Dann wird das, wonach ich suche, hier wohl nicht zu finden sein«, sagte Forrest traurig. Er sah Imbri an. »Glaubst du, es hat Sinn, hier noch länger zu bleiben?«

»Ich fürchte nein«, antwortete die Tagmähre. »Es tut mir so leid für dich, Forrest.«

»Aber der Gute Magier hat doch gesagt …« Er verstummte wieder. Humfrey hatte gar nichts gesagt, denn er hatte sich geweigert, auch nur die Frage anzuhören. Hatte er das Abenteuer völlig umsonst auf sich genommen?

»Ich bin sicher, dass er dir helfen wollte«, tröstete ihn Imbri.

»Da muss er aber eine komische Vorstellung von helfen haben!«, erwiderte Forrest verbittert. »Und dich hat er gezwungen, mir zu helfen, und auch deine Zeit verschwendet.«

»Er weiß aber immer, was er tut. Vielleicht hat er deine Frage abgelehnt, weil es darauf keine Antwort gibt. Aber er hat meine angenommen und wird seine Pflicht erfüllen.«

»Du suchst nach neuen Weidegründen, über die du galoppieren kannst«, erinnerte sich Forrest. »Vielleicht ist das hier diese Weide, und du solltest hier bleiben.«

»Aber ich habe hier nicht genügend Masse zum

Galoppieren«, wandte sie ein. »Deshalb laufe ich ja nur als Nymphe herum.«

»Nun, dann vielleicht auf Pyramid, wo du eine vollgültige Stute sein kannst.«

»Dann müsste ich aber den größten Teil meiner Seele hier auf Ptero lassen, und das würde mich auf Dauer nervös machen.«

Forrest seufzte. »Du hast Recht. Nun, ich freue mich jedenfalls, dass du mich noch eine Weile begleitest. Ich hoffe, der Gute Magier weiß wirklich eine gute neue Weide für dich.«

»Das hoffe ich auch«, sagte Imbri, aber sie klang mit einem Mal nicht mehr besonders zuversichtlich.

Sie lösten ihre Körper auf und verwandelten sich erst in große undeutliche Schemen, dann in Wolken und schließlich in Gebilde sich ausdünnender Seelen, die in den Himmel aufstiegen. Forrest sah, wie sich unter ihm das Fleckenmuster Pteros ausdehnte, und ein Gefühl der Nostalgie stieg in ihm auf. Hinter ihm lag ein großartiges Abenteuer, das er sehr genossen hatte, besonders die Neckereien mit Dawn und Eve. Doch von vornherein hatte er gewusst, dass nichts davon ewig währte. Vielleicht war es am besten, dass ihre Beziehung so abrupt mit der Entdeckung von Prinzen ihrer eigenen Welt geendet hatte. Leider jedoch hatten sie ihre Spuren an ihm hinterlassen: Bei Nymphen würde Forrest nur noch Enttäuschung finden, das hatte die Episode mit Deanna ihm nur allzu deutlich vor Augen geführt. Das Abenteuer hatte ihn verdorben; er wäre niemals mehr zufrieden mit der Existenz, die er geführt hatte. *Vielen Dank, Guter Magier!*, dachte er voll Ironie.

Nun blickte er in Prinzessin Idas riesiges Gesicht. Noch immer expandierte er und orientierte sich nach seinem ruhenden Körper im Wandteppichzimmer Schloss Roognas.

Doch er sah Imbris Körper gar nicht. Was war damit geschehen?

Dann fiel ihm ein, dass Imbri in Xanth keinen Körper besaß. Hier hatte sie nur eine halbe Seele und existierte nicht als lebendige Person. Die wunderbare, tatkräftige Führerin, die mit ihm drei bizarre Welten bereist hatte, konnte in seiner natürlichen Umgebung nicht bei ihm bleiben. Der Verlust, den das bedeutete, gewann plötzlich eine ganz andere Größenordnung.

Er landete auf seinem Körper, breitete sich darin aus und belebte ihn wieder. Eine glückliche Heimkehr war das nicht. Was blieb ihm schon? Gescheitert war er, und vor ihm lag unerträgliche intellektuelle Einsamkeit.

Er öffnete die Augen und setzte sich auf. »Ach, ihr seid wieder da!«, rief Prinzessin Ida. »Hast du deine Antwort?«

»Nein.«

»Aber wie ist das nur möglich? Du musst etwas übersehen haben. Humfrey hätte dich nicht umsonst dorthin geschickt.«

Forrest war der ganzen Geschichte zu müde, um zu streiten. »Vielleicht. Ich mache mich am besten auf den Heimweg.«

Als sie am unteren Ende der Treppe ankamen, erhob sich ein Tumult, und zwei sechsjährige Mädchen schossen um die Ecke, erspähten sie und hielten übereilt an.

»Tante Ida!«, schrie Dawn.

»Forrest Faun!«, fügte Eve hinzu.

Die Zwillinge blickten Forrest durchdringend an und tauschten ein Grinsen aus. Auf unheimliche Weise wirkten sie sehr wissend.

Konnten die Mädchen irgendwie die Erwachsenenbeziehung spüren, die ihre Alter Egos einer anderen Welt zu ihm unterhalten hatten?

»Lass dich von ihnen nicht stören«, raunte Ida ihm zu. »Dawn weiß nicht, was in deinem Kopf vorgeht, solange sie dich nicht berührt, und Eve kann nicht sagen, wo du gewesen bist, bevor sie einen Gegenstand berührt, der mit dir dort war.«

Das war immerhin eine Erleichterung. Einen Augenblick später stoben die Zwillinge davon, und jede warf ihm über die Schulter ein halbes »Tschautschau« zu. Damit blieb er wenigstens von einer möglicherweise peinlichen Szene verschont.

Ida brachte sie zum Tor. »Ich bin sicher, dass du deine Antwort kennst«, sagte sie. »Vielleicht weißt du es nur noch nicht.«

Forrest zuckte mit den Schultern. »Danke für die Benutzung deiner Welten«, sagte er.

»Du musst uns besuchen und mir davon erzählen«, bat Ida. »Ich bin sehr neugierig, was auf Ptero geschehen ist.«

»Das werde ich tun«, versprach er. »Sobald ich mich vergewissert habe, dass es meinem Baum gut geht.«

Dann schritt er über die Zugbrücke und fühlte sich furchtbar einsam.

»Hast du etwas dagegen, wenn ich dich ein Stück begleite?«

»Imbri!«, rief er aus. »Ich dachte, du wärst schon fort.«

Ihre undeutliche Menschengestalt stellte sich neben ihn. »Nein, ich möchte lieber sicherstellen, dass du wohlbehalten an deinem Baum ankommst. Ich weiß nicht genau, wann mein Dienst endet, aber ich halte es für besser, dich jetzt nicht alleinzulassen.«

»Aber möchtest du denn nicht zum Guten Magier gehen, damit er dir sagt, wo deine neuen Weidegründe liegen?«

»Irgendwie hat der Gedanke daran jeden Reiz für mich verloren.«

»Das Gefühl kenne ich. Hat das Abenteuer auf den kleinen Welten dich auch zu sehr verwöhnt, um mit der normalen Existenz noch zufrieden zu sein?«

»Ich fürchte, so ist es, Forrest.«

»Das tut mir leid. Dein Leben wollte ich nicht auch noch zerstören.«

»Eigentlich habe ich gar kein Leben. Nur eine halbe Seele. Deshalb ist da eigentlich nie viel zu zerstören gewesen.«

Er wandte sich ihr zu. »Ach, Imbri, ich wünschte, all das wäre nie geschehen! Vorher war ich doch völlig zufrieden.«

»Ich war auch vorher nicht zufrieden. Deshalb habe ich weniger verloren als du. Ich wünschte, ich könnte dir Trost spenden, Forrest.«

»Wenn ich nach Ptero zurückkehren könnte, würde ich mich von dir trösten lassen. Und zwar ...« Erstaunt stockte er. »Ich wünschte, ich hätte Faun und Nymphe mit dir auf Ptero gespielt, als du es mir angeboten hast. Nun werde ich es niemals können.«

»Aber du wolltest doch eine richtige Nymphe.«

»Nein, ich wollte eine echte Person. Und das bist du, Imbri.«

»Ich bin aber doch ein Tier.«

»Im gleichen Sinne wie ich. Irgendwo in meiner Ahnenreihe kamen Menschen und Ziegen zusammen, deshalb bin ich oben mehr Mensch und unten eher Ziege. Du hast einen Pferdeleib, aber einen menschlichen Verstand, das hast du mit deiner großartigen Darstellung der Nymphengestalt unter Beweis gestellt.«

»Danke«, sagte sie. »Ich hätte gern mit dir gespielt, als ich noch Stofflichkeit besaß.«

Auf dem Weg begegneten sie zwei Wesen, die verloren wirkten: einem jungen Mann und einer kurzhaarigen, grünäugigen Katze. Um genau zu sein, sahen sie genauso verloren aus, wie Forrest sich vorkam, deshalb blieb er stehen und sprach sie an. »Sucht ihr etwas Bestimmtes?«, fragte er den Menschen.

»Ich suche das Reich des Wahnsinns«, sagte der Mensch. »Ich bin Christopher ›Joker‹ Justino. Ich glaube, entweder komme ich von da, oder ich gehe hin. Ich weiß es nicht genau. Ich dachte, Bluejay würde den Weg kennen, aber nun hat sie sich auch verirrt.«

»Du bist aus Mundanien!«, rief Forrest.

»Ich glaube schon.«

»Sag ihm, er soll einfach weitergehen«, meinte Imbri. »Das Reich des Wahnsinns schrumpft zwar, aber im Süden gibt es noch genug davon.«

Forrest erinnerte sich, dass andere Imbri weder sehen noch hören konnten, solange sie ihnen keinen kleinen Traum sandte. Also gab er die Nachricht weiter. Mensch und Katze dankten ihm und gingen weiter.

Dann plötzlich wurde Forrest etwas klar. »Sie sind wie wir!«, rief er aus. »Ohne Richtung, deprimiert, wissen nicht, wohin sie gehen, und es kümmert sie auch gar nicht.«

»Weil sie nicht dahin zurück können, woher sie kommen, und selbst wenn sie es könnten, würden sie nicht wollen«, stimmte Imbri zu. »Ach, Forrest, wenn du nicht an deinen Baum gebunden wärst, würde ich sehr gern mit dir nach Ptero zurückkehren.«

»Vielleicht könnten wir uns Katrin Zentaur wieder anschließen oder nach Pyramid weiterziehen.«

»Oder sogar nach Torus, wenn Ida bereit wäre, die Insel Niffen mit uns zu teilen«, sagte Imbri träumerisch. Als Tagmähre verstand sie sich sehr gut darauf.

»Ich weiß noch gut, wie diese merkwürdige hübsche Chlorine mit dem hässlichen Eselsdrachen sagte, dass ich nach meiner Rückkehr glücklicher sein würde. Dabei fühle ich mich viel trauriger.«

»Das bist du wohl«, stimmte Imbri zu. »Wenigstens kann ich Jenny Elfe glücklicher machen, indem ich ihr Vision Zentaurs Neuigkeit überbringe.«

»O ja, das hatte ich ganz vergessen. Wie schön für sie.«

Plötzlich waberte vor ihnen die Luft, und Rauch verfestigte sich zu einer vertrauten Dämonin. »Also bist du wieder da! Aber wo ist dein anderer Faun?«

»Bitte, zieh du mich nicht auch noch auf, Dämonin«, bat Forrest müde. »Ich bin wirklich nicht in der Stimmung dafür.«

»Es tut mir leid. Das wollte ich nicht.«

Er blickte sie scharf an. »Du entschuldigst dich?«

»Ich bin die Dämonin Metria. Ich habe eine Viertelseele. Deshalb fühle ich ein wenig mit dir.«

»Aber vorher habe ich doch mit der Dämonin Mentia gesprochen.«

»Ja, mit meiner schlimmeren Hälfte. Sie passt auf Dämon Ted auf, während ich mir die Substanz vertrete. Weil sie mir von dir erzählt hat, wollte ich nach dir sehen. Was ist passiert?«

»Ich habe versagt.«

»O nein! Was wird dann aus dem Pantinenbaum?«

»Weiß ich nicht.«

»Aber hat der Gute Magier dir denn nicht geholfen?«

»Nicht dass ich wüsste.«

»Nun, das tut mir ein Viertel leid, deshalb helfe ich dir ein bisschen. Ich bringe dich zu deinem Baum zurück.«

»Das ist nicht nötig.«

Doch sie fasste ihn bereits bei den Ellbogen und hob ihn hoch. Einen Augenblick später flogen sie über den Bäumen, wenig später überquerten sie die Ungeheuere Schlucht. Tatsächlich erwies die Dämonin ihm so eine große Hilfe, denn Forrest hätte Schwierigkeiten gehabt, die Spalte auf eigene Faust zu überwinden. Er aber musste so schnell wie möglich zu seinem Sandelbaum zurück, denn er wusste nicht, wie viel Zeit in Xanth verstrichen war. Schließlich wollte er nicht zwei Bäume verlieren statt nur einem.

Die Dämonin setzte ihn zwischen den Bäumen auf der Lichtung ab, wo er in der Vergangenheit so oft mit den Nymphen gefeiert hatte. »Ciao«, sagte sie und blendete sich aus.

»Warte!«, rief er.

Sie blendete sich wieder ein. »Oaic?«, fragte sie.

»Ich habe deinen Sohn Chaos kennen gelernt. Er hat das Talent, Gegenstände durchsichtig zu machen.«

»Solch einen Sohn habe ich nicht.«

»Noch nicht. Aber ich glaube, er ist unterwegs. Hast du den Storch schon wieder gerufen?«

Sie zählte es an den Fingern ab. »Im vergangenen Jahr siebenhundertundfünfzigmal.«

»Eins der Signale muss durchgekommen sein.«

»Sieh mal einer an«, sagte sie zufrieden und blendete sich wieder aus.

»Das war nett von ihr, dass sie dich getragen hat«, sagte Imbri. »Sie ist ganz anders, seit sie diese Viertelseele hat. Mir erging es ja ähnlich.«

Forrest eilte zu seinem Baum. Mit ihm war alles in Ordnung; Com Passions Zauber hatte ihn gehegt. Forrest umarmte ihn, dann wappnete er sich für die unangenehmste Pflicht, an die er zurückdenken konnte.

»Was machst du?«, fragte Imbri.

»Ich muss dem Pantinenbaum sagen, dass ich gescheitert bin. Ich tu's nicht gern, aber es wäre nicht recht, ihn eingehen zu lassen, ohne zu wissen, was los ist.«

»Du bist nett.«

»Nein. Ich bin ein Versager.«

Auch der Pantinenbaum befand sich dank des Zaubers noch in einem guten Zustand. Leider wusste Forrest nur zu gut, wie es ihm ergehen würde, nachdem er die schlechte Nachricht erhalten hatte. Deshalb zögerte er und schämte sich dafür, aber er brachte die schrecklichen Worte einfach nicht über die Lippen.

Imbri trat an den Baum. »Mir gefallen deine Pantinen«, sagte sie.

Und nun geschah etwas Merkwürdiges. Farbige Nebel huschten durch das Laub des Baumes und formten ein Bild, eine Szene in einem Wald, eine hübsche Lichtung am Morgen. Blumen blühten am Rand, und in einen Teich in seiner Mitte floss ein Bach. Eine schöne dunkelhaarige Nymphe saß auf einer Sandsteinplatte in der Sonne und fuhr sich mit einem Kristallkamm durch die glänzenden Locken.

Hinter ihr tauchte eine Gestalt auf, ein Mensch – nein, kein Mensch, ein Faun. Er bedeckte die Augen der Nymphe mit seinen Händen, dann beugte er sich vor und küsste sie auf den Mund.

Nun zog er seine Panflöte hervor und spielte darauf eine fröhliche Melodie; kleine schwarze Noten stoben auf und verteilten sich über die Szene. Einige von ihnen wurden weiß und nahmen die Gestalt kleiner Störche an. Während der Faun die Flöte blies, tanzte er; nach einem Moment erhob sich auch die Nymphe und tanzte mit ihm. In gespielter Verfolgungsjagd bewegten sie sich, die Füße im Takte der Musik in die Luft werfend, über die Lichtung. Doch er tanzte schneller als sie, und bald hatte er sie eingeholt. Die Panflöte verschwand, als die beiden sich entzückt umarmten und miteinander feierten.

Danach setzten sie sich an den Esstisch, den sie offenbar gedeckt hatte: Zitronentee, flache Haferkuchen und eine Auswahl cremiger Ziegenkäsesorten. Neckisch bot er ihr eine Rossnuss an, doch schon nach dem ersten Bissen lehnte sie ab. Winzige Koloribris flogen herbei und setzten sich auf die Steine, den Faun und die Nymphe. Die Vögelchen schillerten in allen Farben des Regenbogens und funkelten wie Edelsteine: Topasgelb, Rubinrot, Opalgrün und Lapislazuliblau.

Plötzlich erkannte Forrest die Speisenden. Er selbst war da zu sehen und Imbri in ihrer Nymphengestalt. Doch was taten sie in einem Bild, das aus dem Laub des Pantinenbaums hervorging?

Angestrengt dachte er nach. Als Imbri dicht an den Baum herangetreten war, hatte sich die Szenerie gebildet. Und sie zeigte sie beide in einem Liebesidyll, als ob der Baum irgendwie Imbris geheimste Gedanken aufgefangen und abgebildet hätte – die Träume einer Nachtmähre.

Ein wunderbarer Verdacht durchfuhr Forrest. Er griff sich über die Schulter und stieß die Hand in den Rucksack. Dort fand er das Liebes-Horn und riss es heraus. Dabei flatterte ein Fetzen Papier zu Boden. Es musste sich am Horn verfangen haben. Forrest bückte sich und hob es auf. Konnte das der verlorene Zettel des Guten Magiers sein?

Nein, es handelte sich um etwas anderes, um einen Bogen Briefpapier mit königlicher Prägung nämlich. Und darauf stand ein einziges Wort in einer prinzesslichen Handschrift: Imbri.

Plötzlich musste er daran denken, wie Dawn ihn auf Torus berührt und etwas erfahren hatte, das sie damals niemandem verraten wollte. Mit Ida hatte sie darüber gesprochen und dann Forrest umarmt und geküsst und behauptet, ihr Gefallen sei erfüllt. Doch worum es ging, hatte sie nie gesagt. Sie musste ihm die Nachricht in den Rucksack gesteckt haben, während sie ihn mit ihrer Umarmung ablenkte: ihre Antwort auf die Frage, wen Forrest suchte.

Aber weshalb hatte sie es ihm nicht einfach gesagt? Nun, auch das war nun offensichtlich. Hätte sie es getan, wäre sein Auftrag zu Ende gewesen – ohne dass er seine Pflicht gegenüber Dawn und Eve erfüllt hätte. Möglicherweise hätte er keine Gewalt mehr über sich gehabt und sich zusammen mit Imbri im nächsten Moment in Seelensubstanz aufgelöst und wäre nach Xanth zurückgerissen worden. Und dann wäre das Menschengebiet Pteros der Einsäumung zum Opfer gefallen. Deshalb durfte Dawn ihm nichts sagen – erst, nachdem sie es hinter sich gebracht hatten. Andererseits wollte sie es ihm auf der Stelle mitteilen, damit ihre Liebe zu ihm genauso groß war wie die ihrer Zwillingsschwestern und hatte ihm das Papier zugesteckt, das er irgendwann entdecken musste.

Forrest hob das Liebes-Horn und stieß hinein. Ein entzückender Ton drang heraus und hallte von Imbri wider, obwohl sie keine Substanz besaß. Sie war in der Tat die Eine für ihn.

Sie drehte sich um und blickte ihn an, ohne zu verstehen.

»Imbri – ich habe deinen Traum gesehen. Den von dir und mir zusammen. Der Baum hat ihn dargestellt.«

»Oh!«, rief sie aus und errötete.

»Bist du bereit, der Geist des Baumes zu werden und bis zum Ende sein Schicksal zu teilen?«

»Das kann ich doch nicht. Und ich habe keinerlei Substanz.«

»O doch, das kannst du. Und wenn du dich an den Baum bindest, wird er dir genügend Substanz leihen, dass du einen stofflichen Körper bekommst. Den Körper einer Nymphe – oder einer Stute, damit du über neue Weidegründe galoppieren kannst. Geister helfen Bäumen, und Bäume helfen ihren Geistern. Sie sind aneinander gebunden. Und du und ich können körperlich zusammen sein. Wie in deinem Traum.«

»Aber ich hätte nie gedacht …«

»Warum hast du so viel mehr für mich getan, als deine Pflicht im Dienst des Guten Magiers von dir verlangte?«

»Weil ich sicherstellen wollte, dass du Erfolg hast.«

»Was war, als die Zwillingsprinzessinnen versuchten, mich zu verführen? Du hast dich nicht eingemischt.«

»Weil ich wollte, dass du glücklich bist.«

»Aber verstehst du denn nicht – das ist wahre Liebe! Du hast alles für mich getan, ohne an dich zu denken.«

Sie errötete erneut. Forrests Worte vermochte sie nicht zu bestreiten.

»Und warum bist du nicht zum Guten Magier gegangen, um dir deine Antwort zu holen, als dein Dienst erfüllt war? Denn getan war er, auch wenn mein Teil erfolglos zu sein schien.«

»Ich – ich wollte dich einfach nicht verlassen«, gab sie zu.

»Und du dachtest, dass wir in Xanth keine gemeinsame Zukunft haben könnten. Du hast nicht gewusst, was die Bäume zu bieten haben.«

»Das habe ich wirklich nicht gewusst«, gestand sie.

»Aber der Baum weiß es genau. Als du näher kamst, hat er dich erkannt. Sein Verstand hat sich mit dir verständigt. Was ich gesehen habe, war kein einfaches Bild, sondern eine Wechselbeziehung.«

Imbri nickte. »Aber der Gute Magier hat es doch die ganze Zeit gewusst. Warum hat er mir nichts gesagt?«

»Weil ich noch nicht so weit war. Ich habe immer geglaubt, ich wollte einen anderen Faun für diesen Baum finden. Doch im Laufe des Abenteuers habe ich vieles über die Weiten und Tiefen des menschlichen Verstandes und der menschlichen Gefühle gelernt. Mit weniger wäre ich auf alle Zeit unzufrieden gewesen.

Der Gute Magier wollte meine Frage nicht annehmen, weil er wusste, dass ich sie falsch gestellt hätte. Er wusste schon, dass ich deine Antwort bin – denn auch du hast deinen wahren Wunsch nicht gekannt. Nicht nach neuen Weidegründen hast du gesucht, sondern nach wahrer Liebe. Und diese Liebe konnte ich sein – sobald ich gelernt hatte, wie. Und ich weiß nun, dass weder Nymphe noch Menschenfrau zu mir passen würde. Ich benötige eine Gefährtin, die eine ähnliche Lebensspanne wie ich vor sich hat – die mich wirklich versteht. Die ich liebe und die mich liebt. Und das bist du, Imbri. Du warst es immer. Nur ich – ich war nicht immer der, der ich nun bin.«

»Das ist so schwer zu glauben.«

»Adoptiere einfach den Pantinenbaum. Dann spielen wir deine Traumszene aus. Während du lernst, es zu glauben, lehre ich dich, zu lieben. Ich kippe schon aus den Sandalen und lasse mich fallen.« Denn er sah, dass Herzchen von ihm aufstiegen und seinen Kopf wie kleine Monde zu umkreisen begannen. Sie verwandelten sich in kleine, juwelenartige Koloribris. Für ihn war Imbri die Richtige, und das nicht nur, weil sie einzigartige Erlebnisse geteilt hatten.

»O nein, du darfst nicht fallen! Du tust dir weh«, rief sie. Sie wandte sich dem Baum zu und streckte die Arme aus. Im gleichen Moment leuchtete das Laub hell auf, und Imbris Körper nahm feste Gestalt an, die Gestalt einer wunderschönen Nymphe: klein, aber makellos.

Dann wandte sie sich Forrest zu, um ihn aufzufangen, bevor er zu tief fiel.

ENDE

London im viktorianischen Zeitalter: Nebel wallt durch die Straßen, der Ripper sucht nach neuen Opfern ... Alles wie gehabt? Nein, nicht ganz, denn dies ist nicht die Welt und nicht das London, das wir alle zu kennen glauben: Seit fast zweitausend Jahren halten die Druiden einen magischen Schutzwall aufrecht, durch den nichts Fremdes nach Britannien kommen kann; die Römer haben Britannien nie erobert, und auch nicht die Sachsen oder die Normannen; Amerika wurde nie von Briten kolonisiert und erlangte nie die Unabhängigkeit; Königin Victoria ist die mächtigste Zauberin im Lande, und der Herzog von Wellington ist der Erzdruide. Und doch senkt sich der schwarze Schleier fremdländischer Hexerei übers Land. Nur zwei Männer können Britannien noch retten: der größte beratende Detektiv der Welt, der Meister der logischen Schlußfolgerung, Mr. Brithric Donne, und sein Freund Dr. John H. Weston. Doch auch an Donne und Weston ist weit mehr, als es zunächst den Anschein hat ...

ISBN 3-404-20390-9

BASTEI
LÜBBE

Wie mag man sich wohl fühlen, wenn einmal im Jahr Touristenhorden ins eigene Land einfallen und alles verwüs-ten? Nicht gut! Querida, Vorsitzender des Rats der Zauberer an der Akademie, erhält täglich Beschwerdebriefe von Bauern, Elfen, Drachen und Magiern. Und alle bitten ihn, den sogenannten ›Pilgerfahrten des Mr. Chesney‹ ein Ende zu bereiten. Leichter gesagt als getan, denn Mr. Chesney hat die Unterstützung eines bösen Dämonen, der bei dem Touristengeschäft auch nicht schlecht verdient. Also bricht Querida auf, um das Orakel zu befragen. Und dieses gibt folgenden Rat: Nimm die ersten beiden Personen, die du siehst, und mach sie zu den Führern der kommenden Pilgerfahrt. Dies sind der völlig gutmütige Zauberer Derk und sein etwas debiler Sohn Blade.
Eine gute Wahl – oder der Anfang vom Ende für Querida und seine Welt … ?

ISDN 3-404-20391-7

BASTEI
LÜBBE

Die Schlacht der freien Völker gegen die Mächte der Finsternis ist geschlagen, der dunkle Feind besiegt. Also bricht Kimberon Veit als Vertreter des kleinen Ffolks zu einer großen Reise auf, um der Krönung des Königs im fernen Magna Aureolis beizuwohnen. Nebel steigt aus den Sümpfen ...

... und mit einem Mal ist nichts mehr, wie es war. In den Mittelreichen herrscht seit tausend Jahren das Dunkle Imperium. Die Elben haben sich in ihre undurchdringlichen Wälder zurückgezogen und die Zwerge in ihre unterirdischen Festungen. Und das Ffolk von Elderland ist nur noch eine Legende, welche die Mütter ihren Kindern erzählen, um sie in den Schlaf zu wiegen.

Aber Kim gibt die Hoffnung nicht auf. Mit seinen Freunden, den Hütern der drei Ringe der Macht, macht er sich auf einen gefahrvollen Weg, der ihn durch die Schatten der Zeit führen wird. Denn in dem unschein-baren Ring, den er selbst an seinem Finger trägt, liegt der Schlüssel zu Gegenwart, Vergangenheit und Zukunft ...

3–404–20401–8

BASTEI LÜBBE